Christian v. Ditfurth, geboren 1953, ist Historiker und lebt als freier Autor in Berlin und in der Bretagne. Neben Sachbüchern und Thrillern wie *Der 21. Juli* und *Das Moskau-Spiel* hat er die Krimiserie um den Historiker Josef Maria Stachelmann und die Eugen-de-Bodt-Serie veröffentlicht. *Tanz mit dem Tod* ist der Auftakt einer historischen Krimiserie um den Polizeikommissar Karl Raben, die im Berlin der 1930er Jahre beginnt. Parallel erscheint im C. Bertelsmann Verlag der zweite Band der Reihe; *Tag des Triumphs*.

Christian v. Ditfurths *Tanz mit dem Tod* in der Presse:

»Der vorliegende Roman ist von einer Genialität, dass es einem den Atem verschlägt. Einfach nur grandios!« *literaturmarkt.info*

»Christian v. Ditfurth ist ein großartiger historischer Spannungsroman gelungen.« *Bielefelder Stadtmagazin*

»Spannender Stoff vor historischem Hintergrund – ein fulminanter Auftakt für einen faszinierenden Ermittler.« *Hörzu*

Außerdem von Christian v. Ditfurth lieferbar:

Heldenfabrik
Zwei Sekunden
Giftflut
Schattenmänner
Ultimatum
Terrorland
Böse Schatten
Endzeit
Das Dornröschen-Projekt

Christian v. Ditfurth

TANZ MIT DEM TOD

Der erste Fall
für Karl Raben

Kriminalroman

PENGUIN VERLAG

Weitere Informationen über dieses Buch:
www.cditfurth.de

FSC www.fsc.org MIX Papier | Fördert gute Waldnutzung FSC® C014496

Penguin Random House Verlagsgruppe FSC® N001967

3. Auflage

Neumarkter Straße 28, 81673 München
Umschlag: www.buerosued.de
Covermotiv: Sueddeutsche Zeitung Photo / Alamy Stock Foto
Redaktion: Claudia Alt
Satz: Uhl + Massopust, Aalen
Druck und Bindung: GGP Media GmbH, Pößneck
Printed in Germany
ISBN 978-3-328-11023-1

www.penguin-verlag.de

Für Chantal

Reiche ohne Gerechtigkeit, was sind sie anderes
als große Räuberhaufen?

Augustinus

I. Kampf

1.

»'N Abend, Kurt.« Der Wirt winkte vom Tresen. »Schöne Scheiße, was?«

»Schöne Scheiße, Franz.« Kurt Esser schlug die Schiebermütze gegen den Türrahmen. Wasser spritzte. Er löste die Knöpfe seines Mantels. Zog die *Rote Fahne* aus dem Gürtel und den Mantel aus. Hängte ihn über einen Stuhl. Er tropfte auf den Holzboden. Gleich umgab ihn der Gestank aus Zigarettenqualm und Bier, das sich an seinen Geschmackshöhepunkt nicht mehr erinnern konnte. Das Licht war schummrig wie in einer Spelunke am Schlesischen Bahnhof. Überm Tresen pries eine Schiefertafel schon seit mindestens einem Jahrhundert Soleier oder Teller mit Bock-, Blut- oder Bratwurst an. Weinbrandverschnitt kostete 25 Pfennig, richtiger Weinbrand das Doppelte, der Cognac wartete im *Adlon*.

An der Wand saßen Männer um einen Tisch und teilten sich ein Bierglas. Esser nickte ihnen zu.

»Haben die dich nass gemacht, Kurt?«, fragte der Mann am Kopfende.

Esser lachte. »Nur der Regen.«

Der Wirt kam und stellte eine Molle auf den Tisch in der Ecke, von der aus man den Raum im Blick hatte, vor allem die Tür. Franz Puth entfernte das Schild *Reserviert*. »Hunger?«

»'ne Käsestulle tät's«, sagte Kurt.

»Bring ich dir. Die Braunen haben so richtig auf die Fresse gekriegt«, sagte Franz. »Den Führer kannst du in der Pfeife rauchen. Seit dem Sechsten könnte ich mich nur noch besaufen. Aber wenn ich das täte, könnte ich mich nicht mehr freuen … So richtig auf die Fresse gekriegt. Aber dafür habt ihr den BVG-Streik vermasselt. Mannomann.«

Die *Rote Fahne* titelte:

SPD für Maßregelung von 2500 Verkehrsarbeitern

Darunter:

Verraten, aber nicht geschlagen

„Das, ja, das haben die Nazis versaut. Alles Streikbrecher. Wollen sich bei den Proleten einschmeicheln. Scheißkerle«, sagte Kurt.

»Schnauze«, zischte der Lange. »Wir ziehen das jetzt durch. Jammern kannste bei Mutti.« Sie waren sieben, drückten sich an eine Hauswand. Einer hinter dem anderen. Der Regen hatte sie durchnässt. »Wenn wir weiter herumlungern, löse ich mich auf, und die Brühe schwemmt mich den Rinnstein runter, oder jemand ruft die Bullen. Los, Kameraden. Befehl ist Befehl.« Der Lange fror, griff in die Tasche, spürte den Pistolengriff. Luger 08, aus dem Krieg. In Deutschland mangelte es an vielem, außer für die Reichen. Aber nicht an Waffen. Sie hatten der Kommune Schlachten geliefert, und sie hatten geschossen. Sie hatten Verräter ausgeschaltet. Es war Blut geflossen. Viel Blut. Ein Bürgerkrieg wurde ausgefochten, meist verborgen unter dem Schein der Gaslampen und Neonröhren. Die Republik ging zugrunde, aber was kratzte es den Millionär, was den Arbeitslosen, was den Dieb, was den Räuber?

Der Lange blickte sich um. Sein Magen rumorte, im Darm kniff es. Er hatte am Abend kaum was runtergekriegt. Sie näherten sich dem Schild. Gegen das Laternenlicht sahen sie die Regenschnüre, die aufs Pflaster platterten. Das Schild *Goldener Anker* war kaum zu entziffern. Es hing an einer Stange und quietschte, wenn die Böen es hin und her rissen.

Der Lange wollte es nicht einmal sich selbst eingestehen, doch er hatte ein schlechtes Gefühl bei dieser Sache. Aber sie mussten sich wehren. Bei der letzten Reichstagswahl am 6. November 1932 hatten sie verloren. Und die Kommune hatte gewonnen. Stärkste Partei in Berlin. Seine Partei, die NSDAP, war pleite. Der Führer zögerte und zögerte. Also, jetzt erst recht. Jetzt die harte Tour. Endlich. Im schlimmsten Fall musste der Führer sie raushauen. Hitler stand hinter seinen Leuten. Am liebsten, wenn sie Kommunisten und Juden in die Hölle schickten.

Der Lange blickte sich immer wieder um. Aber die Straße war leer. Bei diesem Sauwetter traute sich keiner vor die Tür. Es sei denn, er hatte einen Mordauftrag. Eine NSU-Autodroschke der Kraftag schlingerte vorbei. Nicht der einzige besoffene Taxifahrer unterwegs. Das Knattern verlor sich. Es blieb das Prasseln des Regens.

Sie beeilten sich. Der Lange hielt an, hob die Hand. »Alle bereit?«

Er hörte ein zitterndes Ja und ein Husten hinter sich.

Er zog die Luger aus der Tasche. Die anderen griffen ebenfalls nach ihren Waffen. Der Lange öffnete die Tür. Er schob den Filzvorhang zur Seite. Eine Wärmewolke schlug ihm entgegen, der Gestank einer alten Bierkneipe. Der Wirt in seiner Lederschürze lehnte auf dem Tresen und öffnete den Mund. Aber er brachte kein Wort raus. Schnappte wie ein Fisch.

Kurt Esser hörte die Tür, die Schritte und wusste gleich, was ihn erwartete. Er zog seinen Revolver, den er im Krieg einem toten Kanadier abgenommen hatte. Als er den Hahn spannte, trafen ihn schon die Kugeln. Die Männer standen vor dem Tisch und leerten die Trommeln und Magazine. Dann ein Pfiff, und sie verschwanden. Es hatte nur ein paar Sekunden gedauert. Franz hatte alles gesehen. Starr vor Angst. Als die Mörder geflohen waren, eilte er zum Tisch, auf dem die *Rote Fahne* lag. Kurt war vom Stuhl gefallen. Franz spürte, wie sein Magen sich verkrampfte. Er schaffte es nicht bis zur

Tür und übergab sich. Er holte ein Geschirrtuch hinterm Tresen und wischte sich den Mund ab. Er ging zurück zum Tisch. Kurt hatte kein Gesicht mehr. Nur noch einen blutigen Klumpen. Blut und Hirnmasse bedeckten die Holzdielen. Grau und Rot.

Die Männer am Tisch glotzten ihn an. »Ruf die Polente«, rief ein Dicker im Blaumann.

2.

»Die Revierbullen haben sich gemeldet. *Goldener Anker*, kennen Sie die Kneipe? Da liegt ’ne Leiche. Offenbar ein Kommunist.«

Raben sagte: »Nee, kenn ich nicht. Wedding?«

»Richtig geraten. Wedding«, sagte Lichtigkeit. »Wo kann man blind schießen und trifft immer einen Kommunisten? Im Wedding. Wo der Rotfrontkämpferbund der Kommune die Proletarier vor dem SA-Terror schützen soll. Hat ja gut geklappt diesmal. In Wahrheit sind das Bürgerkriegsarmeen, die SA wie der RFB. So weit ist es gekommen, dass Parteien sich Privatarmeen halten.« Der Kommissar lachte bitter.

»Die haben aber nicht blind geschossen«, sagte Lotte Steinkopf, Lichtigkeits Sekretärin.

Aber der hörte nicht zu. »Spurensicherung benachrichtigt?«

Die Steinkopf hob die Hände. Was vielleicht sagte: Ich bin länger im Polizeipräsidium am Alexanderplatz als du. »Selbstverständlich, Herr Kommissar. Wir können los.«

»Sie kommen mit, Raben«, sagte der Kommissar. »Mal ein echter Fall. Können Sie was lernen. Vielleicht wird aus Ihnen noch ein richtiger Kriminaler.« Dieses Lachen, das keines war. »Kriegen wir das neue Mordauto?«, fragte Lichtigkeit.

»Nein, das alte«, sagte die Steinkopf. »Im neuen kutschiert unser Chef durch die Landschaft.«

»So eine Scheiße«, sagte Lichtigkeit.

3.

Raben schluckte, als er die Leiche sah. Der Kopf zerschossen. Der Oberkörper Fleisch und Blut. Lichtigkeit hatte sich schon über die Leiche gebeugt und kaum eine Reaktion gezeigt. »Mein Gott«, murmelte er. Als er den Gerichtsarzt sah: »Ein bisschen spät, Doktor Schoene.«

Der warf ihm einen Blick zu, als käme er von einer Hetzjagd, bei der er das Wild gewesen war, im letzten Augenblick entkommen.

»Befragen Sie die Zeugen«, sagte Lichtigkeit. »Wo bleiben die anderen, verflucht?«

Raben stellte sich an den Tresen. »Kriminalassistent Raben.«

Der Wirt schob ihm ein Bierglas zu. Raben trank einen Schluck.

»Das hilft«, sagte der Wirt. »Ich weiß nicht, wie viele Leichen ich gesehen habe. Aber das hier ist was anderes.« Er blickte zum Tisch, auf dem die Zeitung lag. Die Kollegen von der Spurensicherung erschienen. Drei. Dazu die Steinkopf. Sie blickte sich um und verließ das Lokal. Sie würde die Schreibmaschine auf den Klapptisch im Mordauto stellen, Papier, Kohle- und dünne Kopierblätter einspannen.

»Sie waren im Krieg?«, fragte der Wirt, um sich selbst zu antworten: »Nee, zu jung ... grün hinter den Ohren.«

»Krieg nein, grün nein«, sagte Raben und lächelte.

»Es waren sieben«, sagte der Wirt. »Kamen rein, haben gleich geschossen. Sie kannten ihn. Nazis ...«

»Sie sind?«

»Franz Puth, mir gehört die Kneipe, seit 1919, der Kaiser konnte mich nicht mehr besuchen.«

»Sie haben alles gesehen?« Mehr eine Feststellung.

»Ja.«

»Das Opfer heißt?«

»Kurt Esser. Arbeitet im Karl-Liebknecht-Haus.«

Raben nickte. »Offenbar haben sich ein paar Nazis verabredet, Esser zu ermorden.« Er blickte Puth an. Der nickte.

»Keine voreiligen Schlussfolgerungen.« Lichtigkeit stand hinter Raben.

»Klar, Herr Kommissar, nur …«

»Wir machen unsere Arbeit wissenschaftlich-gründlich. Ich dachte, Sie hätten das als Anwärter gelernt.«

»Natürlich«, sagte Raben. »Aber ich dachte …«

»Denken überlassen Sie besser den Pferden, die haben einen größeren Kopf.«

»Den kenn ich schon«, sagte Puth.

»Ist doch nur gut, wenn sich die Wahrheit herumspricht«, erwiderte Lichtigkeit. An Raben: »Kümmern Sie sich mal um die Herren.« Blickte zum Tisch. Lichtigkeit lehnte sich an den Tresen.

Raben zögerte, dann setzte er sich ans freie Ende des Tischs. Die Männer blickten ihn an. Das Bier war schal geworden. Trotzdem nippte der kräftige Typ, der am anderen Ende saß.

Raben sah den Männern den Schrecken an. Nach und nach sickerte ihnen ins Hirn, dass es auch sie hätte erwischen können.

»Sie hatten es auf Kurt abgesehen«, sagte der Mann am Kopfende des Tischs. Schweiß glänzte auf der Stirn.

»Sie heißen?« Raben legte seinen Block auf den Tisch. Er hätte nach den Ausweisen fragen sollen. Aber das wäre ihm seltsam vorgekommen. Eine Horde von Mördern bricht in den Saal, erschießt einen, und der Herr Kriminalassistent fragt nach den Papieren.

Die Tür öffnete sich. Weitere Kollegen der Aktiven Mordkommission.

»Sie haben was am Tatort verändert?«, rief Wendig.

»Nichts«, sagte Puth. Zorn in der Stimme. »Natürlich nichts. Aber ihr werdet die Schweine doch wieder laufen lassen. War bestimmt Notwehr.«

»Halten Sie den Mund!«, sagte Wendig. Er war Kriminalassistent und Lichtigkeits Wadenbeißer. Das erhellte seine Beförderungsaussichten allerdings nicht, alle Kommissarstellen waren besetzt, und Preußen war pleite. Aber wenn doch mal einer Kriminalkommissar werden sollte, dann Wendig.

Lichtigkeit beugte den Kopf und flüsterte seinem Assistenten was zu. Raben glaubte, das Wort »Kommune« und »einer weniger« zu hören. Aber vielleicht war es ein Fehlschluss.

»Bernhard Müller, und Kurt war unser Freund …«, sagte der Mann am Kopfende. Er trug einen Blaumann, der im Gegensatz zu Puths Kneipe des Kaisers hätte angesichtig werden können. Raben sah einen Blaumann vor Wilhelm buckeln. Aber der Kaiser hatte keine Arbeiter gekannt, nur eine *Arbeiterfrage*, die ihm den Schlaf raubte.

»… und Genosse«, sagte der Mann an der Längsseite links neben Müller. Ihm fehlte ein Ohr.

Raben schlug ein neues Blatt auf und schob den Block Müller zu. »Ich brauche Namen, Anschrift und Arbeitgeber. Von allen.«

Der Mann rechts neben Raben lachte laut auf. »Arbeitgeber! Du glaubst, wir säßen einen ganzen Abend zu fünft vor einem Glas Bier, wenn wir 'nen Ausbeuter hätten?« Er schüttelte den Kopf. »Du kannst gut reden als Bulle.«

»Wir sollen Namen und Adresse der Polente geben?«, fragte Müller. »Damit wir in eurer Kartei landen? Für wie blöd hältst du uns?«

»Sie sind Zeugen eines Mords. Wenn Sie wollen, dass wir die Täter fassen … Außerdem könnte ich Sie nach Ihren Ausweisen fragen.«

Müller grinste. »Das wär ja mal was Neues.« Seine Handflächen trommelten auf dem Tisch. »Gut, gut, Sie sind noch nicht lang dabei, wie ich sehe.«

»Stimmt«, sagte Raben. »Aber Sie müssen mir erzählen, was Sie gesehen haben. Und für Nachfragen brauch ich Ihre Adressen. Wenn ich keine Adressen von Ihnen kriege, dann schickt mein Chef Sie aufs Präsidium. Die Zellen …«

»Ich hatte mir schon so lang einen Bullenbesuch gewünscht. Seit dem Blutmai habt ihr mich vernachlässigt…«, sagte Müller. »Wir denken drüber nach.«

»Ich werde die Adressen nicht überprüfen«, sagte Raben. Blickte jeden an. Blickte zum Tisch, auf dem die *Rote Fahne* lag. »Ich muss…«

»Schon klar, Kleiner«, sagte der Mann, der links neben Raben saß und ihm bestenfalls bis ans Kinn reichte.

Müller ließ den Block rumgehen. Jeder schrieb etwas hinein. Richtige Namen, falsche Adressen, vielleicht auch falsche Namen und falsche Adressen. Wenn die nicht stimmten, riss ihm Lichtigkeit den Kopf ab.

Als der Block wieder vor Raben lag, blickte der den Kneipengast rechts neben Müller an. »Sie heißen Wilhelm Sondermann.«

»Hab ich doch aufgeschrieben.« Schlesischer Dialekt, berlinisch aufgebohrt.

»Dann erzählen Sie mal.« Den Satz hatte Raben dem Kriminalpolizeirat Gennat abgelauscht, dessen Vernehmungen sich anhörten wie Kaffeetratsch mit Oma.

»Na, die sind rein und haben losgeballert«, sagte Sondermann.

»Haben Sie jemanden erkannt?«

Sondermann wiegte den Kopf.

»Ich habe einen erkannt«, sagte der Mann neben Sondermann.

Raben blickte auf seinen Block. »Horst Brück?«

»So ähnlich.« Er hatte eine Glatze und mächtige Koteletten, graue Streifen blinzelten.

»Gut, Herr Brück. Noch mal: Wenn ich mein Chef wäre, ich würde Sie alle zur Personenfeststellung zum Alex bringen lassen. Ich bin aber nicht mein Chef. Strapazieren Sie's nicht…«

»Strapazieren? Was…?«

»Halt's Maul und beantworte die Fragen des Herrn Kommissars«, sagte Müller.

»Beides?« Brück grinste.

»Beides«, sagte Müller.

Brück nickte, drehte sein Gesäß auf dem Stuhl und beugte sich vor zu Raben. »Der Lange war Fehrkamp, die Drecksau. Ist in der SA. Ich hatte den mal in der Mache. Hätte fester zudrücken sollen. Ist was Besseres bei den Braunen. Sturmführer oder wie das bei denen heißt.«

»Wissen Sie Näheres?«

»Frag den.« Brück blickte zum anderen Sitznachbarn Müllers. Ein gedrungener Mann mit mürrischem Gesichtsausdruck.

»Sie heißen Ferdinand Friese«, sagte Raben. Blickte ihn an. Der hieß eher anders.

Friese nickte. »Fehrkamp, Gustav. Verräter. War früher im RFB. Wohnt im selben Hof wie ich. Ich hab mich umgedreht, als die reinkamen, und ihn gleich erkannt.«

»Stimmt… Ferdinand hat recht. Ich war dabei. War auf dem Ku'damm… die Nazis hatten Genossen und sonst jeden angefallen, der kein Nazi… der nicht so aussah«, sagte Brück.

»Haben Sie sich auch umgedreht, Herr Prietzler?« Raben blickte auf seinen Block und nickte, um sich zu bestätigen, dass der Name darinstand.

Prietzler schüttelte seinen hageren Schädel. »Ich habe mich gleich weggeduckt, als die Ballerei begann.« Heiser, zittrig. Er steckte sich eine Selbstgedrehte an. Sog kräftig, das Zigarettenende glühte auf. »Aber den Fehrkamp kenn ich. Wenn man solche Leute… wäre die Welt schon ein bisschen besser… aber…« Den letzten Teil murmelte er.

»Also«, sagte Raben. »Die Herren Müller, Sondermann, Brück und Friese haben Gustav Fehrkamp als Täter identifiziert. Als Anführer…«

Müller nickte.

»Nur Herr Prietzler hat nichts gesehen…«

»Nur gehört«, sagte der. »Gehört. Und wie.«

»Sie kannten das Opfer ebenfalls«, sagte Raben.

»Ja, klar. Kurt, ein guter Mann. Ein Freund, so was wie …«, sagte Müller.

»Er arbeitete im Karl-Liebknecht-Haus, war also KP-Funktionär.« Raben ließ seinen Blick über die Männer schweifen. Sah die abgetragene Kleidung, den Stolz, die Spuren der Verzweiflung in Gesichtern, in die sich der Krieg und die Not eingezeichnet hatten. Menschen, ausgespuckt aus dem Arbeitsleben. Eine Zeit lang Stütze, dann Hunger. Und schließlich gar nichts mehr. Wohlfahrtsamt, Suppenküche. Deutschland im Winter 1932. Wie viele von ihnen hatten schon überlegt, sich aus dem Fenster ihres Mietblocks zu stürzen? Wie viele froren, weil sie nicht mal mehr Münzen für die Gasautomaten hatten? Wie viele bevölkerten die Kneipen, nur um sich aufzuwärmen?

Müller nickte.

»Was war Essers Aufgabe?«

»Fragen Sie die Genossen dort«, sagte Müller. »Die können es Ihnen erklären.«

4.

»Der Wagen ist da.« Die Steinkopf betrat die Kneipe. Blickte sich um. Sah nichts, das sie erschreckte.

»Kommen Sie mit, die Kollegen hier brauchen uns nicht mehr.« Inzwischen war die Aktive Mordkommission komplett. Lichtigkeit winkte Wendig zu sich. »Sie übernehmen die Sauerei hier.«

»Klar, Chef.«

»Raben! Haben Sie die Mörder schon gefunden?«

»Einen.«

»Glückwunsch! Ein blindes Huhn …«

»Den kenn ich auch schon«, sagte Puth.

»Dann kommen Sie mal mit, Sie Genie«, sagte Lichtigkeit. »Wir fahren zum Bolschewistenbunker.«

»Um die Zeit?« Rabens Armbanduhr zeigte fast halb zehn.

»Für die Revolution braucht's Tag und Nacht«, sagte Lichtigkeit. »Irgendwen werden wir da schon finden.«

»Und die Fahndung nach dem Verdächtigen?«, fragte Raben.

»Welchem Verdächtigen?« Lichtigkeit blickte ihn erstaunt an.

»Gustav Fehrkamp, SA-Sturmführer. Die Zeugen haben ihn erkannt.«

Lichtigkeit blickte sie an. »Klar, diese Herren mögen die SA und ihren Führer nicht. Läuft da gerade was gegen diesen Fehrkamp?«

Müller fixierte den Kommissar. Blickte dann zu Raben. »Hab ich's nicht gesagt?«

Lichtigkeit winkte Wendig herbei. »Holen Sie ein paar Schupos rein. Die Herren kommen aufs Präsidium. Sind *wichtige* Zeugen.« Klang wie: Denen glaube ich kein Wort.

5.

Im Karl-Liebknecht-Haus brannte noch Licht. »Wie im Kreml«, sagte Lichtigkeit. »Wo der Führer der Völker noch tief in der Nacht für den Frieden und den Wohlstand des Sowjetvolks arbeitet. Wahrscheinlich arbeitet hier sein Geist … Sie kennen doch die Geschichte vom Heiligen Geist? Stalins Heiliger Geist heißt Ernst Thälmann, unter Genossen *Teddy*. Wie der Bär meiner Tochter. Nur ist der kleiner und hält keine Reden.«

Raben saß neben ihm im kleinen Opel, Lichtigkeit am Steuer. Sein Chef wollte ihn verarschen. Er hatte Lichtigkeit bisher als sachlich erlebt. Ein Kommissar wie aus dem Kriminalistenbilderbuch. Dass er hin und wieder über die Kommune und die Sozis lästerte, gehörte zum Umgangston in der Roten Burg. Aber dass sein Chef die Kommunisten hasste, das begriff Raben erst jetzt.

Lichtigkeit deutete auf die Hausfront. Ein paar Fenster waren beleuchtet. »Dort arbeitet Teddy fürs Arbeiterparadies.«

Sie stiegen aus. Lichtigkeit klingelte. Eine Klappe in der Tür öffnete sich. Lichtigkeit hielt die Hundemarke ans Guckloch. Die Klappe schloss, und die Tür öffnete sich. Der Mann hatte eine Halbglatze. »So spät noch«, sagte er. »Und nur zu zweit. Ihr seid ja mutig.« Mehr Verachtung konnte man kaum in eine Stimme legen. »Was hat die Kommune wieder verbrochen?«

»Sie heißen?«

»Georg Füllkrug.«

»Sie sind …«

»Der Idiot, der dafür sorgt, dass Leute wie Sie hier nicht einfach reinspazieren.«

»Portier im Hauptquartier der Revolution«, ätzte Lichtigkeit.

»Besser hätte ich es nicht sagen können.«

»Sie kennen Kurt Esser?«

»Ist … ja.« Bedächtig. Er deutete auf ein verschlissenes Sofa. »Warten Sie dort.«

Die Kripobeamten setzten sich. Lichtigkeit blickte sich um. Deutete auf ein riesiges Bild. »Senken Sie Ihre Stimme. Er ist es.«

Stalin blickte Raben an.

Füllkrug telefonierte. Hielt die Hand vor den Mund. Flüsterte.

»Gleich kommt ein Oberchef. Thälmann wird's kaum sein. Der ist zu Hause bei Mutti oder hält irgendwo wilde Reden«, sagte der Kommissar.

Füllkrug legte auf. »Gleich«, sagte er und setzte sich hinter seinen Tisch. »Gleich.«

Schritte. Dann erschienen auf der Treppe Füße, Beine, schließlich die schlanke Figur eines Mannes. Anzug, lockere Krawatte. Er stellte sich neben Füllkrugs Tisch, blickte die Polizisten an. »Sie wünschen?«

Lichtigkeit erhob sich, dann auch Raben.

»Wo können wir uns in Ruhe unterhalten?«, fragte Lichtigkeit.

Der Mann ging zu einer Seitentür, öffnete sie, winkte die Polizisten herein. Ein Sitzungsraum. An der Wand Wahlplakate. Thälmann, Stalin, Karl Liebknecht. In Regalen Broschüren, Bücher. Auf dem Boden ein Plakatstapel. *Wer Hitler wählt, wählt den Krieg!*

»Nehmen Sie Platz«, sagte der Mann.

Als sie saßen, sagte Lichtigkeit: »Sie haben bestimmt einen Namen.«

»Sie bestimmt auch«, sagte der Mann.

»Kriminalkommissar Lichtigkeit, mein Assistent Raben.«

»Ernst Torgler.«

»Sie sind Vorsitzender der kommunistischen Reichstagsfraktion«, sagte Lichtigkeit.

»Ich bewundere Ihre politische Bildung.« Ruhe lag in der Stimme. Fast Überheblichkeit. »Sie stehlen mir wertvolle Zeit.«

»Sie kennen Kurt Esser?«

Torgler musterte Lichtigkeit. »Natürlich.«

»Er hat hier gearbeitet?«

»Ja. Er ist offenbar verhaftet oder tot«, sagte Torgler.

»Tot«, erwiderte Lichtigkeit.

»Nazis haben ihn im *Goldenen Anker* erschossen. Kennen Sie einen Gustav Fehrkamp?«, fragte Raben.

»Sie halten den Mund«, sagte Lichtigkeit.

»Ich kenne die Kneipe. Von Fehrkamp habe ich gehört. Ein SA-Schläger. Der hatte Kurt auf dem Kieker.«

»Was heißt das?«, fragte Lichtigkeit.

»Kurt hat ihm in der *Fahne* nachgewiesen, dass er eigene Leute umgebracht hat. Mindestens zwei. Die Nazis nennen das Fememord. Die Staatsanwälte und Richter dieser Republik auch. Wie ein Augenzwinkern.«

»Was hat Esser bei Ihnen getrieben?«

»Getrieben hat er nichts. Er hat gearbeitet. Hab ich das nicht schon gesagt? Er war Redakteur der *Roten Fahne*.«

»Hatte er ein Spezialgebiet?«, fragte Raben.

»Nazis und sonstige Gangsterbanden. Polizei und Justiz eingeschlossen. Es gibt auch Polizisten, die ein Motiv haben. Das werden Sie bestimmt nicht übersehen. Sie ermitteln ja in allen Richtungen.«

Wenn Sarkasmus triefte, würden wir im Schleimbad ersaufen, dachte Raben.

»Wir brauchen Essers Privatanschrift.«

Torgler blickte auf seine Armbanduhr. »Die gibt Ihnen der Genosse an der Pforte.« Er erhob sich. »Fehrkamp also?«, fragte Torgler.

»Und sechs andere. Sie haben ihn erschossen«, sagte Raben.

6.

Im Hinterhof hallten Stimmen. Katzen jaulten und fauchten. In einer Wohnung bellte ein Hund. Ein Mitesser, dachte Raben.

Im dritten Stock, gleich über dem Holzverschlag, auf dessen Tür vornehm *Toilette* stand. Raben klingelte bei *Esser*. Und hatte das Gefühl, dass sie beim Falschen klingelten. *Fehrkamp* hätte auf dem Klingelschild stehen müssen.

Es war 23 Uhr 45, aber Raben war hellwach.

Er klingelte wieder, länger.

Schritte, dann Babygeschrei. Eine Frau öffnete. Verschlafen. »Hast du den Schlüssel …« Ärger in der Stimme. Blickte die Männer an. »Wer sind Sie?«

Lichtigkeits Dienstmarke beantwortete die Frage.

»Was wollen Sie?«

»Wir haben eine traurige Nachricht. Ihr Mann wurde … ermordet.«

Sie starrte ihn an, den Kopf ins Genick gelegt. »Ermordet …? Wer …? Wo?«

»Im *Goldenen Anker*«, sagte Lichtigkeit. »Kennen Sie den?«

»Ja, ja … aber warum?«

»Nazis«, sagte Raben.

»Wir sind noch in den Ermittlungen. Verzeihen Sie meinem jungen Kollegen. Er ist Anfänger.«

Die Frau starrte Raben an. Sie hatte Falten an Augen- und Mundwinkeln. War jung gewesen und auf einen Schlag gealtert. Ihr Kopf wiegte hin und her, als betete sie lautlos.

»Dürfen wir einen Augenblick reinkommen?«

Von der Etage über ihnen krähte eine Männerstimme. »Luise, brauchst du Hilfe? Soll ich die Partei anrufen?«

»Sie braucht keine Hilfe«, rief Lichtigkeit. »Halten Sie den Mund, wir sind die Polizei. Wenn Sie wollen, dass ich Ihnen ein paar Kollegen zu Besuch schicke ...«

»Luise, ich kümmere mich.« Ein Mann trampelte im Eiltempo die Treppe hinunter, rempelte Lichtigkeit an und verschwand.

Luise Esser ließ sie eintreten. Kein Flur. Eine Wohnküche. Von der zwei Türen abgingen. Eine Speisekammer wie üblich. Und ein Schlafzimmer. Ein Kinderbett, das mal weiß gewesen sein mochte. Es roch feucht und scharf nach Schimmel.

Sie deutete auf die Couch. Raben setzte sich. Lichtigkeit schaute sich um, setzte Trauer auf und sagte: »Kurt Esser war Ihr Mann.«

Sie nickte. Die Hand vor dem Mund. »Die Nazis«, flüsterte sie. »Ich hab ihn gewarnt. Irgendwann bringen Sie dich um.«

»Wie gesagt, wir ermitteln noch.«

»Nazis«, sagte sie. »Nazis, wer sonst?«

»Vielleicht hat ihn jemand in der eigenen Partei für einen Verräter gehalten. Und der Genosse Mielke, der Held vom Bülowplatz, ist aus Moskau angereist, um ihn zu liquidieren.«

Raben blickte Lichtigkeit an. War der irre? »Nazis. Einer hieß wohl Fehrkamp. Kennen Sie den?«

Die Esser sah ihn an. Schüttelte den Kopf.

»Welche Arbeit hatte Ihr Mann bei der KP?«, fragte Lichtigkeit.

Raben spürte die Spannung im Magen. Lichtigkeit suchte Widersprüche. In diesem Fall zwischen dem, was Torgler gesagt hatte, und dem, was die Witwe sagen würde.

»Er war Redakteur.«

»Wofür? Sport? Theaterkritik? Küchenrezepte?«

Esser blickte Lichtigkeit kurz an. Sie hatte verstanden. Die Verachtung. Die Zumutung, sich um den Mord an einem Roten kümmern zu müssen. Die diese elende Republik ihrer Polizei abverlangte.

»Lassen Sie mich in Ruhe«, sagte sie. »Raus!«

»Oho!«, sagte Lichtigkeit. »Ja, wenn Sie der Tod Ihres Gatten nichts angeht, nun gut.«

Sie stiegen schweigend die Treppe hinunter.

Die Autotür in der Hand, blickte Lichtigkeit Raben an. »Das soll einer verstehen.«

7.

Thälmanns Körper dampfte. Er hatte den Herd in der Küche eingeschürt. Saß in Unterhemd und Hose, die nackten Füße in Hauslatschen. »Gut, dass du angerufen hast.«

Torgler nickte. »Wann kommt er?«

»Sollte längst da sein.« Der KPD-Chef schämte sich seines Hamburger Dialekts nicht. »So ein Schiet.«

»Ob die uns auf die Spur gekommen sind?«, fragte Torgler mehr sich selbst.

Es klopfte leise an der Haustür. Thälmann erhob sich und öffnete. Sagte kein Wort. In der Küche erschien ein jung aussehender Mann.

Torgler erhob sich. »Gut, dass du gekommen bist, Hans. Guten Morgen.«

Thälmann schenkte Kaffee ein. »Ich hab noch Schmalz und Brot.«

»Hast du mit Wladimir gesprochen?«, fragte Torgler.

Thälmann stellte einen Brotkorb, Teller, Messer und Gabel auf den Tisch.

»Nein.« Kippenberger blickte auf seine Uhr: »Den treff ich planmäßig zum Mittagessen.«

»Sag, Genosse Kippenberger, sind die Nazis auf unserer Spur? Haben sie Kurt ermordet, weil sie wussten, was der plante?« Thälmann blickte ihn streng an.

»Glaub ich nicht. Weiß ich nicht«, sagte Kippenberger.

»Die können den ganzen Apparat aufmischen bei ihren Ermittlungen. Die Bullen waren nur kurz in der Zentrale, aber sie kommen wieder«, sagte Torgler. »Dann stehen wir blöd da, wenn wir nicht aufräumen. Und Moskau hält uns für das, was wir sind. Vollidioten.«

»Übertreib nicht. Überprüf alles. Krieg raus, was die Bullen wissen«, sagte Thälmann. »Am besten gestern.«

Kippenberger blickte in seine Kaffeetasse.

»Der wird kalt«, sagte Thälmann. »Ist echter. Aus der Botschaft. Geschenk vom Genossen Chintschuk. Kennst du diesen Fehrkamp?«

»Hab von ihm gehört. Nach unserer Kenntnis SA-Schläger, schlau und brutal. Ein Spitzenmörder fürs Dritte Reich.« Kippenberger trank. »Wenn er's war, liquidieren.«

»Nicht ohne Rücksprache mit Wladimir und mir. Mir wär's recht, die Bullen übernähmen das. Rübe ab, fertig.« Thälmann überlegte. »Aber wahrscheinlich kriegt der drei Tage auf Bewährung, weil er ein national gesinnter Mann mit EK zwo ist. Und die Richter klatschen Beifall.«

»Wie immer«, sagte Torgler. »Unsere Genossen buchten sie wegen jedem Mist jahrelang ein. Und das Pack lassen sie machen.«

»Ich hab's mir überlegt«, sagte Thälmann. »Wenn Wladimir nichts dagegen hat, erledigen wir den sofort. Damit die kapieren, dass sie zu weit gegangen sind. Wenn wir jetzt hier und da herumklamüsern, glauben die noch, es steckte was Wichtigeres dahinter.«

»Wir reagieren, wie die es erwarten. Sonst denken die nach. Oder die Bullen.«

»Wer ersetzt Kurt?«, fragte Torgler.

»Kippenberger«, sagte Thälmann. »Frag Wladimir, ob er einverstanden ist. Du kennst den Plan so gut wie Kurt. Wer sonst sollte es tun?«

Kippenberger nickte. Er sah nicht aus, als hätte er in der Lotterie gewonnen.

8.

Am nächsten Morgen rief der Portier in der Mordinspektion an. Kurz darauf stand ein Mann mit Lederweste in der Tür, in der Hand knetete er seine Kappe. Die Steinkopf schickte ihn zu Lichtigkeit. Aber der war nicht da. Angeblich was Dienstliches. »Sagen Sie dem Alten nichts«, hatte er Raben angewiesen.

Raben vermutete, dass sein Chef sich wieder die Hucke vollgesoffen hatte. Und dem Kriminalpolizeirat war diese Gewohnheit zweifellos auch bekannt. Aber er sagte nichts.

»Ich bin Stedtner, mit dt, Taxifahrer…«

»Nehmen Sie Platz. Einen Kaffee?«

»Gern.«

Raben bat die Steinkopf, zwei Kaffee zu besorgen. »Aber keinen durchsichtigen.«

»Pfff«, sagte die Steinkopf und marschierte los. Sie trat fester auf als sonst. Die Schritte entfernten sich. Es klang wie das Exerzieren des Infanterieregiments 9, der kaiserlichen Garde.

»Sie sind also Taxichauffeur und haben etwas beobachtet…«

»Ja, ja. Ich weiß nicht… vielleicht…«

»Beruhigen Sie sich. Die Polizei ist Ihnen dankbar. Nehmen Sie sich Zeit. Eines nach dem anderen. Wie kommen Sie darauf, dass Sie etwas gesehen haben, das uns interessiert?«

»Stand heute früh im *12-Uhr-Blatt*. Der Mord im *Goldenen Anker*.« Er zog die Zeitung aus der Innentasche seiner Jacke. Tippte auf die Überschrift. *Mord in Kiezkneipe*.

Raben nickte. »Und da haben Sie was gesehen.«

»Ich fahr die Straße entlang… war glitschig… es hat gepisst… geregnet.« Der Mann lächelte unsicher. Quälte seine Kappe. Wischte sich die Hände an der Jacke ab. »Ich fahr da also lang, und da seh ich Männer. Einer hinterm andern… wie bei der Polonaise… heißt doch so. Und ich denk mir, was drücken die sich da an der Hauswand rum. Sellerstraße… bin durchgefahren… wir müssen bei der Prüfung zwanzigtausend Straßen kennen. Ist doch verrückt. Aber die Sellerstraße kenn ich… da hatte die Frau von meinem Bruder… nein, die Schwester der…«

Er blickte Raben aus Schweinsäuglein an.

»Was haben Sie gesehen… in der Sellerstraße?«

»Ja, eben die Männer.«

Die Steinkopf öffnete die Tür und stellte ein Tablett mit zwei Kaffeetassen auf den Tisch, Zucker und Milch. »Bitte schön, Herr Kriminalpolizeirat.«

Stedtner nahm Zucker und schüttete Milch bis zum Rand in die Tasse. Trank hastig. »Sehr gut.«

»Wie viele?«, fragte Raben.

»Weiß nicht… vier… nee, mehr… fünf bis sieben…« Er nickte. »Gibt's eine Belohnung?«

»Bisher nicht. Aber Sie lassen Name und Adresse ja hier…«, sagte Raben. »Wann haben Sie die Männer gesehen?«

Stedtner stutzte. »Ach, so gegen acht…?«

»Dann können Sie gehen. Wenn Ihnen noch was einfällt…«

»Jut, Herr Kommissar.«

Als Stedtner verschwunden war, lehnte sich die Steinkopf in den Türrahmen. »Na, Fall gelöst?«

»Klar«, sagte Raben. »Warum hat der nicht gleich die Kollegen vom Revier…?«

»Weil er erst seit heute Morgen weiß, was passiert ist«, sagte die Steinkopf.

»Sie haben ja recht.« Raben blickte sie an, schüttelte den Kopf.

»Und wenn wir den Mörder fassen, kriegt er Beifall im Gerichtssaal. Richter und Staatsanwalt eingeschlossen. Die zeigen das nicht, aber denen kann man in de Birne kucken.« Wenn sie sich ärgerte, verfiel sie ins Berlinern.

»Na, Fall gelöst?« Als wollte er die Steinkopf nachäffen. Lichtigkeit marschierte ein, fehlten noch Stechschritt und Pickelhaube.

»Fast«, sagte die Steinkopf. »Der Taxifahrer wollte sich schon die Belohnung abholen.«

»Aber wir kennen doch den Namen. Fehrkamp«, sagte Raben.

»Den besuchen wir jetzt«, sagte Lichtigkeit.

9.

Fehrkamp lag auf dem Sofa in der Wohnküche. Oder dem, was Schimmel und Sitzen, Liegen und Vögeln davon übrig gelassen hatten. Er war zufrieden. Goebbels hatte ihn in der Gauleitung zur Seite genommen und ihm auf die Schulter geklopft. »Ein Hetzer weniger, das ist schon was«, sagte er. »Aber lass dich nicht erwischen.«

Des Führers bester Mann hatte ihn geduzt. Das war wie ein Orden. Und eine Prämie hatte er auch versprochen. Nicht sofort, aber wenn die Sache vergessen war. Morgen floss das Blut woanders. Solange es nicht das eigene war, war es gut.

Otilie stand am Herd. Es roch nach Bohnensuppe. Es roch eigentlich immer nach Bohnensuppe. Mehr gab der SA-Lohn nicht her. Er riss sich den Arsch auf, damit seine Frau Bohnen kaufen konnte.

»Willste den ganzen Tag rumliegen?«, fragte sie.

»Mal sehen. Wenn du nicht zu viel Krach machst, könnte ich schlafen.«

Sie drehte sich um. Ihr Gesicht war früh gealtert. Als er sie kennengelernt hatte, strotzte sie vor Jugendlichkeit. Immer fröhlich, immer bereit loszulachen. Aber die Zeiten waren nicht danach. Fehrkamp lächelte sie an. Dachte an fast drei Jahre Arbeitslosigkeit, weil die Bosse Kommunisten als Erste rauswarfen. Und an seine Krämpfe, als Anna ihm sagte, er solle sich nicht so anstellen. Die Braunen seien doch auch Sozialisten, und ihr Führer sei der Einzige, der dieses von den Roten und Juden verrottete Land retten könnte. Bei der SA werde er versorgt, nicht knorke, aber immerhin. Allein hätte er es nicht geschafft. Aber sein Kumpel Werner hatte die Schnauze auch voll. Ihn nervten die Revolutionsgesänge der Führer, leerer als ihre Mägen. Und das Genie in Moskau hatte immer recht, auch wenn er die Parteilinie änderte, hatte die Partei nie geirrt. Was interessierte den Typen Deutschland? Der Reichstag hatte sich über die Zusammenarbeit der Reichswehr mit der Roten Armee gestritten. Die Reichswehr, die immer bereit war, Kommunisten abzuknallen. Außer die in Russland, hatte Werner gesagt. Unsere Führer sind Lügner, die in der Sowjetbotschaft Krimsekt saufen und Kaviar fressen.

»Ich hab Urlaub, Sonderurlaub«, sagte Fehrkamp. »Und den genieß ich auf dem Sofa.«

»Was haste anjestellt, Justav?«

Er winkte ab.

Es klopfte an der Tür. Energisch.

10.

In der Tür stand eine verhärmte Frau.

»Wir möchten mit Ihrem Mann sprechen«, sagte Lichtigkeit und zeigte seine Dienstmarke.

»Und wer sind Sie außer Besitzer einer Hundemarke?«

»Lichtigkeit, Kriminalkommissar. Und der Herr ist der Kriminalassistent Raben, wie der Vogel.«

»Und was wollen Sie?«

»Das habe ich Ihnen schon gesagt. Wir müssen mit Ihrem Mann sprechen.«

»Weshalb?«

»Ist Ihr Mann in der Wohnung?«, fragte Raben.

»Ja, bin ich«, tönte eine Stimme.

Dann stand Fehrkamp hinter seiner Frau. »Unsere Freunde von der Polente. Na, dann kommen Sie rein, wenn Sie schon mal hier sind.«

In den Mietskasernen konnte man die Armut riechen. Die Dünste aus dem Treppenklo. Die Bohnen. Die Feuchtigkeit. Die Abfälle. Geschrei im Hof, eine Frau, Kinder, dann ein Mann. Der Widerhall, tausendmal gebrochen, ergab die einzigartige Geräuschkulisse der Mietblöcke. In der Küche Herd, Spüle, ein Tisch mit zwei Stühlen.

»Den nehmen Sie nicht«, sagte die Frau. »Der wackelt.« Sie zeigte aufs Sofa. Fehrkamp setzte sich neben Raben, Lichtigkeit auf den anderen Stuhl. An der Wand über der Tür ein Bild Hitlers, aus einer Zeitschrift ausgerissen und mit Reißzwecken angepinnt.

»Worum geht's, Herr Kommissar?«

»Mord. Sie kennen den *Goldenen Anker* in der Sellerstraße?«, fragte Lichtigkeit.

»Den kennt hier jeder. Ist eine Kommunistenhöhle.«

»Sie waren auch mal einer«, sagte Raben.

»Was Sie so alles wissen. Man kann sich ja mal irren.«

»Und da sind Sie mit ein paar Kameraden rein und haben einen Mann namens Kurt Esser erschossen«, sagte Lichtigkeit.

»Wie bitte?«, sagte Fehrkamp.

»Wann soll denn das gewesen sein?«, fragte die Frau.

»Gestern Abend, so gegen acht Uhr«, sagte Lichtigkeit.

»Na, dann sind Sie beim Falschen«, sagte sie. »Mein Gustav war um die Zeit hier ...« Sie deutete auf das Sofa. »Hat langgelegen, der faule Kerl.« Sie zeigte ihrem Mann die Faust.

»Gibt's weitere Zeugen dieses Ereignisses?«, fragte Raben.

»Was für ein Ereignis? Nix ist passiert. Das isses ja.«

»War noch jemand bei Ihnen, der die Anwesenheit Ihres Mannes bezeugen kann?«

»Wollen Sie sagen, dass ich lüge?«

»Sie haben Ihren Beruf verfehlt«, sagte Raben.

»Ich habe gar keinen. Und wie sollte ich in dieser Scheißzeit…«

»Als Schauspielerin hätten Sie Begabung.«

11.

Als sie vor der Haustür standen, schrie irgendwo jemand irgendwas. Und jemand schrie irgendwas zurück.

»Ganz schön vorwitzig, der Herr Assistent.«

»Ich lern ja nichts, wenn ich nichts tue«, sagte Raben. »Zumal unter Ihrer Aufsicht und Anleitung.«

Lichtigkeit grinste.

»Die Frau lügt«, sagte Raben.

»Kann sein, aber das Alibi ist Beton, solange wir keine Beweise haben.«

»Aber wir haben doch die Zeugen aus der Kneipe. Die haben den Fehrkamp identifiziert.«

»Die zerreißt der Anwalt von Fehrkamp vor Gericht. Der Herr Freisler. Gegen solche Leute brauchen wir Handfestes. Sonst gibt's die übliche Kampagne vom *Angriff*, und nicht nur von Goebbels' Hetzblatt.«

»Und wenn wir die Gauleitung besuchen? Wenn wir eine Durchsuchung bei Fehrkamp machen? Vielleicht finden wir die Waffe. Der Erkennungsdienst hat einen Haufen Hülsen gefunden. Vielleicht passen welche zu Fehrkamps Waffe?«

»Für wie blöd halten Sie den? Glauben Sie ernsthaft, der lässt eine Mordwaffe in der Besteckschublade rumliegen? Sie müssen noch viel lernen. Menschenkenntnis zum Beispiel.«

»Natürlich, Herr Kommissar.«

Lichtigkeit blickte ihn fragend an. Als glaubte er, sein Assistent nähme ihn auf die Schippe.

»Sonst haben wir doch nichts.«

12.

Sie saßen in Kippenbergers Büro im Karl-Liebknecht-Haus. Das Fenster zeigte zum Hinterhof. Kippenberger wippte auf seinem Stuhl. Ihm gegenüber lehnte ein drahtiger Mann an der Wand. Er kniff die Stirn in Falten. Auf einem anderen Stuhl saß Puth.

»Fehrkamp ist klar. Wer noch? Wir brauchen alle Namen.«

»Ich habe noch mal mit dem Genossen Müller gesprochen. Er hat sonst keinen von denen erkannt. Das haben die mit Absicht gemacht. Nur Fehrkamp stammt aus unserem Kiez. Das war ein gut organisierter Anschlag.« Puth war traurig. Er hatte Esser gemocht. Immer freundlich, wenn auch verschlossen. Er las Zeitung in der Kneipe, manchmal zog er auch ein Buch aus der Manteltasche. Mit einem Bleistift unterstrich er und schrieb Kommentare an den Seitenrand. Meistens las er Lenin, zuletzt *Was tun?* »Außer Fehrkamp und ein paar anderen Verrätern hatte Kurt keine Feinde im Kiez. Die Leute mochten ihn. Wenn einer ihn auf der Straße anhielt, hörte er zu. Und die Leute waren mit seinen Antworten zufrieden.«

»Wir werden ein großes Begräbnis veranstalten. Und seiner Familie helfen«, sagte Kippenberger. »Vielleicht zunächst mit einem Urlaub in der Sowjetunion.« Er blickte Wladimir Bordjuk an.

Der nickte. »Ich kümmer mich drum.«

»Wenn dieser Fehrkamp irgendwo auftaucht, legen wir ihn um. Aber wir brauchen die Namen der anderen. Vielleicht redet Fehrkamp mit 'nem Pistolenlauf am Ohr?«

Puth begann zu schwitzen, obwohl es im Zimmer kalt war.

»Mal sehen, wann die Bullen die Leiche freigeben«, sagte Kippenberger. »Dann bestimmen wir den Beerdigungstag. Plakatieren und veröffentlichen einen Aufruf in der *Roten Fahne*. Das Berliner Proletariat wird seine Stärke zeigen.«

Es klopfte, die Tür öffnete sich. Ein junger Mann legte eine Zeitung auf den Tisch und verschwand wortlos.

»Danke«, murmelte Kippenberger.

Das Volk wehrt sich. Verdientes Ende eines Sowjetfreunds.

»Die Schweine«, sagte Kippenberger. »Goebbels' Gülle.« Hielt den *Angriff* hoch, die Titelseite Puth und Bordjuk zugewendet.

»Ich glaub, der Ehrig war dabei«, sagte Puth zögernd. »Beschwören könnt ich es nicht. Aber der ist mit Fehrkamp zur SA gegangen ... nach der Sache auf dem Bülowplatz.«

»Ehrig, sicher?«, fragte Kippenberger.

»Fast, dieses eine Gesicht kam mir bekannt vor. Es ging aber alles so schnell, ich hab ihn nur von der Seite gesehen und mich hinterm Tresen geduckt, als die Schießerei losging.« Er überlegte. „Ich hab den schon lang nicht mehr getroffen. Ist vielleicht umgezogen. Oder übt in der Heide für die nationale Erhebung.«

Wladimir lächelte. »Wir schauen nach.«

13.

Raben war todmüde. Er verließ das Büro. Es rumorte in seinem Hirn, die Ermittlungen liefen falsch. Wenn schon die Zeugenaussage einer Nazi-Ehefrau für ihren Nazi-Ehemann weitere Ermittlungen gegen Fehrkamp ausschloss, konnten sie die Arbeit gleich einstellen. Er winkte dem Pförtner zu, ohne ihn anzusehen. Würde Gennat eine Ermittlung auch so führen? Vielleicht würde er es morgen früh erfahren. Er betrat den Bürgersteig. Die Elektrische nölte, Autos hupten, zwei Männer schrien sich an. Auf dem

Boden saß ein Alter ohne Beine. Wie automatisch warf Raben fünf Pfennig in den Hut. Die Toten waren fürs Vaterland gefallen, die Kriegskrüppel waren lästig. Überall stellten sie ihre Hässlichkeit zur Schau.

Dann traf ihn ein Schlag. Raben fiel und sah noch jemanden zu Boden gehen.

»Sind Sie blind!«, schnauzte eine Frauenstimme.

Raben rappelte sich auf und reichte der Frau die Hand. »Entschuldigung, ich war in Gedanken …«

Sie zog sich hoch. Die Frau war leicht, schlank und schön.

»Knorke, dass Sie denken. Die Menschheit macht doch Fortschritte«, sagte sie.

Er lachte sie an. »Tut mir …«

»Ja, ja, ich weiß. Bevor Sie anfangen zu flennen, laden Sie mich auf eine Tasse Kaffee ein, es könnten auch zwei werden, und ein Stück Torte.« Sie hob ihre Handtasche auf. Blickte an sich hinunter. Strich ihren Rock glatt. »Gucken Sie mal von hinten.« Sie drehte sich wie beim Tanz. »Alles gut?«

»Ja, sehr gut. Nichts zerrissen, keine Flecken.« Sonst gefiel ihm ihre Rückseite auch.

»Es geht nichts über Berliner Straßenkehrer. Gehn wir.«

14.

Am Morgen erschien Raben spät zur Dienstbesprechung. Aber rechtzeitig für seinen Fall. Der Sitzungsraum war vernebelt von Qualm.

»Schön, dass Sie nun auch eingetroffen sind«, sagte Lichtigkeit, bevor er zur Runde sprach.

»Entschuldigung, ich …«

Lichtigkeit winkte ab.

Raben sah Liebermann von Sonnenberg grinsen. Nebe saß neben dem und musterte den jungen Schlacks. Gennat beschäftigte sich mit einem Stück Torte. Aber sie wussten, dass er zuhörte. Noch mit vollem Mund sagte er nach Lichtigkeits Vortrag: »Sie haben eine Leiche, Zeugen, welche die Mörder gesehen haben, aber den Fall noch nicht gelöst.« Ganz gemütlich.

»Das ist aber doch ein spezieller Fall«, warf Nebe ein. »Die vorgeblichen Zeugen wollen jemanden gesehen haben, der zufällig ihr politischer Feind ist. Also ich würde diesen Fall ungern vor Gericht vertreten, wäre ich Staatsanwalt.«

Und Raben dachte: Sagt der Nazi, der einen Nazimörder beschützen will.

»Sindse aba nich«, sagte Gennat. »Jeder Mord ist ein besonderer Fall. Haben Sie die Wohnung des Verdächtigen durchsucht?«

Braucht er jetzt nicht mehr, dachte Raben und beobachtete Nebe, der in einen Block kritzelte.

»Nein, dieser Fehrkamp erweckt nicht den Eindruck, blöd zu sein«, sagte Lichtigkeit.

»Wenn Sie wüssten, wie viele Mordfälle aufgeklärt wurden, nur weil der Täter sich für oberschlau hielt«, sagte Gennat.

In der Kriegsmarine hätte man das einen Torpedovolltreffer genannt.

»Und was gedenken Sie nun zu tun?«, fragte Gennat.

»Wir wollen mal sehen, was die Kriminaltechnik herauskriegt. Wir haben massenweise Patronenhülsenprofile in der Kartei. Da wird sich doch was finden«, erwiderte Lichtigkeit.

»Nee, Herr Kollege. Lassen Sie denen mal ihre Zeit. Und Sie besuchen den Fehrkamp noch mal. Und den Ehrig, falls es den gibt. Was in der Verbrecherkartei?«

»Ich hab noch … das sollte Herr Raben übernehmen.«

Der ihn verdutzt anguckte.

Gennat kaute und dachte sich seinen Teil. Dann sagte er doch was in die Stille. »Vielleicht könnten Sie ihm erklären, wie man in der Kartei sucht? Hat Fehrkamp noch was auf der Liste? Vorstrafen und so weiter? Dieser Ehrig, findet sich der in der Sammlung?«

Die Verbrecherkartei hatte einen eigenen Raum. Gennat hatte sie erfunden, und Berlins Gangster fürchteten sie. Namen, Taten, Tatortzeichnungen, Tatmodi, Waffen, Opfer. Die Karteikarten schmückten farbige Reiter, mit deren Hilfe Taten und Täter sortiert waren. Bei Morden fand sich schnell eine Übersicht der Tötungsarten, der Waffen, des Täterverhaltens, der Spuren.

Ehrig fanden sie nicht, Fehrkamp sofort. Drei Verfahren wegen Körperverletzung. Aber er hatte nur zwei Monate in Moabit abgesessen. Liberale oder linke Zeitungen tadelten bei solchen Verfahren die Sympathie von Staatsanwalt und Richter für nationale Kräfte, die doch immerhin an der Front ihr Leben fürs Vaterland aufs Spiel gesetzt hätten. So, wie man den General Ludendorff nach seinem Putsch mit Hitler 1923 vor Gericht gestellt, aber laufen gelassen hatte wegen seiner Verdienste im Krieg.

Fehrkamps Opfer waren in zwei Fällen Kommunisten, im dritten ein Sozialdemokrat. Diesem hätte er fast den Schädel eingeschlagen.

»Kein Schusswaffengebrauch«, sagte Lichtigkeit. »Hätten wir da was gefunden …«

»Warum bringt eine Gruppe von Männern einen Mann um? Die haben sich vorbereitet. Und die hatten einen Auftrag, den sie sich nicht selbst gegeben haben. Ich tippe, der Auftraggeber sitzt in der Gauleitung. Wenn nicht im Braunen Haus in München.«

Lichtigkeit lächelte. Nickte. »Mag sein.«

15.

Raben hatte Lena nach Hause begleitet in dieser Nacht. Nachdem sie Kuchen gegessen, Kaffee und Wein getrunken hatten. Das *Café Jädicke* in der Kochstraße schloss um neun Uhr. Die Chefin musste sie rausbitten. Sie waren mit der U-Bahn zur Görlitzer Straße gefahren. Sie wohnte in der Liegnitzer Straße bei einer Wäscherin zur

Untermiete. Als sie die Haustür aufschloss, schlug ihnen ein Geruchgemisch aus Seifenlauge und Terpentin entgegen. »Ich dachte, mit dem Gaskrieg wär's vorbei«, sagte Raben.

»Welch Irrtum! Hier stinkt's immer so«, sagte Lena. »Man gewöhnt sich dran.«

»Darf ich Sie in der Redaktion anrufen?«

»Lieber nicht. Das mag mein Chef gar nicht. Anruf bei einer Volontärin ...« Sie legte den Kopf schief. »Aber wenn Sie wollen, gehen wir am Samstag bummeln. Da hab ich frei. Und Sie?«

»Bisher auch. Aber ...«

»Klar, wenn jemand meine Leiche findet, haben Sie nicht mehr frei. Holen Sie mich ab? So gegen zwei Uhr?«

»Ja, gerne.« Er gab ihr die Hand. »Und wenn ich eine Leiche finde, bring ich sie mit.«

»Igitt«, sagte sie und schüttelte lachend den Kopf.

Sie sah den Blick ihrer Wirtin. Die spitzelte durchs Fenster und spitzte die Ohren.

Im Flur fing Frau Maier ihre Untermieterin ab. »Guten Abend.« Sie trat näher und schnüffelte wie ein Kaninchen. »Ich hoffe, es war ein anständiges Lokal.«

»Natürlich. Das ist ein Bekannter von der Kriminalpolizei.« Schon mal vorbauen.

»Haben Sie was ausgefressen?«

Was für eine blöde Frage. »Ich fürchte schon. Er ist bei der Mordinspektion am Alex.«

»O Gott.«

Als Wirtin war Frau Erna Maier mit »ai« erträglich. Aber ihr Verstand hielt da nicht mit.

16.

An der Pforte der NSDAP-Gauleitung in der Hedemannstraße empfing Lichtigkeit und Raben der misstrauische Blick eines Mannes, der bei der Bartweltmeisterschaft nur knapp hinter dem Führer lag.

»Sie wünschen?«

Lichtigkeit zeigte seine Dienstmarke. »Ist der Herr Gauleiter zu sprechen?«

»Weiß ich nicht.«

»Dann fragen Sie jemanden, der es weiß.«

Der Portier kräuselte seine Glatze und griff zum Telefonhörer. Hielt die Hand vor den Mund, als wären Polizisten Lippenleser.

Schritte klackten auf den Bodenkacheln. Eine Blondine mit einem Lächeln, das sie auch dem Teufel geschenkt hätte. »Der Doktor erwartet Sie«, sagte sie. »Ich darf vorausgehen.«

Sie führte die Polizisten durch einen Gang in ein Büro. An der Wand Hitler und ein Plakat zum BVG-Streik, dazu Goebbels bei einer Ansprache, mit erhobenem Zeigefinger. Vor dem Schreibtisch ein Holztisch mit Stühlen. Goebbels erhob sich hinter seinem Schreibtisch und hinkte den Besuchern entgegen. Deutete auf den Tisch. Setzte sich wieder hinter seinen Schreibtisch. Links Akten, rechts Manuskripte, Zeitungen. »Was führt Sie zu mir?«

»Der Mord an einem Kurt Esser, gewissermaßen ein Kollege von Ihnen«, sagte Lichtigkeit.

»Sie dürfen von mir nicht erwarten, dass ich in Tränen ausbreche, wenn ein Moskowiter tot umfällt.«

»Er hat nicht gestanden, sondern gesessen«, sagte Raben.

»Also«, sagte Goebbels. »Ich habe nicht viel, eigentlich keine Zeit. Kommen Sie zur Sache.«

»Kennen Sie einen Gustav Fehrkamp?«, fragte Lichtigkeit.

»Natürlich, einer meiner besten SA-Männer.«

»Es … gibt den Verdacht, er könnte zusammen mit anderen Kurt Esser erschossen haben.«

»Ein Verdacht. Haben Sie Beweise?«

»Wir fragen Sie.«

»Dann fragen Sie endlich.«

Lichtigkeit stutzte.

»Wir glauben nicht, dass sieben Männer ohne Auftrag zu einer bestimmten Zeit an einem bestimmten Ort mit Waffen auftauchen, um einen Mann zu erschießen, der Ihr politischer Feind war«, sagte Raben.

»Schön gedacht«, sagte Goebbels. »Bisher habe ich nicht geglaubt, dass Kriminalistik eine Art Theologie sein könnte. Wird Zeit, dass wir das ändern.«

»Sie haben keinen Mordauftrag gegeben?«, fragte Raben.

Goebbels blickte ihn starr an. Schüttelte den Kopf. Wandte sich an Lichtigkeit: »Haben Sie auch seriöse Fragen?«

17.

Den Besuch beim *Doktor* hätten sie sich schenken können. Dachte Raben. Aber nur, weil er nicht wusste, was nun in der Gauleitung geschah.

Goebbels saß eine Weile und grübelte. Heydrichs SS-Sicherheitsdienst in München hatte auch in Berlin seine Leute. Und die wussten, was in der Roten Burg am Alex los war. Nebe hatte behauptet, dass Lichtigkeit Sympathien für die Braunen habe. Aber dieser Assistent - der hatte zwar so wenig zu sagen wie eine Bettwanze, war aber genauso lästig.

Goebbels ging ins Vorzimmer und vergaß diesmal sogar, seine Sekretärin zu bewundern. Er sagte nur: »Schicken Sie mir unseren Grafen Helldorff her. Heute noch.«

Er humpelte um seinen Schreibtisch. Seine Feinde nannten ihn

Klumpfuß, aber das störte ihn schon lange nicht mehr. Gut, dass dieser Esser tot war. Er hätte gefährlich werden können. Dass die Bullen ihn besuchen würden, hatte er erwartet. Aber dass sie sich nicht abfertigen ließen wegen eines Kriminalassistenten, das überraschte Joseph Goebbels dann doch.

Der Graf von Helldorff brauchte nur eine halbe Stunde. »Na, Doktor, was gibt's?« Der Graf warf sich mehr in den Stuhl, als dass er sich setzte. Er stützte einen Fuß auf dem Nachbarstuhl, zündete sich eine Zigarette an und lachte. »Sagen Sie, Ihre Sekretärin haben Sie wegen ihres Blitztempos beim Stenografieren eingestellt.«

Goebbels lächelte. »Sie haben es erfasst. Wir haben aber andere Sorgen.«

»Sind wir endlich pleite?«

»So gut wie«, sagte Goebbels. »Der Gau kann derzeit kaum noch Veranstaltungssäle mieten. Die Leute nehmen unsere Wechsel nicht mehr. Manchmal könnte ich verzweifeln … unser Führer kennt keine Kompromisse. Soll doch die Bewegung zugrunde gehen, er wird niemals Vizekanzler in einem bürgerlichen Kabinett. Ich oder gar nichts.«

»Das sind ja ganz neue Töne, Doktor. Unser Adolf wird sich schon was denken … hoffe ich.« Helldorff grinste.

Goebbels drückte auf einen Knopf. »Bringen Sie uns zwei Kaffee … Haben Sie Kekse? … Gut, nehmen wir auch.«

18.

»Ich hab Ihnen das schon mal gesagt. Sie sind zu forsch, Herr Kollege. Sie sind mein Assistent oder meinetwegen der vom Buddha. In beiden Fällen heißt es: Sie reden, wenn Sie reden dürfen. Kapiert?«, fragte Lichtigkeit.

»Und wenn mir eine Frage einfällt, die Ihnen vielleicht gerade nicht einfällt?«, fragte Raben.

Er dachte an Lena und daran, dass ihm Lichtigkeits Meckerei scheißegal war. Er wurde sowieso nie Kommissar. Da brauchte er nicht auf brav zu machen. Außerdem hatte er einen Stein im Brett beim dicken Gennat. Da konnte Lichtigkeit nichts ausrichten. »Lassen Sie die jungen Leute mal machen. Sonst lernen die's nie«, pflegte der Kriminalpolizeirat zu sagen. Da konnte Lichtigkeit sich seine Klagen über Raben sonst wohin stecken. Außerdem war Lichtigkeit nicht dumm, sondern erpicht darauf, Kriminalpolizeirat wie Gennat zu werden. Wenn nicht mehr. Und falls Raben half, den Fall zu lösen, half es Lichtigkeit. Rabens Erfolg war seines Chefs Erfolg. Und bei allem Ärger schätzte er dessen flinkes Hirn. Er wusste auch nicht, ob Hitler jemals was reißen würde. Derzeit sah es nach Untergang aus. Lichtigkeit war nicht blöd. Er wartete ab, ob sich die Nazis erholten. Wenn ja, sollte es ihm recht sein. Dann könnten sie die Verbrecher jagen ohne den juristischen Schnickschnack dieser Republik. Und wenn die Nazis es nicht schafften, hätten der Kamerad Nebe und seine Freunde schlechte Karten. Lichtigkeit blinzelte mal den Braunen freundlich zu, mal den Rosaroten, auch nachdem Papen nach seinem Preußenschlag im Juli die Polizei von Führungskräften gesäubert hatte, die der Demokratie zu nahestanden. Man wusste nie. Er war Kriminalpolizist, kein Politiker. Beim Preußenschlag hatte der Reichspräsident Hindenburg die von der SPD geleitete Regierung ab- und den Kanzler Papen auf dessen Initiative als Reichskommissar eingesetzt. Ein Bruch der Verfassung, aber wen scherte das?

»Wir sollten dem Fehrkamp noch mal auf die Bude rücken. Eine Durchsuchungsanordnung kriegt der Staatsanwalt doch leicht. Nazis erschießen einen Kommunisten …«, sagte Raben.

Lichtigkeit kratzte sich am spitzen Kinn. Zog am Schnurrbart. Nickte. »Gut.«

19.

»Mein Mann ist verreist, aber wenn Sie unser Luxusappartement besichtigen wollen, bitte schön. Hier herrscht Ordnung, damit das klar ist. Und das bleibt so.« Otilie Fehrkamp mit gekreuzten Armen vor der Brust.

Lichtigkeit winkte die drei Kollegen vom Erkennungsdienst in die Wohnung. Fehrkamps Frau blieb im Flur stehen.

»Wo ist Ihr Mann hin? Wann kommt er zurück?«, fragte Lichtigkeit.

»Ich weiß es nicht. Er ist weggegangen und nicht zurückgekommen.«

»Sie wissen also nicht mal, ob er verreist ist?«, fragte Lichtigkeit.

»Wenn Sie das so verstehen wollen.«

»Und wenn die Kommunisten sich gerächt haben? Und Ihr Mann schon tot ist? Oder gefangen in einem Keller sitzt und verprügelt wird?«

»Ach Blödsinn, Unkraut vergeht nicht.«

»Wir können Sie auch aufs Präsidium mitnehmen«, sagte Lichtigkeit. »Sie lügen uns die Hucke voll und behindern die Ermittlungen. Es geht um Mord, Frau Fehrkamp.«

»So ein Quatsch. Haben Sie einen Beweis?« Sie lugte zur Küche, wo die Beamten sich eher im Weg standen oder knieten, als etwas zu finden.

»Wir haben Zeugenaussagen.«

»Ja, ja, von denen.« Sie warf einen Kubikmeter Luft weg. Kreuzte die Arme wieder. »Sie finden hier nichts.« Blickte Lichtigkeit böse an, dann Raben. »Außer dem Modergestank der Armut, in das uns Ihr System geworfen hat.«

»Sie hätten Dichterin werden sollen, nicht Nazisse«, sagte Raben.

»Ach, der Herr Kommissar haben eine Neigung zur Poesie«, sagte sie bissig.

»Er ist nur mein Assistent«, erwiderte Lichtigkeit. »Ich habe keine Neigung zur Poesie, aber was gegen Mord.«

Es dauerte nicht lange, bis eine Mietswohnung mit Wohnküche und Schlafzimmer durchsucht war. Der Chef des Erkennungsdienstes näherte sich Lichtigkeit und schüttelte den Kopf.

»Sag ich doch«, maulte Otilie Fehrkamp. »Was wollen Sie schon finden? Wir leben vom SA-Sold meines Manns. Der ist so mau, dass das Verhungern nur verlängert wird. Wenn er überhaupt noch gezahlt wird.«

20.

»Kommen Sie mal«, sagte die Sekretärin des Chefredakteurs. Lena eilte zum Büro ihres Vorgesetzten.

Der saß zurückgelehnt auf seinem Schreibtischsessel, das *Berliner Tageblatt* in der Hand. Er blickte sie an und deutete auf den Besucherstuhl. Theodor Wolff lächelte, musterte ihr Gesicht. »Sehr gut, sehr gut«, murmelte er. »Was Sie über die Arbeitslosendemonstration in Lichtenberg geschrieben haben …« Sein Bart war monarchistisch, aber unter der Stirnglatze wohnte der Kaiser nur noch als Holz hackender Idiot in Holland.

Er las wieder, blickte auf. »Wie lange sind Sie schon bei uns?«

Sie richtete den Rücken gerade. »Gut sieben Monate.«

»Fein, Sie gehören offenbar zu den Frauen, die gern lernen, Fräulein Riedle.«

Sie schluckte. Nickte.

»Ich habe mir Ihre Stücke der letzten Wochen angesehen. Sehr gut. Wirklich sehr gut.«

»Herr Schönkopf hilft mir sehr«, sagte sie. »Sie loben in Wahrheit seine Redaktionsarbeit.«

»Ich habe mit ihm gesprochen. Seien Sie bloß nicht zu bescheiden, sonst wird aus Ihnen nichts.«

»Ja, aber ...«

»Kein Aber. Der Leiter unserer Lokalredaktion ist ein guter Journalist, hat sich schon über die Entourage des Kaisers lustig gemacht. Müssen Sie mal lesen. Wirklich witzig. Was man über die meisten witzigen Artikel leider nicht sagen kann.«

»Ich habe die Artikel gelesen. Sie sind herausragend. Ich hoffe, irgendwann so gut zu schreiben wie Herr Schönkopf.«

Wolff nickte. »Er ist in der Lokalredaktion unterfordert. Aber er besteht darauf, nicht ins Feuilleton zu wechseln. Seit dem Krieg ...«

Lena nickte, obwohl sie kein Wort verstand.

»Der Krieg hat die Menschen verwandelt. Unser Desaster, die ewigen Straßenkämpfe, die Fememorde, die Krise, das Elend gab's vorher nicht. Und dieser Herr Hitler wäre Postkartenmaler in Wien geblieben, meinetwegen in München.«

»Vielleicht kommt's darauf an, was wir jetzt machen ... Entschuldigung.«

»Nichts zu entschuldigen. Wenn Sie die Haltung unserer ehrwürdigen Zeitung in einem Satz beschreiben wollten, wäre das vielleicht ein Versuch ... Obwohl alle Welt mich drängt, mir es mit den Braunen nicht zu verderben.«

Sie nickte.

»Sie kommen aus Kiel?«

Das steht doch alles in meiner Personalakte, dachte Lena. Sie nickte wieder.

»Ihr Vater war im Krieg, dann bei der Post.« Beiläufig, ohne in eine Akte zu blicken. »Er ist neunundzwanzig gestorben, Spätfolge des Kriegs ...«

»Granatsplitter im Kopf ...«

»Ja, die wandern gern ... Entschuldigung ... man stumpft ab.«

»Ist gut«, sagte sie.

»Sie haben Geschichte und Germanistik studiert, an der Friedrich-Wilhelms-Universität. Wovon haben Sie gelebt? Doch nicht von der Rente Ihrer Mutter.«

»Ich habe gearbeitet. Zuletzt in einem Anwaltsbüro ...«

»Mord und Totschlag.« Er lächelte.

»Nein, Patente, ganz unblutig.«

Wolff zog an seinem Kaiserbart, der sein Gesicht wuchtiger machte, als es ohnehin schon war. Kratzte sich überm Ohr. Er lächelte.

Was sollte dieses Frage-und-Antwort-Spiel, wenn er die Antworten längst kannte? Langsam kam es Lena vor wie Rabens Schilderung von Polizeivernehmungen. Immer wieder Bekanntes durchkauen, bis sich eine Lücke auftat. Bis der Beschuldigte sich verplapperte, weil er müde war oder die Nase voll hatte.

»Ich glaube, Sie sollten sich verändern«, sagte Wolff.

Lena erschrak. So wurde man also vornehm rausgeschmissen. Man rutschte auf einer Schleimspur aus der Redaktion auf die Straße. Um von der Stütze zu leben, die für Berufsanfänger ein paar Wochen gezahlt wurde, und dann war Essig. Beziehungsweise das Wohlfahrtsamt, das mit allem Möglichen zu tun hatte, nur nicht mit der Wohlfahrt.

»Schön«, sagte sie. »Wenn Sie meinen.«

21.

Sie trafen sich wieder im *Café Jädicke*. Lena erzählte Raben, was sie erlebt hatte. »Stellen Sie sich vor, Assistentin des Kriminalreporters Wagner!« Ihre Augen leuchteten.

»Ich hoffe, Ihre Freude überlebt die erste Leiche ... Entschuldigung ... ich dachte, eine junge Frau sollte nicht ...«

»Guten Morgen«, sagte sie. »Angekommen im zwanzigsten Jahrhundert? Haben Sie gehört, dass Frauen sogar wählen dürfen, obwohl sie eigentlich zu dumm dafür sind?«

»Sie haben recht. Ich bin dumm, nicht Sie.« Er legte seine Hand auf ihre, zog sie gleich wieder zurück.

»Sie werden es lernen, ich bin Optimistin. Wir arbeiten vielleicht an denselben Fällen, ist das nicht lustig?«

»Lustig eher nicht, aber ich freu mich drauf. Vielleicht finden Sie heraus, wer Kurt Esser ermordet hat.«

»Den Kommunisten im *Goldenen Anker*?«

»Genau den.«

»Dann geben Sie mir die Liste der Zeugen, und ich rück denen auf die Pelle.«

»Das darf ich nicht. Dienstgeheimnis.«

»Ich muss nur einmal draufgucken. Ich habe ein Leica-Gedächtnis.«

»Wenn ich wegen Ihnen rausfliege, ernähren Sie mich. Einverstanden?«

22.

»Wir müssen Ernst Schneller … mit reinnehmen«, sagte Wladimir Bordjuk. »Der Genosse Menschinski hat das vorgeschlagen.«

Kippenberger nickte. Wenn der Leiter des Sowjet-Geheimdienstes GPU etwas vorschlug, war das gleichbedeutend mit einem Befehl für den Militärapparat der KPD, deren Chef Kippenberger war. Kippenberger verstand sich als Mitarbeiter der GPU und den M-Apparat als Teil der Sowjetmacht, ihr Auge im Feindesland.

»Du weißt schon, dass Ernst oft überheblich und bürokratisch ist. Der *Genosse Kartothekowitsch* …«

Bordjuk blickte ihn griesgrämig an. »Das ist doch egal. Er ist intelligent, schnell im Kopf und kein Feigling.«

Die Idee gefiel Kippenberger gar nicht. Er konnte Schneller nicht leiden, musste sich aber eingestehen, dass der helfen konnte, Fehrkamp zu finden. Schneller hatte keine Skrupel abzudrücken. Klar, die GPU-Genossen hatten recht. »Wenn ihr ihm den Auftrag gebt. Auf mich hört er nicht.«

»Schon geschehen«, sagte Bordjuk. »Wir müssen Fehrkamp vor den Bullen kriegen, sonst sitzt er ein paar Monate bis zur nächsten Amnestie und taucht dann ab.«

Er schob einen Zettel mit einer Adresse über den Tisch.

23.

Lena erhob sich. Wolff winkte sie auf den Stuhl zurück. »Ich habe Hermann Wagner gefragt, ob er sie unter seine Fittiche nehmen will. Aber nur, wenn Sie einverstanden sind. Der Kollege Wagner ist ein schwieriger Mensch, aber Berlins bester Kriminalreporter. Wenn Sie also keine Lust mehr haben, nachts zu schlafen …«

Wagner musterte sie von unten nach oben und zurück. Reglos. »Setzen Sie sich.«

Sie setzte sich auf den einzigen freien Stuhl neben einem kleinen Tisch. Auf dem Boden waren Furchen im Halbkreis wie eingefräst. Sie legte eine schmale Akte auf Wagners Schreibtisch.

Wagner griff zur Akte. »Der Esser-Mord?« Schlug die Akte auf. Las.

»Wo haben Sie die Namen her? Sind das die Zeugen?«

Sie nickte. Blickte ihn ängstlich an.

Berlins bestem Kriminalreporter fehlte ein Bein. Kollegen hatten die Prothese auf dem Schreibtisch liegen sehen. Der Schmerz hatte Furchen in seinem Gesicht hinterlassen. In der Redaktion lief das Gerücht, dass Wagners Frau mit einem Zweibeinigen durchgebrannt war, kurz nach dem Krieg. »Wo haben Sie das her?«

»Quellenschutz.«

Er nickte bedächtig. »Sie führen sich ja gut ein. Müller, Sondermann, Friese, Brück, Prietzler und der Wirt namens Puth. Das ist doch schon mal was.«

Nichts deutete darauf hin, dass hier ein Mensch zusammengeschossen worden war. Der Mord hatte sich rumgesprochen. Das erwies sich als geschäftsfördernd. Den Fleck aus Blut und Hirnmasse hatte Puth weggeschrubbt. Nun war die Stelle aufgehellt. Der Wirt blickte seine Besucher an. Bullen? Nein, Presse? Ja. Welche?

»Wir kommen vom *Berliner Tageblatt*«, sagte Wagner.

Puth nickte.

»Wir möchten mit Zeugen sprechen«, sagte Wagner.

»Wir versprechen Quellenschutz. Keine Namen, keine Hinweise auf Adressen«, sagte Lena. »Die Polizei wird die Mörder eher nicht fassen. Dafür die Kommune. Die kennen ihre Feinde.«

»Ich hätte nichts dagegen, wenn die Genossen die Sache klärten«, sagte Puth.

»Wir wollen die Namen der Täter, um sie zu veröffentlichen. Wir suchen vor allem diesen Fehrkamp. Ihre Genossen sicher auch. Und: Jeder Hinweis kann nützen. Wir zahlen gut.«

Puth nickte nachdenklich. »Ich werde Rücksprache halten. Wo kann ich Sie erreichen?«

Wagner schob seine Visitenkarte über den Tresen. »Haben Sie zwei Bockwürste für uns, mit Kartoffelsalat? Und zwei Bier?«

»Klar. Setzen Sie sich hin.« Seine Augen deuteten auf den Tisch, der auf dem hellen Bodenfleck stand.

Lena blickte Wagner an, aber der ging schon voraus. Sie setzte sich ihm gegenüber, Blick gegen die Wand.

»Näher kommen wir dem Tatort nicht«, sagte Wagner.

Lenas Augen suchten den Boden ab. Blutspritzer. Was hatte Raben erzählt? Bestimmt eine geschönte Version, um sie zu schonen. Sie versuchte sich vorzustellen, wie es aussehen musste, wenn ein Mann von mehr als dreißig Kugeln getroffen worden war. *Zerfetzt*, hatte Raben gesagt. Ohne Einzelheiten. Aber seinem Gesicht war der Nachklang des Schreckens anzusehen.

»Sie wollen die Täter fassen?«, fragte Lena.

»Ich bin nicht die Polizei. Aber ich will diese Leute hinter Gittern sehen. Wir wissen doch, wie das läuft. Seit dem Preußenschlag ist die Polizei kastriert.«

Hoffentlich nicht die ganze, dachte Lena und musste grinsen.

Wagner blickte sie fragend an, fuhr aber fort. »Entweder die Polente findet die nicht, weil sie die nicht finden will. Wenn sie sie findet, genügen dem Staatsanwalt die Beweise nicht, und die Kameraden verschwinden auf Höfen ostelbischer Junker. Die nationale Sache, Sie wissen schon … gute Leute für die schwarze Reichswehr, welche die Alliierten auch gern übersehen. Sollte es trotz allem zum Prozess kommen, weiß niemand, wessen Kugel tödlich war. Und wer ist dann der Mörder?«

»Na, die doch alle«, sagte Lena. »Sie haben alle geschossen.«

»Haben Sie da Insiderkenntnisse?«

Sie spürte die Hitze im Gesicht. »Stand doch in der Zeitung.«

»Da hab ich wohl nicht genau genug gelesen.«

Niemand könnte sich jemals vorstellen, dass Wagner etwas nicht genau gelesen hatte. In den Zeitungen stand nur, was die Polizei veröffentlicht hatte. Dass eine Gruppe von Männern den Kommunisten Esser im *Goldenen Anker* erschossen hatte. Nicht einmal eine Fahndung nach Fehrkamp war rausgegangen.

Als hätte er Lenas Gedanken gelesen, fragte der Wirt: »Suchen die überhaupt nach Fehrkamp? Im Radio war nichts. In den Zeitungen?« Er stellte die Biergläser auf den Tisch. »Rest kommt gleich. Dabei haben den sechs Zeugen erkannt, mich eingeschlossen. Aber unsere Aussagen zählen nicht. Kommunisten lügen, ist doch klar. Was für ein Scheißstaat!«

»Könnten Sie mir die Namen der Zeugen aufschreiben? Und die Adressen?«, fragte Wagner.

»Quellenschutz?«

Wagner nickte.

»Ich denk drüber nach.« Brachte die Bockwürste mit Salat und nahm hinterm Tresen den Telefonhörer in die Hand, wählte.

Sie konnten nicht verstehen, was er sagte.

»Der ruft irgendeinen Chef an und bittet um Erlaubnis. Die er kriegen wird. Die kennen mich und wissen, dass ich sie nicht aufs Kreuz lege. Und Sie halten sich auch dran. Quellenschutz. Wir geben niemals einen Informanten preis. Sie haben mich verstanden.«

Sie nickte. »Ich weiß. Niemals.«

Puth legte auf und kam zurück. »Schreiben Sie's auf. Und wenn …«

»Dann passiert mir was, ich weiß«, sagte Wagner.

»Das gilt auch für die junge Dame. In solchen Sachen verstehen wir keinen Spaß und kennen weder Männlein noch Weiblein.«

Puh, dachte Lena. Das fängt ja gut an.

24.

Die drei Männer duckten sich in der Böschung. Hinter ihnen rumpelte die S-Bahn, vor ihnen lag die Laubenkolonie. Nachts fürchteten die Frauen sich auf den unbeleuchteten Wegen. Es waren welche überfallen, ausgeraubt, vergewaltigt worden. Einbrüche in Lauben waren so sicher wie das Gejaul der S-Bahn und das Schnauben und Stampfen der Züge in Friedrichsfelde Ost. Trotzdem lebten Familien in den Kolonien, weil sie sich Wohnungen nicht leisten konnten. Und viele nicht mehr mal das. Wer nichts mehr hatte, nahm, was er fand. Die Leute hatten Angst vor Einbrüchen, Überfällen, Betrügern. Die drei Männer wussten das nur zu gut. Sie durften sich nicht erwischen lassen dort, wo jeder Luchsaugen hatte. Keine Zeugen.

Mehlis, Träckegraben 3 stand auf dem Zettel.

Sie warteten, bis es dunkel war. Der Mond versteckte sich hinter einer Regenwand. Bald waren die Männer durchnässt. Sie froren. Doch warteten sie die S-Bahn ab. Die bremste quietschend und jaulte bald los. Die ersten Fahrgäste eilten den Weg entlang. Die drei warteten, bis endlich ein Mann mit Stock weggehumpelt war.

Dann gingen sie los. Einer blickte sich um. Hoffentlich war kein Reichsbahner auf den Gleisen. Er sah niemanden, nur weitab das Licht des Bahnsteigs. Ein Zeuge hätte den Bullen nur von drei Männern mit Kappen berichten können. Einer groß und breit, die beiden anderen schlank. Die drei verschwanden in der Dunkelheit.

Träckegraben 3 stand an der Gartentür. Der Große hob die Hand. Deutete auf das Haus hinter dem Zaun. Funzellicht im Fenster. Das Haus gegenüber war auch beleuchtet. Ein Hauch von Petroleumgestank lag in der Luft.

»Guten Abend!« Eine Frauenstimme.

»'n Abend!«, stotterte einer der drei.

Scheiße, dachten sie und wendeten die Gesichter ab. Aber das war überflüssig, die Frau beeilte sich, sie hinter sich zu lassen.

»Wir kehren um«, flüsterte einer.

»Quatsch«, widersprach ein zweiter.

»Befehl ist Befehl«, sagte der Große. »Jetzt los.«

Er schritt voran und klopfte leise an der Haustür. Schritte. Er zog seinen Revolver. Die Tür wurde vorsichtig aufgezogen. »Ja, bitte?« Eine Frau blickte durch den Schlitz.

»Wir suchen unseren Kameraden Justav. Wir sind von der Gauleitung.«

Die Antwort war ein Schuss durch die Tür.

25.

»Anruf von der Revierkriminalpolizei. Schießerei in den Laubenkolonien Friedrichsfelde Ost. Keine weiteren Informationen. Die Revierkripo und die Schupo sind unterwegs.«

Raben schreckte hoch. Er hatte Mordbereitschaft. Lichtigkeit war gewiss schon geweckt worden. Er rief die Kraftag an. »Beeilung. Polizeiauftrag!«

Raben forderte den Fahrer auf, Gas zu geben.

»Auch wenn Sie von den ... der Polizei sind. Es regnet, der Asphalt ist glatt, Kopfsteinpflaster ist glatt, und ich habe eine Frau und zwei Kinder. Außerdem gibt's Vorschriften. Hier gilt vierzig, ich hab das nicht erfunden ...«

»Es geht um Mord, Mann.«

»Ich bin nicht *Mann*, ich bin *mein Herr*. Ob Sie da drei Minuten früher ankommen oder nicht, die Leiche läuft Ihnen nicht davon. Ich muss Ihnen sagen, Ihr Chef hat es nie eilig.«

»Chef?«

»Na, der Buddha, der kaum in die Karre reinpasst. Der sitzt immer da hinten und plaudert nett. Bei dem können Sie sich was abgucken.«

Schupos sperrten den Tatort ab. Lichtigkeit war schon da. Er unterhielt sich mit Fehrkamp. Raben hörte noch, wie Lichtigkeit sagte: »Sie suchen wir schon eine Weile. Da haben Sie sich ja ein schönes Versteck ausgesucht. Sie kommen mit aufs Präsidium. Packen Sie schon mal die Zahnbürste ein und eine Unterhose.«

»Das ist eine Frechheit, ich bin das Opfer.«

»Dafür geht es Ihnen aber ziemlich gut«, sagte Raben, nachdem er sich neben Lichtigkeit gestellt hatte. Fehrkamp starrte den Schlaks an.

Raben sah Schoene an der Hintertür. Er rauchte eine Zigarette und starrte in den Himmel.

»Na, Doktor, was sagt die Rechtsmedizin?«

»Hab ich Ihrem Chef schon gesagt. Aber weil Sie's sind. Einen Toten. Zwei sind abgehauen und haben Fußabdrücke hinterlassen. Sagt der Erkennungsdienst. Immerhin mal was.«

»Kennen wir den Toten?«

»Ich nicht. Er hatte wohl eine Waffe in der Hand. Aber der Fehrkamp hat die Tür nicht geöffnet. Und danach zugezogen ... seine Frau.«

»Aha«, sagte Raben, als verstünde er ein Wort.

»Und dann hat der Irre durch die Tür geschossen, also von innen. Und den Besucher, nennen wir ihn mal so, im Bauch getroffen. Der ist innerlich verblutet.«

»Der hat einfach geschossen?«

»Sag ich doch, eine Kugel. Im Magazin fehlt jedenfalls nur eine. Luger 08, von denen gibt's in Deutschland mehr als Zahnbürsten. Wissen Sie ja …«

Die Hütte bestand aus Holzlatten mit einem Teerdach. Tropfen zogen ihre Bahnen auf den gebeizten Planken. Es gab eine Küche mit Sitzecke und ein Schlafzimmer. Dort saß eine Frau auf dem Bett.

»Sie sind Frau Mehlis?«, fragte Raben.

Sie blickte ihn aus verheulten Augen an. »Ja. So was wie die Schwester …«

Raben zog seinen Block aus der Tasche. Das Deckblatt hatte einen Wasserfleck.

»Ihr Kollege« – sie deutete zur Küche – »hat mich schon vernommen.«

»Ich weiß«, log Raben. »Vielleicht erzählen Sie's mir noch mal.«

»Wie wir von einer Horde Kommunisten überfallen wurden?«

26.

Kippenberger und Bordjuk saßen in dessen Büro in der Sowjetbotschaft Unter den Linden. Ihre Fassade fügte sich in die Häuserreihe ein. Von Weitem hätte man es für ein Bürgerhaus gehalten. Ein Samowar in der Ecke. Sie saßen an einem kleinen Tisch. Der einzige Schmuck waren ein Lenin-Plakat an der Wand und eine Dserschinski-Statuette auf dem Regal neben der Tür.

»Ob die was wissen? Der SD hat seine Spitzel überall«, sagte Kippenberger.

Bordjuk schlürfte ein paar Tropfen Tee durch seine Zahnlücke. Er nickte, schwieg.

»Kurt … vielleicht kein Zufall, dass es ihn traf. Warum hatte er keinen Personenschutz angefordert?«

Bordjuk blickte Kippenberger an.

Woher soll ich das wissen?, antwortete Kippenbergers Blick. »Er fühlte sich wohl zu sicher. Glaubte nicht, dass die Schweine was wussten.« Er zündete sich eine Zigarette an. »Was heißt das für die Operation? Wissen die alles? Sollen wir die Sache beenden? Es anders machen?«

»Der Auftrag ist nicht aufgehoben«, sagte Bordjuk. »Wir Marxisten sind Dialektiker. Manchmal spielt eben eine Person eine wichtige Rolle, die Gesetze der gesellschaftlichen Entwicklung setzen einen Rahmen, verstehst du?«

Vor ein paar Monaten hat er mir noch weisgemacht, es sei scheißegal, ob Hitler oder ein anderer Naziführer … »Also weitermachen. Wir ziehen das neu auf«, sagte Kippenberger.

»Was den Fehrkamp angeht, vielleicht kriegt ihr ihn doch noch in die Finger. Die werden ihn nicht einsperren, sondern laufen lassen.«

»Aber überwachen«, sagte Kippenberger, »vielleicht.«

»Das müsst ihr vor Ort entscheiden. Ich schlage vor, dass ihr die Aktionsgruppe auflöst und so tut, als wäre die Sache abgeblasen. Gleichzeitig suchst du neue Leute. Und dann bringt ihr das Schwein um. Wie sagt der Genosse Thälmann so treffend. ›Hitler heißt Krieg.‹ Kein Hitler, kein Krieg.«

27.

Dann sah er Lena. Sie trug einen Wintermantel und einen Regenschirm. Ein Mann humpelte an ihrer Seite. Von dem hatte er schon gehört, Hermann Wagner. Berlins bester Kriminalreporter. Bloß kein falsches Wort sagen, der drehte es einem im Mund herum, bis man einen Knoten in der Zunge hatte. Wagner stellte sich vor die Laubentür, Lena neben ihn.

Vom Bahnhof her jaulte die S-Bahn.

»Guten Tag, Fräulein Riedle … Herr Wagner«, sagte Raben. Natürlich waren die beiden durch die Absperrung gekommen.

Sie blinzelte ihm zu. »Sie sind?«

»Raben, Kriminalassistent.«

»Riedle, Lena. Auch Assistent.«

Wagner blickte sie kurz an, dann Raben, während Lena grinste. »Lichtigkeit, wo ist der?«

Raben schaute sich um. »Weiß nicht, wo mein Chef steckt. Er sichert Spuren …«

»Das wird die Schlagzeile morgen früh: *Lichtigkeit sucht Spuren*«, sagte Wagner. Und schon klickte es. Lena ließ die Kamera hinterm Rücken verschwinden. Nicht schnell genug, eine Leica.

»Die wollten diesen Fehrkamp umbringen, oder?«, fragte Wagner.

Raben grinste. »Ist nach vorne losgegangen, wenn man es genau betrachtet.«

»Es waren drei?«, fragte Wagner.

Woher wusste der das? Ach ja, der kannte Kollegen, und Kollegen kannten ihn. Mochten die Scheine aus seinem Portemonnaie. Und jetzt hatte er noch diese hübsche Assistentin.

»Sieht so aus«, sagte Raben.

»Na, Herr Kriminalassistent, geben Sie Ihre erste Pressekonferenz?«, fragte Lichtigkeit. Er stand in Rabens Rücken, tat zwei Schritte nach vorn und streckte die Hand aus. Wagner gab ihm seine.

»Er erzählt nichts, das wir nicht schon wissen«, sagte Wagner.

Wir! Lena strahlte Raben an.

»Vermutlich wissen Sie mehr als ich«, sagte Lichtigkeit. Ließ seine Augen über Lenas Körper und Gesicht wandern. »Wenn ich rauskriege, welche Kollegen Ihnen …«

»Die werden Sie teeren und rädern, ich weiß«, sagte Wagner.

»Mindestens«, erwiderte Lichtigkeit.

»Kommunisten versuchen sich an Fehrkamp zu rächen, weil der Esser erschossen hat«, sagte Wagner.

Lichtigkeit nickte.

Irgendwo ein Meckern. Zwei Männer trugen die Bahre mit der Leiche weg. Die Frau blickte aus der Laubentür zu ihnen.

»Ist das die Schwester?«, fragte Raben.

Lichtigkeit zwinkerte, Wagner lächelte. Auch eine Antwort.

Lena konnte sich ein Grinsen nicht verkneifen.

Raben sagte zu der Frau: »Das war gar nicht Ihr Bruder.«

»Du Idiot«, sagte die Frau. »Du Idiot.«

28.

»So spät?«, fragte Otilie Fehrkamp. »Haben Sie meinen Gustav geschnappt?«

»Wir haben ihn gefunden. Ich hoffe, es erleichtert Sie.«

Sie starrte Raben an. »Wo?«

»Bei Ihrer Schwester.« Er war nur deswegen gekommen, und sie machte es ihm leicht.

Sie schwieg eine Weile. Ihre Stirnfalten bewegten sich, während sie Luft kaute. »Ich habe keine Schwester.«

»Ach, das … tut mir leid.« Er betrat den Flur, vorbei an der verdatterten Frau. Setzte sich aufs Sofa, das empört eine Ladung Gestank ausstieß.

Sie schloss die Tür und schlich mehr, als sie ging, in die Küche. Blickte Raben an, als hätte sie ihn noch nie gesehen. »Wo ist er jetzt, der Gustav?«

»Auf dem Präsidium, Alex.«

»Ach ja.«

»Er muss noch seine Aussage machen. Jemand wollte ihn wohl ermorden.«

»Ermorden? Ihn?«

»Na ja, Ihr Mann hat sich nicht nur Freunde gemacht.«

»Ja, ja«, sagte sie wie abwesend. »Die roten Säue.«

»Kennen Sie eine Frau Hannelore Mehlis?«

Sie blickte ihn an, schüttelte den Kopf, dann nickte sie. »Die also.«

»Sie kennen Sie?«

»Hab sie vielleicht zwei- oder dreimal gesehen. Auf Kameradschaftsabenden. Da hat er sie mir vorgestellt … wie er mir andere vorgestellt hat … beim ersten Mal.« Sie fuhr sich mit den Handrücken über die Augen. »Hatte damals schon ein blödes Gefühl.« Wieder ein Wischen. »Die Weiber stellen ihm nach, meinem Gustav.«

»Das tut mir leid«, sagte Raben.

»Reden Sie keinen Quatsch.«

»Wir werden ihn auch wegen des Mords im *Goldenen Anker* vernehmen. Sie haben ihm ein Alibi gegeben … vielleicht haben Sie sich vertan?«

Sie blickte ihn an, als sollte Raben alle Wut auf alle Fehrkamps dieser Welt abkriegen.

29.

»Das wird dem Führer gar nicht gefallen«, sagte Goebbels. Wer saß Hitler so gern auf dem Schoß? Goebbels, der sich an Führertreue von niemandem übertreffen ließ, nachdem ihm Parteigenossen Mauscheleien mit den Strasser-Brüdern nachgesagt hatten.

Ihm gegenüber saß ein groß gewachsener Mann, schlank und wenig beeindruckt.

»Gauleiter, wir arbeiten schon dran. Wir haben die Namen und Adressen. Wir müssen das vorbereiten, sonst laufen wir der Polizei in die Arme. Die rechnet damit. Würde sie jedenfalls, wäre ich Chef der Polizei.«

»Ich weiß, ich weiß, Heydrich. Aber das Gerede über den Mord passt uns gerade nicht in den Kram.«

»Denken Sie an das, was unser Führer über die Sache in Potempa gesagt hat. Er hat die SA-Kameraden geradezu beglückwünscht, als sie letztes Jahr einen Kommunisten totgeprügelt haben. Der Führer denkt in diesen Dingen wie mein Reichsführer und ich.«

»Und wie ich. Der Führer will aber im Gegensatz zu uns Reichskanzler werden«, erwiderte Goebbels. »Potempa hat uns genug Ärger gemacht. Und jetzt das.«

Heydrich beugte sich nach vorn. »Mir wurde gesteckt, dass Sie befohlen haben, diesen Esser auszuschalten. Und dass die SA das übernommen hat.«

Goebbels lächelte, während er seinen Ärger runterschluckte. Dieser Scheiß-SD steckte seine Rotznase überall rein. »Ich habe nicht befohlen, das in aller Öffentlichkeit zu tun.«

»Was erwarten Sie von den SA-Genies? Sie hätten Helldorff erklären müssen, wie man so was macht.«

Goebbels legte sein Kinn auf die gefalteten Hände.

»Das nächste Mal rufen Sie mich«, sagte Heydrich. »Und ziehen Sie die Kameraden von der SA von der Sache ab. Wir kümmern uns um die Zeugen.«

30.

»Da will Sie jemand sprechen«, sagte der Portier. »Kommen Sie runter?«

In der Empfangshalle wartete Lena. »Noch kein Feierabend? Ich wollte Sie auf einen Kaffee einladen.«

»Sie wollen mich aushorchen«, rutschte ihm raus.

»Ich verspreche, dass ich kein Wort über diesen Fall verlieren werde …«

»Aber Sie erwarten, dass ich Ihnen alles erzähle, was ich weiß.«

»Pah!«, sagte sie. Drehte sich um und tippelte zum Ausgang. Er stand wie erstarrt. Bevor er was rufen konnte, war sie verschwunden. Raben rannte zur Tür. Draußen war der Alex-Trubel am Feierabend. Es gab tatsächlich noch Leute, die arbeiteten. Und die wollten jetzt nach Hause. Lena war in der Menge untergetaucht.

31.

»Na, Herr Fehrkamp, nun haben wir Sie doch gefunden«, sagte Lichtigkeit.

In diesem Augenblick klopfte es, und die Tür flog auf. Ein hagerer Schädel, die Augenlider bedeckten den Rand der Iris. Als wäre der Mann schläfrig. War er aber nicht.

»Roland Freisler, Rechtsanwalt, ich vertrete Herrn Fehrkampf …«

»… kamp«, sagte Lichtigkeit. »Wenn Sie schon den Namen Ihres Mandanten nicht kennen, ich hoffe, Sie haben wenigstens eine Vollmacht.«

Freisler öffnete seine Aktentasche und schob Fehrkamp ein Formular rüber. Der nickte und winkte mit dem Finger. Freisler gab ihm einen Füllfederhalter. Fehrkamp unterschrieb und schob das Dokument zu Lichtigkeit. Grinste. Lichtigkeit legte das Formular auf den Tisch.

»Sie wissen schon, dass Ihr Alibi wackelt?«, sagte Raben in das Schweigen.

Lichtigkeit blickte Raben von der Seite an. Ließ sich nichts anmerken.

»Ihre Frau hat keine Schwester. Sagt sie jedenfalls.«

Fehrkamp stierte ihn an. »Lassen Sie meine Frau da raus.«

»Sie haben sie reingezogen. Als Alibi. Als *einziges* Alibi«, sagte Raben.

»Mein Mandant macht von nun an von seinem Schweigerecht Gebrauch«, sagte Freisler. »Hier geht es nach Recht und Ordnung.«

32.

Das Klopfen weckte ihn. Er drehte sich um. Da fiel ihm ein, dass seine Frau Renate in der Nacht Putzen ging. Aber sie würde nicht klopfen. Schon gar nicht mitten in der Nacht. Er blickte auf den Wecker. 4 Uhr 54. Er brummelte etwas vor sich hin. Ging zur Tür, öffnete und hatte die Tür im Gesicht. Er fiel auf den Boden, fasste sich an die Nase. Sah das Blut und brüllte: »Was wollt ihr, ihr Schweine?« Dann: »Hilfe! Hilfe!« Bis ihm einer einen Lappen in den Mund steckte und ein anderer die Tür schloss.

Es waren zwei Typen in Zivil. Der eine trat Müller zwischen die Beine. Müller schrie auf, spuckte das Tuch aus und krümmte sich. Der andere griff in seine Haare und riss den Kopf nach oben, woraufhin der Erste ihm den Lappen wieder zwischen die Zähne steckte und ein Tuch über den Mund band.

Es herrschte Stille. Die beiden lauschten. Nach ein paar Sekunden sagte der mit einem Schmiss an der rechten Schläfe. »Jetzt machen wir eine Spazierfahrt, Genosse Müller. Du kannst dir unterwegs die Frage stellen, ob du überleben willst oder nicht.«

Sie trugen ihn mehr, als dass er lief. Im ersten Stock öffnete sich eine Tür und schloss sich wieder. Ein Schlüssel wurde herumgedreht.

»Lass sie, wir haben's eilig«, sagte einer.

Sie packten ihn auf die Rückbank einer NSU-Limousine. Einer schob seine Oberschenkel unter Müllers Kopf. »Schön gemütlich so.« Er tätschelte Müller die Wange.

Der grunzte wütend.

Die Fahrt ging nicht weit. Es war noch dunkel, und ein eisiger Novemberregen ließ ihn frieren, als sie ihn in ein Haus trugen. Einer schloss die Kellertür auf. Sie brachten ihn runter. Im Raum stand schon ein Stuhl. Sie setzten ihn darauf, fesselten die Hände hinter der Rückenlehne und die Beine an die des Stuhls.

Der Typ mit dem Schmiss stellte sich vor ihn. »Die Sache ist einfach, Genosse Müller. Wir brauchen die Namen und Adressen der anderen Zeugen im *Goldenen Anker*. Ja, du hast es richtig verstanden. Wir sind böse Nazis und suchen die Zeugen.«

Müller ließ den Kopf hängen. Er hatte vier Jahre im Graben gelegen und war nur einmal leicht verletzt worden, weil der Scharfschütze im französischen Graben noch übte. Wie ihm Kameraden erklärten. Er kannte Todesangst in den Artilleriebombardements, bei den Sturmangriffen. Aber jetzt würde er sterben. Und erstaunlicherweise hatte er keine Angst. Genauso erstaunlich schien ihm, dass seine Entführer es auch nicht erwarteten.

»Du wirst sprechen«, sagte der mit dem Schmiss. »Wir werden dich dazu bringen.« Eine ansatzlose Rechte traf Müller auf der Nase. Er schrie vor Schmerz und schmeckte sein Blut.

33.

Eine Frau außer Atem. Raben hatte sich zum Bereitschaftsdienst gemeldet. Er wollte überlegen, wie er es mit Lena wieder einrenken könnte. Hatte ihren Abgang immer wieder vor sich gesehen. Er konnte sowieso nicht schlafen. Und nun stand die Dame in Lichtigkeits Büro.

»Nehmen Sie Platz!«, sagte Raben.

»Die haben ihn entführt! Beeilen Sie sich!«

»Warum sind Sie nicht zur Revierkriminalpolizei …?«

»Sind Sie Polizist?«, schrie sie.

»Ja …«

»Also, kommen Sie!«

»Wie heißen Sie?«

»Erna Bleibtreu.«

Er rief Nebe an. Der war Chef der Mordbereitschaft, wie so oft. Ehrgeiz kannte keinen Schlaf.

»Ich hol Sie ab, warten Sie vorm Eingang Dircksenstraße.«

Es dauerte fünfzehn Minuten, bis Nebe hielt.

Die Frau setzte sich auf den Beifahrersitz und zeigte ihnen den Weg.

Sie rannte die Treppe hoch, Raben folgte ihr. Nebe nahm die Treppe in lockerem Schritt. »Seine Frau ist noch auf Arbeit«, hechelte sie.

»Haben Sie einen Schlüssel?«, fragte Raben.

Sie schüttelte den Kopf. »Woher?«

Raben trat gegen das Türschloss. Es krachte auf. »Gefahr im Verzuge!« Falls Nebe meckern wollte.

Er wollte das Licht einschalten. Nichts. »Haben denen den Strom abgedreht. Und ohne Geld gibt's auch keine Heizung«, sagte Bleibtreu. Sachlich.

»Nehmen wir die«, sagte Nebe und ließ eine Taschenlampe aufleuchten. Das Licht irrte durch den Raum. Aufs Sofa, auf den Boden. »Nichts. Vielleicht ist der Herr Müller mit ein paar Genossen einen heben gegangen ... tragen Sie eine Brille?«

»Die ist kaputt. Aber ich sehe gut genug, um zwei Männer zu erkennen, die einen dritten gefesselt aus dem Haus zerren. Ich kann sogar Knebel erkennen.«

Nebe hielt seinen Dienstausweis hoch und leuchtete ihn an. »Lesen Sie!«

»Sie spinnen doch!«, sagte Bleibtreu.

»Keine Beamtenbeleidigung, sonst ...!«

»Keine Bürgerbeleidigung, sonst ...!«

Nebe lachte. »Gut, wir haben eine leere Wohnküche und eine leere Stube. Herr Kriminalassistent, das kommt ins Protokoll.«

»Und wir haben eine Frau, die nicht blind ist. Die gesehen hat, wie zwei Männer einen dritten aus dem Haus gezerrt haben«, sagte Bleibtreu.

»Schreiben Sie also auch auf, dass eine Zeugin erklärt ...« Blickte Raben an. »Sie verstehen?«

»Zu Befehl«, sagte Raben. »Ich verstehe.«

Nebe warf ihm einen schrägen Blick zu. »Untersuchen Sie gern noch den *Tatort*, die Lampe geben Sie morgen in meinem Büro ab. Klar? Rufen Sie sich ein Taxi.«

Nebe federte die Treppe hinunter. Fehlte noch, er hätte ein Lied gepfiffen.

»Das gibt's doch nicht«, sagte Bleibtreu.

34.

Kippenberger stellte keine Gruppe zusammen. Jedenfalls nicht sofort. Er rief Schneller zu sich, den Abweichler. Der Thälmanns Rücktritt wegen Korruption gefordert und sich so rausgekegelt hatte aus der Führung. Aber nicht aus dem M-Apparat. Bordjuk hielt große Stücke auf Schneller. Kippenberger aber konnte den Bürokraten nicht ausstehen. Dessen Selbstsicherheit kotzte ihn an. Aber der Genosse Ernst war zuverlässig und hatte Mumm.

Sie trafen sich in Kippenbergers Reichstagsbüro. Nichts unauffälliger, als wenn sich zwei Abgeordnete trafen. Er schilderte Schneller den Auftrag.

»Ich dachte, individueller Terror ist…«, erwiderte der.

»Ist es auch. Aber wir wollen da nicht dogmatisch…«

Schneller lachte auf. »Knorke, wen sollen wir umbringen? Hitler?«

Kippenberger nickte. »Lenin und Stalin sind nicht nur Verkörperungen historischer Gesetze, sie haben der Entwicklung auch eine eigene… Färbung gegeben.«

»Hitler verkörpert überhaupt kein Gesetz, er ist der Schlachtermeister der Bourgeoisie.«

»Aber was wären die Nazis ohne ihren Führer?«

Schneller nickte. Was wären die Nazis ohne ihren Führer? »Der braune Laden würde auseinanderfliegen.«

»Wir werden ihn auseinanderfliegen lassen«, sagte Kippenberger.

»Wenn wir ihn umbringen, schweißt das den Laden vielleicht zusammen, wenigstens eine Weile«, sagte Schneller.

»Wenn er einen Unfall hat? Wenn einer der eigenen Leute ihn umbringt? Denk an Stennes und seinen SA-Aufstand letztes Jahr. Röhm ist auch unzufrieden. Er hat seinem Busenfreund die SA gerettet, aber der Führer kungelt mit der Reaktion. Es gibt Risse beim Feind, es ist nur die Frage, in welchen Riss wir die Dynamitstange schieben. Vielleicht stürzt ein Flugzeug ab, wo der Adi doch so gern fliegt?«

35.

Raben hatte seinen Bericht geschrieben. Keine Spuren. Müller war offensichtlich entführt worden. Früher hätten sie ein Remmidemmi gemacht. Fahndungsplakate, Bilder in der Presse. Durchsagen im Radio. Aber seit dem Preußenschlag wollte kaum jemand einen Kommunisten finden, der vermutlich doch nur besoffen im Rinnstein lag.

Lichtigkeit erschien, als Raben gefühlt ein paar Minuten gedöst hatte. In seinem Schlepptau eine Frau mit verweinten Augen. Raben hörte seinen Chef Kaffee bestellen. »Für Sherlock Holmes aber einen besonders starken, Köpfchen.«

»Klar, Herr Kommissar.«

Die Steinkopf war also auch schon da.

Er berappelte sich, blinzelte, fuhr sich durch die Haare.

»Das nenn ich mir einen fleißigen Kripo-Mann. Hier ist Frau Müller. Wenn Sie also Fragen haben.«

Müller setzte sich auf einen Stuhl vor dem Schreibtisch, hinter dem Raben geschlafen hatte, den Kopf auf der Platte.

»Hier ist mein ...« Er schob das Blatt Papier Lichtigkeit zu. Der nahm und überflog es. Legte es auf den Tisch zurück.

»Frau Müller, guten Morgen … Ist denn Ihr Mann zurückgekehrt?«

»Glauben Sie, ich wäre dann hier?« Armut zeichnete Falten, malte Blässe in die Gesichter. Schlug Zahnlücken, überzog die Haut mit Schrammen und Narben. Machte alt.

»Ich habe aufgeschrieben, was Ihre Nachbarin berichtet hat. Ohne sie wüssten wir nicht einmal, dass Ihr Mann …«

»Die Bleibtreu lügt nicht. Wenn die sagt, es waren zwei Männer, die meinen Bernd überfallen haben …«

»Ich verstehe«, sagte Raben. Allmählich kam sein Hirn auf Trab.

»Das war dieser Fehrkamp, das Schwein. Erst guter Genosse, Stalin hier, Thälmann da. Und jetzt läuft er diesem Marktschreier nach, dieser braunen Sau.«

»Nun mal gesittet«, sagte Lichtigkeit.

»Haben Sie eine Idee, wohin die Entführer Ihren Gatten verschleppt haben könnten?«, fragte Raben.

»Fragen Sie den Klumpfuß oder seinen Grafen.«

»Ich weiß jetzt schon, was die antworten würden«, erwiderte Raben.

Müller schwieg, überlegte. »Ja, ja, die lügen, wenn sie's Maul aufmachen.« Sie schloss die Augen, öffnete sie. »Die wollen den umbringen … haben's schon. Wie sie den Kurt Esser ermordet haben.«

»Dass die Ihren Mann und Esser nicht mögen, ist klar, aber deswegen bringt man nicht gleich jemanden um. Hat Ihr Mann angedeutet, warum Esser ermordet wurde?«

Sie schüttelte den Kopf. »Der kannte … kennt … kannte den Kurt nur so, als Genosse.«

»Mal hier einen ›Guten Tag‹, dort eine Bemerkung …?«, fragte Raben.

»So etwa.«

»Keine Bemerkung, die Ihrem Mann … aufgefallen sein könnte?«

Sie überlegte. »Nein.«

Die Steinkopf servierte. »Ihnen habe ich einen extra starken zubereitet.« Sie grinste Raben an.

»Danke, ich hoffe, ich werd ihn überleben.«

»Hoffentlich nicht«, flüsterte die Steinkopf.

»Danke, Köpfchen«, sagte Raben.

Sie tippte sich an die Schläfe.

Frau Müller kippte sich Milch und Zucker in die Tasse, bis der erste Tropfen einen Fluchtversuch am Tassenrand unternahm.

»Mein Männe ist fast jeden Abend in den *Anker*. Traf sich mit Genossen. Zu Hause hat er es nicht ausgehalten. Arbeitslosigkeit ist kein Freizeitvergnügen, meine Herren. Sie als Beamte …«

»Bevor wir jetzt Systemfragen diskutieren … wir sind bei der Kripo«, sagte Lichtigkeit. »Wir …«

»Haben Sie den Fehrkamp erwischt? Ich hab so was flüstern gehört.«

Raben nickte.

„Dann fragen Sie den, wo mein Mann ist.« Sie rührte ihren Kaffee wieder um. Diesmal mit Elan. Trank die Tasse aus. »Reine Zeitverschwendung.« Erhob sich und verschwand. Vom Flur klang herein: »Scheiß Bullen!«

»Mich meint die nicht«, sagte die Steinkopf.

»Lassen Sie den Fehrkamp vorführen«, sagte Lichtigkeit.

36.

»Mein Mandant kann es ja kaum gewesen sein«, sagte Freisler. Er blickte lächelnd auf die Polizisten herab, obwohl er saß und die Beamten standen.

»Herr Fehrkamp, wissen Sie, wo sich Bernhard Müller aufhält?«, fragte Lichtigkeit.

»Wer? Müller? Welcher Müller?«, sagte Fehrkamp. Als Freisler den Mund öffnete, winkte Fehrkamp ab.

»Der mit Ihnen im RFB war«, sagte Raben.

»Da gab's mehr als einen Müller. Leider«, sagte Fehrkamp.

»Den Sie im *Goldenen Anker* gesehen haben.«

»Ach, den …«

»Halten Sie den Mund«, sagte Freisler.

»Ich darf doch an Ihre Manieren appellieren, Herr Anwalt«, sagte Lichtigkeit. Ein Anflug von Fröhlichkeit in der Stimme.

»Sie waren also zur Tatzeit im *Goldenen Anker*«, sagte Raben.

»Gar nichts und nirgendwo«, sagte Freisler.

Fehrkamp hätte jetzt behaupten müssen, Müller an einem anderen Tag in der Kneipe gesehen zu haben. Aber Panik lähmte. Die stand in seinen Augen. Eine Sekunde war er erstarrt. Eine Sekunde sah er seinen Kopf unterm Fallbeil. Und diese Sekunde begriff Raben als Geständnis.

»Wenn Sie uns verraten, wo wir Müller finden, geht's vielleicht noch günstig aus für Sie«, sagte Raben. »Sonst verspreche ich Ihnen Plötzensee …« Seine Hand zuckte senkrecht nach unten.

Lichtigkeit brauchte zwei Sekunden länger. Er blickte Raben an und schwieg.

»Sie sind ja wohl völlig wahnsinnig. Mein Mandant war zur Tatzeit zu Hause. Seine Frau hat es bezeugt …«, brüllte Freisler. Dumm war er nicht.

»Und sechs Männer haben Fehrkamp im *Goldenen Anker* gesehen. Mit einer Waffe in der Hand. Die er auf Esser abfeuerte«, sagte Raben. »Und jetzt ist der erste Zeuge verschwunden … entführt und wohl umgebracht worden. Weil er auch am Tatort war.« Er blickte Fehrkamp an. »Das spricht nicht für Sie. Vor Gericht«, fügte er an. »Genauso wenig wie Ihr Eingeständnis, an jenem Abend Müller im *Goldenen Anker* erkannt zu haben.«

»Sie verdrehen meinem Mandaten das Wort im Munde. Ich werde mich beschweren«, sagte Freisler.

»Ich habe Ihre Beschwerde zur Kenntnis genommen«, sagte Lichtigkeit. »Bitte reichen Sie die schriftlich nach.«

Als Fehrkamp in die U-Haft zurückgebracht und Freisler schimpfend abgezogen war, sagte Lichtigkeit: »Vielleicht wird aus Ihnen doch noch mal ein richtiger Bulle.« Er blickte ihn an. »Gehen Sie nach Hause und schlafen Sie sich aus.«

Und Raben dachte, dass die Wahlschlappe der Nazis am 6. November nicht nur politisch ihr Gutes hatte. Lichtigkeit war vorsichtig geworden.

37.

»Das hat eine junge Dame für Sie abgegeben«, sagte Frau Maultier. »Sie wissen schon, dass Damenbesuch …« Sie war aus Ihrer Wohnungstür auf den Flur herausgeschossen wie ein Gestalt gewordener Blitz.

»Ich weiß, Frau Maultier.« Nahm den Umschlag. »Ich bin von der Polizei und halte mich an Vorschriften. Oder haben Sie Gegenteiliges anzumerken? Haben Sie etwa Angst vorm Kuppeleiparagrafen? Hilfe zur fremden Unzucht …«

Sie trat zur Seite. »Nein, nein, natürlich nicht. Die Miete …«

»Bezahl ich auch immer rechtzeitig, also übermorgen.«

»Ja, natürlich, Herr Kommissar.«

In den ersten Wochen hatte er auf *Kriminalassistent* bestanden, inzwischen war es ihm egal. Mochte sie ihn für den lieben Gott halten.

Er wohnte in einer schäbigen Winzigwohnung im schäbigen zweiten Stock eines schäbigen Hauses in der schäbigen Soldiner Straße im schäbigen Viertel Gesundbrunnen. Frau Maultier war zufrieden, einen Polizisten zum Untermieter zu haben. In dieser Ecke konnte sie Schutz gut gebrauchen. Zumal Raben im Treppenhaus immer wieder Herren und Damen sah oder hörte, die man nur Herren oder Damen nannte, wenn man es mit der Höflichkeit übertrieb. Sie verschwanden für eine Weile in einer Wohnung im vierten Stock, tappten hoch, und bald klackten die Absätze die Stufen wieder hinunter.

»Ich koch Ihnen schnell was Warmes«, sagte sie und zog eilig die Wohnungstür zu.

Raben stieg die Treppen hoch bis zur zweiten Etage. Er warf seine Aktentasche aufs Sofa, setzte sich auf den einsamen Sessel, warf einen resignierten Blick auf die ausgeblichene Blümchentapete und öffnete den Umschlag.

Sehr geehrter Herr Raben,
ich entschuldige mich in aller Form für mein Verhalten. Ich versichere Ihnen, dass ich Sie nicht aushorchen will. Es ist auch Zufall, dass ich nun in der Kriminalredaktion arbeite. Ich habe dies nicht verlangt, vielmehr hat mich mein Chef dorthin versetzt. Wenn Sie es wünschen, bemühe ich mich nach Kräften, wieder zurückversetzt zu werden und nur noch Hausfrauenratschläge zu veröffentlichen.

Raben lachte. Sah ihr Gesicht vor sich. Die war nun nicht der Typ, der Rezepte ersann und Fragen der Schicklichkeit und Mode erörterte.

Seien Sie herzlich gegrüßt.
Ihre Lena Riedle

PS Gerne würde ich wieder einen Kaffee mit Ihnen trinken. Wenn es Ihre Mannesehre nicht verletzt, würde ich Sie sogar einladen, als Strafe für mein Fehlverhalten. Vielleicht schicken Sie mir eine Antwort an die Redaktion im Mossehaus?

Er zog Hose und Hemd aus. Lächelte, legte sich aufs Bett und war schon eingeschlafen. Er erwachte mit Müllers Leiche im Kopf. Zerschlagen und erschossen.

38.

Heydrich saß in Himmlers Münchener Büro. Hitler an der Wand, zwei Fotorahmen auf dem Schreibtisch. Darin Bilder seiner Frau, die ihre Tochter im Arm hält.

Himmler wiegte den Schädel. »Die Kommune will also unseren Führer ausschalten. Es ist Ihre Aufgabe, das zu verhindern, Heydrich.« Er überlegte. »Ich habe dem Führer schon so oft geraten, sich mehr um seine Sicherheit zu kümmern. Wir werden uns etwas einfallen lassen müssen. Vielleicht machen Sie mir demnächst einen Vorschlag.«

»Selbstverständlich, Reichsführer.«

Himmler nickte. »Und dieser Zeuge. Wusste der was?«

»Vom Attentat? Nein. Er wusste lediglich, dass unser Kamerad Fehrkamp den Esser erschossen hat.«

»Der den Anschlag auf Hitler geplant hat.«

»Er gehörte zum sogenannten M- oder AM-Apparat…«

»Diese GPU-Filiale in Berlin, ich weiß. Sie haben die ja schon aufgeklärt.«

Heydrich nickte. Wenn sein Chef an diese Meisterleistung glauben wollte, warum sollte er ihm widersprechen? »Nur, über diesen Wladimir Bordjuk wissen wir wenig. Außer dass die GPU ihn vor etwa zwei Monaten nach Berlin geschickt hat. Dann gibt es da noch bulgarische Komintern-Leute, einer nennt sich wohl Dimitroff oder so ähnlich. Wir arbeiten dran. Leider haben wir in der Sowjetbotschaft niemanden.«

»Weitere Zeugen?«

Heydrich nickte. »Müller war am Ende doch nicht so heroisch wie sonst mit seinem Maul. Wir haben Namen und Adressen.«

»Gut«, sagte Himmler. »Kehren Sie zurück nach Berlin. Ich weiß, dass ich mich auf Sie verlassen kann.«

»Danke, Reichsführer.«

»Der soll dem Fehrkamp sagen, dass er den Führer gerettet hat und jetzt noch einige Zeit durchhalten muss. Der Führer wird sich erkenntlich zeigen.«

»Danke, Reichsführer.«

Himmler blickte seinen Musterschüler an. »Wie Sie den Esser aufgeklärt haben, alle Achtung. Bei der Kommune muss man mit allem rechnen, auch dass Journalisten in einer Mörderbande arbeiten. Ich habe die Akte aufmerksam gelesen. Sie beweist, was ich immer sage. Dass Erziehung unendlich wichtig ist. Und wir müssen das deutsche Volk erziehen. Was für eine Aufgabe!« Er hielt inne, ergriffen von der Herausforderung, welche die Geschichte ihrer Partei stellte und besonders der SS. »Dieser Esser hat die Laufbahn der Feiglinge eingeschlagen. Zog frohen Mutes in den Krieg und endete als Zersetzer an der Front. Wegen solcher Leute haben wir verloren. Vom Krieg haben nur die Juden und die Kommunisten profitiert. Der Esser saß sogar im Arbeiter-und-Soldaten-Rat in Berlin, für die unabhängigen Sozialdemokraten. Und dann ist er bei der Kommune gelandet. Er hat gewissermaßen auf das Grab seines Vaters gepisst, der Lehrer war und als Held an der Front fiel.« Er blickte in die Akte. »Und die Mutter hat die Spanische Grippe geholt, die man besser jüdische Grippe nennen sollte.«

»Jawohl, Reichsführer«, sagte Heydrich.

»Erinnern Sie sich noch, wie ich einen Nachrichtendienst aufbauen wollte? Dann wurden Sie mir als ehemaliger Nachrichtenoffizier der Marine vorgestellt, und ich habe geglaubt, dass ihr Strippenzieher und Funkfritzen ...«

»Ich hoffe, Sie haben es nicht bereut, mich für einen Mann des Geheimdienstes gehalten zu haben«, sagte Heydrich. Er mochte solche Gespräche. Über diese Verwechslung berichtete Himmler gern, wenn er mit seinen Offizieren sprach. Und lachte dann am lautesten. Weil sich dieser Funkfritze als der beste Mann herausgestellt hatte, den er sich wünschen konnte.

39.

So eine Scheiße. So eine Scheiße! Raben blätterte im Telefonbuch, fand die Nummer des *Café Jädicke* und rief an: »Hier Kriminalassistent Raben. Bei Ihnen erscheint bald ein Fräulein Lena Riedle … wenn sie nicht schon da ist …«

»Ein Notfall, Herr Kriminalassistent?«, fragte eine Frauenstimme.

»Kann man so sagen. Rufen Sie sie bitte aus …«

Er hörte mit: »Fräulein Riedle? Gibt es hier ein Fräulein Riedle?«

Nach einigen Sekunden: »Das Fräulein ist nicht da.«

»Können Sie ihr etwas ausrichten? Sie sollte jederzeit auftauchen.«

Hohenschönhausen, Roedernstraße, nahe dem *Café Seeterrasse*. Da lag auf einer Bank ein Mann ohne Ohr, ein Laubblatt bedeckte das linke Auge. Der Mann war klein und tot.

Das Mordauto stand schon da. Die Steinkopf wartete mit Schreibmaschine und Stenoblock. Lichtigkeit und Körber vom Erkennungsdienst diskutierten. Raben hatte ihn im *Goldenen Anker* gesehen, Lichtigkeit stellte ihn aber erst jetzt vor. Raben nahm es als Hinweis, dass sein Chef ihn nicht mehr für vollends unnütz hielt.

»Ich kenne den Mann«, sagte Raben. »Er heißt Wilhelm Sondermann. Er war ein Zeuge im Fall Esser.«

Lichtigkeit nickte. »Ich habe ihn auch dort gesehen. Offenbar beseitigen Fehrkamps Kameraden gerade alle Zeugen.«

»Wir müssen die anderen warnen und beschützen«, sagte Raben.

»Die werden sich bedanken … trotzdem …«, erwiderte Lichtigkeit. »Nehmen Sie eine Taxe und fahren Sie los.«

40.

»Ein Herr Wagner vom *Tageblatt*«, sagte die Maier. »Mitten in der Nacht. Sagen Sie dem Herrn, dass er hier nach zehn Uhr nicht mehr anruft.« Sie stand in Lenas Tür.

»Das ist der bekannteste Kriminalreporter Berlins … Deutschlands. Mein Chef!«

Die Maier erbleichte. Die nächste Stufe wäre wohl der Kaiser gewesen, aber der war ja abgehauen.

»Da mach ich … eine Ausnahme. Vielleicht kommt er Sie mal besuchen?« Die Maier war wie halb Berlin süchtig nach Kriminalberichten.

»Ich werd ihn einladen. Wobei … Herrenbesuche sind doch verboten.«

»Ich bin doch kein Unmensch.«

»Stellen Sie sich vor, ein richtiger Kriminalbeamter käme mich besuchen. Der könnte Ihnen was erzählen …«

Die Maier saß in der Patsche. Und sie wusste es. Sie grinste oder lächelte oder sonst was, jedenfalls verzog sie den Mund. »Na, dann lassen Sie Ihren Chef nicht so lange warten.«

»Ich hol Sie gleich ab«, sagte Wagner am Telefon.

Sein Opel Laubfrosch stand schon vor der Haustür.

»Entschuldigung …«

»Keine Sorge, die Leiche läuft uns nicht weg.«

»Nein, sie fährt uns weg. Im Leichenwagen«, erwiderte sie.

»Ich kenne keine Frau, die erpicht darauf ist, Leichen zu sehen.«

Sie lachte. »Ich auch nicht. In Wahrheit graut es mir. Aber ich arbeite meines Wissens in der Kriminalredaktion.«

»Ja, als Jungreporterin. Hat mir unser Chef gesagt.«

»Ach wirklich? Mir hat er es noch nicht gesagt.«

»So spart er ein Reporter-Monatsgehalt, und Sie kriegen noch Volontärstaschengeld.«

Wagner fuhr umsichtig im Regen. Nasser Asphalt. Fußgänger und Radfahrer waren kaum zu erkennen. »Man müsste die zwingen, Lampen zu benutzen, wenigstens hinten«, murrte Wagner, als er wieder einem Zweirad auswich, dessen Fahrer Schlangenlinie fuhr.

An der Polizeiabsperrung flüsterte Wagner einem Schupo was ins Ohr. Der flüsterte zurück.

Wagner winkte Lena zu sich. Der Beamte ließ sie durch und flüsterte: »Die Leiche heißt Wilhelm Sondermann und war Zeuge des Mords im *Goldenen Anker.*«

»Puh«, sagte sie.

Sie sah die Bank. Darum drei Männer. Der Schlaks war nicht darunter. Sie hatte es während der Fahrt so erhofft.

41.

Raben hetzte den Taxifahrer durch Berlins *hohen Norden*, wo die Armut sich zu Hause fühlte. Als wären die Mörder schon wieder unterwegs. So schnell aber schossen nicht mal Nazis.

Zuerst Horst Brück. Dritte Etage, Klo im Treppenhaus und so weiter. Arbeiterställe. Zwischengelagerte Arbeitskraft, die derzeit kein Fabrikant brauchte. Mietschulden.

»Was?« Brück starrte Raben an. »Wollen Sie mich …?«

Eine Frau stellte sich hinter ihn. Musterte Raben. Der zeigte seine Dienstmarke. »Ist ja mal was Neues, dass die Bullerei sich um unsereins sorgt. Sollen wir jetzt dankbar sein?«

»Das ist mir egal. Ich möchte nur, dass Sie auf sich aufpassen.«

»Und in unser Jagdschloss im Grunewald ziehen«, sagte sie.

»Nun sei mal ruhig, Mutti«, sagte Brück.

»Ihre … Frau hat recht. Verduften wäre das Beste. Wir werden Schupos schicken, aber nicht vierundzwanzig Stunden am Tag. Preußen ist pleite …«

»Und hat Besseres zu tun, als sich um Proleten zu kümmern.«
»Sie haben doch RFB-Genossen«, sagte Raben.
»Da hat er 'nen Punkt«, sagte sie.

Er war hundemüde, als er alle durchhatte. Es war bei Prietzler und Friese nicht viel anders als bei Brück gewesen. Dass sich ein Polizist um sie kümmerte, fanden sie eher verdächtig. Polizei war für sie spätestens seit dem Blutmai 1929 die Prügelgarde der anderen, von Nazis bis Sozis und allem, was sich sonst rechts von ihnen tummelte. Es war der sozialdemokratische Polizeipräsident Zörgiebel gewesen, der seine Bullen auf die Demonstration der Kommunisten schießen ließ. Dreiunddreißig Genossen tot, viele verletzt.

Raben mühte sich, die Ablehnung nicht persönlich zu nehmen. Ihm schwebte der Gedanke im Hirn, dass die Kommunisten die Gewalt gern herausforderten. Aber freiwillig erschießen lassen würde sich keiner.

42.

Kippenberger warf die Jacke auf den Stuhl. Sie war durchnässt. Er fror. Er lebte zwar nicht in einer Mietskaserne, aber es dauerte, bis der Ofen warm wurde. Sie hatten Genossen zu den Zeugen des Esser-Mords geschickt. Bewaffnet und bereit, sich zu wehren. Das würde die Nazis abschrecken. Er hatte mit Bordjuk diskutiert, wer die Morde befohlen haben mochte. Heydrichs SD, hatte der gesagt. Bordjuk hatte Quellen bei den Nazis und irrte sich selten. Dem Sicherheitsdienst der Nazis waren Morde zuzutrauen. Er war professioneller als die Schlägertruppen des SA-Grafen. Elitär und gefährlich, mit Spitzeln in anderen Parteien, in der Reichswehr. Und in der eigenen Partei. Um die Strassers und Röhms unter Kontrolle zu halten. Heydrichs Augen waren fast überall.

Irgendetwas sagte Kippenberger, dass sie sich beeilen mussten.

Dass sie Hitler beseitigen mussten, bevor der sie beseitigte. Die meisten Genossen hielten die Nazis für gescheitert. Wofür es Gründe gab. Aber Kippenberger fürchtete, die Braunen würden nur noch gefährlicher. Bevor ihnen die Felle fortschwammen, würden sie den Aufstand wagen. Oder sich durch eine Intrige an die Macht schleichen.

Es klopfte an der Wohnungstür. Kippenberger griff instinktiv nach seiner Pistole und steckte sie im Rücken in den Gürtel. Er lehnte sich an die Wand. »Wer da?«

»Ernst«, antwortete eine Männerstimme. »Bin zu spät. Tut mir leid.«

»Du unpünktlich, ich dachte, dafür braucht es einen Staatsstreich oder wenigstens eine Massenschlägerei.« Als Schneller den Mund öffnete, winkte Kippenberger ab.

Am Küchentisch tranken sie Muckefuck und Wodka. »Fehrkamp ist immer noch in Haft, als wollten die Bullen ihn beschützen«, sagte Schneller.

»Würde mich nicht überraschen.« Kippenberger rührte in seinem Becher. »Wir haben nur seinen Namen sicher. Wir sollten nach diesem Ehrig Ausschau halten. Bernhard Müller hat ihn wohl wiedererkannt. Der Ehrig war mal bei uns.«

»Verräter. Noch ein Grund, ihn zu liquidieren.« Schneller warf ein Papier auf den Tisch.

Kippenberger zog es zu sich. »Hättest du mir gleich geben können. Meine Laune wäre schon früher gestiegen.« Er hasste Schnellers Wichtigtuerei. Wie der eine Akte gemütlich aus der Tasche zog, nachdem er in Ruhe was getrunken hatte. Aber Bordjuk mochte den Kerl. Ob Schneller ihn in der Hand hatte? Hatte Bordjuk an seinem Luxusleben zu viel Gefallen gefunden? Wein, Weib und Gesang? Moskau war großzügig, aber wer es übertrieb, wurde in die Zentrale gerufen. Nicht zum Erholungsurlaub.

»Putbusser Straße, am Gesundbrunnen also. Wenn er nicht umgezogen ist.« Kippenberger erhob sich, zwang sich, Schneller auf die Schulter zu tippen, und griff zum Telefonhörer. Er vereinbarte ein Treffen mit Wladimir Bordjuk, in der Botschaft. Sofort.

»Du kommst mit«, sagte Kippenberger, nachdem er aufgelegt hatte. »Los!«

Noch in dieser Nacht steckte ein Mann einen Dietrich ins Schloss der Haustür des Mietblocks in der Putbusser Straße 13. Er blickte in den Flur. Nichts. Er ging hinaus und winkte einem Auto zu. Zwei Männer stiegen aus. Beide trugen Lederjacken und Handschuhe. Und fast die gleichen Fellmützen. Sie betraten das Haus. Der dritte schloss die Tür. Er sah noch die Qualmwölkchen, die der Auspuff des Mercedes-Benz ausstieß. Und den Umriss des Fahrers, der auf sie wartete.

Das Treppenhaus stank nach Bohnerwachs, Terpentin und Durchfall. Im vierten Stock schimmerte im Taschenlampenschein ein Papierschild: *Ehrig*.

Der erste Mann steckte den Dietrich ins Schloss. Als würde die Hand zittern, suchte der Dietrich die Schließmechanik. Es klackte. »Scheiße«, flüsterte der andere, russischer Akzent. »Der Schlüssel ist aus dem Schloss gefallen.« Sie erstarrten. Es war still. Sah man von Nachbarn ab, die mit Geschimpfe und Kindergeschrei die Klangkulisse der auf engstem Raum zusammengedrückten Armut lieferten.

»Gut«, sagte der mit dem Dietrich. »Nichts passiert.«

43.

»Ich hab in der Kneipe doch nichts gesehen«, sagte Otto Prietzler. »Hatte ein Bulle mal eine gute Idee.« Die Angst wuchs, seit Raben ihn gewarnt hatte.

»Die Genossen werden dich beschützen«, sagte sie. Nahm ihn in den Arm. Nein, ihr Otto war nicht für den Bürgerkrieg geboren.

Er war Kommunist geworden, weil er Thälmann glaubte. Hitler bedeutete Krieg. Das wiederholte der Kommunistenführer immer und immer wieder. Und Hitler gab sich keine Mühe, ihm zu widersprechen. Er wollte alles zurück, was Deutschland verloren hatte. Wegen eines Dolchstoßes in den Rücken der Front. Durch Novemberverbrecher, Rote, Juden. Alles ein Pack. Erst zu Hause mit denen aufräumen, dann den Versailler Schandvertrag zerreißen. Ohne Krieg aber war nichts zu holen. Das sagte Thälmann, das glaubte Prietzler. Aber er hasste auch den Bürgerkrieg. Er wollte nicht sein wie die Nazis.

Sie hörten Schritte auf der Treppe.

»Das sind die Genossen schon«, sagte sie.

Es klopfte an der Tür.

»Siehste«, sagte sie lachend. Und öffnete.

44.

Als Raben am Morgen todmüde im Büro auftauchte, blinzelte ihm die Steinkopf zu. »Der Chef ist schon da.«

Er öffnete die Tür und sah zuerst den Buddha, der das Sofa besetzte. Ach so, *der* Chef. Lichtigkeit saß hinter seinem Schreibtisch. Beide rauchten und hatten Kaffeetassen vor sich.

»Na, haben Sie den Fall gelöst?«, fragte Lichtigkeit. Ohne Spitze.

»So gut wie«, flachste Raben zurück.

»Na, dann braucht ihr mich ja nicht mehr«, sagte Gennat und wuchtete sich aus dem Sofa. Tappte aus dem Büro. »Danke!« Und verschwand.

»Hat nicht mal seinen Kaffee getrunken«, sagte die Steinkopf. Nahm die Tasse und verschwand.

»Ich habe die Zeugen gewarnt.«

»Sie haben alle angetroffen?«

Raben nickte.

»Dann kommen Sie mal mit.«

Auf einem Stahltisch im Keller des Universitätsinstituts für gerichtliche und soziale Medizin lag ein Mann. Auf einem daneben eine Frau. Raben schluckte. Schon von Weitem sah er die zerschlagenen Gesichter. Wunden überall am Körper. An der Frau hatte sich ein Sadist ausgelassen.

»Der Medizinmann meint, er habe zusehen müssen«, sagte Lichtigkeit. »Prietzler haben Sie auch gewarnt? Jetzt ganz ehrlich.«

»Ja, hab ich. Ich lüg Sie doch nicht an.«

»Da wären Sie der Erste.«

»Aber doch nicht in so einem Fall.«

»Gerade in so einem Fall. Aber ist gut. Ich glaub Ihnen.«

»Ich habe allen vorgeschlagen, ihre RFB-Genossen zu Hilfe zu holen. Als Wachschutz. Und sie fanden es richtig.«

»Da haben Prietzler und seine Frau auf die Kommune gewartet, aber es kamen die Nazi.« Lichtigkeit schüttelte den Kopf. Vielleicht auch, weil er die Richtung verlor. Er hatte bis zur letzten Wahl geglaubt, dass die Nazis das Rennen machten. Aber nun war der Gaul gestolpert. Nein, er konnte den Schreihals nicht leiden, auch nicht den Hetzer Goebbels. Er hatte die Säuberung nach dem Preußenschlag im Juli überlebt. Wenn die Nazis an die Macht kamen, würden sie die Polizei weiter säubern, Papens Werk vollenden. Und wenn sie nicht an die Macht kamen und Nazibullen rausflogen? Die Angst verfolgte ihn. Scheißpolitik, er hatte nie etwas damit zu tun haben wollen.

»Haben wir Spuren?«, fragte Raben, als er sich gefasst hatte.

»Bisher nein. Sieht man von ein paar Litern Blut ab … Wir werden Fingerabdrücke finden und beten, dass die nicht von Prietzler und seiner Frau sind. Die Tatwaffe haben die Täter mitgenommen. Die Kollegen befragen alle Nachbarn. Vielleicht hat jemand was gesehen und gehört.« Er ließ seine Stirnfalten tanzen. »Die haben ihre Opfer geknebelt, bevor sie die abgestochen haben wie Schweine im Schlachthaus.«

»Ich möchte hinfahren.«

Lichtigkeit hob die Brauen. »Tun Sie das. Nehmen Sie meinen Wagen.«

Raben zeigte seine Dienstmarke an der Haustür der Putbusser Straße. Der Schupo tippte lässig an den Schirm seines Tschakos. Raben stieg die Treppe hoch. Lichtigkeit hatte untertrieben. Überall Blut. Körber vom Erkennungsdienst kam aus der Kammer. »Ach, der Herr Raben. Hat Ihr Chef Sie allein losgeschickt? Betrachten Sie's als Orden.«

»Sagen Sie, Herr Kommissar, die Täter müssen doch blutbespritzt sein wie Schlachter.«

Körber blickte ihn an. Nickte.

»Die werden doch kaum so auf die Straße gegangen sein. Selbst in der Nacht wäre das Risiko doch viel zu groß. Irgendwer hätte die Blutflecken im Gesicht und auf der Kleidung sehen können ...«

»Jetzt weiß ich, warum der Kollege nicht mehr über Sie herzieht, was er bisher bei jedem Neuen gemacht hat. Sie müssen das verstehen, ihr Jungen seid moderner, offener für neue Methoden. Und der Buddha mag junge Polizisten, gerade deswegen. Was die alteingesessenen Kollegen nervt. Sie verstehen ...«

»Klar.« Raben verriet nicht, dass er nie geglaubt hätte, sich an einem in Blut ersoffenen Tatort freuen zu können. Er verzog keine Miene. Nie Freude zeigen, nie Trauer, hatte sein Vater ihm gesagt. Nachdem er armlos und mit einem Granatsplitter aus dem Krieg zurückgekommen war. Der Splitter wanderte, eines morgens im August 1917 lag Gerhard Raben tot neben der Mutter im Bett. Verrat den anderen nicht, was du denkst, womit sie dich treffen könnten. Keine Schwäche. »Sind Sie mit dem Schrank in der Kammer schon durch?«

»Nein.«

»Darf ich?«

»Nur zu, Kollege. Aber latschen Sie nicht in Blutpfützen. Wir haben sie mit Kreide markiert.«

Raben sah auch die Nummern an jeder Spur. Es würde eine Tatortskizze entstehen, wo alle diese Nummern wiederauftauchen würden. Körber war gründlich, also langsam.

Raben wich einem Kollegen aus. Seine Füße fanden einen kurvenreichen Pfad durch die Markierungen. Die große Lache nahe der Kammertür nahm er mit einem weiten Schritt. Er zog sein Taschentuch heraus, bedeckte die Finger, um den Schlüssel umzudrehen. Die Schranktür öffnete sich ohne sein Zutun. Weil die Kleiderbündel hastig hineingesteckt und die Tür nur zugedrückt worden war. Ein Kleiderbündel öffnete sich und fiel auf den Boden. Hose, Hemd: blutbespritzt.

Raben starrte gebannt auf die Kleidung und bemerkte nicht, dass Körber hinter ihm stand. »Guter Riecher. Die stammen zweifellos von den Tätern. Mal sehen, was wir darin finden. Jetzt muss ich Sie leider rausschmeißen. Selbst schuld.« Körber lachte. »Danke.«

Und Raben dachte, dass ihm nun schon zum zweiten Mal binnen kurzer Zeit ein Kollege auf die Schulter geklopft hatte.

Er verabschiedete sich und stieg die Treppe hinunter. Öffnete die Tür, sah ein Loch in der Wolkendecke. Der Lichtstrahl fiel auf die Straße. Beleuchtete die beiden Schupos. Und Lena, neben ihr Wagner.

45.

Die Tür war nicht mal abgeschlossen. Nun hatten sie Pistolen in der Hand. Sie lauschten in die Wohnküche.

»Er ist im Schlafzimmer«, sagte er und schlich voran.

Der Dritte schloss leise die Tür.

Der Mann vorn spannte den Hahn und öffnete die Zimmertür. Ein dumpfer Knall, ein Blitz und Schreie. Der Mann vorn fiel um wie ein gefällter Baum. Der zweite brüllte vor Schmerz. Ein Splitter hatte ihm die Wange zerfetzt, die linke Hand hing nur noch an Sehnen. Dem Mann hinten flogen Holzsplitter ins Gesicht. Aber er hatte Glück. Er fühlte den Puls des Genossen, der vor ihm lag. Nichts. Den Mann an der Kammertür brauchte er nicht zu untersuchen. Er durchwühlte die Taschen der Genossen, die waren leer. Sie hatten wie befohlen alle Dinge zurückgelassen, die sie identifizieren konnten. Er fand die Pistolen, steckte sie in die Manteltaschen, stieß die Wohnungstür auf und hastete die Treppe hinunter. Ein Mann eilte ihm entgegen. Den stieß er zur Seite. Und während der fluchte, rannte der Genosse auf die Straße. Er riss die Autotür auf. »Gas! Gib Gas!«, schrie er.

»Wo sind die anderen?«

»Fahr los. Die sind tot.«

Der Fahrer ließ die Reifen durchdrehen, der Wagen schlitterte, beschleunigte. »Und Ehrig?«

»War nicht da. Aber er hat eine Handgranate hinterlassen, die Sau. Wir sind ihm in die Falle gelaufen. Verfluchte Scheiße!« Er strich sich Millimeter für Millimeter übers Gesicht und zog Splitter heraus.

46.

Heydrich lächelte. »Du musst verschwinden. Wir geben dir in München eine Arbeit. Wir verschaffen dir neue Papiere, Kamerad Ehrig. Sie werden dich überall suchen. Die wissen, dass nur du die Falle gestellt haben kannst. Und niemand wird dir abnehmen, dass es keine Falle war. Mit Selbstverteidigung wird nicht mal der Kamerad Freisler durchkommen. Noch sind wir nicht so weit. Aber sobald wir an der Macht sind, kriegst du einen Orden. So geht man mit der Kommune um.«

»Jawohl, Standartenführer«, sagte Ehrig. Stand stramm. »Ich werde den nächsten Zug nach München nehmen.«

»Nein, das ist zu riskant. Dein Fahrer wartet schon. Er weiß auch, wo er dich absetzen wird.«

Tatsächlich stand vor der Gauleitung ein Horch.

»Du bist der Kamerad Ehrig?«, fragte der Fahrer.

47.

»Herr Raben, können Sie uns was über die Tat und den Tatort sagen?«, fragte Wagner.

»Nein, das steht mir nicht zu. Sie müssen meinen Chef fragen.«

»Wo ist der?«, fragte Lena.

»Am Alex vermutlich.«

»Da habe ich gerade angerufen«, sagte Wagner. Deutete auf die Telefonzelle an der Straßenecke. »Der wurde zu einem Tatort gerufen. Hier ist er nicht. Also gibt es noch ein Verbrechen.«

Raben eilte zur Telefonzelle. Hatte gleich die Steinkopf dran. »Der Chef ist in der Wohnung von diesem Ehrig. Er hat gerade angerufen. Er braucht Verstärkung, Erkennungsdienst, Rechtsmedizin, das Mordauto ... ich muss jetzt auch weg.«

»Ist Ehrig ermordet worden?«

»So viel ich begriffen habe, sind die tot, die ihn umbringen wollten. Handgranate, sagte der Chef.« Sie legte auf.

Raben stand eine Weile in der Telefonzelle, bis jemand klopfte. Lena. »Was ist los, Herr Raben?«

Der verließ die Telefonzelle. Und schüttelte den Kopf. Waren jetzt alle verrückt geworden? Eine Handgranate war in einer Wohnung explodiert.

»Geht's Ihnen nicht gut?« Sie öffnete die Tür der Telefonzelle.

»Offen gesagt, beschissen«, murmelte er. Er ging zurück zum Haus, wo sie Prietzlers Leiche gefunden hatten. Lena hatte sich eingehängt. Der Schupo ließ sie wortlos passieren. Raben setzte sich auf eine Stufe der Haustreppe, Lena neben ihn. Sie fasste seine Hand. »Was ist los?«

»Können Sie was für sich behalten? Oder lese ich es morgen im *Tageblatt*? Wir reden privat, ja?«

Sie nickte. »Indianerehrenwort.«

»Mehr, als ich verlangen könnte.« Er nickte. Drückte ihre Hand. »Die Kommunisten – glaube ich jedenfalls – haben versucht, einen von Essers Mördern umzubringen. Aber der hat es gerochen und den Genossen eine Falle gestellt, eine Handgranatenfalle. Zwei sind tot. Ein Dritter ist abgehauen. Ein Zeuge hat gesehen, wie er schreiend in ein Auto gestiegen und abgehauen ist.«

»Um Gottes willen«, sagte sie. Blickte ihn an.

»Ich habe den Eindruck, jemand zieht mir den Teppich unter den Füßen weg.«

»Aber es ist doch der Fall Ihres Chefs.«

»Bei dem weiß ich nicht, ob er sich nicht insgeheim freut. Nur tote Kommunisten sind gute Kommunisten.«

»Ist er Nazi?«

»Inzwischen weniger. Aber wenn die doch an die Macht kämen … Jedenfalls will er sie nicht zu hart anfassen.«

»Aber er hat den Fehrkamp doch eingelocht.«

»Erstens blieb ihm keine Wahl. Einen glatten Rechtsbruch traut er sich nicht.«

Wagner betrat den Flur. Sah die beiden auf der Treppe, nickte und verschwand.

»Zweitens weiß er seit den letzten Wahlen nicht mehr, ob er aufs richtige Pferd gesetzt hat.«

»Gehört er zur Nazi-Fachschaft wie Nebe?«

»So blöd ist er nicht. Er beteiligt sich nicht an einem offensichtlichen Rechtsbruch, obwohl ihn keiner mehr so nennen will. Wäre Nebe Kommunist, er wär nicht mal Schupo geworden.«

Die Haustür öffnete sich wieder. Lichtigkeit. »Bleiben Sie sitzen. Wenn Sie vielleicht etwas zur Seite rutschen.«

Lena lehnte sich an Raben. Lichtigkeit sprang mehr die Stufen hoch, als dass er lief.

Lena blieb angelehnt. Er roch ihre Haare. Drückte ihre Hand. »Ich wollte Sie nicht verdächtigen …«

»Tun Sie's gern. Wir Reporter sind Aasgeier.«

»Ich habe noch nie einen so … schönen Aasgeier gesehen«, erwiderte er. Küsste sie auf die Haare.

48.

Sie saßen zu viert in Goebbels Büro. Der Führer saß an der Wand, unter seinem Porträt. Das doppelte Hitlerchen. Himmler hatte sich vorgebeugt. Heydrich stand neben der Tür.

»Setzen Sie sich zu uns, Heydrich. Sie haben hier ja mitzusprechen«, sagte Hitler.

»Zu Befehl, mein Führer!« Heydrich nahm sich einen Stuhl vom Besuchertisch und setzte sich neben Himmler.

»Der Kamerad Ehrig hat aufgeräumt. Ein Mann mit Fantasie und Willenskraft«, sagte Himmler. »Wir sollten ihn zur SS versetzen.«

Goebbels nickte. Und sagte nichts. Dann nickte er wieder. »Ja, tatkräftig. Aber wir haben jetzt … wir müssen den Leuten erklären, wie einer dazu kommt, eine scharfe Handgranate in eine Wohnung zu legen. Zumal die Leute, manche Leute wenigstens, denken werden, der habe das für die Kripo vorbereitet.«

Hitler hob die Brauen und wischte das Argument mit der Hand weg. »Er hat sich gegen die Kommune verteidigt. Wusste, dass die ihn umbringen wollte. Das soll den Bolschewiken eine Warnung sein. Sie werden dafür die richtigen Worte finden, wie immer.«

»Natürlich, mein Führer«, sagte Goebbels.

»Und unsere SS kann solche Männer gut gebrauchen. Wo ist er jetzt?«

»Ich hab ihn nach München fahren lassen. Neue Adresse, neue

Papiere«, sagte Heydrich. »Nebe wird Alarm schlagen, sollte die Kripo ihm auf den Fersen sein.«

»Reichsführer, Sie setzen die richtigen Männer an die richtigen Plätze. Dafür bin ich Ihnen dankbar. Und mit dem Ehrig machen Sie es genauso. Im schlimmsten Fall schicken Sie ihn nach Österreich. Unsere Kameraden dort können Verstärkung gebrauchen.«

»Jawohl, mein Führer«, sagte Himmler.

»Und noch etwas, das bleibt wie alles andere unter uns: Sagen Sie den Strassers nichts. Niemandem, aber vor allem nicht denen.« Er sah Goebbels an. Der Blick sagte: Ja, du warst mal einer von ihnen. Ich weiß es, vergesse es nicht. Du kannst es durch Taten sühnen.

»Selbstverständlich nicht«, sagte Goebbels.

Hitler erhob sich. Seine Hand sagte: Die anderen bleiben sitzen. Er verließ den Raum.

»Wie unser Führer die Sache mit ein paar Sätzen geklärt hat, das ist schon einzigartig«, sagte Himmler.

»Ja«, erwiderte Goebbels. »Er ist einzigartig. Wenn er erreichbar ist.«

Himmler hob das Kinn und lächelte. »Den lieben Gott erreichen Sie auch nicht täglich am Telefon.«

Heydrich lachte leise. Goebbels fiel ein. Wenn Himmler schon mal so etwas wie einen Witz machte.

»Der ist fast so gut wie der über den Nachrichtendienst«, sagte Himmler. »Wissen Sie, warum ich diesen Herrn zum Chef des SD gemacht habe?«

Goebbels schüttelte den Kopf. Natürlich kannte er die Geschichte. Aber warum sollte er Himmler die Laune verderben?

Himmler erhob sich und spielte Signalmaat ohne Flagge. Hand hoch, runter, gerade, gestreckt, setzte sich und begann zu lachen. Die anderen fielen ein. Heydrich am lautesten. Er hatte die Geschichte schon tausendmal gehört. Und Himmler wusste es.

49.

Fehrkamp sah bleich aus. Lichtigkeit ließ ihm die Handschellen abnehmen.

»Haben Sie's schon gelesen?«, fragte Lichtigkeit.

»Was?«

»Was Ihr Kamerad Ehrig angerichtet hat.«

»Hab davon gehört, wenn er's denn war«, sagte Fehrkamp. »Sie können mir ja ein Abonnement des *Angriffs* in die Zelle besorgen. Dann bleib ich auf dem Laufenden.«

»Darin steht heute noch nichts«, sagte Lichtigkeit. »Aber im *Tageblatt* zum Beispiel oder in der *Morgenpost*.« Er deutete auf den Zeitungsstapel. Nahm das *Tageblatt* und las: »*Nazi legt Handgranate.* Soweit die Schlagzeile. In der *Roten Fahne* steht *Kommunisten mit Handgranate getötet.* Im Artikel heißt es: *Gestern Abend tötete eine Handgranate zwei Genossen in der Wohnung eines Nazimörders, der schon den Genossen Kurt Esser auf dem Gewissen hat. Von dem Mörder fehlt jede Spur.* Die haben sogar ein Foto von Ihrem Freund Ehrig.«

Fehrkamp guckte Lichtigkeit spöttisch an. Drehte dann den Kopf zu Raben, der in der offenen Tür stand. Die Steinkopf ließ die Schreibmaschine klappern. Fehrkamp blickte wieder Lichtigkeit an. »Also, ich saß in meiner Zelle. Unfreiwillig und zu Unrecht.«

»Die Genossen scheinen sich ja sicher zu sein, dass Ehrig am Esser-Mord beteiligt war.«

»Ja, und? Sind wir bei der GPU in Moskau?«

Lichtigkeit wechselte einen Blick mit Raben. Der las Ratlosigkeit.

»Wenn wir Sie aus der Untersuchungshaft entlassen ...?«, fragte Lichtigkeit.

»Gehe ich bestimmt nicht nach Hause. Oder glauben Sie, die Moskowiter lassen sich von einem Fehlschlag entmutigen? Die wollen nicht nur uns an den Hals.« Bedeutungsvoller Blick zu Lichtigkeit, zu Raben. »Die haben auch Sie auf dem Kieker.«

»Eher doch Ihren Kameraden Nebe«, sagte Raben.

»Den sowieso. Aber glauben Sie, dass die nach Parteibüchern fragen. Lesen Sie nichts über Russland? Lesen Sie überhaupt was?«

»Ihre verlogenen Aussagen zum Beispiel«, sagte Raben.

»Ich …«, wollte Fehrkamp loslegen.

»Sie haben Esser umgebracht, und jetzt jammern Sie, dass die Kommunisten Ihnen das übel nehmen. Ein wahrer Held. Versteckt sich bei einer Frau mit, sagen wir, zweifelhaftem Lebenswandel«, sagte Raben.

»Werden Sie nicht unverschämt«, sagte Fehrkamp.

»Oh, jetzt steh ich im Buch der Feinde der nationalen Erhebung, bei erstbietender Gelegenheit an nächster Laterne aufzuknüpfen.« Raben hatte ein blödes Gefühl, nachdem er es gesagt hatte. Er spürte das Seil am Hals. Kratzte sich dort, das Gefühl verschwand. »Ich sag Ihnen, was hier abläuft. Die Kommunisten wollen die Mörder Essers ausschalten und Ihre Leute die Zeugen am Tatort. Bei Müller, Sondermann und Prietzler hat es geklappt. Bleiben noch zwei.« Die Raben nach dem Anschlag auf Prietzler noch einmal aufgesucht hatte. Diesmal war er von RFB-Leuten aufgehalten worden und erst durchgekommen, als er sich ausweisen konnte. Ein RFB-ler hatte ihn zu Brück und Friese begleitet, die Hand in der Manteltasche. Immerhin das klappte. Jetzt fiel ihm ein, dass er Puth noch einmal aufsuchen musste. »Ich muss weg.«

Lichtigkeit nickte. Er ließ Raben an der langen Leine und fragte nicht, wohin. Wahrscheinlich wusste er es. Lichtigkeit war wie eine Pappel im Wind, aber intelligent und vor allem schnell im Kopf. »Morgen früh ist Haftprüfungstermin, nicht vergessen. Acht Uhr dreißig.«

»Ist klar. Danke, dass ich dabei sein darf.«

Raben hörte es klingeln.

»Telefon für Herrn Kriminalpolizeirat Raben!«, rief die Steinkopf durch den Türspalt.

Lichtigkeit grinste.

Raben nahm den Hörer: »Lena … Riedle. Ich bin unten.«

»Schon unterwegs«, sagte Raben und legte auf.

Er spürte den fragenden Blick von Lichtigkeit im Rücken, als er ging. Die Steinkopf würde ihn nach Fehrkamps Rückkehr in die U-Haft aufklären: Eine Frau, jung, Name: Riedle. Offenbar hat unser Küken eine Freundin.

Riedle, das ist doch die vom *Tageblatt*, dachte sich Lichtigkeit. Er war nicht nur intelligent und schnell im Oberstübchen, er hatte auch ein Elefantengedächtnis. Na, wenn da was durchsickert, wissen wir wenigstens, wen wir fragen sollten.

50.

»Die Nazis haben drei Zeugen umgebracht, ach, was sag ich, zu Tode gemartert. Dieser Ehrig wusste, dass wir kommen würden. Hat eine Handgranatenfalle gebaut. Stahlseil auf dem Boden gespannt. Einer tritt gegen den Draht, der zieht den Splint raus, drei Sekunden und rumms.« Kippenberger saß in Thälmanns Küche. Er trank einen Doppelkorn, dem Chef war der Wodka ausgegangen. Schlechtes Zeichen.

»Woher wusste Ehrig, dass wir kommen?«

»Heydrich, Nebe, eine von diesen braunen Ratten. Ich tippe auf den SD.«

»Wir tun doch alles, um uns abzusichern«, sagte Thälmann und schüttelte den Kopf.

»In Zeiten der Not bewegt eine Reichsmark Welten«, sagte Kippenberger. »Ohne Fehrkamp und Ehrig kommen wir nicht an die anderen Täter.«

»Haben wir jemanden im Knast, der …«

»Nein«, sagte Kippenberger. »An den Fehrkamp kommen wir nicht ran. Und die werden den auch nicht aus dem Knast oder der Roten Burg spazieren lassen. So blöd sind die nicht. Die verstecken den irgendwo.«

»Warum haben die Nazis Spitzel bei uns und wir keine bei denen?«, fragte Thälmann. »Hat Wladimir nicht zuletzt was angedeutet? Wenn wir doch einen bei denen sitzen haben, warum wissen wir nichts?«

»Vielleicht braucht Stalin den und will ihn nicht verheizen«, sagte Kippenberger. »Wir sind Abschaum, und die Nazis zersetzen den Staat schon von innen. Hitler ist dem Feldmarschall Hindenburg zu popelig, aber sie wollen beide das Gleiche. Die Wiederauferstehung des Reichs, nur noch größer, noch gewalttätiger als vorher.«

»Das musst du mir nicht erzählen.«

»Ich weiß, Teddy. Was machen wir nun?«

»Hast du mit Ernst einen neuen Plan gemacht?«

»Wir sind dabei. So ein Flugzeug stürzt gern mal ab.«

»Aber nur, wenn da Nazis drinsitzen. Also warten wir auf den nächsten Wahlkampf.«

»Der kommt schneller, als man glaubt.«

»Oder die Nazis nutzen ihre letzte Chance.«

»Dann lassen wir sie abwirtschaften.«

»Ja, Hans, dann lassen wir sie abwirtschaften. Ich frag mich nur, was wir dafür bezahlen müssen. Halten wir für den Augenblick fest: Wir kommen nicht an Kurts Mörder ran. Stattdessen bringen die noch mehr von uns um.«

Kippenberger blickte ihn nachdenklich an. Das war nicht der Teddy, mit dem es immer vorwärtsging. »Wenn uns noch was einfällt, um Hitler auszuschalten …«

»Vielleicht können wir einen aus seiner Umgebung kaufen. Chauffeur, die Münchener Bande. Die sind doch korrupt bis auf die Knochen.«

»Ja, aber ihren Adi verehren sie. Weil er sie in höchste Höhen fliegen lässt.«

»Du hättest Dichter werden sollen«, sagte Thälmann.

»Ihr lasst mich ja nicht.«

51.

»Wir setzen uns hier hin«, sagte Raben. »Wenn Sie nichts dagegen haben.«

»Ich hatte eigentlich mit einer Einladung in den *Kaiserhof* gerechnet«, erwiderte Lena. Raben nahm ihren Mantel und legte ihn über eine Stuhllehne. Seinen Mantel darüber.

Niemand außer ihnen und dem Wirt war im Saal.

»Ah, Herr Kommissar, diesmal privat …«, sagte Puth.

»Dieser Herr ist nur Kriminalassistent«, sagte Lena. »Lassen Sie sich nicht allzu sehr beeindrucken.«

Puth lächelte. »Meinetwegen Präsident, meine Kundschaft kann er mir nicht ersetzen. Seit dieser Sache. Da kamen die Glotzer, und die haben getrunken und gegessen, aber sie sind längst weg. Und die Genossen sind pleite, manche haben wohl Angst …«

»Wir sitzen wieder am selben Tisch, an dem Esser gesessen hat«, sagte Lena.

»Bockwürste mit Salat könnte ich Ihnen bringen. Bier?«

Raben blickte Lena an. Die sagte: »Genau das. Sie haben meine geheimsten Wünsche erraten.«

»Wenn das schon alles ist«, sagte Raben.

Puth lachte trocken und ging hinter den Tresen. Hantierte.

»Natürlich nicht«, sagte sie. »Ich wünsche mir noch ein Schloss und einen Prinzen, egal, in welcher Reihenfolge.«

»Ein Zeichen überbordender geistiger Reife.«

»Jetzt wissen Sie endlich, mit wem Sie's zu tun haben.« Sie blickte auf den Boden. »Man sieht immer noch, wo der Wirt geschrubbt hat. Man wird es immer sehen.« Sie überlegte, warf einen Blick zu Puth. »Der ist doch auch Zeuge.«

»Der hat aber nichts ausgesagt, was wir nicht schon wüssten.«

»Da das nicht viel ist …«

Raben blickte sie an. Nickte. Erhob sich, ging zum Tresen. »Haben Sie keine Angst, dass die Nazis …«

»Nein«, sagte Puth. »Die wissen, dass ich nichts weiß. Außerdem wäre das ein Schritt zu weit. Ich bin hier so was wie eine Institution. Das trauen die sich nicht. Höchstens, dass die mir meine Kneipe zerlegen.«

»Hatten Sie Besuch von denen? Die werden Sie doch ausgehorcht haben. Was wir hier getrieben haben. Was wir wissen.«

Puth legte eine Bockwurst auf einen Teller, kleckste Senf daneben. »Viel Hunger?«

»Geht so«, sagte Raben.

»Schön, dass es Leute gibt, die so was sagen können.«

»Entschuldigen …«

»Nein, ist schon gut. Ich will ja nicht, dass niemand was zu fressen hat. Sondern alle …«

»So sehe ich das auch.«

»Sie sind kein Nazi, ich weiß.«

»Die Dame auch nicht«, sagte Raben.

Puth nickte.

»Sie kann den Mund halten.«

Puth nickte.

»Ich auch«, sagte Raben.

»Und Sie mögen Ihren Chef nicht.«

»Ich will Essers Mörder wirklich fassen.«

»Den Fehrkamp haben Sie doch schon.«

»Wenn wir keine Beweise finden … oder neue Zeugenaussagen, kommt der bald raus. Morgen früh ist Haftprüfungstermin, danach ist er ein freier Mann. Die Zeugen sind tot oder verschwunden.«

»Ich weiß. Scheiße«, sagte Puth. »Hier wird er nicht mehr auftauchen, wenigstens.«

»War er vorher Stammgast?«

»Nicht, seit er übergelaufen ist.«

»Vorher schon?«

»War öfter mal hier. Mit Genossen.«

Lena stellte sich neben die beiden. »Nie wurden Bockwürste so sorgfältig vorbereitet.«

Puth lachte. »Dicke Lippe…« Hob die Hand als Entschuldigung.

»Stimmt«, sagte Lena. »Morgen steht im *Tageblatt*: Wo Bockwürste sich am wohlsten fühlen. Oder so was.«

»Stimmt, Sie sind ja vom *Tageblatt*.«

Sie nickte.

»Gibt Schlimmeres.«

»Ich arbeite als Assistentin für den Kriminalreporter Hermann Wagner.«

»Noch ein Assistent«, sagte Puth. »Aber der Wagner ist in Ordnung. Glaub ich. Er berichtet… korrekt.«

»Ich auch.«

Puth grinste. »Nehmen Sie die Teller mit. Bier ist in der Mache.«

Es kam schnell und litt unter Schaumschwund. Sie aßen. »So werden also Rendezvous missbraucht«, sagte Lena mit vollem Mund.

»Sie wollten was von mir. Und Sie dürfen an einer Ermittlung teilnehmen. Dabei wird Ihnen ein fürstliches Mahl serviert. Was wollen Sie mehr?«

»Sagen wir gräfliches Mahl?«

»Gut. Das Sie nicht bezahlen müssen.«

»Korruption der Presse. Sie also auch.«

»Wollen wir uns nicht duzen, bevor wir zu weiteren Beleidigungen übergehen?«, fragte Raben.

Sie hob ihr Glas und stieß mit ihm an. »Wenn's sein muss.«

»Hat Ihnen… äh dir schon mal jemand gesagt, dass du vorlaut bist?«

»Nee, aber irgendwas mit großer Klappe … wenn ich mich recht erinnere.«

Puth näherte sich dem Tisch. Langsam, als hätte er eine Bremse eingebaut. »Sie wollen den Fall wirklich aufklären?«

Raben blickte hoch zu ihm. »Was glauben Sie denn?«

Puth setzte sich an den Tisch. »Ich darf?«

»Jetzt, wo Sie …«

Raben nahm Lenas Hand und drückte sie.

»Im Kino, ein Film mit der Riefenstahl. *Das Blaue Licht*. Davor kam die Wochenschau. Da hab ich die Visage schon mal erblickt. Unter einem Stahlhelm.«

»Wann haben Sie den Film gesehen?«

»Gestern Abend.«

»Haben Sie schon jemandem davon erzählt?« Raben drückte Lenas Hand, bis sie »Au« sagte. Er streichelte die Hand und nahm sie wieder. Starrte fortwährend Puth an.

»Nein.«

»Wirklich nicht?«

»Ich schwör's!« Hielt drei Finger hoch und lachte.

»Und Sie haben nicht Fußzehen gekreuzt?«, fragte sie. An Raben gewandt: »Keine Gewalt!«

Puth prustete. Hielt sich die Hand vor den Mund. Schlagartig hörte er auf zu lachen. »Es war auch in der Zeitung. Weiß nicht mehr, wann und wo.«

»Bei welcher Gelegenheit?«, fragte Raben.

»Jugendtag der Nazis, in Potsdam, glaub ich.«

»Das war Anfang Oktober«, sagte Lena. »Im Luftschiffhafen. Komm mit …« Sie erhob sich.

»Was ist los?«, fragte Raben.

»Was soll los sein? Wir fahren in die Schützenstraße zum Mossehaus und besorgen uns Fotos. Dann kommen wir zurück. Und Sie machen die Kneipe jetzt zu und warten auf uns.«

Raben legte einen Zehnmarkschein auf den Tisch.

»Gut. Aber Sie überlegen sich unterwegs, wie mein Name rausbleiben kann. Die Zeiten sind beschissen, und ich glaube nicht an die Wiedergeburt.«

52.

»Wir haben die beiden gefunden. Aber da lungert jede Menge RFB rum. Und die sind bewaffnet. Vermutlich haben sich noch ein paar mit Grabenspritzen versteckt.« Der Mann stand stramm vor Heydrichs Schreibtisch im Münchener Büro. Der deutete auf den Stuhl. Der Sturmbannführer setzte sich.

Heydrich überlegte. Er hatte am Morgen mit Himmler gefrühstückt. Der hatte gesagt, der Führer wolle keinen Bürgerkrieg in Berlin. Die Schießereien müssten aufhören. »Ich verstehe es, wenn unsere Kameraden sich gegen die Bastarde verteidigen«, sagte Himmler. »Aber offensive Maßnahmen machen wir nicht. Bis wir an der Macht sind. Wir brauchen die Deutschnationalen, den Reichspräsidenten, den Oberintriganten von Papen, Meißner, Schleicher vielleicht auch. Und Hindenburgs Sohn hat einen gehörigen Einfluss auf den alten Herrn. Wir können Mordgeschichten in der Presse nicht gebrauchen. Und diese Esser-Sache läuft aus dem Ruder.« Der Führer, sagte Himmler, habe ein gutes Gefühl. Obwohl sich Goebbels bald von einem Giftzwerg in ein Rumpelstilzchen verwandeln würde. Habe der Führer wirklich gesagt. Alles umsonst, fürchte Goebbels. Der 6. November 1932 könne die Götterdämmerung des Nationalsozialismus eingeleitet haben. Wo sollten sie das Geld hernehmen für den nächsten Wahlkampf? Noch so ein Wahlkampf, und sie könnten den Laden dichtmachen. Von den Strassers wollte der Führer erst gar nicht reden, hatte dann aber einen Wutanfall. Er habe gehört, Otto Strasser kungele mit dem General Schleicher, wolle den zum Reichskanzler machen mit einem Bündnis von den Gewerkschaften bis zu den Strasser-

Leuten. Gregor übe schon mal Minister im Labor seiner Apotheke, wo er sonst seine Pillen drehe.

Das alles ging durch Heydrichs Kopf, während er den Sturmbannführer Eckes vor ihm anblickte. Auch kein Musterarier mit seinem italienischen Einschlag.

»Hat Sie einer erkannt?«, fragte Heydrich.

»Natürlich nicht, Standartenführer.«

»Sehr gut, sagen Sie den Kameraden, wir schnappen uns die anderen, wenn wir die Macht ergriffen haben. Bis dahin abtauchen. Verstanden?«

»Abtauchen! Jawohl, Standartenführer!« Eckes hatte sich halb erhoben.

»Lassen Sie doch die Mätzchen.«

»Jawohl, Standartenführer!«

»Raus!«

Eckes sprang auf, salutierte mit zusammengeklappten Hacken. Eilte hinaus.

Als er an der Tür war, fragte Heydrich: »Wollen Sie mich verarschen?«

»Nein, Standartenführer!«

»Dann ist es ja gut. Ausgezeichnete Arbeit, Sturmbannführer. Und jetzt hauen Sie ab.«

»Jawohl …!«

»Raus!«

53.

»Guten Abend, Fräulein … Riedle«, sagte der Pförtner. Seit ein paar Tagen nannte er sie beim Namen. »Ihr Chef ist übrigens auch noch … schon da.« Blickte auf die Uhr. Es war nach zehn Uhr, solche Ruhe hatte Lena nie erlebt im Zeitungshaus. Im Bürotrakt am anderen Ende wurde hektisch gearbeitet bei der *Morgen-Zeitung*.

Aber von dort drang nichts durch. Hier, im Foyer des Rundeckhauses, war alles gedämpft, das Licht, die Geräusche. Auch der Portier erschien gedämpft in seiner Blässe.

Im Fahrstuhl nahm Raben ihre Hand. Sie lehnte sich an ihn. Im dritten Stock führte sie ihn einen Flur entlang, der Raben unendlich schien, bis sie anhielt und eine Tür öffnete. Auf seinem Stuhl saß Wagner. Sein Fuß lag auf einem Tischchen. Wo man das andere Bein vermutet hätte, fiel das Hosenbein auf den Fußboden. Auf dem Schreibtisch lag die Beinprothese.

»Kommense rein«, sagte Wagner, ohne die Augen zu öffnen.

»Entschuldigen …«

»Was denn? Was denn? Ich schlafe nie, wie das Verbrechen.« Er blickte sie müde an. »Den Herrn Kriminalassistenten haben Sie gleich mitgebracht. Praktisch. Ich hoffe, er honoriert diese fürsorgliche Einladung mit Auskünften …«

»Wir sind einer Sache auf der Spur, einer großen Sache. Wir haben einen Zeugen, der einen weiteren Mörder Essers erkannt hat. Erinnern Sie sich des Nazispektakels in Potsdam, Luftschiffhafen?«, fragte Lena.

Wagner nickte. »Als Hitler erklärt hat, dass die deutsche Jugend Deutschlands Zukunft sei.«

»Unserrre Rrrrevolution ist eine Rrrrevolution derrr Jugend!«, deklamierte Lena in Heldenpose. »Brauchen Ihrrre Errrlaubnis, um Fotos im Bildarrrchiv zu suchen. Vielleicht finden wirrr den Mörrrderrr auf einem Bild.«

Wagner lachte. »Da Sie ja nur wegen des Geizes unserer Chefs noch keine Reporterin sind, kriegen Sie die sogar schriftlich.« Er drehte sich, sein Stuhl schrappte über den Boden. Eine Halbkreisfurche mehr. »Eine Begründung brauche ich nicht. Aber wer ist dieser Zeuge?«

Lena schüttelte den Kopf. »Ich hab's versprochen.«

»Sehr gut! Na, dann gehen Sie auf Mörderjagd. Ich hoffe, Ihr … Kriminalist passt auf Sie auf. Ernsthaft, die Nazis bringen alle Zeugen um. Wenn wir das unter Ihrem Namen veröffentlichen ...«

»Das werden wir tun, wenn Sie einverstanden sind. Ich danke Ihnen aber für das Angebot.«

Er nickte. Wandte sich an Raben. »Sie passen auf sie auf, verstanden?«

»Versprochen.«

54.

Lichtigkeit saß mit dem Kollegen Nebe in einer üblen Kneipe am Schlesischen Bahnhof zusammen. Die Kneipe war voll, und die Gäste hatten die Polizisten beim Eintreten angestarrt wie Erscheinungen aus einer andern Welt. Aber die kümmerten sich nicht um die Chefs und Unterchefs und Mitglieder von *Immertreu* und all den anderen Ringvereinen, in denen sich Berlins Verbrecher zusammengeschlossen hatten. Gennat hatte schon an Versammlungen teilgenommen, als Ehrengast. Er hatte nichts dabei gefunden, sondern seinen Kunden seinen Respekt bezeugt.

Nebe hatte die Idee gehabt. Der wollte Lichtigkeit in seine braune Fachschaft locken. Aber diesmal ging es darum, dass Nebe die Hosen voll hatte. Wenn es wieder anders kam? Wenn eine andere Regierung Nazipolizisten rauswarf, ja, was würde dann aus Nebe? Bei der Zecherei unterhielten sie sich auch über den Fall Esser. Lichtigkeit ahnte, dass Nebe einer der Durchstecher war. Einer jener, die Verdächtige warnten und sich nie dabei erwischen ließen. Weil Nebes Ehrgeiz mit seiner Angst um die Wette lief.

»Wir kommen nicht voran«, sagte Lichtigkeit nach dem zweiten Schnaps. »Aber ich werde die kriegen. Und dann Kohlrübe ab. Das war ein geplanter, heimtückischer Überfall mit der Absicht, den Mann umzubringen. Ich mag auch keine Kommunisten, aber vor allem mag ich keine Morde.«

»Das hörte sich vor Kurzem noch anders an«, sagte Nebe.

»Mord ist Mord, egal, warum und von wem. Was mich ankotzt, sind diese Leute hier. Wir beide wissen, dass die gerade neue Straftaten ausbaldowern. Gäbe es eine höhere Gerechtigkeit, der Herr würde ihnen ein paar zehntausend Jahre hinter schwedischen Gardinen verpassen. Aber es gibt keine höhere Gerechtigkeit. Es gibt nur uns und eine Justiz, die diese Herren immer wieder laufen lässt.«

»Das musst du mir nicht erzählen. Diesen Typen ist das Verbrechertum angeboren. Und deswegen müssen wir sie wegsperren, am besten für immer. Sobald die nämlich auf freiem Fuß sind …«, sagte Nebe.

»Ja, könnten wir alle Berufsverbrecher wegsperren, gäbe es keine Kriminalität mehr. Außer eifersüchtigen Ehemännern und ein paar Deppen, die Schaufenster einschlagen, um Billigschmuck zu klauen«, sagte Lichtigkeit.

»Meine Partei …«

»Ich weiß, ich weiß. Bestellen wir lieber noch eine Runde«, sagte Lichtigkeit.

»Und diesen Fehrkamp, kannst du den überführen?« Nebe blickte ihn an, den Kopf schräg gelegt.

»Weiß ich nicht. Den wird der Richter laufen lassen. Gegen Auflagen. Stadt nicht verlassen, sich beim Polizeirevier melden. Das Übliche.«

»Na, wenn's keine Beweise gibt«, sagte Nebe.

»Und wenn der auch abtaucht?«, fragte Lichtigkeit.

»Wie dieser Ehrig, meinst du?«

»Wie dieser Ehrig«, sagte Lichtigkeit.

Das Telefon klingelte. Der Wirt hob ab und rief: »Kommissar Lichtigkeit!«

55.

Die Nachtwache im Bildarchiv war eine Frau, Typ Studentin, die sich was dazuverdienen musste. Der Kopf lag auf den Armen und die auf der Platte eines Schreibtischs neben der Tür. Sie freute sich über die Abwechslung und war kein bisschen böse, aus dem Halbschlaf gerissen zu werden.

»Wen darf ich notieren?«

»Lena Riedle, und dieser Herr ist mein Assistent. Den müssen Sie nicht notieren.«

»Klar, Fräulein Riedle. Was suchen Sie?«

»Hitlerrede auf dem Luftschiffirgendwas in Potsdam, erster Oktober zwounddreißig. Ich brauche alle Bilder von diesem Ereignis …«

»Ausgenommen jene, auf denen Hitler allein abgebildet ist«, sagte Raben.

»Och, ich wollte mein Büro mit Führerbildern tapezieren«, sagte Lena.

Die Studentin kicherte. »Mir wär der zu eklig. Der spuckt beim Reden.«

»Aber die Augen, die Augen, wenn der Führer einen anblickt«, sagte Lena mit zitternder Stimme.

»Da kann man vielleicht den Mundgeruch überriechen«, sagte die Studentin.

»Aus Ihnen wird noch mal eine große Journalistin«, sagte Lena. »Oder Schauspielerin bei Piscator.«

Die Studentin klatschte und hüpfte wie ein Kind zu einem der unzähligen Karteischränke. Binnen weniger Minuten hatte sie die Fotos in der Hand. Winkte damit und war schon zurück. Sie legte sie auf den Schreibtisch. Hitler mit dem Führerbegleitkommando, Hitler mit dem Reichsjugendführer Baldur von Schirach.

»Was für ein hübscher Kerl«, sagte die Studentin. »Wenn der

Kopf nicht mit Kacke gefüllt wäre … oh, Entschuldigung.« Hielt die Hand vor den Mund und lachte.

»Wofür?«, fragte Lena.

»Dass ich ihn hübsch finde. Obwohl er ein bisschen rundlich wirkt. Finden Sie nicht auch?«

Jetzt war es an Lena und Raben, zu lachen.

»Sie können ihn haben. Mit allem, was drinsteckt.«

»Oh, danke! Ich hatte mit einer Eifersuchtsszene gerechnet.«

Raben lachte wieder.

»So, jetzt müssen wir aber los«, sagte Lena.

Flugs war das Dutzend Fotos in einen Umschlag verpackt und übergeben.

»Ich hoffe, Sie können jetzt in Ruhe schlafen«, sagte Lena.

»Nee, jetzt bin ich eifersüchtig. Ich hab's mir anders überlegt. Und Sie sind schuld.«

Sie ließen den Portier ein Taxi rufen. Zurück zum *Goldenen Anker.* Sie saßen auf der Rückbank. Raben hielt ihre Hand. In der anderen hatte sie den Umschlag.

»Es stinkt«, sagte der Fahrer.

»Was stinkt?«, fragte Raben.

»Riechen Sie das nicht? Verbrannt …« Der Fahrer legte seine Lederkappe auf den Beifahrersitz und öffnete das Fenster.

»Sie haben recht«, sagte Raben. »Woher kommt das?«

»Werden wir gleich sehen.«

In der Tat, der Brandgestank wurde immer stärker. Und dann sahen sie den Widerschein des Feuers am Himmel. Raben hatte ein Bild im Kopf. Ein schreckliches Bild. »Drücken Sie aufs Gas. Los, fahren Sie schon.«

»Damit mir die Polizei …«

»Ich bin die Polizei«, sagte Raben und streckte die Hand mit der Dienstmarke nach vorn.

Der Fahrer drückte das Gaspedal auf den Boden. Der Wagen

beschleunigte, schlingerte, aber der Chauffeur fing ihn ab. »Scheißregen«, sagte er.

Als sie vor dem *Goldenen Anker* standen, schlugen die Flammen schon aus den Fenstern. »Rufen Sie … ruf die Feuerwehr.« Zum Taxifahrer: »Fahren Sie die Dame zur nächsten Telefonzelle. Sofort. Wir brauchen auch einen Arzt.« Der Fahrer gab Gas, Lena wurde auf die Rückbank zurückgeworfen.

Raben riss die Tür der Kneipe auf. Rauch schlug ihm entgegen. Er biss in den Augen. Tränen trübten den Blick. Er sah nur Schemen, setzte Fuß vor Fuß. Hinterm Tresen quoll schwarzer Rauch hoch und verteilte sich. Raben hörte ein Stöhnen. Vielleicht ein Balken, den das Feuer bog. Er stieß gegen etwas Weiches. Kniete sich hin, tastete. Puth lag vor dem Tresen. Raben fand den Kopf. Schob seine Hände unter die Achseln und zog. Brennendes Holz fiel herab. Er schüttelte es von der Schulter. Spürte es brennen. Ein scharfer Schmerz. Raben zog und zog. Der Körper war schwer. Endlich erreichte er die Tür. Er zog den Mann nach draußen. Die Schuhe qualmten. Raben ließ den Körper auf dem Bürgersteig liegen und riss sich Mantel und Jacke vom Leib. Versuchte, das Feuer auf dem Mantel auszutreten. Mit einem Donnerschlag flogen die Fensterscheiben nach außen.

Menschen hatten sich eingefunden. »Holen Sie einen Arzt!«, brüllte Raben. »Wer war Sanitäter im Krieg?«

Ein Mann rannte herbei. Zog seine Lederjacke aus, legte sie auf das Trottoir der anderen Straßenseite. Zu zweit trugen sie Puth hinüber. Der Sanitäter fühlte den Puls und bearbeitete den Brustkorb. Dann blies er Puth Luft in den Mund. Setzte seinen ab, atmete tief ein. Setzte seinen Mund auf Puths. Dann wieder Brustmassage. Plötzlich blubberte Spucke aus Puths Mund. Er schlug die Augen auf. »Ach Sie …« Die Augen flimmerten. Dann tauchte er wieder ab. Der Sanitäter pumpte weiter. Puth hustete. Krümmte sich auf die Seite. Hustete sich das halbe Leben aus dem Leib. Raben kniete auf dem Bürgersteig. Der war nass und kalt.

Endlich erklangen Sirenen. Zuerst die Ambulanz. Dann die Feuerwehr mit durchdringendem Klingeln. Schließlich Schupos, welche den Umkreis räumten.

Ein Schupo stürzte auf Raben zu. Der zeigte seine Dienstmarke. »Vermutlich Brandstiftung. Die Täter wollten den Mann« – deutete auf Puth – »umbringen, weil er ein wichtiger Zeuge ist.«

Der Kollege nickte. »Sobald die Feuerwehr den Brand unter Kontrolle hat, wird die Spurensicherung …« Da rollten auch schon das Mordauto und ein Kleinlaster an. Lichtigkeit, Wendig, die Steinkopf, Körber und seine Leute.

Plötzlich stand Lichtigkeit hinter ihm und legte Raben die Hand auf die Schulter. »Sie haben einen Feuertanz veranstaltet. Sogar das Haar ist angekokelt. Haben Sie den allein rausgeholt?«

»Ja, Chef.«

»Alle Achtung!«

Ein Weißkittel drängte den Sanitäter zur Seite. Hielt den Zeigefinger an die Halsschlagader. Drückte sein Stethoskop auf die Brust. »Der kommt durch. Gut gemacht.« Ohne den Sanitäter anzuschauen, in dessen Gesicht die Westfront weiterlebte.

Der Leiter der Feuerwehr stellte sich dazu. »Bevor Sie es fragen. Wir wissen noch nicht, ob Brandstiftung oder Unfall.«

»Wann können unsere Leute rein?«

»Wir haben noch nicht alle Feuerstellen gelöscht. Und dann müssen wir schauen, ob die Decke hält. Die hat ziemlich was abgekriegt.«

»Wenn Sie raten müssten?«

»Ich rate nicht«, sagte der Mann.

»War er gefesselt?«, fragte Lichtigkeit Raben.

»Nein.«

Ein Rufen an der Absperrung.

»Lassen Sie Fräulein Riedle rein. Die hat die Notzentrale angerufen, während ich mich um Herrn Puth gekümmert habe.«

Lichtigkeit gab dem Schupo ein Zeichen. Lena eilte herbei und umarmte Raben. »Du siehst ja aus wie ein abgebrannter Weihnachtsbaum. Na gut, sparste Friseurkosten. Nur, der Gestank…«

Lichtigkeit grinste.

Lena zauberte ihre Leica aus der Handtasche. »Ich darf?«

Lichtigkeit nickte. Erst jetzt roch Raben dessen Fahne.

»Ihre Stellungnahme. Brandstiftung?«

»Warten Sie's ab. Es war noch nicht einmal unser Erkennungsdienst drin.«

»Darf ich ein Foto vom Gastraum machen?«

»Kommen Sie mit«, sagte der Feuerwehrleiter. Nahm auf dem Weg einem Kollegen den Helm vom Kopf und setzte ihn auf Lenas. Sie richtete ihn und versuchte, den Kinnriemen festzuziehen. Ihr Kopf war zu klein.

Raben beobachtete, wie Lena knipste.

»Am Ende hat sie ein paar Lichtpunkte auf dem Film«, sagte Lichtigkeit. »Und Sie können später sagen, Sie seien dabei gewesen, als eine weltberühmte Fotografin ihre ersten Schritte tat.«

Lichtigkeits Augen folgten Lena. Oder nur dem Feuerwehrhelm, der auf ihrem Kopf Gymnastik trieb.

56.

Lichtigkeit klopfte und öffnete die Tür. Der Chef futterte gerade Torte und trank Kaffee. Irgendwann würde er platzen, und Lichtigkeit hoffte, in diesem Augenblick weit entfernt vom Unglücksort zu sein. »Wir müssen den Fehrkamp laufen lassen.«

»Ich weiß«, sagte Gennat. »Noch leben wir in einem Rechtsstaat. Oder so was Ähnlichem. Und dieser Ehrig?«

»Vom Erdboden verschwunden. Ich habe bei der I A gefragt, aber niemand will den kennen.«

»Unsere Politische Polizei, vielleicht mögen die den? Vielleicht ist er ein Vertrauensmann von denen? Alles möglich.«

»Ich weiß«, sagte Lichtigkeit und schüttelte den Kopf. Ihm schwindelte. Scheißschnaps. Scheiß-Nebe. Scheißfeuer.

»Und nun?«, fragte Gennat und gab der Torte den Rest.

»Raben sucht wild in der Gegend rum. Ich lass ihn. Soll er sich die Hacken ablatschen.«

Gennat nickte. »Lassen Sie den mal machen. Ich glaube, der wird uns alle überraschen.«

„Haben Sie bestimmt schon gehört: Brandanschlag auf den *Goldenen Anker*. Raben hat den Wirt gerettet, Puth heißt der.«

Gennat blickte auf. Natürlich wusste er es schon. „Sag ich doch, lassen Sie den Vogel flattern. Mal sehen, ob er als Rabe oder Hühnchen zurückkommt. Wenn er's überlebt.«

57.

»Schöne Scheiße«, sagte Heydrich. Deutete auf die *Münchner Neuesten Nachrichten*. »Ich habe doch gesagt...« Er winkte ab. »Wenn die Sau wenigstens verbrannt wäre.«

»Es war ein Unfall«, erwiderte Eckes. »Wir haben das perfekt gemacht. Wäre der Wirt verbrannt, niemand hätte eine Spur gefunden. Wär ja nicht das erste Mal, dass ein Wirt sein bester Kunde ist. Wir haben ihn mit Schnaps volllaufen lassen und dann ins Reich der Träume geschickt. Standartenführer, das war der wichtigste Zeuge. Jetzt hat der Kamerad Fehrkamp seine Ruhe.«

»Hätte seine Ruhe«, sagte Heydrich. »Denn der Typ lebt noch.«

»Was soll er sagen, Standartenführer? Da haben mich drei Männer mit Doppelkorn verwöhnt. Das glaubt dem doch keiner. Einem Wirt!«

Heydrich schätzte Mut, Tatkraft, Entschlossenheit. Er nahm die Zeitung. Fotos, auf denen keiner was erkannte. Außer auf denen vom Gastraum, wo die Polizei Scheinwerfer aufgestellt hatte. Der sah aus wie ein Saal, der gebrannt hatte. Stühle, Tische lagen herum, schwarze Flecken überall. Aus einer Ecke quoll Rauch hervor. *Fotos: Lena Riedle/Berliner Tageblatt.* »Na, die wird's noch weit bringen mit ihren Fotos, auf denen keiner was sieht.« Heydrich legte die Zeitung wieder auf den Tisch. Trommelte leise auf der Platte. »Den werden die jetzt bewachen, den Puth. Warum sind wir nicht vorher draufgekommen? Warum erst die anderen Zeugen?«

»Die Reihenfolge war schon richtig. Nur, dann haben Sie uns befohlen ...«

»Ich weiß. Der Befehl gilt auch weiter. Die Sache mit dem Unfall war trotzdem nicht schlecht. Ich werde dem Reichsführer aber sagen müssen, dass der Quatsch nicht auf meinem Mist gewachsen ist. Wir verstehen uns, Eckes?«

»Selbstverständlich, Standartenführer. Ich nehm's auf mich.«

»Der Zorn unseres Reichsführers währt kurz, und danach werden Sie befördert. Den guten Willen kann man Ihnen ja nicht absprechen.« Er lachte trocken.

Eckes lachte mit, bis ihn ein Blick seines Herrn traf.

»Sie haben erst mal nichts zu lachen.«

»Wie erklär ich dem Reichsführer, dass ich in München war, als der ... Unfall geschah?«, fragte Eckes.

»Den Angriff auf diesen Puth haben Sie doch bei Ihrem letzten Berlinbesuch mit den Kameraden besprochen. Und vergessen, die Idee zurückzurufen.«

»Sehr gut gesagt, Standartenführer.«

»Sie wollen mich verarschen?!«

»Niemals, Standartenführer, niemals ...«

»Raus!«, brüllte Heydrich. Und sparte sich das Grinsen auf, bis Eckes sich verzogen hatte. Sie hatten neben Hohlköpfen auch gute Leute, und wenn dann mal einer über die Stränge schlug ...

58.

»Die SA marschiert, und der RFB ist mal wieder verboten«, sagte Kippenberger. »Die Sozialfaschisten reiben sich die Hände, obwohl sie jetzt auch den braunen Hass in die Fresse kriegen.«

»Das läuft gegen uns«, sagte Schneller. Sie saßen in dessen Reichstagsbüro. »In Kneipen können wir uns nicht mehr blicken lassen. Irgendwer steckt das der SA, und dann kommen die Prügelhorden. Die Bullen blicken weg. Wir leben schon im Faschismus, nur haben es noch nicht alle bemerkt. Ob Papen, Severing oder Hitler, scheiß drauf.«

»Übertreib nicht. Solange wir Aufmärsche organisieren, solange wir im Reichstag reden können. Und wenn die *Rote Fahne* mal nicht verboten ist, können wir Artikel veröffentlichen …«

»Und enden wie Kurt«, sagte Schneller.

»Der ist nicht wegen seiner Artikel umgebracht worden. Da hätte es andere Genossen gegeben, die vorher dran gewesen wären. Der ist ermordet worden, weil wir einen SD- oder Polizeispitzel bei uns haben. Wegen unseres Plans, den großen Führer dorthin zu befördern, wo er hingehört. Die wissen was. Und die wussten, dass Kurt das organisiert hat.«

»Gibt's dafür Beweise?«, fragte Schneller. »Nein, gibt es nicht. Ich sehe nur eines: Es wird eng.«

»Defätismus können wir nicht gebrauchen. Gerade jetzt nicht«, sagte Kippenberger. Aber seiner Stimme fehlte die Überzeugung.

Torgler erschien. Das Gesicht des Fraktionschefs sah auch nicht fröhlich aus. Er hatte ja nie geglaubt, dass die Machtfrage im Reichstag entschieden würde. Aber dass der gar nichts mehr zu sagen hatte, passte ihm nicht. Er setzte sich auf den einzigen freien Stuhl. Kippenberger und Schneller blickten ihn an.

»War bei Teddy«, sagte Torgler. »Ihr sollt euch um Geheimquartiere kümmern. Die sowjetischen Genossen haben was pfeifen gehört. Eine Intrige. Papen und seine Bande wollen den alten Hindenburg rumkriegen, dass er Hitler doch zum Kanzler macht.«

»Und der lässt dann die SA auf uns los«, sagte Schneller.

59.

»Na, da sind Sie ja endlich«, sagte Lichtigkeit.

»Ich hab mich versteckt, in Zehlendorf. Da hab ich eine Freundin.«

»So, Frau Mehlis«, sagte Lichtigkeit. »Haben Sie den Gustav schon gesehen, seit er entlassen wurde?«

»Nee, mit dem bin ich fertig. Hat behauptet…« Sie winkte ab. »Männer, Lügner, alle das gleiche Pack.«

»Danke, Frau Mehlis«, sagte Lichtigkeit, lächelnd, als hätte sie ihm eine Praline geschenkt. »Köpfchen, machen Sie uns einen Kaffee. Dem Raben auch.«

»Dem Kriminalpolizeirat am allerliebsten.«

»Wie haben Sie das hingekriegt?«, fragte Lichtigkeit.

»Ich bin unschuldig, Herr Kommissar«, sagte Raben und hob die Hände.

»Jedem würde ich das glauben…«

Hannelore Mehlis guckte hin und zurück.

»Haben Sie jemanden erkannt?«, fragte Raben.

»Nee, von der Kommune kenn ich keinen.«

»Aber die kannten den Gustav.«

»Da gehe ich von aus«, sagte Mehlis. »Sonst würden die ihn ja nicht umbringen wollen.«

»Ich bewundere Ihre Logik, Frau Mehlis«, sagte Raben.

Und die lächelte. Wie jemand lächelte, der im Leben mehr Dresche kriegte als Lob.

»Wenn Sie vielleicht noch mal in sich gehen. Der Schrecken ist ja nun weg«, sagte Raben.

Die Steinkopf und der Kaffee.

Viel Milch, viel Zucker. Als würde es die bald nicht mehr geben. Mehlis trank und bedachte den Schrecken. »Ja, aber ich wach nachts manchmal auf, und da …«

»Was sehen Sie, wenn Sie aufwachen …?«, fragte Raben.

»Ich weiß nicht.«

»Was hat denn der Gustav gesagt, als er plötzlich bei Ihnen einzog? Dass ihm die Kommune auf den Socken ist?«, fragte Raben.

»Nee.« Sie bohrte mit dem kleinen Finger in der Nase. »Das hat er nicht gesagt. Ich halt es nicht mehr aus mit meiner Alten. Ich komm zu dir. So was.«

»Aber er hat gelogen.«

»Was denn sonst? Die lügen immer, die Mannsbilder. Sie beschwärmen dich, singen Lieder und überschütten dich mit Blumen, die sie geklaut haben, lügen dir die Hucke voll von der großen Liebe. Du lässt dich erweichen, lässt sie ran, und dann ist nichts mehr.«

»Er hat nicht gesagt, dass er verfolgt wird?«

Sie schüttelte den Kopf.

»Hat er was über einen Kurt Esser gesagt?«

Sie überlegte. »Da war was … da war was … Esser?«

Raben nickte.

»›Der Sau haben wir's aber gegeben.‹«

»Das hat er gesagt, der Gustav?«, fragte Lichtigkeit.

Sie erschrak, guckte Lichtigkeit an. Ach, den gab's ja auch noch. »Das hat er gesagt.«

»Und als die Kommunisten auftauchten, hat er geschossen, der Gustav?«

»Ja«, sagte sie. »Einen hat er … das wissen Sie ja alles.«

»Hat der Gustav was bei Ihnen zurückgelassen?«

»Er kam mit einem Koffer, vollgeknüllt mit seinem Zeug. Der steht noch bei mir rum, in der Laube. Glaub ich.«

60.

»Das sind die schlechtesten Fotos seit Monsieur Daguerre«, sagte Wagner.

»Aber die einzigen. Die anderen Redaktionen beißen in die Druckpressen«, sagte Lena. Sie fühlte sich eins a. »Niemand von denen hatte überhaupt was über den Anschlag. Erst die Abendblätter.«

Wagner hatte einen Spitzenartikel über den Brand geschrieben, der sich immer tiefer in das Land einfraß. Und immer wieder aufflammte wie im *Goldenen Anker*. Wolff hatte ihn auf der Redaktionskonferenz gepriesen. Und Lena, die das erste Mal in König Wolffs Ritterrunde saß, hatte Beifall bekommen für die Fotos. Beifall! Das hatte es seit Kaiser Wilhelm des Zwoten Abdankung nicht mehr gegeben. Nicht beim Hitlerputsch, jener Operettenrevolte, die den Wolkenkrieger Göring auf Morphium setzte, nachdem ihm die Münchener Polizei eine Kugel verpasst hatte, als der Fliegerheld des Kriegs 1923 neben Hitler bis nach Berlin marschieren wollte. Nicht bei der zweiten Hindenburgwahl, als der Führer gegen den Feldmarschall verloren hatte. Nicht bei der Reichstagswahl am 6. November, als die Nazis so was von auf die Fresse gekriegt hatten. Wagner hatte in seinem Artikel keinen Zweifel daran gelassen, dass die Nazis das Feuer in Puths Kneipe gelegt hatten. Dass sie den Wirt mit Schnaps abgefüllt und dann bewusstlos geschlagen hatten, damit er verbrannte mitsamt seinem Lokal. Wagner hatte gefragt, warum die Polizei den Mann nicht geschützt hatte. Dass es einem Zufall zu verdanken war, dass ein Polizist und eine Reporterin – Reporterin! – des *Berliner Tageblatts* den Wirt in letzter Zehntelsekunde aus dem Flammeninferno ziehen konnten. Das war zwar dick aufgetragen, aber warum nicht? Jetzt liege der Kneipier im Krankenhaus, und die Polizei werde ihn bald vernehmen.

Vielleicht unterliefe dem Doktor Goebbels mal eine Sekunde der

Wahrheit? Vielleicht verurteilte er die Gewalttat im Namen seines Führers und dessen Eids, nur legale Mittel einzusetzen? Oder die Braunen schickten gleich die Mörder los, um den Zeugen umzubringen.

»Pass auf, Hermann. Sie auch, Fräulein Riedle. Sie haben sich gerade neue Freunde gemacht. Ich seh den Klumpfuß kochen. Und noch gefährlicher, diesen Heydrich in München. Aber großartig, wie Sie das hingekriegt haben. Und dieser Polizist, was sagt der?«, fragte Wolff.

Lena versuchte, sich Grün ins Gesicht zu zaubern, laut Goethe die Komplementärfarbe von Rot. »Der arme Mann war erschöpft. Ich werde ihn fragen.«

»Ja, machen Sie doch ein Interview mit ihm!«, sagte Wolff.

Beifälliges Nicken.

Noch vorgestern hätte jemand gefragt, ob die Neue überhaupt wisse, was das sei, ein Interview.

61.

»Beschissen«, sagte Puth. Er lag im Urban am Landwehrkanal. Im Saal war es stickig und laut. In der Ecke krakeelte eine Gruppe von Patienten über die Schuld des Kaisers, der sie zu Krüppeln gemacht habe und jetzt endlosen Urlaub genieße, versorgt von einer Schandregierung, die ihm alles Eigentum nachgeschickt habe. Damit es ihm in seinem Schloss an nichts fehle. »Die Sozialdemokraten haben das verbrochen!«, kreischte einer. »Und dann wurde Ebert selbst ein Kaiser, aber einer der Kapitalisten. Ja, Bebel, der Aujust, das war noch ein Arbeiterkaiser.«

»Verräter!«, brüllte der andere.

Raben hatte den Verdacht, dass die Alkohol pur aus der Krankenhausapotheke kriegten. So viel Suff konnten die sich von der Stütze jedenfalls nicht leisten.

Lichtigkeit tippte Puth auf die Hand, und der schlug die Augen auf. Raben organisierte im Flur zwei Stühle. Seine Dienstmarke ließ ein biologisches Bollwerk namens Krankenschwester mit dem Umfang von dreien knurrend weichen. »Aber die stellen Sie selbst zurück! Verstanden?«

»Klar, Frau Medizinalrat!« Schlug die Hacken zusammen und schleppte die Beute an Puths Bett.

»Idiot!«, schickte ihm die Medizinalrätin hinterher.

Puth hustete. Kein Haar war zu sehen, auch die Stirn war unter einer Binde verschwunden.

»Schmerzen?«, fragte Lichtigkeit.

»Überall.« An der Schläfe war ihm eine Beule gewachsen, von Weitem sah sie aus wie ein Berggipfel unter Schnee.

»Die Lunge«, sagte er. Seine Hand deutete auf Raben. »Sie haben mich rausgezogen. Sagt der Arzt.«

Raben nickte.

»Unter Lebensgefahr.«

»Jetzt übertreiben Sie mal nicht. Ich sehe doch gesund und munter aus.« Abgesehen von der Wunde am Rücken, die Lena mit Brandcreme eingerieben hatte, während er die Zähne zusammenbiss. Und dann hatte sie Mull auf die Wunde gelegt und einen Verband um seinen Oberkörper gewickelt. Am Ende hatte sie ihn auf den Mund geküsst. »Jetzt musst du auf der Seite oder auf dem Bauch schlafen.« Und war verschwunden. Ein paar Sekunden hatte er gewartet auf ihre Schritte im Treppenhaus. Sie hatte vor der Tür gestanden. Schließlich war sie hinuntergegangen. Sie war zum ersten Mal bei ihm zu Hause gewesen.

Er hatte sich auf den Bauch gedreht. In seinem Kopf turnten Mörder und Schläger. Dann nur noch Lena, ihre Blicke und Berührungen.

62.

»Was Ihre Leute da treiben, ist gefährlich für uns«, sagte Nebe. Obwohl er nur mit Mühe die Kommissarprüfung bestanden hatte, hinterließ er beim Buddha Eindruck. Fleiß glich den Mangel an Begabung und Intelligenz aus. Half auch, die Furcht zu überwinden, die in jeder Ecke lauerte. Ohne dass ihn jemand trieb, war Nebe ein Getriebener.

Heydrich lehnte sich zurück. Sie saßen in seinem Zimmer in der Pension *Glückseligkeit* in Spandau. Er war hier zum ersten und zum letzten Mal Gast. Unter falschem Namen. Keine Spuren hinterlassen. Zwar durften Nazis nun wieder Polizisten sein. Aber wer weiß?

»Ich hatte weitere Aktionen untersagt«, erwiderte Heydrich.

»Das hat dann wohl nicht geklappt.«

»Dieser Puth ist der gefährlichste Zeuge«, sagte Heydrich. »Wir hätten den als Ersten …«

»Der hat nur den Kameraden Fehrkamp erkannt. Sonst niemanden.«

»Er kennt als Wirt viele Leute, und er hat ein Gedächtnis«, sagte Heydrich.

Nebe blickte den Mann an, der noch im Sitzen groß und athletisch aussah. Und eine hohe Stimme hatte. »Sie sehen, was herauskommt, wenn Dilettanten …«

»Das war Pech«, erwiderte Heydrich scharf. Er wusste, wie er seinen Nebe nehmen musste.

»Womit man immer rechnen muss. Sagt schon Clausewitz … so ähnlich. Ich bitte Sie, diese Aktionen einzustellen. Vorgestern tauchte plötzlich ein Polizist auf und eine Reporterin vom *Tageblatt*. Ein Unglück kommt selten allein. Und dieser Kollege hat den Puth gerettet.«

»Sonst stünde was von einem tragischen Unfall in der Zeitung«, sagte Heydrich. »Stattdessen diese Fotos. Das von einem angekokelten Wirt... der Reichsführer hat getobt. Und der Führer soll auch sauer sein. Ich nehm das auf mich. Und Sie berichten, was der Wirt auspackt. Wenn er auch nicht mehr weiß, als dass Fehrkamp... dann lassen wir ihn quatschen. Wenn er aber vor Gericht was sagen könnte...«

»Sobald unser Führer die Macht ergriffen hat, packen wir uns die roten Ratten«, sagte Nebe. »Aber vorher müssen wir vorsichtig sein... Ich werde weiter berichten. Nicht mehr telefonisch, sondern bei Treffen mit dem Kameraden Eckes.«

»Behalten Sie diesen Raben im Auge. Und die Riedle. Die taucht plötzlich auf und macht nichts als Ärger«, sagte Heydrich. Erhob sich, reichte Nebe die Hand. Nebe verstand das Zeichen und verabschiedete sich. Im Pensionsflur dachte er nur: So sieht er also aus, der Teufel.

63.

»Soll ich das Rückenteil hochstellen?«, fragte Raben. Auf der anderen Seite des Betts saß Lena, in der Hand einen Umschlag.

»Ja, bitte«, erwiderte Puth.

»Wissen Sie, wo die anderen Zeugen des Esser-Mords sind?«

»Die haben sich irgendwo eingegraben. Mir haben sie nichts verraten.«

Sie zog das erste Foto heraus. Hitler, erhöht und umgeben von uniformierter Jugend. Für Raben sah es aus wie Jesus mit seiner Jüngerschar. Die Augen leuchteten, als hätte einer Birnen reingeschraubt. Der Führer, sonst tobend, geifernd, spuckend, schreiend, lächelte milde. Im Hintergrund, mit Blick zu Hitler, Männer mit Helmen aus dem letzten Krieg. Uniformen. Leute vom Führerbegleitkommando.

»Ich könnte kotzen«, sagte Puth.

»Bloß nicht«, sagte Lena. »Dann gibt mir unser Bildarchiv nie wieder ein Foto.«

Puth nahm das Bild. Betrachtete es. »Wie im Krieg«, sagte er. »Schauen Sie sich die Gesichter dieser Typen an. Den Helm … wenn man das so sieht.«

»Versuchen Sie, Männer in Hitlers Umgebung zu erkennen. Auch die ohne Helm.«

»Das ist Sepp Dietrich«, sagte Puth. Tippte auf einen Mann mit Schirmmütze. »Manchen ist das Schlachterdasein in die Visage gewachsen. Das ist einer der treuesten Gefolgsleute. Der würde für Hitler morden, ohne Nachfrage, und im Zweifelsfall noch ein paar mehr umbringen.«

»War der beim Esser-Mord dabei?«, fragte Lena.

»Nein, der hätte die Gruppe angeführt. Ist in der SS ein großes Tier.«

Das nächste Foto zeigte Hitler im Gespräch mit Dietrich und HJ-Führern. Puth nahm sich Zeit. »Machen Sie's noch höher.« Raben hob das Rückenteil vorsichtig an und ließ es einrasten. »Gut so?«

Puth schnaufte. »Ohne Sie wäre ich nicht vernehmungsfähig, um es mal so zu sagen.«

Das nächste Bild zeigte die Fläche des Luftschiffhafens. Im Vordergrund zwei Uniformierte mit Weltkriegshelmen. »M18, ich hatte nicht die Ehre, sondern musste mit der Vorgängerversion auskommen. Der sah aber genauso aus. An diesen beiden Noppen an der Seite konnte man einen zusätzlichen Stirnschutz befestigen. Und dieser Typ rechts, der war in meiner Kneipe. Ohne Helm. Aber sehen Sie die Boxernase und die Narbe an der Backe? Zu jung für den Krieg, aber vielleicht war er bei einem Freikorps nach dem Krieg. Bei Noskes Arbeitermördern.«

»Sie wissen nicht zufällig, wie der heißt?«, fragte Raben. Dem aufgefallen war, dass Puth mehr wusste, als ein Wirt gemeinhin wusste. Vermutlich war seine Kneipe ein Treffpunkt für die Übermittler von Nachrichten gewesen. Nirgendwo konnte man sich unauffälliger treffen als in einer Gaststätte. Man trank ein Bier, quatschte. »Hat sich Kurt Esser öfter mit Leuten getroffen im *Goldenen Anker*?«

Lena blickte ihn erstaunt an. »Was soll jetzt die Frage?«

»Lassen Sie uns flott die anderen Fotos ansehen. Ich merke, dass ich müde werde«, sagte Puth.

Das war so, als hätte er Rabens Frage beantwortet.

»Der war also dabei?«, fragte Lena.

»Garantiert. So eine Hackfresse gibt's nur einmal.«

Er fand den Typ noch auf einem anderen Foto. Da stand er direkt neben Hitler. »Schöner geht's nicht. Nehmen Sie das für die Fahndung. Sie lassen den doch suchen?«

Raben nickte. »Das entscheiden meine Chefs.«

»Und Sie drucken es in der Zeitung?«

»Das entscheiden meine Chefs«, sagte Lena.

»Was sind Sie doch für arme Würstchen.«

»Wenn ich eine Kopie anfertigen lasse, veröffentlicht es dann die *Rote Fahne*?«

»Das entscheiden … die Chefs.«

»Womit bewiesen wäre, dass Würstchen denken und sprechen können«, sagte Lena. »Jedenfalls die armen.«

64.

Am Morgen holten Lichtigkeit und Raben Frau Mehlis am Bahnhof Gesundbrunnen ab.

»Ich hab seitdem keinen Fuß mehr in die Laube gesetzt.« Ihre Stimme zitterte.

»Sie sind ja nicht allein. Und wir sind bewaffnet«, sagte Lichtigkeit.

Er hatte vor der Abfahrt Wendig das Foto gegeben. »Dieses Foto existiert nicht. Nur für Sie, Raben und mich. Wenn Sie das Nebe zeigen, haben Sie einen tödlichen Dienstunfall. Verstanden?«

Wendig erblasste. »Da müssen Sie nicht drohen, Chef.«

»Umso besser. Sie suchen diesen Krieger in unserer Kartei. Wenn Sie ihn finden, sagen Sie es keinem außer mir. Und Raben.«

»Natürlich, Herr Kommissar.«

»Danach packen Sie das Foto zurück in den Umschlag und verschließen es in Ihrem Schreibtisch.«

»Zu Befehl, Herr Kommissar.«

»Ich sehe, wir haben uns verstanden. Ob Sie mal Kommissar werden, weiß ich nicht. Ich habe versprochen, Ihnen zu helfen, wenn es geht. Wenn …«

»Ich habe es verstanden!« Wendig sprach leise, aber Verbitterung klang durch. Lichtigkeit zog den Neuling vor. Er gab ihm Aufträge, die für so einen wie Raben gut waren. Aber doch nicht für ihn nach neun Jahren Kripo. Und der Raben hatte auch keine Frau zu Hause, die fand, dass es an ihm selbst liegen müsse, dass er immer noch kein Kommissar war. Er hatte in ihren Blicken Verachtung gelesen. Was Wendig mehr verletzte als Worte.

Raben spielte den Indianer und erkundete die Lage. Die Laube war leer. Keine Nachbarn, keine Gestalten, die herumlungerten. Er winkte Lichtigkeit zu. Mehlis zögerte bei jedem Schritt. Und verfluchte den Tag, an dem sie Fehrkamp getroffen hatte. Sie blieb im Eingang stehen, lugte hinein.

»Keine Sorge«, sagte Raben. »Wo ist der Koffer?«

»Warten Sie.« Sie zog die Vorhänge auf. An der Wand stand ein Bett. Und darunter glänzten die Verschlüsse. Raben zog den Koffer heraus, legte ihn aufs Bett, löste die Schnallen, drückte auf die beiden Knöpfe und ließ die Bügel schnalzen. Er öffnete den Deckel.

»Einfach reingestopft«, sagte sie. »So ist er. Was er nicht irgendwo liegen lässt, stopft er woanders rein.«

Raben drehte den Koffer um, sodass sein Inhalt aufs Bett fiel. Es begann zu stinken.

»Schweißfüße hat er auch«, sagte sie. »Warum habe ich mich auf den Scheißkerl eingelassen?«

»Jeder macht mal einen Fehler«, sagte Lichtigkeit.

»Das war kein Fehler«, schluchzte sie. »Das war … viel schlimmer.«

Raben packte alles zurück in den Koffer und verschloss ihn. »Das untersuchen wir im Präsidium.«

Körber vom Erkennungsdienst hatte schlechte Laune. Er kratzte sich am Kinnbart, berührte die ondulierten Spitzen seines Schnauzers. »Was haben Sie da, Herr Kollege? Was ist darin?«

»Einen Koffer. Extra für Sie, damit Sie endlich in schmutziger Wäsche wühlen können. Ich habe Ihren geheimsten Wunsch erraten, stimmt's?«, fragte Lichtigkeit.

»Sie sind viel schlauer, als die Leute hier sagen«, erklärte Körber.

Lichtigkeit stellte den Koffer auf den Mitteltisch. »Wenn Sie wollen, lasse ich die Müllabfuhr täglich eine Kiste mit so was liefern.«

»Zu großzügig. Das können Sie sich gar nicht leisten bei Ihrem Gehalt.« Körber hatte mehr Dienstjahre auf dem Buckel, worauf er gern hinwies.

»Ich beuge mich dem Gewicht der Erfahrung«, sagte Lichtigkeit.

Körber lächelte. Unfassbar!

»Dieser Koffer gehört dem Fehrkamp …«

»Dem Nazimörder, den Sie haben laufen lassen …«

»Sie haben es erfasst.«

»Warum hat er den nicht mitgenommen?«

»Darauf gibt es zwei Antworten: Entweder glaubt er nicht, dass was Verräterisches drin sein könnte. Oder er hat sich nicht mehr in die Laube getraut. Weil seine Freunde vom RFB ihm dort auflauern könnten.«

»Interessante Theorie. Aber hätten Sie dem Fehrkamp nicht ausrichten können, dass die Hälfte aller Probleme der Menschheit gelöst wäre, wenn er sich die Füße waschen würde. Das stinkt durch den Koffer durch. Vielleicht ist das eine Stinkbombe der Nazis, die das Präsidium auf Jahrzehnte unbehausbar machen soll. Und Sie haben die Bombe eingeschleppt wie einen trojanischen Maulesel. Das hätte ich dem hochverehrten Kollegen Nebe zugetraut, aber doch nicht Ihnen.«

»So kann man sich täuschen im Menschen«, sagte Lichtigkeit. »Sie geben sobald wie möglich Laut, Herr Kollege?«

»Nichts ist schneller als die Lichtgeschwindigkeit, hab ich irgendwo gelesen.«

»Und der Kollege Körber …«

Körber lachte auf. »Sie werden auf Ihrer Schleimspur noch auf den Hintern fallen.«

»Wenn es dem Erkennungsdienst nutzt, gerne.«

65.

Lichtigkeit und Raben betraten die Gauleitung. Der Pförtner erkannte sie wieder. »Den Doktor?«, fragte er.

»Genau den«, sagte Raben.

»Tut mir leid, Herr Doktor Goebbels ist verreist.«

»Darf man fragen, wohin?« Lichtigkeit probierte den Kommissarblick bei ihm aus. Einmal scharf angucken, und jedem fielen Dutzende von Missetaten ein. Auch solche, die einer nicht begangen hatte.

»München.« Die Stimme wurde leise. »Zum Führer.«

»Ist denn der Graf im Haus?«, fragte Raben.

Der Pförtner nickte.

Fünf Minuten später saßen sie im Büro des Berliner SA-Chefs. Helldorff trug die braune Uniform mit der Hakenkreuz-Armbinde.

Er erhob sich nicht hinter seinem Schreibtisch, sondern zeigte auf die beiden Stühle davor. »Bitte?«

Lichtigkeit schob das Foto über den Tisch und tippte auf die Gestalt mit dem Stahlhelm. »Dieser Mann gehört zum Führerbegleitkommando.«

»Und wenn es so ist?«

»Dann hätten wir ein paar freundliche Fragen«, sagte Lichtigkeit.

»Darf man erfahren, worum es geht?«

»Das würde ich Ihnen liebend gern verraten. Aber Dienstgeheimnis ist Dienstgeheimnis. Sie verstehen?«

»Aber selbstverständlich, Herr Kommissar.« Ein breites Lächeln malte sich ins Landknechtsgesicht.

»Wir wären Ihnen dankbar, wenn Sie uns Namen und Anschrift des Herrn gäben. Oder uns jemanden nennen könnten, der …«

Helldorff winkte ab. »Schon klar. Also, ich kenne diesen Herren nicht.«

»Er gehört zum Führerbegleitkommando«, sagte Raben.

»Aha, und ich muss die jetzt alle kennen. Damit Sie mich verstehen, selbstverständlich würde ich Ihnen gern sofort helfen. Doch der Führer ist meistens in München oder auf Reisen, also ich sehe ihn nicht oft. Und noch weniger dieses Kommando. Woher auch?«

»Glauben Sie, Ihr Stabschef Röhm kennt den?«

»Möglich. Fragen Sie ihn.«

»Und Sie könnten nicht mal in Ihrer Mitgliederkartei nachschauen … oder ein bisschen telefonieren. Wir lassen Ihnen die Kopie hier«, sagte Raben.

»Junger Mann, das werde ich sofort tun. Und wenn ich was finde, ruf ich am Alex an. Einverstanden?«

Draußen, vor der Tür, sagte Raben: »Ich habe einen Fehler gemacht.«

»Welchen?«

»Ich hätte Ihnen raten müssen, diesen Herrn nicht aufzusuchen.

Wissen Sie, wer jetzt schon seinen Koffer packt für eine Schulung in Übermenschentum in Österreich?«

66.

Zumal Lena nichts Besseres zu tun wusste, als einen Artikel über den Mann mit dem Stahlhelm M18 zu veröffentlichen. Samt Foto.

Raben bemerkte es erst, als er im *Café Mauxion* in der Friedrichstraße auf sie wartete und das *Tageblatt* las. Ihm wurde übel. Er musste erst ein eilig herbeigebrachtes Glas Wasser trinken. Dann durchatmen. Dann nachdenken, was es bedeutete. Er beruhigte sich. Las den Artikel. Darin umschiffte sie alle Klippen. Sie erwähnte die Polizei nicht. Erklärte, dass ein Zeuge diesen Mann zufällig wiedererkannt habe. Raben fragte sich gerade, ob Gennat und Lichtigkeit ihn zu einer Bratwurst verarbeiten würden, wenn er im Büro auftauchte. »Sie haben das dieser Dame doch gesteckt.« Dabei hatte die Dame das der Polizei gesteckt.

»Entschuldigung! Entschuldigung!« Sie wartete keine Antwort ab, küsste ihn auf den Mund, legte ihren Mantel auf der Lehne ab und blickte ihn grün an. Grüne Augen und die blonden Haare, kurz geschnitten, sahen ihn an. Beide.

»Da hast du ja ein Ding …« Er tippte aufs *Tageblatt.*

»Ich habe recherchiert, etwas herausgefunden und es veröffentlicht. Man nennt so was Journalismus. Gern auch Pressefreiheit.«

»Beziehungsweise was davon noch übrig ist«, erwiderte er. »Wir waren heute so blöd, Helldorff zu befragen. Jetzt taucht der Verdächtige ab.«

»Und mit meinem Artikel habe ich so was wie eine Fahndung eingeleitet. Das Foto und mein Artikel werden in fast allen Berliner Zeitungen erwähnt. Und nicht nur hier. Der gute Mann wird Schwierigkeiten haben, einen Unterschlupf zu finden. Bist du sauer?«

»Nein. Nicht mehr. Als ich das las« – er tippte auf das Foto – »hätte ich fast einen Schlaganfall bekommen.«

»Na, den hast du ja überlebt. Ich muss übrigens noch eine andere Sache mit dir bereden. Ich bin schwanger.«

67.

Er war mit Himmler gefahren. Hatte in Weimar im *Hotel Elephant* übernachtet, wie der Führer es tat, wenn er in der Gegend oder auf Durchreise war. Heydrich fand das *Berliner Tageblatt* auf seinem Schreibtisch. Er wusste, was darin stand. Himmler hatte ihm beim Abendessen die Zeitung auf den Tisch gelegt. Zwischen Hauptgang und Nachspeise. »Schaffen Sie den Mann außer Reichweite der Polizei.«

»Ist er schon«, hatte Heydrich geantwortet. »Eckes hat alles veranlasst.«

»Gut, dass Sie so jemanden wie Eckes haben. Ich habe …«

»Ich bin Ihr Eckes, Reichsführer«, erwiderte Heydrich.

Der betrachtete Heydrich durch seine Brillengläser. Nickte wie im Halbschlaf. Als müsste er während der Bewegung nachdenken. »Gewiss, Heydrich.«

Eckes klopfte und marschierte in Heydrichs provisorisches Büro in der Berliner Gauleitung. Heydrich telefonierte gerade mit seiner Frau in München. »Ja, mein Schatz.« Legte auf.

»Was macht unser Mann?«

»Urlaub, Standartenführer.«

»Den hat er sich verdient«, sagte Heydrich. »Der Reichsführer ist … beunruhigt. Der Führer habe ihm aufgetragen, unsere Leute mit solchen Sachen aus den Zeitungen rauszuhalten. Seit Potempa ist er beunruhigt.«

»Potempa, typisch SA«, sagte Eckes. »Zu viel gesoffen, und dann drauf. Den Kommunisten vor den Augen seiner Mutter totzuschlagen … dann hätten sie die Zeugin …«

Heydrich wischte das Satzende mit einer Handbewegung weg. »Ohne solche Leute kann man keine Revolution machen. Aber mit ihnen ist es auch kein Spaß. Wir werden noch Ärger bekommen mit unserem SA-Chef.«

»Der sitzt, scheint es, fest im Sattel. Die schwule Sau.«

»Sturmbannführer, wie reden Sie über unseren Vorgesetzten? Wir gehören zur SA, und Röhm ist ihr Stabschef.«

»Gott sei Dank … oder wem immer ich danken soll … ist unser wirklicher Chef der Reichsführer. Ich möchte nicht wissen, wie den dieser Abschaum quält. Wo er doch die Anständigkeit in Person ist. Und so bescheiden.«

»Ein wahrer Nationalsozialist«, sagte Heydrich und deutete auf das Himmler-Porträt an der Wand. Wo überall Hitler hing, bei Heydrich hing Himmler. Wenn das der Führer wüsste. »Sagen Sie unseren Leuten, sie sollen stillhalten. Jeder, der mit der Sache im *Goldenen Anker* was zu tun hat, soll untertauchen. Sie organisieren das. Urlaub in Österreich, Schweiz, Dänemark. Aber seien Sie sparsam. Der Herr Schatzmeister Schwarz muss sonst in den Schuldturm.«

Eckes grinste.

»Wie geht es Frau und Kind?«, fragte Heydrich.

»Danke der Nachfrage. Bestens, Standartenführer.«

»Wenn unser Führer die Macht ergriffen hat, holen wir die tapferen Männer zurück und behängen sie mit Orden. Sie kriegen auch einen. Wenn Sie bis dahin keinen Unsinn anstellen.«

»Ich werde mich nach Kräften bemühen, Standartenführer.«

Heydrich erkannte das Grinsen – unsichtbar, getarnt. Aber Heydrich sah alles. »Na, dann strengen Sie sich mal an, Sie Schlaumeier. Danke, das war's.«

Als Eckes verschwunden war, lehnte Heydrich sich zurück. Betrachtete alles. Die Regale, den Schreibtisch mit dem Stempelständer, den Besuchertisch mit drei Stühlen. Die einsame Topfpflanze auf der Fensterbank, die irgendwer goss. Objektiv betrachtet, hatte er nicht viel zu verlieren. Außer seiner Existenz. Die Reichsmarine hatte ihn wegen ehrlosen Verhaltens rausgeschmissen. Er würde nie vergessen, wie er sich damals gefühlt hatte. Wie er geflennt hatte wie ein Trauerweib. Er hatte vor dem Nichts gestanden. Lina hatte ihn gerettet. Die Frau, wegen der er ein Heiratsversprechen einer anderen gegenüber gebrochen hatte. Was ihm die Marine nicht durchgehen ließ. Ein Offizier der Reichsmarine, in der noch der Kaiser lebte, musste anständig bleiben. Er hatte das Heiratsversprechen aufgelöst, indem er der Vorgängerin die Verlobungsanzeige schickte. Lina verehrte den Führer, bevor Heydrich sie kennengelernt hatte. Sie brachte ihn mit Leuten zusammen, Nationalsozialisten. Und am Ende landete und blieb er bei Himmler. Dessen völkische Esoterik ihn innerlich schmunzeln ließ. Erst als Begründer und erster Chef des SD wurde Heydrich Nationalsozialist. Und jetzt stand alles auf dem Spiel. Goebbels hatte beim letzten Treffen Andeutungen gemacht. Kasse leer, der Führer »vielleicht zu konsequent«, alles oder nichts. Reichskanzler oder Untergang. Als Vizekanzler würde er in kein Kabinett eintreten. Wenn's der Untergang würde, blieben dem Führer genug Anhänger, um zu leben. Aber was würde aus Heydrich? Niemand würde ihn brauchen. Niemand konnte ihm ein Gehalt bezahlen. Und außerhalb der Bewegung hatte er sich unmöglich gemacht. Vielleicht suchte ein Industrieller einen Wachdienstchef, ein Freund oder Verwandter Linas, der auch umsonst auf den Führer gesetzt hatte. Das war Heydrichs Zukunft. Welch Erniedrigung.

Er sah die Dinge nüchtern. Er hatte die Potempa-Sache abartig gefunden. Nicht wegen des Opfers, sondern wegen des Eindrucks, den die Tat in der Öffentlichkeit machte. Heydrich fand Hitlers Solidaritätstelegramm für die fünf zum Tod verurteilten Mörder kindisch. Rührselig. Eine Hoffnung steckte immerhin darin: dass die Herrschaft der Rechtsverdreher ein Ende fand und Toter nicht mehr gleich Toter war. Dass ein Kommunist und auch noch Pole nichts wert war und sein Tod ein Gewinn für die Volksgemeinschaft. In einem Dritten Reich würden Männer wie Heydrich entscheiden, wer das Recht hatte zu leben. Wessen Tod bedauerlich und wessen Tod wünschenswert war.

Ob dieses Reich aber käme, das stand in den Sternen, vor die sich gerade eine Regenwolke schob.

68.

»Na, da haben Sie ja die Erdkugel ins Rollen gebracht«, sagte Lichtigkeit.

Raben nickte.

»Unser Weltbeweger«, sagte die Steinkopf. In der Hand ein Tablett mit Kaffee, Sahne, Zucker. »Kaffee ist gemischt«, sagte sie. »Sie sollten die Kaffeekasse aufstocken.«

Lichtigkeit reichte ihr einen Zehnmarkschein. Ein mittleres Vermögen. »Beim nächsten Mal kündigen Sie den Kaffeenotstand rechtzeitig an. Klar, Köpfchen?«

»Klar, Herr Kommissar.« Sie salutierte, wenn auch nicht formvollendet.

»Hacken zusammenschlagen!«, befahl Lichtigkeit.

»So weit kommt's noch.« Sie ließ ihren Zeigefinger kreisen und offen, wo er zu landen beabsichtigte.

Der Zehnmarkschein fiel ihr aus der Hand. Rabens Hand schnellte vor und fing ihn auf.

»Sie haben eine Reaktion wie ein Fechter«, sagte Lichtigkeit.

»Wie ein Tischtennisspieler.«

»Wie ein was? Wie hieß dieses Kinderspiel noch mal?«, fragte Lichtigkeit.

»Vergessen Sie's, Chef. Aber wenn Sie Ihre Reaktion prüfen oder üben wollen …«

Die Steinkopf verfolgte die Diskussion mit einem Grinsen. Sie schloss die Vorzimmertür und fing an, die Schreibmaschine zu quälen.

»Wie vierzehnachtzehn, das Geknatter«, sagte Lichtigkeit. Nach einer Pause: »Haben Sie diese Sache Ihrer ... Bekannten gesteckt?«

»Sie hat sie mir gesteckt.« Er erzählte von Puths Befragung, vom Brand, von Puths Rettung und Lenas Suche im Bildarchiv des *Berliner Tageblatts.*

»Alles in einer Nacht, wofür Heinz Müller ein Leben braucht ...«

»Fehrkamp und Herr M18 ebenfalls.«

Lichtigkeit nickte. »Wir benutzen das Foto auch bei unserer Fahndung. Vielleicht erwischen wir M18 an der österreichischen Grenze oder woanders.«

»Der ist vorgewarnt und längst über die Berge gekraxelt«, sagte Raben.

Lichtigkeit nickte. »Hat Puth sonst noch jemanden wiedererkannt? Bei dem wächst die Gedächtnisleistung offenbar mit zeitlichem Abstand.«

»Der Schock lässt nach. Die Gangster haben ihm die Existenz geraubt. Er ist sauer.« Raben linste zu seinem Chef, der inzwischen aufgestanden war und zum Fenster hinausblickte. Auf den Trubel des Alex. Wo man den Bahnhof hörte. Wo Menschen in alle Richtungen strömten wie eine Ameisenarmee. So sah es aus, wenn Massen ihren Zielen zustrebten. Die einen ins Warenhaus, die anderen zur Schicht, wieder andere ins Nichts oder auf dem Weg, ein Verbrechen zu begehen. Von oben erschien das Gewimmel unerklärlich.

»Ich gehe nach Österreich«, sagte Raben. »Mit Ihrem Einverständnis natürlich.«

»Das Sie aber voraussetzen.«

»Wenn die Mörder in Österreich sind ...«

»Kümmern sich die Kollegen dort um sie.« Lichtigkeit blickte Rabe prüfend an. »Gut, das war ein Witz. Haben Sie noch Urlaub?

Außerdem könnte ich den Doktor um einen Krankenschein für Sie bitten …«

Lichtigkeit lächelte. Aber er fürchtete sich. Vielleicht war es das falsche Wort. Jedenfalls fühlte er sich, als stünde er am Abgrund und täte noch einen Schritt. Mutig oder verrückt.

69.

Sie hatten sich zum Mittagessen bei *Aschinger* am Alex verabredet. Wagner hatte nur genickt, als sie von Recherchen bei der Polizei sprach. Seine Zweifel in ihre Fähigkeiten hatten sich aufgelöst. Wie die sich in den Fall stürzte. Und was sie herausfand. Da mochte sie sich rumtreiben, wo sie wollte. Wagner brütete ohnehin lieber allein in seinem Kabuff.

»Na, hast du es dir überlegt?«

»Da gibt es nichts zu überlegen«, sagte Raben.

»Schade.« Sie nahm ihre Handtasche und erhob sich. Den Eintopf unberührt.

»Setz dich hin. Du verstehst mich nicht«, sagte Raben. »Ja, ich werde der Vater deines Kindes, obwohl es nicht meins ist. Ich hoffe natürlich, dass du diese Großzügigkeit mit lebenslanger Dankbarkeit und Gefolgschaft vergiltst.«

»Das ist ja das Mindeste«, sagte sie. Sie strahlte. »Ich habe nichts anderes erwartet als einen Eheknast. Wenn man sich schon mit einem Bullen einlässt. Ich gelobe also ewige Gefolgschaft, mein Führer.« Sie kreuzte Zeige- und Mittelfinger.

»Lügnerin«, sagte er. »Elende Lügnerin. Stell dir vor, die Himmlers und Röhms würden genauso denken wie du. Dann wär aber Essig mit der braunen Revolution.«

»Ich setzte alle meine Hoffnung darauf. Jedenfalls haben wir es eilig. Bald bin ich fett wie eine Wachtel. Und watschle wie eine Ente.«

»Dabei hatte ich mich in deinen göttlichen Gang verliebt«, sagte er.

»Das Eheleben besteht aus einer Reihe von Enttäuschungen, mein Bräutigam. Und die beginnen schon vor der Hochzeit.« Sie beugte sich zu ihm und küsste ihn auf den Mund. »Heute Abend fahren wir nach Potsdam zu meiner Mutter.«

»Und morgen fahre ich nach Wien.«

»Wie bitte?«

70.

Er setzte sich auf eine Bank im Mittelstreifen Unter den Linden und wartete. Je länger er wartete, desto sicherer war er, einen Riesenbock zu schießen. Besser gesagt, eine Kuh statt eines Hirsches, den Ärger danach eingeschlossen. Jemand stellte sich vor ihn. »Noch frei?« Lichtigkeit blickte in das Gesicht eines Mannes, der gern aß und trank und den Hut tief ins Gesicht gezogen hatte. Er nahm Mütze und Zeitung vom Platz. »Guten Tag, Herr Strasser.«

»Grüß Gott, Herr Kommissar.«

Der stämmige Mann setzte sich und blickte sich um. »Nicht weit von der Moskowiter Botschaft, Leute mit Fantasie kämen auf Ideen«, sagte Strasser.

»Das sagen Sie einem Kriminalisten?«, erwiderte Lichtigkeit.

»Wissen Ihre Chefs von diesem Rendezvous?«

»Nein. Und sie werden es auch nicht erfahren.«

»Womit kann ich Ihnen helfen?«

Lichtigkeit reichte ihm die *B. Z. am Mittag.* »Sie kennen das Foto, nehme ich an?«

»Sind Sie immer so witzig?«

»Wieso?«

»Das Foto und der Bericht im *Tageblatt* haben meinem Freund Goebbels den Schlaf geraubt. Mein Mitleid hält sich in Grenzen, wie Sie sich denken können.«

Lichtigkeit überraschte diese Äußerung nicht. Seit Monaten las er über Streitereien zwischen den Strasser-Brüdern und Goebbels, der sich mit Konvertiteneifer auf seine einstigen Busenfreunde stürzte. Göring fühlte sich durch sie bedroht. Die Strassers wollten eine Koalitionsregierung unter einem Reichskanzler, der nicht Hitler hieß. Aber der würde nie in ein solches Kabinett eintreten und fürchtete den Machtkampf in der Partei, die viele auf dem absteigenden Ast sahen.

»Wir suchen den Mann aus dem Führerbegleitkommando«, sagte Lichtigkeit. »Und natürlich Fehrkamp.«

»Ich dachte, den haben Sie freigelassen?«

»Unter der Auflage, dass er sich zur Verfügung hält. Seitdem ist er abgetaucht. Und hat das hinterlassen.« Er zeigte Strasser den Zettel, den Körber im Stinkekoffer Fehrkamps gefunden hat.

Kafolke
Burggasse 37a
Wien

»Mein Gott, ist der Mann blöd«, sagte Strasser.

In Lichtigkeit vibrierte es. Wenn Strasser sich mit Goebbels versöhnen wollte, war er angeschissen. Aber wenn nicht? »Sie sind Organisationsleiter Ihrer Partei. Ich nehme an, Sie schätzen es nicht, wenn Ihre Parteigenossen einfach mal so Leute umbringen. Und einen Wirt verbrennen wollen.«

»Was glücklicherweise misslungen ist«, sagte Strasser mit fränkischem Zungenschlag. »Das sind Goebbels' Methoden. Und dieser Helldorff ist auch ein Fachmann fürs Totschlagen.«

»Kennen Sie jemanden in Wien, der uns hilft?«, fragte Lichtigkeit.

»Ach, daher weht der Wind.«

71.

»Das ist also der junge Mann, von dem du mir vorgeschwärmt hast.«

»Also, Mama, ich habe dir diesen noch halbwegs jungen Mann äußerst kritisch geschildert«, sagte Lena.

Ihre Mutter lachte. Falten an den Mund- und Augenwinkeln zeigten, dass sie es oft tat. »Du immer mit deinen …«

Sie reichte Raben die Hand. »Vorgestern hat meine Tochter mich mit der Botschaft überrascht, dass Sie um ihre Hand angehalten hätten.«

Raben räusperte sich. Ihm lag auf der Zunge: Dann wissen Sie es ja länger als ich. Und es war Ihre Tochter, die um meine Hand angehalten hat. »Ich hoffe, der Schreck war nicht allzu groß.«

»Nein, gar nicht. Ich hatte nur gehofft, sie hätte einen Tigerbändiger umgarnt. Aber ein Kriminalpolizist kommt dem ja nah. Ich heiße Elisabeth, schön katholisch, nicht ganz so schön wie Maria.«

Offenbar kann man Frechheit vererben, dachte Raben. »Ich versuch mein Bestes.«

»Dann hoffen wir, dass das reichen wird«, sagte Lena grinsend. »So, jetzt gibt's ein Verlobungsdiner und reichlich Alkohol. Oder?«

Elisabeth Riedle schüttelte den Kopf, musste aber lachen. »Überlegen Sie's sich gründlich«, sagte sie zu Raben. »Sie vermiesen sich womöglich Ihr Leben.« Sie ging voraus in die Küche, in der es nach Kräutern und Zwiebeln roch und viel zu warm war.

»Legen Sie Ihre Jacke gern ab. Im Flur gibt es ein paar Haken, die ich lieber nicht Garderobe nenne. Eine von Lenas Meisterstücken der Handwerkskunst. Künftig sollte Sie so etwas besser Ihnen überlassen.«

»Undankbarkeit«, sagte Lena. »Das ist der direkte Weg ins Nazitum.«

»Unverschämtheit führt noch schneller zum Führer«, erwiderte die Mutter.

Er hängte seine Jacke im Flur auf und warf einen Blick ins Wohnzimmer. Im Regal stand ein siebenarmiger Leuchter.

Zurück in der Küche, blickte Raben zur Mutter, die am Herd stand und ihm den Rücken zuwandte, und zu Lena. Aber er spürte keine Spannung. »Leider sind meine praktischen Talente beschränkt«, sagte er.

»Na, das kann ja was werden«, sagte die Mutter. »Vielleicht hätten Sie sich beim Kinderkriegen nicht so beeilen sollen.« Immer noch den Rücken zugekehrt, rührte sie in einem Topf.

Raben blickte Lena an, die legte den Finger auf den Mund. Ach, so war das. Raben brach in Lachen aus. Die Mutter sah ihn an, ohne mit Rühren aufzuhören. »War es denn so lustig. Also, wenn ich mich erinnere …«

Lena errötete.

»Ja, wir lachen immer dabei«, sagte Raben trocken.

Jetzt begann die Mutter zu prusten. Und Lenas Kopf hätte eine Glühbirne erspart.

Schon im Zug über Prag nach Wien hatte Raben vergessen, welchen Eintopf sie gegessen hatten. Irgendwas mit Erbsen. Er wusste noch, dass sie viel Wein getrunken hatten und die Mutter schließlich eine Flasche Cognac auf den Tisch stellte. Danach zog ihn Lena nach oben, wo die Mutter ein Bett für sie vorbereitet hatte. Raben hatte noch nie mit einer Frau geschlafen, Lena witterte es sofort und übernahm die Führung. Danach lagen sie nebeneinander, er schnaufte, und sie verspottete ihn als Schwerarbeiter. Er verstand nicht, worin ihr Vergnügen bestanden hatte, sagte es und erntete einen Kuss. »Das wird Lektion Nummer zwei.«

Was sein Selbstbewusstsein für ein paar Sekunden in eine Schlucht rollen ließ.

»Der Vater deines Kindes war ein grober Idiot«, sagte sie.

»Und ich bin nur ein Idiot.«

»Besser hätte ich es nicht sagen können. Aber das kriegen wir hin.«

Während des Kriminalassistenten Gesäß sich über die Holzklasse zu beschweren begann, gelang es Raben erst jetzt, auch im Kopf aus dem Bett zu steigen und seine Umgebung wahrzunehmen. Er saß am Gang. Ihm schräg gegenüber strickte eine Frau tief eingemummt, als gäbe es keine Heizung im Abteil. Neben ihr saß ein Junge, in ein Kinderbuch vertieft. Raben neigte seinen Kopf und las *Emil und die Detektive* von Erich Kästner. Das Buch hatte Furore gemacht, Raben erinnerte sich, von einem »ganz neuen Stil des Kinderbuchs« oder so ähnlich gelesen zu haben. Ihm gegenüber saß ein junger Mann, der zu schlafen versuchte, wofür ihn Raben beneidete. Er wagte nicht einmal den Versuch. Er griff in die Innenseite seines Jacketts. Der Umschlag war noch da. Lichtigkeit hatte ihn Raben gegeben, garniert mit der Bemerkung: »Fragen Sie mal den.«

»Wer ist das?«

»Sagen Sie, dass Gregor Strasser ihn bittet, Ihnen zu helfen.«

»Strasser?«

»Na ja, wir spielen ein bisschen. Der eine Nazi will dem anderen in den Hintern treten. Und wir treten dem ans Schienbein.«

»Wem?«

»Keine Ahnung. Finden Sie's raus. Schließlich sind Sie Kriminalpolizist.«

Lichtigkeit blieb ihm ein Rätsel. Im Präsidium ging um, er sei ein Glücksritter, der abwarte, wer den Kampf gewinne. Manche hielten ihn für einen Nazi. Jedes Mal, wenn er sich mit Nebe traf.

In seinem Kopf veranstaltete der Restalkohol einen Tanz mit den Nachwehen seiner Erregung und seinen Ängsten. Dazu die Schmerzen im Gesäß. Er erhob sich, zog sein Jackett aus und legte es auf seinen Platz. Dies unter dem strafenden Blick der Dame am Fenster. Dann trat er hinaus auf den Gang, musste sich dünn machen für zwei Herren mit Koffern, die ihren Platz noch nicht gefunden hatten. Dann blickte er hinaus auf das Land. Bauernhöfe, Schuppen, Scheunen, Ställe. Handwerksbetriebe, ein Hufschmied bei der Arbeit. Es regnete seit dem Morgen. In der Spiegelung der Scheibe fiel ihm der siebenarmige Leuchter ein, die Menora, *Judenleuchter* genannt. Er hatte nicht gefragt, warum der im Wohnzimmer stand. Ihm war es gleichgültig. Er glaubte an keinen Gott, und ihm war es schnuppe, an welchen andere glaubten. Aber ihm war flau im Magen. Kamen die Nazis an die Macht, war die Menora nicht mehr egal. Viele winkten ab. Es wird nichts so heiß gegessen, wie es gekocht wird. Raben aber glaubte, dass das Gegenteil zutraf, obwohl es physikalisch unmöglich war.

»Ob Sie bitte ...« Eine breithüftige Dame quälte sich mit Handtasche durch den Gang. Raben kehrte ins Abteil zurück.

Er versuchte, sich auf seine Aufgabe in Wien zu konzentrieren. Fehrkamp finden und vielleicht diesen M18-Mann. War Ehrig auch nach Österreich abgehauen? Wie sollte er überhaupt jemanden finden ohne Hilfe der Polizei? Die sich für deutsche Nazis nicht interessierte, solange sie die Klappe hielten. Kanzler Dollfuß und die Heimwehr verwandelten das Land in eine Diktatur. Die österreichischen Nazis brauchten sie dazu nicht. Denen hatten sie das Auftreten verboten, genauso wie den Sozialdemokraten und Kommunisten. Raben las sich ein. Es war nicht viel anders als im Reich. Da gab es auch Zeitungs- und Demonstrationsverbote. Gewalt sowieso.

»Fahren Sie nach Prag, mein Herr?«, fragte die Dame in der Ecke.

Raben erschrak fast. Er hatte einen Reiseführer über Wien auf den Knien, war in Gedanken aber in der Nacht mit Lena. »Nein, für mich geht's noch weiter. Ich reise nach Wien.«

»Ach, das ist eine schöne Stadt, wenngleich es dort drunter und drüber geht. Wir leben in einer schrecklichen Zeit.«

»Da gebe ich Ihnen recht. Und Sie steigen in Prag aus?«

»Ich mache nur einen Besuch, dann nehme ich den Zug nach München. In die Hauptstadt der Bewegung, jawohl.« Sie blickte ihn fest an. »Irgendjemand muss dem Wahnsinn ein Ende setzen. Arbeitslosigkeit, Straßenkämpfe, und der Jude reibt sich die Hände.«

»Warum tut er das?«

»Er will, dass unser Vaterland zugrunde geht. Am Krieg hat er sich gesundgestoßen und sich vor der Front gedrückt.«

»Das trifft beides nicht zu«, sagte Raben.

»Ach, so einer sind Sie.«

»Was für einer?«

»Ein Judenfreund.«

»Auf jeden Fall bin ich ein Tatsachenfreund. Irgendwelche Blindgänger in der Heeresführung wollten das Drückebergertum der Juden im Krieg statistisch beweisen. Die Untersuchung wurde nie veröffentlicht. Und wissen Sie, warum?«

»Weil die Oberste Heeresleitung keine Zwietracht säen wollte, warum sonst?«

»Nein, meine Dame, weil die Untersuchung ergab, dass, gemessen an ihrem Bevölkerungsanteil, mehr Juden dienten und ausgezeichnet wurden als ihre christlichen Kameraden.«

»Das kann nur eine Fälschung sein«, sagte sie vehement.

»Eine Fälschung ist das, was Sie nicht glauben«, erwiderte Raben trocken. »Vielleicht lassen Sie mich Judenfreund jetzt in Ruhe mein Buch lesen. Sparen Sie sich Ihre Ideen für die nächste Naziversammlung auf, da haben Sie damit bestimmt allergrößten Erfolg.«

Der Junge und der Mann gegenüber hatten zugehört, ihre Augen waren hin und her geflitzt zwischen der Strickdame und Raben. Der Mann nickte. Zwinkerte Raben zu. Raben nickte ebenfalls und lächelte.

Die Dame starrte auf ihr Wollknäuel und strickte weiter Socken für den Führer oder ihren Sohn. Die Nadeln mussten ihre Wut ausbaden und klapperten wie blöd. Ihre Lippen bewegten sich, sie sprach lautlos mit sich selbst.

Raben genoss seinen billigen Triumph über eine Nazisse, der ihm die letzten Alkoholwolken aus dem Hirn pustete. Was, verdammt, sollte er in Wien erreichen außer einem Fehlschlag? Hatte ihn Lichtigkeit fahren lassen, um eine Weile seine Ruhe zu haben?

Um was zu tun? Je länger Raben nachdachte, desto mehr verfluchte er seine Leichtgläubigkeit. Lichtigkeit wusste doch, dass Raben ohne Unterstützung der Wiener Kollegen nichts ausrichten würde. Und sogar wenn er Fehrkamp oder diesen Helm-Typen fand. *Wie* fand? Sollte er sie höflich bitten, nach Deutschland zu reisen, um dort verhaftet zu werden? Und sich vor Gericht stellen zu lassen. Herzlich willkommen in Plötzensee!

Lena hatte ihn zum Abschied geküsst. »Ich liebe dich, du Anfänger!« Er musste lachen. Die Nazisse blickte ihn feindselig an. Der Mann gegenüber grinste. Der Junge las weiter Kästner. Offenbar hatte die Dame noch kein Gespür für nichtarische Literatur entwickelt. Raben spielte kurz mit dem Gedanken, sie damit zu veräppeln. Aber das Opfer wäre der Junge gewesen.

»Ich reise auch nach Wien«, sagte der Mann gegenüber. »Sind Sie auf Urlaub?«

»Ich bin Kriminalpolizist und auf Dienstreise«, sagte er, um die Nazisse zu erschrecken. Raben deutete eine Verbeugung an. »Meier, Kriminalassistent.«

»Ach, das ist ja interessant«, sagte der Mann. »Schlüter, Ingenieur auf Arbeitssuche.«

Kurz zuckte in Rabens Hirn die Idee, jemand habe Schlüter in sein Abteil gesetzt. Aber das schien ihm unmöglich. Nein, nein, es war Zufall. Niemand hatte ihn beobachtet, als er im Anhalter Bahnhof die Fahrkarte mit Platzreservierung gekauft hatte. Und der Schalterbeamte, war der …? Nein, das war Verfolgungswahn. »Na, dann wünsche ich Ihnen viel Erfolg.«

»Danke, Herr Kommissar.«

»Kriminalassistent. Ob ich jemals Kommissar werde, ist fraglich. Keine freien Stellen, und der Staat hat mehr Schulden, als er jemals bezahlen könnte.«

Ein Zischeln vom Fensterplatz deutete Raben als Einwurf. Aber bevor das erste Wort dem Mund der Nazisse entfloh, schloss er sich schon. Raben hatte eine Tirade über die Judenrepublik und den

Dolchstoß, den Versailler Schandvertrag und so weiter erwartet, aber sie traute sich nicht. Raben grinste.

Schlüter nickte. »Die Krise scheint nicht mehr aufzuhören. Mich haben sie auch entlassen, ich war bei Siemens-Schuckert, Elektroingenieur. Zuerst haben sie die Neuen rausgeschmissen, zumal wenn man nicht Ehefrau und fünfundzwanzig Kinder hat.«

Ein Zischen vom Fensterplatz. Sie bewegte dafür nicht mal die Lippen.

Raben blickte nicht hin, sah die Andeutung eines Lächelns in Schlüters Gesicht.

»Hast du deine Pistole dabei?«, krähte der Junge und erntete einen Schlag auf den Hinterkopf. Die Nazisse packte sein Ohr und zog. Er schrie.

»Lassen Sie das! So habe ich mir das immer vorgestellt in einer Nazifamilie«, sagte Schlüter.

»Hören Sie sofort auf, Ihren Sohn zu quälen!«, schnauzte Raben. Er wandte sich an den Jungen, der die Hände vor die Augen geschlagen hatte. Die Tränen liefen. Raben beugte sich nach vorn. Zog sanft an einer Hand. »Nein, ich habe meine Dienstwaffe nicht dabei. Ich darf sie in der Tschechoslowakei und Österreich nicht tragen.«

»Ach so«, sagte der Kleine und nahm die andere Hand weg.

Raben blickte die Frau scharf an. »Das grenzt an Körperverletzung. Auch Erziehungsberechtigte machen sich strafbar, wenn sie das verständige Maß bei der Züchtigung überschreiten. Wenn Sie's nachschlagen wollen: die Paragrafen 233 folgende des Strafgesetzbuches. Beim nächsten Mal verhafte ich Sie. Geben Sie mir Ihren Ausweis.«

»Wie bitte?«

»Ich sag es nur noch einmal: Zeigen Sie mir Ihren Ausweis.«

Sie warf ihm einen Blick zu, Arsen und einige Tropfen Zyankali gemischt. Dann kramte sie und zog einen Reisepass hervor. Brigitte Beck, München und so weiter. Raben notierte die Adresse und gab ihr den Ausweis zurück. »Ich werde die Fürsorge in München bitten, ein Auge auf Sie zu werfen.«

Der Junge verfolgte das Gespräch mit blassem Gesicht.

»Mein Mann ist …«

»Mir ist es egal, wer oder was Ihr Mann ist. Statt sich um Kopf und Kragen zu reden, sollten Sie das bemühen, was sich vielleicht unter Ihrer Hirnschale verbirgt.« Raben mühte sich, die Selbstkontrolle nicht zu verlieren. Zu dicht in einem Abteil mit einem Monster.

»Sie sollten dem Ratschlag des Herrn Kriminalassistenten folgen, werte Dame. Ich fürchte, er meint es ernst. Stellen Sie sich vor, die Sache landet vor Gericht. Das steht in der Zeitung, und selbst wenn Sie freigesprochen würden, die Schande bliebe.«

Sie bestarrte den Boden, als gäbe es da was zu sehen.

Raben blickte auf die Uhr. Noch knapp zwei Stunden bis Prag. Draußen raste das Land vorbei, je näher, desto schneller. Er blickte Schlüter an. Rabens Augen deuteten auf die Frau. Schlüter nickte. Raben verließ das Abteil Richtung Toilette. Sie war unbesetzt. Er schloss ab. Als er sich die Hände wusch, öffnete sich die Tür. Schlüter machte einen Satz in die Kabine, knallte die Tür zu und verriegelte sie. Plötzlich hatte er ein Stilett in der Hand. Die Klinge klappte auf, während Schlüters freie Hand nach Rabens Hals griff.

72.

Gennat bearbeitete das Doppelstück einer Schwarzwälder Kirschtorte. Lichtigkeit stand in der Tür.

»Sie haben mich herbestellt, Chef?«

»Ja, ja, setzen Sie sich.« Er deutete auf den Plüschstuhl gegenüber dem Sofa, das der Herr Kriminalpolizeirat allein belegte. Immer wieder, wenn Lichtigkeit eintrat, betrachtete er mit einem Gruseln den Frauenschädel, der einst in der Spree gefunden worden war.

Und den die Kriminalisten als Zigarettenspender missbrauchten. Draußen dröhnte die S-Bahn. Es stank nach Zigaretten, deren Rauch die Fotos der Mordopfer an der Wand vergilbten.

Die Tür öffnete sich. Frau Steiner, Gennats Sekretärin streckte den Kopf ins Büro. »Noch ’nen Kaffee, Chef?«

»Gern, aber bringen Sie dem Kollegen auch einen mit.«

Er wandte sich an Lichtigkeit. »Ich seh’s Ihrem Gesicht an, die Esser-Sache …«

Lichtigkeit nickte. »Wir kommen nicht voran. Die Braunen verstecken die Zeugen. Brauchbare Spuren gibt es nicht. Immerhin können wir beweisen, dass Esser nicht aus Liebeskummer gestorben ist.«

»Seien Sie nicht so bitter, Lichtigkeit. Wo ist denn Ihr flinker Assistent?«

»Haben Sie die etwa mitbekommen, diese Tischtennis-Geschichte?«

»Nein, aber es wundert mich nicht. Ich hab auf dem Flur hier erlebt, wie er einen Geldbeutel auffing, der einem Kollegen aus der Tasche rutschte. Vielleicht sollte er beim Varieté auftreten?« Gennat lächelte. »Mir wäre es aber lieber, er bliebe bei uns.«

»Ich bin mir nicht sicher. Karrierestau, der vertreibt die besten Leute.«

»Ich habe beim Polizeipräsidenten angeregt, sich diesen Fall ganz genau anzusehen. Aber die achten inzwischen eher auf die nationale Gesinnung und ähnlichen Schmarren, wie unsere bayerischen Kollegen sagen würden.«

»Der Herr Raben wird heiraten.«

»Ach nee. Wer ist die Glückliche?«

»Eine Kriminalreporterin des *Tageblatts*. Leider. Sehr ansehnlich und intelligent. Aber auch neugierig. Ich hoffe, Raben erzählt der nicht zu viel.«

»Im Augenblick sieht es eher danach aus, dass sie ihm was erzählt.«

Gennat nippte an seinem Kaffee, steckte sich eine Zigarette an und nickte. Warum auch immer. »Er ist auf dem Weg nach Wien, wie ich gelesen habe. Und hab ich nicht einen Urlaubsschein gesehen? Noch nicht unter der Haube und etwa schon Flitterwochen? Was versprechen Sie sich davon?«

»Nichts. Aber was sollen wir sonst tun? Kommen die Verdächtigen und Zeugen nicht zu uns, müssen wir ...«

»Den armen Raben hinschicken. In seine vorehelichen Flitterwochen. Zu Kaisers Zeiten ...« Er lachte. »Na, dann schauen wir mal, was herauskommt in diesem Urlaub.«

73.

»Er ist in den Zug gestiegen und unser Mann auch. Er wird dafür sorgen, dass der Bulle nicht ankommt.«

Heydrich nickte. Er saß in seinem Münchener Büro, Himmler guckte von der Wand. »Ich verlass mich auf Sie, Eckes.«

»Jawohl, Standartenführer!«

»Und wenn's nicht klappt?«

»Dann klappt es später«, sagte Eckes.

»Sie haben das Gemüt eines jüdischen Viehhändlers.«

»Also, Standartenführer ...«

»Jetzt verlieren Sie plötzlich Ihren Humor.«

»Nein, Standartenführer. Für Sie bin ich gern ein jüdischer Viehhändler.«

»Nun hören Sie auf, mir in den Arsch zu kriechen.«

»Zu Befehl, Standartenführer. Aufhören, in den Arsch zu kriechen.« Eckes legte die Hand an den Mützenschirm und ließ die Hacken knallen.

Heydrich lachte. »Verschwinden Sie, bevor Jehova Sie in denselben beißt.«

74.

Der Mann, der sich *Schlüter* nannte, hatte mit allem gerechnet. Jeder Berufsmörder berechnete die Gefahren seiner Tat. Wie er die Überraschung seines Opfers ausnutzen konnte. Jeder, fast jeder Mensch war eine Schrecksekunde lang gelähmt, wenn ihn die Gefahr überraschte. Schlüter hatte den Vierkantschlüssel schnell, aber lautlos umgedreht. Er rechnete mit einem Mann, der auf dem Klo saß oder sich die Hände wusch. Sich vielleicht frisierte, im Spiegel seine Erscheinung prüfte. Aber nicht mit Rabens Reaktion. Als kennte der kein Erschrecken. Raben hielt keine Hand sinnlos vor Bauch oder Gesicht. Seine Rechte schlug ansatzlos Schlüters Nase zu Brei. Es folgte fast gleichzeitig ein Tritt in den Unterleib, bei dem Raben nach hinten kippte und mit dem Rücken gegen den Fenstergriff stieß. Ihm entfuhr ein Schmerzensschrei. Aber sofort stand er sicher auf den Füßen, zog seine Pistole, die er natürlich doch mitgenommen hatte. Denn er rechnete mit allem, nur nicht damit, dass die Nazis ihn bei der Mördersuche in Ruhe ließen. Eine Frau wäre fast über Schlüters Körper gestolpert, der verkrümmt auf dem Flur lag. Beide Hände zwischen den Beinen. Sie schrie irgendwas, hielt sich die Hand vor den Mund und erstarrte. Bevor sie floh, zückte Raben seine Dienstmarke.

»Haben Sie keine Angst, ich bin Polizist. Und dieser Mann hat mich überfallen. Vermutlich ein Räuber. Ob Sie bitte den Schaffner rufen?«

Die Frau starrte ihn an. Nickte und rannte los. Ein Mann aus dem anderen Waggon erschien. Blickte auf den jammernden Schlüter und betrachtete Rabens Pistole, dann die Dienstmarke.

»Ich bin Arzt, vielleicht sollte ich …«

»Dem Mann fehlt nichts. Gehen Sie zurück in Ihr Abteil.«

Der Mann hob die Hand, sah Rabens Pistolenmündung und verschwand.

Der Kampf hatte ein paar Sekunden gedauert. Raben verfluchte sich, dass er keine Handschellen mitgenommen hatte. Endlich erschien der Schaffner, die Frau im Schlepptau, in deren Kopf die Neugier die Angst besiegt hatte.

»Haben Sie ein Seil, eine Schnur ...?«, fragte Raben.

Der Schaffner blickte ihn an, dann den Körper auf dem Boden. Schlüter blickte den Schaffner aus seinem Blutgesicht an. Dann die Pistole in Rabens Hand.

»Soll ich einen Arzt ausrufen lassen?«

»Erst die Schnur. Es sei denn, die Reichsbahn stattet ihre Züge mit Handschellen aus. Beeilen Sie sich.« Er drückte Schlüter die Pistole an die Stirn. »Eine Bewegung«, sagte er. »Mein Zeigefinger ist nervös.« Er tastete den Mann ab, zog eine Pistole aus dem Gürtel und steckte sie ein. »Den Knall hätte jemand gehört, deshalb also das Messer, Dummkopf.« Das neben Schlüters Füßen lag. Raben hob es auf, drückte die Klinge mithilfe der Wand zurück in den Griff und steckte das Stilett in die Jacketttasche. Er blickte hoch zu der Frau, die an einem Finger kaute. »Gehen Sie zurück auf Ihren Platz. Schreiben Sie auf, was Sie gesehen haben. Auch Ihren Namen und die Adresse. Wir werden Sie vernehmen. Wo wohnen Sie?«

»In Wien.«

»Sehr gut. Da wird der Zug halten. Danke für Ihre Hilfe.«

Die Frau verschwand, er setzte die Durchsuchung fort. Fand eine Brieftasche. Steckte sie ein.

Endlich erschien der Schaffner. Schlüter hatte seit seinem Sturz geschwiegen.

Jetzt aber öffnete er den Mund. »Verhaften Sie den Mann«, stöhnte er zum Schaffner. »Ich bin von der Kripo.«

75.

»Ihnen ist schon klar, dass ein toter Polizist … Aufruhr erzeugen wird«, sagte Himmler.

»Erst recht, wenn der tote Polizist Kommunist war«, erwiderte Heydrich. Sein Stolz über die Raffinesse seines Plans zeigte sich in einem Lächeln.

Himmler nickte. »Ich hoffe, es geht nicht schief.«

»Bestimmt nicht«, sagte Heydrich. »Und wenn doch: Wir haben nichts damit zu tun. Alle Behauptungen in diese Richtung sind Verleumdungen, wie es nicht anders zu erwarten war. Goebbels wird dem Feind das Wort im Munde herumdrehen, sodass mit der Leiche eines Kriminalassistenten ein weiterer Held unserer Sache auferstehen wird, den die Kommune auf dem Gewissen hat.«

Der Reichsführer lächelte unter seinem Topfschnitt. Er nickte. »Doktor Goebbels kann alles erklären, erst das und dann das Gegenteil. Der Mann wird uns gefährlich werden …«

»Aber doch nur, wenn der Führer ihn stützt. Der wird aber nie vergessen, dass Goebbels vor Kurzem noch mit den Strassers geklüngelt hat, während Sie … wie immer nur die Befehle des Führers ausführten. Einschließlich der unausgesprochenen.«

»Ich sehe, Sie haben sich auf alle Möglichkeiten eingestellt.«

Heydrich nickte. »Wir werden uns eine Belohnung für Nebe einfallen lassen müssen.«

»Nach dem Sieg der nationalen Erhebung werden wir alle belohnen, die es verdienen.«

Das Telefon klingelte. Himmler hob ab. »Für Sie. Muss wichtig sein.«

Heydrich nahm den Hörer. »Ja … was sagen Sie? Der wurde verhaftet? Dieser Raben hat den Angreifer in die Polizeidirektion München gebracht? So was auch.« Er blickte den Reichsführer an und schüttelte den Kopf. »Ja, danke für den Anruf. Ich kümmere mich.« Heydrich legte auf und eilte aus dem Zimmer. »Entschuldigung, Reichsführer.« Der schickte ihm einen kalten Blick hinterher.

76.

»Schmidbauer, Konrad, Kriminalinspektor«, was sich für Raben anhörte wie ein Sprachbrei. Der Mann mit Bürste statt Haaren auf dem Kopf blickte Raben an.

»Raben, Karl, Kriminalassistent der Berliner Polizei. Mein Chef ist Kriminalpolizeirat Ernst Gennat. Ich bin in seinem Auftrag unterwegs. Rufen Sie ihn an.«

Schmidbauers Augen richteten sich aufs Telefon, dann auf die beiden Brieftaschen, dazwischen das Stilett und ein Vierkantschlüssel. In Schlüters Brieftasche hatte Raben einen Dienstausweis der bayerischen Polizei gefunden. Laut diesem Dokument war Schlüter Kriminalsekretär. Raben hatte die Zeit im Zug genutzt, bis ein Arzt erschienen war. Aber die Befragung hatte nichts ergeben.

»Wie kommen Sie dazu, einen Kollegen anzugreifen?«, fragte Schmidbauer, nachdem Schlüter das Opfer gespielt hatte, nicht ohne Talent.

»Ich bin erstaunt, dass Sie die Aussage dieses Herrn für bare Münze nehmen, ohne eine Ermittlung eingeleitet zu haben. Untersuchen Sie die Fingerabdrücke auf dem Griff des Stiletts …«

»Das hat dieser Scheißkerl mir in die Hand gedrückt«, stöhnte Schlüter. Seine Nase war eingedellt und mit einem Riesenpflaster verziert. Er saß krumm auf dem Sitz und musste sich nicht mühen, leidend auszusehen.

»Dann untersuchen Sie diesen Schlüssel und die Toilettentür im Zug von außen. Sie finden ausreichend Spuren, dass nicht ich in die Toilette eingedrungen bin, sondern dieser Herr, den Kollege zu nennen ich mich weigere. Davon abgesehen, kenne ich den Herrn nicht, aber seinen Auftraggeber.«

Schmidbauer blickte ihn überrascht an. »Und wer soll das sein?«

»Eine Aussage mache ich nur gegenüber Ihrem Chef.«

»Der ist verreist.«

War das gut, war es schlecht? Vielleicht war der Chef noch übler als Schmidbauer. Raben hatte einiges erfahren über die Polizei in München. Von rechts unterwandert oder schon samt und sonders nazistisch. Je nach Standpunkt. In der bayerischen Polizei lebte der Hass auf die einstige Räterepublik, und mancher Kollege mochte von einer Neuauflage des Massakers von Reichswehr und Polizei an Revolutionären wie Landauer und Leviné träumen.

»Rufen Sie den Kriminalpolizeirat Gennat an. Ich bin in seinem Auftrag unterwegs. Und nicht, um solche Naziwürstchen abzustechen, sondern um dem Gesetz Genüge zu tun.« Er gefiel sich in der Rolle des Gebildeten gegenüber der Dumpfheit eines Kollegen aus der Provinz.

Schmidbauer blickte ihn an. Murmelte etwas vor sich hin.

»Rufen Sie meinen Chef an, und der Fall ist geklärt. Sofern Sie an einer Lösung interessiert sind.«

»Sie kommen aus Preußen in unser Land und spielen sich als Obergescheiter auf. Bis mein Chef zurückkehrt, zeigen wir Ihnen unsere Gastfreundlichkeit. Unsere Zellen sind bestimmt gemütlicher als in Preußen.«

»Und was geschieht mit diesem Musterbullen?«, fragte Raben.

»Ich verbitte mir diese Unverschämtheit. Der Kollege hat Genesungsurlaub.«

»Ich muss mit meinem Chef telefonieren«, erwiderte Raben.

»Später.« Schmidbauer winkte dem Schutzpolizisten, der neben der Tür stand.

»Kommen Sie mit«, sagte der. »Hände auf den Rücken.« Schon klackten die Handschellen.

An der Tür drehte Raben sich um. »Grüßen Sie die Herren Nebe und Heydrich recht freundlich von mir.«

77.

»Und wenn wir einen Nazi kaufen? Das wäre doch der einfachste Weg.« Kippenberger nippte an seinem Tee.

Thälmann blickte ihn an. Nickte.

»Dann tritt Röhm an seine Stelle«, sagte Schneller.

Sie saßen in Thälmanns Küche. Ratlosigkeit drückte sich gern in verrückten Vorschlägen aus. Die allein dem Zweck dienten, die Enttäuschung zu überspielen.

»Vielleicht sitzen irgendwo in Berlin oder München Leute, die sich überlegen, wie sie Teddy umbringen könnten, indem sie einen Genossen kaufen. Oder einen von denen, die zu uns übergelaufen sind und jetzt zweifeln, ob das eine gute Idee war.«

»Das ist immer eine gute Idee«, sagte Schneller.

Thälmann nickte.

»Der Genosse Torgler würde jetzt sagen, dass wir auch mit Ereignissen rechnen müssen, die wir fürchten«, erwiderte Kippenberger.

»Haben die sowjetischen Genossen eine Meinung dazu?«, fragte Schneller.

»Die fragen sich, warum wir den Kerl noch nicht abgeknallt haben«, sagte Thälmann.

»Dann sollen sie es doch selbst machen«, erwiderte Kippenberger.

»Dieses Kapitulantentum geht mir schon seit 1930 auf die Nerven«, sagte Schneller. »Kaum haben die Kleinbürger die Nazis gewählt, beginnen einige Genossen zu schlottern. Und der Einzige, der die Entwicklung richtig analysiert hat, war der Genosse Stalin: Schlagt die Faschisten, wo ihr sie trefft.«

Thälmann nickte. »Seit wir die Neumann-Clique losgeworden sind, gibt's Klarheit. Wir müssen die Sozialfaschisten *und* die Faschisten schlagen. Wir haben viel Erfolg damit, der Arbeiterklasse die Augen zu öffnen über den wahren Charakter der SPD-Führung.

Die müssen wir von den Mitgliedern trennen. Wir haben sonst keine Chance gegen die Hitler-Partei.«

»Ich sehe das wie Ernst«, sagte Kippenberger. »Nur frage ich mich, ob wir Hitler nicht zum Märtyrer machen und Strasser oder Goebbels an die Macht bringen.«

»Was in jedem Fall die Spaltung der Nazis bedeutet«, sagte Schneller.

Dann schwiegen sie eine Weile. Tranken Kaffee und Tee. Hörten das Rauschen der letzten Blätter im Wind durchs Fenster. Das Dröhnen und Husten der Autos auf der Straße.

»Egal, was wir tun oder nicht tun, wir wissen nicht, was herauskommen wird«, sagte Kippenberger.

»Gewiss«, sagte Thälmann. »Wenn wir versagen, übernehmen die Faschisten das Kanzleramt. Und wirtschaften ab. Die halten sich kein Jahr. Und dann kommt unsere Zeit.«

»Wir sind also in einer Lage, in der wir nur gewinnen können. Entweder früher oder später«, sagte Kippenberger.

»Das ist der Lauf der Geschichte«, sagte Thälmann. »Und niemand kennt den besser als wir Marxisten.«

78.

»Wir haben ihn«, sagte Eckes, nachdem er lässig gegrüßt hatte.

»Tot?«, fragte Heydrich und erhob sich. Er musste ein paar Schritte tun. Er hatte am Morgen einen Fechtkampf gewonnen. Sein Gegner hatte ihn aber stark gefordert.

Eckes setzte sich auf den Stuhl vor dem Schreibtisch. Er fühlte die Stimmung seines Herren, kannte seine Grenzen. Wusste, dass Heydrich entspannt war. In solchen Zeiten war es fast wie unter alten Kameraden. »Noch nicht, er sitzt im Polizeigefängnis München. Sie könnten ihn besuchen, wenn Sie möchten.«

Heydrich lachte. »Und was ist mit Schlüter?«

»Genaues weiß ich nicht. Er musste nach einer kurzen Gegenüberstellung ins Krankenhaus gefahren werden. Raben hat den übel zugerichtet.«

Heydrich schaute zum Fenster hinaus. »Hatten Sie mir nicht erzählt, dieser Schlüter sei der Beste?«

»Ja. Aber Raben ... Ich hab ihn unterschätzt.«

»Ist schon gut. Vielleicht ist es besser so. Wie viele Leute haben wir, die einen Überraschungsangriff vom Kameraden Schlüter abwehren könnten?«

»Keinen außer Ihnen«, erwiderte Eckes.

Heydrich nickte. Ja, er könnte einen Überfall überstehen. Weil sein Hirn und sein Körper vollendet waren. Schnelligkeit, Reaktion, Kraft. »Da haben wir diesen Kriminalassistenten wohl nicht für voll genommen. Vielleicht ist das ein Wink des Schicksals.« Er blickte Eckes an. »Ja, ein Wink des Schicksals.«

»Standartenführer, ich verstehe nicht.«

»Das ist mir schon öfter aufgefallen.«

79.

»Ich habe mit Ihrem Chef gesprochen«, sagte Schmidbauer.

»Na, dann ist ja alles klar.« Raben erhob sich von der Zellenpritsche. »Und vielen Dank für Ihre Gastfreundschaft.«

»Halten Sie Ihr freches Maul.«

»Netter Umgangston hier. Waren Sie schon beim Hitler-Putsch '23 dabei?«

»Verschwinden Sie.«

Vor der Polizeidirektion packte ihn ein eisiger Wind. Er hielt ein Taxi an und ließ sich zum Bahnhof bringen. Der Zug nach Wien fuhr erst in vier Stunden ab. Er kramte nach seinem Zettel. *Kafolke.* Der Zettel war da, aber die Schupos hatten ihn bei der Durchsuchung samt Leibesvisitation gefunden, als sie ihren Spaß damit hatten, einen Preußen bis auf die Unterhose zu entblößen. Vielleicht hatten sie ihn nur festgehalten, um herauszufinden, was er vorhatte. Raben dachte sich die Nachrichtenkette Nebe–Heydrich–Schmidbauer. Der Sicherheitsdienst der SS wusste, was im Berliner Polizeipräsidium vorging, dank Nebe und Kameraden. Natürlich meldete Nebe dem SD-Chef Heydrich, was ihm wichtig erschien. Und die Polizeiermittlungen im Fall Esser waren wichtig. Die Nazis versteckten Fehrkamp, Ehrig und den M18-Mann.

Er ging zu einer Telefonzelle und stapelte Münzen auf dem Gerät. Zuerst rief er Lena an.

»Was machst du in München?«, fragte sie.

»Wenn du einen Artikel schreiben willst, in dem es um einen Überfall eines Polizisten auf einen anderen geht, schnapp dir einen Stift.«

Dann Lichtigkeit. Den hatte Gennat unterrichtet. »Das ist doch die Höhe«, sagte Lichtigkeit.

»Das verdanke ich zweifellos Nebe«, sagte Raben.

»Vorsicht, Kollege! So was muss man beweisen können.«

»Morgen steht's in der Zeitung. Als Frage natürlich.«

»Sie haben Ihre Braut gefüttert.«

»Nebe und Heydrich haben mir einen Mörder geschickt. Das lass ich nicht auf mir sitzen.«

»Sie sind zu hitzig, Raben. Wenn Sie sich mit diesen Leuten anlegen, haben Sie keine Chance.«

»Sie haben recht, Chef. Aber egal, was passiert, die haben eine Grenze überschritten. Und dieser Angriff auf mich verrät doch einiges.«

»Schießen Sie los!«

»Lieber nicht«, sagte Raben und lachte eher verklemmt. »Erstens ist Fehrkamp offenbar tatsächlich in Österreich …«

»Jetzt aber nicht mehr auffindbar«, sagte Lichtigkeit.

»Vermutlich«, erwiderte Raben. »Zweitens ist die Geschichte nur erklärbar, wenn man unterstellt, dass der SD im Fall Esser bis zur

Halskrause mit drinsteckt. Seit wann schicken die Nazis Polizisten Auftragsmörder auf den Hals? Ich glaube, dass die Nazis einen Fehler gemacht haben und jetzt versuchen, die Sache aus der Welt zu schaffen.«

»Wollen Sie unterstellen, dass mit Ihrem Tod die Ermittlungen beendet würden?«

»Natürlich nicht« – Vorsicht! Vorsicht! –, »aber ein paar Nazis scheinen das zu glauben. Oder der Coup sollte uns einschüchtern.«

»Gut«, sagte Lichtigkeit. »Passen Sie auf sich auf!«

Nach dem Telefonat fiel ihm auf, dass Lichtigkeit ihm nicht befohlen hatte, nach Berlin zurückzukehren. Vielleicht wollte auch er unbedingt Fehrkamp erwischen. Vielleicht hoffte er auf einen »Unfall« Rabens. Vielleicht, vielleicht. Lichtigkeit schwankte. Die Steinkopf hatte angedeutet, dass er unglücklich verheiratet war und zwei Kinder hatte. Der Kommissar wollte die Krise überleben. Er hatte erfahren müssen, wie die Berliner Polizei nach dem Preußenschlag gesäubert worden war. Die nächsten Machthaber könnten wieder oder weitersäubern. Da legte sich ein Kommissar besser nicht fest. Griff er gegen einen wie Fehrkamp durch, würden ihn die Nazis bei der ersten Gelegenheit rausschmeißen. Tat er nichts gegen sie, würden andere ihm das vorhalten. Da war es doch gut, einen Assistenten zu haben, der an der langen Leine lief und auf den man alle »Fehler« abschieben konnte.

Je länger Raben überlegte, desto klarer war es ihm, dass ihm niemand helfen konnte außer Lena und vielleicht ihrem Chef. Was seinen Chef anging, so war auf ihn so viel Verlass wie auf einen Grashalm, an dem sich einer festhielt, der überm Abgrund hing. Was Lena betraf, so zweifelte er nicht, aber sie hatte keinerlei Einfluss. Er war allein, und der Feind plante schon den nächsten Angriff. Woher er erfolgte, wer ihn unternahm, wusste er erst, wenn es so weit war.

80.

»Ich trink keinen Alkohol mehr«, sagte Lena.

Wagner blickte sie neugierig an. Sein Blick fiel auf ihren Bauch, aber da war nichts zu sehen. Noch nicht. Er hatte sie ins *Café Reimann* am Ku'damm eingeladen. Draußen regnete es. Er fand es gemütlich im gedämpften Licht mit den Regentropfen im Laternenschein. »Ich habe den Text noch mal gelesen. Ich fürchte, unser Chefredakteur schmeißt uns beide raus, wenn wir das bringen. Nazis jagen Kriminalpolizisten. New Yorker Verhältnisse, Mafia. Und das ohne Beleg. Das klappt auch nicht, wenn wir nur fragen. Durch solche Fragen unterstellen wir ja, dass wir das mindestens für möglich halten. Wenn nicht mehr.«

Ich muss Karl helfen, dachte Lena. Er hatte sie gleich, nachdem ihn die Münchener Polizei laufen ließ, angerufen, aber sie wusste jetzt schon nicht mehr, ob er noch lebte. Seine paar Worte hatten genügt, ihr Angst zu machen. »Muss man denn seine Quellen preisgeben?«

»Seine Quelle«, sagte Wagner.

Lena nickte. Wo ist Karl, verdammt? »Verstehen Sie das nicht? Mein Verlobter ist in Gefahr, Nazis wollen ihn ermorden. Der SD, um genauer zu sein. Er musste in Prag aus dem Zug nach Wien steigen und nach München fahren.«

»Ich glaube Ihnen und Ihrem Verlobten jedes Wort. Aber Sie müssen noch lernen, dass es für einen Journalisten nicht reicht, fest an etwas zu glauben. Goebbels überzieht uns mit Hohn und Spott, wenn wir so etwas veröffentlichen. Wir können uns das nicht leisten. Nicht mal wir.«

»Dann sollen wir uns also wegducken, damit die Scheißkerle auch ganz bestimmt an die Macht kommen?«

»Nein. Aber wir müssen weitergraben. Wenn wir das beweisen können, dann veröffentlichen wir es auch.«

Lena spürte, dass Wagner recht hatte. Sie hatte die Nacht kaum geschlafen vor Angst um Karl. Und jetzt war ihr auch dieser Weg verstellt, ihn zu schützen. »Wenn wir nur einen kleinen Artikel mit ein paar Fragen … Ach, ich weiß, dass das nicht geht. Nur wenn es in der Öffentlichkeit ist, trauen die sich nicht mehr, weil es der endgültige Beweis wäre.«

»In unseren Augen, aber nicht in deren Augen. Wir müssen lernen, dass Vernunft und Objektivität für andere nichts taugen. Die Hoffnung zum Beispiel, die von etwas zu überzeugen, das ihnen nicht passt, können Sie vergessen, und wenn es noch so wahr ist.«

Mein Gott, er wird sterben. »In Bayern ist er Freiwild und die Polizei ein Haufen von Nazifreunden und Nationalisten. Kein Wunder, dass diese Partei dort entstand. Die werden Karl nicht beschützen.«

Wagner nickte. »Vielleicht ist er schon in Österreich?«

»Da ist es doch eher schlimmer. Die haben ja fast schon eine Diktatur.«

81.

Raben erhob sich von der Bank, die Zeitung ließ er liegen. Seinen Koffer hatte er bei der Gepäckaufbewahrung abgegeben. Er tat so, als spazierte er gelangweilt durch die Halle des Münchener Kopfbahnhofs. Er benutzte Fenster als Spiegel. Beobachtete, was hinter ihm geschah. Beim dritten Fenster sah er ein Gesicht zum dritten Mal. Er ging in Richtung Süden. An der Wand ein Schild, das zum Polizeikommissariat im Bahnhof wies.

Raben verließ den Bahnhof. Stellte sich vor ein Schneidergeschäft. Auf dem gegenüberliegenden Bürgersteig lehnte ein Mann mit einer grauen Kappe und einer Aktentasche an einer Fassade und rauchte. Geradezu demonstrativ blickte er nicht in Rabens Richtung. Am Himmel zeigte sich nichts, was der Verfolger hätte bestaunen können. Raben schlenderte weiter. Ein Blick auf die Armbanduhr, noch gut drei Stunden. Was hatte der Mann vor? Einen zweiten Mordanschlag? Ihn beschatten? War er vom SD? Von der Münchener Polizei? Er bummelte weiter und überlegte, wie er die Kappe loswerden konnte. Er drehte sich um, überquerte die Straße und stellte sich vor den Mann. Jetzt erst erkannte er den Schnauzer und die Narbe neben dem Auge. »Sagen Sie, kennen Sie sich hier aus?«

Er sah das Erschrecken im Blick.

»Ja … nein.«

»Ich suche einen Laden für Näh- oder Handwerkerbedarf. Ich fürchte, mein Koffer platzt auf, das alte Teil. Ein Strick … oder ein Gürtel …«

Der andere schien erleichtert. »Gehen Sie geradeaus, die zweite links. Da ist ein Eisenwarenladen, der hat aber auch sonst viel für … Handwerker.«

»Das ist ja nett. Vielen Dank!« Raben ging los. Vielleicht sollte er ihm weiter auf die Nerven gehen. Ihn in ein Gespräch verwickeln. Aber er musste ihn loswerden, sonst konnte er die Ermittlungen begraben.

Er fand das Geschäft und kaufte einen Strick, drei Meter. Zurück in Richtung Bahnhof. Der Verfolger hatte auf ihn gewartet. Das fand Raben leichtsinnig, denn er hätte den Kappenmann abhängen können. Der war sich zu sicher. Wusste er nicht, was Schlüter geschehen war? Oder hielt er sich für so großartig, dass er nichts fürchten musste? Vielleicht war er einfach dumm. Raben fand diesen Gedanken nicht schmeichelhaft. Ein Dummkopf sollte ihn überwachen? Wer kam auf so eine Idee? Eine andere schwirrte heran und setzte sich in sein Hirn. Vielleicht wollte ihn jemand testen? Zum Beispiel, wie Raben mit der Bedrohung umging. Ob er einen Ausweg fand. Nein, lächerlich. Nimm dich nicht so wichtig.

Mist, was sollte er mit dem Kerl tun? Vor ein Auto stoßen? Unfall. Aber dann war er Zeuge. Er würde sich nicht verdünnisieren können, es gäbe weitere Augenzeugen. Außerdem konnte er sich nicht darauf verlassen, dass es klappte. Und womöglich behauptete irgendwer, Raben habe es mit Absicht getan. Wenn der Typ Polizist war, konnte es eklig werden. Er sah Schmidbauer grinsen.

Er grüßte: »Vielen Dank für den Rat. Ich habe gefunden, was ich suchte.« Und dann ein Blitzeinfall: »Sind Sie eigentlich Kollege?«

»Nein«, sagte der Mann und war schon auf die Schnauze gefallen. »Kollege … von wem?«, stotterte er.

»Vom Kini. Ist schon gut.«

»Vom König Ludwig?«

Aber da war Raben längst lächelnd weitergezogen. Mochte sein, dass die Kappe nun aus dem Sichtfeld verschwand. Mochte auch nicht sein. Immerhin wusste Raben nun, dass der Kerl kein Polizist war. Heydrich hatte die Kappe auf Raben angesetzt, das erschien sonnenklar. Die einfachste Version der Sherlock-Holmes-Methode: Wenn von zwei Möglichkeit eine ausfiel, blieb die andere. Wer sonst sollte sich an seine Fersen heften wollen?

Lena wusste viel über den SD und Heydrich. Einiges stand in der Presse, anderes schwirrte als Gerücht durch die Gänge des Mossehauses. Wagner hatte diesen und jenen angerufen oder getroffen. Heydrich fand er gefährlich. Sicher schien, dass der sein Netz schneller spann, als er intelligente Spitzel fand. Lena hatte den SD-Chef als überambitioniert beschrieben. Er sei aber auch intelligent und raffiniert, setze seinen oder seines Reichführers Willen durch. Skrupel empfinde er als Zeitverlust. »Wenn der mal wirklich Macht erhält, können wir einpacken«, hatte sie gesagt.

Und er hatte erwidert: »Ich packe nichts außer meinen Koffer.«

Sie hatte ihn zweifelnd angeguckt: »Vielleicht hast du den Ernst der Lage noch nicht verstanden.«

»Wenn ich von morgens bis abends Schiss hätte, würdest du dir einen neuen Vater für unser Kind suchen. Außerdem: Ein zitternder Bulle taugt nichts.«

Sie hatte gelacht, aber auch einen Blick gehabt, den er nicht verstand. Der ihn erschreckte. Als könnte sie in eine Zukunft sehen, in der Finsternis herrschte.

Der Verfolger ließ Rabens Vorsprung wachsen. Er gestand sich nicht ein, dass er verbrannt war. Wollte nicht zu Heydrich laufen und gestehen: Standartenführer, ich hab's versaut.

Raben musste verhindern, dass der Mann sich mit ihm in den Zug setzte. Der war zwar dumm, aber hartnäckig. Solche Leute waren lästig, in allen Lebenslagen. Aber der hier war gefährlich.

Vielleicht hätte er versuchen sollen, nach Wien weiterzufahren, ohne Schlüter nach München zu bringen? Aber wie hätte er mit dem Typen die Grenze passieren sollen, auf der einen Seite bewacht von Tschechoslowaken, auf der anderen von Österreichern? Mit dem Abstecher nach München war Schlüter einverstanden gewesen und hatte brav im Abteil gesessen. In München erwarteten ihn ja seine Kameraden.

82.

Lichtigkeit hatte kaum ein Auge zugekriegt. Entsprechend war seine Laune. Seine Frau trug ein Kopftuch und diese elende Schürze, deren Schmutziggrau ihren Missmut spiegelte. Die Ehe war kaputt seit der Geburt des zweiten Kindes. Davor war sie nicht aufregend gewesen, doch hatte es geklappt. Jetzt schwiegen sie sich nur noch an.

Er saß allein am Küchentisch, und sie fegte um ihn herum. Konnte sie nicht die halbe Stunde warten, bis er verschwunden war? Er überlegte, ob er sie anschreien sollte. Vielleicht zeigte sie dann eine Regung. Aber er wusste, wie sie antworten würde. Mit Tränen und der Flucht ins Schlafzimmer. Kein Wort würde sie sagen.

Er aß seinen Schusterjungen und goss Zichorienkaffee aus der Kanne nach. Das Getränk war lauwarm, als würde sie den Kaffee mit Absicht zu früh aufbrühen.

Aber es gab Wichtigeres. Vor allem Raben, den es nach München verschlagen hatte. Lichtigkeit klopfte sich innerlich auf die Schulter. Er hatte den Kollegen richtig eingeschätzt. Der war spätestens seit seiner Geburt mit allen Wassern gewaschen. Er war vorlaut, aber der begabteste Nachwuchsbulle, den er je erlebt hatte. Und er war nützlich. Lichtigkeit ließ Raben machen, sicherte sich bei Gennat ab, der das Spiel natürlich verstand. Aber wenn Raben den Fall voranbrachte, sollte es dem tonnenweise Kuchen vernichtenden Kriminalpolizeirat recht sein.

Eigentlich müsste Lichtigkeit den Kollegen Nebe zur Sau machen. Beim Staatsanwalt ein Ermittlungsverfahren gegen den Nazipolizisten beantragen. Wer sollte Raben sonst verraten haben? Aber hatte er Beweise, die vor Gericht standhielten? Hatte er nicht. Lichtigkeit erleichterte es, niemand konnte ihm einen Vorwurf machen. Gut, er ließ seinen Assistenten machen, hatte ein Herz für den Nachwuchs. Wenn der Mist baute, na so was. Aber es gelang ihm nicht, eiskalt zu bleiben. Der Junge erinnerte ihn an die eigenen Anfänge. Insgeheim gestand sich Lichtigkeit ein, dass er damals nicht so gut gewesen war. Auch der Buddha hatte Raben dick gelobt. Und sich auch jetzt für ihn eingesetzt. Die Steiner hatte Lichtigkeit erzählt, dass Gennat beim Telefonat mit diesem Schmidbauer aus der Haut gefahren sei, was dem sonst nicht passierte. Der Buddha galt sogar im naziverseuchten München als sagenhaft, nicht nur in New York, Paris und London. So einer musste nicht rumschreien, wenn er was wollte. Außer bei bayerischen Halbnazis.

»Sie sollen zum Chef kommen«, sagte Köpfchen nach dem Guten Morgen.

Gennat thronte auf seinem Sofa, das Tag für Tag nicht weniger zu leisten hatte als dereinst Sisyphos. Er wartete, bis Lichtigkeit sich gesetzt hatte. »Ihr Assistent hat mich da in eine blöde Lage gebracht. Ich telefoniere nicht gern mit bayerischen Kollegen. Erstens versteh ich sie nicht, zweitens sind das keine richtigen Polizisten, außer im Straßenverkehr und bei der Entsorgung von Bierleichen. Und drittens ist unser Kollege ziemlich unvorsichtig …«

»Er wurde überfallen. Das ist doch nicht seine Schuld«, sagte Lichtigkeit vehementer, als er es wollte.

Gennat lächelte. »Es ist gut, dass Sie ihn in Schutz nehmen. Er ist ja auch begabt und verdient Ihr Vertrauen. Aber im Nachhinein betrachtet, wäre es mir lieber gewesen, Sie wären gefahren.«

»Dann wäre ich jetzt vielleicht tot.«

Gennat blickte ihn eine Weile an. Nickte. Wirkte wie: Kann man so sehen. Kann man auch anders sehen. »Ich hab wirklich keine Lust, mich auf diese Streitereien einzulassen. Ich bin Kriminalpolizist und fange Mörder, möglichst ohne Schießerei und schon gar nicht mit Prügeln.«

»Aber der Nebe hängt in der Sache drin.« Jetzt wäre es an der Zeit gewesen, den Chef über den Kontakt mit Gregor Strasser zu unterrichten. Aber Lichtigkeit schwieg. Er wusste auch so, was Gennat von solchen Spielchen hielt: nichts.

Zurück in seinem Büro, trank er eine Tasse Bohnenkaffee, die ihm Köpfchen unaufgefordert auf den Schreibtisch gestellt hatte. Sie hatte ihn erwartungsvoll angeblickt, doch Lichtigkeit schwieg. Gedankenfetzen kreisten im Hirn. Angetrieben von Angst und anderen seltsamen Gefühlen. In einer Sekunde war er bereit, einfach weiterzumachen wie bisher, egal wer gerade regierte. Aber das war nicht so einfach, seit der Reichskanzler Papen den Polizeivizepräsidenten Bernhard Weiß aus dem Amt gejagt hatte. Weiß, der von seinen Untergebenen bewundert worden war. Den Goebbels mit Kübeln seines Hasses auf Juden überschüttet hatte. Seitdem war Lichtigkeits Welt aus den Fugen geraten. Er wollte sich politisch raushalten, obwohl er Forderungen der Nationalsozialisten begrüßte. Fast alle Kriminalisten verlangten schärfere Maßnahmen gegen »Gewohnheits-« oder »Berufsverbrecher«. Wenn man diesen Sumpf austrocknete, rottete man auch die Kriminalität aus. Das glaubte Lichtigkeit, der es schlecht aushielt, wenn Verbrecher immer wieder davonkamen, weil der Rechtsstaat sie laufen ließ wie die Sass-Brüder, die einen Einbruch nach dem anderen durchzogen und Pressekonferenzen gaben, um die Bullen zu verspotten. *Gewohnheitsverbrecher gehören weggesperrt.* Lichtigkeit fand es absurd, wenn Kriminelle frei herumliefen, obgleich alle wussten, was sie waren.

Ja, die Nazis würden sie wegsperren. Aber sie waren selbst Verbrecher. Ihr Führer pries Mörder und wollte das Reich vom Verbrechen säubern. Man musste keine Genie sein, um das absurd zu finden.

Am liebsten hätte er seine Frau verlassen. Dann brauchte er auf sie keine Rücksicht mehr zu nehmen. Sollte sie doch sehen, wie sie andere zu Tode schwieg. Oder schrie. Aber die Kinder blieben. Es waren seine. Würde er aus dem Dienst entfernt, gehörte er zu den Millionen Arbeitslosen der Republik. Nur, wer könnte ihn rausschmeißen? Und was konnte er tun, es zu vermeiden? Unsicherheit war übler als Sicherheit, selbst die des Untergangs. So sah er das, bevor er scheiterte. Danach würde er es anders sehen. Und Angst vor der Kommune haben, die nichts lieber täte, als sich an die Macht zu putschen und Leute wie ihn an die Wand zu stellen.

Warum rief Raben nicht an?

83.

Raben achtete nicht mehr auf den Mann. Dass er ihn verfolgte, war klar. Wer ihn geschickt hatte, auch. Er würde ihn beobachten bis Wien, wenn Raben nichts dagegen tat. Das würde seine Mission scheitern lassen. Raben lief im Bahnhof umher, suchte eine Lösung. Hatte eine Idee im Kopf, aber keinen Ort. Bis er neben dem letzten Gleis eine Stahltür sah. Vermutlich schützte sie eine Kammer mit Eisenbahnerwerkzeug. Er lehnte sich an die Tür und drückte den Griff. Die Tür war abgeschlossen. Klar, so ein Mist. Er ging weiter, stieg eine Treppe hinunter. Entdeckte riesige Müllkästen aus Stahl mit Deckel. Er hob einen Deckel an. Es stank erbärmlich. Bei den anderen war es nicht besser. Aber in einem war ausreichend Platz. Schnell stieg er die Treppe hoch. Hätte fast den Verfolger gerempelt. Beide taten so, als kennten sie sich nicht. Raben marschierte zu einer Gaststätte am Nordausgang der Bahnhofs, die sich *Milchstube* nannte. Auf dem Tresen ein Ständer mit Brezeln. In der Auslage Joghurt, Quarkspeise, Käsebrote. Auf einer Schiefertafel wurde Milchreis angepriesen für zehn Pfennig. Bis auf zwei Männer am Tisch an der Tür war die Kneipe leer. Raben setzte sich ans Fenster. Sofort erschien der Wirt mit raspelkurz geschnittenem Haar und einer Warze auf der Nasenspitze. Seine von den Lidern halb verhängten Augen musterten den Gast.

»Grüß Gott, der Herr. Sie wünschen?« Bemühtes Hochdeutsch.

Raben bestellte ein Käsebrot und ein Glas Milch. Der Wirt war schnell.

Raben kaute und blickte zum Fenster hinaus. Bestimmt hatte sein Verfolger schon nachgesehen, ob die Gaststätte einen Hinterausgang hatte. Aber er würde nicht reinkommen. Außerdem wusste er ja, dass Raben nach Wien reiste. In seinem Kopf formte sich ein Plan. Riskant, aber es konnte klappen. Er musste noch weiter vorausdenken. Was erwartete ihn in Wien? Ein Verfolger auf dem Bahnhof. Oder ein Empfangskomitee. War doch klar. Er nickte. Der Wirt warf ihm einen Blick zu. Raben winkte ab. Dann sah er draußen den Kappenmenschen. Er lehnte an einer Bahnhofssäule, den Kneipeneingang im Auge. Raben hatte sich den Mülltonnenplatz genau eingeprägt. Da gab es am Ende der Treppe eine Mauer, niedrig, aber nicht zu niedrig.

Er wurde unruhig. Durfte nicht zu früh angreifen. Nicht zu spät. Er nahm einen *Münchner Stadtanzeiger* vom Tresen, bestellte einen Milchkaffee und setzte sich wieder. Er blätterte. Draußen lief der Typ Gefahr, sich eine Beule an der Schulter zu holen. Nie hatte jemand sich so stur an was gelehnt.

Hoffentlich konnte Lena ihren Artikel veröffentlichen, zur Freude des Herrn Kollegen Nebe, des Strebers mit Rekordzeiten bei Nacht- und Wochenenddiensten.

Er sah, wie der Verfolger draußen sich von der Säule abstieß und losging. Er rieb sich die Schulter. Dann steuerte er eine Telefonzelle an. Nahm den Hörer, steckte Münzen in den Schlitz und begann gleich zu sprechen. Zweifelsfrei mit Heydrich oder einem seiner Leute. Ob er Verstärkung herbeirief? Das würde Rabens Plan durchkreuzen.

84.

»Der Ebertseder hat angerufen«, sagte Eckes. Er stand in der Tür von Heydrichs Büro.

»Er hat bestimmt auch was gesagt.«

»Dass Raben ihn enttarnt hat, er aber trotzdem dranbleibt.«

»Hat Ebertseder sich so blöd angestellt?«

»Mag sein, aber dieser Raben ist nicht ohne.«

»Wir könnten solche Leute immer gebrauchen. Niemand wird als Nationalsozialist geboren.«

Eckes wusste, dass Heydrichs Frau Lina, geborene von Osten, den Standartenführer anfangs auf den richtigen Weg führen musste. Er nickte. Wenn sein Chef Nationalsozialist geworden war, warum dann nicht Leute wie dieser Raben? Braun oder tot.

»1919 ist der Führer auch noch mit einer roten Armbinde herumgelaufen«, sagte Heydrich.

Eckes kannte das Bild. Sie hielten es geheim. Obwohl so viele in Arbeiter-und-Soldaten-Räten gesessen hatten, die es inzwischen vergessen machen wollten. Angefangen bei den Sozialdemokraten.

»Jawohl, Standartenführer.«

»Was wollen Sie damit sagen?«

»Dass Sie recht haben.«

»Das ist doch sowieso klar«, erwiderte Heydrich. »Schließlich sind Sie nur Sturmbannführer. Sie fahren jetzt zum Hauptbahnhof und lösen den unglückseligen Ebertseder ab. Der sollte besser als Hausmeister bei uns arbeiten, der Idiot.« Heydrich blickte Eckes streng an. »Aber in Zivil. Beeilen Sie sich.«

Eckes war schon unterwegs. Fast so schnell wie die Lichtgeschwindigkeit, die dieser Jude Einstein erfunden hatte.

85.

Raben bestellte noch einen Kaffee. Beobachtete, wie der Verfolger seine bedauernswerte Schulter wieder an die bedauernswerte Säule lehnte. Welchen Sinn hatte das Telefonat gehabt? Raben hob die Zeitung und tat so, als ob er las. Der Typ draußen konnte womöglich trotz des Schummerlichts in die *Milchstube* hineinsehen. Zwei-, dreimal schienen sich die Blicke getroffen zu haben, doch der Mann hatte nicht schnell weggeguckt. Offenbar sah er bestenfalls Rabens Umrisse. Raben bedankte sich für den Kaffee, zahlte und gab eine Reichsmark Trinkgeld.

»Oh, danke«, sagte der Wirt.

»Aber nicht, dass Sie Ihren Laden gleich dichtmachen und nach Italien verduften«, sagte Raben.

Der Wirt glotzte ihn an, dann lachte er. »Ja, ja, die Preußen«, murmelte er. »Sie kommen aus Berlin?«

»Genau. Auf Geschäftsreise. Ich bin Handelsvertreter. Damenspitzen.«

»Da haben Sie auch nichts zu lachen.«

»Nein, überhaupt nicht. Bin froh, wenn es für die Reisen und was zu essen reicht.«

»Üble Zeiten«, sagte der Wirt. »Arbeitslose überall, Leute hungern, bringen sich um. All die Kriegskrüppel auf den Straßen. Und die Politik, da halt ich lieber meinen Mund.«

Raben nickte. »Ich hole meinen Koffer. Ob Sie mir einen weiteren Milchkaffee zubereiten?«

»Der geht dann aber aufs Haus.«

»Vielen Dank.« Raben zog seinen Mantel an und verließ die Kneipe. Im Augenwinkel sah er einen Schatten zucken. Er würde ihm folgen müssen, wenn er verhindern wollte, dass Raben aus dem Blick geriet. Der ging zur Gepäckaufbewahrung, gab den Schein ab und erhielt seinen Koffer von einem Hagerling, der wortlos seine Mürrischkeit ausstellte. Raben überlegte, ob er den Verfolger provozieren sollte. So tun sollte, als ob der ihn überfiel. Jemanden bitten, die Polizei anzurufen. Oder eine Polizeistreife anhalten. Aber er käme so nicht weg vom Ort des Geschehens. Schließlich wäre er das Opfer. Aber das Risiko hatte er auch, wenn er den Mann zu den Müllbehältern lockte. Zurück in der Kneipe, stand die Tasse schon auf dem Tisch. Er stellte den Koffer unters Fenster.

»Vielen Dank!«, sagte Raben.

Der Wirt deutete eine Verbeugung an.

Draußen an der Säule erschien ein zweiter Mann. Wechselte ein Wort mit dem Schatten. Raben ließ den Kaffee stehen, nahm den Koffer und verabschiedete sich vom Wirt. »Entschuldigung, Planänderung.«

»Trink ich ihn selbst«, sagte der und hielt Raben die Tür auf.

Draußen blickte der sich um. Sah die beiden am Gleis stehen, von dem der Zug nach Wien abfuhr. Etwas pfiff. Er sah die Dampfwolke über Gleis 1 und rannte los. Erkannte im Augenwinkel, dass einer der Männer loslief. Schatten Nummer eins blieb zurück. Der Zug fuhr laut Beschilderung nach Aschaffenburg. Raben stieg in den letzten Wagen ein und eilte in Fahrtrichtung. Er hörte die Tür zuknallen. Schatten Nummer zwo war an Bord. Der Zug ruckelte an. Raben wartete noch einen Augenblick, öffnete die Tür auf der anderen Seite, warf seinen Koffer auf den Bahnsteig und sprang aus dem Zug. Er griff den Koffer und rannte aus dem Sichtfeld des Verfolgers. Doch dann stand er vor Schatten eins. Alle Pläne im Eimer.

Raben zog die Pistole und zeigte die Berliner Dienstmarke. Die in Bayern weniger galt als eine Bahnsteigkarte. »Sie sind verhaftet.«

Zwei, drei Leute näherten sich. »Verschwinden Sie, Polizei, das ist eine Amtshandlung!« Die Leute zuckten zurück.

»Auf den Bauch!«, befahl Raben. »Hände auf den Rücken.«

Der Mann war starr vor Angst. Raben trat ihm in die Kniekehlen, wiederholte: »Auf den Bauch.« Der Schatten fiel und drehte sich auf den Bauch. Immer mehr Leute glotzten, aber mit Abstand. Raben zog den Strick aus der Manteltasche und fesselte seinem Verfolger die Hände auf dem Rücken. Betont laut sagte er: »So, jetzt gehen wir zum Bahnhofskommissariat. Taschendiebe haben die Kollegen dort besonders gern.« Er zog den Mann nach oben, blickte sich um und sah ein mittelaltes Paar. Sie trug einen Hut mit einer Feder. Er einen Anzug und so was wie einen Bowler über der Klumpnase. Er winkte sie zu sich. Zögernd näherten sie sich. »Kommen Sie, kommen Sie!«

Doch dann hörte er Polizeisirenen, eine Erfindung, die ihren Weg leider schon nach München gefunden hatte. Wieder ein Plan dahin. Er hatte das Pärchen bitten wollen, den Koffer zur Gepäckaufgabe zu bringen und ihm den Schein auszuhändigen. »Hat sich erledigt«, sagte er. Ließ den Koffer stehen und zog seinen Gefangenen durch die Menge. »Bleiben Sie, wo Sie sind. Sie sind alle Zeugen. Ich übergebe diesen Mann meinen Kollegen. Nicht mal in Urlaub fahren darf ein Kriminalkommissar, ohne auf solche Gestalten zu treffen.« Dem Gefangenen flüsterte zu: »Einen Mucks, und ich erschieß dich auf der Flucht.« So ein Blödsinn, aber die Angst des Mannes schluckte alles. Er war bleich und offenbar kurz davor, sich zu übergeben. Stark waren solche Gestalten nur, wenn sie besoffen in einer brüllenden Horde Menschen überfielen, die sie für Juden oder sonst wie nichtarisch hielten. Gern auch auf dem Ku'damm in Berlin.

Er fand einen Gang, der zu Warenlagern führte. Raben blickte sich um. Nur abseits zwei Männer, die sich unterhielten. Er hieb dem Mann den Pistolengriff auf den Kopf. Der sackte weg, stöhnte, bis er auf dem Boden aufschlug. Raben steckte die Pistole weg und ging davon. Zwang sich, gemächlich zu laufen. Sah den Trubel. Schupos, mindestens zehn Mann. Sie befragten Leute. Einer deutete in Rabens Richtung. Der bog ab zum Seitenausgang. Ohne sich umzublicken, aber er drehte die Ohren nach hinten wie ein Hund. Jedenfalls im Geist.

Er verließ den Bahnhof und fand sich in einer Straße wieder, Tabakwarenladen, Kneipen, Metzgerei, Blumengeschäft. Er rannte los.

Hinter ihm ein Schrei: »Bleiben Sie stehen!«

86.

»Wir müssen das mal gründlich besprechen«, sagte Wagner. Und überlegte, wann er mal mit jemandem gründlich gesprochen hatte außer mit seiner Beinprothese.

»Ja«, sagte Lena. Was sollte sie sonst sagen?

»Wir fangen von vorn an. Beim Mord an Esser«, erwiderte Wagner.

»Ich habe mir die letzten Ausgaben der *Roten Fahne* vor dem Mord besorgt. Esser hat nicht viel veröffentlicht. Aber wenn, dann über die Nazis. Den SD, wie er die Republik unterwandert. Spitzel überall. Natürlich in der Polizei, der Justiz. Unsere Staatsanwälte und Richter haben ihren Kaiser verloren und keinen Ersatz gefunden ...«

»Außer diesen Leuten, denen die Heimatliebe braun oder deutschnational aus den Ohren sprießt.«

»Genau«, sagte sie. »Viele mögen die Nazis für unfein halten ... aber besser als nichts. Ich habe keinen Zweifel, dass Nebe und seine Leute Karl verpfiffen haben.«

»Sie haben mit ihm gesprochen?«

»Telefoniert, ja.«

»Er sollte im Zug nach Wien sitzen«, sagte Wagner.

»Ist aber in München gelandet. Warum … er machte Andeutungen, die nicht gut klangen. Ich habe ein blödes Gefühl«, sagte Lena.

»Machen Sie sich keine Sorgen. Der schafft das.«

Sie nickte. Mehr um sich abzulenken, fragte sie: »Und Sie glauben, dass Esser dem SD auf der Spur war und der ihn deshalb ermordet hat?«

»Genau das glaube ich. Und ich fürchte auch, dass jeder, der sich auf die Spur setzt … Entschuldigung.«

»Ist gut. Daran habe ich auch schon gedacht.«

»Und wenn wir dem Kommissar Lichtigkeit auf die Pelle rücken? Ein Halm schwankt im Wind, mal hierhin, mal dorthin. Irgendwann wird er knicken.«

»Halm und Ähre, schwanket schön/Wenn die milden Lüfte wehn«, flüsterte sie.

»Hebel«, sagte er. »Hab ich im Krieg gelesen. Es gibt viele Leute wie den Chef Ihres Verlobten. Sie warten ab. Hätt ich Frau und Kinder und wär Beamter … Ich möchte, dass wir in der Esser-Sache vorankommen …«

»Gründlich.« Sie lächelte.

»Unser erster Kandidat für eine Befragung wäre Nebe. Aber der lässt sich auf nichts ein«, sagte Wagner. »Er steckt mittendrin, jede Wette.«

»Wir könnten ihn provozieren«, sagte Lena. »Wir beginnen eine kleine Serie *Unsere Kripo in Berlin* und fangen bei Gennat an. Ganz harmlos.«

Wagner überlegte. »Sie sind ja eine ganz Ausgekochte. Aber Nebe wittert die Gefahr, bevor sie entsteht.«

87.

Er hörte den Ruf und riss die Tür einer Schlachterei auf. Es warteten zwei Kunden. Außer Raben, der in den Hinterraum rannte. Vorbei an einer Schweinehälfte, an Blutwurst im Bottich und drei geköpften Hühnern. Draußen stand in einer Blutlache ein Müllbehälter. Er rannte zur Tür gegenüber, zog. Sie war verschlossen. Das Kellerfenster daneben war offen. Er stieg in den Schacht, bückte sich, sah nichts und sprang. Er fiel zwischen Möbel und Matratzen. Ein Splittern. Die Hose riss am Knöchel. Raben unterdrückte einen Schrei. Der Knöchel schmerzte höllisch. Er wartete, bis sich seine Augen an die Dunkelheit gewöhnt hatten. Bewegte vorsichtig den Knöchel. Im Schummerlicht sah er Stühle, einen Tisch, ein Regal. Seine Füße standen auf den Trümmern einer kleinen Kommode, vielleicht einem Nachttisch. Miese Verarbeitungsqualität, dachte er und grinste aus Verzweiflung. Er bückte sich, zog das Hosenbein hoch, befühlte den Knöchel, fand den Riss. Das Feuchte war sein Blut.

Er machte einen Schritt. Vorsicht! Vorsicht! Stellte sich auf den Boden. Bewegte die Beine. Der Knöchel tat weh und würde schwellen. Aber er konnte laufen. Er erkannte, dass er in einem Kellerraum stand, hinter einem Holzgitter mit einer Tür, gesichert durch ein Vorhängeschloss. Er überlegte, was er tun sollte. Hier war er erst einmal sicher. Es sei denn, der Besitzer dieses Kellers brauchte gerade dringend einen Nachttisch, dessen traurigen Zustand er nicht einmal erahnte. Raben verrückte die Möbel, bis er einen Tisch unter das Fenster schieben konnte. Stieg darauf, unterdrückte einen Schmerzensschrei und blickte hinaus. Schupos, mindestens drei. Offenbar überprüften sie die Türen. Als sie gerade aus dem Blick verschwanden, schloss Raben das Kellerfenster. Stieg vom Tisch herab und zog einen Stuhl daneben. Dort saß er im toten Winkel des Fensters. Prompt wurde es hell, das Licht wanderte. Raben zog seine Füße unter den Stuhl. Lauschte. Hörte Stimmen, verstand aber kein Wort. Der Lichtschein zuckte durch den Raum. Dann war er weg. Raben wartete eine Minute, dann stieg er vorsichtig auf den Stuhl. Scheißknöchel. Er linste durch das Fenster und sah niemanden. Vielleicht waren sie schnell abgezogen. Vielleicht hatten sie eine offene Tür im Hof gefunden und glaubten, Raben sei durch diese abgehauen.

Er setzte sich wieder auf seinen Stuhl, starrte den Schrank an, der immerhin die Sicht vom Flur in sein Kabuff versperrte. Er zählte seine Möglichkeiten und kam auf höchstens null Komma fünf. Die Tür würde er kaum öffnen können ohne Werkzeug. Und zum Fenster hinausklettern konnte er nur bei Dunkelheit.

88.

»Wo ist Raben?«, fragte Gennat. »Nehmen Sie Platz. Seine Verlobte hat mich angerufen. Er hat sich seit gestern nicht bei ihr gemeldet.«

Der Teller vor ihm zeigte Sahnereste. Die Kaffeetasse war leer.

Lichtigkeit setzte sich. »Unser Kollege hat am Münchener Hauptbahnhof einen SD-Mann überwältigt und ist dann verschwunden. Die Kollegen haben den Nazi natürlich laufen lassen.«

»Das arme Opfer«, sagte Gennat. »Haben die Raben verschwinden lassen, die verehrten Kollegen?«

»Die behaupten, nein.«

»Wäre ich bayerischer Polizist, würde ich auch Nein sagen.«

»Ich fürchte, der Kollege ist untergetaucht.«

»Oder schon auf dem Weg nach Wien?« Gennat fand diese Reise nicht Erfolg versprechend, vorschriftswidrig und überhaupt blödsinnig. »Dass der einfach so losfährt.« Er blickte Lichtigkeit schräg an. Ich weiß schon, wie ihr das eingefädelt habt. Aber jetzt war der Kollege abgereist und in Gefahr. Nachkarten war Gennats Sache nicht.

»Ob wir jemanden da runterschicken?«, fragte Gennat.

»Wenn wir nicht wissen, wo der Kollege steckt, eher nicht. Sobald er sich meldet, könnten wir mit ihm was besprechen«, erwiderte Lichtigkeit. »Ich fürchte, der will nach Wien, koste es, was es wolle.«

Gennat musterte das skandalöse Vakuum auf dem Kuchenteller. »Wenn Sie rausgehen, ob Sie Steinerchen bitten ...«

»Klar, Chef.«

»Und rufen Sie das Fräulein Riedle an. Die macht sich Sorgen. Steinerchen hat die Nummer der Redaktion.«

Lichtigkeit hatte Lena gleich am Telefon. »Sie wissen es immer noch nicht? Mein Gott, er hat einen vom SD ausgeknockt ... gefesselt. Was soll ich nur tun? Er ist in Gefahr, ich weiß es.«

Was sollte Lichtigkeit antworten? Die üblichen Beschwichtigungsformeln ängstigten Lena eher noch mehr. »Fräulein Riedle, Ihr Verlobter wird sich melden. Bestimmt.«

89.

»Sie haben sich also fesseln lassen! Auf dem Hauptbahnhof! Von einem Anfängerbullen, der allein auf sich gestellt war. Ihnen wird ein Lorbeerkranz um den Kopf wachsen.« Heydrich lachte auf. »Eckes, Sie sind ein Weihnachtsmann.«

»Die Polizei sucht den überall«, sagte Eckes. Er stand mit einem Sicherheitsabstand vor dem Schreibtisch seines Chefs.

»Na, die sind doch halblau, die Münchener Bullen. Nix Revolution, nix Republik. Irgendwas dazwischen. Und diese Flaschen sollen diesen Kerl finden. Der Sie übertölpelt hat. Da überschätzen Sie die Kripo aber gewaltig. Und den Schmidbauer, das ist ein prächtiger Kamerad, außer dass er zu ... simpel gestrickt ist. Da oben.« Heydrich tippte sich an die Schläfe. »Und was machen Sie jetzt, Sie Genie?«

»Ich habe einen SS-Sturm losgeschickt. Um die Polizei zu … unterstützen.«

»Und wenn Sie den Raben vor der Polizei erwischen?«

»Dann befrage ich ihn und …« Sein Zeigefinger krümmte sich. »Aber dass niemand ihn findet. Nicht mal ich.«

»Nicht mal Sie würden ihn finden, Standartenführer.«

»Ihr Wort in des Führers Ohr.«

90.

Am Morgen hatte Lena sich übergeben. Es war eher die Angst als die Schwangerschaft. Sie beschaute sich im Spiegel. Blass, Ringe um die Augen. Sie war müde, müde, müde. Aber sie musste sich jetzt konzentrieren. Am Abend hatte sie mit Wagner gesprochen beziehungsweise mit dem Holzbein auf seinem Schreibtisch. Er hatte die Augen geschlossen, sein Fuß lag auf der Schreibtischplatte. Er zeigte ihr den Rücken. Sie kannte das schon. Manchmal überkam es Wagner, und er verzog sich in den letzten Winkel der Erde. Ihn da rauszuholen war schwer. Doch in diesem Fall hatte er die Ohren schneller geöffnet als die Lippen.

»Sie wollen eine Dienstreise nach München machen, und ich soll den Antrag unterschreiben.«

»Ich kann auch Urlaub nehmen.«

»Sie wollen Ihrem Verlobten helfen.«

»Ich bin auf den Spuren des mutmaßlichen Mörders Fehrkamp, über den wir schon berichtet haben. Der Esser-Mord ist nach wie vor unaufgeklärt. Und wenn ich nichts tue, wird es so bleiben. Wir haben die Chance, einen Mörder zu stellen. Die dürfen wir doch nicht verstreichen lassen.«

Obwohl er ihr den Hinterkopf zeigte, meinte sie, sein Grinsen zu sehen. »Haben Sie den Wisch dabei?«

Sie legte ihn neben das Holzbein.

Er nahm einen Füller und unterschrieb, ohne ihn gelesen zu haben. »Ich sag dem Herrn Wolff Bescheid. Er kann mir nichts abschlagen. Und Sie haben bei dem was gut.«

»Was gut?«

»Er behauptet glatt, dass unsere Artikel über die Esser-Sache die Auflage gesteigert haben. Bisher gab es im *Tageblatt* nur einen Krüppel, der über Verbrechen berichtet hat.«

»Aber, Herr Wagner.«

»Nichts aber.«

91.

Raben machte einen Plan. Es wurde Zeit nach einer Nacht im Keller, mit Träumen, die ihn schreckten, obwohl er sich am Morgen nicht mehr an Einzelheiten erinnern konnte. Ihm tat alles weh, nachdem er sich auf den kalten Boden gesetzt und an die Wand gelehnt hatte. Nun war draußen die Luft bestimmt rein, und er hatte einen müden, aber klaren Kopf. Einen Plan also.

Ja, mach nur einen Plan/Sei nur ein großes Licht/Und mach dann noch 'nen zweiten Plan/Gehn tun sie beide nicht.

Er wäre gern mit Lena ins Theater am Schiffbauerdamm gegangen, in Brechts *Dreigroschenoper*, schon weil sich die Nazis über das Stück ärgerten. Allein hatte er es bereits gesehen. Aber ohne Plan ging es auch nicht. Seine letzten waren in die Hose gegangen. Er musste Schritt für Schritt denken. Erstens aus dem Keller rauskommen. Zweitens aus dem Hinterhof rauskommen. Drittens aus München rauskommen. Er brauchte neue Kleidung. Und sich waschen würde nicht schaden.

Ungeduldig wartete er auf die Dämmerung. Wenn es schon um fünf Uhr dunkel wurde, fand er vielleicht eine offene Tür. Oder er marschierte notfalls wieder durch des Metzgers Innereien. Raben fand den Plan einfach genug, besser als null Komma fünf Chancen. Jeder Schritt seines Plans war möglich. Außer es kam was dazwischen.

Es kam jemand dazwischen. Ein Klacken, und das Licht ging an. Raben nahm die Pistole in die Hand. Versteckte sich hinter dem Schrank. Schritte näherten sich. Ein Husten. Eine Wolke Zigarettenqualm erreichte seine Nase. Dann ging ein Mann an der Parzelle vorbei.

»Halt!«, sagte Raben. Zielte mit der Pistole auf den Mann. Mein Gott, bist du blöd, sagte eine innere Stimme.

»Ach, sind Sie der Herr, den die Grünen suchen?«

Raben zeigte seine Dienstmarke.

»Ja, ja«, sagte der Mann. Dunkelblaue Augen unter grauen Haaren. Der Kinnbart bewegte sich, wenn er sprach. »Und jetzt wollen Sie aus dem Keller raus? Wie sind Sie denn reingekommen?«

»Fenster«, sagte Raben.

Der Mann nickte. Blickte auf das Vorhängeschloss. »Ich darf?« Er öffnete das Schloss, indem er den Bügel hochzog. »Der Scholtzenmeier Kurt verliert jeden Schlüssel.« Er öffnete die Tür. »Bitte sehr, der Herr! Jetzt erklären Sie mir noch, warum die Bullen hinter Ihnen her sind … Sie sind doch auch …«

»Bulle, danke«, sagte Raben.

Der Mann musterte ihn.

»Weil ich einen Nazi suche …«

»Ja, um Gottes willen, dann ist in Berlin ja alles noch normal.«

»Halbwegs«, sagte Raben.

»Kommen Sie mit«, sagte der Mann. »Sie brauchen neue Kleidung. Stecken Sie die alberne Knarre weg. Die Franzosen haben mich nicht erschossen, die Russen auch nicht. Und die Nazis sind zu blöd dafür. Sie schaffen das auch nicht.« Er blickte Raben in die Augen.

Der steckte die Pistole hinten in den Gürtel.

Der Mann ging voraus, Raben folgte ihm. Der Mann öffnete die Kellertür, wandte sich um zu Raben und legte den Finger auf die Lippen. Er lauschte ins Treppenhaus. »Kommen Sie!« Sie eilten in den zweiten Stock. Terpentingestank, Wachs.

Ja, mach nur einen Plan, dachte Raben.

92.

Berlin–Erfurt-Nürnberg–München. Lena sah die Landschaft vorbeistreichen. Sie beschimpfte sich wortlos. Betrachtete hin und wieder ihre Nachbarn im Abteil der Holzklasse. Sie saß am Fenster. Ihr gegenüber ein junger Mann, Typ Student, der sie anhimmelte. Seine Augen kaum von ihr lösen konnte. Neben ihr ein älterer Herr, der den Mantel anbehalten hatte. Er hatte seinen Hut ins Gepäcknetz über ihm gelegt und döste vor sich hin. Bei der Fahrkartenkontrolle hatte er lang nach seinem Fahrschein suchen müssen. Und war danach gleich wieder eingeschlafen. Neben ihm ein Soldat der Reichswehr. Lena kannte die Dienstgradabzeichen nicht, vielleicht ein Leutnant, dem Stern auf den Schulterklappen nach zu urteilen. Er las ein Buch. Neben ihr saß eine mittelalte Frau mit Brille und Strickzeug. Das leise Klappern beruhigte Lena etwas. Am Gang ein kleinwüchsiger Mann, der immer ansetzte, mit anderen zu plaudern. Doch niemand hatte Lust darauf. Es lief doch nur aufs immer Gleiche hinaus: Die Zeiten waren mies, die Arbeitslosigkeit stieg und stieg, die Leute sprangen aus den Fenstern der Mietskasernen, bevor sie aus ihren Wohnungen geworfen wurden. Das Land versank im Elend. Und obendrüber flochten die Hindenburgs und Papens ihre Intrigen, die kein Mensch mehr durchschaute, wobei es fraglich war, ob die Strippenzieher noch mehr im Sinn hatten als ihr eigenes Wohl. Es gab Leute, die tanzten in den Cafés, in denen anderen ein Glas Wasser zu teuer gekommen wäre. Man sah Maybach-Limousinen auf Straßen, auf deren Bürgersteigen verstümmelte Bettler hinter ihren Hüten saßen, die meist leer blieben, außer den paar Pfennigen, die sie selbst hineingelegt hatten.

Lena hatte sich Zeitungen mitgenommen. Sie las und verstand wenig. Ihr Hirn war in einen Widerstreit mit sich selbst verstrickt. München war eine Riesenstadt, wo sollte sie Karl finden? Wenn er noch lebte. Wenn er nicht längst in Wien war. Aber dann hätte er sie doch angerufen. Er hatte sich nicht gemeldet, was bedeutete, dass etwas ihn daran hinderte. In Polizeihaft saß er nicht. Lena hatte noch im Anhalter Bahnhof Lichtigkeit am Telefon erwischt. Der hatte erneut bei seinen Münchener Kollegen angerufen. »Nein, in Haft ist er nicht. Aber die Münchener Polizei würde gern noch was mit ihm klären. Sagte ein Inspektor. Die suchen ihn also auch. Ich habe nicht herausgefunden, was die Polizei dort ihm vorhält. Der Kollege war nicht sehr auskunftsfreudig. Sagte so was wie, dass sie ihre Aufgaben auch ohne preußische Hilfe erfüllten. Und dann hat er aufgelegt.«

Diese Auskunft dämpfte Lenas Ängste nicht. Wenn einem der SD auf den Fersen war und die Münchener Polizei. Wenn einer unbedingt aus der Stadt rausmusste. Wenn einer besser nach Berlin zurückgekehrt wäre. Es war keine Schande, an solcher Aufgabe zu scheitern. Außer für Karl, diesem Dickkopf. Stur wie ein Ochse, aber leider nicht so dumm. Oder glücklicherweise.

Was hatte Lichtigkeit noch gesagt: »Wenn Sie allein da runterfahren, kann Ihnen keiner helfen. Für die Berliner Polizei ist Bayern Ausland und andersherum, in jeder Beziehung. Außer dass es keine Pass- und Zollkontrolle an der Grenze gibt.«

Du bist wahnsinnig, dachte sie. Wahnsinnig verliebt und wahnsinnig dumm. Du lässt dich von Gefühlen treiben, wo dein Verstand Karl besser helfen würde. Aber wenn die Polizei ihn verhaftete? Da wäre es doch gut, sie könnte ihm helfen. Es müsste doch auch in München einen Anwalt geben, der den Marsch auf die Feldherrnhalle beim Hitler-Putsch '23 nicht mal im Geist mitgemacht hatte.

Sie blickte hinaus. Die Anhimmelei des Jünglings nervte sie.

»Haben Sie eigentlich eine Freundin, junger Mann?«, platzte es aus ihr heraus. Sie blickte ihm in die Augen, die Stirn gerunzelt.

»Äh, Fräulein …«

»Frau. Werte Dame ginge auch.«

»Entschuldigung!« Das Gesicht des Burschen färbte sich rosa. Alle blickten erst sie an, dann ihn. Der Offizier schmunzelte.

»Vielleicht finden Sie in einem anderen Abteil einen Platz, wo Sie ungestört Leute anstarren dürfen.«

Der Mann sprang auf, zog seinen Koffer aus der Gepäckablage. Ging zur Tür, erstarrte, wandte sich um, öffnete den Mund und schloss ihn. Wie ein Fisch im Aquarium.

»Stimmt doch«, sagte die Frau und strickte weiter.

Als der Zug in München hielt, überholte sie der Mann am Bahnsteig. »Entschuldigung, Fräulein … Frau …«, stammelte er und hatte es eilig.

Lena stand auf dem Bahnsteig und fragte sich, was sie nun anstellen sollte. Sie war auf Dienstreise. Sie musste Karl finden und Essers Mörder. Beides war unmöglich.

93.

In der Wohnung überlagerte der Gestank voller Aschenbecher das Terpentin. »Franz Lehmann mein Name«, sagte er.

An der Wohnzimmerwand hing ein Porträt des ehemaligen bayerischen Ministerpräsidenten Kurt Eisner, den ein ultrarechter Offizier erschossen hatte. Auf einer Kommode standen Bücher von August Bebel, Karl Liebknecht und Rosa Luxemburg.

Raben schnaufte einmal durch. »Raben, Karl. Kriminalassistent in Berlin. Haben Sie von dem Fall Esser gehört?«

»Und ob. Setzen Sie sich doch. Wollen Sie eine?« Er deutete auf eine Pappschachtel mit losen Zigaretten.

»Danke, nein.«

»Über den Fall hab ich gelesen. Ziemlicher Skandal«, sagte er.

Raben setzte sich auf ein Sofa, das Lassalles beste Freundin hätte gewesen sein können, wenn der Arbeiterwohltäter nicht 1864 bei einem Duell um eine Gräfin umgekommen wäre.

Lehmann stand noch. »Es ist bald so weit, dass die einen wegen Büchern umbringen. Und mit dem Esser …?«

»Ich weiß, wer ihn ermordet hat. Also, wer den Trupp angeführt hat.«

»Ein Nazi«, hab ich gelesen.

»Der sich nach Wien abgesetzt hat, vermutlich.«

»Dort gibt's auch genug von der Sorte. Aber wie wollen Sie den finden?«

»Ich habe keine Ahnung. Muss erst mal die Polizei und den SD loswerden.«

»Gut«, sagte Lehmann. »Sie haben keinen Koffer?«

»Der steht am Bahnhof. Oder ist bei der Polizei.«

»Na, wunderbar«, sagte Lehmann. »Soll ich …?«

»Danke, bloß nicht. Haben Sie ein Telefon?«

»Bin ich Krösus?«

»Kennen Sie jemanden, der ein Telefon hat und zuverlässig ist?«

»Ich kümmere mich drum.«

»Ich muss dringend im Polizeipräsidium … und meine Verlobte …«

»Ich verstehe. Sie waschen sich erst mal. Ich mach Feuer unterm Boiler und dann ab in die Badewanne. Sie müssen sich erholen. Sonst kriegen die Sie. Und Sie müssen was Gescheites essen.«

Während Raben badete, hörte er die Wohnungstür klacken. Dann wurde ein Schlüssel zweimal herumgedreht. Lehmann hatte recht, er musste sich erholen. Überlegen. Reden wir nicht mehr von Plänen, dachte er. Improvisation. Nur, was war der erste Schritt?

Er wachte vom eigenen Husten auf. Riss das Gesicht aus dem Wasser. Ihm war kalt. Er blickte sich um, erwachte auch aus seinem

Traum, an den er sich schon nicht mehr erinnerte. Er zog den Stöpsel und stieg aus der Wanne. Jetzt roch er heißes Fett. Der Überschuss an Magensäure schmerzte. Er zog sich seine Kleidung an. Als er das Bad verließ, folgte er dem Fettgeruch.

Lehmann stand am Gasherd. Er wandte sich um und grinste. »Bratkartoffeln und Spiegelei, ich hoffe, es ist recht. Wir können uns auch zwei Flaschen Bier teilen. Feiern wir schon mal Weihnachten. Ist ja nicht mehr lang hin. Und besser als allein ist es allemal. Tut mir leid, mit Weihnachtsbäumen hab ich es nicht so.«

Raben lachte. »Aber singen muss ich nicht, hoffe ich.«

»Wenn Sie *Brüder, zur Sonne, zur Freiheit* können …«

»Bullen dürfen so was nicht singen«, erwiderte Raben.

»Wär ja auch noch schöner«, sagte Lehmann. Reichte Raben eine Bierflasche. Der hebelte den Porzellanverschluss auf und schluckte. Sofort wurde ihm schwummrig. Er setzte sich an den Küchentisch. Ihm gegenüber stand der zweite Stuhl.

Lehmann öffnete das Fenster. Eiskalte Luft drang ein. »Nachher schauen wir, ob ich was zum Anziehen für Sie habe.«

»Glaub ich nicht«, sagte Raben.

»Ich bin zu klein. Aber ich finde was für Sie. Wenn Sie's gereinigt zurückgeben.«

»Ehrensache«, sagte Raben.

»So was gibt's nicht mehr.«

Nach dem Essen: »Stehen Sie mal auf.« Er holte ein Maßband aus einer Schublade und fuhrwerkte damit an Raben herum.

»Sind Sie Schneider?«

»Nein, ich war im Krieg.«

»Und Sie haben da das Schneiderhandwerk erlernt?«

»Nein, das Messen.«

Raben lachte.

»Sie haben gut lachen. Ich war bei der Artillerie, das ist Mathematik. Da muss es für Körpermaße locker reichen.«

»Und mit den Körpermaßen im Kopf besuchen Sie einen Genossen, der so groß und breit ist wie ich.«

»Sie haben's erraten. Hätte nicht gedacht, dass es auch schlaue Bullen gibt. Jetzt gehen wir erst mal telefonieren.«

Sie stiegen die Treppe hoch bis unters Dach. Lehmann klopfte leise an die Tür. Ein alter Mann öffnete. Ausgemergelt das Gesicht. Die Unterlippe zitterte. »Kommt rein!«

Er übersah Rabens Hand und ging voraus. Im Flur hing ein Telefon an der Wand. »Nicht zu lang«, sagte der Mann.

Raben wählte Wagners Nummer. Hoffentlich saß der noch am Schreibtisch.

»Ja«, sagte die Stimme.

»Raben hier. Wo ist meine …?«

»In München. Sie hat mir eine Telefonnummer hinterlassen. Ist eine Pension am Hauptbahnhof.«

Er notierte die Nummer und legte auf, schnaufte einmal durch und rief das Polizeipräsidium an. Aber der Telefonist konnte ihn nicht mit Lichtigkeit verbinden. Der war schon weg. Köpfchen auch. »Wer hat Nachtdienst?«

»Der Kommissar Nebe. Soll ich Sie verbinden?«

»Danke, nein. Wir wollen ihn nicht bei der Arbeit stören.«

»Ganz, wie Sie wünschen.«

Er rief die Münchener Pension an und ließ sich mit Lenas Zimmer verbinden.

»Die junge Dame ist nicht in ihrem Zimmer … Ich weiß nicht, wo sie sich aufhält.«

94.

Sie hatte vorab ein Zimmer in der *Pension Gerum* in der Schwanthalerstraße, nahe dem Hauptbahnhof, reserviert. Die Empfangsdame trug ihr Haar getürmt und war überschminkt wie eine Hexe im Kindertheater. Lena schleppte ihren Koffer in den zweiten Stock und stellte ihn dort ab. Dann gleich die Treppe wieder hinunter und zum Hauptbahnhof. Dort war Karl auf jeden Fall gewesen. Sie sah sich um. Es stank nach Ruß. Dampfschwaden eines Zugs, der den Bahnhof verließ, waberten durch die Halle. Leute liefen hierhin und dorthin. Männer mit Aktentaschen, noch spät am Abend. Die Läden waren geschlossen. Nur ein Laden mit Zeitungen und ein paar Lebensmitteln hatte geöffnet. Und die *Milchstube*. Drinnen saßen Männer in Lederbundhosen und Blaumännern. Sie glotzten Lena an. Ein leiser Pfiff. Der Wirt lächelte sie an, als wollte er ihr zeigen, dass sie nicht in der Monsterhölle gelandet war.

»Was wünschen Sie, Fräulein?«

»Ich suche meinen Verlobten. Berliner, hochgewachsen, sehr gut aussehend« – aus dem Lächeln wurde ein Grinsen – »mit einem grauen Anzug und einem beigefarbenen Mantel. Haare fast schwarz.«

»Und der Herr schickt Sie, seinen Koffer zu holen?« Ungläubig.

»Sie haben seinen Koffer?«

Der Wirt nickte. »Da gab es einen … Rummel. Ihr Verlobter wurde offenbar verfolgt. Er saß dort« – deutete auf den Tisch am Fenster – »hat immer wieder aus dem Fenster geschaut. Da hat auch einer rumgelungert. Schließlich ist Ihr Verlobter raus, und dann gab es ein Durcheinander. Danach habe ich nichts mehr gesehen.«

Um Himmels willen. Er hatte sich auf einen Kampf eingelassen. Die waren zu mehreren. Und jetzt? Der Sonnenstrahl verblasste, sie stand mitten im Gewitter. Wo konnte er nur sein? Wenn er noch lebte.

»Ob Sie mir seinen Koffer geben könnten? Ich zeige Ihnen meinen Ausweis und unterschreibe eine Quittung. Sie finden bestimmt ein Buch im Koffer. Er hat die Angewohnheit, seinen Namen und eine Nummer hineinzuschreiben, als wollte ihm jemand das Buch stehlen.«

Der Wirt lachte.

»Karl Raben«, sagte sie.

Der Wirt verschwand. Endlich kehrte er mit dem Koffer zurück. »Sie sind Fräulein Riedle?«

»Ja?«

»Dann können Sie den Brief lesen, den er Ihnen schicken wollte. Das mit dem Buch stimmt. Karl Raben.«

Als sie den Koffer zur Pension getragen hatte, klingelte sie am Empfang.

»Da haben Sie ja Glück gehabt«, sagte die Hexe. »Vorhin hat jemand angerufen, ein Karl Raven oder so.«

»Ja!«, schrie sie.

»Aber ich muss doch bitten!«, sagte die Hexe.

95.

»Eckes, sind Sie zu blöd, einen Kriminalassistenten zu erwischen?« Heydrich bot ihm keinen Platz an. Ließ ihn strammstehen.

»Jawohl, Standartenführer. Ich bin zu blöd …«

»Lassen Sie den Quatsch! Was gedenken Sie nun zu tun?«

»Ich zapfe Kameraden in der Polizeidirektion an.«

»Haben Sie das nicht längst getan?«, fragte Heydrich scharf.

»Natürlich, Standartenführer … bisher ohne Erfolg. Ich bohre weiter.«

»Na, was warten Sie?«

96.

Es klopfte an der Wohnungstür. Lehmann stand auf und öffnete. Kehrte zurück mit dem Ausgemergelten im Schlepptau. »Telefon für Sie.«

»Bin ich froh«, sagte Raben statt einer Begrüßung.

»Schön, dass es dich noch gibt«, erwiderte Lena.

»Find ich auch.«

Sie lachte.

»Nimm dir bitte ein Taxi.« Er nannte ihr die Adresse und den Namen.

Zwanzig Minuten später klingelte es.

»Ich darf öffnen«, sagte Raben und ging los, ohne auf eine Antwort zu warten. Ein Lächeln Lehmanns folgte ihm.

Er riss die Tür auf – wie ein Blitz schoss ihm Heydrichs Gesicht ins Hirn. Aber es war sie. Er riss sie an sich.

»Welch Temperament! Morgen geht's zum Stierkampf, Torero.«

Er führte sie in die Küche. »Das ist Franz Lehmann.«

Der sich zur Begrüßung erhob und dann verschwand, um mit einem Klappstuhl zurückzukehren.

Als sie am Küchentisch saßen, sagte Raben: »Ihm verdanke ich mein Leben, mindestens meine Freiheit.«

»Ich bin Ihnen auch sehr dankbar, Herr Lehmann«, sagte Lena. »Ob ich das noch in fünf Jahren sein werde …«

Lehmann lachte. »Na, da haben Sie sich was eingefangen.«

»Ich bereue es schon«, sagte Lena.

»Ich hatte vergessen, Ihnen zu sagen, dass meine Verlobte Journalistin ist. Sie ahnen vielleicht, welch hartes Schicksal mich erwartet.«

Lehmann hob die Hände, als wollte er sich ergeben.

Raben berichtete ihr, was er erlebt hatte.

Sie hielt die Hand vor den Mund.

»Morgen fahre ich nach Wien«, sagte er zum Schluss.

»Du bist verrückt«, sagte sie. »Aber nicht ohne mich.«

»Auf keinen Fall!«

»Ich bin die perfekte Tarnung. Junges Pärchen auf Turtelreise.«

»Sie hat recht«, sagte Lehmann.

»Sie hat immer recht«, erwiderte Raben.

Sie grinste ihn an.

»Wir fahren mit dem Auto. Ich habe mein Sparschwein geschlachtet. Wir nehmen einen Mietwagen«, sagte Lena.

»Sie nimmt mir auch das Denken ab.«

»Praktisch«, sagte Lehmann. »Ich geh uns drei Flaschen Bier holen.«

»Nur, wenn ich Sie einladen darf«, sagte Lena. »Und Sie könnten uns bitte auch was zu essen mitbringen. Belegte Brote …« Sie reichte ihm einen Zehnmarkschein.

Lehmann nahm ihn und verließ die Wohnung.

Sie küssten sich lang. Sie tatschte ihm auf die Hand, die auf Wanderschaft gehen wollte. »Triebtäter.«

Lehmann kehrte zurück, beladen wie ein Esel. Er hatte auch einen Pappkarton mitgebracht. Stellte ihn auf den Tisch. »Probieren Sie das mal an. Ist ein bisschen zu weit, sollte aber gehen. Hosenträger sind dabei.«

Raben ging ins winzige Wohnzimmer und zog sich um. Lehmann hatte recht, der Vorbesitzer des schwarzen Anzugs war etwas kleiner und dicker gewesen. Aber es ging. Wer konnte sich noch passende Größen leisten? Da fiel er nicht auf. Dazu war der Anzug fast neu. Beerdigung, vermutete Raben. Aber er fragte nicht.

»Zum ersten Mal gefällst du mir«, sagte Lena. »Bisher war ich aus Mitleid …«

»Dazu fällt mir nur Nietzsche ein«, sagte Raben.

»Wag es nicht.«

»Was bekommen Sie dafür?«, fragte er Lehmann.

»Schicken Sie ihn mir irgendwann zurück. Den braucht niemand mehr außer Ihnen.«

»Kennen Sie einen Autoverleih?«, fragte Lena.

97.

»Ja, Herr Inspektor«, sagte Heydrich.

»Der hat sich irgendwo verkrochen. Bevor er sich nicht bewegt, werden wir ihn kaum kriegen.«

»Sie hätten ihn diesem Metzger überlassen sollen, Parteigenosse«, sagte Heydrich und schickte ein Lachen hinterher.

Schmidbauer fiel ein. »Man kann aber niemanden schlachten, den man nicht hat.«

»Wenn er sich bewegt, wird er versuchen, aus München herauszukommen«, sagte Heydrich. »Ob er sich noch mal auf den Hauptbahnhof traut?«

»Wäre ich er, würde ich es woanders versuchen.«

»Sie überwachen die Bahnhöfe?«

»Natürlich. Ihre Leute doch auch.«

»Wenn er zurück nach Berlin kommt, haben Sie's verkackt.«

»Und Ihr Kamerad Eckes auch. Der war gerade hier.«

»Sagen Sie ihm nichts von unserem Gespräch. Wenn Sie was Neues haben, wäre ich für einen Anruf dankbar.«

»Klar. Wir kriegen den. Was macht einem bayerischen Polizisten mehr Spaß, als einen Kollegen aus Preußen festzunehmen?«

»Ihn auszuschalten. Ich will den nicht im Knast sehen, sondern auf dem Friedhof. Und dann dürfen Sie und Ihre Kollegen um den verdienten Kriminalassistenten trauern. Ihre Tränen werden München ersaufen lassen. Sie haben mich verstanden?«

Heydrich hörte ein Schlucken.

»Zu Befehl, Standartenführer.«

98.

Lehmann führte Lena zu einem Autoverleiher. Sie erhielt einen Opel Laubfrosch, das einzige Automobil, das sie sich leisten konnten. Lehmann wollte sich für sie verbürgen, was der Verleiher aber zurückwies: »Schon gut, Franz.« Sie hatten beschlossen, dass sie in dieser Nacht losfuhren. Lena wollte ihren Koffer mit einem Taxi holen. Konnte sein, dass SD oder Kripo schon wussten, dass sie in München war. Sie wollte denen den Fluchtwagen nicht gleich vorführen.

In der Pension blickte sie die Hexe scharf an. »Man hat sich nach Ihnen erkundigt.«

»Wer?«

»Man.«

Also der SD, die Polizei hätte die Hexe erwähnt. Wer hatte sie verpfiffen? Saßen die SD-Spitzel schon in der Redaktion? Hatte der Wirt der *Milchstube* der Polizei gemeldet, dass eine junge Dame den Koffer abgeholt hatte und diese in einer Pension in Bahnhofsnähe wohne? Was Leuten nachts einfiel, die in einer Zeit lebten, in der die Angst frohlockte.

Sie rief den Ausgemergelten an. Es dauerte ewig, bis der ans Telefon ging. Er begrüßte sie unwirsch: »Was gibt's? Sie haben mich geweckt.«

Sie entschuldigte sich. »Ich muss unbedingt meinen Verlobten sprechen.«

Nach einer Ewigkeit hatte sie ihn am Hörer. »Unsere Freunde wollen mich begrüßen.«

Die Hexe verbarg nicht, dass sie mithörte. Sie blieb hinterm Empfangstresen, Lena stand davor.

Ein Schweigen, dann: »Bleib in der Pension. Wie lange bleibt die Wirtin auf?«

»Zu lang.«

»So ein Mist. Ich komme.«

»Bist du wahnsinnig?«

»Ja. Die Dame lauscht?«

»Ja.«

»Antworte jetzt nur mit Ja oder Nein, zur Abwechslung auch mit gut oder schlecht.«

»Zeigt das Fenster deines Zimmers nach hinten raus?«

»Ja.«

»Perfekt. Hinterhof?«

»Nein.«

»Irgendein Gelände, Wiese dahinter?«

»Gut«, sagte sie.

»Abgesperrt?«

»Ja.«

»Zaun?«

»Schlecht.«

»Mauer?«

»Nein.«

»Bretterzaun?«

»Ja.«

»Komm ich ohne Werkzeug durch?«

Sie zögerte: »Eher schlecht.«

»Um Punkt Mitternacht stehe ich unter deinem Fenster.«

»Ja.«

»Kannst du die Pension unbemerkt verlassen?«

Zögern. »Ja … hoffentlich.«

»Gibt es einen Taxistand in der Nähe? Ich meine nicht den am Bahnhof.«

»Das ist gut und schlecht zugleich.« Sie wusste es also nicht.

Raben sah die Hirnmoleküle der Wirtin Foxtrott tanzen, bis sie vor Erschöpfung umfielen. »Punkt Mitternacht!«

»Ja.«

Lehmann beschrieb ihm den Weg zum nächsten Taxistand. Er

sah einen einsamen Mercedes-Benz stehen. Der Fahrer pinkelte gerade an den Baum daneben.

»Fahren Sie mich Richtung Hauptbahnhof.«

Der Mann trug eine Specklederkappe. »Klar, Chef.«

»Sie können heute Abend viel Geld verdienen.«

Die Kappe nickte. »Klar, Chef.«

»Zehn Mark jetzt, zehn Mark später für die Tour zurück.« Ein kleines Vermögen für einen Taxifahrer.

Er lotste den Fahrer an der Pension vorbei, ließ ihn danach links in eine Seitenstraße abbiegen und an der nächsten Kreuzung halten. Raben hatte kein Straßenschild erkannt. Es war kalt im Auto und noch kälter draußen. Eiswind trieb ihm Graupelkügelchen ins Gesicht. Er fluchte, blickte auf die Uhr und rannte los. Noch elf Minuten. Im Mantel klapperten Zange und Schraubendreher. Als er vor dem Bretterzaun stand, verfluchte er sich und seine Idee. Sein Werkzeug war unnütz. Das war kein Zaun, sondern eine Wand. Er nahm Anlauf, klammerte sich an der Oberkante fest und schwang den Körper nach. Er landete auf dem Zaun und fiel mit der Rückseite auf den festgefrorenen Boden. Es schmerzte. Jetzt nicht nur der Knöchel, sondern auch die Hüfte desselben Beins. So würde er nicht zurückkommen. Als er gerade unter dem Fenster stand, hörte er einen Pfiff von oben. Er pfiff zurück. Der Koffer kam angeflogen. Er griff zu, konnte ihn aber nicht halten. Doch er platzte nicht auseinander. Raben nahm den Griff und schleppte ihn zur Hintertür. Steckte den Schraubendreher in den Türspalt und drückte. Vorsichtig, bis es laut knackte und die Tür aufplatzte. Er stand vor einem Flur. Der führte an Türen vorbei. Dem Geruchsmix nach zu urteilen, Küche und Toilette. Am Tresen war es dunkel. Er sah die Tür hinterm Tresen. Öffnete sie leise. Sah die Wirtin auf einem Kanapee. Sie röchelte leise. Er zog den Schlüssel von der Innenseite ab und schloss sie von außen ein. Dann zerschnitt er mit der Zange das Telefonkabel. Schritte im Treppenhaus. Er zog die Waffe und drückte sich an die Wand. Die Hüfte schmerzte. Die Schritte näherten sich. Er sprang vor die Treppe, die Pistole in der Hand.

»Willst du mich erschießen?«, fragte sie.

99.

Seine Frau war wortlos im Schlafzimmer verschwunden. Lichtigkeit saß im Wohnzimmer. Nur die Funzellampe auf dem Beistelltisch neben seinem Sessel leuchtete. Er hatte Vicki Baums *Menschen im Hotel* auf den Knien. Aber er konnte sich nicht auf den Bestseller konzentrieren. Er war verloren. Hatte Lust, alles hinzuschmeißen. Er hätte Helga nie heiraten dürfen. Er entsann sich seiner Zweifel vor der Hochzeit, aber sie erwartete ihr erstes Kind. Er hatte es versprochen, ihr, ihren Eltern. Das war vor der Krise. Sogar die Beamten saßen in der Falle. Wenn man nicht wusste, was der kommende Tag brachte, hatte alles seine Selbstverständlichkeit verloren. Er war Diener eines Staats, den er nicht mochte, aber Mord und Totschlag waren immer falsch. Jetzt drängte eine Partei an die Macht, für die Mord nicht gleich Mord war. Hitlers Unterstützung für die Potempa-Mörder hatte ihn erschüttert. Lichtigkeit hasste die Kommunisten. Gut, dass sie nicht bei der Polizei eingestellt wurden. Aber deshalb waren die ärgsten Feinde der Kommunisten nicht seine Freunde. Wie viele seiner Kollegen hielt er sich aus der Politik raus. Aber wie lange schaffte er es noch? Nebe setzte alles auf die Nazis. Bisher war ihm nichts geschehen. Gennat, kein Nazi, schützte den Streber trotzdem. Und es sah nicht danach aus, als riskierten Nebe und sein Beschützer seit dem Preußenschlag etwas. Aber wenn es anders kam? Wenn die Krise überwunden wurde und die Sozialdemokraten wieder in die Regierung kamen? Dann wäre Lichtigkeit ungern an der Stelle von Nebe und seinen Kameraden.

Raben schienen solche Zwickmühlen nicht zu scheren. Das lag an seiner Jugend. Aber vielleicht auch an etwas anderem. An etwas, das Lichtigkeit fehlte. Daran merkte er, dass er alt wurde. Er hatte jene Unbedingtheit verloren, der diesen Nachwuchskriminalisten vor nichts zurückschrecken ließ. Mord war Mord und blieb Mord. Das war einfach und verständlich. Und nichts als die Wahrheit. Aber zwischen ihm und der Wahrheit lagen längst die Angst vor der Zukunft, Angst um die Kinder und auch um seine Frau. Seine Kinder brauchten eine Mutter. Da war diese besser als keine.

Er ging zur Kommode und goss sich ein Glas Branntwein ein. Trank es in einem Zug aus und wählte im Flur die Nummer des Polizeipräsidiums.

»Ja, Herr Kommissar?«

»Hat der Kriminalassistent Raben unlängst angerufen?«

Schweigen.

»Aha, er hat Sie dazu verdonnert zu schweigen.«

»Ja«, sagte der Mann.

»Also lebt er noch und ist in Freiheit …«

»Gott sei Dank«, erwiderte der Mann.

»Danke, gute Nacht.«

Lichtigkeit legte auf und blieb stehen. Immerhin eine gute Nachricht. Für heute. Was morgen war, würde er erleben. Immer noch als Kriminalkommissar. Und übermorgen?

100.

Schmidbauer fuhr nach Hause. Wo seine Frau Diana Würste und Kartoffelsalat vorbereitet hatte. Eine Flasche Bier wartete auf dem Fensterbrett. Deren Inhalt fast gefroren war, als sie die Flasche auf den Tisch stellte.

»Mein Armer«, sagte sie und streichelte ihm den Kopf, während er sich auf das Abendbrot stürzte.

»Habt ihr den Preußen erwischt?«

»Noch nicht«, sagte Schmidbauer.

»Wenn ich aus München nach Österreich abhauen wollte, ich nähme eine Landstraße in die entgegengesetzte Richtung. Der ist nicht so blöd, am Bahnhof aufzutauchen.«

Er nickte mit vollem Mund. Kaute zu Ende und ging in den Flur. Sie hörte, wie er sagte: »Kontrollen an allen Straßen und Wegen im Norden … ja, auch nordöstlich und nordwestlich. Wie würden Sie sich aus München herausschleichen, wenn Ihnen der Inspektor Schmidbauer auf den Fersen wäre, Sie Schlaumeier? Schicken Sie alles, was Beine und Räder hat. Jetzt. Was Sie suchen sollen? Ein Auto, was sonst? Keine Ahnung, was für eines. So viele sind ja nicht unterwegs in der Nacht.«

Als er aufgelegt hatte, sagte er: »Man hat es nur mit Idioten und Schlappschwänzen zu tun.«

»Ja, mein Lieber«, sagte Diana. »Die Polizei kann froh sein, dass Sie dich hat.«

101.

Sie saß am Steuer. Er auf dem Beifahrersitz, unter den er seine Pistole gelegt hatte.

»Wenn du unbedingt deine Rübe verlieren willst, schießt du auf deine Kollegen«, sagte sie.

Das musste sie ihm nicht erklären. Manchmal fand er sie vorlaut. Immerhin war er der Polizist, Jahrgang 1903 und damit sechs Jahre älter. Aber dann sah er sie an und musste lachen. »Du wirst Deutschlands erste Rennfahrerin.« Dabei fuhr sie keine vierzig und musste darauf achten, dass der Laubfrosch auf dem Kopfsteinpflaster nicht zu tanzen anfing.

»Da gab es Bessere vor mir, angefangen bei Bertha Benz oder Clärenore Stinnes. Dir mangelt es an Allgemeinbildung.« Ohne die Augen von der schlecht beleuchteten Straße zu nehmen. »Schau lieber in die Karte. Wir fahren nämlich ein Labyrinthrennen. Und ich will die erste Frau der Welt sein, die es gewinnt.«

Lehmann hatte ihnen nicht nur Proviant eingepackt, sondern auch eine Karte gegeben, in die er einen Schleichweg eingezeichnet hatte. Bloß nicht über die großen Straßen raus aus München. Sie würden die Stadt über einen besseren Feldweg verlassen. Wo sie hoffentlich kein Polizist erwartete.

»Jawohl, Frau Generalfeldmarschall.«

»So ist's recht.«

»Wenn ich gewusst hätte, worauf ich mich einlasse.«

»Zu spät. Ein gebrochenes Heiratsversprechen endet im Karriereknick. Frag mal deinen Freund Heydrich.«

»Könntest du kurz halten?«

»Warum? Ich bin auf Rekordjagd.«

»Damit ich dich verhauen kann.«

»Warum musste ich nur an einen gewalttätigen Bullen geraten?«

»In Wahrheit hast du nur einen Vater für das Kind von dem anderen gesucht, weil der dich nicht mehr ertragen hat.«

»Stimmt. Hast du ihn gefragt?«

»Brauch ich nicht. Der Fall ist sonnenklar.«

»Mein Polizist. Du würdest Gerichtsverfahren gleich abschaffen, ab nach Plötzensee ohne Umweg, dank deiner Eingebung.«

»Halt an, ich will dich verhauen.«

»Nicht, bevor wir die Hauptstadt der Bewegung verlassen haben. In einem bayerischen Kuhdorf gehört so was dann zu Hygiene oder Folklore. Geduld, mein Bulle.«

Richtung Regensburg, dann Straubing und dort auf einer kleinen Straße Richtung Bayrischzell. Zuerst in Richtung Norden, wo keiner einen vermutete, der nach Österreich wollte. Dann ab nach Süden.

»Mein Gott, sind das Straßen.« Der Wagen sprang von Schlagloch zu Schlagloch. Es regnete in Strömen.

»Lehmann hatte recht. Kein Bulle weit und breit. Nicht einmal ein Auto. Wir fahren, so weit wir können. Er hat auch eine Tankstelle markiert.«

»Lehmann weiß alles. Hast du ein Glück. Erst findet dich so eine großartige Verlobte, dann befreit dich ein tapferer Sozi aus dem Möbelkeller.«

»Er hat sogar meine Schramme mit Jod und einem Wundschnellverband versorgt. Wie ein Sanitätsrat. Hat er im Krieg gelernt.«

»Dann hat der ja doch was Gutes gehabt.«

»Du solltest dir bei den Nazis ein Parteibuch besorgen.«

»Ist das auch braun? Und du dir eines von den Kommunisten. Dann sind wir für jede Revolution gewappnet. Ob rot oder braun, der mit dem falschen Parteibuch wollte nur den Feind zersetzen. Oder so.«

»Du bist eine Opportunistin. Die Parteibücher der Kommune sind übrigens blau.«

»Und du solltest dir Goebbels-Reden anhören. Da lernst du, besser zu lügen. Kennst du den? Beim jüngsten Gericht verlangt Gott von Thälmann, Papen und Hitler, durch einen Sumpf zu waten. Je tiefer einer einsinkt, desto schlimmer hat er gelogen. Papen sinkt bis zu den Knien ein. Thälmann bis zum Bauch, Hitler gar nicht. Fragt ihn Gott: Warum zieht's dich nicht gleich runter in die Hölle? Sagt Hitler: Ich steh auf Goebbels.«

Raben lachte. Blickte sie von der Seite an. Wie sie auf die Straße starrte, das Lenkrad fest in den Händen. Ein Gedanke schoss ihm durchs Hirn. Sie ist unglaublich, zu gut, als dass es wahr sein könnte. Zu gut. Vielleicht war alles eine Lüge?

Draußen begann es zu dämmern. Raben spürte seine Müdigkeit. Lehmann hatte ein Hotel markiert. »Grüß dort vom Onkel Franz.« Keine Erklärung.

Er blickte sich um. In vielleicht dreihundert Metern Abstand ein schwerer schwarzer Wagen. Raben erkannte ihn. Ein Audi SS, mit drohenden Frontscheinwerfern.

»Hinter uns ist einer«, sagte er möglichst ruhig. »Ein Audi SS.«

»Was? Die SS?«

»Nein, die Kalesche heißt so, was immer der Hersteller sich dabei gedacht hat. Aber das ist Polizei … oder der SD.«

»Das Hotel können wir uns abschminken«, sagte Lena.

»Gib mal Gas.«

»Damit der Frosch ins Feld hüpft.«

»Unser Auto ist zwar kleiner, aber leichter und wendiger.«

Sie beschleunigte und schüttelte sich und Raben durch. »So bleiben wir wenigstens wach.« Sie blickte in den Rückspiegel. »Der gibt Gas. Schlingert aber nicht schlecht. Vielleicht wird denen so übel, dass sie aussteigen, um zu kotzen.« Sie drückte den Gashebel ein Stück weiter durch. »Wollen doch mal sehen, was die Protzerkutsche kann. Ha! Fast der Straßengraben.«

Raben staunte ob ihrer Fahrkünste. Sie beschleunigte immer weiter. Dann ging sie vom Gas.

»Was ist los?«

»Siehst du die Kreuzung? Wollen wir mal sehen, wie gut der seinen Panzer um die Kurve kriegt.«

Der Abstand verringerte sich. Der Audi fuhr am Limit. Als er bedrohlich nah war, gab Lena Gas. Raste, den Audi am Heck. An der Kreuzung öffnete Raben das rechte Fenster und streckte den Arm hinaus. Winkte. Wir fahren rechts. Im letzten Augenblick trat Lena hart auf die Bremse, löste sie und riss den Laubfrosch nach links. Raben blickte sich um. »Jetzt werden Sie uns wegen …«

»Gar nichts werden die. Außer versuchen, einen Bauern zu finden, der ihnen zwei Gäule ausleiht, um die Karre aus dem Dreck zu ziehen.« Raben drehte sich noch einmal um. Der Audi war mit dem Heck zuerst im Straßengraben gelandet. Der Bug stand noch auf der Straße. Drei Männer krochen auf die Straße. Einer zog eine Pistole und schoss hinter ihnen her. Raben lachte. Mit einer Pistole bei dreihundert Metern auf ein sich bewegendes Ziel. Es zeigte nur die Hilflosigkeit.

»Ich glaube, unsere Freunde sind verärgert«, sagte Raben. »Es waren wohl SD-Kameraden. Wir Polizisten schießen nicht so schnell.«

»Ach schade. Ich hatte mir immer einen Revolverhelden gewünscht. Wie in diesem amerikanischen Film *Der große Eisenbahnraub*. Kennst du den? Uralt, aber toll. Als Mädchen war ich in den Bandenchef verknallt. Wie der direkt auf die Zuschauer schießt. Irre!«

»Der Herr Freud hätte seinen Spaß an dir.«

»Der hat eher Spaß mit seiner Tochter.«

»Die Typen haben bestimmt Funk in ihrem Auto. Am besten, wir kehren so schnell wie möglich auf die Hauptstraße zurück. Wenn man die so nennen darf«, sagte er.

»Nächste rechts also und dann wieder rechts«, sagte sie. »Auf der Hauptstraße erwarten sie uns eher nicht, nachdem wir in der Pampa entschwunden sind.«

»Vielleicht besser zurück. Damit rechnen die nicht.«

»Nein, wir müssen irgendwann in Wien ankommen«, widersprach er.

»Wenn wir tot sind oder im Knast, erreichen wir Wien nie.«

Sie kamen durch einen Wald. Sie steuerte den Wagen in einen Waldweg und wendete. Dann zurück. »Wir fahren nach München zurück und durchqueren die Stadt Richtung Süden, Richtung Mozartkugel und Sachertorte«, sagte sie.

»Keine gute Idee. Dort wartet die Polizei. Wenn ich Schmidbauer wäre und wüsste, dass der SD im Norden zur Treibjagd geblasen hätte …«

Sie bremste. »Mist. Was nun?«

»Wir fahren zurück in den Waldweg. So tief hinein wie möglich und schlafen. In ein paar Stunden glauben die, dass wir ihnen längst entwischt sind und verziehen sich, um die Grenzübergänge zu sichern.«

»Wie kommen wir aus Bayern raus?«

Raben betrachtete Lehmanns Karte. »Hier. Wir lassen den Wagen stehen und nehmen einen Bummelzug.«

»Dein Genosse Lehmann hat an alles gedacht.«

»Wer in diesen Zeiten nicht mindestens an alles denkt, ist verloren.«

102.

Schmidbauer war nie in Heydrichs Büro im Braunen Haus gewesen. Man erzählte sich Geschichten über diesen Mann, der gern andeutete, was er alles wusste. Aber sein Büro war klein. Schmidbauer bestarrte den Reichsführer in Öl über Heydrich, dann den gewaltigen Stempelständer. Wofür brauchte der Mann so viele Stempel? »Das Einzige, was wir wissen: Es sind zwei. Das passt zu einem Überfall auf eine Pension in der Schwanthaler Straße. Nummer zwei heißt Lena Riedle und arbeitet als Kriminalreporterin beim *Berliner Tageblatt*.«

»Judenpresse«, sagte Heydrich.

»Die Wirtin berichtet, dass die Riedle gleich nach ihrer Ankunft telefoniert hat. Und seit dem Überfall ist sie verschwunden. Mitsamt ihrem Koffer.«

»Sieht eher nicht nach Flucht aus«, sagte Heydrich. »Eine Berliner Quelle sagt, dass die was miteinander haben, Raben und Riedle. Aber die machen keine Turteltour, die suchen einen Kameraden von mir.«

»Fehrkamp«, sagte Schmidbauer.

Heydrich nickte kaum sichtbar.

»Und der ist nach Österreich abgehauen«, sagte Schmidbauer. »Das geht uns eigentlich nichts an. Ich bin nicht für Österreich zuständig.«

»Noch nicht.«

»Ihren Optimismus möchte ich haben«, sagte Schmidbauer.

»Was tun wir jetzt? Die Fahndung hat nichts gebracht.«

»Wir haben die Grenzposten alarmiert. Aber die können nicht

alles überwachen. Es gibt unzählige unbewachte Wege nach Österreich. Die Ihre Kameraden ja auch gern nutzen.«

Heydrich lächelte. Ja, sie hatten Leute nach Österreich abkommandiert. Sie kämpften auch dort um die Macht. Österreich war deutsch, das glaubten auch die meisten Österreicher. Aber die Alliierten hatten ihnen verboten, sich an das Deutsche Reich anzuschließen. Von wegen Selbstbestimmungsrecht der Völker, mit dem die Sieger Mitteleuropa neu zusammengebaut hatten, Millionen von Flüchtlingen schoben sie hin und her. Das Völkische herrschte, überall. In dessen Namen hatte sich das Habsburger Reich zerlegt. Aber die Sieger hatten neue Staaten zusammengebastelt wie die Tschechoslowakei, Polen oder Jugoslawien, die nach den herrschenden Maßstäben völkische Sammelsurien waren. Aber so weit kam es noch, dass sich die Verlierer des Kriegs vereinten, Zwergösterreich und Deutschland.

»Wenn die Wien erreichen, müssen wir ihnen dort einen angemessenen Empfang bereiten«, sagte Heydrich.

»Tun Sie das, aber es steht außerhalb meiner Zuständigkeit.«

»Ich weiß«, sagte Heydrich. »Sie können nicht mehr tun, als eine verdeckte Fahndung auszulösen. Zwei gefährliche Verbrecher, die aus Deutschland fliehen wollen. Wie geht's der Wirtin?«

»Das weiß ich nicht. Sie war drei, vier Stunden eingesperrt, musste in eine Blumenvase pinkeln. Freiheitsberaubung, mehr kann ich nicht draus machen.«

»Wurde etwas gestohlen? Die Zeche geprellt?«

»Nichts dergleichen. Dort gibt's Zimmer nur gegen Vorkasse.«

»Hätten Sie die Wirtin nur …«

»Wie meinen?«

Heydrich lächelte. »Alles gut. Wir versuchen den Grenzübertritt zu verhindern. Wenn das nicht klappt, stellen wir Raben und Riedle in Wien.«

103.

Nein, Bummelzug war Mist. Sie würden in eine Kontrolle geraten. Spätestens an der Grenze. Zu Fuß war noch mehr Mist. Fahrrad lächerlich.

»Wir warten hier, bis die aufgegeben haben«, sagte Raben.

»Und was machen wir so lange?«

Nachdem sie es getan hatten, saßen sie erschöpft auf ihren Sitzen. So ein kleines Auto verlangte Verrenkungskünste, die den Reiz erhöhen konnten, die Verletzungsgefahr aber auch. Zumal Raben noch heftige Schmerzen an Hüfte und Knöchel hatte. Der Knöchel war geschwollen, die Hüfte zierte ein Bluterguss, den Lena zum Kunstwerk erklärte. Ein echter Raben.

»Ich hätte nie gedacht, dass Kunst aus Schmerzen entstehen könnte«, sagte er.

»Es zählt nur das Ergebnis.«

»Wenn ich also kunstvoll verrecke …«

»Wenn du das hinkriegst und mir vorher Bescheid gibst, komme ich mit dem Fotoapparat.«

»Du hättest Betschwester werden sollen. Nächstenliebe ist deine wahre Natur.«

»Du hast es erkannt.«

Sie schliefen eine Nacht und erwachten mit Hunger und Durst. Ihre Vorräte schrumpften weg wie die Reichsmark in der Inflation.

»Wir müssen weiter. Diesmal nach Süden. Wir umfahren München und dann ab nach Wien.« Raben tippte auf den Grenzübergang, den Lehmann angekreuzt hatte. »Meine Genossen sagen, dass sie dort kaum kontrolliert worden seien«, hatte Lehmann gesagt. Die Sozialdemokratie war stark in Österreich, und viele Sozis arbeiteten als Beamte. Noch. »Ich gebe meinen Genossen dort einen Tipp. Ihr überquert die Grenze zwischen achtzehn und zwanzig Uhr. Außer es hält euch unterwegs ein Fußgänger auf.

Dann gibt es eine Programmänderung. Verstanden?«, hatte Lehmann erklärt.

»Ohne Lehmann wären wir verhaftet«, sagte er.

»Oder schon tot.«

Sie blickte ihn an mit großen Augen. »Wenn ich mit einem sterben wollte, dann mit dir Unglücksvogel«, sagte sie und gab Gas.

»Ich bin kein Unglücksvogel.«

»Nomen est omen.«

»Lügen, nichts als Lügen. Ich als Kriminalist durchschaue solche Fantasiegebilde sofort.«

»Lies die Karte, verdammt. Links oder rechts.«

»Dorthin, wo Ihr Herz schlägt, Mademoiselle, sofern Sie eines haben.«

»Zu Befehl, Vogel der Finsternis.«

Von oben hätte es ausgesehen, als lugte ein verfolgtes Tier aus seinem Versteck. Sie blickten sich um. Kein Mensch zu sehen.

Er stieg aus und ging ein paar Schritte weiter. Suchte Deckung hinter Bäumen, kam sich lächerlich vor und suchte weiter Schutz. Als er den Waldrand erreicht hatte, sah er links und rechts nichts. Außer Pfützen, Nebel, Feldern und einem Marienbildnis samt Kreuz an der Abzweigung.

Er winkte sie heran und stieg ein. Lena fuhr vor bis zur Kreuzung und bog rechts ab. Weit weg noch kam ihnen ein Lastwagen entgegen. Dessen Aufbau schaukelte über die Straße, von Loch zu Loch, nach links nach rechts, nach links, nach rechts.

»Na, wenn das mal keine Bullen sind«, sagte sie.

104.

An der Wand Lenin. Darunter, hinter seinem Schreibtisch, Lew Michailowitsch Chintschuk, der sowjetische Botschafter, Vertreter seiner Partei und seiner Regierung, Vertrauter des Außenministers

Litwinow und des KP-Generalsekretärs Stalin, der seine tatsächlichen oder angeblichen Konkurrenten in die Verbannung und sonst wohin verjagt hatte. Er blickte Thälmann an, einen Vertrauten, einen Genossen, der die Weisungen der Kommunistischen Internationale in Moskau Buchstabe für Buchstabe erfüllte. »Ich habe mit dem Genossen Stalin gesprochen. Er sagt, ihr sollt die Planung fürs Attentat einstellen. Was er zur Begründung gesagt hat, erspare ich dir. Es war nichts, worauf ihr stolz sein könntet. Ihr schafft es nicht, diesen Marktschreier umzulegen, wie wollt ihr seine Partei aufhalten?«

»Seine Partei ist im Niedergang, Lew Michailowitsch. Auch die Sozialfaschisten verlieren an Boden.«

»Und wir sind die stärkste der Parteien?« Er beugte sich vor.

»Noch nicht. Aber wir haben Zulauf.«

»Die Nazis haben uns abgehängt, mitten in ihrem Niedergang«, ätzte Chintschuk. »Mir wäre es lieber, wir hätten deren Niedergang als unseren Aufstieg.«

»Aber der Genosse Stalin hat...«

»Der Genosse Stalin ist ein höflicher Mann. Wir rechnen damit, dass Hitler an die Macht kommt...«

»Und abwirtschaftet«, sagte Thälmann.

»Und nicht abwirtschaftet. Das schreiben wir nicht in unseren Zeitungen. Wir müssen kämpfen. Wir müssen die sozialfaschistische Führung der SPD von der Arbeiterklasse trennen. Wir müssen taktisch geschickter sein. Schicken wir Wels und Genossen doch Bündnisangebote, die sie ohnehin ausschlagen. So können wir die Arbeiter über den wahren Charakter dieser Verräter aufklären. Aber das weißt du alles. Was ich dir ausrichte, stammt vom Genossen Stalin persönlich. Ihr habt uns den Genossen Neumann geschickt, diesen Spinner. Aber Kippenberger und Schneller sind keinen Funken besser. Ulbricht und Pieck sollten mehr Einfluss bekommen. Ulbricht vor allem, treu und ein Organisator. Vor allem richtet euch darauf ein, dass die Bourgeoisie den Hitlers die Macht übertragen wird. Ihr müsst euch eine Weile verkriechen. Wenn es den Nazis gelingen sollte, die Arbeiterklasse zu enthaupten, unsere Partei auszuschalten, dann wird das mit dem Abwirtschaften schwierig.«

»Wir blasen die Attentatspläne also ab?«

»Glaubst du, dass ein Reichskanzler Hitler uns nach einem gescheiterten Attentat ein Freundschaftsangebot macht?«

Thälmann starrte ihn an. Er begriff nichts.

»Es wird so oder so zu einem Krieg zwischen unseren Ländern kommen, wenn ihr keine Revolution schafft. Wir brauchen Zeit. Wir sind nicht auf dem Niveau der deutschen Industrie. Wir helfen den Deutschen bei der geheimen Aufrüstung. Und haben gelernt, dass sie derzeit zwar keine Waffen haben, aber wissen, wie man sie zügig baut. Daher kennen wir den Vorsprung, den wir aufholen müssen. Die Volkskorrespondenten, die aus der Industrie berichten, sind wichtig. Aber sie sind keine Ingenieure. Wir lernen wenig durch sie.«

»Ich verstehe, Genosse Chintschuk«, sagte Thälmann. »Wir sagen das Attentat ab.« Aber verstanden hatte er immer noch nichts.

»Geh zum Genossen Bordjuk, zusammen mit Kippenberger. Er wird euch unterrichten, was ihr zu tun habt.«

105.

Es war ein Brauereilaster. Je näher sie ihm kamen, desto lauter das Klingeln und Klacken der Flaschen in den Kästen.

»Pfff! Das hätten auch die Bullen sein können«, sagte sie.

Es kamen ihnen kaum Automobile entgegen. Lastwagen, Trecker, Pferdegespanne hielten sie auf.

Er blickte auf die Karte. »Wir sind bald in Bayrischzell«, sagte er. »Kaff, aber Straßengewirr. Bayerisches Chaos.«

Sie lachte, eher aus Angst. Bestimmt war inzwischen eine Belohnung auf sie ausgesetzt. Insgeheim. Öffentlich würde man einen Berliner Kollegen nicht suchen. Prämien gab's auch in Berlin. Sie zog an einem Radfahrer vorbei, der hinter ihnen her schimpfte. »Kann auch nichts für den Matsch. Musst dich beim Kini beschweren«, murmelte sie.

»Den gibt's doch nicht mehr«, sagte Raben.

»Das ist eine Frage der Geisteshaltung«, erwiderte sie. »Der Kini lebt in Herzen und Hirnen seiner Untertanen fort.«

»Und so jemanden lassen die in einer Zeitung schreiben.«

»Das verstehst du nicht, mein Unglücksvogel. Wie so vieles.«

Je näher Bayrischzell rückte, desto unruhiger wurden sie. Raben verlernte das Sprechen, wogegen sie jedes Ereignis auf der Straße lautstark kommentierte: »O, hier haben sie auch ein Loch eingebaut, danke!«, während der Laubfrosch durchgeschüttelt wurde. »Der Idiot hat seine Fahrerlaubnis in der Lotterie gewonnen. Herzlichen Glückwunsch«, als ein entgegenkommendes Fahrzeug der Straßenmitte nah kam.

»An dir ist ein Bierkutscher verloren gegangen«, sagte Raben.

»Du hast es erkannt… Hat der endlich die Bremse gefunden, und aus lauter Freude darüber lässt er den Fuß draufstehen.«

Er lachte.

»Ich rette uns vor dem Tod, und aus Dank werde ich verspottet.«

»Ich sag nichts mehr.«

»Das ist auch besser so. Lass Mutti machen, und alles wird gut.« Während sie die Bremse bis auf die Straße durchtrat, um nicht auf ein Pferdefuhrwerk zu knallen, das ungerührt aus einem Feldweg auf die Straße rollte. Der Kutscher verbarg sich hinter einer Mistladung. Die Peitschenspitze winkte fröhlich nach hinten. Sie steuerte das Auto nach links und beschleunigte, bremste scharf und zog den Laubfrosch gleich wieder hinter den Pferdewagen. Ein Trecker kam ihnen entgegen.

»Mein Frühstück stammt zwar nicht aus dem *Kaiserhof*, aber ich würde es doch gern behalten.«

»Du bist dem modernen Leben nicht gewachsen«, sagte sie lächelnd. »Wenn uns an der Grenze nicht tausend Nazis erwarteten, um uns zu durchlöchern, wäre diese Reise ein Vergnügen. Sollten wir die Tour wider Erwarten überleben, machen wir sie noch mal, als Hochzeitsreise, mein Rabe!«

»Das kann ich gern versprechen. Ich werde unsere Hochzeit ja nicht erleben.«

»Ich heirate dich auch als Leiche. Schick hergerichtet… Du darfst gern sitzen bleiben.«

»Nekrophilie nennt man das. Wenn du's zu weit treibst, wartet Moabit oder Tegel.«

»Ich nenne das Undankbarkeit. Ich mache eine Liebeserklärung, die wahrlich grenzenlos ist, und du kommst mit Paragrafen.« Sie drückte seine Hand. »Es stinkt.« Sie zog den Wagen vorsichtig über die Mitte und gab Gas.

Der Bauer tippte mit seiner Peitsche auf den Wagenrand.

In der Nacht erreichten sie Bayrischzell. Sie folgten dem Kirchturm, beschienen vom Vollmond, und gelangten bald zu einer Einfahrt vor einem Riesenhaus, weiße Fassade mit Schindeldach. Die Einfahrt endete in einem Hof, an dessen Rand ein lang gestrecktes Felssteingebäude stand.

»Fürs Gesinde«, sagte Lena.

Sie stiegen aus. Die Haustür öffnete sich. Ihnen kam ein o-beiniger Mann entgegen, eine Taschenlampe in der Hand. Er ging Slalom um die Pfützen. Schnauz- und Kinnbart, beide lange nicht gepflegt. »Trag dein Gepäck rein. Den Wagen fährst du dann in die Scheune.« Sein Daumen zeigte über die Schulter nach hinten. Raben erkannte ein Dach. »Vergiss nicht, das Tor zu schließen.«

Als sie in der Küche saßen, schenkte der Mann schaumloses Bier aus einem Milcheimer in Steinkrüge. Auf dem Tisch standen Brot, Käse, Butter, Wurst. »Der Lehmann hat mich vorbereitet. Ich bring euch zu einem Freund, der euch über die Grenze lotst. Aber nicht mit dem Auto. Der Wollgerber Fritz, unser Gendarm, kennt sogar euer Nummernschild. Er hat rumgeschnüffelt.«

»Und wenn der weiß, dass wir bei Ihnen sind?«, fragte Lena.

»Der weiß nur, was er wissen will. Es gibt auch anständige Polizisten. Selten …«

»Und wie kommen wir drüben weiter?«, fragte Raben.

»Wir besorgen euch ein anderes Auto samt Fahrer.«

»Womit haben wir diese Großzügigkeit verdient?«, fragte Lena.

»Ihr jagt einen Nazimörder?«, fragte der Mann.

»Ja«, erwiderte Lena.

»Damit.«

»Und der Fahrer bringt uns nach Wien?«

»Ja.«

106.

»Man nennt so was Unfähigkeit«, sagte Heydrich.

Schmidbauer schrumpfte auf Zwergenmaß. Sie hatten alles losgeschickt, was zwei Beine hatte. Kommissariate, Schutzmannschaften und Gendarmerie in Städten und Dörfern waren informiert. Hatten Personenbeschreibungen und Fotos erhalten. Eilig gedruckt und verteilt. Die Grenzposten waren gewarnt. Alles, ausgenommen eine öffentliche Fahndung. »Der Polizeipräsident hat schon gefragt, ob er sich einschalten soll. Was immer das heißt. Ich hab ihm erklärt, dass wir verkappte Kommunisten jagen. Das findet er gut. Aber wie lange er es gut findet, weiß ich nicht. Wenn der preußische Innenminister anruft, vielleicht nicht mehr. Des Präsidenten Nase erschnuppert tagtäglich, woher der Wind bläst.«

»Aus dem Braunen Haus«, sagte Heydrich.

»Das will er gern glauben«, sagte Schmidbauer. »Nur die letzten Schlappen unserer Partei haben die Zahl ihrer Anhänger nicht vergrößert. Die Leute warten ab.«

»Das hat Goebbels vermasselt. Wenn wir gewinnen, lag es am Führer und natürlich an unserem Meisterpropagandisten in Berlin. Wenn wir's vergeigen, an wem liegt es dann?«

»An mir«, sagte Schmidbauer.

Heydrich lachte. »Sie sollten im Radio auftreten. Ich werde es dem Herrn Reichspropagandaleiter vorschlagen.«

»Sie sollten mir nicht drohen, Standartenführer. Sonst muss ich Sie wegen eines Bestechungsversuchs verhaften.«

Heydrich lachte wieder auf. »Wer heute hinter Gittern sitzt, misst schon mal die Zellen aus für die anderen. Da gehen doch doppelt so viele rein, oder?«

Schmidbauer grinste.

»Die Grenzposten …«

»Die werden nicht so blöd sein, über einen Grenzübergang nach Österreich einzureisen.«

»Was heißt …«

»Dass wir nur hoffen können, dass eine Grenzstreife sie aufgreift. Eine von unseren oder von den anderen«, sagte Schmidbauer.

Und Heydrich dachte: Es kommt eine Zeit, da mich niemand mehr unterbrechen wird außer dem Reichsführer und dem Führer. »Vermutlich ist es das Beste, die kommen über die Grenze und werden dort erledigt. Dann kann uns das niemand in die Schuhe schieben.«

107.

Kippenberger stand am Fenster seines Reichstagsbüros. Er war durchnässt angekommen, weil er seinen Schirm verloren hatte. Im Reichstag gab's wenigstens eine Heizung. Seine Sekretärin Irmgard hatte ihm gleich heißen Tee mit Zitrone gebracht. Er blickte auf die Uhr. Schneller würde bald hereinschneien. Eigentlich hatten sie den dogmatischsten aller Dogmatiker längst kaltgestellt. Aber noch saß er im Reichstag, und es gab nicht viele, die mutiger und intelligenter waren, auch wenn niemand sich freiwillig mit dieser Personifizierung der Humorlosigkeit einließ. Natürlich klopfte es pünktlich, und Irmgard ließ den Genossen herein. Der natürlich trocken war, als käme er aus einem Sommercafé.

Schneller setzte sich aufs Sofa. Gleich erschien Irmgard mit Kaffee, Zucker, Milch.

»Was gibt's?«, fragte Schneller. Seit seiner Zurückstufung war er noch mürrischer geworden.

»Der Fall Fehrkamp …«

»Ich dachte, wir reden über den Fall Hitler.«

»Vergiss es.« Kippenbergers Daumen zeigte nach oben.

»Gut«, sagte Schneller. »Moskaus Wege sind tief und unergründlich.«

Kippenberger lächelte. War nett, dass der Genosse unerwartet Humor bewies. »Du erinnerst dich an Fehrkamp, den Mörder unseres Genossen Esser?«

»Daran musst du mich nicht erinnern. Kurt war einer unserer besten.«

»Da gibt es einen kleinen Polizisten, einen Assistenten, der will den Fehrkamp in Österreich finden und nach Berlin zurückbringen.«

»Der ist doch verrückt«, sagte Schneller. »Aber die Idee gefällt mir.«

»Teddy und mir auch. Wir halten das auch für verrückt. Aber vielleicht klappt es trotzdem. Wenn unsere Genossen in Wien dem Bullen helfen. Also … nicht offiziell.«

Schneller nippte am Tee. Nickte. »Wenn das über die Botschaft läuft …«

108.

Ihr Kopf lag auf seiner Schulter, als Raben erwachte. Draußen war es noch dunkel. Er hörte ihr Atmen. Er kannte Leute, die hätten kein Auge zugekriegt in so einer Lage. Aber sie schlief wie eine Katze nach der Mäusejagd. Entspannt und unschuldig. Er grübelte. Auf der Reise nach Wien war er auf die Nase gefallen und wieder aufgestanden. Dann hatte er eine Glückssträhne. Wie lange würde sie dauern? Aber Lena war nach München gereist, ohne zu wissen, worauf sie sich einließ. Eine schönere Liebeserklärung gab es nicht, auch wenn er ihre Neugier abzog. Sie war nicht so naiv zu glauben, dass es ungefährlich sei, einen Nazimörder zu verfolgen. Sie schnarchte einmal, drehte sich auf die andere Seite und schlief weiter.

Er dämmerte weg, wachte auf, öffnete die Augen. Sie stand angekleidet vor ihm. »Schlafmütze!«, lachte sie.

Er blinzelte. Hatte SA-Horden vor Augen. Dieses Braun, Dünnschiss auf Beinen.

Sie strahlte ihn an. »Ich klopf mal drüben an.« Sie deutete auf eine Waschschüssel und eine große Kanne. »Da kannst du versuchen, dich in ein menschliches Wesen zu verwandeln. Man soll die Hoffnung nie aufgeben.«

Er warf ein Kissen nach ihr. Sie fing es auf und legte es aufs Bett. »Immerhin zeigst du Ansätze von Tatkraft. Instinktiv. Vielleicht wacht dein Hirn auch noch auf. Also, dieser Wurmfortsatz deines Rückgrats.«

»Raus!«

»Du errätst meine geheimsten Wünsche.« Sie küsste ihn auf die Nase und verließ das Zimmer. »Wenn ich nicht zurückkomme, hat mich der Berggeist gefressen, oder ich verspeise ihn gerade. Er oder ich.«

Raben wusch sich, zog sich an und umkurvte die Pfützen auf

dem Hof. Sah Hühner wegrennen, ein Hahn krähte. Raben öffnete die Hintertür und hörte Stimmen. Er durchquerte einen Flur, zog eine Tür auf und stand in der Küche.

»Morgen«, sagte der Bauer. »Ich heiße Wolfgang.«

»Guten Morgen, gibt's was Neues?«

»Hab nichts gehört.« Falls der Mann ein Radio besaß, stand es nicht in der Küche. Eine Zeitung fanden Rabens Augen ebenso wenig.

»Setz dich«, brummte der Bauer. Es klang jedenfalls so.

Raben setzte sich auf die Bank, gegenüber von Lena. In der Mitte des Tisches sah er eine schüsselförmige Vertiefung. Er stellte sich vor, wie des Bauers Familie samt Knechten den Eintopf daraus löffelten. Sie aber bekamen Teller, Messer und Gabeln. Das Brot roch frisch, die Konfitüre war selbst gemacht, die Eier stammten von den Hühnern im Hof. Außerdem gab es Wurst und sogar Schinken. Dazu Zichorienkaffee.

Raben schmeckte alles. Er aß, so viel er konnte. Auf Vorrat.

»Ihr lasst das Auto in der Scheune. Lehmann holt es ab, wenn die Aufregung sich gelegt hat. Ich bring euch an die Grenze. Dort müssen wir warten, bis die richtigen Schichten auf beiden Seiten Dienst tun. Das kann dauern. Hat ja keinen Sinn, wenn die auf unserer Seite euch durchlassen und die Österreicher euch zurückschicken oder verhaften.«

»Wir sind Ihnen sehr dankbar.«

»Vergiss die Höflichkeitsfloskeln. Dank euch erlebe ich, dass ein Polizist einen Nazimörder jagt, das ist in Bayern so selten wie Schnee im Sommer.«

Nach dem Frühstück half Raben dem Bauern, den Laubfrosch in der Scheune unter einer Plane verschwinden zu lassen. Zusammen häuften sie Heu über die Plane, bis sie unsichtbar war. Sie verließen die Scheune. Im Tor sah sich Raben um. Ein Heuhaufen in einer Scheune. Nichts normaler als das. Er nickte dem Bauern zu und klopfte Heustaub aus Weste und Hose.

»Ich hab euch Decken reingelegt«, sagte der Bauer und deutete auf den Treckeranhänger. Er mühte sich, das zu sprechen, was er für Hochdeutsch hielt.

Er half ihnen, auf den Wagen zu steigen. Reichte das Gepäck nach. Es war kalt und windig. Sie rollten sich in die Decken ein, bis nur noch die Gesichter rausschauten. Dann dröhnte der Treckermotor. Dieselgestank, wie faule Eier. Er ruckelte los. Schon auf den ersten Metern blickte sie ihn an. In ihren Augen lag die Frage, wie sie das Geruckel überstehen sollten. Er schälte sich aus einer Decke, faltete sie in mehrere Lagen, und sie setzten sich darauf. Gesäßdämpfung.

Der Dieselgestank ließ nach, als der Motor warm wurde. Sie widersetzten sich dem Schaukeln nicht mehr, wie Matrosen das Wogen der Wellen in ihren Bewegungen aufnahmen, als kennten sie keinen festen Boden.

Es wurde eintönig. Unterhalten wäre nur möglich gewesen, wenn sie sich angeschrien hätten. Lenas Kopf sank auf seine Schulter, und ihre Körper folgten dem Rumpeln der Holzräder des Wagens durch Straßenlöcher.

Als sie weit hinten einen Punkt sahen, der sich ihnen näherte, verbargen sie auch ihre Gesichter hinter den Decken. Nach ein paar Minuten hörten sie ein Hupen, dann heulte ein Motor auf. Das Geräusch zog vorbei, und sie lugten vorsichtig aus dem Stoffknäuel. Niemand, nichts außer Wiesen, Äckern unter einer Schneedecke, die in der Nacht vom Himmel gefallen war.

Ihre Hand bohrte sich durch den Deckenpanzer und fand seine. Die Fahrt kam ihm schon endlos vor. Die Schaukelei ermüdete auch ihn. Die Augen fielen zu.

Dann hielt der Traktor ruckartig an.

109.

Im Wiener Franz-Josefs-Bahnhof am Althanplatz im 9. Bezirk stieg ein kleinwüchsiger Mann aus. Er trug eine Aktentasche und kannte seinen Weg. Er hatte es nicht weit, einmal links, dann rechts, wieder links, und er stand vor einem schäbigen Bau, über dessen Tor ein Schild hing. Mit der ausgeblichenen Aufschrift *Kühne Im- und Export*. Der kleine Mann hieß angeblich Heinz Wachs und war nicht zum ersten Mal in diesem Haus. Der Eingang war durch eine Stahltür gesichert. Davor saß auf einem Stuhl ein Mann in einer Lederweste, auf dem Schoß eine Mauser-Pistole.

»Hallo, Heinz«, sagte der Mann, erhob sich und schloss die Tür auf. Wachs drückte die Tür von innen zu, hörte das Schleifen und Klacken des Schlüssels, eilte zur Tür am Ende des Flurs. Er klopfte und öffnete.

»Wir haben dich schon erwartet. Schwierigkeiten?«

Wachs schüttelte den Kopf. »Keine, Milo.«

»Gut.« Milo war fast ein Drittel größer als Wachs. Auch im Sitzen ein Riese, der von oben herab sprach. Wachs setzte sich vor den Schreibtisch, zog eine Akte aus seiner Tasche und schob sie über den Tisch. »Gruß vom Genossen Kippenberger.«

»Der Genosse Bordjuk hat mich bereits unterrichten lassen. Wir suchen einen Nazi, der den Genossen Esser in Berlin ermordet hat.«

Wachs nickte. Steckte sich eine Zigarette an. »Wir helfen einem Bullen und seiner Verlobten, Assistentin beim *Berliner Tageblatt*, ein braunes Arschloch namens Fehrkamp zu fangen … oder zu erledigen.«

»Die brauchen den lebend. Außerdem kriegten Goebbels und Konsorten Schweißfüße, wenn die Bullen den vor Gericht stellen würden. Der Fall ist so wasserdicht, dass kein deutscher Richter den freisprechen kann.«

Der Lange musterte Wachs. »Dein Optimismus … Wen die schon alles mit Samthandschuhen gestreichelt haben … wertvolle junge Männer, die über die Stränge schlagen, na, dafür wird man doch Verständnis haben. Gut, einen Klaps, aber das reicht dann auch.«

»Ein Prozess gegen Fehrkamp klärt die Arbeiter auf über die Klassenjustiz«, sagte Wachs.

»Wer die noch nicht begriffen hat, ist ein hoffnungsloser Fall.« Der Lange, der Milo Stojanović hieß, zwirbelte eine Ecke seines Schnurrbarts. »Aber Moskaus Wünsche sind mir ein Befehl.«

»Es ist kein Wunsch«, sagte Wachs.

Der Lange lächelte. Das Lächeln erlosch. »Ich soll mir also einfallen lassen, wie ich einen Mann fange und ihn einem deutschen Polizisten zuspiele, der in Wien keine Befugnisse hat. Und der Gefangene soll unversehrt nach Berlin gelangen, um dort die Freuden der Klassenjustiz zu genießen.«

»Besser hätte ich es nicht zusammenfassen können«, sagte Wachs.

»Und der Polizist soll nicht wissen, dass es mich und meine Genossen überhaupt gibt.«

»Ich sehe, du hast es begriffen.«

»Und die Genossen in Moskau wären schlecht gelaunt, wenn es nicht klappte.«

»Es gibt auch andere Verwendungsorte … für jeden von uns«, sagte Wachs. »Russland ist groß.«

110.

Sie standen auf einem Hof. Ein Hund bellte. In einem Fenster leuchtete eine Lampe. »Ihr könnt runterkommen«, sagte der Bauer und öffnete die Klappe, die auf den Rahmen knallte. Raben fühlte sich wie nach einer Schlägerei. Alles tat weh, alles war steif. Er fluchte, während er sich am Wagenrand hochzog.

Sie ließ die Decken fallen und sprang auf. »Komm, alter Mann!«

Es stank nach Mist und Petroleum. Schneeflocken taumelten auf sie herab.

Er hörte die Schritte, bevor er den Mann sah. In einigem Abstand hinter ihm eine Frau mit krummem Rücken.

Die beiden Bauern halfen ihnen beim Absteigen. »Kommen Sie schnell rein«, sagte der Mann. »Ich bin der Schorsch, und das ist die Liesel«, sagte der Bauer.

Was nehmen diese Leute für Gefahren auf sich, um Wildfremden zu helfen, dachte Raben. Wo er Hinterwäldlertum vermutet hatte, fand er Menschlichkeit.

Raben streckte sich, nahm Lena an der Hand. Sie folgten Schorsch. »Ich kümmer mich um die Koffer«, sagte Wolfgang. »Dann lass ich das Gespann in der Scheune verschwinden.«

Schorsch führte sie in eine Küche. Der Herd und ein Ofen verwandelten den Raum in einen Brutkasten. Es roch nach Speck und Tabak. Zwei Töpfe dampften, in einer Pfanne brieten Würste.

»Ich habe zur Feier des Tages Bier aus dem Dorf geholt. Vom Hinterseer Heini, den kennst du doch auch?«, fragte Schorsch, als Wolfgang zurückgekehrt war.

»Den gibt's also noch«, sagte der.

»Ich geh mal los«, sagte Schorsch. Gleich kehrte er mit einem Eimer zurück und kippte Gläser voll. Für jeden eines, außer für Liesel.

»Die Gicht«, sagte sie, weil sie sich entschuldigen musste, wenn sie kein Bier trank.

Liesel fuhrwerkte am Herd und verglühte erstaunlicherweise nicht. Raben begann zu schwitzen, wogegen Lena eine Gesichtshaut hatte, als erwachte sie aus dem Nachmittagsschlaf.

»Vielen Dank«, sagte sie.

»Du weißt doch gar nicht, wie's schmeckt!«, rief Liesel.

»Doch, ich rieche es schon«, sagte Lena.

Nach dem Essen rauchten die Männer noch. Raben versuchte sich aus Höflichkeit an einer Zigarre. Rauchen gefiel ihm nicht. Bei seinem ersten Versuch hatte er gefürchtet, dass es ihm die Lunge zerriss. Aber jetzt hatte er das Gefühl, dass er die Zigarre nicht ablehnen durfte. Er paffte vorsichtig und kämpfte gegen den Ekel an, den sein damaliger Tabakversuch in seinem Hirn gespeichert hatte. Nach der Hälfte legte er sie in die Untertasse, die Liesel als Aschenbecher auf den Tisch gestellt hatte.

»Und deine Frau …?«, fragte Schorsch.

»Lass doch«, sagte Liesel.

»Sie ist Kriminalreporterin beim *Berliner Tageblatt.*«

»Ach«, sagte Schorsch und ließ den Mund eine Weile offen stehen. Dann: »Ich habe gehört, Hindenburg hat Papen abserviert und den General Schleicher zum Reichskanzler ernannt … wenn man das so sagt.«

»Das ist mir so neu wie Ihnen«, erwiderte Lena.

Raben nickte. Ihn überraschte es nicht, weil ihn politisch nichts mehr überraschen konnte. »Sie wollen Hitler verhindern«, sagte er.

»Wer ist *sie*?«, fragte Lena.

»Hindenburg und ›der in der Verfassung nicht vorgesehene Sohn des Reichspräsidenten‹, wie die Berliner sagen, Papen, dieser Staatssekretär Meissner, kurz die Kamarilla. Stramm rechts, aber Hindenburg ist der Gefreite nicht fein genug. Wie kann man gut vier Jahre im Krieg sein und nichts werden als Gefreiter wie Hitler?«

»Ich war Unteroffizier«, sagte Schorsch. »Ist auch nichts.«

Raben tat erschreckt. »Sie wollen also auch Reichskanzler werden? Da hätten Sie gute Aussichten. Der Herr Generalfeldmarschall wird Sie gewiss einem Gefreiten vorziehen, zumal Sie nicht aus Österreich stammen.«

Schorsch lachte.

»Wehe, du lässt mich in diesem Loch sitzen«, sagte Liesel und lachte mit.

»Schorsch wird Reichskanzler«, sagte Wolfgang.

Die Tür wurde aufgerissen. Eine Bö blies Laub und Schnee in die Küche.

111.

Kaum war Wachs abgezogen, verließ Stojanović sein Büro. Ging in die Lagerhalle, wo drei Männer einen Lastwagen beluden. Sie fuhren damit einen Tag weg und kehrten am Morgen zurück. Mit den Kisten, in die Kleidung gestopft war, die nie ausgeladen wurde. Sie machten es in unregelmäßigen Abständen. Währenddessen produzierte Stojanović Phantomrechnungen und Korrespondenz, die an niemanden verschickt wurde. Die Zentrale hatte sie in jüngster Zeit gemahnt, dass die Zeit der Schlamperei in den Wiener Behörden zu Ende gehe. Sie sollten, wenn der Grips reiche, Kunden akquirieren, auch einen zweiten Lastwagen besorgen, aber bitte gebraucht. Stojanović verstand die Weisungen, wie sie gemeint waren: Die Musik spielt in London, Paris und Berlin, dorthin schicken wir unsere Besten. Warum wir euch in eine Stadt geschickt haben, die der Krieg in den Gulli gespült hatte, wissen wir auch nicht so recht. War wohl Dserschinskis Fehler, aber dem durfte man es nicht mehr vorwerfen, da er seit seinem Tod zum Heiligen befördert worden war. Natürlich hatte der Tscheka-Gründer nie einen Fehler gemacht, weshalb der Genosse Lenin dessen Archive guten Gewissens verbrennen lassen konnte. Um Missverständnisse zu vermeiden. Nun mochte der Genosse Dserschinski noch das habsburgische Wien im Gedächtnis gehabt haben, als er seine Spione an die Donau schickte. Welche die Komintern gleich mit vertraten. Und Militärapparate aufbauten, weil die Revolution bewaffnete Fäuste brauchte. Das heutige Wien sah in etwa aus wie zu Zeiten des Kaisers, abgesehen von Autostaus und der Tram, aber es war nur mehr die Hauptstadt eines Zwergstaats. Wen interessierte noch, was der Kanzler in Wien in den Wind blies?

Stojanović winkte einen Lagerarbeiter zu sich. Sie brachen zu einem Spaziergang auf, der sie durch Gassen und auf Straßen führte. Die Unterhaltung war einseitig. Stojanović redete, der andere hörte zu, nickte, stellte eine Frage, hörte zu. Ihre Mimik sah bald so aus wie die von Soldaten, denen befohlen worden war, aus dem Schützengraben zu stürmen.

112.

»Schließ die Tür, Sepp!«, rief Liesel.

Die Tür knallte zu. Ein junger Mann, Strickmütze auf dem Kopf, das Gesicht mit Barthaaren zugewachsen.

»Hunger? Durst?«

»Ja, immer«, sagte Sepp. »Aber wir müssen los. Schnell, schnell.«

Er betrachtete Raben und Lena, diese länger. »Wir haben die richtigen Dienstschichten auf beiden Seiten. Ich habe denen Bescheid gesagt.«

»Und dem Peter?«

»Dem Peter habe ich die Else geschickt.«

Schorsch trug die Koffer herunter und hinaus, wo er sie auf ein Pferdegespann legte. »Los! Los!«

Schon saß Sepp auf dem Bock, neben ihm Lena und Raben.

»Hoffentlich geht der Gaul nicht ein, bevor wir die Grenze erreichen«, sagte sie.

Sepp blickte sie erstaunt an und lachte. »Hü!« Und der schon dem Tod geweihte Wallach zog an. Die mächtigen Schenkelmuskeln bewegten sich bald wie im Takt einer Maschine. Langsam, fast träg, ohne das Tempo zu ändern.

»Da vorne«, sagte Sepp nach einer Stunde Kampf gegen die Kälte. Der Gaul dampfte, und sie zitterten trotz der Pferdedecken, die ihnen Schorsch umgehängt hatte. Dann sah auch Raben das Funzeln. Eine ärmliche Grenzstation zwischen zwei verarmten Ländern. Auf dem Häuschen lag Schnee, aus einem Schornstein qualmte es schwarz. Nasses Holz. »Das sind die bayerischen Grenzer, zweihundert Meter weiter, nach der Kurve, hinter einem Gehölz, warten die Österreicher. Hinterm Busch …« Sepp lachte Lena an. Die erwiderte das Lachen. Besser, als ans Erfrieren zu denken. Das Fuhrwerk näherte sich dem Haus. Jetzt erkannte Raben die Schranke, die den Weg versperrte. Ein Grenzer trug ein Gewehr, der andere eine Pistole. Der winkte Sepp zu und befahl seinem Kameraden, die Schranke zu öffnen.

»Grüß Gott«, sagte Sepp.

»Servus«, erwiderte der Grenzer und tippte den Zeigefinger an den Mützenrand. Der Gaul dampfte und trottete, Schneeflocken schwebten in der Luft, bis ein Windstoß sie wegriss. Bald erkannten sie ein weiteres Häuschen. Dort wartete nur einer, die Hände in den Hosentaschen, den Gewehrriemen schräg über der Brust.

»Bis gleich!«

»Bis gleich, Sepp!«

Der Gaul trottete weiter, während Sepp nach hinten griff und eine Thermoskanne in der Hand hielt. Er reichte sie dem Zöllner, der mitgelaufen war. »Danke, Sepp.«

»Und die anderen?«, fragte Lena.

»Die kriegen was zu Futtern und Trinken, wenn ich zurückkehre.«

Die Kurve zog sich hin, bis das Grenzhäuschen aus dem Blick geriet. Sepp pfiff leise und zog sanft die Handbremse an der Seite. Der Gaul bremste mit, genauso gemächlich, wie er gelaufen war. Sepp bat Raben abzusteigen. Er ging zum Pferd, klopfte es am Hals und pfiff noch einmal, diesmal lauter.

Eine Figur erschien aus dem Gehölz. Ein Mann, der mehr watschelte, als er ging. Breit und kurz. In einem schwarzen Mantel, der Schal bedeckte Nase und Mund. Dicke Fäustlinge, Stiefel. Auf den ersten Eindruck ein schwarzer Ball, der durch den Schnee rollte.

»Servus, Sepp.«

»Servus, Peter.«

Peter begrüßte die beiden. Dabei rutschte der Schal und gab den Blick frei auf ein verbeultes Loch, wo man eine Nase erwartete.

Lena reichte ihm die Hand. »Guten Abend, Herr … Peter.«

»Peter genügt.«

»Lena«, sagte sie.

»Karl«, sagte Raben, reichte Peter die Hand. »Kommt, wir wollen uns gleich verabschieden. Nicht dass irgendein pflichteifriger Zollinspektor …«

Raben griff seinen und Lenas Koffer, stellte sie auf den Boden und reichte Sepp die Hand. »Wenn ich mal an gute Menschen denke, werden mir zuerst Sie und Ihre Freunde einfallen.«

Lena umarmte Sepp und küsste ihn auf die Wange, was ihn ein paar Sekunden erstarren ließ. Sie lachte hell und winkte. »Danke!«

Sie durchquerten das Gehölz und stießen nach wenigen Minuten auf einen Horch 8 in Schwarz, mit Verdeck.

Raben staunte. Wer konnte sich ein solches Luxusgefährt in diesen Zeiten leisten?

Peter verstaute das Gepäck im Kofferraum. Lena und Raben setzten sich auf die Rückbank. Peter startete den Motor, der eher summte als hustete. Dann wendete er die Limousine und fuhr los. Nach einer Weile schaltete er die Scheinwerfer ein.

»Ich beneide Sie um den Wagen«, sagte Raben.

»Sagen Sie das bitte dem Herrn, dem er gehört und dem ich als Chauffeur diene. Wenn mein Herr nichts anderes zu tun hat, darf ich den Wagen für … Privatzwecke nutzen.«

»Weiß Ihr …?«

»Bitte nicht weiter fragen.«

»Ich bin dumm, entschuldigen Sie.« Obwohl Peter, oder wie er heißen mochte, keine Nase hatte, hörte es sich nasal an, wenn er sprach. Als versuchte ein Franzose, Deutsch mit österreichischem Dialekt zu sprechen.

Allmählich wurde es warm, während der Wagen sie über eine Landstraße wiegte. Das Brummen des Achtzylinders schläferte Lena ein. Sie lehnte sich an Raben. Ihr Kopf an seiner Schulter. Er quetschte sich an die Seite, sodass sie ihren Kopf auf seinen Schoß legen konnte, die Füße an der anderen Tür, die Knie gebeugt.

»Sie waren im Krieg?«, fragte Raben.

»Sieht man das nicht?«

»Verzeihen Sie …«

»Bitten Sie nicht dauernd um Entschuldigung. Die Italiener haben mir die Nase weggeschossen am Isonzo. Bin nicht der Einzige, den der Krieg verkrüppelt hat. Muss man kein Aufsehen davon machen.«

Bis Prien fiel kein Wort. Dann sagte Peter: »Wir fahren bis Ansfelden. Dafür brauchen wir den Rest der Nacht bis morgen Mittag. So ungefähr. Das werden Sie nicht kennen. Dort kehren wir bei Freunden ein. Ich ruhe mich aus, und das empfehle ich Ihnen auch. Am Abend fahren wir weiter bis nach Wien. Dort setze ich Sie vor einer Pension ab, in Ottakring, 16. Bezirk, falls Ihnen das was sagt.« Er griff über den Beifahrersitz zum Handschuhfach und reichte einen Aktenkoffer nach hinten. »Sie finden darin einen Stadtplan und einen Grieben-Reiseführer. Dazu einen Notizblock. Auf der Rückseite der vorletzten Seite ist eine Telefonnummer notiert. Die lernen Sie auswendig, dann reißen Sie das Blatt heraus und verbrennen es. Die Asche werfen Sie bitte in die Toilette. Das mag Ihnen schwachsinnig erscheinen, aber tun Sie es bitte.«

In diesem Augenblick war es Raben sonnenklar, dass Peter und vielleicht all die anderen Helfer in einer Geheim- oder Untergrundorganisationen arbeiteten, die sich offenkundig gegen Nazis richtete, in Österreich wie in Deutschland. Eine Frage lag ihm auf der Zunge, aber er stellte sie nicht.

»Nur im Notfall benutzen Sie diese Nummer«, wiederholte Peter.

»Verstanden.«

»Dieser Kafolke wohnt tatsächlich in der Burggasse 37a, es wurde gestern geprüft.«

Raben starrte Peters Hinterkopf an.

»Ist Nazi, aber ein seltsamer. Passen Sie auf sich auf. Wir möchten, dass Sie diesen Fehrkamp nach Berlin schaffen. Wenn Sie ihn haben, dann helfen wir beim Transport. Dafür können Sie die Rufnummer benutzen. Verstanden?«

»Ja.«

Lena schnarchte.

Peter lachte leise. »Am Anfang hilft das Eheglück …«

Raben grinste. »Was sind wir Ihnen schuldig?«

»Fehrkamps Kopf im Korb in Plötzensee.«

»Das kann ich Ihnen nicht versprechen. Nur dass er vor Gericht kommt, wenn wir ihn kriegen.«

»Ich weiß, auch unsere Justiz liebt Mörder, wenn es die richtigen sind.«

113.

»Verschwunden, sagen Sie?« Heydrich blickte Eckes an. »Wohin?«

»Fehrkamp ist in Wien. Also dorthin, Standartenführer.«

Heydrich nickte. »Wie schafft es einer, auf sich allein gestellt, die Münchener Polizei an der Nase herumzuführen? Und uns auch? Das ist eine Schande. Goebbels, Strasser, Göring reiben sich die Hände. Es fällt auf unseren Reichsführer zurück. Sie werden seine Befähigung anzweifeln, für Sicherheit zu sorgen. Das Leben des Führers ist uns anvertraut, und wir lassen einen kleinen Bullen entwischen. Na, danke schön.«

Eckes stand vor dem Schreibtisch. Er spürte, dass Heydrichs Zuneigung zerbröselte. Er hatte seiner Erika am Vorabend erzählt, was ihn sorgte. Nicht alles, aber genug, um sie weinen zu sehen. »Die Partei im Niedergang, die Führung zerstritten, und jetzt schmeißen sie dich vielleicht raus. Hunger und Elend erwarten uns. Wo willst du eine Anstellung finden, Walter? Wenn unsere Feinde an die Macht kommen …« Erika hatte es sofort begriffen mit ihrem

Katastrophensinn. Sie roch das Unglück, bevor man es sah. Es war gerade kein Glück, Nationalsozialist zu sein.

»Der schmeißt mich nicht raus. Ich bin fast seit Anfang an dabei. Ich weiß dieses und jenes …«

»Kein Wort darüber, sonst …« Sie hatte ihr Gesicht hinter den Händen verborgen. Sie, sogar sie, war so optimistisch gewesen, dass der Aufstieg ihrer Bewegung nicht mehr aufzuhalten sei. Sie gewannen bei jeder Wahl dazu, der Führer riss Millionen mit. Seit einiger Zeit aber schwand ihre Zuversicht. Die Lage war nicht rosig. So, wie es aussah, würde der Führer nie an die Macht kommen, solange er den Eintritt in ein Kabinett der nationalen Kräfte als Vizekanzler unter Papen verweigerte. Es gab nicht das geringste Anzeichen, dass er seine Meinung änderte. Bald würde es wieder Wahlen geben. Und wenn sie noch einmal verloren?

Heydrich blickte ihn an. Eckes begriff nicht, was er in den Augen seines Chefs lesen sollte. »Sie fahren nach Wien, allein. Sie suchen dort den Kameraden Ernst Kaltenbrunner auf. Unser bester Mann in Österreich. Er kommt aus Linz. Sie treffen sich im Hotel *Hammerand*, 8. Bezirk, Florianigasse 8. Kaltenbrunner kann Ihnen auch helfen, wenn es juristische Tücken gibt.«

»Ich soll Raben töten?« Waren das die juristischen Tücken?

»Was glauben Sie, warum Sie da runterfahren?« Heydrich schüttelte den Kopf. »Sie waren auch schon mal schneller da oben. Sie bauen ab. Unsere Belastung ist derzeit enorm. Vielleicht wollen Sie Urlaub beantragen? Soll ich jemand anderen schicken?«

Eckes kannte den Klang. Der immer ertönte, wenn Heydrich begann, jemanden zur Sau zu machen. Wie der Standartenführer es zu nennen beliebte.

»Nein, nein, Chef. Ich fahre.«

»Gut, Eckes. Aber kommen Sie nicht mit leeren Händen zurück.« Das Kinn zuckte nach vorn.

114.

Sie streckte sich. Ihre Hand traf ihn im Gesicht.

»Na, danke«, sagte er. »Unser Eheglück …« Und schon schoben ihre Füße ihn aus dem Bett.

Sie hatten wenig geschlafen. Besagtes Eheglück, obwohl sie noch nicht einmal verheiratet waren.

Er fühlte sich gerädert, wogegen sie nach ihrer Gewalttat frisch war wie ein Spatz nach dem ersten Glockenschlag.

Unten erwartete sie ihr Gastgeber, der sich Müller nannte, dazu dessen Frau ohne Namen, Peter und ein Frühstück mit Eiern und Schinken.

»Um Himmels willen, das ist doch viel zu viel«, sagte Lena und ließ sich nicht zweimal bitten.

»Ich hoffe, Tee reicht Ihnen. Kaffee haben …«, sagte Müller.

»Sie tun mehr, als irgendwer von Ihnen verlangen kann.«

»Viel zu wenig«, sagte Müller. Seine Frau setzte sich auf einen Hocker in der Ecke der Küche, die größer war als eine komplette Wohnhöhle in einer Berliner Mietskaserne.

»Heute Abend sind wir in Ottakring«, sagte Peter. Sein zerschossenes Gesicht verhüllte er nicht.

Raben nickte und aß. Schnell, schnell.

»Sie logieren dort als Herr Wilhelm Feindt und Frau Adelheid.« Er legte zwei deutsche Ausweise auf den Tisch. »Es fehlen die Lichtbilder und Ihre Unterschriften. Die Lichtbilder erstellen wir in Wien, in der Pension. So lange dürfen Sie die Pension nicht verlassen. Die Besitzerin der Pension ist vertrauenswürdig …« – sonst hätte ich sie nicht ausgewählt, sagte die Sprechpause –, »aber Sie werden dennoch vorsichtig sein. Und sei es nur, weil Sie die … Dame schützen wollen.«

»Ja«, sagte Lena. »Das wird uns umso leichter fallen, weil wir das schon besprochen haben.« Nichts besprochen hatten sie.

Raben nickte. »Selbstverständlich werden wir niemandem eine Auskunft geben.«

»Auch wenn Sie gefoltert werden? Wenn Ihre Verlobte …?«

115.

»Die warten keine Wahlen mehr ab«, sagte Thälmann. Sie saßen im Büro des Parteivorsitzenden im Karl-Liebknecht-Haus. »Die sind auf dem absteigenden Ast.«

Wladimir Bordjuk nickte. Kein Wunder, stammte die Information doch von ihm beziehungsweise der Komintern beziehungsweise der Geheimpolizei GPU beziehungsweise dem M-Apparat – in welcher Reihenfolge auch immer.

Je öfter eine Information wiederholt wurde, desto mehr schien sie sich zu bestätigen. Bordjuk kannte diesen Kreisel, bei dem der Kopf sich in den Schwanz biss.

Kippenberger zündete sich eine Eckstein an, gab auch Bordjuk Feuer, der nur in Moskau Papirossi rauchte.

»Der Genosse Botschafter hat mich gebeten, euch die Lage zu erklären.« Bordjuk zog an seiner Zigarette. Blickte die Gesprächspartner an, die zusammen mit ihm am Konferenztisch saßen. »Vor allem dank unserer Arbeit befinden sich die Faschisten und ihre Helfer im Niedergang. Es gibt im Wesentlichen zwei Möglichkeiten. Entweder sie wirtschaften ab, ohne die Macht ergriffen zu haben, wie es im Augenblick scheint. Oder sie wirtschaften ab, nachdem sie an die Regierung gekommen sind. Wir haben gesicherte Informationen, dass der Reichspräsident Hindenburg die Nase voll hat. Er will seine Ruhe haben und nicht dauernd per Notverordnung regieren. Dazu will er eine Regierung einsetzen, die sich auf eine Mehrheit im Reichstag stützen kann. Seit Brünings Abgang fühlt sich der alte Mann überfordert. Gleichzeitig hat er Vorbehalte gegenüber Hitler. Papen, dieser intrigante Scheißkerl, arbeitet daran,

Hitler in die Regierung zu holen, seinetwegen auch als Reichskanzler einer Rechtskoalition, um den sogenannten Führer dann vorzuführen.«

»Sieht so aus, als wollten die Reaktionäre übereinander herfallen«, sagte Kippenberger. »Sie fürchten die nächsten Wahlen, weil die Nazis Stimmen verlieren werden. Und die Deutschnationalen werden auch keinen Blumentopf gewinnen. Ihre Forderungen nach Revision des Versailler Vertrags werden so oder so erfüllt, wie es aussieht. Danach braucht sie keiner mehr. Der Strohhalm wäre also eine Papen-Intrige ...«

»Oder eine Schleichers«, sagte Bordjuk. »Aber der ist ein ... oder hält sich wenigstens für oberschlau. Er will die Nazis spalten, Strasser gegen Hitler, und das große Bündnis mit den Sozialfaschisten schmieden. Hitler fiele hinten runter, Strasser riebe sich die Hände. Goebbels würde wieder zu Strasser stoßen ...«

»Und der Führer würde seiner wahren Bestimmung zugeführt und sich als Künstler verwirklichen«, sagte Kippenberger und lachte.

»Hier gibt es nichts zu lachen«, sagte Thälmann. Musterte Kippenberger. »Was diese Kräfte gemein haben: Sie hassen uns. Wir müssen mit allem rechnen. Zeitungsverbot, Parteiverbot, Aufhebung der parlamentarischen Immunität, juristische Nachstellungen.«

Die Tür öffnete sich nach einmaligem Klopfen. Torgler betrat das Büro. Der KPD-Fraktionsvorsitzende setzte sich neben Kippenberger. »Gibt's was Neues im Fall Esser?«

»Genosse, wir besprechen gerade Grundsatzfragen. Wir haben andere Sorgen«, sagte Thälmann.

116.

Sie erreichten Ottakring spät. Die Straßen waren rutschig gewesen, Schnee und Regen wechselten sich ab. Die Feuchtigkeit ließ die Straße im Scheinwerferlicht glänzen. Ein Auto war vor ihnen in den Straßengraben gerutscht. Aber Peter war Chauffeur, er hatte den Horch im Griff. Er parkte den Wagen nicht vor der Pension *Franz Joseph*, sondern um die Ecke. Dann ging er allein los und kehrte nach zehn Minuten zurück. »Los, machen Sie keinen Lärm. Die Nachbarn tun uns den Gefallen zu schlafen.« Er trug beide Koffer zu einer offen stehenden Gartentür, einige Treppenstufen hoch, stellte die Koffer ab, während Raben die Tür schloss.

Unterwegs hatte er sich ausgerechnet, wie hoch die Wahrscheinlichkeit war, dass er Polizist blieb. Er hatte Lena gefragt, und die hatte geantwortet: »Ich suche sowieso einen Assistenten.«

Peter hatte nur trocken gelacht.

Eine Frau in einem geblümten Kleid mit Strickjacke kam die Holztreppe hinunter. »Ich habe gerade geschaut, ob das Zimmer in Ordnung ist.« Sie reichte Lena und Raben die Hand.

»Hast du den Fotoapparat aufgestellt?«, fragte Peter.

»Natürlich«, sagte sie. Hob die Brauen. »Im Keller, das Fenster ist abgedichtet.«

Wie haben die das so schnell hingekriegt?, fragte Raben sich. Oder war im Keller ein Fotostudio für Passbilder aufgebaut? Schließlich lebten sie in Zeiten, in denen viele Menschen gefälschte Pässe brauchen konnten. Verfolgte des Horthy-Regimes in Ungarn, von Pilsudskis Diktatur in Polen, der Herrschaft des jugoslawischen Königs.

»Ich bringe die Koffer in Ihr Zimmer, Sie begleiten bitte Frau Wandler in den Keller«, sagte Peter.

Im Keller wartete eine Kiste auf einem Stativ, über der eine Blitzlichtpulverschale ragte. Davor ein Hocker, hinter diesem eine schwarze Wand. »Sie zuerst vielleicht?« Sie blickte Lena an.

»Sie gehen besser raus«, sagte Frau Wandler zu Raben. »Es gibt ein bisschen Qualm.«

»Und ich muss allein sterben«, sagte Lena.

Am nächsten Morgen legte Wandler die Ausweise auf den Küchentisch. Die Papiere sahen gebraucht aus. *Deutsches Reich.* Stempel über den Fotos: *Amt Erxleben. Der Amtsvorsteher* und so weiter.

»Was bin ich Ihnen schuldig?«, fragte Raben.

»Nichts. Erledigen Sie, was Sie zu erledigen haben. Und reisen Sie so schnell wie möglich ab. Tragen Sie nicht Ihre echten Pässe durch die Stadt. Im Notfall kennen Sie mich nicht.« Den letzten Satz sprach sie leise.

Lena erhob sich und nahm sie in den Arm. »Danke«, flüsterte sie.

»Peter kommt gleich.« Kaum hatte sie es gesagt, klopfte es an der Haustür.

»Nachher braucht mein Chef mich. Aber ich könnte Sie noch in die Stadt bringen.« Er legte einen Stadtplan und einen Reiseführer auf den Tisch. »Zur Hofburg, was halten Sie davon?«

Raben blickte auf den Stadtplan. »Das passt mir perfekt.«

»Und ich?«, fragte Lena.

»Du bleibst bitte hier.«

»Ich könnte in der Stadt bummeln.«

Raben blickte zum Fenster hinaus. Eine Esche, deren Äste Schnee säumte. Es graupelte.

»Das ideale Promenierwetter«, sagte er.

»Ich kauf mir einen Regenschirm … nein, nein, ich habe, glaube ich, mein Regencape im Koffer, noch besser.«

Frau Wandler lächelte. »Ich könnte Ihnen einen Regenschirm leihen. Und einen Schal vielleicht?«

Lena eilte die Treppe hinauf, während Raben auf der Karte die Burggasse fand. Ganz nah an der Hofburg, als wüsste Peter, wohin er wollte.

»Wenn's brennt, Frau Wandler kennt meinen Chef und kann ihn anrufen.«

Lena sprang die Treppe hinunter.

»Krach wie eine Elefantenherde im Busch«, sagte Raben.

»Elefanten trampeln am liebsten in den Savannen umher«, erwiderte sie.

Frau Wandler lachte, Peter grinste.

Lena hatte Rabens Mantel und seine Handschuhe mitgebracht. Sie trug schon ihr Regencape, am Hals linste der Rollkragenpullover hervor. Dazu Hosen und Winterstiefel.

Raben überlegte, ob er seine Waffe holen sollte. Vielleicht war es gefährlicher mit Pistole als ohne? »Gut, brechen wir auf.«

Sie setzten sich wieder auf die Rückbank. Peter fuhr los. Sie nahm seine Hand und führte sie auf ihren Bauch. Peter blickte auf die Straße. Seine Hand fuhr ihren Oberschenkel hoch, bis sie auf etwas Hartes stieß. Sie legte die Pistole in seine Hand. Er steckte sie schnell in den Gürtel.

»Ist besser so«, sagte sie.

117.

Eckes war gerast wie ein Besengter. Er hielt nur zum Tanken und Pinkeln. Am Abend stand sein Mercedes vor dem Hotel *Hammerand*. An der Rezeption ließ er sich mit Kaltenbrunners Zimmer verbinden. Er erkannte das rollende R sofort wieder. Ein Akademiker mit dem Nachklang eines Dialekts. Einer, der sich vergeblich bemühte, Hochdeutsch zu sprechen. Der wusste, wie es klingen musste, aber seine Prägung nicht überwinden konnte. »Kommen Sie aufs Zimmer 12.«

Dann doch lieber Heydrich als Chef.

Er ging die Treppe hoch und klopfte. Die Tür öffnete sich. »Nehmen Sie Platz.«

Es gab nur einen Stuhl neben einem winzigen Tisch. Eckes setzte sich. Warum fiel ihm jetzt Erika ein? Warum ihr Gespräch?

Kaltenbrunner setzte sich auf die Bettkante. Er war größer als Eckes. Schmisse im kantigen Gesicht. »Der Standartenführer sucht also einen Kriminalassistenten, der einen Kameraden sucht.«

Eckes nickte. »Besser kann man es nicht zusammenfassen. Wir müssen dafür sorgen, dass dieser Raben den Parteigenossen Fehrkamp nicht findet.«

»Was würde der Polizist tun, fände er ihn?« Ein strenger Blick.

Eckes wusste, dass der Reichsführer Kaltenbrunner schätzte, der ihn mit Informationen aus Österreich versorgte. »Diesen Kaltenbrunner behalten wir im Auge. In Großdeutschland kann er eine bedeutende Rolle spielen«, hatte Himmler gesagt.

»Verhaften kann er Fehrkamp nicht. Also müsste er ihn entführen. Oder umbringen.«

»Also entführen. Dieser Berliner Bulle riskiert seine Karriere und wir ein Diplomatentheater. Unser Kanzler Dollfuß wird bei der deutschen Regierung protestieren, wenn dieser Rabenvogel jemanden aus Österreich verschleppt. Wie würden Sie es anstellen?« Ein fragender Blick.

»Finden, dann weitersehen.«

Kaltenbrunner nickte. »Sehr gut. Es bleibt ja auch nichts anderes.«

»Und wenn Sie Fehrkamp nach Ungarn bringen?«, fragte Eckes.

»Gute Idee. Aber ich will diesem Bullen Manieren beibringen.«

»Wenn wir ihn liquidieren würden, gäbe es womöglich auch Ärger mit Berlin.«

»Außer, er würde verschwinden. Wer weiß, dass er in Österreich ist?«

»Keine Ahnung. Ich habe den Kamerad Nebe vor meiner Abreise gefragt, ob im Präsidium jemand was von dieser Exkursion weiß. Antwort: nein. Nur, dass der Kriminalassistent Urlaub genommen hat.«

»Hat er Familie?«

»Eine Verlobte, Weiteres ist unbekannt.«

»Sieht überschaubar aus.«

»Aber der Mann ist ein gefährlicher Gegner. Ich habe ihn am Anfang unterschätzt. In München ist er uns entwischt.«

»Ihnen entwischt«, sagte Kaltenbrunner kühl.

Ob der Reichsführer ihn über die Münchener Scheiße unterrichtet hatte? Kaltenbrunner erweckte den Eindruck, alles über den Fall zu wissen. Aber vielleicht tat er nur so? Seit ihn dieser Bulle gefoppt hatte, ging es bergab. Er musste jetzt Erfolg haben. Für Erika, für ihn selbst.

»Haben Sie die Hotelreservierungen geprüft?«, fragte Eckes.

Kaltenbrunner nickte. »Das geschieht laufend. Aber das wird nicht helfen. Der Mann kennt die Prozedur. Er kennt unsere Mittel. Er kennt die Methoden unserer Polizei. Die Berliner Kripo gilt ja als Vorbild in Wien, in Europa. Es gibt nur einen Weg. Wir müssen ihn anlocken.«

Eckes schossen Gegenargumente durch den Kopf. Dazu mussten sie Fehrkamp gefährden.

»Ich habe eine Gruppe von SS-Kameraden zusammengebracht. Sie beschützt Fehrkamp, und sie wird Raben finden. Wär ja noch schöner.«

118.

Mietshäuser, die Fassaden kündeten von der Pracht der Kaiserzeit wie Schmuck am Hals einer Greisin. Vom Hutrand tropfte es, die Kälte kroch unters Hemd. Er stand vor dem Haus in der Burggasse, in dem Kafolke wohnte, wie Lichtigkeit herausgefunden hatte. Wer immer dem die Adresse genannt hatte. Aus Lichtigkeit wurde Raben nicht schlau. An einem Tag schien er fast Nebes bester Freund zu sein, am anderen ein Gegner der Nazis. Ein

Eiertanz, der enden musste wie alle Eiertänze, sobald die Schale platzte. Und dieser Kafolke, war er Freund oder Feind oder auch ein Eiertänzer?

Er drückte die Haustür auf. Sah an den Briefkästen, dass Kafolke im zweiten Stock wohnte. Raben beeilte sich. Er wollte nicht gesehen werden. Die Pistole in der Manteltasche, klopfte er an die Tür. Schritte, die Tür öffnete sich. Durch einen Spalt blickten ihn zwei eng beieinanderliegende Augen über einer spitzen Nase an.

»Raben, guten Tag.«

Die Tür schloss sich. Er hörte das Rasseln der Sicherheitskette. Die Tür öffnete sich wieder. »Kommen Sie rein.«

Am Ende des Flurs lag das Wohnzimmer. Fenster zum Hinterhof. An der Wand ein Regal mit Hitlers *Mein Kampf* und weiteren Naziwerken. An der Wand gegenüber Fotos. Familie, Jung und Alt. Kafolke war offensichtlich Großvater.

»Schauen Sie ruhig«, sagte Kafolke und strich sich über das Hitlerbärtchen. Zwei Bilder stachen Raben ins Auge. Kafolke neben Gregor Strasser, daneben dessen Bruder Otto.

»Sie verstehen?«, fragte Kafolke.

Raben nickte zögernd. »Sie nehmen den Sozialismus im Nationalsozialismus ernst, im Gegensatz zu Hitler und Goebbels. Wie die Strasser-Brüder.«

»Kerniger kann man es nicht sagen.«

»Und deshalb wollen Sie mir helfen«, sagte Raben.

»Ich helfe meinem Freund Gregor Strasser. Wenn ich Goebbels und Himmler in den Arsch treten kann, will ich mir dieses Vergnügen nicht verwehren.«

Strasser sein Freund? Raben wartete auf eine Erklärung. Aber Kafolke sagte nichts weiter.

»Woher kennen Sie Gregor Strasser?«

»Das ist eine lange Geschichte.«

»Gut. Können Sie mir helfen, Gustav Fehrkamp zu finden? Sie kennen diesen Namen?«

»Ich lebe zwar in der Ostmark, aber nicht hinterm Busch.« Kafolke lächelte.

Er berlinerte leicht, wie Raben erst jetzt auffiel. Er kannte es nicht anders. Aber in Wien?

»Was wollen Sie mit dem Parteigenossen anstellen?«

»Ins Reich mitnehmen, verhaften und vor Gericht stellen.«

»Ein bewundernswertes Programm, wirklich. Setzen wir uns doch. Einen Kaffee, Tee, Kekse?«

Er hatte weder Durst noch Hunger noch Lust, den Besuch bei einem Nazi-Intriganten zu verlängern. Aber er brauchte ihn. Raben lief die Zeit davon. Doch Geduld, Geduld, mahnte er sich. Für Leute wie Kafolke war es vielleicht eine seltene Möglichkeit, sich wichtig zu fühlen. »Gern, vielleicht einen Tee. Ein Keks wär auch nicht schlecht.«

»Na, sehen Sie.«

Als der Tee eingeschenkt war und ein Teller mit Butterkeksen auf dem Wohnzimmertisch stand, blickte Kafolke Raben an. »Natürlich haben meine lieben Parteigenossen diesen heldenhaften Kämpfer für die nationale Sache in Wien versteckt. In der Großstadt versteckt es sich leicht, nicht wahr, Herr Kommissar? Auf dem Land fällt ein Fremder natürlich auf. In Wien könnten sich alle Mörder Berlins verstecken …«

Raben nickte. »Wie gut, dass es nur einer ist.«

»Da haben Sie natürlich recht!«

Raben aß einen Keks. Trank Tee. »Und Fehrkamp, wo verstecken Ihre … Freunde ihn?«

»Ich habe natürlich« – natürlich! – »ein wenig … geforscht. Ich war Steuerbeamter, da lernt man es, natürlich nicht so wie bei der Kripo. Aber ein bisschen …«

»Natürlich«, sagte Raben.

Er führte die Tasse an den Mund, setzte sie wieder ab. »18. Bezirk, wo die Reichen wohnen. Wir sind zwar Sozialisten und gegen die Zinsknechtschaft, doch wundern Sie sich, dass die Kapitalisten in die Hitlerbewegung strömen, nachdem sie Erfolg hat, nicht nur in Deutschland? Offenbar wollen die sich enteignen lassen zugunsten des Arbeiters der Faust. Haben Sie unser Programm gelesen?«

»Leider nicht.«

»Bedauern Sie's nicht. Der Führer ist in die Hände von Verrätern gefallen. Er erkennt nicht, wie sie ihn täuschen. Er ist einfach zu gut.«

»Natürlich«, sagte Raben.

Kafolke blickte ihn an.

Raben überlegte, wie er das Geschwätz abkürzen könnte, ohne den Mann zu verärgern. »Ich war mehr als erstaunt, als Gregor Strasser von allen Ämtern zurücktrat. Der begabteste Politiker der Partei ...«

»Nach dem Führer natürlich«, sagte Kafolke. Seine Hände fummelten am einsamen Kragenknopf seines Pullovers.

»Natürlich«, sagte Raben, der sich über sich selbst ärgerte und sich der nun drohenden Wörtersturzflut entgegenstemmte. »Sind Sie sich sicher, dass Fehrkamp nicht längst woanders ist?«

Erstaunen. »Wenn ich Ihnen sage, dass er sich hier versteckt, dann ...«

»Natürlich«, sagte Raben und beschloss, dieses Wort in Moabit einzusperren. »Aber Sie kennen die Adresse nicht.«

Kafolkes Brauen legten einen Cha-Cha-Cha hin auf der Stirn. Bevor sie runterfielen, hüstelte er. »Warum, glauben Sie, kenne ich den großen Gregor Strasser? Nach wie vor. Ich habe meine Verbindungen, auch in der SS. Und in der SA.«

119.

Eine Villa mit parkähnlichem Garten, geschützt durch eine Mauer und ein Stahltor. Niemand zu sehen. Drei Stockwerke, dazu das Dachgeschoss mit Fenstererkern. Die Fensterläden im Parterre waren geschlossen.

Weimarer Straße 50. Weniger Gasse als Durchgangsstraße. Kaltenbrunner stieg aus dem Wagen und öffnete das Stahltor mit einem Schlüssel, schob die Flügel auf und fuhr den Wagen bis zu einer Treppe, die zum Haupteingang des Gebäudes ging. Nachdem er das Tor verschlossen hatte, führte er Eckes um das Haus herum auf die Rückseite. Dort verlief eine Treppe hinunter zu einer Tür. Kaltenbrunner stieg hinab und klopfte: zweimal, Pause, dreimal. Ein metallisches Schleifen, als der Riegel zurückgeschoben wurde. Die Tür öffnete sich. Ein Mann in Zivil, einen Revolver in der Hand.

»Guten Morgen, Herr Doktor Kaltenbrunner.«

Kaltenbrunner begrüßte den Mann mit Handschlag. »Heil!« Winkte Eckes hinunter. »Das ist der Kamerad Eckes. Mehr brauchen Sie nicht zu wissen. Nur, dass Sie ihm vertrauen müssen.«

Der Mann riss den Arm hoch. »Heil Hitler!« Ein Boxergesicht, dessen Nase und Brauen nicht von einer Siegesserie zeugte.

»Heil Hitler!«, sagte Eckes.

Der Mann schloss die Tür und schob den Riegel zu. »Kommen Sie bitte mit, Herr Doktor und …« Er hatte noch keinen Titel gefunden. Baron würde eher nicht passen.

Der Boxer brachte sie in das Erdgeschoss. Flur mit Parkett, ein Läufer, in dem die Schuhe versanken und dessen Länge mit der einer Kurzstreckenaschenbahn konkurrieren konnte. An der Decke Stuck und Engelsfiguren. Sie landeten in einem Büro mit Schreibtisch und Aktenregalen, dazu ein gewaltiger Tresor. In der Sitzecke saß ein Mann, der sie anstarrte.

»Heil Hitler!«, sagte Kaltenbrunner.

Der Mann sprang auf und ließ den Arm hochschnellen. »Heil Hitler!«

»Namen tun nichts zur Sache«, sagte Kaltenbrunner. »Wir wollen Sie beschützen vor diesem Polizisten, der Sie in Berlin verfolgt hat.«

»Danke!«, sagte der Mann.

»Setzen Sie sich doch«, sagte Kaltenbrunner. Er deutete auf Eckes. »Diesen Parteigenossen hat der Reichsführer persönlich geschickt, um Ihnen zu helfen. Wir lassen unsere Kameraden nicht im Stich.«

»Danke vielmals«, sagte Fehrkamp.

»Wir haben erfahren, dass der Polizist, der Ihnen in Berlin nachstellte, in Wien aufgetaucht ist.«

Fehrkamp wurde bleich.

»Darf ich fragen, wo der Parteigenosse Ehrig …«

»In Sicherheit«, sagte Kaltenbrunner.

»Dann ist der Bulle hinter mir …?«

»Machen Sie sich keine Sorgen.«

Die Tür wurde aufgerissen. »Herr Doktor, Anruf für Sie.«

Kaltenbrunner eilte aus dem Büro.

120.

Als Raben gegangen war, verließ Kafolke die Wohnung. Dick vermummt, das Gesicht hinter einem Schal verborgen, betrat er die Telefonzelle. Wählte die Nummer, wartete, bis abgehoben wurde.

»Ich hole den Doktor«, sagte ein Mann.

Nach einer halben Minute. »Ja?«

Kafolke erkannte Kaltenbrunners Stimme. »Er hat gerade das Haus verlassen.«

121.

»Das ging ja flott. Und du lebst noch. Zwei gute Nachrichten auf einmal.« Sie setzte sich an den Tisch im *Café Victoria*, Plüsch und Kronleuchter.

»Der Kaffee ist hervorragend«, sagte er. »Das nennt sich eine *Melange.*« Er deutete auf seine Tasse. Daneben ein Teller mit Krümeln.

Sie setzte sich und zeigte auf den Teller. »Und wie nennt sich das?«

»Was man bestellt, wenn man zum ersten Mal in seinem Leben in einem Wiener Café sitzt: Sachertorte.«

»Du bist verfressen.« Als ein Kellner erschien: »Das Gleiche wie dieser Herr.« Ihr Daumen zeigte auf Raben.

»Wie belieben, Madame.«

Als der Kellner gegangen war, legte sie ihre Hand auf seine und blickte ihm in die Augen. »Der weiß wenigstens, was Benimm ist. Ab sofort bin ich Madame … und wie war's bei deinem Nazi? Hast du jetzt deinen Weg zum Führer gefunden? Klingt toll: Er musste bis Wien reisen, um seinen Weg zum Führer zu finden.«

»Heil!«, sagte er. »Mein Nazi ist ein Schwätzer. Aber er behauptet, dass sich Fehrkamp in einer Villa in der Weimarer Straße 50 versteckt. Und dann hat er mir noch erzählt, dass der dort allein rumsitzt und auf mich wartet.«

»Wie bitte?«

»Gut, ist meine Version. Kafolke hat mir das so zuckrig gemacht, dass das nur eine Falle sein kann.«

»War ohnehin klar.«

»Ich glaube, dass Lichtigkeit was mit Strasser laufen hat, also mit Gregor. Und dass sein Wiener Mittelsmann namens Kafolke sich nach allen Seiten absichert. Er verrät mir Fehrkamps Versteck, wenn es das überhaupt ist, sagt aber nicht, dass dort eine Mörderbande auf mich wartet. Strasser kann sich darauf rausreden, dass er geholfen hat. Und gegenüber dem Führer kann er sagen, dass er den Bullen aus Berlin in eine Falle gelockt hat.«

Draußen quietschte die Tram vorbei.

»Böse, böse Verschwörer.«

Der Kellner erschien, stellte Kaffee und Torte auf den Tisch. »Bitte sehr.«

Raben bestellte noch eine Melange.

»Hast du eine bessere Erklärung?«

»Nein. Nur klingt mir das nicht aufregend genug. Du weißt, wir Journalisten …«

Er lachte.

»Du musst auf Nummer sicher gehen, egal wie die Lage nun ist«, sagte sie und aß ein Stück Torte.

»Genau. Die erwarten, dass ich gleich in der Weimarer Straße auftauche. Tu ich aber nicht.«

»Was stattdessen?«

»Keine Ahnung. Du hast dein Sparschwein geschlachtet.«

»Kein Grund, den Graf Koks aus Berlin zu spielen. Und schon gar nicht mit meiner Penunze.«

»Vielleicht kann ich Kafolke schmieren.«

»Du spinnst«, sagte Lena.

»Was Besseres auf Lager?«

»Lass Mutti mal nachdenken.«

Sie schwieg. Raben trank seinen Kaffee aus.

»Kannst du Billard spielen?«, fragte Lena. »Bestimmt nicht. Wir spielen über Bande.«

»Danke, dass du jetzt deine Fragen selbst beantwortest«, sagte Raben.

122.

Schneller durchsuchte Essers Hinterlassenschaft in dessen ehemaligem Büro im Karl-Liebknecht-Haus. Draußen war längst Nacht. Unzählige Artikel gegen die Nazis, die Esser in Kartons geworfen hatte, deren Ordnung nur er kannte. Wenn es denn eine gab. Der Genosse hatte offensichtlich Quellen bei den Nazis. Vielleicht SA-Leute, die überlaufen wollten, denen er aber geraten hatte zu bleiben. Vielleicht Nazis mit schlechtem Gewissen. Oder die sich auf alle Möglichkeiten einstellten, auf eine rote und eine braune Revolution wie auf die Rückkehr zur Demokratie. Schneller wunderte sich nicht, dass die Nazis Esser ermordet hatten. Er wunderte sich nur, dass es so spät geschehen war. Gewöhnlich lauerten solche Mörder ihren Opfern auf, wo sie keiner sah. Oder fanden sie in ihren Wohnungen. Oder sie waren sich ihres Siegs so gewiss, dass es ihnen egal war, ob jemand sie sah. Oder die Inszenierung sollte nicht nur einen Feind ausschalten, sondern auch die Macht der Nazis inszenieren, um die Leute einzuschüchtern. Egal, er musste diese Arbeit machen, und Kippenberger hatte ihn dafür ausgesucht, weil niemand gründlicher war als der Genosse Ernst Schneller. In Verschiss, aber genau. Wenigstens zu etwas nütze. Besser, als nach Moskau gerufen und dort kaltgestellt zu werden, wie es Heinz Neumann passiert war. Gestern Stern am roten Himmel, heute Sternschnuppe. Er blieb an einem Artikel hängen. Die Streitereien unter den Nazis, Zweifel am Führer, dessen Machttaktik so schlicht war wie sein Buch dumm. Und immer wieder Goebbels, der größte aller Lügner. Intelligenz und Verkommenheit in einem Hirn, transportiert von einem Klumpfuß. Er sollte Berlin für die Nazis erobern. Doch er verkämpfte sich im Kleinkrieg der Provinzfürsten. In Stennes' SA-Revolte, des fetten Röhms Umtriebe, in der Unberechenbarkeit ihres Führers, der sich erst festlegte, nachdem seine Gefolgschaft sich die Köpfe eingeschlagen hatte. Und Esser bohrte nach. So hatte er sich den Hass des braunen Packs eingehandelt. Der sieben Gangster zusammenführte, um den Genossen Esser auszuschalten. Was machte seine Frau Luise? Was die Tochter, was der Sohn? Er würde Teddy fragen, ob sie Luise unterstützten, eine tapfere Genossin, die Esser in der Revolutionszeit 1918/19 kennengelernt hatte. Sie war es gewesen, die Kurt bei sich versteckte, als die wild gewordenen Landknechte Genossen suchten, die sie ermorden konnten, weil sie angeblich eine Waffe trugen. So lautete der Befehl des Sozialdemokraten Gustav Noske.

Schneller fuhr sich durch die Haare. Seinen Genossen war das inzwischen egal. In der *Roten Fahne* priesen sie Esser als Märtyrer im Kampf des Proletariats und so weiter. Aber sie hatten es aufgegeben, seine Mörder zu suchen.

Wir haben andere Sorgen. Wir stehen vor einer Revolution. Wir werden Sozialfaschisten und Faschisten vernichten. Welch Großmäuligkeit.

Das Telefon klingelte, der Genosse Füllkrug an der Pforte. »Genosse Schneller, du bist der Einzige, den ich erreichen kann. Ich habe ein seltsames Telegramm erhalten, also das ZK …«

»Ich komm gleich«, erwiderte Schneller. Er eilte die Treppen hinunter. Füllkrug hielt ihm ein Blatt entgegen.

Wollen Sie Essers Mörder finden? Wenn ja, telefonieren Sie von einem Postamt und lassen Sie eine Frau Feindt ausrufen.

Es folgten Uhrzeit und Telefonnummer. Wien.

123.

»Du hättest General werden sollen«, sagte Raben. Sie frühstückten spät und hatten wieder wenig geschlafen.

»Das Patriarchat verstellt mir diese naheliegende Karriere. Ich dürfte dann auf die Republik scheißen, ohne dass mir einer was kann. Und würde mit an den Intrigen der Herren Papen und Schleicher stricken.«

»Mit welchem Ergebnis?«

»Das weißt du nicht? Ich würde Reichskanzler, mindestens. Und der alte Hindenburg würde mir einen Block mit Abreißzetteln schenken, auf jedem seine Unterschrift samt Siegel. Ich müsste nur noch eintragen, welche Notverordnung ich gerade brauche.«

Frau Wandler brachte ein Kännchen Kaffee. »Sie haben ja hochfliegende Pläne, Frau Feindt.«

»Wer nicht abhebt, bleibt unten.«

Wandler lachte. »Zu meiner Zeit … ist gut so, besser. Für mich kommt es zu spät, dass wir mitreden dürfen. Ich bleibe im alten Trott.«

»Die guten alten Zeiten«, sagte Raben und zog seine Hand weg. Lenas klatschte auf den Tisch. »Heute werden Frauen gewalttätig, haben keine Manieren, wollen bei allem und jedem mitreden. Ich würde auch lieber zu Kaisers Zeiten leben.«

Lena lachte, Frau Wandler fiel ein.

»Da sehen Sie die letzten Zuckungen des Männlichkeitswahns.«

»Dieser Wahn also?«, fragte Wandler.

»Ja, macht Männer wie ihn größenwahnsinnig.«

Wandler lachte wieder. »Sie sollten öfter kommen, habe ich wenigstens was zu lachen … Entschuldigung …« Sie verschwand Richtung Küche.

»So, Frau Reichskanzler, wir müssen los. Das *Café Victoria* mit seinem morbiden Charme wartet auf uns.«

»Diesmal mit der Tram«, sagte sie. »Zwecks Schonung der Gedärme meines Sparschweins. Kostet dreißig Groschen statt drei Schilling.«

Am Eingang sagte sie Bescheid, dass sie einen Anruf erwarte für Frau Feindt. Der Kellner erinnerte sich an sie. »Aus Berlin also«, sagte er.

»Nein, mein Vater, aus Hamburg. Wir wohnen in Erxleben. Das kennen Sie nicht, aber es lohnt nicht mal, es Ihnen zu beschreiben.«

»Oh«, sagte der Kellner. »Das tut mir leid.«

Sie bestellte gleich. »Wie gestern.«

»Selbstverständlich«, sagte der Kellner mit einer Stimme, in der Mitleid mitklang.

Lena grinste noch, als sie am Tisch saßen.

»Ich werde telefonieren …«, sagte Raben. »Ich will dich da nicht mit reinziehen.«

»Wenn jemand schon mittendrin ist, dann ich. Außerdem stelle ich mir das Gerichtsverfahren gegen den ehemaligen Kriminalassistenten Raben vor. Der Staatsanwalt sagt: ›Und dann hat dieses Subjekt die Frechheit gewagt, mit den Feinden unseres Staates zu konspirieren …‹ Und der Portier aus dem Karl-Liebknecht-Haus sagt aus: ›Ja, ja, ich erkenne die Stimme wieder. Mit diesem Herrn habe ich telefoniert.‹ Das ist zwar Quatsch, weil man Stimmen am Telefon schlecht unterscheiden kann. Aber der Portier wird nicht sagen: ›Das war dieser Herr, der seine Stimme so verstellt hat, dass sie nach einer Frau klang.‹ Und der Staatsanwalt springt auf: ›Der Angeklagte möge hier und sofort die Stimme einer Frau simulieren!‹«

»Du solltest keine Artikel, sondern Dada-Romane schreiben.«

»Dada haben wir jeden Tag«, sagte sie.

Der Kellner eilte herbei. »Eine Frau Feindt wird am Telefon verlangt. Aus Berlin.«

»Ach, der Schwiegerpapa«, sagte sie und folgte dem Kellner.

Als sie zurückkehrte, zwinkerte sie. Sie schob ihren Stuhl neben seinen. »Die interessiert das. Ich habe mit Schneller gesprochen …« An der Theke schepperte und klirrte es.

»ZK und Reichstag?«

»Genau mit dem. Der klang interessiert, er muss aber erst die Genossen fragen, dann bestimmt die Komintern, also Stalin.«

»Und wann?«

»Übermorgen, die gleiche Zeit, derselbe Ort.«

»Und dann beginnt die wilde Jagd.«

124.

»Ich will nicht wissen, was der Parteigenosse dem noch erzählt hat. Warum kommt er nicht?« Eckes lief umher wie eine Spielente mit Federwerk. Die Hände in den Hosentaschen. Er hatte kaum geschlafen, und Fehrkamps Gelaber würde ihm nach der Machtergreifung niemand als Martyrium danken. Gut, gut, der Kamerad hatte seine Pflicht getan, und dazu gehörte es nicht, gescheite Reden zu halten. Aber zu meinen Pflichten gehört es auch nicht, mir diesen Quatsch anzuhören, dachte Eckes. Er wusste, es gab viel Dumpfheit in ihrer Bewegung, und ohne die Dumpfen wäre ein Sieg unmöglich. Wie im Krieg. Du brauchst Leute, die dir alles glauben, weil sie blöd sind. Aber beides zusammen: warten auf den Bullen und das Gelaber, das war zu viel.

Eckes kannte inzwischen jedes Knacken des Gebälks, das Knattern der Autos auf der Weimarer Straße, das Kindergeschrei vor und nach der Schule. Er wusste, welche Tür sich öffnete. Er spürte den Luftzug, wenn ein Fenster offen stand, weil Fehrkamp in seinem Zigarettenqualm erstickte. Außerdem soff er, und davon hielt ihn nicht einmal Eckes Ermahnung ab. Weil Fehrkamp ein Held war. Er hatte für die Bewegung das Äußerste gewagt. Und nun erwartete er Respekt und Dank. Leider vertrug er viel, es dauerte, bis der Held in seinem Bett wegsackte. Der seine Zeit nicht damit vergeudete, sich zu waschen, er stank wie ein Kuhstall.

Sie waren vier, um Fehrkamp zu bewachen. Kaltenbrunner logierte in seinem Hotel und schaute abends kurz vorbei. Im Hotelzimmer gab's ein Telefon, in der Villa auch. Er gab sich optimistisch. Er hatte ein weiteres Hotelzimmer als Ausweichquartier belegt, aber auch nur, um nichts falsch gemacht zu haben. Er wollte die deutschen Parteigenossen, vor allem Himmler und Heydrich, nicht enttäuschen. Wenn was schiefging, hatte er bereits Eckes als Schuldigen ausgesucht. Aber was sollte schiefgehen?

125.

Fehrkamp beobachtete die Kameraden. Das war sein Personal. In Berlin, nach dem Sieg, wartete die Belohnung. Bis dahin musste er durchhalten. Er war versucht, seiner Frau zu schreiben, aber er war nicht verrückt. Er besoff sich, begann nach dem Mittagessen,

Eintopf, Eintopf, immer Eintopf. Immerhin eine gute Grundlage für Doppelkorn und Bier. Deren Reserven eine Gespensterhand füllte. Fehrkamp verstand, dass man es dem wichtigen Parteigenossen recht machen wollte. Richtig unterhalten konnte man sich mit diesen Leuten nicht. Sie sprachen Kauderwelsch, und es gab viel, worüber man besser nicht redete. Fehrkamps Hirn war nicht der Gipfel menschlicher Evolution, aber er begriff, dass er seine Bewacher besser nicht mit Fragen belästigte. Dieser Kaltenbrunner mit seiner Narbenfresse guckte gern vorbei, wenn Fehrkamp noch ansprechbar war. Er wollte auch nichts wissen. Kaltenbrunner erinnerte Fehrkamp daran, dass es auch in der Bewegung Klassenunterschiede gab. Welcher Arbeiter würde sich freiwillig in die Fresse hauen lassen? Säbel waren für sie Polizeisäbel und nicht das Verstümmelungswerkzeug von Akademikern, die wie Kaltenbrunner gönnerhaft auf die Würmchen herabblickten, die sich für Klugscheißer wie ihn den Arsch aufrissen.

Fehrkamp setzte die Kornflasche an. Dann gönnte er sich einen Mittagsschlaf. Hatte er sich verdient.

126.

Raben und Lena blieben in der Pension. Sie lasen Zeitungen und versuchten, die Politik in Österreich zu verstehen. Sie kam ihnen chaotisch vor. Es gab Rechtsparteien, die Großdeutschland anpriesen, die Vereinigung mit dem *Altreich*. Andere Nationalisten wollten sich Berlin nicht unterwerfen, wie sie sagten. Die Sozialdemokratie hatte Österreich nach dem Krieg gerettet und den Staat sozialer gemacht. Aber sie war im Niedergang. Kanzler Dollfuß führte das Land in einen Ständestaat, wie er es nannte. Die Nazis kriegten Aufwind.

»Einer der hellsten Nazis, sofern es so was gibt, heißt Kaltenbrunner, Doktor der Rechte, Anwalt und damit beschäftigt, seine

Genossen vor Gericht rauszuhauen«, sagte Raben. »Ihm wird ein gutes Verhältnis zur deutschen SS nachgesagt. Und Ambitionen. Wir werden noch von ihm hören, wenn wir das braune Pack nicht loswerden.«

»Oh, wir versuchen uns als Prophet.«

Zwei Tage später saßen sie wieder im *Café Victoria*. Der Kellner begrüßte sie mit ihren falschen Namen. Das ZK der KPD beziehungsweise die Kommunistische Internationale beziehungsweise der Genosse Stalin ließ ihnen Zeit genug, um die Schwarzwälder Kirschtorte in ihrer Wiener Erscheinungsform zu genießen. Dann erschien der Kellner, schwarzer Anzug, weißes Hemd und graue Fliege wie stets, und bat Madame ans Telefon.

Aus Berlin. Eine Männerstimme: »Wir haben Schwierigkeiten, unsere Genossen da unten ... Aber morgen, um diese Zeit, meldet sich jemand bei Ihnen ... im *Café Victoria*.«

Als sie es Raben berichtete, sagte der: »*Café Victoria*, ein schlechtes Omen, schließlich haben die Österreicher seit 1866 jeden Krieg verloren.«

»Das verstehe ich nicht, Herr Professor.«

»Ich auch nicht«, sagte er. »Ein Kennzeichen unserer Zeit, die Verständnislosigkeit. Wenn ich dich richtig verstanden habe, suchen die Genossen Kandidaten für unseren heroischen Plan. Ich zweifle ... gibt's überhaupt noch Genossen in Österreich? Wie ich gelesen habe, besorgt die Komintern die Geschäfte der Partei in ihrer Agonie durch Fraktionskämpfe und Erfolglosigkeit. Die KPÖ kann nicht in der Bedeutungslosigkeit enden, weil sie da schon ist.«

»Uns reichen ja zwei, drei Proletarier. Die wird der große Führer in Moskau für ein paar Stunden abtreten können. Und dann holen wir uns Fehrkamp. Und der verrät uns, wo wir Ehrig auftreiben. Und Ehrig erzählt uns, wo die anderen Mordgehilfen stecken, M18 eingeschlossen.«

»Wie schön, dich tagträumen zu sehen.«

127.

»Nein, noch nicht«, sagte Eckes. Er hielt sich kurz am Telefon.

»Schlecht«, sagte Heydrich. »Warten Sie. Wissen Sie schon, was Sie tun werden, wenn Ihr Plan nicht aufgeht?«

»Gar nichts. Dann wäre der Feind zu dumm, sein Ziel zu erreichen. Und ich wäre zufrieden.«

»Ich erwarte, dass Sie diesen Bullen ausschalten. Ich lass mich ungern an der Nase herumführen. Kapiert?« Heydrichs hohe Stimme grellte am Telefon noch schmerzhafter als sonst.

»Jawohl, Standartenführer. Wenn er nicht kommt, holen wir ihn uns.«

»Manchmal verstehen Sie mich ja doch, Eckes.«

»Jawohl, Standartenführer.« In seinem Kopf tippten hundert Zeigefinger gegen denselben. Der machte es sich leicht. Alle Chefs taten es. Gaben Befehle, und wenn die nicht zu befolgen waren, wer war dann der Blöde?

»Eckes, nichts für ungut«, sagte Heydrich. »Aber wir können uns doch nicht von einem Anfänger vorführen lassen. Der verletzt sämtliche Dienstvorschriften, verfolgt einen Kameraden sogar ins Ausland und kommt damit durch. Wollen Sie sich lächerlich machen? Ich will es nicht. Das sind wir unserem Reichsführer schuldig.«

»Jawohl, Standartenführer.« Wenn der was verlangte, konnte er zuckrig sein wie eine verzweifelte Kinderschwester, die einen Kleinen daran hindern wollte, aus dem Fenster zu springen. Er stellte sich vor, wie Heydrich dem Reichsführer beibrachte, dass sie diesen Witzbold von einem Kriminalisten nicht kriegten. Und wie Himmler diese Botschaft mit einem traurigen Lächeln entgegennahm. Mitleid hatte mit seinem Standartenführer, seinem engsten Mitarbeiter. Mitleid aber war der erste Schritt ins schwarze Loch, aus dem niemand mehr rauskam. Auf Mitleid folgte Verachtung.

»Wie geht es Ihrer Frau?«

Auch das noch. Übler konnte man ihn nicht erpressen.

»Gut. Danke der Nachfrage.«

»Dann wollen wir doch, dass es so bleibt, nicht wahr, Eckes?«

128.

Wer sich in solchen Zeiten einen Urlaub leisten konnte, musste reich sein und daher wichtig. Im *Café Victoria*, das sie täglich aufsuchten, wies der Kellner ihnen immer denselben Tisch zu. Er entfernte beiläufig das Reserviert-Schild. »Wie üblich, die Herrschaften?«

»Natürlich, Hans«, sagte Raben. Der Name stand auf einem Messingschildchen am Fasson des Sakkos.

Ein Hauch von Freude zog über des Kellners Gesicht.

»Wenn ich mir vorstelle, wie viele Schilling wir in den schon investiert haben«, sagte Lena, als der Kellner zum Tresen zurückgekehrt war. Sie hatten die Warterei satt, gingen kaum raus, um nicht aufzufallen. Vergnügten sich im Bett.

»Gut angelegte Schilling. Denn so vergisst er uns nicht.«

»Du glaubst an die Käuflichkeit der Menschen.«

»Woran soll ich sonst glauben?«, erwiderte Raben.

»An mich.«

»Ich sehe Brillanten und Diamanten in deinen Augen glitzern.«

»Guter Bulle, so schnell durchschaust du mich. Bin mal gespannt, wie der Ehering ausfällt. Preußisch-bieder ...«

»Telefon für Sie, Madame.« Sie hatten den Kellner nicht gesehen.

Das Gespräch war kurz, sie berichtete: »Es kommt gleich ein Genosse vorbei. Trägt eine schwarze Lederkappe mit Ohrenklappen. Ist wohl gerade Moskowiter Mode.«

Raben schüttelte den Kopf. »Hätte nie gedacht, dass das klappt. Wien–Berlin–Moskau und zurück. Und ich muss jetzt freundlich sein zu einem von denen, die gern mal einen Kollegen umlegen.«

»Wirst du jetzt zimperlich?«, fragte sie lachend.

»Ich will Blut saufen«, sagte Raben.

»Na also«, erwiderte sie.

Schon betrat die Kappe den Gastraum, darunter ein Dutzendgesicht mit einem Flaum unterm Kinn. Sie winkte, und er setzte sich dazu. Groß, lang, knochig. Seine Kiefer kauten Luft.

»Sie kennen die Aufgabe?«

Bevor er antworten konnte, stand der Kellner am Tisch. Sie bestellte, ohne zu fragen. »Sachertorte und einen …«

»Kleinen Braunen«, sagte der Genosse.

Sie hielt die Hand vor den Mund. »Entschuldigung, aber ein Roter bestellt einen kleinen Braunen.«

»Um ihn zu schlucken. Erich mein Name«, sagte der Lange und grinste. »Wir sollen diesen Fehrkamp aus einer Villa holen, in der ein paar Nazis nur darauf warten, Sie und uns umzulegen. Berechtigte Notwehr, besser geht's nicht für die.«

»Gut, dass Sie das schon bedacht haben. Ich habe eine bessere Idee, als uns abknallen zu lassen«, sagte Raben.

»Sie lassen sich abknallen, und wir verschwinden mit Fehrkamp«, sagte sie.

»Mir gefällt Ihr Humor«, sagte Erich.

»Haben Sie eine bessere Idee?«, fragte Lena.

»Nein. Ich dachte, Sie hätten das geplant«, erwiderte Erich.

Sie warteten, bis der Kellner die Bestellung serviert hatte.

»Ich habe einen Plan, den wir aber noch verfeinern müssen«, sagte Raben.

129.

Am nächsten Morgen lag Fehrkamp im üblichen Delirium. Der Führer überreichte ihm das Eiserne Kreuz erster Klasse, das EK eins. Heydrich hielt eine Rede auf ihn vor all den Kameraden. Er wurde befördert zum SA-Obersturmbannführer und erhielt ein Büro im Braunen Haus. Die Weiber würden ihn umzingeln wie Komantschen einen Siedlertreck im Wilden Westen. Als der Führer einen Boten schickte, um ihn in einer Mercedes-Limousine in seine Residenz zu holen – »Obersturmbannführer, wir wollen den Führer doch nicht warten lassen« –, quatschte irgendein Idiot dazwischen. Wagte es, ihn anzufassen. Fehrkamps Hand suchte die Luger, fand sie aber nicht. Er strampelte wild, schlug endlich die Augen auf und sah: einen Mann. Starrte ihn an, erinnerte sich, dass der einen Namen hatte: Bert.

»Was gibt's?«

»Das Frühstück.«

Fehrkamp überlegte. Stimmt, er versteckte sich in dieser Villa. In Wien.

»Oder willst du weiter im Schlaf rumschreien?«

»Was?« Der Kopf tat weh. Es fühlte sich an, als tanzte sein Hirn darin einen dieser Balztänze. Mit Wackelarsch. Als er sich erhob, setzte sich das Hirn in ein Karussell. Dann tanzte das Zimmer mit seinem Hirn Walzer, eng umschlungen. »Scheiße«, sagte Fehrkamp.

»Wird schon gehen«, erwiderte Bert. »Kommst dann in die Küche.« Und zog ab.

Fehrkamp ging zum Klo, hörte seinen Magen. Der wollte sich leeren, aber Fehrkamp wollte es nicht. Er stand eine Weile vor dem Klo, die eine Hand stützte sich an die Wand, die andere versuchte zu verhindern, dass er sich vollpinkelte. Danach drückte er auch die zweite Hand an die Wand. So blieb er eine Weile stehen, kämpfte mit seinem Magen um die Vorherrschaft und verlor. Er kniete sich hin und kotzte in die Toilettenschüssel. Fehrkamp, noch ohne EK eins und Beförderung, fühlte sich besser. Ging zum Waschbecken und spülte den Mund. Blickte sich an. Sah die roten Augen, die blasse Haut, als hätte sie in der Nacht in Formaldehyd gebadet. Sah die braunen Zähne, vom Tabak farblich der SA-Uniform angeglichen. Was tat man nicht alles für den Führer. Wusch sich die

Hände. Keine Seife, kein Handtuch. Schritt für Schritt verließ er das Badezimmer, warnte sich vor Kurven. Die Zentrifugalkraft zerrte doppelt stark an ihm. Seine Hände hinterließen Nässeflecken an den Wänden. Immer weiter, als gälte es, in Russland einzumarschieren. Immer weiter, alles Große hat klein angefangen. Er unterbrach seinen Siegeszug, stützte sich mit einer Hand an die Wand. Atmete durch. Brust raus, Arschfalte zusammengeklemmt, vorwärts marsch.

Er erreichte die Küche, visierte den Stuhl an, wankte hin, fing sich an der Lehne auf, bis er mitsamt dem Stuhl auf die Kacheln des Küchenbodens fiel. Schwarz-weiß, schwarz-weiß.

Bert half ihm hoch. Er setzte Fehrkamp auf den Stuhl. »Gleich wird's besser, Kamerad.« Kaltenbrunner hatte ihn und seine Leute dazu verdonnert. Eine Fügung der Bestimmung, die er noch nicht begriffen hatte. Dieser dauerbesoffene Schwätzer war also ein Held. Schön, schön. Wenn so einer schon Held war, dann musste Bert nur einen Kommunisten abknallen, sofern er in Österreich einen fand. Und dann brauchte er noch Leute, die ihn außer Landes schafften. Während er den Spiegeleiern beim Kräuseln im Fett zuschaute, sahen seine Hinterkopfaugen die Dumpfheit in Person auf einem Stuhl. Die gerade in der Nase popelte, die Beute begutachtete und wegschnippte.

»Könnt ihr meiner Frau eine Botschaft schicken? Dass es mir gut geht.«

»Machen wir jeden Tag. Direkt an den Führer, und der schickt sie weiter an deine Frau«, sagte Bert. Gut, das war nicht nett, aber auch Bert hatte Nerven. Und andere Sorgen, als Liebesbotschaften zu verteilen. Außerdem hatte er in der Zeitung gelesen, dass Fehrkamp nachts bei einer *Bekannten* überfallen worden war. So eine Bekannte hatte Bert auch. Praktischerweise die Schwester seiner Frau. Es blieb in der Familie.

Das Klopfen an der Kellertür hallte die Treppe hinauf bis in die Küche. Zweimal, Pause, dreimal.

»Ist bestimmt der Chef«, sagte Bert.

Was wollte Kaltenbrunner mittags hier? Er kam sonst, wenn einem die Dunkelheit die Sicht nahm und kein Lichtstrahl die abgedichteten Fenster des Erdgeschosses durchdrang. Tagsüber konnte Kaltenbrunner gesehen werden, und mancher kannte ihn aus der Zeitung. Erfolgreicher Nazi-Anwalt, SS-Offizier.

Von unten erklang ein Ruf, gedämpft. Bert rannte los. »Hol deine Knarre!«

130.

Sie hatten keine Zeit, weniger noch als das. Die Kommunisten, es waren vier, hatten die Villa ausbaldowert, das Klopfzeichen gehört, und Erich hatte in der Pension zusammen mit Raben und Riedle einen Plan besprochen. Sie würden von hinten die Kellertür angreifen, während Raben die Haupttür vorn öffnen und Fehrkamp rausschleppen sollte. Bald würde ein Nachbar die Polizei rufen, spätestens, wenn Schüsse fielen. Dann würde das Chaos ausbrechen, in dem Raben mit Fehrkamp abtauchen könnte. Die Genossen wollten sich dünne machen, bevor die Polizei auftauchte.

»Und wenn geschossen wird?«, fragte Raben.

»Na, was wohl?«, fragte der Genosse mit den Ohrenklappen. »Wir werden heldenhaft unsere Brust entblößen und die Kugeln empfangen mit einem Hosianna auf den Lippen.«

Lena lachte nervös.

»Vor dem Garteneingang wird ein Wagen vorbeifahren, sobald geschossen wird. In die Luft oder auf Nazis, das hängt von denen ab. Der Wagen wartet höchstens fünf Minuten. Bis dahin musst du Fehrkamp herausgebracht haben. Wir haben einen Kellerraum für ihn vorbereitet.«

»Ich komm mit«, sagte Lena.

»Du fährst im Auto mit«, sagte Erich. »Wir legen auch Verbandszeug auf die Rückbank. Unter dem Vordersitz liegt ein Revolver, für den Fall des Falles.«

Raben nickte. Er schloss die Augen, überlegte. Ließ den Film ablaufen. Es konnte klappen, war aber verflucht eng.

»Wie komme ich vorn rein?«

Erich öffnete einen Bergsteigerrucksack, holte ein Brecheisen und eine dicke Stange heraus, an deren einem Ende eine Zündschnur herausragte. »Du hast die Wahl«, sagte er trocken. »Kennst du dich damit aus?« Tippte auf die Stange.

»Pass auf!«, rief Lena.

»Da passiert ohne Zündung nichts. Ich hab ein paar von denen aus dem Krieg mitgebracht.« Er legte einen Strick dazu und ein Feldfeuerzeug, eine Lunte, die mit einem Feuerstein entzündet wurde. »Nur am Rad drehen. Klappt immer.«

»Ich kenn die Dinger«, sagte Raben. »Das gehörte zur Bullenausbildung.«

»Dann weißt du auch, dass du die Dynamitstange an Türklinke oder Türknopf festbindest, die Zündschnur mit dem Feuerzeug ansteckst und dann um die linke Hausecke, von vorn betrachtet, rennst. Nicht dass ein Genosse dich über den Haufen schießt… obwohl es um einen Bullen nicht schade wär.«

»Ich bewundere dein Mitgefühl.«

131.

Eckes hörte die Geräusche auch. Im Gegensatz zu Fehrkamp war er wach und nüchtern. Er hatte den Kontakt mit dem Dummkopf gemieden, sich im Nebenzimmer eingerichtet auf einer Feldpritsche, die er im Keller gefunden hatte. Er beaufsichtigte Fehrkamp und seine Bewacher. Er hatte die Klopfzeichen bestimmt, und er teilte die Wachen ein. Sonst wollte er mit den Kameraden wenig zu tun haben. Wenn er wach war, las er *Mein Kampf*, wenn er schlief, sagte er vorher Bert Bescheid oder Ronald, der zweimal so lang war wie Bert und halb so gescheit. Er versuchte, es in Intelligenz pro Kubikzentimeter auszurechnen, fand dann aber, dass er andere Sorgen hatte. Zum Beispiel die Pflege seines Grabenfegers, der Maschinenpistole MP18, aus dem Krieg mit ihrer Feuerkraft. Heydrich hatte sie ihm geschenkt, nachdem Eckes den Fast-Schwiegereltern des SD-Chefs Sudeleien in Aussicht gestellt hatte, sollten sie nicht schweigen über den Bruch des Eheversprechens. Die Tochter würde schon einen anderen finden. Eckes hatte den Grabenfeger noch nicht einsetzen können außer bei einem Versuch auf Vogelscheuchen, deren Fetzen nur so durch die Gegend geflogen waren. Es wurde Zeit für den Ernstfall.

Eckes packte die MP und schlich sich aus dem Zimmer. Vom Keller her dumpften Geräusche nach oben. Schläge, vielleicht. Erstickte Rufe. Dann ein Knall. Eckes begriff es sofort. Bert kam aus der Küche angerannt, eine Luger 08 in der Hand. Fehrkamp tauchte in seinem Schlepptau auf.

»Du verschwindest in deinem Zimmer. Setz dich auf einen Stuhl, die Waffe in der Hand. Wir werden überfallen.«

»Verrat!«, stammelte Fehrkamp.

»Verpiss dich«, sagte Eckes. Zu Bert: »Wir gehen runter.«

Kaum eilten sie die Treppe hinunter, donnerte es. Fehrkamp kriegte die Wucht der Explosion ab, da er immer noch blöd im Flur stand. Es schleuderte ihn den Flur entlang bis vor die Tür seines Zimmers. Ein Priester hätte es als Gottes lautstarken Fingerzeig verstanden. Fehrkamp verstand gar nichts. Ihm tat alles weh, irgendwer hatte ihm eine Lokpfeife in den Kopf gesetzt. Es pfiff und pfiff, und es tat weh. Er drückte die Hände auf die Ohren. Aber es pfiff von innen. Er schaffte es auf die Knie, öffnete die Tür und kroch ins Zimmer.

132.

Er hatte beschlossen, das Brecheisen nicht zu benutzen. Zeitverschwendung. Als er den Schuss hörte, drückte er das glimmende Sturmfeuerzeug gegen die Zündschnur. Die Funken sprühten, und Raben rannte zur Ecke des Hauses und stellte sich dahinter. Es gab einen Riesenschlag, den noch der Diktator Horthy in Budapest hören musste. Als platzte ein Dampfkessel. Raben zog die Pistole und rannte ins Haus. Staub, überall Staub. Er hustete. Vor ihm knallte ein Leuchter auf den Boden. Die Waffe nach vorn gestreckt, riss er die erste Tür auf. Eine Küche: nichts. Dann ein Salon: nichts. Dann ein Zimmer: Fehrkamp richtete seinen Revolver auf Raben und drückte ab.

Raben rutschte auf dem Staub aus und schoss im Fallen zurück. Fehrkamp schrie auf und brach zusammen. Raben sprang auf, trat ihm den Revolver aus der Hand, packte Fehrkamp und zog ihn hoch. Der jammerte, aber Raben war es egal, ob der Mann krepierte oder nicht. Der hatte gleich geschossen, Raben aber verfehlt. Das minderte dessen Wut nicht im Geringsten. Fehrkamp wollte wegsacken, aber Raben zog ihn mit eisernem Griff aus der Villa, während aus dem Keller Schüsse ertönten und hinter dem Haus auch.

Noch ein paar Meter. Er sah den Wagen wegrollen und schrie und schoss in die Luft und schrie. Der Wagen hielt, Lena sprang heraus und half, Fehrkamp auf den Rücksitz auf der Beifahrerseite zu wuchten. Lena stieg vorn ein, Raben stützte Fehrkamp auf dem Rücksitz, der Fahrer gab Gas. Es war Erich.

»Wo haben Sie Schmerzen?« Er roch den fauligen Atem des Mannes.

»Am Bein, irgendwo.«

»Gut, wir versorgen Sie. Drücken Sie die Hand auf die Wunde.«

Nun fand Fehrkamp sie. An der Wade.

Raben staunte, wusste aber nicht mehr, worauf er gezielt hatte.

Er hatte den Abzug gedrückt. Er hätte auch den Kopf treffen können. Kein Verlust für die Menschheit, aber Grund für Ärger. Er holte einen Verband aus dem Kasten und umwickelte die Wade mit hohem Druck.

»Das tut weh!«, maulte Fehrkamp.

»Sie wollten mich erschießen«, sagte Raben.

»Was?« Lena drehte sich um, hockte sich auf die Knie und gab Fehrkamp zwei Backpfeifen. »Sie werden noch Ihren Spaß haben, bevor die Rübe in den Korb fällt.«

»Beugen Sie sich vor, Hände auf den Rücken«, schnauzte Raben.

Fehrkamp gehorchte. Sein Hirn schien gerade eine Pause einzulegen.

Raben fesselte ihm die Hände.

»Das tut weh«, jammerte Fehrkamp.

»Und mit solchen Schlappschwänzen wollen die eine Revolution machen«, sagte Erich lachend. »Na danke!«

Raben blickte durch die Heckscheibe. Und wusste, warum Erich auf dem Gas stand. Ein grüner Wagen raste hinter ihnen her.

»Bullen«, sagte Erich. »Aber ich kenn mich hier aus.«

Sie wurden hin und her geschleudert. Der Wagen hüpfte mehr, als dass er rollte. Der Motor heulte.

Erich zog nach links und bog rechts ein. Der Verfolger kam ins Schlingern, dessen Fahrer aber bekam den Wagen in den Griff.

»Der ist gut«, sagte Erich.

»Wo lernt man diese Raserei?«, fragte Lena. »Bei der Komintern?«

»Gute Anregung, werd ich Moskau mal vorschlagen«, erwiderte Erich und trat die Bremse durch. Der Wagen setzte an zu schleudern, doch Erich fing ihn ab. Sie standen kurz vor einer Kreuzung. Erich blickte in den Seitenspiegel. Als die Polizisten heranrasten und Raben sich am Vordersitz festklammerte, pfiff Erich einmal. Er drückte das Gaspedal auf den Boden und bog rechts ab. Der Verfolger versuchte, die Kurve zu erwischen, knallte aber gegen den Bürgersteig, drehte sich aufs Dach und rutschte übers Kopfsteinpflaster. Erich schlug einmal aufs Lenkrad. »Vielleicht nehmen die in Moskau mich als Instrukteur für Verfolgungsjagden.«

Raben blickte durch die Heckscheibe und sah nichts mehr außer Bäumen am Straßenrand und einer Frau, die einen Kinderwagen vor sich her schob. Die Häuser waren mehrgeschossig und grau wie der Himmel, die Luft und Rabens Stimmung.

Erich pfiff die Internationale. Er hatte die Ruhe weg und kutschierte langsam, während Raben Fehrkamp auf der Rückbank hinunterdrückte. Lena pfiff mit. Erich lachte sie an. »Was willst du mit dem alten Sack da hinten?«

»Er fügt sich, immerhin«, sagte Lena. »Wo die Liebe hinfällt ...«

Erich lachte wieder, hupte einen Fußgänger von der Straße. Die Häuser wurden höher und ärmer. Putz platzte ab. »Das Arbeiterparadies von Wien«, sagte er.

»Warum soll es euren Proleten besser gehen als unseren?«, fragte Lena.

Erich lachte. Er war vergnügt wie auf einem Sonntagsausflug. Obwohl der Regen nicht aufhören wollte. Er blickte in den Rückspiegel und bog rechts ab. »Wie geht's dem Nazi?«

»Bestens«, sagte Raben. »Leider. Wir müssen nachher die Wunde desinfizieren.«

»Kriegen wir hin. Apothekenalkohol, der wirkt Wunder und tut schön weh.«

»Drecksau«, sagte Fehrkamp.

Raben gab ihm einen Klaps auf den Hinterkopf.

Fehrkamp jaulte auf.

»Noch einen Ton, und ich verpass dir einen Knebel.«

»Ist ja gut.«

»Wo ist der Kamerad Ehrig?«

»Wer?«

Klaps.

»Ich weiß es nicht. Wirklich.«

Raben drückte ihm auf die Wade.

Ein ersticktes Heulen.

»Wo?«

»Ich weiß es nicht.«

»Du wirst doch diesem Vorkämpfer der arischen Rasse nicht wehtun«, sagte Lena.

»Niemals. Aber Ehrig war dabei, als ihr Esser ermordet habt.«

Fehrkamp schwieg. Als er Rabens Hand sah, sagte er leise: »Ja. Er war dabei.«

»Wer noch?«

»Ich weiß es nicht.«

»Du weißt es nicht?« Rabens Hand drückte auf die Wunde.

Fehrkamp jaulte wie eine alte Bremse. »Ehrig hat einen Kameraden gesucht. Und der hat einen anderen Kameraden gesucht … wir sollten nichts voneinander wissen.«

»Sieh an«, sagte Lena. »So was kennt man bisher nur von intelligenten Gangstern. Respekt. Auf diesen genialen Einfall bist aber nicht du gekommen.«

»Es wurde so befohlen«, sagte Fehrkamp.

»Wer hat es befohlen?«

»Ehrig hat den Befehl übermittelt. Von wem er kam, weiß ich nicht.« Als Rabens Hand sich bewegte, wiederholte Fehrkamp laut: »Ich weiß es nicht. Wirklich.«

Die Fahrt endete außerhalb der Stadt. Wiesen waren überschwemmt, vom Himmel goss es, als wollte es nie mehr aufhören.

Erich steuerte den Wagen sicher über einen Feldweg, an dessen Ende ein Schuppen auf sie wartete, der schon die napoleonischen Kriege überstanden haben musste. Verfaultes Moos auf den Schindeln. Drinnen tropfte es von oben herunter. Eine Küche und ein großes Zimmer, abgetrennt durch eine Holzwand. Im Wohnraum stand ein Ofen. Erich machte Feuer im Küchenherd und im Ofen. »Keine Sorge, hier findet uns niemand.«

»Wir wollen es mal glauben«, sagte Lena. »Und diese Matratzen sind die Heimat von Läusen, Ratten und allem, was der Schimmel in seiner Schöpferkraft hervorbringt?«

»Diese Matratzen hat heute ein Genosse hierhingelegt. Sie sind sauber und bisher ungezieferfrei. Spätestens, wenn unser Gast sich auf eine legt, widerrufe ich diese Erklärung.«

Fehrkamp saß mit im Rücken gefesselten Händen auf einem Stuhl in der Küche. Seine Mimik trug alles Elend, das die Welt einem anzubieten hatte.

»Ein Klo gibt es hinterm Haus«, sagte Erich.

»Ich muss mal«, sagte Fehrkamp.

»Unser Kleiner hat sich die Windeln vollgeschissen. Kannst schon mal Papa spielen«, sagte sie.

»Jawoll, Mutti«, sagte Raben.

Er führte Fehrkamp hinaus auf den Hof. Neben einem leeren Stall, dessen Dach mehr Löcher als Schindeln aufwies, lag ein Bretterverschlag, tatsächlich mit einem herzförmigen Loch in der Tür.

Er löste Fehrkamp die Fesseln im Rücken. »Wenn du Blödsinn machst, schieß ich und verbuddle deinen Kadaver hinter dem Stall. Das würde mir viel Arbeit ersparen.«

Fehrkamp nickte.

Später desinfizierte Lena die Wunde und verband sie. Fehrkamp stöhnte, Tränen drängten in die Augen, wollten aber nicht fließen.

»Unser arischer Übermensch empfindet tatsächlich so was wie Schmerzen. Ich dachte wirklich, dass diese Vollendung der menschlichen Rasse alle Schwächen abgelegt hätte, die unsereins so plagen«, sagte Erich. Er blickte Raben und Lena an, die am Küchentisch saßen. Alles wacklig wie dereinst die Habsburgermonarchie, aber noch war kein Möbel zusammengebrochen.

»Ihr findet was zu essen und zu trinken im Küchenschrank.« Er grüßte grinsend mit geballter Faust und war verschwunden, bevor die anderen was sagen konnten.

»Und wie kommen wir hier weg?«, fragte Raben.

»Die Vorsehung«, sagte Lena. »Nicht wahr, Parteigenosse.« Sie klopfte Fehrkamp auf den Rücken. »Nach dem Essen machen wir ein Bäuerchen, und dann wird geschlafen.«

133.

Plötzlich hörte die Ballerei auf. Eckes hatte versucht, einen Angreifer auszumachen. Aber es war unmöglich, aus der Kellertür zu kommen, ohne sich eine Kugel einzufangen. Dann erschien die Polizei. Uniformierte und Bullen in Zivil. Sie umstellten die Villa und zwangen Eckes und seine Leute, mit erhobenen Händen rauszukommen. Sie hatten keine Wahl.

Sie landeten im Polizeigefangenenhaus an der Rossauer Lände, in Einzelzellen. Eckes verstand schnell, dass sich die Ermittlungen auf ihn konzentrierten. Er konnte keine Papiere vorzeigen, sein Deutsch verriet seine Herkunft. Und es war nicht das erste Mal, dass österreichische Polizisten deutsche Nazis einfingen, für die Großdeutschland schon Wirklichkeit war. Politiker und Presse, sofern sie nicht erblindet waren, betrachteten die österreichischen Nazis als Befehlsempfänger Hitlers.

Eckes hatte es mit dem Kriminalrat Lampinger zu tun, der den Schritt vom Monarchisten zur Republik noch nicht geschafft hatte, aber Nazis für Nacktschnecken hielt. Braune Wesen ohne Sinn außer dem, Ekel zu erzeugen. Und deutsche Nazis hielt er für Riesennacktschnecken, gegen die nur Feuer half. Leider befand sich dieses heilsame Mittel nicht im Vorrat der Strafprozessordnung. »Wer hat Sie hergeschickt?«

Eckes blickte ihn an: »Ich bin auf Urlaub hier. Dann wurde ich zusammen mit meinen Freunden überfallen. Und jetzt beschuldigen Sie mich also, dass ich auf mich habe schießen lassen. Gibt's dafür einen Paragrafen?«

»Ich brauche keine Paragrafen. Ich kann Sie hier verrotten lassen, bis Sie nicht mehr wissen, wie Sie wirklich heißen, Herr Meier.« Meier zog er so lang, bis das Wort vor Schmerz jaulte.

II. Macht

134.

Raben und Lena standen am Brandenburger Tor. Es war Nacht. Die Nacht war kalt. Die Nacht trug Fackeln. Reihe in Reihe marschierten die Kolonnen, Abteilung nach Abteilung. Fackeln in den Händen, Tornister auf dem Rücken. Erst das Braun der SA, dann das Grau des *Stahlhelms*, der Schlägertruppe der Deutschnationalen. Überall Menschen, die glotzten, sich begeisterten. Wenige schwiegen grimmig.

»Da!«, sagte Lena.

Ein Fenster im zweiten Stock der Reichskanzlei öffnete sich. Es erschien Hitler, der neugebackene Reichskanzler.

»Dabei waren die Nazis schon erledigt gewesen«, sagte sie. »Diese Scheißkerle, dieser Scheißpräsident, Scheiß-Papen, Scheißregierung.«

Ein Mann im Anzug, der vor Ihnen stand, drehte sich um. Nickte, lächelte sie an. »Heute ist der 30. Januar 1933. In einem Jahr, am 30. Januar 1934, ist der Spuk längst vorbei. Wir werden diesen Aufstand der Gosse fast schon vergessen haben.«

Raben grüßte den Mann mit einem Kopfnicken. »Hoffentlich«, sagte er. »Hoffentlich.« Sein Magen zog sich zusammen. Die Angst, sie hatte sich lang nicht mehr gemeldet. Im Gegenteil, sein Optimismus wuchs mit Lenas Bauch. Sie hatten vor zwei Wochen geheiratet. Lichtigkeit war sein Trauzeuge gewesen, der Kriminalredakteur Wagner ihrer. Kirche war nicht, Standesamt reichte. Da sie beide verdienten, konnten sie sich eine kleine Wohnung im zweiten Stock in Pankow leisten. Die S-Bahn brachte Raben direkt zum Präsidium, und Lena fuhr zum Spittelmarkt in Mitte, von wo sie es nicht weit zur Schützenstraße hatte.

Gennat hatte ein Wunder vollbracht. Er überzeugte die Münchener und Wiener Kollegen, dass sie gemeinsam einen wichtigen Mordfall aufgeklärt hatten. Für die Österreicher wäre es peinlich gewesen, wenn sie in der Presse angeprangert worden wären, einen in Deutschland gesuchten Verbrecher zu verstecken. Sie hätten sich lächerlich gemacht, wenn die Öffentlichkeit erfuhr, dass ein Kriminalassistent den Gangster nach Berlin befördert hatte, ohne dass ein österreichischer Polizist oder Grenzbeamter es mitgekriegt hatte.

Wieder war Peter wie zufällig zur Stelle gewesen, er brachte sie bis zur Grenze. »Mein Chef braucht mich gerade nicht.« Er hatte sein Gesicht verhüllt, damit Fehrkamp ihn nicht identifizieren konnte. Sie nahmen wieder die grüne Grenze, fanden ihren Mietwagen, wo sie ihn abgestellt hatten. Unterwegs überzeugten sie Fehrkamp, seine Entführung aus Österreich zu vergessen, dafür versprachen sie ihm, dass seine Rübe auf dem Schwabbelleib blieb. Doch spätestens wenn der Richter das Todesurteil verkündete, würde Fehrkamp begreifen, dass man als Nazi nicht nur geliebt wurde.

Lichtigkeit war beeindruckt gewesen, zumal der Kriminalpolizeirat begeistert eine doppelte Tortenportion verdrückt hatte. Natürlich hatte Raben nichts von den Wiener Kommunisten erzählt. Lena hatte einen Artikel geschrieben, der es auf die erste Seite schaffte.

Esser-Mörder stellt sich der Polizei!

Demnach hatte Fehrkamp in Wien das schlechte Gewissen gepackt und ihn reumütig in die Arme der deutschen Polizei zurückkehren lassen. Gennat ließ sich mit den Worten zitieren, dass seine Beamten alle rechtlichen Mittel ausschöpften, um das Verbrechen zu bekämpfen. Er dankte der österreichischen Polizei, ohne die dieser Ermittlungserfolg unmöglich gewesen wäre.

Raben stellte sich nachts vor, wie Gennat in seiner Wohnung auf dem Sofa saß und aus dem Grinsen nicht mehr rauskam. »Wir schicken Sie auf den Kommissarlehrgang«, hatte er gesagt. Und Lichtigkeit hatte seinem Schützling auf die Schulter geklopft. Aber das war vor der Ernennung Hitlers zum Reichskanzler gewesen. Vor dem Marsch der SA und des Stahlhelms durch das Brandenburger Tor.

Jetzt begann die Zeit der Abrechnungen.

135.

Sie waren im *Hotel Kaiserhof* gewesen, wo der Führer darauf wartete, dass der Reichspräsident Hindenburg ihn endlich zum Reichskanzler ernannte. Hitler hatte recht behalten, seine Sturheit hatte sich ausgezahlt. Reichskanzler oder nichts. Alle Zweifler waren verstummt und hofften auf das Vergessen.

Heydrich und Eckes trugen ihre schwarzen Uniformen mit Reiterhosen und Stiefeln. Sie saßen im Empfangsraum und tranken Sekt. Ehrfürchtig oder ängstlich, die Leute blieben auf Abstand. Himmler war der Mann der Stunde. Röhm trug seine Landknechtsfresse durch die Gegend. Er war Herr des Spektakels, und sein Duzfreund Adi hatte es geschafft. Den ersten Schritt, dem ein zweiter folgen musste. Die nationalsozialistische Revolution hatte gerade erst begonnen. Der Führer würde sich bald der Reaktionäre von den Deutschnationalen entledigen, die glaubten, ihn im Griff behalten zu können. Diese Traumtänzer, sollten sie doch.

Eckes sah Goebbels und Göring. Letzterer hatte ein Ministeramt gekriegt, Goebbels nicht. Goebbels fand, dass sein Beitrag zum Sieg entscheidend war. »Erobern Sie mir Berlin«, hatte der Führer gesagt. Und Goebbels hatte die Reichshauptstadt erobert, mit Hetze und Straßenterror.

»Eine große Zeit kündigt sich an. Aber große Zeiten ziehen vorbei. Man muss die Gelegenheit beim Schopfe packen«, sagte Heydrich.

Eckes nickte. Er war froh, dass Heydrich den Reinfall in Wien vergessen wollte. Manchmal ließ er eine Bemerkung fallen. Aber Eckes hatte alles getan, was in seiner Macht stand. Es hatte nicht gereicht. Doch jetzt hatten sie die Macht, auch wenn Papen und Freunde noch ein bisschen brauchen würden, bis sie es kapiert hatten. Der Führer würde aufräumen. Er hatte es angekündigt. Die SA wollte die Reaktionäre loswerden. Es würde bald zum Tanz aufgespielt, bei dem ein paar Leute die Tanzfläche besser verließen, bevor sie weggejagt wurden.

»Was wird aus uns?«, fragte Lena, als sie vom Bahnhof Pankow nach Hause liefen.

»Ich habe keine Ahnung. Es kann nur übel werden. Sie werden mich rausschmeißen, Nebe kennt mein Sündenregister.«

136.

»Wir organisieren eine Sitzung des ZK«, sagte Thälmann. Er empfing Kippenberger und Schneller in seiner Geheimwohnung. »In Ziegenhals. Vielleicht ist es die letzte für ein paar Jahre.« Nichts übers Abwirtschaften. Nichts über die rote Revolution, die unweigerlich auf die Machtübertragung an die Nazis folgen würde.

»Die Nazis werden uns die Bullen ins Karl-Liebknecht-Haus schicken. Wir müssen alles Wichtige vernichten oder in die Sowjetbotschaft bringen. Vor allem alles über den M-Apparat. Aber der Genosse Bordjuk hat versprochen, sich darum zu kümmern. Hoffen wir …«

Ja, Hoffnung ist alles, was bleibt, dachte Schneller.

Kippenberger nickte. »Wir sind vorbereitet, Teddy. Wir tauchen eine Weile unter. Sie werden das Land mit SA-Terror überziehen, und danach kommt unsere Stunde.«

»Gewiss«, sagte Thälmann müde. »Gewiss. Hoffen wir, dass sie nicht zu viele Genossen erwischen. Hoffen wir, dass es nicht zu viele Verräter gibt. Hoffen wir ...«

»Jetzt werden Neumann und seine Spalterfreunde kommen und behaupten, sie hätten recht gehabt. Neumann, der seinen Arsch gemütlich in ein Sowjetsofa furzen lässt ...«, schimpfte Schneller.

»Ist gut, Ernst«, sagte Thälmann. »Man kann in der Tat nicht behaupten, dass wir die Faschisten besiegt haben. Jetzt retten wir erst mal unsere Haut. In Ziegenhals stellen wir die Partei auf den Kampf in der Illegalität um. Wenn wir überhaupt noch eine Sitzung hinkriegen.«

»Die Verbindungen sind nicht abgerissen«, sagte Kippenberger. »Wir schaffen es. Wir gehen gestärkt aus diesem Kampf hervor.«

Thälmann nickte. Was sollten die Genossen auch sagen?

137.

Sie hatten auf dem Bett gelegen und geredet. Über alles Mögliche. Ob sie auswandern sollten. Die Nazis hassten das *Tageblatt*, und sie mussten Raben hassen. Schließlich hatte der einen SA-Mörder festgenommen. Sie fuhr über ihren Bauch.

»Wenn ich gewusst hätte, dass du so schnell verfettest ...«, sagte er.

Aber Witze verfingen nicht mehr.

Sie nahm seine Hand. »Und morgen ... heute früh, was werden die mit dir machen?«

»Mich rausschmeißen, so, wie es Kollegen nach dem Preußenschlag erwischt hat. Die werden jetzt Papens Säuberung zu Ende bringen. Was sonst?«

»Was sonst?«, wiederholte sie. Ja, was sonst?

138.

Fehrkamp saß im Tegeler Knast und verfluchte seinen Anwalt. Nachts wachte er auf und schrie. Sie hatten ihn in eine Einzelzelle gepackt, nachdem er ein paarmal ausgerastet war. Dieser Bulle hatte ihn verarscht. Von wegen mildernde Umstände. Wenn er seinen Anwalt, den ihm die Partei geschickt hatte, danach fragte, sprang dem das Mitleid ins Gesicht wie die Masern. Er nickte, nickte und nickte. »Wir werden es versuchen. Aber wenn die Ihnen den Mord nachweisen … Ich tu, was ich kann.«

Aber dann wurden die Wärter plötzlich freundlich. Und der Anwalt hatte die Vorfreude erfunden. »Wir sind an der Macht«, sagte er. »Erinnern Sie sich an die Kameraden aus Potempa?«

Wer erinnerte sich nicht an die SA-Freunde?

»Begnadigung ist das Mindeste. Immerhin sind wir an der Macht.«

Wir sind an der Macht, dachte Fehrkamp. Ich bin an der Macht. Wer wagte es, ihn in diesem Scheißgemäuer festzuhalten. »Ich muss hier raus, sofort.«

Der Anwalt, Typ Schrumpfgermane, wiegte den Kopf, der wie eine Melone auf seinen Zwergenkörper gepflanzt war. Den Hals hatte jemand vergessen, und doch bewegte sich der Schädel, ohne abzufallen. »Wir holen Sie hier raus, die Partei …«

»Aber beeilen Sie sich. Los! Los!«

Fehrkamp war wieder oben auf. Holte seinen Kopf aus dem Korb in Plötzensee und klebte ihn auf den Hals. Ja, jetzt ging es um Köpfe. Nicht nur um den von Fehrkamp.

139.

Am Morgen fühlte sich Raben zerschlagen. Sie war schon in der Küche. Es roch nach Bohnenkaffee. »Ich dachte, wenn sonst nichts hilft, einem die Laune zu verbessern.«

Sie redeten nicht viel beim Frühstück. Raben dachte an die Menora bei Lenas Mutter. Geiferten die Nazis nur gegen die Juden? Sie hatten Maßnahmen angekündigt. Seit sie aus einem bayerischen Morast entstiegen waren, hetzten sie gegen Wucherer, Ausbeuter, Zinsschneider, Betrüger, wie sie Juden nannten. Dabei waren Zehntausende aus Russland und Polen vor Pogromen nach Deutschland geflohen, wo sie sich noch schwerer durchzuschlagen hatten als die Einheimischen. Glaubte man den Nazis, dann waren Juden und Bolschewisten, was für sie das Gleiche war, zusammen mit den *Novemberverbrechern* im Krieg der kämpfenden Front in den Rücken gefallen. Sonst hätte Deutschland obsiegt. Das hatte auch der Reichspräsident Hindenburg behauptet, der 1918 als Chef der Obersten Heeresleitung die Regierung in Berlin flehentlich aufgefordert hatte, so schnell wie möglich den Waffenstillstand mit den Alliierten zu unterschreiben, weil sich mit dem Eintreffen US-amerikanischer Soldaten das Kräfteverhältnis immer weiter zugunsten des Feindes drehte. Die Politiker, die dem Hilfeschrei Hindenburgs folgten, durften sich forthin als *Novemberverbrecher* beschimpft sehen. Der spätere Reichspräsident selbst hatte Pate gestanden bei der Geburt der Legende vom Dolchstoß, von jenem Dolch, welchen Verräter der Front in den Rücken gestoßen hätten. Selbst der neue starke Mann nach der Flucht des Kaisers, der Sozialdemokrat Friedrich Ebert, empfing die heimziehende Truppe in Berlin mit der Lüge, im Felde unbesiegt gewesen zu sein.

Raben passierte die Pforte des Polizeipräsidiums. »Herr Kriminalassistent, Sie haben einen Besucher. Zimmer 16.« Des Pförtners

Wampe und Finger deuteten auf den Flur im Erdgeschoss. Raben klopfte an der Tür, spürte den Schweiß auf der Brust.

»Herein!«, rief eine hohe Stimme. Die nicht passte zu dem Mann, der an einem Tisch saß und ihn hereinwinkte. Raben kannte ihn von Fotos in Zeitungen. Meist war er mit Himmler zu sehen, dessen Vertrauen er besaß.

Heydrich.

Der deutete auf einen Stuhl ihm gegenüber. »Soll ich uns was kommen lassen?«

Raben verstand: Soll ich Sie noch ein wenig zappeln lassen? »Nein, danke. Sie sind jetzt Polizist?«

»Noch nicht«, sagte Heydrich und lächelte. »Aber wir, die SS, wollen der Polizei helfen, die Sicherheit ... Sie wissen so gut wie ich, dass wir der Kriminalität nicht mehr Herr werden, vor allem in den Großstädten, vor allem in Berlin.« Er musterte Raben.

Der erwiderte den Blick und schwieg. Wenn es schon so weit war, dass der SD bestimmte, wer bei der Kripo arbeiten durfte, war es egal, was er sagte. Dann fiel ihm doch etwas ein. »Die SA-Prügelgarden, stimmt, die haben wir nicht im Griff. Dass sich Leute einer Parteiarmee an Unschuldigen vergreifen, sie foltern, umbringen, die Straßen unsicher machen. Betrunkene Arschlöcher, die keinen Funken Anstand besitzen. Das sind Ihre Leute, Herr Heydrich.«

»Sie haben recht, junger Mann. Das sind die Misslichkeiten jeder Revolution. Sie setzt Kräfte frei, auch solche, die wir verachten. Wenn es nach mir ginge, müsste man jeden SA-Schläger einsperren. Aber es geht nicht nach mir. Mein Reichsführer will, dass Ruhe herrscht in Deutschland. Dass jeder anständige Deutsche sich sicher fühlt. Auch jene, die das Wesen unserer Revolution noch nicht verstanden haben. Wir haben Geduld.«

Raben hob die Brauen. Was wollte der Mann, der ihm wenigstens eine Falle gestellt hatte? Der ihn umbringen lassen wollte?

»Ihr Kollege Nebe hat Sie mir empfohlen. Ich weiß, dass Sie unserer Bewegung nicht angehören. Wir wollen aber alle gesunden Kräfte unseres Volkes mobilisieren. Ich verlange von Ihnen keinen Eintritt in die Partei. Die Leute, die jetzt hereinströmen, sind Konjunkturritter. Wir werden bald eine Aufnahmesperre verhängen müssen, damit uns diese Leute nicht überschwemmen. Die bewährten Kämpfer für unsere Sache, die ihre Gesundheit und ihr Leben eingesetzt haben, sind nicht begeistert über all die neuen Parteigenossen.« Heydrich nickte, wie um sich zuzustimmen. Bestarrte einen Moment seine schwarz gekleideten Knie. »Sie haben Ihre Gesundheit und Ihr Leben auch eingesetzt, weil Sie von etwas überzeugt waren. Gerechtigkeit. Wenn wir etwas wollen, dann ist es Gerechtigkeit, für unser Volk, für uns alle.« Er blickte Raben eine Weile an. »Sie haben uns ausmanövriert wie ein Torpedoboot einen Schlachtkreuzer. Das überleben nur die besten Kapitäne, und sie brauchen neben Mut auch das Vertrauen in ihr Schicksal. Wie Admiral Hipper, als er 1916 mit seinen Kreuzern der englischen Flotte am Skagerrak entgegendampfte. Ein Held. Hätten wir mehr von solchen Helden gehabt, die amerikanische Übermacht hätte uns nicht niedergerungen.«

»Ich dachte, es wäre die Heimatfront, die …« Es rutschte ihm heraus. Aber es war sowieso egal.

Heydrich lachte. »Überlassen Sie es den Dummköpfen, Dummheiten zu glauben. Es kommt auf den Einzelnen an. Auf Mut, Charakter, Rasse und Stolz.« Er blickte Raben neugierig an. »Sie sind frisch verheiratet. Ihre Frau ist schwanger. Meinen Glückwunsch. Ihr Kind wird in einem Deutschland aufwachsen, auf das Sie stolz sein können. Aber dafür brauchen wir die besten Leute, und wir von der SS nehmen es niemandem übel, wenn er sich in uns getäuscht hat. Allerdings wollen wir nichts mit Leuten zu tun haben, die alles Wertvolle verneinen, die im Chaos ihr Glück suchen, Sie verstehen?«

»Ich versuch es«, sagte Raben.

»Das ist gut. Wir haben immer noch sechs Millionen Arbeitslose. Es wird sich viel ändern. Sie haben die Wahl. Sie können dabei sein oder nicht. Ihre Frau arbeitet beim *Tageblatt*?«

140.

Raben verließ das Präsidium. Er ging langsam zur S-Bahn.

»Du kannst noch nicht grüßen?«, grölte einer.

Raben hatte den SA-Trupp nicht gesehen.

Ein Fettsack in brauner Uniform, die Hakenkreuzbinde am Arm, schlug ihm ins Gesicht. »Du kannst immer noch nicht grüßen?«

Sie umringten ihn und begannen zu boxen und zu treten. Ein Tritt in die Kniekehle ließ ihn stürzen. Plötzlich hörten die Prügel auf. »Kannst du jetzt grüßen?« Speicheltropfen flogen hinterher.

»Guten Tag«, sagte Raben.

Die Tritte wurden härter, bis Raben nichts mehr spürte.

Er erwachte im Urban-Krankenhaus. Lena hatte Tränen in den Augen. Sie saß neben seinem Bett und hielt seine Hand. Raben blinzelte. Ihm war speiübel. Er schloss und öffnete die Augen. Jemand hielt ihm eine Schüssel vor die Nase. Er übergab sich.

»Ist normal bei einer Hirnerschütterung. Wird aber wieder. Nichts gebrochen. Da gibt es schlimmere Fälle in diesen Tagen. Schauen Sie mal ins Leichenzimmer.« Die Krankenschwester wischte ihm den Mund sauber. »Sie werden in den nächsten Tagen Blut pinkeln, das kommt von den Nieren … das ist dort, wo es am meisten wehtut.«

»Danke für die hilfreiche Information«, sagte Raben.

»Danken Sie dem Herrn Heydrich … dieser Mann in Trauerkleidung, nur den Totenkopf auf der Mütze finde ich ein bisschen übertrieben. Jedenfalls hat Sie dieser Herr vor Schlimmerem bewahrt.« Sie verschwand mit der Schüssel.

»Mein Gott, Karl, was ist passiert?« Lena tupfte sich die Augen trocken, aber die Schminke war schon verschmiert.

»Die neue Zeit bricht an«, sagte Raben. »Das tausendjährige Reich.«

141.

»In den Mietskasernen wohnen die Genossen Tür an Tür mit den Schweinen«, sagte Kippenberger. »Sie foltern und bringen unsere Genossen um. Irgendwo in Kellern, auf der Straße, in Wohnungen. Auch die Sozis werden misshandelt. Sie verlangen von jedem Passanten auf der Straße, dass er *Heil Hitler* ruft. Sonst gibt's Dresche. Sie führen sich auf, als gehörte Deutschland ihnen.«

»Vielleicht ... die Genossen müssen sich wehren. Wir müssen Stärke zeigen und auf unsere Stunde warten«, sagte Thälmann.

Kippenberger blickte ihn an. »Wo ist der Genosse Bordjuk?«

»Willst du, dass er den Nazis in die Hände fällt?«, fragte Thälmann.

Schweigen. Leises Klopfen an der Wohnungstür. Kippenberger sprang auf, die Pistole in der Hand. »Wer weiß noch, dass du hier wohnst?«

»Ernst, der hat mir den Unterschlupf besorgt«, sagte Thälmann.

Kippenberger öffnete die Tür, bis die Sicherheitskette gespannt war. Dann schloss er die Tür, löste die Kette und öffnete wieder. Schneller war außer Atem. Stand im Zimmer. »Irgendeiner hat mich erkannt. Aber ich bin entkommen. Sie jagen uns, scheißen auf Recht und Polizei.«

»Tote auf Urlaub«, murmelte Kippenberger, nachdem er sich gesetzt hatte. »Wir Kommunisten sind Tote auf Urlaub. Das hat der Genosse Leviné gesagt, bevor sie ihn in München erschossen haben.«

»Olle Kamellen«, sagte Schneller. »Wir müssen diesen braunen Dreck überleben. Defätismus ist das Letzte, was wir brauchen.«

»Beruhigt euch, Genossen. Die Nazis werden ihre Horden zur Ordnung rufen. Sonst laufen ihnen die Papens weg. Der Reichspräsident mag es auch nicht, wenn besoffener Pöbel die Straßen beherrscht.«

Schneller setzte sich. Am Fenster ließ eine Pflanze ihre Blätter hängen. Die Wand war verziert mit Fotos von Ausflügen aufs Land. Auf einem erkannte er das Ortsschild von Königs Wusterhausen. Als die Welt noch grün war und nicht braun. Am Fenster die Spuren von Regentropfen, als hätten sie marschieren geübt.

»Aus Moskau kam der Vorschlag, dass wir Gespräche mit der Sozialdemokratie und den Gewerkschaften aufnehmen. Wir brauchen einen Generalstreik«, sagte Kippenberger. »Es gibt bei denen Leute, die wollen mit uns zusammengehen. So manchem Antikommunisten schlottern nun die Hände und alles Mögliche dazu.«

»Na ja, wir waren auch schon optimistischer«, sagte Thälmann. »Was meint Torgler?«

»Unser verehrter Fraktionsvorsitzender im Reichstag spricht ja immer wieder mit denen. Der Genosse sagt, wir sollten unsere Politik überdenken. Dass wir die Sozis als Sozialfaschisten angegriffen hätten, mache es jetzt schwer.«

Kippenberger lachte bitter. »Ach, die sind beleidigt? Wie ich höre, setzt sich jetzt sogar der Chefredakteur des *Vorwärts* für eine Einheitsfront ein, nachdem uns das heilige SPD-Zentralorgan Tag für Tag verleumdet hat.«

»Das geht seit den Morden an Karl und Rosa«, sagte Thälmann. »Der Streit muss jetzt aufhören. Meine Meinung über die Sozialdemokraten hat sich um kein Jota geändert. Aber jetzt geht es um die Existenz der Arbeiterbewegung. Wir müssen die Führung der Sozis von den Mitgliedern und Anhängern trennen.«

142.

Nach zwei Tagen bestand Raben darauf, entlassen zu werden. Lena protestierte, die Schwester protestierte, der Arzt protestierte, Lichtigkeit protestierte. Schließlich gaben sie nach.

»Aber Sie pflegen den Kollegen zu Hause«, sagte Lichtigkeit.

»Ich habe mir Urlaub genommen«, sagte Lena.

Lichtigkeit fuhr die beiden zu ihrer Wohnung. Trug die Reisetasche hinein. »Sie Kriminalpolizeirat sind mindestens zwei Wochen krankgeschrieben. Das ist ein Befehl.«

»Jawohl, Herr Polizeipräsident. Reichskanzler nenn ich Sie lieber nicht.«

Lichtigkeit grinste und fuhr zurück ins Präsidium. Schließlich gab es genug Mordopfer und halb Totgefolterte, um die sich die Polizei nicht kümmern durfte. »Lasst die SA sich austoben«, hatte der Polizeipräsident gesagt. »Das hört auch wieder auf. Und es trifft nicht die Falschen.«

Lena packte Karl aufs Sofa und schob ihm ein Kissen unter den Kopf.

»Mir fällt gerade auf, dass wir noch kein Bild aufgehängt haben außer dem.« Er zeigte auf das Foto ihrer Mutter über der Kommode.

»In dem Zustand machen wir besser kein Foto von dir. Ich staun ja immer noch, dass die dich nicht rausgeschmissen haben. Und dein neuer Freund, was hat der für Absichten? Der weiß doch, dass du die Scheißkerle hasst wie die Pest.«

»Ich glaube, dass Heydrich so was wie Respekt hat wegen unseres Fehrkamp-Coups.«

»Halt mich da raus. Ich will mit dieser Klapperschlange nichts zu tun haben.«

»Ist in Ordnung. Aber Fehrkamp wird sich über eine Frau beschweren, deren Namen er nicht kennt.«

»Lass ihn …«

»Gut«, erwiderte Raben.

Es klingelte. Lena öffnete. Es war Heydrich, in Zivil, einen Blumenstrauß in der Hand. »Entschuldigen Sie die Störung, ich wollte Ihren Mann im Krankenhaus besuchen. Dort sagte man mir, er sei gewissermaßen desertiert.«

»Kommen Sie herein. Aber nur kurz, bitte. Mein Mann hat sich zwar aus dem Krankenhaus entlassen, aber er unterschätzt die Schwere seiner Verletzungen.«

»Solche Leute mag ich«, sagte Heydrich.

Raben hörte die helle Stimme. Hörte, wie sich Lena für den Blumenstrauß bedankte. Hörte die Ledersohlen klacken. Wir müssen dringend einen Läufer für den Flur kaufen, dachte er. Was einem so einfiel, wenn man Angst hatte.

Heydrich stellte sich vor das Sofa und gab Raben die Hand. Der deutete auf den Sessel. Lena kam mit Vase und Blumen. Sie setzte sich auf den anderen Sessel. »Darf ich Ihnen etwas anbieten?«

»Sehr freundlich, Frau Raben. Aber ich will Sie nicht lange belästigen. Ich wollte Ihrem Mann und natürlich auch Ihnen sagen, dass wir solche Leute wie ihn brauchen. Wir werden die Polizei ausbauen, wir werden neue Stellen schaffen. Wenn Ihr Mann es will, ist er in einem Jahr Kommissar. Ein halbes Jahr Lehrgang am Polizeiinstitut, vorher ein halbes Jahr bei der I A.«

»Was ist das, I A?«

»Das ist die Politische Polizei«, erwiderte Heydrich. »Sie haben Fehrkamp gefunden und entführt, obwohl wir ihn gut versteckt und bewacht hatten. Das war eine Meisterleistung. Und die Übertretung so ziemlich sämtlicher Gesetze hier und in Österreich zeigt Ihren Mut. Ich habe eine große Aufgabe für Sie, einen Spezialauftrag. Sie mögen die Kommunisten so gern wie ich, nehme ich an.« Ein Blick zu Raben.

»Stimmt. Aber Ihre Schlägertypen mag ich noch weniger.«

»Das geht mir auch so. In der SA gibt es zu viel Abschaum. Den brauchten wir, um die Macht zu ergreifen. Aber in ein paar Monaten ...«

»Was ist dieser Spezialauftrag?«, fragte Lena. Sie hoffte, dass niemand ihre Stimme zittern hörte.

»Seit vielen Jahren gibt es in der KPD den sogenannten M-Apparat.«

»Aha«, sagte Lena. »Und wofür steht das M?«

»Militärpolitischer Apparat. Der Name änderte sich immer mal wieder, die Aufgabe aber nie. Außer dass der Apparat zunehmend von der GPU gelenkt wird, dem sowjetischen Geheimdienst, der früher mal Tscheka hieß. Das gehört zur *Bolschewisierung der KPD*, haben Sie bestimmt gehört.«

»Praktisch die Unterwerfung der KPD unter Moskaus Führung, unter Komintern und Stalin.«

»Stimmt, Ihr Blatt hat mehrfach darüber berichtet. Übrigens soll ja auch das *Berliner Tageblatt* eine Zukunft haben und Sie als Redakteurin ebenso.« Er blickte auf ihren Bauch. »Es ist bald so weit, nicht wahr?«

»Sie verstehen mehr von Kommunisten als von Frauen, Herr Heydrich«, erwiderte sie.

Der lachte. »Da bin ich mir nicht so sicher.« Er blickte sie an, dann Raben. »Der neue Staat braucht alle guten Leute. Wir sind nicht nachtragend. Wenn sich Menschen in uns geirrt haben, Schwamm drüber. Aber wer sich gegen uns stellt, geht schweren Zeiten entgegen.«

Schweigen.

»M-Apparat, das hab ich jetzt verstanden …«

»In der I A gibt es Akten über den. Ihr Mann wird es schnell begreifen. Das ist der bewaffnete Arm der KPD, die Aufstandsorganisation. Ihr Vorbild ist die Tscheka, und wie die in Russland gewütet hat … Terror, wie Lenin richtig sagte. Roter Terror. Und das ist die Aufgabe des M-Apparats in Deutschland. Wenn Stalin es befiehlt …«

»Und mein Mann soll …?«

»Hans Kippenberger aufspüren, den Chef des M-Apparats.«

»Der sitzt doch im Reichstag, genießt Immunität«, sagte Raben. »Auch wenn es ein Kommunist ist, ich bin als Polizist verpflichtet, mich an die Gesetze zu halten.«

Heydrich lachte. Es klang schrill. »Gewiss, solange die Partei legal existiert und der Reichstag nicht aufgelöst ist. Aber es ist doch nicht verboten, wenn Sie den Gangster beschatten, damit wir zugreifen können, sobald das Gesetz es erlaubt. Die kommunistischen Führer sind abgetaucht, weil die SA … Sie wissen ja. Kriegten die braunen Kameraden einen von der Kommune in die Finger, zumal Thälmann, Torgler und so weiter …« Er blinzelte Raben zu. »Sie könnten den Herrn Kippenberger bis dahin ja auch beschützen. Und Sie könnten weiter am Fall Esser arbeiten und die Genossen bitten, Sie zu unterstützen.«

»Da macht mein Chef nicht mit«, sagte Raben.

»Doch, ich habe schon sein Einverständnis.«

143.

An einem Freitagmorgen begann der Prozess gegen Fehrkamp. Raben hatte nicht mehr damit gerechnet. Als hätte die Justiz nicht bemerkt, dass die Partei des Mörders an die Macht gekommen war. Selbstverständlich hatten *Völkischer Beobachter* und Goebbels' *Angriff* Hymnen auf Fehrkamp gesungen, einen wahren deutschen Helden, der sich gegen den Angriff des Bolschewismus gestellt habe, gegen die jüdische Zersetzung. Sie schilderten Fehrkamp als Opfer einer illegalen Polizeiaktion. Der Mann sei gewaltsam entführt worden, im Zusammenwirken mit Kommunisten. Wenn die österreichischen Behörden das nicht bestätigen wollten, zeige dies nur, wie erfolgreich die kommunistische Unterwanderung bereits sei.

Raben saß mit Lena in der letzten Reihe. Sie berichtete für das *Tageblatt*. Beim Frühstück hatte sie erzählt, wie die Angst umging in der Redaktion. Zwei Kollegen seien verprügelt worden, einer sei verschwunden. Die SA habe sie vor dem Mossehaus abgefangen. Goebbels habe den Chefredakteur angerufen und eine »positive Berichterstattung« verlangt. Es sei vorteilhaft, wenn die Redaktion sich freiwillig dazu durchringe, den Nihilismus der Systemzeit hinter sich zu lassen.

»Sie brauchen nur einen Vorwand, um alle Grundrechte abzuschaffen. Wenn der nicht kommt, werden sie selbst einen finden.«

»Schwarzseherin«, sagte er. Er hatte Kopfschmerzen und blaue Flecken am Körper. Nachts fand er keine Lage, die ohne Schmerzen wäre. »Rollmops« hatte sie ihn genannt, als er sie unabsichtlich im Bett anrempelte. Aber Lena hatte recht. Wie immer, manchmal fand er es nicht lustig. Gewalt und Verlockung waren das Rezept der Nazis und ein durch nichts begrenzter Machtwille. Das wusste er auch.

Die Richter kamen herein. Der Saal erhob sich. Sie saßen erhöht, hinter ihnen eine lackierte Holzwand mit einem Kreuz über ihnen. »Das Kreuz haben sie schon, fehlen noch die Haken«, sagte Lena.

Fehrkamp wurde hereingeführt. Er sah gesund aus, hatte zugelegt. Sein Anzug saß. Hemd und Krawatte. Als hätte man einer Erdkröte einen Seidenpyjama angezogen.

»Man sollte Nazihäftlingen nur den Fraß geben, den sie den Häftlingen in den SA-Lagern, oder wie man die nennen soll, zu essen zwingen«, sagte Lena. »Ich habe da Sachen gehört. KZ.« Wagner kannte zwei Sozialdemokraten, die entlassen worden waren, aus Kellern, in denen die SA sie mit sadistischer Freude gefoltert hatte.

Er legte seine Hand auf ihre.

Sie waren eingekreist von Männern in brauner Uniform. Fehrkamp riss den Arm hoch, fast alle Besucher erhoben sich. »Heil!«

Der Richter ließ die Glocke klingen. »Wenn Sie hier noch einmal eine politische Kundgebung veranstalten, lasse ich den Saal räumen.«

»Wir kennen deine Adresse!«, rief einer. Höhnisches Gelächter.

»Sitzen Zeugen unter den Zuschauern?«

Raben erhob sich. »Kriminalassistent Raben.«

»Wie sehen Sie denn aus?«

»Ich hatte eine Begegnung mit Herren in dieser Uniform hier.« Er deutete auf seinen Vordermann.

»Nicht mal vor der Polizei macht die Gewalt halt.« Der Richter betrachtete die Besucher, aber vielleicht dachte er nur nach, wie lange er noch hatte.»Darf ich Sie also bitten, den Saal zu verlassen. Warten Sie draußen, ich rufe Sie dann herein.«

Raben drückte Lenas Hand und ging. Er traf im Gang einen Justizbeamten und zeigte ihm die Dienstmarke. »Ich würde Verstärkung hineinschicken. Unauffällig vom Hintereingang her.«

»SA?« Schmaler Mund mit eingefallenen Wangen. Blass.

Raben nickte.

»Ich kümmere mich drum.«

Er las die Mitteilungen an einem Brett an der Wand. Jemand hatte mit roter Farbe *Heil!* darübergemalt.

Es wurden Verhandlungen angekündigt wegen Mordes, schwerer Körperverletzung, Diebstahls und Raubs. Eine Zusammenfassung dessen, was in Berlin geschah und in anderen Städten des Reichs, wo der Mob nach der Macht griff.

»Na, Bulle, willst du dich ganz reinreiten?« Zwei in braunen Uniformen.

»Vorher könnte ich Sie noch verhaften wegen Beamtenbeleidigung.«

Einer sah aus, wie er war: Schlägerfresse. Der andere war das Gegenteil: fein geschnittene Züge, wache Augen.

Die Schlägerfresse klopfte Raben auf die Schulter und lachte und ging weiter. Der andere drehte sich um: »Wir kriegen dich. Es ist nur eine Frage der Zeit.«

144.

»Ich möchte, dass Sie Raben überwachen. Teilen Sie Kameraden dazu ein. Vierundzwanzig Stunden, auch am Wochenende«, sagte Heydrich.

Eckes nickte. »Jawohl, Standartenführer.«

Heydrich antwortete mit einem Lächeln, als wollte er Eckes

endlich den Reinfall in München verzeihen. »Wie läuft der Prozess gegen Fehrkamp?«

»Da wurde die Anklageschrift verlesen. Es gab einen Befangenheitsantrag gegen den Richter.«

»Ja, der Parteigenosse Freisler liebt die Offensive. Begründung?«

»Der Richter habe sich negativ über die SA geäußert. Da Fehrkamp SA-Mitglied sei, könne er diesen Prozess nicht vorbehaltlos leiten.«

Heydrich lachte. »Logischer geht's nicht.«

Eckes war erleichtert. Nachdem ihm Raben entwischt war, hatte Heydrich ihn angeschnauzt und aus dem Büro geschmissen. Tagelang nicht nach ihm gefragt. Aber seit das halbe Büro nach Berlin umgezogen war, besserte sich die Laune des Chefs. Der Reichsführer wollte die Polizei unter die Befehlsgewalt der SS stellen. Das war ein harter Kampf mit Kräften, die keine Macht abgeben wollten, in der eigenen Partei und bei den Reaktionären der Deutschnationalen. Noch war die Sache nicht entschieden, noch hatten sie nicht alles in ihrer Gewalt. Alles oder nichts, das forderte der Führer. Bei den kommenden Wahlen kämpften sie um eine Mehrheit der Stimmen. Sie würden die Kommune und die Sozis schon vorher angreifen.

»Sie dürfen Raben nicht aus den Augen lassen, Eckes. Und Ihre Kameraden müssen ihn bewachen. Er steht unter meinem Schutz. Wenn die SA oder sonst wer den in die Finger kriegt, mache ich Hackfleisch aus Ihnen. Ihre letzte Chance.«

145.

»Der Angeklagte behauptet, Sie hätten ihn zusammen mit einer Frau aus Wien entführt«, fragte der Staatsanwalt. Er reckte seine Adlernase zu Raben, der an einem Pult vor dem Richter stand.

»Das ist eine Lüge. Ich habe ihn in Wien aufgestöbert, und da hat er sich bereit erklärt, mit mir und meiner Frau nach Berlin zurückzukehren.« Sie hatten ihn in Wahrheit in den Kofferraum von Peters Horch gepackt. Der hatte sie zur Grenze gefahren, wo sie ein Schleuser nach Deutschland hinüberbrachte. Wegen seines Dauergejammers hatten sie Fehrkamp geknebelt und die Hände auf dem Rücken gefesselt. Sie kehrten auf dem Bauernhof ein, wo ihr Opel Frosch auf sie wartete.

Braunes Gelächter im Saal.

»Das glaubt Ihnen doch niemand, haben Sie dafür Zeugen?«

»Hat Herr Fehrkamp Zeugen für seine Version?«

»Sie haben keine Fragen zu stellen.«

Raben sah, wie sich Justizbeamte und Schutzpolizisten am Hintereingang versammelten, die Knüppel in der Hand.

»Also hat er keine Zeugen, Herr Staatsanwalt.«

»Sie haben auch nichts festzustellen.«

Aber der Staatsanwalt hatte auch nichts mehr zu fragen oder festzustellen. Fehrkamp starrte Raben böse an, dann Lena, die er längst im Saal ausgemacht hatte. »Da sitzt sie, die mich zusammen mit diesem Bullen entführt hat!«

Lena erhob sich: »Sie sind ein unverschämter Lügner. Ich werde Sie anzeigen.«

»Oho!«, tönten die Braunen.

»Beim nächsten Zwischenfall lasse ich den Saal räumen.«

Anwalt Roland Freisler stand auf. Er spielte den Erregten. »Dieser Polizist konspiriert mit dieser Journalistin vom links verseuchten *Tageblatt*. Sie haben sich mit Kommunisten und anderen Marxisten zusammengeschlossen, um die verfassungsmäßige Regierung zu stürzen. Sie werden noch erkennen, dass ich recht habe, spätestens dann, wenn diese Ratten über uns herfallen und das Blut in Strömen fließt.«

»Mäßigen Sie sich, Herr Anwalt«, sagte der Richter. »Hier geht es allein um den Mord an Kurt Esser. Es gibt offensichtlich Zeugen, die Ihren Mandanten als Täter identifizieren können.«

»Alles Kommunisten«, sagte Freisler.

»Haben Sie noch Fragen an den Zeugen, Herr Anwalt?«

»Ich halte Aussagen dieses Zeugen für überflüssig. Dieser Mann sagt die Unwahrheit.«

Raben ging zurück zu seinem Platz neben Lena. Seinen Weg begleitete ein Zischen: »Wir kriegen dich … Schau dir deine Frau noch mal an … Wir erwarten dich in Pankow … Du kannst die Tage schon runterzählen … Scheißbulle.«

Lena nahm seine Hand. Sie war blass, Angst in ihren Augen. Sie beobachtete die drei Richter und die sechs Geschworenen, die vorn saßen. »Die haben dir geglaubt«, flüsterte sie ihm ins Ohr.

»Halt's Maul«, zischte es hinter ihnen.

Wie kommen wir heil hier raus?, fragte sich Raben. »Komm, wir überraschen die und gehen«, flüsterte er.

Sie nickte.

»Fertig?«

Sie nickte wieder. Sie standen auf und eilten zum Mittelgang, dann zur Tür. Fünf SA-Riesen sprangen auf, fingen Raben und Lena gleich nach der Eingangstür des Gerichtssaals ab. »So, dann gehen wir mal«, sagte einer. Auf einer Bank sah Raben Franz Puth, Ferdinand Friese und Horst Brück, dessen verschwitzte Glatze im Fensterlicht glänzte. Sie starrten ihn an. Verstanden gleich, was geschehen würde. Friese zuckte die Achseln.

146.

»Die Reaktionäre und die Faschisten werden sich zerstreiten, vielleicht werden SA und Stahlhelm aufeinander losgehen. Wir warten, wer gewinnt, und dann schlagen wir zu«, sagte Thälmann. »Die Massen werden verstehen, dass Hitler Krieg bedeutet, den Bürgerkrieg eingeschlossen. Wir werden mit allen Mitteln die Öffentlichkeit aufklären über die Wahlen, die spätestens im Sommer abgehalten werden, sofern die Nazis nicht schon vorher putschen.«

Kippenberger wiegte den Kopf. »Ein paar Unsicherheiten sind schon drin in diesem Plan.«

»Ist das nicht immer so?«, fragte Schneller.

»Die Genossen in Moskau werden sich dabei etwas gedacht haben. Sie werden unsere Partei nicht verheizen«, sagte Thälmann.

Schneller blickte auf die Leninbüste auf Thälmanns Schreibtisch. Was hätte der Alte wohl zu den Weisungen der Komintern gesagt? Er hatte ja seit 1917 auf die deutsche Revolution gesetzt, ohne welche die bolschewistische in Russland nicht überleben könne. Aber die deutsche Revolution war eine sozialdemokratische gewesen, und die neue Regierung hatte Söldner auf die Kommunisten losgelassen.

Schneller räusperte sich. »Wir haben kurzfristig andere Sorgen. Die SA verschleppt immer mehr Genossen und foltert sie. Die Polizei tut nichts dagegen. Ich habe von einem sozialdemokratischen Funktionär gehört, der Polizei seien die Hände gebunden. Göring hat faktisch die Macht in Preußen übernommen und lässt seine Hunde von der Leine. Er ist jetzt schon Chef der Polizei.«

»Wir sehen lieber zu, dass wir abtauchen«, sagte Thälmann.

147.

»Was glaubst du, was gleich mit dir passiert, Süße?«, sagte die Schlägerfresse.

Raben zog seine Waffe, blieb stehen, schob Lena hinter sich. Er spannte den Hahn.

»Oho, Herr Bulle haben Schiss«, sagte einer, dem eine Narbe schräg über die Stirn lief. »Wir warten draußen auf euch. Ich freu mich schon.« Er ließ Lena einen Kuss mit den Fingern zufliegen.

»Gibt's hier keinen Seitenausgang?«, fragte sie.

Raben hatte den Kantinenausgang zusammen mit Lichtigkeit benutzt, um der Presse zu entfliehen. »Komm mit.«

Er führte sie ins Erdgeschoss, dann nach links, wo sich die Kantine durch Gerüche ankündigte. Sie betraten den Saal. Dort saßen Rechts- und Staatsanwälte, Richter, Justizbeamte – und ein Trupp SA, bewaffnet mit Biergläsern. Es waren, den Stimmen nach zu urteilen, nicht die ersten. Raben musterte die anderen Gäste und sah die Angst. Sie beugten sich übers Essen, schlangen es hinunter, um die Kantine so bald wie möglich zu verlassen.

Ein SA-Mann erblickte Lena. Er steckte zwei Finger in den Mund und pfiff. »Da sind sie.«

Sie rannten aus der Kantine, hörten das Getrampel hinter sich. Dann sahen sie die anderen Braunhemden, die sie schon belästigt hatten und ihnen nun entgegenkamen. Lena erstarrte, fasste Rabens Arm. Der zog wieder seine Pistole.

»Na, schieß doch, du Schlaumeier!«, rief einer.

Obwohl viele Menschen es gehört haben mussten, kam niemand ihnen zu Hilfe. Raben richtete seine Waffe auf einen, der ihm so was wie ein Anführer zu sein schien. »Sie erschieße ich zuerst«, sagte er.

Der Mann lachte und kam näher, bis seine Brust fast schon den Pistolenlauf berührte.

Plötzlich eine scharfe Stimme. »Schluss da!« Fünf Mann in SS-Uniform, die Totenkopf-Mütze auf dem Kopf. Pistolenholster am Gürtel. Ihnen voraus stolzierte ein Rotschopf, die Haare so kurz geschnitten, dass die Haut durchschimmerte.

Raben erkannte ihn sofort. Das war der Typ vom Münchener Hauptbahnhof.

»Wer führt hier das Kommando?«, schnauzte er.

Der Typ, der eine Pistolenlauflänge vor Raben stand, sagte: »Ich, Obersturmbannführer.«

»Kommen Sie her, Sturmführer. Die anderen bleiben, wo sie sind.« Vier SS-Männer stellten sich vor Karl und Lena.

Die beiden Anführer tuschelten. Der SS-Offizier redete auf den SA-Sturmführer ein. Zuletzt zischte er: »Und Sie halten den Mund.

Das ist ein Befehl, Kamerad!« Wohl mit Absicht lauter, damit die braunen Schläger es hörten.

Der SA-Sturmführer ging zurück zu seinen Männern. Wandte sich an Raben: »Wir sehen uns noch.« Dann befahl er den Abzug.

Der Sturmbannführer gab Lena und Karl die Hand. »Ich soll Sie von Standartenführer Heydrich grüßen.«

Raben kreiselten ein Dutzend Gedanken durch den Kopf. War das eine abgekartete Aktion gewesen, um ihn zu erpressen? War es Zufall? Überwachte ihn die SS? Was würde geschehen, wenn er Heydrichs Auftrag ablehnte?

Zu Hause setzten sie sich an den Küchentisch. Töpfe, Geschirr und Besteck waren erst halb eingeräumt. Lena kochte ihnen einen Tee. Auf dem Tisch lag ein Brief an sie. Sie hatte ihn betrachtet und hingelegt.

»Warum öffnest du ihn nicht?«

»Weil ich weiß, was drinsteht.«

»Darf ich?«

»Gern, wenn du dir den Abend vermiesen willst.«

Er öffnete. Absender: die Geschäftsführung des *Berliner Tageblatts.*

148.

Nicht mal sein Gesicht durfte er im Fenster der Geheimwohnung zeigen. Schneller hatte ihn nachts ins Haus in Neukölln geschleust und war gleich verschwunden. Sie waren unterwegs SA-Horden ausgewichen. Es war knapp gewesen. Noch in seiner Wohnung hatte Thälmann das Gebrüll im Ohr.

Er saß im kleinen Wohnzimmer und starrte an die Wand. Eigentlich sollte er sich auf die ZK-Sitzung vorbereiten. Vielleicht würde es keine mehr geben. Er suchte in sich den Optimismus, den er den Genossen vermitteln sollte. Er fand keinen.

Als läge er auf dem Sterbebett, bedachte er die Stationen seines Wegs an die Spitze der Partei. Der Kampf gegen die Linksabweichler, dann gegen die Opportunisten, zuletzt der Streit mit dem Chefredakteur der *Roten Fahne*, Heinz Neumann, der jetzt in Moskau vor sich hin jammerte. Der war so intelligent und beredt, dass er die anderen im Politbüro eingeschüchtert hatte. Seine Ansprüche waren mit dem Posten eines Chefredakteurs kaum befriedigt. So war das mit bürgerlichen Intellektuellen, die in ihrem Konvertitenehrgeiz jeden Linksradikalen links überholten.

Aber Thälmann spürte die Verletzungen durch die Kämpfe, seine Abhängigkeit von Stalin, die sein Kopf bejahte, die ihn aber trotzdem beunruhigte. Was, wenn die Nazis doch nicht abwirtschafteten, wenn sich Hitler hielt? Wenn es ihm gelang, die Deutschnationalen abzuservieren? Kam dann die Stunde der Partei? Das Wichtigste war es seit Mitte der Zwanzigerjahre gewesen, die Sowjetunion zu verteidigen, gegen die Imperialisten, gegen die USA, Briten und Franzosen. Gegen Polen. Gegen die Machenschaften der deutschen Reaktionäre. Obwohl die Sowjetführung denen half, insgeheim aufzurüsten. Die Reichswehr baute und übte in Russland den Panzer- und Luftkrieg. Hitler würde dieses Unternehmen beenden. Die Nazis wollten die Sowjetunion vernichten. Nicht umsonst hatte Thälmann immer und überall gewarnt, dass Hitler Krieg bedeute. Das passte nicht zum Abwirtschaften. Wenn Hitler Krieg bedeutete, musste er aufrüsten, und das dauerte. Und es schaffte Arbeitsplätze.

Hitler verkörperte die Sehnsucht nach Vergeltung für die Niederlage im Krieg 1918 und den Versailler Vertrag 1919. Das hatte die Partei unterschätzt. Sie hatte auch den Judenhass nicht ernst genug genommen. Jetzt hetzte die SA auf den Straßen jeden, der in ihren Augen jüdisch aussah. Wir haben die Lage falsch beurteilt, und jetzt müssen wir uns verkriechen wie die Hasen vorm Fuchs. Wenn es so weiterging, musste er aus Deutschland verschwinden. Man durfte den Nazis nicht den Triumph lassen, den Vorsitzenden der KPD zu greifen.

149.

»Sie entlassen dich fristlos, weil du mir geholfen hast, Fehrkamp zu erwischen«, sagte Raben. »Das steckt dahinter. Das wissen sie, seit Fehrkamp erklärt hat, dass du dabei gewesen seist. Und Heydrich hat seine Finger vielleicht auch drin. Er macht Druck. Wenn ich Kommissar werde, kann ich für euch beide sorgen.« Er streichelte ihren Bauch.

»Am schlimmsten ist es, dass Wolff so gut wie rausgeflogen ist. Sie suchen schon einen neuen Chefredakteur, und ich kann mir vorstellen, was das für einer sein wird.«

»Vielleicht kannst du trotzdem als freie Journalistin arbeiten.«

»Du hast gleich wieder Ideen. Darf ich mich bitte erst mal ärgern?«

Er kramte aus einem Karton eine Flasche Weißwein, öffnete sie, fand zwei Gläser und schenkte ein.

»Ich darf nicht«, sagte sie.

»Heute darfst du.«

»Na, dann Prost. Auf das frühe Ende einer großen Karriere.«

Sie tranken und schwiegen lang. Raben betrachtete sein Glas, goss es voll, nahm einen Schluck.

»Was soll nur aus uns werden?«, sagte sie. »Nicht mal ein Pfuscher macht mir das Kind weg. Zu spät, alles zu spät. Wenn sie dich auch rausschmeißen, dann gehören wir zu sechs Millionen Arbeitslosen, ein bisschen Stütze, bis es nichts mehr gibt. Wir sollten hier gleich wieder ausziehen. Irgendwo zur Untermiete, vielleicht finden wir was auf die Schnelle. Noch bist du Polizist, das beeindruckt die Leute.«

»Ich bleibe Polizist. Ich finde Kippenberger. Um den ist es nicht schade. Der steckt auch hinter den Polizistenmorden auf dem Bülowplatz. Das war eine Operation des M-Apparats. Und Kippenberger ist dessen Chef.«

»Ja, man kann sich alles zurechtlegen«, flüsterte sie, Tränen in den Augen.

150.

»Da hat ja mal was geklappt, Eckes«, sagte Heydrich.

»Danke, Standartenführer.«

»Übertreiben Sie's nicht. Ein Soldat bedankt sich nicht.«

»Jawohl, Chef. Üble Angewohnheit aus der Systemzeit.«

Heydrich lachte, Eckes fiel ein und beobachtete, wann der Chef damit aufhören würde. Er musste eine Notbremsung hinlegen, so schnell geschah es.

»Und Sie bewachen unseren Freund?«

»Wie befohlen.«

»Seine Frau wurde heute fristlos entlassen.«

»Das haben Sie gut hingekriegt, Standartenführer.«

»Was Sie so alles wissen. Jedenfalls muss er jetzt Kommissar werden. In der Politischen Polizei, was anderes haben wir nicht für ihn. Mit dem Druck wächst die Anpassungsbereitschaft, und die mündet meistens in Überzeugung. Wer will sich jeden Morgen beim Rasieren sagen, dass er ein Waschlappen ist.« Heydrich nickte, wie um sein Argument zu bekräftigen. »Nebe regelt das jetzt.«

151.

Als Raben vorzeitig zum Dienst erschien, traf er Lichtigkeit auf der Treppe.

»Sie sind doch noch krank«, sagte der.

»Es geht wieder.«

»Das ist ein glatter Rechtsbruch, aber ich freue mich, dass Sie wieder auf den Beinen sind. Der Kollege Nebe will Sie sprechen.«

»Warum? Der ist doch beim Rauschgift, wenn er nicht gerade Nachtschichten für Gennat schiebt.«

»Die Nazis haben jetzt Oberwasser, besonders der Kollege Nebe.« Und leise: »Den frisst sein Ehrgeiz auf, wenn er nicht mindestens sofort auf den Gipfel geschossen wird.«

Raben eilte die Treppe hoch und klopfte an die Tür von Nebes Vorzimmer, öffnete sie und sah dessen Sekretärin. »Ach, da sind Sie ja. Ich sage dem Kommissar gleich Bescheid.«

»Bitten Sie ihn herein«, hörte Raben die bekannte Stimme.

»Setzen Sie sich«, sagte Nebe und deutete auf den Stuhl vor dem Schreibtisch. Raben versuchte, sein Erschrecken zu verbergen, als er das Hitlerporträt an der Wand sah. Der Führer sah auf Nebe herab, ermunterte und ermahnte ihn. »So früh hatte ich Sie gar nicht erwartet. Ich habe mit Ihren Chefs gesprochen. Kriminalpolizeirat Gennat und Kommissar Lichtigkeit teilen meine Ansicht, dass Sie der geeignete Mann sind, um Kippenberger zu fangen. Herr Heydrich hat Sie ja schon unterrichtet.«

Das ging ja glatt wie mit Butter geschmiert, dachte Raben. Binnen weniger Tage gaben Leute Befehle, die vor einem Jahr noch die Politische Polizei überwacht hatte. »Ja, das stimmt. Er hat mich sogar besucht, als ich krank war.«

»Herr Heydrich schätzt unsere Arbeit und überhaupt die Polizei sehr. Sein Sicherheitsdienst wird uns bestimmt helfen. Diese Kollegen sind sehr intelligent und schnell. Herr Heydrich hat mir auch gesagt, Sie könnten sich jederzeit an ihn wenden.« Nebe schob eine Visitenkarte über den Tisch. »Darauf finden Sie auch die Privatnummer des Standartenführers. Das ist ein Privileg. Sie haben ihn ordentlich beeindruckt.«

»Warum Kippenberger?« Einfach, um etwas zu fragen.

»Um Thälmann und andere Kommunistenführer kümmern sich schon Kollegen. Kippenberger ist der Fuchs unter ihnen und der brutalste. Wir fragen nicht nach, sollten Sie sich gezwungen sehen zu schießen. Passen Sie auf sich auf. Sie sind von allen anderen

Aufgaben freigestellt. Ich habe Ihnen die Akte über Kippenberger auf Ihren Schreibtisch legen lassen. Ach ja, Sie sind mit sofortiger Wirkung zur I A versetzt. Melden Sie sich beim Oberregierungsrat Diels. Er weiß Bescheid.«

So eine Scheiße, dachte Raben. Aber besser als befürchtet.

»Wir haben große Pläne mit der Abteilung«, sagte Nebe. »Und jetzt an die Arbeit.«

152.

Lena betrat Wagners Büro. Der saß auf seinem Sessel, die Prothese lag auf dem Tisch. »Es juckt«, sagte er.

»Ich bin gekommen, um meine Papiere abzuholen und ein Arbeitszeugnis.«

»Dazu bin ich noch nicht gekommen. Das Zeugnis schicke ich Ihnen, verlangen Sie keines von Wolff. Der ist so gut wie weg und hat die Hosen voll, der Held. Hatte sich mit Klebstoff auf seinen Bürostuhl gekleistert, damit niemand ihn rausschmeißen kann. Jedenfalls mit Hose. Hat ihm nichts genutzt. Die Streitereien mit Mosse dauern schon lang.«

»Und Sie?«

»Ich bin Kriegsheld und bekämpfe die Kriminalität.« Er klopfte auf die Prothese. »Und wenn die mich auch rausschmeißen, na und?«

Lena las in seinem Gesicht, dass er sich selbst belog. Sie konnte sich Wagner nicht als untätig vorstellen. Er lebte allein, seine Frau hatte der Krebs gefressen. Kinder hatte er nicht. Es stand kein Foto auf dem Schreibtisch. Wagner saß noch hinter seinem Schreibtisch, wenn alle Redakteure gegangen waren außer der Notbesetzung. Und wenn sie wiederkamen, saß er auch oft am Schreibtisch. Er wohnte um die Ecke. Nachts ging er ein paar Stunden schlafen, manchmal auch tagsüber. Und kam zurück. Er ließ sich zu Tatorten fahren, stand mit Gennat auf bestem Fuß.

»Und Ihr Gatte?«

Sie hob die Brauen. »Das wird schwierig. Er weiß noch nicht, wie es weitergeht.«

»Ob Göring ihn behalten will nach dieser Fehrkamp-Sache. Der wurde übrigens gestern Nacht zum Tod verurteilt.«

»Mein Gott!«

»Erst den Mann zurückholen und sich dann beklagen, wenn er die verdiente Strafe kriegt?«

»Sie haben recht«, sagte sie nachdenklich. »Sie haben schon recht.«

»Ihr Mann wird sich freuen. Seine Zeugenaussage hat den Ausschlag gegeben.«

»Sie waren da?«

»Ich habe mich braun umzingeln lassen. Das Gebrüll hätten sie hören sollen. Jetzt wollen die es Richtern und Geschworenen heimzahlen.«

»Wir haben uns nicht mehr hingetraut. Beim letzten Mal …«

Er blickte sie eine Weile an. »Ich hab davon gehört. Es kommen andere Zeiten. Ich glaube nicht, dass sich diese Koalition der Menschenfresser hält. Das Volk lässt nicht alles mit sich machen.«

»Hoffentlich haben Sie recht.«

»Hoffentlich.«

153.

Rudolf Diels streckte ihm die Hand entgegen. Lächelte aus seinem durch Schmisse verunstalteten Gesicht. Lichtigkeit hatte Raben erzählt, dass Diels Görings Liebling sei, obwohl er kein Parteibuch habe. »Manche sind auch ohne Nazis«, hatte er geflüstert, obwohl sie allein im Büro waren. »Sie werden Ihren Weg machen. Kein Kriminalassistent war seit dem Krieg besser als Sie. Außer mir natürlich.« Er lachte.

»Danke für alles, Herr Kommissar.«

»Nennen Sie mich Georg, Karl.«

»Ich habe einiges über Sie gehört. Mein Kollege Nebe schwärmt in höchsten Tönen von Ihnen. Weltanschaulich aber, na ja, Sie sollten an sich arbeiten. Damit fangen wir im Kommissarlehrgang an, nachdem Sie Kippenberger verhaftet haben. Haben Sie das Buch des Führers gelesen?«, fragte Diels.

»Noch nicht«, sagte Raben.

»Fangen Sie doch damit an, wenn es die Zeit zulässt. Wann kommt der Nachwuchs?«

»Im Juli, vielleicht.«

»Da müssen Sie natürlich Ihrer Frau beistehen. Aber ich freue mich für Sie.« Diels schob eine Haarsträhne zurück in die perfekte Frisur.

Raben fühlte, dass Diels sich für jede Freundlichkeit anstrengte. Sein starres Gesicht und seine Augen strahlten Kälte aus.

»Danke für Ihr Verständnis«, sagte Raben. »Leider ist meine Frau arbeitslos. Zum Monatsende, aber sie wurde sofort freigestellt.«

»Das tut mir leid«, sagte Diels. »Aber vielleicht ist das ein Glück. So kann sie sich bestens auf die Mutterschaft vorbereiten. Kommen Sie, ich zeig Ihnen Ihr Büro.«

154.

»Der Reichstag brennt, man sieht den Widerschein des Feuers im Himmel«, sagte Schneller. Sie hatten sich in Thälmanns Geheimwohnung getroffen. Am hellen Tag, wo ein Einzelner in der Menge nicht auffiel. Mit einem Abstand von einer halben Stunde waren sie ins Haus geschlüpft. Den Schal vor der Nase, was bei eisiger Luft keinen Verdacht erregte. Spätestens als der Hagel auf die Stadt prasselte, war dem Heldentum der SA der Stecker gezogen. Sie saßen bis tief in die Nacht. Dann klingelte das Telefon. Schneller ging in den Flur und hob ab. Er hörte zu, eine halbe Ewigkeit. Er legte auf. Sie stellten sich ans Fenster.

»Sie werden uns das in die Schuhe schieben. Fanal des kommunistischen Aufstands und ähnlichen Unfug. Seit Wochen will Hitler die Partei verbieten, jetzt kennen sie keine Rücksicht mehr. Sie werden sogar unsere Abgeordneten verhaften«, sagte Kippenberger.

»Sie haben Angst vor der Wahl am 5. März. Wenn sie eine Mehrheit wollen, müssen sie uns ausschalten«, sagte Schneller.

»Sie haben den Reichstag selbst angesteckt. Hat man einen Täter verhaftet?«, fragte Thälmann.

»Einen Holländer, Anarchist. Bei uns ist der nicht«, erwiderte Schneller.

Kippenberger stand am Fenster, starrte hinaus auf die Rauchschwaden, die über die Stadt zogen. »Sie werden uns jagen bis in den letzten Winkel des Reichs«, murmelte er. »Teddy, du musst verschwinden. Fahr nach Moskau. Wir bringen dich raus.«

»Ich überleg's mir. Nicht vor den Wahlen, sonst werfen sie uns Feigheit vor. Wer wird eine Partei wählen, deren Vorsitzender geflohen ist?«

155.

Das Maß ist voll! Jetzt wird rücksichtslos durchgegriffen!

Raben hatte die Zeitung mitgebracht, als er Schusterjungen beim Bäcker gegenüber gekauft hatte.

»Unglaublich«, sagte der Bäcker mit rotem Gesicht. »Jetzt reicht's ... was die Kommune sich traut ... alle erschießen, die Schweine.«

»Und wenn sie's nicht war?«, fragte Raben.

Der Bäcker musterte ihn, als wäre Karl die *Stimme Russlands*, wie das sowjetische Auslandsradio hieß.

»Puh«, sagte Lena. »Ich habe mit Wagner telefoniert. Der sagt, das waren die Nazis selbst. Gibt's Beweise? Keinen, außer dass ein unterirdischer Gang von Görings Sitz zum Reichstag führt, sagt Wagner. Sie hätten also ein paar Leute in den Reichstag schicken können. Er sagt auch, ein Einzelner könne unmöglich das Riesengebäude in Brand stecken.«

»Klar, den Nazis trau ich das zu. Aber das ist kein Beweis.«

»Jawohl, mein Bulle.«

Raben lachte sie an, obwohl ihm nicht danach zumute war. Und ihr auch nicht. Es lag was in der Luft, etwas Furchtbares. Er konnte es fast mit Händen greifen. Im Radio hatte Hitler gegeifert. Die Vernichtung der KPD angekündigt und überhaupt des Marxismus. Wer immer den Reichstag angezündet hatte, es profitierten allein die Nazis. Sie hatten endlich einen Vorwand, ihre Gegner auszuschalten.

»Der Reichspräsident hat eine Verordnung erlassen, zum Schutz von Volk und Staat«, sagte Lena. »Kurz gefasst, die Grundrechte sind abgeschafft. Verhaftete haben keine Rechte mehr. Da freuen sich deine Kollegen.«

»Die meisten, ich nicht. Gennat bestimmt auch nicht. Bei Lichtigkeit weiß man nie.«

»Und Kippenberger, wann hast du den?«

»Keine Ahnung. Der Mann ist schlau. Er bleibt nie an einem Ort. Gestern hat mir Diels einen Tipp weitergeleitet von …«

»Einem Spitzel«, sagte Lena.

»Genau, aber Kippenberger war längst weg. Ich habe an der Tür geklingelt, eine Frau hat geöffnet und mich durch die Wohnung geführt. Keine Spur. Jemand im Haus will ihn auf der Treppe erkannt haben.«

»Dann kann das ja noch eine Weile gehen.«

»Ich wär froh, sonst müsste ich mich an der großen Hatz beteiligen.«

Lena nickte. »Willst du den überhaupt fangen?«

»Weiß ich nicht. Frag mich, wenn er vor mir steht. Ich kenn ihn nicht, aber ich weiß ungefähr, was der auf dem Kerbholz hat. Nur, er kann keinen ordentlichen Prozess erwarten. Die schlagen ihm einfach die Rübe ab.«

Als er das Haus verließ, sah er überall SA. Trupps zogen über die Straßen, hielten Leute an, ließen sich Ausweise zeigen. Auf dem Alex hielten ihn drei Braune an. »Ausweiskontrolle!«

Er zeigte kurz seine Dienstmarke und ging weiter.

»Tschüss, Kollege.«

Raben schüttelte den Kopf. Er hörte noch, wie einer sagte: »War das nicht dieser Bulle, der den Kameraden Fehrkamp …?«

Aber er war schon am Eingang des Präsidiums.

In seinem Büro lag eine Nachricht von Diels.

Vertraulich!
Wie ich hörte, wird der Führer in den nächsten Tagen SA-Sturmführer Gustav Fehrkamp begnadigen und auszeichnen für seinen Kampf gegen Feinde unseres Staats.

Raben lehnte sich zurück. Nein, der hatte ihm die Mitteilung nicht geschickt, um ihn zu ärgern, sondern um ihn zu warnen. Die Botschaft lautete in Kürze: Nimm es hin und halt dein Maul. Raben überlegte, was es noch bedeutete. Auf jeden Fall, dass er für einen Staat arbeitete, der das Recht abschaffte. Seit dem Reichstagsbrand im D-Zug-Tempo.

Um Himmels willen, was sollte er tun?

Er verließ das Präsidium und lief durch die Stadt. Irgendwo hier lebte Kippenberger, Spitzel glaubten, ihn mal hier, mal dort gesehen zu haben. An seiner Stelle hätte ich mich längst davongemacht, dachte Raben. Die Straßen glänzten vom Regen. Autoreifen zischten auf dem Asphalt. Leuchtreklamen. Bilder und Geräusche einer Metropole. Außer den SA-Streifen wies nichts darauf hin, dass in

Deutschland das Recht in den Rinnstein geschüttet worden war. Dass sie alle mitmachten: Hindenburg, Papen, die Konservativen. Die Retter des Abendlands vor dem Bolschewismus. Nur, wer rettet uns vor denen?, fragte sich Raben.

Um einen dienstlichen Grund vorgeben zu können, traf er sich mit dem Spitzel, der ihn gestern Abend, kurz vor Dienstschluss, angerufen hatte. Bei *Aschinger* auf einen Eintopf und zwei Glas Bier für Wohltat, der keine war. Aus seinem Vollmondgesicht lugten kleine grüne Augen unter einer Mönchsglatze.

»Jetzt wird der Führer aber so richtig aufräumen«, sagte Wohltat nach der Begrüßung mit verschwitzter Hand.

Raben rieb sie an seiner Hose trocken, als sie saßen. Es roch nach Speck und Erbsen. Viele Leute zogen ihre Mäntel nicht aus und die Hüte nicht ab, löffelten den Eintopf schnell runter. Raben legte beides auf den freien Stuhl zwischen Wohltat und ihm. Der behielt den Mantel an und legte seinen Hut auf Rabens Mantel.

»So, was haben Sie denn gesehen?«

»Wir bestellen vorher was.«

Raben schob fünf Reichsmark über den Tisch.

Sie schwiegen, bis Wohltat die Bestellung abgeholt hatte. Er hatte die beiden Biergläser in der einen, seinen Eintopf in der anderen Hand. »Ihr Glas hole ich gleich.« Er trippelte zum Tresen und brachte ein Glas Wasser.

Wohltat setzte sich und begann zu schmatzen.

»Hören Sie zu, ich habe keine Zeit, Ihnen beim Essen zuzuschauen.«

»Ich hab das Bild schon in der Zeitung gesehen, der *Roten Fahne*, Hans Kippenberger, ZK-Mitglied. Der hat 'ne jüdische Visage, ich sag's Ihnen.«

»Was ist eine jüdische Visage?« Raben trank die Hälfte seines Glases aus.

»Dann gucken Sie sich die mal an, wenn Sie ihn abgeknallt haben.«

Raben wollte ihm übers Maul fahren, aber es hätte keinen Sinn gehabt. »Wo haben Sie ihn gesehen?«

»Sigwalder Weg in Borsigwalde.«

»Hausnummer.«

»Dreizehn. Er kam aus dem Haus, hat sich gleich einen Schal vors Gesicht gewickelt.«

»Noch was?«

»Nee, dann Heil Hitler!«

»Wiedersehen.«

Raben nahm die Stadtbahn nach Tegel. Hinter ihm saßen vier SA-Männer. Dem Gestank nach zu urteilen, hatten sie reichlich getankt. Ihm gegenüber saß ein Mädchen mit schwarzen Haaren, sie las ein Buch. Ihrem Gesicht war anzusehen, dass sie am liebsten darin verschwinden würde vor Angst.

»Du gehst in die Schule?« Eine blödere Frage war ihm nicht eingefallen.

Sie blickte ihn an. Nickte.

»Ich bin von der Polizei.« Zeigte ihr die Dienstmarke. »Du brauchst also keine Angst zu haben.«

Sie lächelte ihn an.

»Wo steigst du aus?«

»Tegel.«

»Ich auch. Soll ich dich nach Hause bringen?«

Sie nickte.

Die SA-Männer begannen zu grölen. Ein Lied, bei dem Judenblut vom Messer spritzte, soweit es verständlich war.

Das Mädchen begann zu zittern.

»Komm, wir gehen nach vorn.« Er nahm sie an der Hand.

Die SA-Männer pflegten die Sangeskunst und beachteten sie nicht. Vorne fanden sie Platz in einer freien Vierersitzgruppe. Sie setzten sich am Fenster gegenüber.

»Warum sind die so?«, fragte das Mädchen.

Raben überlegte. »Denen hat jemand erzählt, dass sie Deutschland vor dem Untergang retten könnten.«

»Die?«

»Die.«

Sie schüttelte den Kopf. »Meine Eltern versuchen immer, mich zu beruhigen … aber …«

»Fährst du diese Strecke jeden Tag?«

»Zweimal die Woche. Zum Klavierunterricht.«

Raben nickte. Was sollte er dem Kind sagen? Dass es nicht so schlimm war? Es war schlimmer. Er blickte hinaus, sah die Stadt vorbeischleichen, hier und da wehte eine Hakenkreuzfahne. In der *Frankfurter Zeitung* hatte er gelesen, dass die Reaktionäre um Papen hofften, Hitler einzudämmen. Der Führer möge seine SA zügeln. Aber die SA ließ sich nicht zügeln, und Hitler wollte es auch nicht. Wer nicht nur das Naziblatt *Völkischer Beobachter* las, wusste das. Hitlers Bürgerkriegsarmee beherrschte das Land, ihre Gewalt konnte sich jeden Augenblick gegen jeden richten. Niemand konnte ihr etwas entgegensetzen. Außer der Reichswehr, aber die saß vornehm in ihren Kasernen.

In Tegel stiegen sie aus. Raben knöpfte seinen Mantel zu, setzte den Hut auf und zog den Schal enger. Der Wind blies feine Regentropfen über den Bahnsteig. Er hielt den Hut fest, das Mädchen an der Hand.

»Wie heißt du denn?«

Sie stiegen die Treppe hinunter. Sie war glatt, wo der Wind Blätter hingeweht hatte.

»Mara … meine Eltern haben mir gesagt, ich soll mich Maria nennen, wenn jemand fragt. Aber Sie sind ja von der Polizei.«

Es war nicht weit. Ein Einfamilienhaus in einer Seitenstraße. Ein Mann in Arbeitskleidung übermalte *Juda verrecke!* auf der Gartentür. Als er Raben und das Mädchen erkannte, erstarrte er.

»Guten Tag«, sagte Raben. »Ihre Tochter?«

Der Mann nickte.

Raben reichte ihm die Hand. »Raben, Kriminalassistent.«

»Um Gottes willen!«

»Nein, es ist nichts. Ich bringe sie nach Hause. In der Bahn saßen grölende Braunhemden, und sie hatte Angst.«

Er erwiderte den Händedruck. »Silberstein.«

Raben gab dem Mädchen die Hand. »Alles Gute«, sagte er. Und fühlte sich mies. Es gab keinen Grund, irgendetwas Gutes zu erwarten. Die Zukunft war nicht rosig, sie war braun.

Er hatte es nicht eilig. Er lief so weit weg wie möglich vom Straßenrand, wo Autos und Lastwagen durch Pfützen fuhren und Fußgänger duschten. Bald war er in Borsigwalde, Bezirk Reinickendorf. Zeit zu überlegen. Aber es schwirrten ihm zu viele Ängste und wenig Hoffnung durchs Hirn. Was wollte Heydrich? Was wollte Diels? Was würde Göring noch veranstalten, Preußens Innenminister? Hinter dessen fetter Gemütlichkeit sich nichts verbarg als Skrupellosigkeit. Raben war überzeugt, dass noch einige Überraschungen auf ihn warteten. Nach den März-Wahlen würden die Nazis die Macht an sich reißen, und niemand war da, es zu verhindern. Sozis und Kommunisten waren zerstritten, die Gewerkschaften duckten sich weg.

Sigwalder Weg 13, ein Einfamilienhaus mit brüchiger Putzfassade, die vielleicht einmal weiß gewesen war. Im Vorgarten ein Beet, in dem das Unkraut den Endsieg errungen hatte. Drei Treppenstufen zur Tür. Die Hausnummer hatte der Rost angefressen. Raben lief vorbei wie ein Passant. Außer Sichtweite der Fenster blieb er stehen. Überlegte, was er tun sollte. Anklopfen, die Pistole in der Hand?

Er ging zum Haus auf der anderen Straßenseite. Betätigte den Türklopfer. Auf dem Schild stand *Werther*. Schleppende Schritte. Ein alter Mann öffnete die Tür.

Raben zeigte die Dienstmarke, stellte sich vor. »Darf ich einen Augenblick hineinkommen?«

»Natürlich«, sagte der Mann mit heiserer Stimme. Er führte ihn krumm gewachsen in ein Zimmer, das mit Gerümpel gefüllt war. Zeitungs- und Bücherstapel, ein Regal, Staub über Staub. Zwei Stühle an einem winzigen Rundtisch. »Nehmen Sie Platz, Herr Kriminalassistent.«

»Danke. Haben Sie im Haus gegenüber etwas Auffälliges bemerkt?«

»Hm. Da wohnen … unterschiedliche Leute, Männer. Immer nur einer. Manchmal kriegt der Besuch von Leuten, die ihre Gesichter nicht zeigen. Ich wollte schon die Polizei anrufen, aber jetzt sind Sie ja da.«

Raben musterte die Bücher, sah das *Kommunistische Manifest*, Schriften von Kautsky, Bernstein, Luxemburg.

»Ich warte auf die Altpapiersammlung«, sagte der Mann und hustete. »Es beginnt eine neue Zeit …«

»Haben Sie sonst noch etwas bemerkt?«

Der Mann schüttelte den Kopf bis zum nächsten Hustenanfall. »Entschuldigung, ich hab's an der Lunge.«

»Tut mir leid«, sagte Raben.

Er verließ das Haus und ging zur Nummer 13. Er drehte den Klingelknopf. Nichts. Raben trat ein paar Schritte zurück und sah im Augenwinkel, wie sich eine Gardine bewegte.

156.

Kippenberger sah den Mann durch den Vorhang. Wer war das? Ein Emissär, der ihn von der Verhaftung Ernst Schnellers unterrichten wollte? Das wusste er, er hatte die Meldung gelesen. Ein Polizist? Er beschloss, nicht zu öffnen. Wenn der was wollte, konnte er ihm eine unverfängliche Nachricht in den Briefkasten werfen. Kippenberger würde den Sinn verstehen.

Was war mit Teddy? In der Zeitung hatte nichts gestanden. Im

Radio keine Meldung. Sie würden triumphieren, wenn sie Thälmann erwischten. Er musste aus Deutschland raus. Sie durften den Nazis diesen Sieg nicht gönnen. Er würde beweisen, dass der Widerstand gescheitert war, bevor er begonnen hatte. Überall zerriss die Organisation. Tausende von Genossen waren verhaftet, manche tot. Es gab Überläufer, viel zu viele, aus *Heil Moskau!* wurde *Heil Hitler!*

Seit der ZK-Sitzung Anfang des Monats hatte eine braune Walze sie überrollt. Sie waren nur noch damit beschäftigt, den Schaden zu begrenzen. Noch war die Partei nicht verboten, nur ihre Presse, aber Hitler hatte es angekündigt. Noch brauchte der Kanzler die Scheinlegalität der Reichstagswahlen, um seine deutschnationalen Geschäftspartner nicht weiter zu beunruhigen. Aber danach hatte die Legalität ausgedient. Er hatte ja vielfach angekündigt, dass es nach dem Sieg des Nazismus keine Wahlen mehr gebe, sondern ein *Tausendjähriges Reich* anbreche. Man konnte dem Führer nicht vorwerfen, dass er seine Pläne verbarg. Schon in *Mein Kampf*, das zu lesen Kippenberger als Folter seiner Intelligenz betrachtete.

Er musste verschwinden. Kippenberger blickte aus dem Fenster. Er sah nur das Gesicht des alten Mannes, der aus seinem Haus herüberstarrte. Eine Ausweichwohnung gab es noch für ihn, in Zehlendorf. Aber er musste hinkommen, ohne erkannt zu werden. Ohne der SA in die Hände zu fallen. Kippenberger packte seine paar Sachen in eine Tasche und beschloss, die Wohnung durch den Hinterausgang zu verlassen.

157.

Was würde er tun, wenn einer ihm auf den Fersen war? Raben lächelte. Uralter Einbrechertrick: hinten raus. Durch einen Nachbargarten spurten. Bevor er Papp sagen konnte, war der weg. Bei Razzien betraten Polizisten ein Gebäude von vorn und sicherten den Hinterausgang. Er war allein, er konnte eine Münze werfen. Da es dafür aber zu kalt war, ging er zur Parallelstraße. Bevor er das Haus Nummer dreizehn sah, lehnte er sich an einen Baum. Wer immer fliehen wollte, würde es in seiner Richtung tun. Der Stamm verbarg ihn, er würde eine Weile warten.

Es dauerte nicht lang, bis er Schritte hörte. Raben zog seine Pistole, spannte den Hahn, die Patrone im Lauf wartete.

158.

Lena befühlte ihren Bauch. In einem Punkt hatte Heydrich recht, die Schwangerschaft setzte ihr zu. Ihr war morgens übel, sie musste erbrechen und sich hinlegen, weil ihr schwindelte. Aber es war eine Frage des Prinzips. Sie war nicht krankgeschrieben, die hatten sie rausgeschmissen. Und Heydrich hatte das betrieben, damit er den Druck auf Karl erhöhen konnte. Das war Karl und ihr klar wie Sonnenschein. Aber was lag dem SD-Chef an einem Kriminalassistenten? Die Kriminalkommissare schienen wie befreit, hatte Wagner am Telefon erzählt. Sie wollten den »Berufsverbrechern« an den Kragen, womit die Kriminalität ausgelöscht wäre. »Berufsverbrecher« werde einer durch sein Erbgut. Wie sollte Karl diesen Wahnsinn überstehen, ohne selbst zum Verbrecher zu werden? Wenn doch die wahren »Berufsverbrecher« an der Regierung waren?

Sie hatte überlegt, einen Artikel gegen diesen Irrglauben zu schreiben. Aber wer würde ihn veröffentlichen? Wohl nicht mal die *Frankfurter Zeitung*. Es fehlte denen der Mut und ihr die Prominenz.

Wo blieb Karl? Sie blickte auf die Uhr. Vielleicht hatte er Kippenberger gefunden und wurde zum Verbrecher, weil er einen Verbrecher verhaftete.

159.

Es waren schnelle Schritte. Ein Mann eilte an ihm vorbei, starrte nach vorn.

»Halt, oder ich schieße! Polizei!«

Der Mann erstarrte. Blickte sich um. »Ach, da stand doch einer.«

Raben erkannte das Gesicht aus der Akte. »Sie sind Hans Kippenberger?«

Der Mann blickte nach links, nach rechts, als suchte er Hilfe. Sein Gesicht verfinsterte sich.

»Hände auf den Rücken.« Der Mann tat es.

Raben legte ihm Handschellen an, durchsuchte ihn. Fand in der Manteltasche einen Coltrevolver, steckte ihn ein. »Damit jagen Sie Hasen, nicht wahr?«

»Was sonst?«, fragte der Mann. In der einen Jackettinnentasche fand er ein Portemonnaie, in der anderen eine Brieftasche. Er öffnete sie und entdeckte einen Ausweis. »Guten Tag, Karl Meier mit *e-i*«, sagte er. In der anderen Manteltasche steckte ein Schlüsselbund. Raben nahm ihn an sich.

»Wir gehen jetzt zurück ins Haus. Ist dort noch jemand?«

Der Mann blickte ihn an. Schüttelte andeutungsweise den Kopf. Raben hakte sich mit der linken Hand unter, was ihm einen erstaunten Blick eintrug. Die rechte Hand steckte mit der Pistole in der Manteltasche. Als sie das Haus erreicht hatten, schloss Raben die Haustür auf. Er ließ den Mann eintreten und folgte dicht hinter ihm, die Pistole in der Hand. Schloss die Tür ab.

Überall Staub. Ein Berlin-Reiseführer lag auf einer Kommode im Flur, darüber hing ein Telefon an der Wand. Er führte den Mann durch alle Räume. Nur in der Küche war es sauber. Im Wohnzimmer blickte das Fenster nach hinten hinaus, in einen Garten, der sich zum Dschungel ausgewachsen hatte. Raben schloss die Gardinen, deren Blau die Sonne gebleicht hatte.

»Nehmen Sie Platz«, sagte Raben. »Warten Sie.« Er schloss die Handschellen auf und legte sie auf den Tisch. Er setzte sich dem Mann gegenüber, die Pistole in der Hand. »Wenn ich Sie erschieße, kriege ich einen Orden.«

»Wenn Sie das glücklich macht, warum tun Sie's nicht?«

»Sie sind Hans Kippenberger. Ich erkenne Sie wieder. In Ihrer Akte liegen einige Fotos von Ihnen.«

»Wer sind Sie?«

»Raben, I A.«

»Aha, meine Freunde von der Politischen Polente.«

Raben nickte.

»Und jetzt bringen Sie mich in die Rote Burg«, sagte Kippenberger lakonisch. »Dann vor ein sogenanntes Gericht, Plötzensee, Rübe ab.«

»Was hätten Sie mit unsereins gemacht? Ich habe dieses und jenes über Russland gelesen, über die Tscheka, die Zigtausende Menschen einfach abgeknallt hat.«

»Das versteht ein Polizistenhirn nicht.«

»Auch nicht die Morde auf dem Bülowplatz. Zwei Kollegen von mir niedergeschossen, und Sie sind der Auftraggeber.«

»In Ihrer naziverseuchten Fantasie.«

Raben lächelte. Bei der Verhaftung hatte der Erfolg seine Stimmung gehoben. Aber jetzt erzählte ihm sein Verstand eine andere Geschichte. Er wäre verantwortlich, wenn Kippenberger misshandelt und geköpft würde. Ein Prozess gegen Kippenberger wäre ein Triumph für die Nazis. Raben würde belohnt werden, wenigstens mit einer eiligen Beförderung.

»Bestimmt habe ich auch den Reichstag angezündet«, sagte Kippenberger, der Raben beobachtete.

»Wäre Ihnen zuzutrauen.«

»Ich verrate Ihnen ein Geheimnis, das aber unter uns bleiben muss. Versprochen?«

»Veräppeln Sie mich nicht.«

»Niemals. Aber die Nazis wissen doch längst, dass wir keinen Aufstand geplant haben. Wir sind dazu noch nicht in der Lage. Wir Kommunisten leben gefährlich, aber wir opfern die Partei nicht einer Wahnidee«, erwiderte Kippenberger. Ein Schein von Grinsen, der gleich erlosch.

Raben lächelte. Das wusste er längst.

Von der Straße her quietschten Bremsen. Türen schlugen.

»Ihre Kollegen sind schon da«, sagte Kippenberger.

160.

»Gut gemacht, Eckes«, sagte Heydrich. Er stellte sich ans Fenster. »Fehlen uns also noch Thälmann, Kippenberger und Torgler … sowie dieser und jener kleine Fisch. Wenn wir die noch vor den Wahlen kriegen könnten … Dann hätten wir die Brandstifter vom Reichstag. Wir werden dafür sorgen, dass sie entweder richtig oder gar nicht aussagen. Wenn wir Ihnen versprechen, dass die Rübe draufbleibt … um es dann zu vergessen. Bei der Kommune gibt es keine … normalen Maßstäbe. Wir müssen sie ausrotten.«

»Jawohl, Standartenführer.«

»Verarschen Sie mich nicht.«

»Nie …«

»Kaum hat Ihre Überwachung dieses Kriminalassistenten mal geklappt, sticht Sie der Hafer. Wir verdanken diesen Erfolg Raben, wenn auch der Nachbar die Kollegen alarmiert hat, als Raben und Kippenberger ins Haus zurückkehrten. Daran könnten sich alle Volksgenossen ein Beispiel nehmen. Wir werden ihn auszeichnen mit allem Pipapo, Zeitung, Rundfunk …«

»Sehr gute Idee«, sagte Eckes.

»Aber Sie bleiben an Raben dran.«

»Jawohl …«

»Raus!«

161.

Lena rief im Präsidium an. Aber der Herr Kriminalassistent Raben war nicht am Platz. »Soll ich Sie mit dem Vorzimmer des Oberregierungsrats Diels verbinden?«

»Nein, danke«, sagte sie und legte auf.

Sie lief in der Wohnung umher. Erinnerte sich in allen Farben an den SA-Überfall auf Karl. Wie sie ihn zugerichtet hatten! Ungestraft. Die Schläger konnten sich alles rausnehmen.

Sie versuchte, einen klaren Kopf für einen Artikel zu bekommen. Vielleicht schrieb sie ihn unter Pseudonym und verschickte ihn mit falschem Absender?

Sie nahm ihren Block und den Füllfederhalter, den Karl ihr geschenkt hatte. Sie betrachtete ihn. Im Tank war genug Tinte. Sie drückte die Feder vorsichtig auf und zog sie übers Blatt. Sie zeichnete erst eine farblose Rille, dann floss die Tinte. Sie überschrieb ihren Artikel: *Terror auf den Straßen*. Vielleicht fand sich ein deutschnationaler Redakteur, der nicht gleich die Hosen voll hatte, wenn er das Kürzel *SA* hörte.

Jetzt war sie schon so weit, dass sie auf einen Reaktionär hoffte, der den Nazis böse war. Aber vor den Wahlen am 5. März würde niemand so einen Artikel veröffentlichen. Dazu reichte schon die Zeit nicht mehr.

Und nach dem 5. März brach das Dritte Reich an. Wenn die Nazis keine Mehrheit erreichten, würden sie sich eine verschaffen.

Das Telefon läutete. Die gleiche Stimme, die sie vorhin gehört hatte. »Ihr Mann liegt verletzt im Klinikum am Urban«, sagte die Stimme. »Tut mir leid …«

162.

Raben legte den Schlüssel der Handschellen und Kippenbergers Revolver auf den Tisch. »Schlagen Sie mich nieder! Wenn Sie abhauen, hinten raus, aber nicht gleich auf die Straße. Laufen Sie über ein paar Grundstücke, bis Sie die nächste Querstraße erreichen. Los, schlagen Sie zu!«

Kippenberger sagte: »Danke«, dann traf er Raben am Kinn. Der sackte zu Boden.

Als Raben die Augen öffnete, sah er das Hakenkreuz am Revers von Kriminalkommissar Franz Bromann, offiziell sein Vorgesetzter bei der Politischen Polizei, auch wenn er ihm nur vorgestellt worden war, um sich dann seinem Sonderauftrag Kippenberger zu widmen. Bromann patschte Raben auf die Wangen. »Kommen Sie zu sich!«

Raben verlor wieder kurz das Bewusstsein und handelte sich weitere Ohrfeigen ein. »Mann, das schmerzt!«, sagte er. »Hören Sie auf.« Er mühte sich, sein Hirn in Betrieb zu nehmen. Er hatte Kippenberger laufen lassen. Der hatte ihm schwer eine verpasst. Sein Kopf fühlte sich an wie ein Punchingball, mit dem Max Schmeling geübt hatte. Raben stützte sich hoch. Bromann half ihm auf den Sessel. Raben hielt seinen Kopf.

»Warum haben Sie nicht geschossen?«

»Ich war einen Augenblick abgelenkt, als draußen Ihre Karossen bremsten und die Türen schlugen. Ich muss zur Tür geguckt haben, und dann weiß ich nichts mehr.«

»Sie Tölpel«, sagte Bromann. Er brüllte Richtung Tür: »Habt ihr ihn?«

»Noch nicht, Herr Kommissar!«

»Wo kann er hingelaufen sein, der Scheißkerl? Warum haben Sie den nicht einfach abgeknallt?«

»Wir brauchen doch Angeklagte für den Reichstagsbrandprozess. Und wenn einer sich dafür eignet, ist es Kippenberger als Chef des M-Apparats.«

Bromann blickte ihn an und nickte. »Der Kollege denkt mit. Aber Sie sind ein Tölpel.«

»Immerhin habe ich ihn gefunden«, sagte Raben.

»Schön, dass Ihnen das jetzt einfällt.«

Drei Beamte in Zivil filzten das Haus von oben bis unten. Einer betrachtete Raben mitleidig. »Typisch Kommune. Wenn denen nichts mehr einfällt, schlagen sie zu.«

Raben sah ein Grinsen flackern, für eine Tausendstelsekunde.

»Rufen Sie eine Ambulanz«, befahl Bromann. »Die sollen im Krankenhaus nachsehen, ob der Schädel des Kollegen noch dicht ist. Gute Besserung!« Er klopfte Raben auf die Schulter und verschwand im Garten, um seine Leute anzubrüllen.

163.

Sein Bett stand gleich an der Tür. Neben ihm lagen ein Blinddarm und ein Gipsbein. Bald war Lena da.

»Ich habe keinen Blumenstrauß …«

»Egal«, sagte Raben.

»Was ist passiert?«

Er erzählte ihr die Lügenversion. Blinddarm und Gipsbein spitzten die Ohren.

»Mein Armer.«

»Die sollten mir hier ein Dauerbett reservieren.«

»Ruf's nicht herbei.«

Sie zog einen Stuhl heran und setzte sich drauf.

»Ich hab mich selten blöd angestellt«, sagte Raben. »Ich fürchte, die schmeißen mich raus, obwohl ich den Mann doch gefunden habe. Ich bin halt kein …«

»Prügelheini«, sagte Lena. »Was nicht ist, kann ja noch werden.«

Der Blinddarm kicherte.

Raben grinste. »Wir üben das zu Hause.«

Sie zeigte ihm die Faust. »Meinetwegen gleich.«

»Das sieht dir ähnlich. Mit einem Krüppel traust du dich.«

»Immer … Wann kommst du hier raus?«

»Wenn ich Glück habe, morgen.« Er rieb sein Kinn, das blau angelaufen war. Außerdem hatte er eine Beule vom Fall auf den Fußboden. »Die schreiben mich dann für zwei Wochen krank.«

»Wie schön, dass ich nun Krankenschwester spielen darf.«

»Ich hoffe, du hast einen Ratgeber gelesen. Wie versorge ich meinen schwer verletzten Ehemann oder so?«

»Eine Frau und Mutter weiß alles. Zuallererst ist Kopfwaschen dran. Warum bist du allein dahin?«

Gipsbein und Blinddarm spitzten weiterhin die Ohren.

»Ich kam zufällig vorbei und sah auffällige Bewegungen im Haus. War klar, ein Einbrecher. Ich bin zur Straße gerannt, wo der Hinterausgang war. Er würde über den Garten des Nachbarn hinten kommen, das schien mir am wahrscheinlichsten. Und so war es auch. Ich habe ihn verhaftet, ins Haus geführt und die Handschellen vorn angebracht. Dann habe ich zur Haustür geguckt …«

»Du warst zu freundlich.«

»Ja, aber mit Handschellen im Rücken sitzt man schlecht.«

Es klopfte an der Tür. Eckes lugte in den Türspalt. Dann kam er herein, mit einem Blumenstrauß in der Hand. »Vom Standartenführer und natürlich von mir.«

Blinddarm und Gipsbein fielen die Augen aus den Höhlen. Ein SS-Offizier in voller Pracht. Eckes legte die Mütze auf eine Kommode und die Blumen ins Waschbecken.

»Ich kümmere mich um eine Vase«, sagte Lena und verließ das Zimmer.

»Der Standartenführer ist voll des Lobes für Sie. Sie haben den Gesuchten gefunden. Leider aber haben Sie den Mann unterschätzt. Der Standartenführer weiß, dass auch den Besten mal ein Fehler unterläuft. So was wird Ihnen nie mehr passieren. Und den Mann kriegen wir auf jeden Fall. Also Sie kriegen ihn, sobald Sie hier raus sind.« Er blickte sich um. »Wollen Sie ein Einzelzimmer?«

»Nein, danke, das geht so.« Der schwarze Morast wollte ihn hinunterziehen.

Eckes setzte die Mütze auf, streckte den Arm. »Heil Hitler!«

Raben erwiderte: »Richten Sie dem Standartenführer meinen Dank aus. Heil Hitler!« Und streckte den Arm. Lasch zwar, aber er streckte ihn.

Eckes hätte in der Tür fast Lena umgestoßen.

„Sie kennen meine Frau, Obersturmbannführer?«, fragte Raben.

„In gewisser Hinsicht ... Er lächelte und reichte Lena die Hand.

»Sie gehen schon, Herr Eckes?«

»Ja, der Standartenführer erwartet einen Bericht über den Zustand Ihres Gatten. Er hat noch Großes mit ihm vor.«

Sie stellte die Blumen in die Vase. Setzte sich auf die Bettkante, nahm seine Hand und beugte sich zu ihm. »Ich heiße jetzt Ilse Meier. Wagner hat durchgesetzt, dass ich ihm zuarbeiten darf. Ich kriege ein Zeilenhonorar, wenn sie was drucken.«

»Wir werden reich«, flüsterte Raben.

»Ein Leben in Saus und Braus erwartet uns. Bis auch der Insolvenzverwalter von der SA den Schwanz einzieht. Wolff und Mosse, dem alles gehört, was jetzt Konkursmasse ist, sind abgehauen. Was Mosse nicht daran gehindert hat, vorher noch schnell Wolff rauszuschmeißen.«

»Verstehe ich nicht ganz. Das heißt doch, du stehst jetzt ganz ohne Arbeit da.«

»Ich glaube, die Nazis wollen das *Tageblatt* retten, um bürgerliche Kreise und Liberale einzufangen. Die hauen nicht nur drauf, die sind ganz schön ausgefuchst.«

164.

Die letzte Fluchtwohnung. Weit draußen in Friedrichsfelde. Kippenberger massierte seine Faust, mit der er den Polizisten niedergeschlagen hatte. In der Wohnung in einem Vierfamilienhaus lag eine *Morgenpost* von vorgestern. *Thälmann verhaftet* lautete die Schlagzeile. Beamte des Polizeireviers 121 hätten ihn nach Hinweisen aus der Bevölkerung in Charlottenburg festgenommen. Obwohl er als Reichstagsabgeordneter Immunität besaß. Nun hatten die Feinde die Partei kurz vor den Wahlen am 5. März enthauptet. Sie würden alle jagen, rechtliche Hindernisse galten nichts mehr. Und niemand stand auf und protestierte.

Es hing jetzt an ihm. Er war der erfahrenste Untergrundkämpfer. Er hatte mit seinem M-Apparat schon Jahre gelebt wie ein Maulwurf, der seine Bahnen unter der Grasnarbe zog, sich hier mal oben umschaute und dort mal, um gleich wieder zu verschwinden. Wenn Kippenberger jetzt an der Oberfläche erschien, würde ihm der Kopf abgeschlagen. Schneller hatten sie auch erwischt. Die meisten Genossen der Führung waren geflohen. John Schehr, Thälmanns Nachfolger, war noch im Land, auch Herbert Wehner, der die Parteibezirke anleitete. Torgler, ihr Fraktionsvorsitzender. Aber viele Kuriere wurden abgefangen. Die Politische Polizei hatte Listen von KP-Funktionären von der einst SPD-geführten Polizei geerbt, und jetzt wurden sie abgearbeitet.

Er musste Bordjuk erreichen. Kippenberger brauchte Weisungen aus Moskau, der Untergrundkampf musste mit einheitlichen Zielen geführt werden. Sie mussten mit den Sozialdemokraten zusammenarbeiten, deren Unterdrückung das Regime bereits beschlossen hatte. Hitler kündigte keine Sauerei an, ohne sie zu begehen. Alles eine Frage der Zeit.

Kippenberger hatte auf seinem Weg zum Haus eine Telefonzelle gesehen. Glücklicherweise wurde es früh dunkel, und glücklicherweise regnete es. Ein kalter Wind hatte sich ihm entgegengestemmt, als wollte er ihn warnen, dass ihn im Haus das Unglück erwartete. Wo erwartete es ihn nicht?

In letzter Zeit dachte er oft an seine geschiedene Frau Thea. Sie hatte es nicht ausgehalten mit ihm. Immer auf der Flucht, immer auf Reisen, vor allem in die Sowjetunion, wo er studiert und gelernt hatte, wie man den Feind bekämpfte. Seine Narben zeugten von Verwundungen an der Westfront. Danach hatte er als Journalist gearbeitet, den Hamburger Aufstand 1923 mit Thälmann angeführt und nach der Niederlage den Rückzug organisiert. Er wusste, dass die anderen ihn als militärpolitischen Kopf der Partei betrachteten. Aber jetzt verkroch er sich. Die Kommunisten wehrten sich nicht einmal, außer mit ein paar Flugblättern und Wandinschriften. Der Faschismus brach über sie herein wie eine Riesenlawine, die alle in die Tiefe riss. Und am Ende auch ihn. Er dachte an die Folter, die Thälmann, Schneller und all die anderen ertragen mussten. Ob sie dichthielten?

Dieser Polizist war sonderbar. Er hätte Orden und Prämien einstreichen können, wenn er ihn verhaftet hätte. Welch ein Erfolg für einen Polizisten. Aber er hatte ihn laufen lassen. Beim nächsten Mal würde ihn niemand entwischen lassen.

Sie hatten keinen Wahlkampf führen können. Flugblattverteiler wurden mindestens zusammengeschlagen, wenn nicht verhaftet oder umgebracht. Die *Rote Fahne* war verboten, erschien aber noch unregelmäßig. Es gab keine Zeitungsverkäufer mehr, in den Kiosken war sie verschwunden. Was waren das für Wahlen? Sogar die Sozialdemokraten wurden verfolgt. Der Marxismus sollte ausgerottet werden, und Kippenberger zweifelte nicht, dass es auch die SPD erwischte. Und er musste sich bald eine neue Wohnung suchen. Bordjuk würde eine kennen. Die GPU hatte Wohnungen angemietet für ihre Agenten. Wenn die nicht schon auf Nazi-Listen standen, würden er ihm eine zuweisen. Wenn nicht, blieb ihm nur die Flucht. Oder der Tod.

165.

»Sie müssen sich schonen«, hatte der Arzt zum Abschied gesagt und Lena die Krankschreibung in die Hand gedrückt. Raben fühlte sich besser, am Kinn schmerzte es noch, aber das beschränkte ihn nicht.

Zu Hause tranken sie Bohnenkaffee zur Feier des Tages.

»Was machst du jetzt?«

»Ich jage Kippenberger. Ich hab ihn laufen lassen …«

»Dachte ich's mir doch«, sagte sie.

Er erzählte, wie es gewesen war.

Sie lachte. »Du bist mein Held. Und jetzt willst du ihn doch einfangen?«

»Klar, erstens beweise ich damit, dass ich hart im Nehmen bin und nicht so schnell aufgebe. Zweitens kann ich mich aus dem Verfolgungsirrsinn raushalten. Ich habe keine Lust, Menschen zu verhaften, die nichts verbrochen haben. Die trotzdem verprügelt und gefoltert werden. Wenn die Nazis die Wahl morgen gewinnen, werden wir endgültig von Verbrechern regiert. Ob die noch mal wählen lassen, bezweifle ich. Die verweisen auf die Reichstagsbrandverordnung, die ihnen alle Rechte gibt und ihren Gegnern weniger, als in eine Bettlermütze passt. Wir gehen glorreichen Zeiten entgegen. Mein oberster Chef ist Göring, ein brutaler Drecksack.«

»Solange du Heydrichs Schutz genießt …«

»Darauf verlass ich mich nicht. Morgen schon kann er mir seine Schlägertruppe schicken, mit dem Totenkopf auf den Mützen. Wer mit so was rumläuft, bei dem piept es doch lauter als im Zoo.«

Sie legte ihre Hand auf den Bauch. »Vielleicht ist es die falsche Zeit …«

»Wir müssen uns winden wie Aale, um ihn durchzubringen. Damit er den Rattenfängern nicht nachläuft. Damit wir ihn ernähren können.«

Es klingelte.

»Hoffentlich nicht Heydrich mit Blumenstrauß oder Haftbefehl«, sagte sie.

Es war Lichtigkeit. Er setzte sich dazu und trank einen Kaffee. Sie schwiegen eine Weile. Dann fragte Raben: »Wie steht's auf dem Präsidium?«

»Es hat sich einiges geändert, seit Göring die Zügel in der Hand hält. Feuer frei. Lieber den Falschen erschießen als keinen. Den *Berufsverbrechern* geht's an den Kragen ... aber das wissen Sie ja. Und die SA findet immer noch Freude daran, jeden zu verprügeln, der angeblich schief guckt. Sie jagen diesen Kippenberger weiter?«

»So lautet der Befehl«, sagte Raben.

»Sie haben Glück, Karl. Nebe ist ganz begeistert von Ihnen. So ein Malheur kann jedem passieren, zumal einem Anfänger ...«

»Karl hat Glück gehabt«, sagte Lena.

»Passen Sie gut auf Ihren Karl im Glück auf. Wann sind Sie zurück im Dienst?«

»Morgen«, sagte Karl.

»Du spinnst«, erwiderte Lena. »Du bleibst hier. Bist zwei Wochen krankgeschrieben.«

»Jawohl, Frau Generalfeldmarschall. Eine Woche.«

»Wir werden sehen. Sieht ja fast so aus, als wolltest du vor mir fliehen.«

»Vor wem denn sonst?«

166.

Lichtigkeit fuhr nach Hause, wo ihn seine Frau mürrisch empfing. Sie war in Windeseile zur Nazisse konvertiert. Wobei *konvertiert* eine Übertreibung war, sie bewunderte den Wörter ausspuckenden Schreihals schon lang. »Die Augen, die Augen, wenn er einen anblickt.« Auf einer Kundgebung mit Hitler und Goebbels im Sportpalast hatte sie in der Reihe am Gang gestanden, wo der Führer mit Getöse einzog. Die Blicke hatten sich getroffen. Seitdem mühte sie sich, die Magie des Führers zu beschreiben. Die Geschichte hatte sie angeblickt. Die Vorsehung.

»Und was wird aus dir?«, fragte sie ihn. Oh, sie sprach tatsächlich mit ihm. Hitler hatte sie von der Sprachlosigkeit erlöst wie ein Wunderheiler. »Es ist unsere Zeit. Dir öffnen sich alle Möglichkeiten.« Die Hitler-Rede spukte noch in ihrem Hirn.

»Eine große Zeit bricht an«, sagte Lichtigkeit.

Sie hörte seinen Sarkasmus nicht. »Schön, dass du das nun begreifst.«

»Ja, ja«, sagte er.

»Jetzt greift die Polizei durch gegen das Gesindel.«

»Wir haben vorher ja nichts getan«, erwiderte er.

»Du bist so … negativ. Die Sass-Brüder haben doch ausgespielt. Das ist ein Sieg. Sie haben euch lächerlich gemacht. Und dieses Pack, Landstreicher und geile Juden.«

Es schüttelte ihn. »Im Augenblick verprügelt deine SA Leute auf den Straßen. Es geschehen Verbrechen überall. Das scheint dich nicht zu stören.«

»Das sind Übertreibungen, wie sie bei jeder Revolution geschehen … bei den Bolschewisten ist's viel schlimmer.«

»Wenn die dein Maßstab sind …« Er wunderte sich, wo sie den Unsinn aufgeschnappt hatte. »Ich würde die Hölle nehmen. Überall ist es besser als in der Hölle.«

»Ich möchte so was nicht mehr hören«, sagte sie. Blickte ihn scharf an. »Nie mehr.«

Lichtigkeit hatte die Deutschnationalen gewählt. Aber seit die als Regierungspartei der SA keine Zügel anlegten, wusste er nicht mehr, wen er wählen sollte.

Passenderweise erklärte sie: »Gleich morgen früh gehen wir ins Wahllokal und wählen den Führer.«

»Natürlich, Helga.« Und wenn nicht, würde sie ihn verpfeifen?

167.

Raben hielt es eine Woche aus. Ohne sich zum Dienst zurückzumelden, ging er wieder zum Haus, in dem Kippenberger sich versteckt hatte. Ein Schupo versuchte, sich davor die Füße warmzutreten. Raben zeigte ihm die Marke. Blickte zum Haus gegenüber, wo der alte Mann am Fenster stand. Er winkte und wünschte ihm die Krätze an den Hals. Gleich ging er hinüber. Der Mann stand schon an der Tür.

»Danke für die Hilfe, Herr Werther«, sagte Raben.

»Ich helf doch gern. Kommen Sie herein, wenn Sie die Zeit haben. Ich feiere gerade ein bisschen.«

»Die Wahlen? Die waren doch letzte Woche.«

»Die auch. Der Führer hat endlich eine Regierungsmehrheit.«

»Na ja, gut vierzig Prozent«, sagte Raben.

»Das liegt an der kommunistischen Hetze. Und die Sozialdemokratie, ich schäme mich. Der Führer wird das Volk überzeugen. Durch Taten, Herr Kriminalkommissar!«

»Haben Sie den Mann erkannt?« Er deutete mit dem Daumen aufs Fenster.

»Ich les Zeitung«, sagte Werther. »Kippenberger, einer der Schlimmsten.«

»Das kann man wohl sagen.«

»Ist der abgehauen?«

»Ja, leider. Ich ärgere mich am meisten. Ich war so dicht davor.« Der Zeigefinger berührte fast den Daumen.

»Sie werden ihn schon kriegen. Alle Welt kennt die Visage. Und die Kommune ist verboten, endlich. Der Führer hat sie gleich aus dem Reichstag geworfen. Großartig, so muss man mit dem Pack umgehen.«

»Ganz recht«, sagte Raben. »Ihre … Literatur ist ja weg!«

»Die sind gekommen, der SA-Sturmführer hat mir gratuliert.

Unsere Arme sind offen, hat er gesagt. *Wir begrüßen jeden Willigen und Ehrlichen in der Volksgemeinschaft.* Die sind … großzügig und gerecht.«

»Da gratuliere ich Ihnen auch. Aber weshalb ich Sie noch einmal stören muss: Haben Sie andere Leute gesehen, die ins Haus gegenüber gingen, als Kippenberger dort gewohnt hat?«

Werther überlegte. Raben betrachtete währenddessen das Hitlerporträt.

»Ja, der Sturmführer ist noch einmal gekommen und hat mir dieses wunderschöne Bild geschenkt. Dieser Blick in die Weite. Der Führer ist uns um Jahrzehnte voraus. Er kennt die Zukunft, hat schon alles geplant.«

»Bitte überlegen Sie doch, ob …«

»Zweimal ist jemand erschienen, mit einer Tasche in der Hand. Und hat das Haus ohne Tasche verlassen.«

»Wann? War es derselbe?«

»Ich glaube schon, jedenfalls trug er beide Mal die gleiche Kleidung. Mantel, Hut, Schal. Das Gesicht war nicht zu erkennen …«

»Trug er eine Brille?«

»Ja, Sie haben ganz recht. Er trug eine Brille. Mit runden Gläsern.«

»Aus welcher Richtung kam er?«

»Von dort … wie Sie, von der S-Bahn.«

»Er kam wohl vom Einkaufen«, sagte Raben. »Wo gibt's hier einen Laden?« Da fiel ihm ein, dass er gegenüber dem S-Bahnhof einen gesehen hatte.

»Am S-Bahnhof«, sagte Werther.

Raben nickte. »Und Wurst kauft man wo?«

»Neben dem Laden … haben Sie den Metzger nicht gesehen?«

Nein, hatte er nicht. Weil er Angst gehabt hatte. Sich an eine Hauswand gelehnt hatte, weil sein Brustkorb sich zusammenschnürte. Und der Schmerz ihn überfiel. Er hatte Lena nicht verraten, dass ihn diese Symptome in jüngster Zeit immer wieder heimsuchten. Es war das Herz, oder? Er war überzeugt, dass diese Schmerzen aufhören würden, sobald er sich zurechtgefunden hatte und nicht mehr so viele Überstunden schob. Den Krankenstand zu früh verlassen, das musste es sein. Was sonst?

Er verließ Werther mit einem Geschmack im Mund, als hätte er Regenwurmsalat gegessen. Zeigte dem Schupo die Dienstmarke und betrat das Haus. Eine Etage, drei Zimmer, Küche, Bad. Dort fing er an. Waschbecken mit Unterschrank, Badewanne mit Duschkopf. Kohleboiler, Abfalleimer. Im Unterschrank fand er nichts außer einer Zahnbürste. Der Eimer war leer, den Inhalt hatte gewiss die Spurensicherung mitgenommen. Seine Hoffnung schwand, er würde nichts finden. Die Kollegen waren gründlich. In der Küche setzte er sich an den Tisch. Atmete durch. Was wollte er hier? Er hatte Kippenberger laufen lassen, und jetzt suchte er ihn doch? In Wahrheit wollte er keinen anderen Auftrag übernehmen. Er wollte überhaupt nicht in der I A arbeiten. Sie jagten Sozialdemokraten, Kommunisten, Anarchisten. Er jagte Kippenberger, den er vielleicht wieder aufstöbern konnte. Und dann? Zweimal klappte der Trick nicht. Er war ohnehin erstaunt, dass ihm die Chefs geglaubt hatten. Oder nicht? Stellten Sie ihm eine Falle? Nur warum sollten die sich mühen, wo sie ihn leicht kaltstellen konnten? Vielleicht hatte Heydrich wirklich einen Narren an ihm gefressen. Nur warum? Weil er Fehrkamp aufgestöbert und entführt hatte? Heydrich und sein SD mochten offenbar solche Wahnsinnsaktionen.

Aber jetzt war Fehrkamp ein Held. Bald würde es in der Zeitung stehen. Nach den Wahlen würden die Nazis keine Rücksichten mehr nehmen. Sie würden auch die Potempa-Mörder und all die anderen Naziverbrecher preisen. Sie hatten eine Regierung, die Verbrecher als Helden auszeichnete. Verstand niemand, was es bedeutete? Wollten sich die Leute wirklich von einer Gangsterbande beherrschen lassen?

Weiter. Raben erhob sich, durchsuchte die Küche. Er zog die Schubladen heraus, betrachtete oder betastete sie auch von unten.

Kippenberger war nicht dumm. Allerdings hatte Raben ihn überrascht. Er räumte im Schrank die Teller, Tassen und Gläser aus. Im Fach darunter zwei Töpfe, einer mit Stiel, der andere mit Griffen. Nichts. Er stieg auf den Küchenstuhl und fand auf dem Schrank Staub und eine Spinne, die in ihrem Netz genug Beute finden würde, um das Dritte Reich zu überleben.

Fehrkamp ging ihm nicht aus dem Kopf. Er hatte Diels' Mitteilung fast schon vergessen bei all dem Trubel. Wo es um die eigene Haut ging, ist einem die der anderen so egal wie Kaninchenfell. Dafür traf es ihn jetzt.

Er kam nach Hause mit nichts als seiner Enttäuschung, dass Kippenberger nichts hinterlassen hatte.

Lena war nicht da, aber sie hatte ihm den *Völkischen Beobachter* auf den Tisch gelegt. Seite 2 aufgeschlagen. Unter den Schlägerfressen erkannte er sofort Fehrkamp. Bis zu diesem Augenblick hatte er nicht glauben wollen, dass so jemand nicht unter dem Fallbeil endete. Jetzt war öffentlich, was Diels angekündigt hatte. Es war unglaublich. Umsonst all ihre Mühe, diesen Mörder zu fangen. Und nun?

168.

Lena war bei Wagner in der Redaktion gewesen, als der ihr den *VB* zeigte. Fehrkamp frei und nun ein Vorzeigearier. Sie schluckte und sagte lange nichts. Dann: »Um Himmels willen!« Karl hatte ihr Diels' Notiz gezeigt. Aber sie glaubte es erst jetzt. Was vor den Wahlen angekündigt wurde, musste nach den Wahlen nicht folgen. »Die Nazis haben allein nicht mal eine Mehrheit, aber sie nehmen sich alles raus.«

Wagner blickte sie betrübt an. »Die Deutschnationalen kneifen. Seit dem SA-Terror haben sie die Hosen voll. Der Reichskanzler dürfte ihnen bedeutet haben, dass sie besser die Klappe halten.«

»Entzückend!«

»Wir gehen herrlichen Zeiten entgegen. Der Kaiser in Holland führt schon Freudentänze auf. Den hätten die Alliierten besser als Kriegsverbrecher aufgehängt.«

»Dafür kriechen der Kronprinz und seine Brüder dem Führer in alle denkbaren Körperöffnungen«, sagte Lena.

»Ich bitte Sie, Frau Kollegin!« Er begann zu lachen, Lena fiel ein. Manchmal lachten Leute, wenn es nichts zu lachen gab. Es hörte bald auf.

»Mein Gott«, sagte Wagner. »Und Ihr Verlobter, das wird ihn treffen wie ein Hammerschlag.«

»Er wusste es vorher, Dienstgeheimnis.«

»Trotzdem, wenn er das Foto von diesem Dreckskerl sieht, versteht er die Welt nicht mehr. Wie ich, und ich bin dem Kerl nicht nachgelaufen. Alles umsonst.«

Sie überlegte. »Mal sehen. Das lässt er nicht auf sich sitzen, der sture Bock.«

»Wie sprechen Sie von Ihrem Gatten!«

»Ich mag das an ihm. Wenn er was will, tut er alles, um es zu erreichen.« Gut, dachte sie, bei ihr hatte sie ihm helfen müssen.

»Dass er sich da mal nicht die Finger verbrennt.«

»Das schreckt ihn auch nicht.« Sie dachte an Wien, wo er sein Leben riskiert hatte, um den Nazimörder zu fassen. Ohne viel Aussicht auf Erfolg. Sie erschauderte. Wie kam es, dass sie erst im Nachhinein Angst hatte? »Sie wissen nicht, wie er den Fehrkamp aus Wien entführt hat. Müssen Sie auch nicht.«

Er nickte. »Besser nicht.« Nickte wieder. »An Tatorten sollten Sie nicht auftauchen. Da rennen zu viele Nazis rum.«

»Klar.«

»Was halten Sie von Buchbesprechungen? Ich hab mit dem Kollegen vom Feuilleton gesprochen. Er würde es versuchen mit Ihnen. Keine Nazititel, versprochen. Schöne Literatur. Er deutete auf ein Buch auf seinem Schreibtisch. *Kleiner Mann – was nun?*, Hans Fallada. Kennen Sie den?«

»Ich hab's sogar gelesen. Ich finde es großartig.«

»Goebbels auch.«

»Mein Gott!«

»Diese Gewissheit teilen Sie mit Goebbels, nur weiß er es nicht.« Wagner lächelte. »Der hält das wohl für eine Systemkritik, welche die Verdorbenheit der Republik beschreibt.«

Lena schüttelte den Kopf. »Nichts gilt mehr. Bald muss ich mich bei Wagner-Musik übergeben, nur weil Hitler den verehrt.«

»Man kann diese Welt nur verstehen, wenn man nach dem Gegenteil von Schönheit, Freiheit, Kunst und Literatur sucht. Wobei natürlich auch schlechte Literatur Literatur ist. Aber Sie verstehen mich.«

»Ja, nur Fallada …«

»Schiller, den lieben die Nazis auch, sofern sie lesen können.« Wagner lachte trocken.

»Ich habe noch nie eine Literaturkritik geschrieben«, sagte Lena.

»Wenn man etwas anfängt, hat man es vorher nie gemacht. So, Frau Ilse Meier, an die Arbeit.«

169.

Eckes saß mit Heydrich in der Sitzecke von dessen neuem Büro. Sie hatten es sich bequem gemacht in Berlin. Dicht an der Macht. Noch stand Göring, der eitle Fettsack, im Weg, aber Himmler bohrte schon beim Führer und beim Reichsinnenminister. Und Himmler hatte beim Führer einen Stein im Brett. Treuer Schildknappe, der er war.

Sie sprachen über die Politische Polizei. Der Reichsführer erwartete Ideen von seinem besten Mann. Heydrich diskutierte es mit Eckes. Der war nicht blöd, wenn er den kitzelte, fing er an zu denken. Aber weit waren sie nicht gekommen. Immerhin wollten sie Göring etwas wegnehmen.

»Was ergibt die Überwachung unseres Freunds?«

»Nicht viel. Er ist noch mal in die Sigwalder Straße gefahren. War beim Nachbarn gegenüber, einem Märzgefallenen.«

Heydrich lächelte. Eines musste er den Berlinern lassen, ihren Witz. Die Göttin auf der Siegessäule nannten sie *Goldelse* und *Märzgefallene* die Leute, die nach dem Wahlsieg im März in die Partei strömten. »Er sucht nach Spuren von Kippenberger.«

»Offenbar«, sagte Eckes. »Ein zweites Mal findet er ihn nicht.«

»Immerhin hatte er ihn aufgestöbert wie unseren Helden Fehrkamp. Wir brauchen solche Leute. Der Mann hat ein ungeheures Talent. Hätte unser SD so einen wie Fehrkamp gefunden?«

»Bestimmt«, sagte Eckes.

»Reden Sie keinen Unsinn.«

»Jawohl, Standartenführer.«

»Noch was?«

»Er hat geheiratet, Lichtigkeit war sein Trauzeuge, ihrer der Redakteur Wagner, ein Frontkämpfer, aber nicht unser Freund. Sie soll für ihn schreiben, Zeilenhonorar, unter einem Decknamen …«

»Das heißt bei denen Pseudonym, wenn ich Ihrer Allgemeinbildung auf die Sprünge helfen darf. Außerdem weiß ich das längst.«

170.

Sie fand ihn zu Hause am Küchentisch. Vor sich den *VB*, das Foto von Fehrkamp, der ihm ins Gesicht lachte.

Sie goss ihm einen Doppelkorn ein und sich ein Glas Wasser. »Schöne Scheiße das«, sagte sie.

»Das ist noch freundlich gesagt.« Er blickte sie an. Was hatte er nicht alles aufs Spiel gesetzt wegen dieses Mörders? Ihr Leben eingeschlossen. Das schlechte Gewissen verfolgte ihn seitdem. »Ich hätte dich nicht mitnehmen sollen.«

»Du hast mich nicht mitgenommen. Ich bin mitgekommen, obwohl du es mir ausreden wolltest. Ich bin kein Heimchen am Herd, das walte Clara Zetkin.«

»Komm mir nicht mit dieser Kommunistentante.«

»Die hat mehr für die Frauen getan als jeder andere. Sie ist nur in der falschen Partei gelandet. Allerdings hat sie im Reichstag eine gute Rede gegen die Nazis gehalten …«

»Bevor sie nach Moskau abgehauen ist, zu Väterchen Stalin.«

»Was bleibt einer alten Frau übrig?«

»Du hast ja recht. Ich bin nur stinksauer. Die Ankündigung von diesem Speichellecker Diels habe ich gelesen, aber als Blödsinn abgehakt. Die blasen sich jetzt auf, Leute wie Diels. Nebe wird groß Karriere machen, raunt es. Der hat auf das richtige Pferd gesetzt. Hätte auch dem Kaiser zugejubelt, wenn's so gekommen wäre. Oder Thälmann.«

»Der ist mittlerweile verhaftet und wird gefoltert. Sie wollen alles von ihm wissen, was in ihre Revolvergeschichten passt«, sagte sie. »Hast du mir erzählt.«

Er erinnerte sich, wie Diels in die Hände geklatscht hatte, als er es erfuhr. Die I A hatte befürchtet, dass der Kommunistenchef sich längst in die Sowjetunion abgesetzt hatte. Dann hatte ihn einer verpfiffen, wie es in solchen Zeiten immer welche gab, die ihren Gewinn suchten. Hießen sie Werther oder sonst wie.

»Ja, ist ein armes Schwein. Wie Kippenberger eines gewesen wäre.«

Sie zog seine Hand an ihren Mund und küsste sie.

Er starrte auf das Foto. »Dieses Schwein muss ich kriegen. Irgendwie.«

»Ich weiß«, sagte Lena. »Aber das ist unmöglich, solange die Nazis hier was zu sagen haben.«

»Kommt Zeit, kommt Rat.«

171.

»Die Akte ist bei der I A. Ich dachte, Sie würden dort arbeiten«, sagte Lichtigkeit. »Trotzdem herzlich willkommen.«

Raben lachte. »Schön, dass Sie mich daran erinnern. Ich brauch die Akte Fehrkamp.«

»Dann holen Sie sie doch.«

»Nee«, sagte Raben.

Lichtigkeit legte seinen Kopf schief. Fing an zu grinsen. »Passen Sie auf sich auf.«

»Klar.«

Eine Stunde später hatte er die Akte in seiner Tasche und fuhr mit der Elektrischen nach Hause. Sie war schon am Alex überfüllt, der Schaffner kam nicht durch. Hier und da redeten Leute miteinander. Er sah Parteiabzeichen, Hakenkreuzbinden. Ein Mütterchen saß auf der Bank, die ihm ein Hitlerjunge frei gemacht hatte. Er strahlte vor Stolz. Ein Mann klopfte ihm auf die Schulter und murmelte was von deutscher Jugend, die nun endlich und so weiter.

Aber Raben sah keine SA-Streifen.

Zu Hause blätterte er in der Akte, um sich einen Überblick zu verschaffen. Er las die Zeugenaussage von Franz Puth, dem Wirt. Adresse in Moabit, hoffentlich stimmte die noch.

Sie stimmte. Puth sah aus wie ein lebendes Leichentuch. »Kommen Sie rein, Herr Kommissar.«

In der Zweizimmerwohnung stank es nach Bierresten und Zigaretten. Draußen knatterte, hupte und dröhnte der Verkehr. »Haben Sie was von der Versicherung gehört?«

»Ja, es gibt kein Geld für ein Versammlungslokal von Marxisten. Das ist die Kurzfassung. Die Langfassung beginnt mit der Idee, dass ich meine Kneipe selbst angezündet habe. Wie die Nazis den Reichstag.«

»Klagen Sie!«

»Wollen Sie mich veräppeln, oder sind Sie wirklich so schlicht gestrickt?«

»Letzteres. Tut mir leid.«

»Was führt Sie zu mir? Wollen Sie das Elend besichtigen? Ich bin es, höchstpersönlich.«

»Ich will mit Ihnen den Fall noch einmal durchgehen …«

»So ein Schwachsinn! Haben Sie gar nichts mitgekriegt?«

»Alles«, sagte Raben. »Alles.«

Puth blickte ihn lang an. War der durchgedreht? »Und Ihre Chefs wissen, was Sie tun?«

»Hoffentlich nicht.«

Schweigen. Der Lärm von draußen tönte mitten in der Wohnung. Als ob der Verkehr sich durchs Zimmer wälzte.

»Außerdem suche ich Brück und Friese.«

»Sie sind wirklich lustig«, sagte Puth. Schüttelte den Kopf. »Brücks Leiche haben Jungs beim Spielen gefunden, auf einer stillgelegten Baustelle, nicht weit von hier. Die Polente hätte ihn fast nicht identifizieren können. Den Genossen Friese haben Ihre Kollegen eingesperrt, im Knast um die Ecke. Und das haben Sie nicht mitgekriegt?«

»Warum Friese?«

»Sie haben Nerven. Er stand wohl auf einer Liste, die schon Ihre sozialdemokratischen Kollegen aufgeschrieben hatten. Damit die Nazis es nicht so schwer haben. Sie kennen doch den Anführer der Mörderbande. Der Held!«

»Ich hatte Fehrkamp verhaftet, das Gericht hatte ihm Rübe ab serviert, aber …«

»Sehen Sie, das ist ja sehr ehrenwert von Ihnen. Aber was hat es gebracht?«

»Vielleicht, dass zwei, drei Leute verstanden haben, wer sie regiert.«

Puth blickte ihn aus geröteten Augen an. »Vielleicht, aber gut …« Er winkte ab.

»Und Ehrig?«

»Den hab ich vor einer Woche oder so gesehen, wohnt noch in einer der Mietskasernen hier, glaub ich. Oder hat es auch schon zu was gebracht.«

»Geht's genauer?«

Puth musterte ihn. Und musterte ihn noch mal. »Ich hatte früher eine Serviererin, der Ausschnitt hat den Umsatz gesteigert. Bis die Krise kam. Elvira Zopp heißt sie. Sie bedient jetzt im *Bäreneck* in der Frankfurter, am U-Bahnhof, nur abends, tagsüber muss sie sich um ihre Jungs kümmern. Sagen Sie ihr, Sie kämen von mir.«

172.

Sie hatte das Fallada-Buch nicht mehr. Verliehen oder liegen gelassen. Machte nichts, sie musste sowieso mal raus. Zum Ku'damm. Bummeln, in der Nicolaischen Buchhandlung den Fallada kaufen und noch mal lesen. Kaum war sie auf der Straße, merkte sie es. SA überall. Zu Fuß, auf Lastwagen, als wäre ein Bürgerkrieg ausgebrochen. Dann sah sie die Schneiderei, bei der sie ihren Mantel hatte reparieren lassen. Ein Judenstern auf dem kleinen Schaufenster. Und *Kauft nicht bei Juden!* Davor ein SA-Mann in Uniform, mit Sturmkappe, den Riemen unterm Kinn. Als sie näher kam, sah sie die Glassplitter. Die Tür war zerstört. Der SA-Mann maulte »Sie als deutsche Frau …«

»Halten Sie den Mund!«, sagte sie.

»Was nehmen Sie sich raus?«, schnauzte der Mann.

»Seit wann haben Männer keine Manieren mehr? Gehört das zum Parteiprogramm, dass Sie deutsche Frauen beschimpfen? Wenn ich das meinem Ortsgruppenleiter melde …«

Der Mann blickte sie verwundert an. »Wenn Sie Parteigenossin sind, was wollen Sie dann bei solchem Pack?«

»Das geht Sie einen Dreck an. Passen Sie auf, dass nicht noch mehr passiert. Eine Schande … Namen und Dienstrang.«

»Schütterle, Jan, SA-Mann.«

»Sie sind wohl ein Märzgefallener und wissen gar nicht, was Sie tun!«

Er erwiderte nichts.

»Sie hören von mir. Renate Weinstock, merken Sie sich den Namen.«

Er starrte sie an. »Jawohl«, nuschelte er.

»Heil Hitler!«, rief Lena.

»Heil Hitler!« Er riss den rechten Arm hoch.

»Wenn's doch nur einer täte«, flüsterte sie, als sie den Laden betrat.

Die Ladenbesitzerin stand neben der Hintertür und verbarg ihr Gesicht an der Wand. »Frau Giebig«, sagte Lena. »Das tut mir so leid. Wir räumen jetzt alles in Ihre Wohnung im ersten Stock.«

»Ach, Frau Raben«, flüsterte sie. »Ich halte das nicht mehr aus.« Sie nahm das Tuch vom Gesicht. Tränen, Tränen, Tränen. Lena nahm Frau Giebig in den Arm. »So, jetzt schnell.« Frau Giebig versuchte zu lächeln. »Ja.«

Zu zweit trugen sie die Ware und die Kasse samt Buchhaltungskladde in den ersten Stock. Als sie fertig waren, fragte Lena: »Kennen Sie jemanden, der nicht Jude ist …?«

Frau Giebig nickte: »Sie.«

Lena erstarrte. »Gut, dann kommen Sie mit. Nehmen Sie nichts mit, was nach Flucht aussieht. Ziehen Sie zwei Kleider übereinander, Sie sind ja richtig dürr geworden …«

»Wenn Helmut das mitbekommen hätte, diese Schande. Er kam aus dem Krieg mit einem … kaputten Gesicht zurück, als Krüppel, aber mit dem Eisernen Kreuz. Und jetzt …«

»Nehmen Sie die Handtasche. Stopfen Sie Unterwäsche rein. Beeilen Sie sich. Gibt's einen Hinterausgang?«

»Ja«, flüsterte die weißhaarige Frau. Ein trauriger Blick durch die Brillengläser, welche die Augen vergrößerten.

»Wir schlendern nach Hause, wir rennen nicht, wir weinen nicht.«

»Aber wenn …?«

»Das überlassen Sie mir.«

»Sie sind doch schwanger.«

»Aber nicht krank. Kommen Sie. Wenn der Irrsinn vorbei ist, bring ich Sie zurück. Den Schaden melden Sie Ihrer Versicherung. Wir haben ein Telefon. Nehmen Sie Ihre Papiere mit.«

Lena stopfte ihre Handtasche voll. »Haben Sie eine Einkaufstasche?«

173.

Raben fror. Der Wind blies durch die Frankfurter Straße, trieb Graupel vor sich her, Richtung Alex. Er verfluchte seine Idee zu laufen. Aber das war nun beschlossen. Als er am *Bäreneck* ankam, war sein Mantel nass, und der Hut in der Hand war mit einem Eispelz überzogen. Er öffnete die Tür und schob den Windschutz beiseite. In der Ecke saßen SA-Männer, die ihren Sieg über das Judentum feierten. Das jedenfalls hatten die Braunhemden von den Lastwagen heruntergeschrien, während sie in der Stadt Opfer suchten. Die Titelseite von Goebbels' *Angriff* schrie *Vergeltung für den Boykott des Weltjudentums gegen das neue Deutschland*, von dem aber niemand sonst etwas wusste. Er blinzelte in den Qualm. Am Tresen stand der Wirt mit Schürze und Glatze. Zwischen den paar Tischen balancierte eine junge Frau ein Tablett mit Bier und Schnaps für die heldenhaften Bekämpfer des alle Zivilisation zersetzenden Judentums. Wenn das unsere Zivilisation ist, bitte ich um deren Vernichtung, dachte Raben. Er stellte sich an den Tresen, beguckte die Auslage hinter dem Glas. Sah hinter dem Wirt eine Tafel, die in Kreideschrift Eisbein mit Kartoffelsalat und Senf anpries. Er setzte sich an einen Tisch in der Ecke, in größtmöglicher Entfernung von den Schreihälsen, die gerade die SA in »ruhig festem Schritt marschieren« ließen. Sie sangen nicht, sie grölten. Und marschieren konnten sie schon lang nicht mehr, nur noch torkeln. Wie dieser Typ mit dem Hitlerkreuz am Oberarm, der sich mehr auf Stühle und Tische stützte, als dass er lief. Die anderen Gäste wendeten sich ab.

Er hatte es gar nicht gemerkt, die Kellnerin stand am Tisch. »Na, was darf ich Ihnen bringen?«

»Eine Bockwurst und eine Molle.«

»Geht klar.«

»Sie sind Frau Zopp?«

Sie nickte.

»Setzen Sie sich einen Augenblick zu mir.«

»Da krieg ich Ärger mit dem.« Sie schielte zum Tresen.

Raben legte seine Hundemarke auf den Tisch. »Sie dürfen. Raben heiß ich.«

»Gut, ich sag aber Bescheid.«

Er sah sie diskutieren, bis der Wirt die Achseln hob und sie zurückkehrte. Sie setzte sich, warf ihm einen unsicheren Blick zu.

»Keine Sorge, Franz Puth schickt mich.«

»Wie geht's ihm?«

»Beschissen, um es zurückhaltend zu sagen.«

»Ich werd ihn mal besuchen. Nur die Zeit …«

»Klar. Aber er würde sich freuen. Er ist allein. Freunde wurden ermordet oder verhaftet.«

Sie blickte auf die Tischplatte und nickte. »Hab dies und das gehört. Das muss doch mal aufhören. Gerade haben sie die Juden aufm Kieker.«

Raben nickte. Er hatte die Bilder im Kopf und die Gewissheit, sie so bald nicht loszuwerden. Zertrümmerte Scheiben, Menschen, die aus Läden gezerrt und verprügelt wurden. Und diese Scheißkerle auf Lastwagen, die durch ihre Sprechtüten schrien. Er würde

Heydrich oder Eckes bei nächster Gelegenheit fragen, ob sie die Verbrecher auf die Straße geschickt hatten.

»Wenn Sie jemand fragt, was wir besprochen haben, dann sagen Sie bitte, dass ich Sie über einen Hans Kippenberger befragt habe, der manchmal hier gespeist hat.«

»Wer soll das sein?«

»Das fragen Sie denjenigen, der's wissen will. Und dazu, dass ich missmutig abgezogen bin.« Raben hatte die Gestalten bemerkt, die ihm zu folgen schienen. Wenn er in die Elektrische stieg, in den Bus, in S- und U-Bahn. Immer war ein Mann zur Stelle, ohne Begleitung. Als er ein Gesicht das zweite Mal erkannt hatte, war er sich fast sicher, dass er beschattet wurde. Kollegen vermutlich. Sie misstrauten ihm doch, und es überraschte ihn nicht. Oder war es Heydrich? Aber hatte der nicht andere Sorgen?

»Na knorke«, sagte sie und zog an ihrem Pferdeschwanz.

»Ich suche Werner Ehrig«, sagte er.

»Dann seien Sie mal vorsichtig«, erwiderte sie. »Der ist die Treppe raufgefallen bei denen. War beim RFB, bis ihn die Vorsehung erwischte.« Sie grinste bitter.

»Sie kennen ihn näher?«

»Aus dem *Goldenen Anker*, als ich dort bedient habe. Ist ein paar Jahre her. Vor der Krise.«

»Haben Sie ihn seitdem mal gesehen?«

»Er wollte mit mir anbändeln, lauerte mir vor der Kneipentür auf. Nach Hause bringen und so weiter. Was Männer machen, wenn sie einen ins Bett schubsen wollen.«

»Wann das letzte Mal?«

»Puh, vor einem Jahr, vielleicht.«

»Vor dem Esser-Mord?«

»Ja, davor. Seitdem habe ich nichts mehr gehört von dem Arschloch … Entschuldigung.«

»Na, ihr Turteltäubchen!«, schrie es vom anderen Tisch. »Sollen wir verdursten?«

»Ich komme«, rief der Wirt.

»Nee, wir wollen von der da bedient werden, aber ein bisschen plötzlich.«

Raben erhob sich, ging an den Tisch. Ein Typ erhob sich zur Hälfte, bis ihn der Schwindel wieder hinsetzte. Raben zeigte die Dienstmarke, nur kurz, als hätte er es nicht nötig. »Kriminalpolizei, Sie bleiben hier sitzen, und ich unterhalte mich weiter mit der Dame.«

»Ist ja gut, Polente.«

Vor zwei Wochen hätten sie ihn verprügelt, sofern sie dazu nicht zu besoffen waren.

Zurück am Tisch, fragte er Zopp: »Wo wohnt Ehrig?«

»Moabit. Früher hat er mal in einer der Mietskasernen gewohnt, nicht weit vom *Goldenen Anker*. Das hat er heute wohl nicht mehr nötig.«

»Wissen Sie's genauer?«

Sie nannte ihm die Adresse.

»Das ist ja dort, wo Fehrkamp gewohnt hat.«

»Die beiden waren immer dicke.«

Er überlegte. »Wissen Sie, wo sich Fehrkamp rumtreibt?«

»Der Held. Die SA-Typen reden oft von dem. Sind Sie etwa der Bulle …?«

Er legte seine Hand auf ihre. »Psst.«

»Um Himmels willen«, flüsterte sie. »Ich hoffe, die kriegen das nicht mit.«

»Wenn Sie's nicht verraten.«

»Ich bin doch nicht verrückt.«

»Also Fehrkamp.«

»Wir haben jetzt immer solche Typen hier. Früher waren es welche von der Kommune. Von Fehrkamp hatte ich gehört, in der Zeitung stand auch was. Der leitet jetzt einen SA-Sturm in Lichtenberg.«

»Sie wissen nicht zufällig, wo die sitzen?«

»Wenn die Kommune schlau wäre, würde sie einen als Kellner schicken, um die Scheißer zu belauschen. Ecke Verbindungsweg/ Pfarrstraße. Zwei Minuten vom Bahnhof Lichtenberg.«

Als er vor der Tür stand, erklärte er sich für wahnsinnig. Aber wenn Ehrig mit Fehrkamp befreundet war, würde er sich vielleicht in dessen SA-Sturm rumtreiben. Wenn er an der alten Adresse rumhorchte, würden die beiden es mitkriegen und den Spieß umdrehen. Er fragte sich ohnehin, wann sie ihn überfielen. Einen Augenblick flog die Angst mit dem Eiswind heran. Sie drückte auf die Brust, bis er kaum noch atmen konnte. Rippen und Rücken schmerzten wie noch nie.

174.

»Er war in einer Kneipe namens *Bäreneck*«, sagte Eckes. »Er hat mit der Kellnerin gesprochen, einer Elvira Zopp, nicht einschlägig. Hat sie nach Kippenberger gefragt. Aber die Zopp hat ihm und mir erzählt, dass sie den nicht kennt. Der Wirt auch nicht, sagt er. Was davon stimmt, keine Ahnung.«

Heydrich nickte. Tat ein paar Schritte. »Wie kommt er drauf, dass sich Kippenberger dort aufgehalten hat?«

»Weiß ich nicht.«

»Sie wissen ja nicht viel.«

»Wir bleiben an Raben dran. Er wird uns zu Kippenberger führen.«

Heydrich nickte. »Wir brauchen den. Wenn wir Kippenberger in die Mangel nehmen, könnte er uns alles über die Kontakte der Kommune mit Moskau erzählen. Und die Verstecke der Funktionäre, die wir noch nicht erwischt haben. Zumal Thälmann den Mund hält. Die Kollegen haben ihn nach allen Regeln der Kunst bearbeitet, aber er sagt nichts, außer dass die Zeit kommen werde, uns den Hals umzudrehen.«

»Harter Knochen«, sagte Eckes.

»Der härteste«, erwiderte Heydrich. »Umso wichtiger ist, dass wir Kippenberger kriegen. Wenn einer ihn findet, dann dieser Raben.«

»Das haben Sie gut hingekriegt, Chef.«

»Ja, wir brauchen Leute, die was können. Diese SA-Schreihälse sind Abschaum. Röhm, die schwule Sau, und seine Mischpoke von Schwanzlutschern. Wie bei den alten Griechen. Bin gespannt, wann der Führer die Geduld verliert. Die Schlägertypen braucht er noch, um Angst zu verbreiten. Aber alles hat seine Zeit, der Terror und die Ordnung. Irgendwann wird er sich dieses Gezüchts entledigen. Sagt der Reichsführer.«

Eckes lächelte und blickte das Himmler-Porträt an. Das weiche Gesicht unter der Topffrisur, mit den runden Brillengläsern. Der treue Heinrich, der so viel Macht wollte. »Er wird Göring auch die preußische Polizei wegnehmen, und dann sind wir die Reichspolizei.«

»Sie schicke ich dann auf Fußstreife«, sagte Heydrich.

»Es ist mir eine Ehre, Standartenführer.«

»Apropos frische Luft, hat Raben bemerkt, dass er überwacht wird?«

Eckes überlegte: »Eher nicht. Aber bei dem weiß man nicht, woran man ist. Der ist schlau, verdammt schlau.«

»Vielleicht verstehen Sie mich jetzt. Das ist der beste Spürhund, den ich kenne. Er hat nicht nur Fehrkamp gefunden und ins Reich verschleppt, sondern auch Kippenberger aufgetan. Unsere Leute haben den nicht erwischt. Er soll doch über uns denken, was er will, solange er das Maul hält und für uns arbeitet.«

»Solange er für uns arbeitet«, sagte Eckes. »Wenn nicht, dann hat er einen Unfall. Was sehr bedauerlich wäre.«

»Es ist selten, dass Sie mich verstehen«, erwiderte Heydrich, setzte sich auf seinen Schreibtischstuhl und winkte Eckes hinaus.

175.

Raben stellte sich vor das Schaufenster eines Pelzladens in der Friedrichstraße. Der Mann im Mantel, mit Schnurrbart und einem schwarzen Hut auf grau melierten Haaren bummelte in seinem Rücken vorbei. Er hatte zu dicht aufgeschlossen, und jetzt musste er weitergehen. Raben kehrte um in Richtung S-Bahn. Blieb vor einem Juwelier stehen, beobachtete im spiegelnden Glas die Passanten. Diesmal hatte der Verfolger spät bemerkt, dass Raben die Richtung gewechselt hatte. Im Augenwinkel sah Raben, dass der Typ in einiger Entfernung stehen blieb. Die Verfolger arbeiteten in Schichten, was bedeutete, dass Raben Telefonzellen weit umgehen musste. Oder hatte er zwei an den Fersen? Eher nicht, er hätte den anderen bemerkt. Er stieg die Treppe zu den Gleisen hoch. Es war voll, tatsächlich schienen manche Menschen noch Arbeit zu haben. Er stellte sich in die Mitte des Bahnsteigs und beobachtete, ob der Mann kommen würde. Vielleicht hatte er schon telefoniert und erklärt, dass Raben ihn bemerkt hatte. Nein, da erschien er, wischte sich Schweiß von der Stirn. Sportler war der nicht.

Zwei Richtungen: Erkner, nach Osten, oder Zoo, nach Westen. Der kam zuerst. Die Scheinwerfer funzelten, der Zug bremste. Raben stieg ein. Den anderen sah er nicht mehr. Die Türen schlossen sich. Raben warf sich in den Spalt, mit aller Kraft quetschte er sich hinaus. Es schmerzte an den Armen. Er hörte noch ein »Na, Sie da!« und stand auf dem Bahnsteig. Sah den Mann, zwei Wagen dahinter. Er blickte ihn an. Raben tat so, als wartete er auf den anderen Zug, nach Osten. Als er außer Sichtweite war, stieg er die Treppe hinunter.

Er fuhr mit der U-Bahn zum Bahnhof Lichtenberg, blickte sich immer wieder um. Stieg zwischendurch aus, in den folgenden Zug ein. Nein, niemand folgte ihm. Und doch begann der Schmerz in die Brust zu klettern.

Die Kneipe hatte *Zum Licht* geheißen. Das Schild hatten Sonne, Regen, Schnee und Eis ausgebleicht. Am Eingang hing eine Hakenkreuzflagge. Vor der Tür standen zwei SA-Männer mit Karabinern, als gäbe es noch jemanden, der sie überfallen könnte. Die KPD war verboten, ihre Sitze im Reichstag für ungültig erklärt. Die Sozialdemokraten wurden schikaniert, Reichstagsabgeordnete und Funktionäre waren geflohen oder verhaftet. Mit dem Ermächtigungsgesetz hatten sich die Nazis nach den Märzwahlen vom Parlamentarismus verabschiedet. Niemand würde sie mehr stören. Die Deutschnationalen hatten mehr Angst als Vaterlandsliebe. Jederzeit konnte Hitler seine Totschläger auf sie hetzen.

Raben blickte hinüber. Passenderweise schwebten Schneeflocken im nachlassenden Wind, um sich auf der Straße in Pfützen zu verwandeln.

Er betrachtete die Klingelschilder im Haus gegenüber dem SA-Lokal. Er fand eine *Gerda Kessler* und beschloss, dass sie ihm helfen musste. Er klingelte und hörte bald Schritte im Treppenhaus. Sie öffnete die Tür, er zeigte ihr die Dienstmarke.

Sie fasste sich ans Herz.

»Nein, nein, es geht nicht um Sie, sondern darum, ob Sie der Polizei helfen wollen.«

176.

Frau Giebig saß in der Küche, Lena schenkte ihr Bohnenkaffee ein. »Legen Sie Ihren Mantel ab. Sie werden hier wohnen, bis der Terror vorbei ist.«

Frau Giebig erhob sich und hängte den Mantel an die Garderobe im Flur. Kehrte zurück und blieb im Türrahmen stehen. »Sie wissen gar nicht …«

»Ich möchte nichts davon hören«, sagte sie. »Nichts ist selbstverständlicher.«

»Das sagen Sie. Keiner meiner Kunden, überhaupt niemand hat meinen Laden betreten. Ich habe jeden Augenblick damit gerechnet, dass die mich totschlagen. Man hört ja so viel Schlimmes.«

»Hier sind Sie sicher. Mein Mann ist Kriminalpolizist. Hier wird Sie niemand suchen. Ich muss Sie nur bitten, von den Fenstern fernzubleiben. Es gibt zu viele Spitzel.«

Frau Giebig nickte. »Der Schmutz schwimmt jetzt oben.«

Lena stellte einen Teller mit Keksen auf den Tisch.

»Hoffentlich ist Ihr Mann …«

»Da machen Sie sich keine Sorgen. Ich bin auch Jüdin beziehungsweise meine Mutter ist es, ich glaube an gar nichts mehr. Für die Nazis bin ich's trotzdem, für die Juden auch.« Lena lachte bitter.

»Das wird ein Ausbruch des Hasses bleiben. Wie bei einem Vulkan, er ist still für lange Zeit, dann spuckt er Lava aus, bald ist er wieder ruhig.«

»Vielleicht«, sagte Lena. Sie glaubte nicht daran. Solange die Verbrecher an der Regierung waren, würden sie Verbrechen begehen. Das lag in der Natur der Sache.

Wagner hatte ihr angedeutet, dass die Nazis verlangten, jüdische Redakteure auf die Straße zu setzen. »Sie werden die Juden aus unserem Leben verschwinden lassen, und es gibt nichts und niemanden, sie daran zu hindern. Ich glaube denen nichts, nur das. Sie verschweigen es nicht mal. Wie steht's mit Ihrer Fallada-Kritik?«

»Bisher schlecht. Ich musste mich … kümmern.«

»Es eilt nicht. Wollen Sie einen Vorschuss drauf?«

»Nein, nein, danke, Sie tun schon genug für mich.«

Er zählte hundert Mark aus seinem Portemonnaie ab und schob die Scheine über den Schreibtisch. Dazu eine Quittung, die sie unterschrieb.

»Es ist mir unangenehm«, sagte sie.

»Es ist mir unangenehm, dass ich sonst nichts für Sie tun kann. Ihr Mann arbeitet noch am Fall Kippenberger?«

»Viel zu viel. Ich seh ihn kaum noch.«

»Er ist sehr ehrgeizig«, sagte Wagner. »Ich hoffe, er findet seinen Weg.« Er musterte sie.

»Ich habe Angst um ihn«, sagte sie. »Aber verraten Sie es nicht.«

Er schüttelte den Kopf. »Und das Kind, wann …?«

»Im Juni, wenn alles glattgeht.«

»In was für eine Zeit es geboren wird … Tut mir leid.«

»Sie müssen sich dafür nicht entschuldigen.«

»Doch, doch.«

Als sie vor dem Mossehaus stand, überlegte sie, wofür Wagner sich entschuldigen wollte. Sie konnte das Gefühl nicht greifen, das sie überfiel. Auf jeden Fall war es so etwas wie Angst. Sie blieb ein paar Sekunden stehen. »Doch, doch«, hatte er gesagt, und sein Gesicht war erblasst. Nein, es ist nichts, er hatte ihr hundert Mark Vorschuss gegeben, dafür musste sie vier Artikel abliefern, und das war immer noch großzügig. Andere zahlten fünf Pfennig für eine Zeile. Nein, nein, da war nichts.

177.

»Er hat uns abgehängt«, sagte Eckes gleich, bevor Heydrich fragen konnte.

Der Standartenführer atmete einmal durch und schwieg. Eckes wusste, dass sein Chef sich entweder beherrschte oder gleich losbrüllte. Glücklicherweise beruhigte er sich.

»Wir fangen ihn morgen früh vor seiner Wohnung ab und folgen ihm in verschiedenen Autos, auch Kraftdroschken.«

»Aber vergessen Sie nicht, ein Schild aufs Dach zu kleben. *Wir verfolgen den Herrn Raben*, damit er es auch wirklich merkt«, schnauzte Heydrich.

»Vielleicht ist es nicht nur schlecht, dass er was gemerkt hat. Das macht ihm Beine.«

»Das haben Sie sich ja fein ausgedacht. Alles, was Sie tun, ist richtig, sogar wenn Sie Mist gebaut haben. Waren Sie mal bei der Kommune? Die ist Meister in Rabulistik.«

»Gott bewahre!«

»Der hat damit nichts zu tun.« Heydrich tippte sich an die Stirn. »Das da oben drin zählt und sonst nichts. Kapiert?«

»Jawohl, Standartenführer.«

»Mir gefällt das.«

Eckes schwieg. Noch war die Brüllgefahr nicht vorbeigezogen.

»Er hängt uns ab. Er findet Leute, die wir nicht gefunden haben. Der Mann hat überall Augen und Ohren. Wo haben Sie Augen?«

»Vorn«, sagte Eckes leise.

»Ja, vorn. So wird das nichts. Ich mache Ihnen keinen Vorwurf. Ich verlange jetzt, dass Sie die Überwachung persönlich übernehmen. Schnappen Sie sich Ihre fähigsten Leute, und ich will alles wissen. Wann er sich die Nase putzt, wann er pisst, mit wem er redet, mit welcher Straßenbahn, S- oder U-Bahn er gefahren ist, mit welchem Auto. Alles, alles, alles.«

Eckes schluckte, erhob sich.

»Warten Sie. Ich will vor allem wissen, ob er für uns ist oder gegen uns. Ob wir ihm helfen sollen, auf den richtigen Weg zu kommen. Oder ob wir ihn verschwinden lassen müssen. Haben Sie das verstanden?«

178.

Frau Kessler erlebte ein Abenteuer, und dafür war sie dankbar. Sie fand Bohnenkaffee und stellte dem Kommissar eine Kanne auf den Tisch. Dazu einen Sandkuchen, den sie für ihre Enkelin gebacken hatte.

»Sie beobachten die Männer da drüben?«

»Nein, die sind in Ordnung«, erwiderte er. »Ich warte auf jemanden, der hier durchkommen soll, wie Zeugen behaupten.«

»Ach so, Herr Kommissar …« Sie hatte seinen Namen schon vergessen.

»Winterfeld.«

»Ja, Entschuldigung.«

»Wenn Sie wüssten, was ich alles vergesse. Ob Sie bitte das Licht ausschalten?«

»Natürlich. Sie finden mich in der Küche.«

»Darf ich Ihre Toilette benutzen?« Die lag immerhin nicht im Treppenhaus.

»Aber natürlich.«

»Vielen Dank, Frau Kessler.«

Raben saß am Fenster. Er hatte nichts von Ehrig gesehen. Die Akten über Nazis hatte die I A als Erstes vernichtet. Er überlegte, wie er an die Mörder herankommen könnte. Er brauchte diesen Ehrig, nur der konnte ihm etwas über die anderen Mörder erzählen. Fehrkamp hatte die Klappe gehalten, aus ihm würde er nichts herausholen. Zumal er Raben kannte und ihn sofort denunzieren würde.

Da war Fehrkamp. Aufgeputzt wie ein Zirkusdirektor. Diese Mütze mit Kinnriemen, die kackbraune Uniform, die Armbinde mit Hakenkreuz. Auf der Brust blitzte etwas. Wahrscheinlich der Kommunisten-Totschlag-Orden oder wie die Nazis ihn nannten. Es gab Märtyrer der Bewegung, angefangen bei den Toten des jämmerlichen Hitler-Ludendorff-Putsches 1923 in München, den die Polizei schon an der Feldherrenhalle zusammengeschossen hatte. Hätte doch eine Kugel den Führer erwischt. Eine Bewegung brauchte beides, Märtyrer und Helden. Und ein Held war Fehrkamp, der feige Mörder, der sechs Kumpane brauchte, um einen ahnungslosen Mann zu ermorden.

Fehrkamp war angetrunken. Bis in Frau Kesslers Wohnzimmer hinauf hörte er ihn brüllen, ohne die Worte zu verstehen. Sogar die Zunge war besoffen. Neben und vor ihm standen vier andere. Einem schlug er auf die Schultern. Raben wollte hören, wie er mit dem Esser-Mord prahlte. Aber hörte nur den Schall. Widerlich genug. Er blickte die anderen SA-Männer genau an. Erkannte keinen von ihnen. Wie dumm, er war ohne Fernglas und Fotoapparat. Er musste wiederkommen.

In der Küche saß Frau Kessler und las den *VB*. Sie erhob sich, als er eintrat. Er winkte ihr, sitzen zu bleiben. »Darf ich morgen wiederkommen?«

»Selbstverständlich, Herr Kommissar.«

»Das bleibt aber unter uns. Sie ahnen nicht, wie schnell Gerüchte umgehen. Wir wollen den Verbrecher doch nicht warnen. Das ist ein Dienstgeheimnis, dessen Bruch strafbar wäre. Sie sind jetzt eine Hilfspolizistin, Volksgenossin Kessler …«

»Parteigenossin!«

»Wie schön! Da kennen Sie ja Ihre Verantwortung.«

»Heil Hitler!«

»Heil Hitler! Bis morgen, Frau Kessler. Und …« Er legte seinen Zeigefinger auf die Lippen.

179.

Zu Hause stieß er auf Frau Giebig. Sie saß mit Lena am Küchentisch. Sie aßen Stullen und tranken Wasser.

»Frau Giebig wird eine Weile bei uns wohnen, bis der Boykott vorbei ist.«

»Hoffentlich ist dann noch etwas von Ihrem Laden übrig«, sagte Raben und erschrak über sich selbst. Wie dumm! »Wenn nicht, helfen wir Ihnen.« Er hatte die Frau noch nie gesehen, aber Lena hatte sie immer wieder gelobt, wie gut und billig sie Kleidung ausbesserte.

»Ich bin Ihnen so dankbar.«

»Wenn Sie nur bitte niemandem erzählen, wo Sie gesteckt haben. Ich wäre dann nämlich meine Arbeitsstelle los.«

Als sich Frau Giebig ins Kinderzimmer zurückgezogen hatte, sagte Lena: »Ich hoffe, es ist dir trotzdem recht.«

»Ja, gewiss. Ich habe den Wahnsinn auch gesehen. Und durfte nicht eingreifen. Auf dem Präsidium fand ich eine Mitteilung, dass die Antwort des Volkszorns auf den Boykott durch das internationale Judentum nicht gestört werden dürfe. Die Polizei macht die Straße frei für die Meute. Was wird denen noch einfallen?«

»Wagner will mich immer noch beschäftigen. Er hat mir hundert Mark Vorschuss gegeben, einfach so. Ich glaube nicht, dass ich genug schreiben kann, um die abzuarbeiten.«

»Es gibt doch noch freundliche Menschen«, sagte Raben. »Ich habe Fehrkamp gesehen.« Er erzählte ihr von Frau Kessler, die offenkundig Witwe und Nazisse war.

»Mein Gott, pass auf!«

»Nett, dass du mich für Gott hältst. Meine Bescheidenheit...«

»Halt die Klappe«, sagte sie barsch. »Du machst mir Angst. Die Kessler kann dich beschreiben, wenn es je einem deiner Kollegen in den Sinn kommt, sie zu befragen.«

»Ich streite alles ab. Sie ist ein Waschweib.«

»Umso riskanter.«

»Ich kann den Fehrkamp nicht laufen lassen.«

»Versteh ich ja. Nur wenn du bitte daran denkst, dass du demnächst Vater wirst, sofern die dir bis dahin nicht den Kopf abgeschlagen haben. Ich habe wirklich Angst um dich. Du spielst mit Leuten, denen ein Leben gleichgültig ist.«

»Ich weiß. Willst du einen Feigling als Mann?«

»Zwischen Feigheit und Vorsicht gibt es einen Unterschied. Mangelnde Vorsicht ist keine Mutprobe, sondern Dummheit.«

»Ich bin vorsichtig, aber ich kann den Fall nicht ohne Risiko lösen.«

»Welchen Fall?«

»Fehrkamp und Kameraden.«

»Kippenberger?«

»Das gibt mir einen guten Grund, nicht im Büro zu sitzen. Diels hält mich schon für übereifrig. Schlafen Sie mal, Kollege, Sie sehen ja schrecklich aus.«

»Leider muss ich dem Dreckskerl recht geben.«

»Du kannst ihn gern Gestapo-Chef nennen.«

»Wie bitte?«

»Göring hat die I A in *Geheime Staatspolizei* umgetauft, sie seinem Kommando als Ministerpräsident und Innenminister Preußens unterstellt. Und Diels bleibt die Nummer eins. Einer Polizei, die keinen rechtlichen Beschränkungen mehr unterliegt. Wir können Verdächtige so lange in Haft behalten, wie wir wollen. Selbst Folter …«

»Ich habe so was gelesen, aber nicht gedacht, dass du jetzt Gestapo …« Sie legte die Hand vor den Mund. »Was soll aus uns nur werden?«

»Ich muss Kippenberger finden, sonst habe ich mit einem Versetzungsantrag keine Chance. Ich brauch dafür Heydrichs Unterstützung. Und Nebes.«

»Du verbündest dich mit dem Teufel gegen Satan. Wir hauen ab«, sagte sie. »Holland, Frankreich, Tschechoslowakei, was weiß ich. In Österreich und der Schweiz sprechen die Leute auch Deutsch.«

»Ich muss Fehrkamp und Ehrig erwischen«, sagte er.

»Zu spät.«

»Es ist nie zu spät.«

»Werd nicht pathetisch. Wenn du im Zuchthaus sitzt, ist es zu spät.«

Er überlegte. Nickte. »Sie werden mir nicht auf die Schliche kommen.«

»Bisher hattest du Glück. Du hättest schon in Wien draufgehen können.«

Raben nickte. »Aber du … wir gehen noch ein Risiko ein.« Er blickte zur Tür des Kinderzimmers.

»Hätte ich sie der SA überlassen sollen?«

»Nein, man ist heute mutig oder ein Schwein. Und Schweine wollen wir nicht sein.«

»Sogar wenn uns der Schlachthof droht?«

»Ja«, sagte er. »Es gibt Zeiten, wo sich zeigt, was in einem steckt. Wir haben Angst, aber wir können uns im Spiegel angucken, ohne rot …«

»Braun zu werden«, sagte sie.

180.

Eckes wartete gegenüber der Tür in seinem Auto. Als Raben das Haus verließ, gab er ihm einen Vorsprung, startete den Wagen und rollte langsam los. Am Alex würde Schulte übernehmen. Dort ließ Eckes den Wagen stehen. Er sah Schultes Hut, in dessen Band hinten ein Stück Papier steckte. Eckes war stolz auf diese Albernheit, obwohl Schulte gemault hatte. Aber Schulte, fast so lang wie Raben, war für Eckes immer sichtbar. Und wohin Schulte ging, ging auch Raben. Der Sturmführer war jung, intelligent und ehrgeizig. Jurastudium und Referendariat hatte er mit Auszeichnung abgeschlossen. Heydrich suchte solche Leute, er brauchte diese jungen Akademiker, um den Alten Feuer unterm Arsch zu machen. »Wir brauchen die unverdorbenen Jungen, wir bieten ihnen eine Karriere, Beförderungen und Auszeichnungen«, so Heydrichs Worte. Schon zur Systemzeit hatte er Verbindungsmänner in diesen Schichten gesucht. Er wollte kein Rudel von Brüllaffen befehligen, sondern Männer mit Grips und Brillanz. Er wollte seinen SD zu einem geistigen Zentrum des Reichs machen. Zum Kern des Sicherheitsapparats in Weltanschauung und Tat.

Schultes Hut lief gemächlich Richtung Bahnhofsgebäude. Von

dort konnte man so ziemlich überallhin fahren. Mit der S-Bahn, der U-Bahn, mit Bussen. Aber der Hut stieg nicht die Treppen hinauf und nicht hinunter. Er wackelte durch den Bahnhof, wurde schneller. Eckes beeilte sich aufzuschließen. Plötzlich stand der Hut, drehte und wendete sich hektisch.

Eckes holte Schulte ein. »Was ist?«

»Er ist verschwunden.«

181.

»Du musst mir versprechen, vorsichtiger als vorsichtig zu sein.«

»Ich bin es schon.«

»Kalle, du musst dich so verhalten, als verfolgten sie dich immer und überall. Wenn man sich am sichersten fühlt, erwischen die einen. Das sind keine dummen Jungs.«

Er nickte müde. »Ja, ab sofort werde ich an Verfolgungswahn leiden. Jeden Tag.«

»Nenn es, wie du willst. Gut, leide bitte unter Paranoia.«

»Schön, ich war noch mal in diesem Haus, wo Kippenberger sich verkrochen hatte. Hab mit dem Neunazi-Nachbarn gesprochen, und ein Revierbulle hat mich auch gesehen.«

Sie nickte. »Dein Feind ist nicht die SA, sondern die SS. Man hört in einer Zeitung ja viel, also Wagner… die Herren von der Schutzstaffel unseres geliebten Führers sind viel gefährlicher als die Landsknechte des Oberlandsknechts Röhm.«

»Der führt uns in seinem Lebenswandel schon jetzt vor, wie ernst die Nazis ihre Forderungen nehmen, wenn sie die auf sich selbst beziehen. Der Paragraf 175 soll verschärft werden, Homosexualität ist in Nazi-Augen so was wie ein Staatsverbrechen. Schwule nennen sie abartig. Und dann schaue man sich den Stabschef Röhm an mit seinen Jünglingen. Und von wegen deutsche Ordnung, wir haben's erlebt. Wo steckt eigentlich Frau Giebig?«

»Sie schläft. Morgen will sie zurück in ihr Geschäft. Die Nazis haben den Schwanz eingekniffen.«

»Freu dich mal nicht zu früh«, sagte Raben. »Am Gericht in Moabit herrscht das Chaos. Sie haben Justiz und Polizei bereits gesäubert, überall. Juden und Mitglieder demokratischer Parteien werden durch Nazis ersetzt. Jüdische Rechtsanwälte werden nicht mehr am Gericht zugelassen. In der Gestapo rumoren sie von weiteren Maßnahmen. Die Machthaber kämpfen um ihre Pfründe. Himmler wird nachgesagt, die gesamte deutsche Polizei beherrschen zu wollen. Klar, dass Göring so was nicht gefällt. Die Gestapo ist sein Baby.«

»Der erste Mai wird zum Tag der nationalen Einheit«, sagte sie.

»Was?«

»Ist so. Die reißen alles an sich. Beim *Tageblatt* fürchten die meisten, dass die Nazis am Ende alle anderen Parteien verbieten wie schon die Kommunisten. Die Gewerkschaften auch, obwohl die buckeln. Die wollen um jeden Preis weiterexistieren, gern auch als Würmer, die jeder jederzeit zertreten kann.«

Sie hatten einige Zeit nicht mehr länger miteinander geredet. Vielleicht weil sie den Wahnsinn nicht beim Namen nennen wollten. Vielleicht weil die Hektik der Ereignisse ihnen die Sprache raubte. Weil sie damit beschäftigt waren zu überleben. Raben wehrte sich gegen die Vorstellung, dass sein Leben gefährdet war. Doch sah er in düsteren Minuten schon das Verhängnis, das ihn verschlingen wollte. Es trug zwei Namen: Heydrich und Eckes. Und wie lange würde sich Himmler das Spiel ansehen, das Raben spielte? Es ging um seinen Kopf. Und in der Gestapo, wie sollte er dem Druck standhalten? Die würde sich durch nichts aufhalten lassen. Enthemmte Polizeigewalt, gegen die es keinen Rechtsweg mehr gab.

Er hörte eine Tür. Frau Giebig erschien.

»Trinken Sie ein Glas Wein mit uns«, sagte Lena.

»Guten Abend, Herr Raben.« Sie blickte ihn unsicher an.

Raben erhob sich und zog einen Stuhl vom Tisch. »Bitte«, sagte er und holte ein Glas.

Sie setzte sich.

Er goss ihr ein und nahm wieder Platz. »Zum Wohlsein!« Sie tranken.

»Meine Frau sagt, dass Sie morgen zurückwollen.«

Frau Giebig nickte.

»Ist das nicht zu früh?«

»Wenn es nicht geht, wandere ich aus. Meine Tochter hat sich in Rotterdam verheiratet. Ihr Mann dürfte bei uns nicht mal Postbeamter werden. Haben Sie das gelesen? Gesetz zur Wiederherstellung des Berufsbeamtentums? Meine Tochter hat mir schon nach dem Reichstagsbrand geschrieben, dass ich in Deutschland nicht mehr glücklich werde. Wobei ich das gar nicht verlange. Die sollen mich nur in Ruhe lassen.«

Raben nickte. »Ich glaube wirklich, Sie sollten dem Rat Ihrer Tochter folgen.«

»Die plündern mich aus, und dann darf ich gehen«, sagte sie. »Ich hab das Haus von meinem Mann geerbt.« Sie blickte traurig auf die Tischplatte und rieb den Glasstil zwischen Daumen und Zeigefinger. »Wenn er … glücklicherweise muss er das nicht erleben. Manchmal ist es gut, wenn man rechtzeitig stirbt.«

»Aber in Holland haben Sie Ihre Tochter und Ihren Schwiegersohn«, sagte Lena.

»Der Verstand sagt mir das auch. Aber ich bin hier geboren und aufgewachsen. Wenn Sie eine Pflanze ausreißen, geht sie ein.« Sie blickte Lena an, nippte am Glas, blickte Raben an.

»Beim Judenboykott kamen Leute um«, sagte Lena. »Niemand wird dafür bestraft. Das nennt man Rechtlosigkeit, überlegen Sie es sich gut.«

Frau Giebig nickte stumm. Was, glauben Sie, tue ich Tag und Nacht?, hieß das. Sie nippte wieder, dankte und ging zurück in ihr Zimmer.

Sie schwiegen lang.

»Was macht deine Fallada-Kritik?«, fragte Raben.

»Nicht viel. Mein Hirn schlägt Purzelbäume. Ich habe Angst um meine Mutter. Wir sollten sie zu uns holen. Oder …?«

»Tu das, sobald Frau Giebig …«

»Du hast keine Angst?«

»Ich bin reinrassiger Arier«, sagte Raben. »Und Bulle. Besser geht's nicht.«

»Du bist ein Bulle, der seinen Kopf riskiert. Vielleicht solltest du die Esser-Sache vergessen?«

182.

Kippenberger hatte den Zwischenfall mit dem merkwürdigen Polizisten als Mahnung verstanden, noch besser aufzupassen. Er durfte keine Spur hinterlassen. Er war nun der Mann, auf den es ankam. Die meisten Genossen aus dem Zentralkomitee waren verhaftet, geflohen oder lagen blutig geschlagen in Krankenhäusern oder Knästen. Er verringerte seine Kontakte auf die wichtigen Genossen. Reiste viel mit dem Auto. Traf diesen und jenen, verbreitete die Parolen gegen Hitler. Die sich nachts als Plakate, Flugblätter, Wandschriften vervielfältigten. Verringerte die Parteigruppen auf Zellen, von denen nur der Leiter den Vertreter der übergeordneten Ebene kennen durfte. Sie kapselten sich nach außen ab. Aber es gab Verräter. Nicht alle hielten der Angst stand, die einen verrückt machen konnte. Nicht jeder hielt die Müdigkeit aus, die Anspannung. Jeder konnte ein Spitzel sein. Überall lauerten sie, um sich dem Regime anzudienen. Viele wollten nicht im Widerstreit mit dem Leben stehen. Andere begeisterte die Aufbruchstimmung, das Versprechen, die Arbeitslosigkeit zu beenden. Sie waren keine Opfer von Gewalttaten, warum sollten sie sich fürchten?

Kippenberger lag auf dem Bett in der Wohnung in einer Mietskaserne in Kreuzberg und überlegte, was er tun sollte, wenn auch diese Unterkunft aufflog. Noch hielt er sich in der Stadt. Noch führten Fäden der Partei hierher. Aber er machte sich nichts vor. Viele waren sie nicht mehr. Die rote Revolution war ausgefallen. Niemand hatte mit solchem Terror gerechnet, nicht mal die Kommunisten. In Plötzensee machte das Fallbeil Überstunden.

Er verließ das Haus. Zog den Hut ins Gesicht und klappte den Mantelkragen hoch. Er marschierte zügig um die Straßenecke und blieb stehen. Wartete, ob ein Verfolger erschien. Seine Hand umfasste den Revolvergriff in der Manteltasche, der Daumen auf dem Hahn. Kein Verfolger. Er eilte zum Bahnhof Warschauer Straße. Blickte sich um, betrat die Kneipe. Durchschritt den Gastraum und setzte sich in die Ecke. Er überblickte den Saal. Seine Uhr zeigte ihm, was er wusste. Kippenberger war eine Stunde zu früh. Er beobachtete jeden, der eintrat. Drei Männer saßen nahe dem Tresen und soffen Bier und Schnaps. Er steckte sich eine Zigarette an und ging zu den Toiletten, trat aber nicht ein, sondern prüfte, ob die Hintertür abgeschlossen war. Beim letzten Besuch war sie offen gewesen und diesmal auch. Kippenberger betrat die Toilette, in der es nach Urin und Zigaretten stank. Er schnippte die Zigarette ins Stehklo, zog, wusch sich die Hände und kehrte in den Gastraum zurück. Ein Mann setzte sich an den Nebentisch in der Ecke, den *VB* in der Tasche und das NSDAP-Abzeichen am Jackett. Von draußen drang kalte Luft in den Raum.

Kippenberger bestellte ein Bier und eine Stulle am Tresen und setzte sich an seinen Platz. Der Typ am anderen Tisch schlug die Nazi-Zeitung auf und vertiefte sich in die neue Wahrheit.

Nach einer Weile hob der Mann den Blick, sah Kippenberger, stand auf. »Mensch, Max«, sagte er. »Welch Zufall!« Faltete seine Zeitung und setzte sich zu Kippenberger. »Was bringt dich nach Berlin? Geschäfte?«

Kippenberger nickte. »Jetzt kann man ja wieder Geschäfte machen.« Die drei Säufer und der Wirt hörten schon nicht mehr zu.

Der Mann senkte die Stimme. »Wir haben Verluste, Max. In Hamburg durch Spitzel, einer hat unter der Folter geredet. Wir haben Zellen isoliert. Manchmal fürchte ich, wir verlieren durch unsere Vorsicht mehr Genossen als durch die Nazis.«

»Übertreib nicht. Ich habe Material vom ZK.«

»Moskau?«

»Woher sonst?«

»Und was steht drin?«

»Dass wir so ziemlich alles falsch gemacht haben«, sagte Kippenberger.

»Wir haben immer gemacht, was Moskau wollte.«

183.

Er fuhr noch mal nach Tegel und tat so, als bemerkte er seinen Verfolger nicht. Der stellte sich zwar nicht dumm an, aber Lena hatte Karl in der Nacht noch einmal die Sinne geschärft. »Verfolgungswahn ist genau das, was dir fehlt. Jeder Fußgänger ...«

Er hatte abgewinkt. »Ich weiß, lass uns schlafen.« In der Nacht hatte er einen Albtraum, in dem Heydrich ihn verhörte. Als die Schmerzen unerträglich wurden, wachte er auf, blinzelte in die Dunkelheit und lag wach, bis der Wecker klingelte.

Gegenüber dem S-Bahnhof lagen ein Lebensmittelladen und ein Schlachtereibetrieb. Er begann mit dem Schlachter, es entsprach seiner Laune. Kein Kunde, wer konnte sich noch Fleisch leisten?

Ein langer Mann mit Schürze. Hager, als verabscheute er seine Waren. Raben zeigte seine Dienstmarke. Der Mann wurde blass. Womöglich war er in Schwarzschlachtungen in Brandenburg verwickelt. Raben legte ein Foto Kippenbergers auf die Glasabdeckung der Auslage. »Kennen Sie den?«

Der Mann rümpfte die Nase. Blickte das Foto an, dann Raben, das Foto, Raben. »Den hab ich hier gesehen, ist aber eine Weile her.«

»War er allein?«

»Nein«, sagte der Metzger.

»Mann oder Frau?«

»Frau.«

»Die hier?« Er zeigte das Foto von Kippenbergers geschiedener Frau Thea.

Der Metzger nickte bedächtig. »Das wird sie wohl sein.«

»Sicher?«

»Fast, doch, doch, das ist sie. Haben Sie kein besseres Bild?«

»Die haben bei Ihnen eingekauft.«

»Sie hat ein bisschen ausgesucht, Wurst, Räucherfleisch. Er hat bezahlt.«

»Und dann?«

»Dann sind sie gegangen. Das ist ja kein Hotel.«

»Schön, dass Sie mich darauf hinweisen.« Raben lachte. »Hat sich jemand nach den beiden erkundigt?«

»Ja, Sie.«

»Wenn ich Sie bitte, die beiden nicht gesehen zu haben?«

»Gut, ich habe die nicht gesehen.«

»Und mich auch nicht.«

Der Metzger blickte durchs Schaufenster auf die Straße. »Wieder niemand im Laden.«

»Danke«, sagte Raben.

Im Nachbargeschäft werkelte eine Frau in einer Ecke, kehrte ihm den Rücken zu. Raben wartete. Draußen knatterte ein Motorrad mit Beiwagen vorbei. Die Reifen zischten auf dem Asphalt. Der Regen hatte am Morgen begonnen, gerade goss es.

»Mistwetter«, sagte sie.

Raben erschrak. »Kann man wohl sagen.«

»Sie wünschen?« Hellblaue Augen lächelten aus einem pausbackigen Gesicht.

»Auskünfte.« Die Dienstmarke.

Er zeigte die Fotos von Hans und Thea Kippenberger. »Haben Sie die gesehen?«

»Nein«, schoss es aus ihrem Mund.

»Vielleicht schauen Sie sich die Fotos erst mal an?«

Sie betrachtete die Fotos. »Nicht, dass ich wüsste.«

»Das sagen Sie nur, weil ich Bulle bin.«

»So ein schlimmes Wort käme mir nicht in die Klappe.«

»Pardon«, sagte Raben. Innerlich lachte er über den Eiertanz. »Dann will ich Sie nicht weiter behelligen.«

Er kehrte zurück zum Bahnhof und setzte sich in die Kneipe. Bestellte einen Muckefuck, Bohnenkaffee stand nicht auf der Karte.

Am Nebentisch saß ein Pärchen und flüsterte miteinander.

Als sein Ersatzkaffee gekommen war, rührte er sich Zucker hinein. In der Akte stand, dass Thea Kippenberger allein lebte und politisch nicht mehr aktiv war. Letzteres war eher eine Vermutung, die Polizei hatte weder Zeit noch Personal, sich um so etwas zu kümmern. Raben fragte sich, ob jemand von der Kripo oder der I A Thea Kippenberger vernommen hatte. In der Akte stand nichts.

Heinersdorf, Prenzlauer Promenade 6, hatte er sich notiert.

184.

Kippenberger überlegte, ob er seine Ex-Frau besuchen sollte. Geschieden, aber gute Genossen waren sie. Ihr konnte er vertrauen. Und wem sonst? Überall hörte er von Spitzeln, die in die Organisation eindrangen, wenn sie nicht schon seit Langem Mitglieder gewesen und von den Nazis umgedreht worden waren. Der M-Apparat arbeitete noch, doch plante er keinen bewaffneten Aufstand, sondern versuchte, die Genossen zu schützen und die Absichten der Feinde aufzuklären. Über allem lag die Angst, die einen ersticken konnte. Er hatte von Konzentrationslagern gelesen, Zeitungen hatten darüber geschrieben. Mehr und mehr kam heraus, was darin geschah. Die SA erzog ihre Feinde nicht, wie der *VB* log, die Sadisten schlugen, folterten und mordeten. Und die Polizei sollte schießen, jede Kugel komme von ihm persönlich, hatte Göring gesagt. Kein Polizist sollte bestraft werden, wenn er einen Marxisten oder Juden erschoss.

Außerdem gab es wieder Querelen in der Parteiführung. In Moskau befahlen Pieck und Ulbricht, aber die überschauten nicht, was in Deutschland wirklich los war. Die Moskauer Weisheiten hatten mehr mit Moskau zu tun als mit Berlin oder München. Die Genossen in der Sowjetunion waren in Sicherheit, aber die Wirklichkeit unter dem Faschismus begriffen sie nicht. Moskauer Wunschdenken hatte die Partei in die Katastrophe geführt. Von wegen die Nazis sollten gern an die Macht gelangen, um gleich abzuwirtschaften. Die Nazis schlugen ihre Feinde kurz und klein. Am ersten Mai hatten die Gewerkschaften den *Tag der nationalen Arbeit* zusammen mit den Nazis gefeiert, um am anderen Tag verboten, enteignet und zerschlagen zu werden. Unterwerfung wurde nicht belohnt.

Er tigerte in der kleinen Wohnung umher, zog den Zipfel eines Vorhangs zur Seite und linste hinaus. Dunkle Wolken, Regen, Wind. Kippenberger fror nur vom Hinausschauen. Er durfte nicht aufgeben. Wenn einer es nicht durfte, dann er.

Er erinnerte sich der Lebensmittelhändlerin in ihrem Laden in Tegel, gegenüber vom Bahnhof. Wie sie ihn sofort erkannt und gelächelt hatte. Wie sie ihn nur die Hälfte bezahlen ließ. Wie sie sich beim Abschied umsah, die Hand zur Faust ballte und »Rotfront, Genosse!« flüsterte. Die Erinnerung munterte ihn ein paar Sekunden auf.

Und dieser Bulle, der ihn laufen gelassen hatte. Es war nicht alles verloren, solang es Menschen gab, die Mut und Anstand nicht für Butterbrotpapier hielten, das man nach dem Verzehr der Stulle wegwarf.

185.

Raben war doppelt vorsichtig gewesen. Hatte viel Zeit in Bahnen und Bussen verloren, bis er sich halbwegs sicher fühlte. Aber gegenüber der Haustür sah er einen NSU stehen, zwei Mann darin. Kollegen, die Thea Kippenbergers Wohnung überwachten für den Fall, dass ihr ehemaliger Mann sie aufsuchte.

Raben ließ sich nicht anmerken, dass er sie gesehen hatte. Er öffnete die Haustür und stieg die Treppe hoch. Im dritten Stock fand er das Schild: *Kippenberger*. Er klingelte, hörte Schritte, bis die Tür sich öffnete. In ihrem Gesicht sah er nichts als Müdigkeit und Trauer. »Ich bin von der Polizei, Raben mein Name … vielleicht hat Ihr Mann …«

»Er hat mir von Ihnen erzählt.« Sie streckte ihr Gesicht durch den Spalt, schaute die Treppe hinauf und hinunter. »Kommen Sie rein.« Sie schloss eilig die Tür und führte ihn in die Küche. Thea Kippenberger zeigte zum Fenster. »Da stehen welche Tag und Nacht. Sie warten auf meinen Mann.«

»Wird er kommen?«

»Der ist doch nicht verrückt.«

»Ich werd's den Kollegen ausrichten.«

»Sie sind ein merkwürdiger …«

»Bulle, ja, stimmt.«

Sie lächelte. »Wollen Sie meinen Mann verhaften?«

»Ja und nein«, erwiderte er. »Ja, weil ich das als Polizist muss. Schließlich wird Ihr Mann als Mordverdächtiger gesucht …«

Ein Schatten überflog ihr Gesicht.

»Nein, weil ich nicht einmal einen Mörder diesen Verbrechern an der Macht ausliefern würde.«

Sie musterte sein Gesicht. Ihre Augen fragten ihn, ob sie ihm vertrauen sollte. »Das heißt, Sie verfolgen meinen Mann, wollen ihn aber nicht Ihren Kollegen ausliefern.«

»Besser könnte ich es nicht sagen.«

»Sie leben gefährlich«, sagte sie. »Wenn die Sie überführen …« Ihre Hand wischte über ihren Kehlkopf.

»Ich will, dass Herr Kippenberger das Land verlässt, und dies so bald wie möglich.«

»Da sind wir einer Meinung.«

»Haben Sie Kontakt zu ihm?«

»Seit Monaten nicht.«

»Sie schwindeln mich an. Sie haben gemeinsam mit ihm in Tegel eingekauft. Dafür gibt es Zeugen.«

»Überall Verrat.«

»So würde ich es nicht sehen. Man weiß nur nicht mehr, wer einen verraten wird und wer nicht.«

Sie nickte. »Ob ich Sie verrate oder Sie mich.«

»Wenn Sie's so sehen wollen.«

»Was wollen Sie dann von mir?«

»Ihren Mann sprechen.«

186.

»Wie willst du das hinkriegen?«, fragte Lena. Sie fühlte sich schwach und lag auf dem Sofa.

»Weiß ich nicht. Das fällt mir hoffentlich ein, wenn ich mit Kippenberger spreche.«

»Schönen Gruß und Dank von Frau Giebig übrigens. Ich habe ihr versprochen, dass sie wiederkommen darf, wenn's brennt.«

»Klar. Was macht Herr Fallada?«

»Dem geht's hoffentlich gut. Ich komm nicht zurande mit der Kritik. Jeden Augenblick rechne ich mit dem Schlimmsten. Kannst du nicht mal zu Hause bleiben?«

»Damit du das Schlimmste erst recht vor Augen hast.«

Sie lachte. »Du bist schlimm, aber du müsstest dich steigern, um es mit der Konkurrenz aufzunehmen.«

Er hob die Brauen. »Ich versuch mein Bestes«, sagte er und legte zwei Finger unter die Nase.

»So schnell wächst der nicht.«

»Was treibt unser Kind?«

»Es strampelt und angesichts unseres Geschwätzes weiß es nicht, ob es Nazi werden soll.« Sie blickte ihn an. »Kalle, pass auf. Du spielst mit dem Höllenfeuer. Niemand führt die ewig an der Nase rum. Kannst du dich nicht zur Kripo zurückbewerben?«

»Das fällt leichter, wenn ich als Gestapo-untauglich eingestuft werde.«

»Die haben so viele deiner Kollegen rausgeschmissen. Wir können uns Arbeitslosigkeit nicht leisten.«

»Angeblich braucht der Führer nur vier Jahre Zeit fürs Paradies. So lange halten wir durch.«

»Das glaubst du in deiner Naivität.«

Er verzog das Gesicht, blickte sie unwirsch an. »Ich bin nicht naiv.«

Sie erwiderte nichts.

»Ich ess was, dann gehe ich ins Bett«, sagte er und verließ das Wohnzimmer, ohne ihr einen Blick zu gönnen.

Während er sein Käsebrot aß, packte ihn der Zorn. Er naiv? Na, da schau mal an. Er hatte Fehrkamp und Kippenberger gefunden. Sogar Heydrich glaubte an seine Fähigkeiten. Er wusste, in wessen Teich er badete. Und er konnte schwimmen. Hatte er das nicht längst bewiesen?

Er lag lange auf dem Bett und wartete auf sie.

187.

»Er war bei der Kippenberger«, sagte Eckes. Er vergaß zu erwähnen, dass Raben ihn und den Kameraden wieder abgehängt hatte, dass ein Parteigenosse aus der Gestapo ihm die Information gesteckt hatte.

»Wie lange?«

»Eine halbe Stunde.«

»Haben Sie die Kippenberger befragt?«

»Ich war mir nicht sicher, ob Sie das wünschen.«

»Ich wünsche es«, sagte Heydrich. »Und zwar gleich, Sie berichten nachher.«

Er trug Zivil, als er an der Tür klopfte. Den Bullen vor dem Haus hatte er einen nach oben gereckten Daumen gezeigt.

Sie öffnete und starrte Eckes an.

»Ich komme von der Polizei«, versuchte er es.

»Dann zeigen Sie mir wenigstens die Dienstmarke.«

»Wenn Sie es so wollen, ich komme direkt von Standartenführer Heydrich, dem Leiter des SD. Sagt Ihnen das was? Darf ich eintreten?«

Thea Kippenberger öffnete die Tür. Wie gut, dass sie die beiden Töchter zur Großmutter in Solingen geschickt hatte. Hans war auf der Flucht, und die Nazis hätten sie längst in einem KZ erschlagen können. Sie erwartete jeden Tag ihre Verhaftung.

»Sie hatten Besuch von einem Polizisten, gestern Nachmittag, so gegen 16 Uhr 30.«

»Ja.«

»Wie nannte er sich?«

»Spitzeln Sie jetzt schon Polizisten nach?«

»Keineswegs, alles Routine.« Was Besseres fiel ihm nicht ein. Doch: »Ich will den Kollegen unterstützen.«

»Das ist freundlich von Ihnen.«

Eckes nickte und blickte sie streng an.

»Raben, wenn ich mich recht erinnere, wie der Vogel.«

»Der Unglücksvogel«, erwiderte Eckes und lachte.

Aber sie fand es nicht komisch. »Er sucht meinen ehemaligen Mann. Glücklicherweise habe ich ihm nicht helfen können.«

»Wann haben Sie Ihren Mann das letzte Mal gesehen?«

»Anfang März 1933.«

»Warum ist er gekommen?«

»Er wollte seine Kinder sehen.«

»Haben Sie über Politik gesprochen?«

»Schon lange nicht mehr. Es dürfte Ihnen nicht verborgen geblieben sein, dass ich jede politische Betätigung beendet habe. Das war der wichtigste Grund für die Scheidung«, log sie. »Schon 1930 hatte ich mich von der Partei … der KPD entfremdet. Ich fand die Streitereien in der Führung unerträglich, und Stalin kann mir im Mondschein begegnen. Er ist der Hauptverantwortliche für die Zerstörung der … Kommune.«

»Bisher schreibe ich dieses Verdienst uns zu. Aber wenn Sie es so sehen wollen.«

Sie zuckte die Achseln. »Was passiert ist, ist passiert.« Sie war unendlich müde. In der Nacht hatte sie keine Ruhe gefunden. Sie fühlte sich eingeschnürt, obwohl niemand sie hinderte, das Haus zu verlassen. Aber sie hatte immer einen dieser Typen im Schlepptau und gefährdete die Leute, die sie so gern besucht hätte. Die alten Genossen, die nicht ein noch aus wussten. Denen durfte sie nicht die Polizei ins Haus bringen. Sie dachte an Rabens Idee, Deutschland zu verlassen. Nichts vernünftiger als das. Aber sie wollte nur mit Hans und den Kindern gehen. Die Juden hatten es leichter, die drängten die Nazis ins Exil. Oder besser, sie prügelten sie raus. Sie, die sich so an das Leben im Reich angepasst hatten, dass sie fast ihr Judentum vergessen hätten. Es gab Nationalisten unter ihnen, die Hitler begrüßten und hofften, seinen Hass auf sie besänftigen zu können. Sie konnte denen die Illusion nicht vorwerfen, ihre Partei hatte ausschließlich davon gelebt. Ja, ja, sollte Hitler doch nach der Macht greifen. Aber der scheiterte nicht. Wer sich ihm entgegenstellte, den suchten SA, SS und Polizei heim. Aber viele hatte er schon für sich gewonnen. Diese Menschen hatten in ihrer Verzweiflung einen Erlöser gesucht. War die Hoffnung nicht besser, als das Gas aufzudrehen oder sich aus dem Fenster zu stürzen?

Thea dachte an all die Aufrufe und Drohungen gegen die Nazis. Was hatten sie das Maul voll genommen!

Eckes beobachtete jede Regung in ihrem Gesicht. »Und mein Kollege Raben, was hat er Ihnen am Schluss gesagt?«

»Dass ich besser meinen Mann verrate, sonst könnte ich nicht mit seinem Schutz rechnen.«

»Besser hätte ich es nicht sagen können.«

»Sie können mich totschlagen, mein Mann würde mir nie verraten, wo er steckt. Ich weiß nicht mal, ob er im Reich ist oder im Ausland. Vielleicht ist er im Saargebiet …«

»Wir kommen Sie darauf?«

»Er hat mir vom dortigen Jugendverband vorgeschwärmt.«

»Der KP?«

»Natürlich.«

»Hat er den Namen Honecker erwähnt, Erich Honecker?«

Sie schüttelte den Kopf. »Wer soll das sein?«

»Sie spielen gut, Frau Kippenberger.«

»Sie unterstellen mir ein Wissen, das ich vielleicht vor drei Jahren besessen hätte. Ich bin Hausfrau, und ich verdiene mir etwas dazu, indem ich nachts putzen gehe, in Büros. Mein Beitrag zum nationalen Aufstieg.«

»Warum habe ich nur das Gefühl, dass Sie mich auf den Arm nehmen? Vielleicht sollten wir Ihnen in einem KZ auf den Zahn fühlen.«

»Tun Sie, was Sie nicht lassen können. Geben Sie mir nur rechtzeitig Bescheid, damit ich meine Töchter unterbringen kann.« Unbewegte Miene. Hans hatte ihr eingeschärft, sich dumm zu stellen. Sie waren 1930 geschieden worden, und seitdem war Thea auch von der Partei enttäuscht. Sie hatten alle denkbaren Antworten geübt. Er hatte sie gedrängt, jemanden zu spielen, der mit seiner Niedergeschlagenheit kämpfte. Dem alles gleich war außer den Kindern.

»Gut, gut«, sagte Eckes. »Wir werden sehen.«

188.

Raben erschien schon früh in der I A, die jetzt *Geheimes Staatspolizei-Amt* hieß, *Gestapa*. Er klopfte bei Diels und wurde eingelassen. »Gehen Sie gleich rein«, sagte die spröde Sekretärin, Typ Kriegerwitwe.

»Was Neues? Ich hoffe, Erfreuliches?«, fragte Diels hinter seinem Schreibtisch, auf dem Aktenberge jeden Alpinisten herausforderten.

»Ich habe mit Frau Kippenberger gesprochen. Erstaunlicherweise hatte sie noch niemand vernommen.«

»Die Frauen von Kommuneführern sind nicht sehr auskunftsfreudig, wenn sie nicht gleich lügen.«

»Da haben Sie recht, Herr Oberregierungsrat.«

Diels lächelte. »Was führt Sie zu mir?«

»Haben wir neue Auskünfte über Hans Kippenberger? Aussagen von Gefangenen, Vertrauensleuten?«

»Nicht viel. Sie finden es in der Akte. Kippenberger leitet nach wie vor den M-Apparat, und der wirkt im Untergrund. Ist jetzt so eine Art Geheimdienst, der aber auch Hetzblätter herausgibt und unsere schönen Städte mit Kritzeleien an Wänden verunziert. Es gibt immer noch Zellen, die wir nicht gefunden haben. Plötzlich liegen in der Straßenbahn, im Bus, in Briefkästen Broschüren, *Ratgeber für den deutschen Gärtner* und sonstiger Unsinn steht auf dem Titel und drin was über Maulwürfe, kommunistische Maulwürfe, die unseren Staat untergraben wollen.«

»Das bewirkt doch nichts.«

»Aber es soll beweisen, dass nicht alle Deutschen hinter dem Führer stehen.« Der grüßte von der Wand über Diels' zersäbeltem Gesicht. Blickte Raben an und blinzelte ihm zu. So müde war er nach diesen Scheißnächten, in denen er sich mit Lena gestritten hatte.

Sie hätte ihn nicht naiv nennen sollen. Seine Nerven waren angespannt, er wollte seine Angst nicht auf Lena loslassen, aber sie war zu weit gegangen. Sie hatte keine Ahnung, was er fühlte, während sie sich in ein Muttertier verwandelte. Ihre Frechheit war verflogen, zusammen mit ihrem Mut ausgewandert. Manchmal schrieb sie an ihrer Fallada-Kritik, aber sie tat alles ohne Elan. Nur noch das Kind in ihrem Bauch zählte und ihre Sorgen, dass er im günstigsten Fall rausgeschmissen wurde, im ungünstigsten in einem KZ endete. Frau Giebig hatte ihr genug erzählt von den wenigen, die entlassen worden waren. Körperlich zerschlagen und geistig zerrüttet. Die Opfer mussten bei der Entlassung ein Schweigegebot unterschreiben, aber trotzdem fiel dieses und jenes Wort wie Blutstropfen aus einer Wunde. Sie reichten, um den Horror in die Hirne kriechen zu lassen. Und nur deshalb hatten die Nazis sie entlassen, damit sie den Schrecken verbreiteten. Die Andeutungen, das Unausgesprochene ließen die Angst umgehen wie die Pest.

»Sie sehen müde aus«, sagte Diels.

»Schlecht geschlafen, Herr Oberregierungsrat.«

»Übernehmen Sie sich nicht.« Diels schickte ein aufmunterndes Lächeln hinterher.

Raben verstand es als Drohung. Als ob der Gestapochef wusste, was Raben hinter dessen Rücken trieb. »Natürlich, Herr Oberregierungsrat. Ich schau mir die Akten noch einmal an.«

»Wenn ich Sie von dem Fall abziehen soll …«

»Nein, bitte nicht. Kippenberger ist ein Fuchs. Aber ich werde ihn kriegen, wenn er nicht vorher ins Ausland flieht.«

»Wir haben den Eindruck, dass er zu den wenigen Führern gehört, der bleiben wird oder soll, weil Moskau es wünscht.«

»Dann fang ich ihn.«

»Waidmanns Heil!«, sagte Diels. »Wenn Sie Unterstützung brauchen …«

189.

»Vielleicht solltest du den Fall aufgeben und zurück zur Kripo gehen«, sagte Lena am Abend. »Für unser Kind wäre es besser, für uns alle.«

»Wenn du dir einen Feigling als Mann gewünscht hast, hättest du es sagen sollen.«

»Du bist nicht mutig, sondern stur. Mutige Leute rennen nicht mit dem Kopf gegen die Wand und setzen ihre Familie solchen Gefahren aus.«

»Wenn du mich nicht mehr willst, sag nur Bescheid«, erwiderte Raben. Er war verbittert wegen ihrer ständig wechselnden Stimmungen. Sie kann nichts dafür, das sind die Hormone, redete er sich zu. Aber hatte sie kein Hirn mehr? Wo war die Lena, der keine Aufsässigkeit übertrieben genug war?

»Soll ich Heydrich in den Arsch kriechen? Sag's nur.«

»Darf ich dich darauf hinweisen, dass meine Mutter Jüdin ist, dass ich es nach jüdischem Brauch auch bin, solang ich nicht konvertiere? Dass aber konvertieren sinnlos wäre, weil ich für die Nazis Jüdin bliebe, selbst wenn ich hinduistische Schamanin würde. Mir ist das Religionsgelaber reichlich egal, ich hab noch keine Synagoge von innen gesehen, aber das ist deinem Heydrich egal.«

»Ich werde ihn bitten, dir einen Ariernachweis zu fabrizieren.«

»Du verstehst nichts. Guck dich um. Bald dürfen Juden gar nichts mehr außer auswandern. Willst du mit mir auswandern?«

Er schwieg. Versuchte zu verstehen. Sie klang verzweifelt.

»Ich will keine Jüdin sein, bin aber eine, weil der Führer es will, dieser Scheißkerl.«

Er gestand sich ein, dass er bei seiner Jagd nach Fehrkamp und Kippenberger kaum Zeitung gelesen hatte, maximal die Schlagzeilen der Zeitungsverkäufer auf den Straßen oder in den Kioskauslagen mitbekommen hatte. »Die beruhigen sich wieder«, sagte er.

»Ah, knorke, du kennst die Wege des Führers. Glückwunsch. Du solltest Wahrsager wie dieser Hanussen werden, du bist ja noch besser als der.«

Wie ein Gewitter aus blauem Himmel war ihr Zorn auf ihn niedergegangen. Er hatte sich immer noch nicht erholt von dem Schrecken. Sie war eine andere geworden. Oder war sie es immer gewesen?

»Ich muss jetzt los«, sagte er.

»Wie praktisch«, rief sie ihm nach.

Vor der Haustür blieb er eine Weile stehen. Atmete durch. Er sah das Auto, das am gegenüberliegenden Straßenrand parkte. Zwei Männer auf den Vordersitzen. Der auf der Beifahrerseite blickte weg, aber Raben wusste längst, dass sie auf ihn warteten. Jeden Tag stand ein Auto irgendwo in der Straße. Diesmal ein Mercedes. Er ging zum Auto, Eckes schraubte das Fenster hinunter.

»Ich muss Standartenführer Heydrich sprechen, sofort.«

190.

Kippenberger hörte die Signale. Wo es die Partei noch gab, rumorte es. Die Genossen waren mutig, aber ihre Aktionen rüttelten niemanden mehr auf. Es waren ein paar Mückenstiche, deren Jucken eine Zwiebelhälfte beruhigte. Die Genossen waren niedergeschlagen. Sie sagten dies und das, nur die Dümmsten glaubten noch, dass die Partei die Nazis richtig eingeschätzt hatte. Offen kritisierte niemand die Führung. Sie meckerten lieber über die Sozialdemokratie, deren Exilvorstand in Prag entdeckt hatte, dass man die Nazis mit den Kommunisten gemeinsam hätte bekämpfen sollen. Dass sie nicht einmal geahnt hätte, was der Faschismus bedeutete. Und der Blick der Kommunisten im Reich sagte oft: wir genauso wenig.

Da halfen keine Weisheiten aus Moskau. Aber ihm blieb nichts, als weiterzuarbeiten. Er hatte seine Ex-Frau bei ihrem Einkauf treffen wollen, aber dann den Mann gesehen, der ihr folgte. Er konnte sie auch nicht anrufen, die Leitung wurde zweifellos abgehört. Sie wollten ihn um jeden Preis. Er verließ die Wohnung nur im Notfall und für Treffs, die in Kneipen, Bahnhöfen, Parks, an Straßenecken stattfanden. Er las Berichte, in denen Genossen sich mühten, die Lage nicht zu übel zu schildern. Aber sie waren allein. Wenn es irgendwo Widerstand gab, dann wollte der nichts mit Kommunisten zu tun haben. Die hatten sich mit ihrer Selbstmordstrategie selbst versenkt. Vor der Abbitte fühlten sich Sozialdemokraten, Kirchenleute, Liberale als kleinere oder größere Faschisten beleidigt. Aber sogar der Chefredakteur des *Vorwärts* hatte kurz vor dem Untergang mit kommunistischen Vertretern über ein Zusammengehen gegen die Nazis gesprochen. Aber weder in der Sozialdemokratie noch bei den Kommunisten ließ sich die Einheitsfront einschalten wie eine Elektrobirne. Sie liefen mit Eisenkugeln am Bein über einen Sumpf, der sie hinabzog.

Kippenberger blickte hinaus. Es gab wenige Lichtblicke. Flugblätter, für deren Verbreitung die Genossen ihr Leben riskierten. Nicht weniger als die Reisekuriere, die durchs Land fuhren, um die Weisungen der Führung zu erläutern und Erfahrungsberichte zu sammeln. Und es gab diesen Polizisten, der lieber einen Faustschlag einsteckte, als ihn festzunehmen.

191.

»Schön, dass Sie mich besuchen«, sagte Heydrich und lächelte, als freute er sich wirklich. »Was macht der Fall Kippenberger?«

»Nichts Neues. Das ist nicht der Grund meines Besuchs, Standartenführer.«

Heydrich nickte, nahm einen Bleistift und notierte etwas in einem Block mit Spiralbindung, die sich in Rabens Hirn in Stacheldraht verwandelte. Der hier vor ihm saß, entschied über Leben oder Tod. Heydrich blickte Raben aufmunternd an. Der drehte seinen Kopf zu Eckes.

»Ob Sie uns bitte allein lassen«, sagte Heydrich, und Eckes verließ den Raum.

»Ich weiß nicht, wo ich anfangen soll.«

»Vielleicht damit, dass Ihre Frau Jüdin ist«, sagte Heydrich. Er lächelte zuckrigfreundlich wie der Onkel, bevor er sich an seinem Neffen verging.

Raben nickte. »Sie nehmen mir das Wort aus dem Mund. Meine Frau hat eine jüdische Mutter ...«

»In Potsdam«, sagte Heydrich.

»Meine Frau geht nicht in die Synagoge. Ich habe nichts an ihr entdeckt, das auf ein religiöses Bekenntnis hindeuten könnte.«

»Ich weiß«, sagte Heydrich. »Aber in dieser Hinsicht sind wir einer Meinung mit den Juden. Wer von einer jüdischen Mutter abstammt, ist Jüdin, egal, ob das Kind jeden Tag betet oder von Thorarollen träumt. Das Judentum ist keine Religion, sondern eine Rasse. So viele Juden sind konvertiert, um sich zu tarnen. Uns ist das egal, da es an der Rassenzugehörigkeit nichts ändert. Verstehen Sie das?«

»Meine Frau verhält sich ... wie eine Arierin ... mehr noch als ich.«

Wieder dieses Onkellächeln. »Ja, es soll hin und wieder Juden geben … der Führer hat nicht umsonst jüdischen Frontkämpfern Privilegien eingeräumt.«

Raben lächelte. Ein Spalt im Gebälk. »Ich kann mich für meine Frau verbürgen.«

»Das freut mich sehr. Wären Sie in der SS, niemand käme auf die Idee, dass Ihre Frau Jüdin ist. Auch ihre Schwiegermutter kann in diesem Fall kaum Jüdin sein. Wir nehmen es mit dem Ariernachweis nämlich äußerst genau. Sie verstehen mich?«

192.

Raben stieg die Treppe hoch und klingelte.

»Ach, Sie, Herr Kommissar!«, sagte Frau Kessler. Sie freute sich. »Setzen Sie sich gleich ans Fenster, ich bringe Ihnen was zu trinken. Leider hab ich nur Malzkaffee, dafür ein Mirabellenkompott.«

»Sie sind zu freundlich. Bitte nur den Kaffee.«

Raben setzte sich ans Fenster. Niemand auf der Straße.

Sie erschien bald mit dem Kaffee und einem Schälchen Kompott. »Das müssen Sie probieren. Tun Sie mir den Gefallen.« Sie wartete, bis er endlich einen Löffel gegessen hatte.

»Wenn ich das gewusst hätte, hätte ich es nicht abgelehnt. Aber bitte nicht mehr, ich bin pappsatt.«

»Später vielleicht«, erwiderte sie.

»Danke, Frau Kessler.«

Immer noch niemand. Eckes hatte ihn nicht auf sein Verwirrspiel angesprochen, das er tagtäglich veranstaltete, um Verfolger abzuschütteln. Nicht einmal, als sie vor Heydrichs Zimmer gewartet hatten.

Raben bedachte Heydrichs Vorschlag. Verheimlichen ließ sich eine SS-Mitgliedschaft nicht. Er durfte es auch nicht, wollte er Lena und ihre Mutter schützen. Hoffentlich erleichterte es Lena.

Drüben im SA-Lokal ging die Tür auf. Zwei Männer traten

heraus und unterhielten sich. Sie waren erregt. Dann stellte sich Fehrkamp zu ihnen, deutete mit den Händen, dass sie sich beruhigen sollten. Übertriebene Gesten eines Säufers. Vielleicht passte es zu dem, was Raben im Büro gehört hatte: dass die SA unzufrieden war, weil Hitler mit den Bonzen der Deutschnationalen, der Banken und der Industrie kungelte. Die Kapitalisten hatten die Nazis von den Schulden befreit, welche die Partei fast erdrückt hatten. Sie bejubelten die Idee einer Deutschen Arbeitsfront. Unternehmer und Arbeiter in einem Boot, in dem die Industriekapitäne das Ruder in der Hand hielten. Diesen Sozialismus liebten die Kapitalisten. Aber die SA-Männer hatten für ihren Sozialismus gekämpft, nicht für Finanzkapitalisten und Reaktionäre. Manche fühlten sich verraten.

»So weit kommt es noch, dass wir die eigenen Leute überwachen müssen«, hatte Diels gemurrt, der nicht mal Parteimitglied war.

Raben sah, wie Fehrkamp den rechten Arm hochriss und die Straße hinunterwankte. Er sprang auf, verabschiedete sich knapp von seiner Wirtin, »Notfall!«, und flog die Treppe hinunter bis zur Haustür. Das Haus verließ er wie ein später Spaziergänger. Bald sah er Fehrkamp gut dreihundert Meter vor ihm. Der segelte mehr, als dass er lief. Schwankte in der Windstille. Hielt sich an einem Laternenpfahl fest und übergab sich. Stolperte weiter. Raben wartete, bis der Mann weiterging. In seinem Kopf entstand ein Plan. Fehrkamp hängte sich in seiner Wohnung auf, nachdem er einen Abschiedsbrief geschrieben hatte. Die Idee blies alle Bedrückung weg. Er sah Fehrkamp baumeln, strampeln, sich die Hose vollkacken und -pissen. Er spürte die Vorfreude auf seinen Triumph. Er schmeckte das Gefühl der Befreiung. Fehrkamp fiel auf die Knie, erhob sich wieder. Er hatte offenbar Unmengen Schnaps getankt. Fehrkamp fiel auf den Hintern.

Raben blickte sich um. Niemand. Er war versucht, zu Fehrkamp zu eilen und ihm den Hals umzudrehen. Schnell und schmerzlos. Aber die Kripo und der Gerichtsarzt würden es herausfinden, und was würden die Nazis sich als Rache ausdenken? Zwanzig Marxisten totprügeln? Er wartete.

Fehrkamp humpelte weiter. Er hatte sich wohl irgendwas gestaucht. Der SA-Mann lehnte sich an eine Mauer. Drehte sich um, sah Raben in der Ferne, erkannte ihn aber nicht. Fehrkamp zog eine Pistole und schoss in die Luft. »SA marschiert in ruhig festem Schritt!«, brüllte er. Raben lächelte.

»Die Straße frei den braunen Bataillonen!«

Immerhin kannte er noch Textzeilen des Horst-Wessel-Lieds. Raben überlegte, ob er dem Mann so lang Schnaps einflößen sollte, bis er an einer Alkoholvergiftung einging. Mal sehen, was der Haushalt hergab. Endlich blieb Fehrkamp vor einer Haustür stehen. Petersburger Straße 43. Er fummelte mit einem Schlüsselbund, der fiel ihm runter, er bückte sich schimpfend und hob ihn auf. Scheiterte beim ersten Versuch, einen Schlüssel in das Schloss zu stecken. Beim vierten Versuch klappte es. Er verschwand im Hausflur. Raben rannte zur Tür, bevor die zuklappte. Hielt sie einen Spalt offen. Blickte die Straße hinauf und hinunter. Er sah nichts, hörte irgendwo ein Gejohle. Im Haus Schritte auf der Treppe. Vielleicht würde Fehrkamp die Treppe hinunterfallen und sich das Genick brechen. Aber den Gefallen würde er Raben kaum tun.

Das Gejohle näherte sich. Raben sah drei Männer, die untergehakt Schlangenlinien liefen und grölten. Dann sah er, dass sie SA-Uniformen trugen. »Wir machen dem Kameraden einen Höflichkeitsbesuch«, lallte einer.

»Der hat bestimmt noch was zu saufen«, sagte ein anderer.

»Wir machen eine Kontrolle bei unserem Helden. Soll er uns noch mal die Pistole zeigen, mit der er die bolschewistische Judensau umgelegt hat.«

Raben zog seinen Fuß zurück und ging weg, als käme er gerade aus dem Haus. Er ging eilig, nicht zu schnell.

»He, du!«, brüllte ein Braunhemd.

Raben drehte sich nicht um. Beschleunigte den Schritt.

»Bleib stehn!«

»Ach lass den, wir besuchen Fehrkamp.«

193.

»Du brauchst dir keine Sorgen mehr zu machen. Die Nazis lassen dich in Ruhe, deine Mutter auch.«

Lena blickte ihn ernst an. »Du willst mich veräppeln.«

»Nein, ich habe mit Heydrich gesprochen. Der schickt euch einen Arierstammbaum, der sich gewaschen hat. Ihr seid jetzt Supergermanen.«

»Was hat es gekostet?«

»Nur einen formellen Akt, nichts Aufregendes.«

Sie schwieg eine Weile. »Also rück's raus.«

»Ich bin der SS beigetreten.«

Sie sagte nichts. Ging ins Wohnzimmer, legte sich aufs Sofa. »Und wenn du nicht artig bist, erklärt er, dass du diese Stammbäume gefälscht hast. Was meine Mutter, dich und mich in Teufels Küche bringt. Vielleicht wäre es besser gewesen, du hättest mich vorher gefragt. Er wollte dich immer für die SS gewinnen, weil du dann unter seinem Befehl stehst.«

»Ich bin Untergebener von Diels.«

»Nein, du hast jetzt zwei Chefs. Welcher, glaubst du, setzt sich im Zweifelsfall durch? Der SD oder die Gestapo? Zumal Diels keine Hausmacht hat, nicht mal Pg ist.«

»Göring stützt ihn. Was kann Heydrich gegen den zweitmächtigsten Mann im Reich schon ausrichten?«

Sie überlegte. »Ich finde deine Sorge um meine Mutter und mich rührend. Danke, wirklich. Aber die Nazis werden sich abregen. Der Judenboykott hat ihnen im Ausland nur eine miese Presse eingebracht, und sie haben den Boykott ganz schnell beendet. Sie sind auf Exporte und die Westmächte angewiesen, sie haben Forderungen. Wer soll denn den Versailler Vertrag zerreißen, wenn nicht die Sieger, die ihn uns aufgezwungen haben? Können sich die Nazis weitere Gewaltorgien gegen Juden leisten? Eher nicht. Ich bin da ganz ruhig.«

»Ich habe meine Seele also umsonst dem Teufel verkauft.«

»Ich fürchte schon.«

194.

»Sie geben also zu, dass Sie Raben wieder aus den Augen verloren haben?«

»Jawohl, Standartenführer.«

»Und wie hat er Sie abgeschüttelt?«

»Er ist plötzlich verschwunden.«

»Das ist alles, was Sie mir zu berichten haben?« Heydrich lächelte.

»Jawohl, Standartenführer.« Eckes stand und zitterte angesichts des Jüngsten Gerichts, das nun über ihn kommen würde.

Aber das Jüngste Gericht hatte es nicht eilig. »Er gehört jetzt zum Orden«, sagte Heydrich. »Wir brauchen Leute, die keine Spuren hinterlassen, die keiner findet. Vielleicht sollten wir ihn in den SD übernehmen?«

»Und Kippenberger?« Bloß das Thema wechseln.

»Den brauchen wir. Er ist der gefährlichste Mann. Viel ausgekochter als Thälmann. Wenn einer die Eingeweide der Kommune lesen kann, dann Kippenberger. Wer soll ihn fangen, wenn nicht Raben? Zwar läuft seit Monaten die Fahndung, aber sie hat nichts ergeben. In der Systemzeit war er entweder untergetaucht oder genoss Immunität. Unglaublich …« Heydrich blickte Eckes an. »Oder wollen Sie nach Kippenberger fahnden?«

»Ich würde Raben gern helfen.«

»Sie wären eine große Hilfe, fürwahr!« Heydrich lachte. »Vergessen Sie's. Die Überwachung stellen wir ein, sie klappt sowieso nicht. Beschäftigen Sie sich mit was Sinnvollem.«

195.

Sie lag neben ihm in der Nacht. Er hörte sie atmen. Auch Lena schlief nicht. Ein paarmal wollte er etwas sagen, nur um das Schweigen zu brechen. Aber er fürchtete die Antwort. Wie gerädert erwachte er am Morgen, frühstückte im Stehen und eilte zum Büro. Er nahm sich noch einmal die Akte Kippenberger vor. Wenn er ihn fand, musste er den Mann überzeugen, sofort zu fliehen. Irgendwann würden sie ihn stellen. Und was würde Kippenberger unter der Folter aussagen? Raben fühlte die Übelkeit aufsteigen. Kippenberger konnte ihn vernichten mitsamt seiner Familie. Er lehnte sich zurück, überließ sich dem Gerumpel der Elektrischen, dem Hupen, dem Knattern der Autos, dem Pfeifen der Schupos, die versuchten, das Verkehrschaos zu sortieren. Er blickte hinaus. Ein Radfahrer war umgefahren worden, der Mann lag neben seinem Fahrrad auf der Straße. Zwei Männer gestikulierten, Schupos liefen herbei und drängten die Gaffer zurück.

Er setzte sich wieder. Blatt für Blatt las er, betrachtete Fotos vom Tatort Bülowplatz. Eine direkte Verbindung der Mörder zu Kippenberger fand er nicht in der Akte. Die Kollegen verdächtigten ihn, den Mordbefehl gegeben zu haben. Aber dafür fehlte der Beweis. Heute fänden sich Richter, um ein Todesurteil zu fällen. Er las Spitzelberichte über den M-Apparat, der ohne Zweifel gesetzeswidrige Machenschaften betrieb. Nirgendwo fand sich ein Mordbefehl. Diels hatte eine Notiz in die Akte gelegt, die Raben noch nicht kannte. Demnach war Kippenberger der gefährlichste Feind im Reich, einer, der sich geschickt der Polizei entzog und die KPD zusammenhielt. Es hatte sogar Kontakte mit Sozialdemokraten gegeben.

Und er, der Kriminalassistent, sollte ihn verhaften. Er schüttelte den Kopf.

»Passt Ihnen was nicht?«, fragte Lichtigkeit. Er stand in der Tür und lächelte.

»Georg, nehmen Sie bitte Platz.«

Lichtigkeit setzte sich vor den Schreibtisch.

»Kaffee, Tee …?«

»Danke, nein. Wie geht es Ihnen?« Er legte seine Stirn in Falten. »Ich hörte, Sie sind der SS beigetreten. Dann muss ich Ihnen also gratulieren. Sie werden rasch Karriere machen.«

»Deswegen nicht«, sagte Raben mürrisch. Heydrich, der Scheißkerl, hatte es über alle Kanäle verbreitet, damit Raben nicht mehr zurückkonnte. Und es war Reklame für den Totenkopf-Orden. Raben zuckte die Achseln.

»Die Familie …?«

Raben nickte. »Ich fürchte, ich habe einen Bock gebaut«, flüsterte er. Eine innere Stimme sagte ihm: Halt die Klappe. Vielleicht ist Lichtigkeit längst SS-Sturmführer. Man wusste ja nicht ein und aus in diesen Zeiten.

»Hoffentlich geht das gut«, sagte Lichtigkeit.

Raben blieb nichts, als wieder die Achseln zu zucken.

»Wollen Sie nicht zu uns zurück?«

»Aber ja, vielleicht kann der Kriminalrat …«

»Eher Nebe«, sagte Lichtigkeit. »Ich werde ihm eine Andeutung unterjubeln, dass ich Ihre Unterstützung brauche.«

»Vielen Dank …«

»Vergessen Sie es. Ich tue es für mich. Aber Sie sollen ja Kippenberger fangen.«

Raben nickte, hob die Brauen. »Warum die mich auf den angesetzt haben …«

»Weil Sie unser bester Pfadfinder sind.«

»Bitte keine Witze auf meine Kosten.«

»Doch, doch. Wie Sie den Fehrkamp-Fall gelöst haben, das war schon beeindruckend.«

»Das war gesetzeswidrig.«

»Natürlich. Aber gerade solche Leute suchen die. Sie wären der perfekte SD-Offizier, wenn Sie den … denen die germanischen

Heldensagen abkaufen würden. Was Sie aber nie tun werden, wie ich Sie kenne.«

»Die haben mich schon in die SS gelockt.«

»Ja, ja, Heydrich ist ein Fuchs. Stellen Sie sich gut mit dem. Der hat Himmlers Ohr, und dem Reichsführer steht eine große Karriere bevor, wie allen, die skrupellos und talentiert sind.«

»Wie kann ich mich mit dem gut stellen, wenn ich hier verschwinde?«

»Die SS will die Polizei übernehmen, wenigstens die Gestapo und die Kripo. Könnte sein, dass ihr das gelingt. Und der Kamerad Nebe braucht gute Leute, um von deren Erfolgen zu profitieren. Er ist ehrgeizig, erwartet eine Belohnung für seinen frühen Eintritt bei denen. Außerdem ist er nicht blöd, da hat Gennat schon recht. Sie werden immer unter Heydrichs Fuchtel sein, egal, wo Sie in der Polizei arbeiten. Oder wollen Sie den Verkehr regeln?«

Blöde Frage.

»Wenn Sie Kippenberger verhaften, steht Ihr Name in allen Zeitungen. Und Ihre Karriere hebt ab.«

»Und wenn ich ihn nicht finde?«

»Dann haben Sie ein Problem.«

196.

Kippenberger steckte sich die Zigarette am Stummel an. In der Nacht hatte er erstaunlich gut geschlafen. Von Thea geträumt. Von dem Bullen, der ihn laufen gelassen hatte. Der fiel ihm wieder ein, als er aufgewacht war. Während des Frühstücks verfluchte er sich, dass er ihn nicht gefragt hatte, ob er weiterhin helfen wolle. Vielleicht war es ein Sympathisant der Partei, der seine Stellung nicht gefährden wollte. Gewiss wäre es ein Vorteil, der M-Apparat hätte einen Agenten in der Gestapo. Der konnte herausfinden, was die Schweine planten, was sie wussten. Es wäre ein Durchbruch. Sie könnten Schläge planen und die Nazis ausmanövrieren. Womöglich gelang es ihnen doch, Hitler zu ermorden. Dann fiele die Macht an den Wanst Göring, der war Morphinist und genoss keinen Führerkult. Wie weit kämen die Nazis ohne Hitler? Sie würden ihm ein Ehrenmal errichten, wohin die Nazis pilgerten wie die Katholiken nach Lourdes oder die Moslems nach Mekka. Aber die Nazipartei würde es zerreißen. Die Strassers würden angreifen und die SA hinter sich bringen. Göring würde weiter mit der Reichswehr und der Reaktion kungeln. Die SA würde die zweite Revolution fordern. Sie hatte Waffen und würde sie benutzen. Der Bürgerkrieg bräche aus. Wenn sich die KPD geschickt verhielte, könnte sie am Ende als Siegerin dastehen. Kippenberger fing seine Gedanken aber gleich wieder ein wie ein durchgegangenes Pferd. Er sah in einem Schritt schon den ganzen Weg aufscheinen. Dabei gab es keine geraden Wege, niemand wusste, wohin sie führten. Die Genossen Pieck und Ulbricht wussten es natürlich, glaubte man den Weisungen aus Moskau, die sie über die sowjetische Botschaft ins Reich schickten. Bordjuk konnte sich frei bewegen, sah man davon ab, dass er überwacht wurde. Aber er war ein Fuchs und schüttelte seine Verfolger ab. Jedes Mal beschwerte sich die Botschaft beim Außenministerium. Jedes Mal wies das Außenministerium die Beschwerde als gegenstandslos zurück.

Die Nazis waren sauer. Die Ermittlungen für den Reichstagsbrandprozess kamen nicht voran, hatte Bordjuk beim letzten Treffen berichtet. Torgler hatte sich gestellt, als nach ihm gefahndet wurde. Wollte beweisen, dass er und die Partei mit dem Brand nichts zu tun hatten. Prompt hatten die ihn eingebuchtet. Dazu die bulgarischen Genossen Taneff, Popoff und Dimitroff, die für die Komintern arbeiteten. Und den Holländer van der Lubbe, der zugab, den Reichstag angezündet zu haben. Aber konnte ein Einzelner das riesige Parlamentsgebäude in Brand setzen? Niemand glaubte es. Kippenberger wusste, dass die Kommunisten es nicht waren. Also waren es die Nazis selbst, die am Morgen nach der Tat ihre Reichstagsbrandverordnung aus der Tasche zogen, um damit alles zu verbieten, was auch nur demokratisch aussah. Es folgte das Ermächtigungsgesetz, dem alle außer den Sozialdemokraten zustimmten, aus Überzeugung oder weil sie Angst hatten vor den SA-Terrorkommandos vorm und im Reichstag, der in der Krolloper getagt hatte, um sich selbst auf den Mond zu schießen.

Und dann hatten sie Bücher verbrannt. Brecht, Heine, Hauptmann, Heinrich Mann, Remarque, Tucholsky, Ossietzky, Marx natürlich und so weiter und so weiter. Das musste man den Nazis lassen: Sie veränderten das Land so schnell, wie Manfred von Brauchitschs Mercedes-Rennwagen, sein *Silberner Pfeil,* über die Avus raste.

Vielleicht würde der Reichstagsbrandprozess eine Möglichkeit bieten, den Nazis in die Wade zu beißen. Immerhin würden Reporter aus dem Ausland ihn verfolgen. Denen konnte niemand vorschreiben, was sie zu lügen hatten. Kippenberger lächelte. Er fand sogar im Vakuum Hoffnung. Aber so sollte es sein, wenn man sich nicht gleich die Kugel geben wollte.

Er musste diesen Polizisten finden. Dafür sorgen, dass der ihn fand. Wie hieß er noch mal? Hatte er überhaupt einen Namen genannt?

Er nahm eine Autodroschke nach Tegel, gab den Großkotz in der Unterhaltung mit dem Fahrer und beim Trinkgeld. Schlich sich über die Rückseite zum Haus. Sah Licht im zweiten Stock. Er drückte sich an die Hauswand und suchte einen Einstieg. Die Tür war verriegelt, die Fenster geschlossen. Er blickte sich um. Im Lichtschein dämmerte ein Schuppen. Er schlich sich hin, die Tür war offen. Im Schuppen wartete er, bis sich seine Augen an die Finsternis gewöhnt hatten. Dann tastete er sich an den Wänden entlang, bis er einen Schraubendreher fand, dazu eine Beißzange. Er griff nach der Pistole im Gürtel, es beruhigte ihn. Lebend würde er den Nazis nicht in die Hände fallen. Er wusste zu viel und nicht, ob er die Folter durchstand, wie Teddy es getan hatte. Sonst hätten die Nazis längst einen Schauprozess veranstaltet. Sie trauten sich nicht, sie fürchteten die Wahrheit, die Thälmann ihnen um die Ohren schlagen würde, sogar wenn er halb tot war.

Zurück an der Hauswand, prüfte er die beiden Fenster im Erdgeschoss, fand einen Spalt und quetschte den Schraubendreher hinein. Er drückte, bis es einen Knall tat und das Fenster aufsprang. Mit einem Satz war er drin. Fand im Flur das Telefon, dessen Draht er abriss. Oben hörte er Schritte. Er schlich die Treppe hoch, den Revolver in der Hand. Der Alte kam ihm entgegen und erstarrte. »Sie?«

»Wenn du einen Ton sagst, knall ich dich ab. Verstanden?«

Der Mann nickte.

Kippenberger winkte den Mann mit dem Lauf die Treppe hoch, stellte sich hinter ihn und packte ihn am Kragen. »Hast du eine Waffe im Haus?«

Der Alte schüttelte den Kopf.

Sie kamen ins Schlafzimmer, wo Kippenberger den Mann aufs Bett setzte. »Wir können es kurz machen. Du kennst den Bullen, der mich im Haus gegenüber gefunden hat.«

Der Mann nickte.

»Hat er dir eine Visitenkarte gegeben?«

Der Mann nickte.

»Wo ist sie?«

»Unten, im Wohnzimmer.«

Dort kramte der Mann in den Schubladen einer Kommode. Licht an, Vorhänge geschlossen.

»Na, wird's bald!«

»Hier … hier!« Er hielt Kippenberger eine Visitenkarte hin. Der nahm und las. Nickte, schlug dem Mann den Revolvergriff gegen den Kopf. Mit einem Stöhnen sackte der Alte zu Boden.

Kippenberger lief weit, Seitenstraßen, Wege. Er traf ein Liebespärchen, zwei Männer, der eine mit Aktentasche. Sie eilten irgendwohin, den Blick nach vorn gerichtet.

Zurück in seiner Zuflucht, betrachtete er die Karte des Kriminalassistenten Karl Raben.

197.

Wieder eine Nachtschicht bei der Witwe Kessler. Ihr Mann war in der letzten Flandernschlacht gefallen, natürlich als Held. Raben hatte bisher nicht darauf geachtet, aber auf einer Kommode stand ein gerahmtes Foto mit Trauerflor, Feldwebel Kessler mit Pickelhaube.

Die Frau ging ihm auf die Nerven. Je länger sie sich kannten, desto geschwätziger wurde sie. Der Führer war ihr ein und alles. Natürlich Heil Hitler vorn und Heil Hitler hinten. Und Göring, unser Fliegerass. Raben lag der Einspruch auf der Zunge, aber es wäre dumm gewesen, den Redefluss zu bremsen. Nachher verpfiff sie ihn. Also berichtete er ihr, dass er in die SS aufgenommen worden sei. »Das müssen wir feiern!«

Also trank er einen Schluck Weißwein, mit dem sie hätte Strümpfe stopfen können. Jedenfalls zog sich sein Magen zusammen wie ein Igel. Er bat sie um ein Stück trockenes Brot.

»Ich habe ja nicht viel«, sagte sie und gab ihm endlich ein Stück Kruste. »Ja, ja, Sie müssen arbeiten.«

»Für den Führer«, sagte Raben.

»Für den Führer?«

»Sonderauftrag. Geheim.«

»Ich dachte, ein Verbrecher …«

»Ich habe Sie ein bisschen angeschwindelt. Aber ich kann Ihnen doch vertrauen? Und der Führer auch?«

Neunundneunzig Prozent der Menschheit hätten sich totgelacht, außer in Deutschland, wo alles möglich war, sogar das Unmögliche. Die Kessler hielt die Klappe.

Raben schaltete das Licht aus und setzte sich ans Fenster. Diesmal hatte er Lenas Leica mitgebracht, die sie sich auf Ratenzahlung gekauft hatte. Voreilig, die Kamera zu kaufen, aber er konnte sie gebrauchen. Er drückte auf den Auslöser, als Fehrkamp das Lokal verließ. Aber mehr als Fehrkamp wollte er dessen Kameraden vor die Linse kriegen. Sie erschienen einer nach dem anderen, einige mit Gläsern, andere ohne. Es wurde geraucht, gelacht, gegrölt. Er brauchte sie von vorn. »Nun dreh dich um, Scheißkerl!«, murmelte er. Verkniff sich weitere Bemerkungen, sonst würde seine Gastgeberin glatt den Führer anrufen. Als hätte der SA-Obersturmführer ihn gehört, wendete er sich Fehrkamp zu und zeigte Raben sein Gesicht. Mindestens zwei Schmisse, der Mann hatte also studiert. Bald musste Raben den Film wechseln. Er klappte den Deckel zu, aber dann sah er, dass Fehrkamp sich verabschiedete, mit Hitlergruß, Gebrüll, Judenblut und so weiter.

Raben stürzte die Treppe hinunter, hinterließ eine verdutzte Kriegerwitwe und öffnete vorsichtig die Tür einen Spalt, während Fehrkamp daneben gegen die Wand pisste. Raben sprang hinaus, blickte sich um und trat dem Mann die Beine weg. Er platschte auf den Bierbauch und kotzte und lallte. Raben beugte sich hinunter, um Fehrkamp das Genick zu brechen, als er die Stimme hörte. »He, Sie, was treiben Sie da? Bleiben Sie stehen! Stehen bleiben, oder ich schieße!«

198.

Lena war im Bett geblieben. Sie war in jüngster Zeit müde, immer müde. In ihrem Bauch strampelte das Kind. Sie fühlte sich mies. Alles war kaputt. Ihre Arbeit, Wagner wartete immer noch auf die Fallada-Rezension, von deren erster Seite sie mindestens zehn Versionen hatte. Jedes Mal, wenn sie sich an die Arbeit machen wollte, überfiel sie die Demütigung. Sie hatten sie rausgeschmissen, weil sie Jüdin war. Das hatte sie vorher nicht die Bohne interessiert.

Gott war ihr egal, welcher auch immer. Eine Ausgeburt menschlicher Sehnsüchte und Ängste. Sie lachte über Schläfenlocken genauso wie über den weihrauchgetränkten Kitsch der Katholiken. Gläubige unterwarfen sich einem Wesen, das ihre Vorfahren sich ausgedacht hatten. Sollte es einen Gott geben, er hatte nichts zu tun mit seinen irdischen Jüngern, die sich anmaßten, seinen Willen zu kennen.

Und was würde mit Karl? Sie wusste, dass er Fehrkamp erwischen wollte, musste. Er benutzte dazu seinen Auftrag, Kippenberger zu stellen. Aber er hatte nichts gegen Kippenberger. Gewiss, ein Fanatiker, auch ein Gläubiger, aber ein mutiger Mann, der sich gegen Hitler auflehnte. Vielleicht hatte er in dem KP-Funktionär entdeckt, was er sich selbst nicht traute. Aber Karl war mutig. Er ertrug sogar sie, die sie alle Verzweiflung auf ihm ablud. Ihr Unglück, ihren Absturz von einem Tag zum anderen. Die Nazis säuberten alles und jedes von Juden oder was sie dafür hielten. Sie hatte nichts gegen sie unternommen, und dennoch war sie ihre Feindin. Sie wollten die Juden aus Deutschland verjagen. Sie glaubten diesen Quatsch wirklich: Jüdische Schieber waren der Front im Weltkrieg in den Rücken gefallen, sie hatten die Armee des Kaisers zersetzt. Sie saugten das Volk aus wie Vampire. Sie hielten weltweit zusammen, um die arische Rasse zu zerstören. Sie hatten die russische Revolution verbrochen und so ein Regime geschaffen, das die zivilisierte Welt bedrohte von außen wie von innen.

Lena weinte. Dieses Scheißland, das sich an die Brust einer Verbrecherbande warf. Sie würden bald von jedem diesen Ariernachweis verlangen und Heydrichs Geschenk zerreißen. Damit rechnete sie täglich. Sie hatte ihn nicht in der Redaktion vorgelegt, weil es nur übel ausgehen konnte. Einen Ariernachweis zu fälschen war ein Verbrechen, schwerer, als hätte man keinen. Wer keinen hatte, war erledigt. Untermensch, wie sie in der Elektrischen gehört hatte. Sie würden Karl bedrängen, sich scheiden zu lassen. Wenn irgendwas berechenbar war an den Nazis, dann ihre Bösartigkeit. Sie würden die Juden immer weiter schikanieren, um sie loszuwerden. Warum kam sie dem nicht zuvor? Warum haute sie nicht ab, zusammen mit ihrer Mutter? Nach Rotterdam, wo Frau Giebigs Tochter lebte. Sie würde helfen, hatte die Giebig versichert. Was hielt sie in diesem Scheißland?

Nur Karl, der wegen ihr in die SS eingetreten war und glaubte, ein fabrizierter Ariernachweis könnte sie retten. Sie, die als Jüdin schon aus der Redaktion geflogen war. Seit wann hielten sich Nazis an ihre Versprechen? Seit wann Heydrich, dessen Ehrgeiz ihn fast platzen ließ?

Sie ging ins Bad, wusch sich. Schrieb Karl einen Zettel, er möge sich keine Sorgen machen. Zog den Wintermantel an und setzte den Hut auf.

Wie wäre es, wenn sie nicht mehr zurückkehrte?

199.

Raben rannte um sein Leben. Er hörte die Schüsse und schlug Haken wie ein Hase. Bog in die nächste Seitenstraße ein. Es pfiff, ein Schupo beteiligte sich an der Jagd. Die nächste Seitenstraße. Dann hörte er Schritte. Es waren mindestens vier. Einer pfiff immer wieder. Raben suchte eine Haustür, die nicht abgeschlossen war. Das kostete Zeit, die anderen kamen näher. Raben gab es auf, an Haustüren zu rütteln, er rannte weiter, gewann ein paar Sekunden. Die nächste Ecke, rechts. Egal wohin, nur abbiegen. Sie durften ihn nicht sehen. Es hätte sie ermutigt, und sie hätten freie Schussbahn. Fehrkamp war keine Gefahr, der hatte ihn nicht erkannt. Das gab ihm Mut, er musste denen nur entkommen. Der Schweiß durchnässte Unterwäsche und Hemd. Weiter, immer weiter. Ein Automobil kam ihm entgegen und fuhr langsam an ihm vorbei. An der Ecke bog er ab, sah nur das Schild einer Kneipe *An der Ecke*. Davor standen zwei Männer und stritten. Sie beachteten ihn nicht.

»Bleiben Sie stehen!« Ein Schuss. Sie kamen ihm entgegen. Waren es dieselben, war es eine Verstärkung?

Er machte kehrt und rannte los. Schneller, schneller. Von links kamen die anderen. Jetzt waren es mindestens sieben Jäger. Des Hasen Tod, fiel ihm ein. Des Hasen Tod. Er hörte die Elektrische und näherte sich also der Großen Frankfurter Straße. Des Hasen Tod. Während er hastete und schnaufte, überlegte er, wo er verschwinden konnte. Er rannte Richtung Alex. War das gut? Er hatte nicht nachgedacht. Raben überquerte die Straße, wäre fast von einem Opel überfahren worden und erreichte eine Seitenstraße. An der nächsten Kreuzung bog er links ab, zurück in Richtung Sturmlokal. Dort suchten sie ihn nicht. Er blieb stehen und lugte um die Ecke. Die Schupos standen auf der Frankfurter und sprachen erregt aufeinander ein. Der Chef hob die Hand und zeigte Richtung Alexanderplatz. Raben ging in die Gegenrichtung. Schlug sich durch Seitengassen und brauchte gute drei Stunden, um zu Hause anzukommen. Er fand den Zettel auf dem Tisch und setzte sich. Sie hatte ihn verlassen, so verstand er den Zettel. Und er hatte keine Ahnung, warum.

200.

Kippenberger bat Caroline, in allen Zeitungen zu inserieren:

Hans Sigwalder kann Dich nicht vergessen. Bitte antworte unter Sig an die Redaktion.

Caroline hatte er am Bahnhof Zoo getroffen und ihr den Zettel zugesteckt. Er hatte sie nie vorher gesehen und würde sie nie wiedersehen. Caroline war auch nicht ihr wirklicher Name. Er fand es weniger auffällig, wenn eine Frau diese Annonce aufgab. Sie würde die Antwort holen und in seinen Briefkasten werfen. Hoffentlich. Vielleicht sah Raben die Anzeige nicht, vielleicht sah er sie und verstand nicht, vielleicht wollte er nicht kommen, vielleicht war Caroline schon verhaftet. Aber sie wusste nicht, an wen sich die Nachricht richtete.

201.

Raben las die Anzeige im *Tageblatt*. Er saß allein am Küchentisch, kaute auf einem Butterbrot herum, trank Kaffee, der ihm dünn geraten war. Blätterte in der Zeitung, bis ihm *Sigwald* auffiel. Wie Sigwalder Straße, wo er Kippenberger gefunden hatte. *Hans Sigwald*, Raben erwachte aus finsteren Tagträumen. Und jetzt noch das. Wenn sie ihn mit Kippenberger erwischten, durfte er ihn nach Plötzensee begleiten. Die Frage war nur, wem der Kopf zuerst abgeschlagen würde. Er rieb seinen Hals, stellte sich den Augenblick vor, in dem der Henker den Hebel zog, um die Klinge zu entriegeln. Das Klicken.

Er starrte an die Wand, wo der Kalender hing. Oben prangte ein Foto von Neuruppin. Was wollte Kippenberger von ihm? War der Mann so verzweifelt, dass er einen Bullen rief? War er so wahnsinnig, sich zu stellen?

Und würde niemand im Gestapa die Anzeige lesen? Die wussten doch, dass Kippenberger ihm dort entkommen war. War der Mann vom Affen gebissen? Wenn jemand Raben eine Falle stellen wollte, besser könnte er es nicht versuchen.

Raben würde nicht antworten.

Er überlegte, was er jetzt noch gegen Fehrkamp unternehmen konnte. Die Witwe Kessler konnte er vergessen. Er hoffte, sie würde sich nicht bei der Polizei melden. Er betrachtete seine Hände, ob sie zitterten. Noch nicht. Lena war nicht zurückgekommen, Fehrkamp war in weite Ferne gerückt, die Kessler würde ihn verpfeifen, mindestens beschreiben können, auch die Stimme wiedererkennen. Er saß in der Scheiße, mittendrin.

202.

»Der Kamerad Fehrkamp ist gestern Nacht angegriffen worden. Der Täter konnte fliehen. Wir haben keine Personenbeschreibung, außer dass der Täter schlank und groß war. Wie unser Freund Raben.«

»Setzen Sie sich, Eckes«, sagte Heydrich.

»Ob er es war?«

»Wenn er verrückt ist, ja.«

»Ist er verrückt?«, fragte Heydrich.

Eckes schwieg.

»Vielleicht hat er sich derart in den Fall verbissen, dass er Fehrkamp um jeden Preis umbringen muss«, sagte der Standartenführer.

»Trauen würde er sich das nicht. Er hat eine jüdische Frau und weiß, dass wir ihr den Ariernachweis jederzeit wegnehmen können. Entweder war's ein Versehen, oder er hat ihn gefälscht. Hätten wir ihn gleich doppelt.«

»Ich bin froh, dass Sie mir nicht auf den Fersen sind«, sagte Heydrich.

»Aber …«

Heydrich lachte. Das war wirklich ein guter Witz gewesen.

Eckes lachte mit. Aber ein Gefühl durchzog seine Eingeweide. Ein hundsmiserables Gefühl. Wenn sie anfingen wie in Sowjetrussland, wo längst jeder jeden verdächtigte. Wenn es so weiterging, hatten die bald mehr Verräter als Einwohner. Heydrich könnte auch gut für die GPU arbeiten. Ihm war die Weltanschauung ziemlich egal, obwohl er seinen Führerglauben nicht weit genug hinaushängen konnte. Aber gerade das schien Eckes bedenklich. Doch solange der Führer es ertrug … Der hatte sich schließlich auch mit Röhm abgefunden, der Sau. Er war nützlich.

»Mir wäre es egal, wenn Fehrkamp abkratzen würde«, sagte

Heydrich. »Die SA-Saufbrüder kotzen mich an. Sie torkeln durch die Straßen, grölen und belästigen Leute. Ich verfluche den Tag, an dem wir denen unterstellt wurden. Oder wollen Sie was zu tun haben mit dem Herrn Stabschef und seinen parfümierten Schönlingen? Die sind doch pervers.« Er blickte Eckes an, als wäre der der fette Röhm mit seiner Schweinefresse. »Und die wollen die zweite Revolution, lehnen sich gegen den Führer auf. Wir hatten unsere Revolution, wir haben das Marxistenpack samt ihrer jüdischen Busenfreunde zum Teufel gejagt. Wo braucht's noch eine Revolution?« Heydrich tippte sich gegen die Stirn. »Stellen Sie sich vor, Eckes, die Röhms kämen an die Macht. Sie verwandelten Deutschland in einen Puff, jeder mit jedem, und dazwischen schlägt man ein paar Leute tot, einfach so. Nennen Sie so was Ordnung?«

»Nein, Standartenführer, das wäre Chaos. Und die Russen würden über uns herfallen, wenn uns nur noch Besoffene verteidigten. Oder zuerst die Froschfresser oder beide gleichzeitig.«

»Immerhin das haben Sie kapiert. Was unseren Schützling angeht, ein toter SA-Mann ist ein guter SA-Mann. Hoffentlich lässt er sich nicht erwischen.«

Eckes starrte ihn an.

III. Putsch

203.

Kippenberger hatte doch noch eine neue Wohnung gefunden, in Erkner, nahe dem S-Bahnhof. Auf seine Anzeige hatte er den üblichen Müll bekommen, aber Raben hatte sich nicht gemeldet. Kippenberger hatte bald begriffen, dass der Polizist ihn zwar verschont hatte, aber nicht für ihn spitzeln würde. Er wäre auch verrückt gewesen, auf eine verlorene Sache zu setzen. Nie würde Kippenberger dies gegenüber einem Genossen eingestehen. Aber er war am Ende seiner Kraft. Der M-Apparat war nur noch ein Torso. Die Gestapo erzielte Durchbrüche. Sie folterte und mordete und hatte es binnen Kurzem geschafft, sich einen Ruf zu erarbeiten, den man nur mit Angst und Schrecken beschreiben konnte, sofern man Angst und Schrecken zu beschreiben vermochte. Im Frühjahr 1934 hatten die Nazis längst alle Gegner ausgeschaltet. Es gab keine andere Partei mehr als die NSDAP, die anderen hatten die Nazis verboten, sofern die sich nicht gleich selbst auflösten. Die Gewerkschaften hatten am 1. Mai 1933 um ihr Leben gebettelt, indem sie beim *Tag der nationalen Arbeit* brav aufmarschiert waren, um vierundzwanzig Stunden später verboten zu werden. Hier und da gab es ein Aufmucken im Geheimen. Wer das Land nicht verlassen hatte, vergötterte Hitler, war gleichgültig oder lebte in der inneren Emigration. So bewirkte man nichts gegen das Regime, außer zu überleben. Anständig zu überleben war eine Herausforderung.

In der SA gärte es immer mehr. Das berichteten die Genossen, die sie hineingeschickt hatten. Die zweite Revolution. Röhm wurde immer großmäuliger, machte den Industriebossen und Bankiers Angst. Er stänkerte gegen das Bündnis, das Hitler mit den Ruhrbaronen und der Reichswehr geschmiedet hatte. Röhm wollte die

SA zur Volksarmee ausbauen. Die Generale beklagten sich beim Führer. Nur eine aufgerüstete Reichswehr konnte die Ziele der NS-Bewegung erkämpfen. Lebensraum im Osten, die Zerstörung Polens, den Angriff auf den Koloss mit tönernen Füßen, die Sowjetunion. Kippenberger war sich sicher, dass Hitler sich gegen die SA wenden würde. Klar, dass die Genossen in Moskau die rote Revolution rochen. Kippenberger roch nur braune Soße.

»Gebt mir vier Jahre Zeit«, hatte der Führer getönt. Im ersten Jahr hatte er das Land unter ein Terrorregime gezwungen. Wer nicht mitmachte, hatte beste Aussichten, in einem der neuen KZ zu verschwinden, wo sie mit Mord und Totschlag *umerzogen* wurden. Kein Gesetz hinderte die Gestapo, Leute einzusperren, solang es ihr passte. Wer seine Haftstrafe abgesessen hatte, konnte vorm Gefängnistor von Ledermänteln abgeholt werden, die ihre Opfer ins KZ brachten. Aber die Arbeitslosigkeit schwand, wenn auch zäh. Aus den Betrieben erfuhr Kippenberger, dass die Aufrüstung lief. Schon die Politiker der Republik hatten den Versailler Vertrag ausgehöhlt. Das Reich stand bereits einen Schritt vor der Anerkennung seiner Gleichberechtigung, als Hindenburg den Landjunkern und einigen Ruhrbaronen nachgab und Hitler zum Kanzler ernannte. Es war keine Revolution, sondern eine Intrige um den Hindenburg-Sohn Otto, von Papen, dem Staatssekretär Meissner, die *Kamarilla*, die dem greisen Präsidenten die Forderungen der Junker präsentierte, der ostelbischen Großgrundbesitzer. Überlass Hitler und deinen Freunden von den Deutschnationalen das Regieren und ruh dich aus auf deinem Gut, das wir dir geschenkt haben, weil du unsere Ernten mit Zöllen geschützt und das Brot für die Armen unbezahlbar gemacht hast. Wie gern der Generalfeldmarschall sich aus Berlin absetzte, um sich aufs Sterben vorzubereiten. Wie gern seine Adlaten ihre Strippen zogen. Wie wenig sie daran dachten, was dem Land nutzte oder schadete. Sie verbrannten sich die Ärsche beim Tanz auf dem Vulkan und merkten es nicht. Nun spielten sie mit einer Macht, von der sie nicht mal mehr einen Zipfel in der Hand hielten.

Viele Genossen waren übergelaufen. Hitler versprach Arbeit, und dieses Versprechen hielt er. Wenn auch die Arbeit der Rüstung diente, das dem Dritten Reich erlauben sollte, die Kriege zu führen, welche die Vorsehung dem Führer eingegeben hatte.

Aus Moskau war die Weisung gekommen, Bündnispartner gegen die Nazis zu suchen. Kippenberger hatte schmunzeln müssen. Jetzt, wo es zu spät war, schlug die Weisheit in Moskau ein wie ein Blitz. Er tat schon länger so, als wäre Moskau der Nabel der Welt, wie es die Genossen dort erwarteten. Aber mit ihrem Kampf in Deutschland hatte es nicht mehr viel zu tun. Darüber waren sich die Leitungskader im Untergrund einig. Ulbricht und Pieck fantasierten sich Kräfte herbei, die es nicht mal auf dem Papier gab. Für sie spitzte sich der Klassenkampf im Reich immer weiter zu, bis die Arbeiter rebellierten. Aber viele Arbeiter rebellierten lieber mit Röhm als mit Pieck.

Kippenberger hatte die Nazis am Hals und die Moskauer an der Gurgel. Seine Aufgabe war es, die Genossen im Land anzuleiten und zu schützen. Keine Abenteuer. Aufklärung, vorsichtig, die Unzufriedenheit unterstützen, die Führer-Gläubigen verächtlich machen. Sie klebten und verteilten Handzettel. Sie spielten unter falscher Flagge, verteilten Pamphlete angeblicher SA-Männer, die unzufrieden waren mit dem Abbruch der NS-Revolution. Sie verbreiteten Gerüchte. Und demnächst würden sie die Aufrüstung sabotieren, wo es ging. Doch Kippenberger hatte alle Illusionen verloren. An erster Stelle stand das Überleben. Irgendwann würden die Nazis abtreten, das wollte er mit eigenen Augen sehen. Aber würde er tausend Jahre leben? Er grinste.

Er dachte an Raben. Vielleicht war der jetzt doch reif? Immerhin sah er den Terror täglich, war mittendrin in der Schreckensmaschine. In solcher Lage stumpfte einer ab, lebte seinen Sadismus aus oder hasste die Folterknechte und ihre Herren.

Er beschloss, die gleiche Anzeige noch einmal ins *Tageblatt* zu setzen.

204.

»Karl den Kleinen könnten wir glatt als Verhörfachmann verwenden«, sagte Raben.

Lena lachte, blickte ihn aber gespielt böse an. »So ist es, wenn man die Gestapo im Haus hat.«

Der Kleine kriegte gerade die ersten Zähne und unterrichtete seine Eltern eindringlich über den Fortschritt. Sie bekamen nachts kaum ein Auge zu, nicht nur wegen des Geschreis. Sie hatte kein Wort gesagt, als sie eines Abends zurückkam, und er hatte nicht gefragt. Vielleicht hatte er sich die Angst nur eingebildet, weil sie gerade in Mode war. Seit der Geburt hatte sie sich wieder in die alte Lena verwandelt. Sie umschifften alle Themen, die in einen Streit ausarten konnten. Nicht mal über Kindererziehung kriegten sie sich in die Haare. Lena hatte darauf bestanden, den Kleinen Karl zu nennen und Raben nur noch Kalle. Oft kam die Mutter zu Besuch, um auf den Enkel aufzupassen. Ilse Meier schrieb Buchkritiken, was sie sich nie zugetraut hätte. Aber ihr Artikel über Hans Fallada hatte selbst den Nazis in der Redaktion gefallen, beschrieb der Schriftsteller die Nöte der *Systemzeit* doch eindringlicher als jeder andere. Falladas Bücher waren nicht verbrannt worden. Vermutlich ärgerte er sich darüber. Welch Schande.

Raben sprach nicht mehr über Fehrkamp, aber nachts konnte er sich nicht wehren gegen die Bilder in seinem Hirn. Sein Auftrag, Kippenberger zu finden, schien vergessen zu sein. Vielleicht saß der längst in Moskau und soff Wodka zu Kaviar. »Wenn er wieder auftaucht, setzen wir Sie erneut auf ihn an«, hatte Heydrich gesagt. Zwar kämpfte Göring noch um die Herrschaft über die Geheime Staatspolizei, doch sein Diener Diels war rausgeflogen, und Himmler biss sich fest wie eine Zecke. Er übertrug die Leitung der praktischen Arbeit Heydrich, der nun Rabens Chef war. Das trug Raben zuerst den Kommissarlehrgang und dann die Beförderung ein. Die

Verdächtigungen verschwanden am selben Tag, nein, Raben konnte nichts zu tun haben mit dem Mordanschlag auf Fehrkamp. »Wenn Sie mir Kippenberger als Zeugen Ihrer Unschuld gebracht hätten, das wäre die ganz große Kunst gewesen.« Und Heydrich lachte, bis Raben mitlachte. Dann sagte er: »Ich möchte, dass Sie sich in der SA umsehen. Röhm ist mir noch was schuldig, er wird Sie dort einbauen. Sie sind bei der Gestapo beurlaubt, beziehen aber weiterhin volles Gehalt und sind nun Mitarbeiter des SD. Betrachten Sie das als Beweis unserer Wertschätzung.«

»Aber wenn Röhm mich sieht, weiß er doch, was ich tun soll.«

Heydrich lachte wieder. »Der glaubt, Sie sollen verkappte Kommunisten des Genossen Kippenberger in der SA aufspüren. Dass es um seinen Hals geht, na, darauf käme er niemals. Schließlich ist er *der* Duzfreund unseres Führers.« Und lachte wieder. So gut gelaunt hatte Raben seinen Chef nie erlebt. Umwälzungen kündigten sich an, die SS-Chefs wollten auf der Welle schwimmen und nicht unter ihr ersaufen. Das Opfer war schon ausgeguckt. Die Siegesgewissheit war Raben unheimlich. Hätte er die Hintergründe geahnt, es hätte ihm den Schlaf geraubt. Es würde eine Schlacht geben, deren Ausgang keineswegs entschieden war. Sie gingen in die Schlacht mit einem Plan, der beim ersten Schuss Altpapier sein würde. Beim Führer wusste man auch nie, was ihm die Vorsehung gerade eintrichterte, zumal die Vorsehung launisch war. Aber Heydrich lachte, als stünde sein Fuß bereits auf Röhms Hals.

»Raben, Sie sind Kriminalkommissar, Ihre Prüfung haben Sie mit Auszeichnung bestanden, den praktischen Teil der Ausbildung haben wir Ihnen erspart und den theoretischen im Polizei-Institut verkürzt, Sie haben unsere Erwartungen erfüllt. Daher freue ich mich, Sie zum SS-Untersturmführer zu befördern.«

Wie ferngesteuert erhob sich Raben und nahm Haltung an. Der Standartenführer erhob sich ebenfalls und reichte dem frischgebackenen Untersturmführer die Hand. Raben schlug ein. Der Pakt mit dem Teufel.

Heydrich setzte sich wieder und winkte Raben auf den Stuhl. »Kommen Sie mit dem Kameraden Müller klar?«

»Natürlich!« Glatt gelogen. Er hasste diesen stumpfen Bayern, seine plumpe Sprache, seine Gewalttätigkeit. Müller war so wenig wie Raben Parteigenosse, aber Heydrich restlos ergeben.

»Dann ist es ja gut«, sagte Heydrich und lächelte. »Sie sind der Einzige, der Kippenberger gefunden hat. Das rechne ich Ihnen hoch an. Dass er Sie überrumpeln konnte, buche ich auf das Konto mangelnder Erfahrung. Wir alle machen Fehler, die Frage ist nur, ob wir daraus lernen.«

»Jawohl, Standartenführer.«

»Melden Sie sich direkt bei Röhm.«

205.

Lena saß am Küchentisch und tippte, als er heimkam.

Er küsste sie.

»Wie war's?«

»Ich bin jetzt Untersturmführer, Mitarbeiter des SD und darf die SA bespitzeln. Morgen gehe ich zu Röhm, um dort die Drecksarbeit zu erledigen.«

»Warum du? Was will Heydrich von dir?«

»Vielleicht spielt er nur mit mir, weil es ihm Spaß macht. Weil er es kann.«

»Die SA überwachen und dann gleich zu Röhm, nee, das ist kein Spiel. Außerdem hört man dies und jenes über Heydrichs Bajuwaren-Brigade, die seltsamen Gestalten, die er aus Bayern nach Berlin geholt hat. Keine Parteibuch-Nazis, einer von denen soll die sogar vor der Machtergreifung in München überwacht haben.«

»Heydrich ist die Überzeugung seiner Leute nicht so wichtig, Hauptsache, sie bleiben ihm treu. Müller ist mehr als zwielichtig, kein Pg, aber Heydrich hält große Stücke auf ihn, obwohl Leute aus der Partei fordern, er solle die Bayernfraktion aus dem Polizeidienst entlassen.«

»Komischer Haufen, die Gestapo.«

»Heydrichs Haufen, das zählt für ihn. Er ist schon so mächtig, dass er der Partei in den Hintern treten kann. Der Reichsführer beschützt ihn, egal, was passiert.«

»Und was wird aus Kippenberger? Fehrkamp? Dem darfst du nicht über den Weg laufen.«

»Warum nicht?«

»Weil er sich rächen will.«

»Und ich will ihn umbringen. Das passt doch gut.«

Sie blickte ihn an wie einen Fremden. Nickte. »Du bist schon … speziell.«

»Sonst hättest du mich nicht geheiratet.«

»Hätte ich dich geheiratet, wenn ich gewusst hätte, dass du ein Mörder bist? Eher nicht.«

»Wir haben beide nicht gedacht, dass diese Verbrecher uns regieren würden. So was kam in meinen übelsten Albträumen nicht vor. Dass die Nazis böse sind, das war klar. Aber dass es eine Mörderbande ist, dass sie tun, was sie angekündigt haben? Judenblut, das vom Messer spritzt, Abschaffung aller Wahlen, dass alle anderen sich einer Partei unterwerfen würden, die sogar bei der sogenannten Wahl im März keine Mehrheit gewann, obwohl sie Sozialdemokraten und Kommunisten unterdrückte und der Kommune sogar die Reichstagssitze aberkannte. Nein, Lena, das habe ich nicht geahnt. Genauso wenig, dass überführte Mörder plötzlich Helden würden. Wenn das die deutsche Ordnung ist, die der Führer gefordert hat, was soll ich tun? Mitmachen? Alle Zweifel fahren lassen? Kann ich nicht, Lena, kann ich nicht. Meine Eltern haben mir Gerechtigkeit eingebläut, mit dem Stock, wenn es sein musste.«

Sie schwiegen lange.

Dann sagte er: »Mein Vater hat sein Bein verloren an der Westfront und ist bald an dem Granatsplitter gestorben, der in seinem

Kopf spazieren ging. Meine Mutter hat die Spanische Grippe geholt. Ich war ihr einziges Kind, und sie wollten noch mehr haben. Mein Vater war Polizist gewesen, nichts Bedeutendes. Aber Gerechtigkeit sollte herrschen, da kannte er keine Parteien. Und im Gegensatz zum Kaiser, dem Schwätzer, meinte er es so. Er war kein Sozi, wollte aber, dass sie die gleichen Rechte hatten wie die anderen Parteien … Er hat den Krieg früh kommen gesehen …« Gut erinnerte Raben sich noch der sauberen Wohnung in Reinickendorf, zwei Zimmer, Wohnküche, in der auch die Badewanne stand, Klo im Treppenhaus. Seine Mutter hatte ihm ab und zu Süßigkeiten zugesteckt, wenn der Vater auf Arbeit war, und den Zeigefinger auf die Lippen gelegt. Eines ihrer Geheimnisse. Ein anderes war, dass er ihr seine Zeugnisse gab und sie die dem Vater erst zeigte, wenn sie ihn darauf vorbereitet hatte, dass die Noten nicht besser geworden waren. Dabei waren sie nicht schlecht, aber dem Vater war nichts gut genug. Schließlich war es sein Sohn, und der sollte später nicht Streife laufen, sondern in einem Büro arbeiten.

»So musst du dir deinen Weg suchen, Kalle. Du musst für deine Gerechtigkeit sorgen, das verstehe ich. Sieh zu, dass du den Fehrkamp erledigst … ohne erwischt zu werden. Versprich mir, dass du nicht erwischt wirst.«

»Wenn einer einen perfekten Mord hinkriegt, dann doch ein Bulle.«

206.

Fehrkamp wusste, dass es kein Zufall gewesen war, als er angegriffen wurde. Er hatte nichts vom Täter erkannt, aber es war Raben gewesen. Daran zweifelte er nicht. Zumal es ihm leichtfiel, sich vorzustellen, dass der Bulle seine Freilassung und Ehrung nicht verkraftet hatte. Nebe hatte ihm erzählt, dass die Gestapo eine Witwe verhört hatte, die gegenüber dem Sturmlokal wohnte. Wo sich ein angeblicher oder tatsächlicher Bulle eingenistet hatte. Angeblich, um einen Verbrecher zu finden, der sich in der Gegend aufhielt. Die Personenbeschreibung war lau, aber sie passte auf Raben. Doch die Gestapo schloss diese Ermittlungsrichtung aus. »Kommt von Heydrich«, hatte Nebe erklärt.

Ja, Heydrich und sein Reichsführer. Sie wollten die deutsche Polizei unter ihre Fuchteln zwingen. Göring hatte gekniffen, die Gestapo hatten Himmler und Heydrich schon in der Tasche, mit Görings Segen. Der baute jetzt Flugzeuge und fraß sich voller, als er schon war. Bald hingen seine Orden nicht mehr an der Brust, sondern lagen auf dem Wanst. Göring war für Fehrkamp der Ausdruck der Verkommenheit, die überall ihr freches Maul herausstreckte. Die mit Geld, Villen, Frauen lockte. Aber das war nicht seine Revolution. Der nationalen Revolution musste nun die sozialistische folgen. Sie mussten den Kapitalisten, Juden, Generälen die Köpfe abschlagen. So forderte es Röhm alle paar Tage, ohne zu vergessen, sich lauthals dem Führer anzudienen. Seinem Freund, dem er nur ein bisschen ins Gewissen reden musste. Adi, wir haben das doch gemeinsam ausbaldowert. Forderte die Partei in ihrem Programm nicht die Beendigung der Zinsknechtschaft? Die Abschaffung der Warenhäuser zugunsten der kleinen Händler? Das würde Röhm seinem Adi sagen, und der Adi würde nicken. Ja, das haben wir versprochen, und wir werden es halten. Wir sind keine Betrüger wie die Politiker der Systemzeit, wir sagen, was wir tun, und wir tun, was wir sagen. Tausendmal hatten sie es herausgeschrien.

Es war Zeit, die SA hatte Appell auf dem Alex. Die Uniform war sauber, die Stiefel gewichst. Röhm würde zu ihnen sprechen. Er, der die SA zur Volksarmee gemacht hatte. Ohne SA wäre der Führer nicht an die Macht gekommen. Ohne SA hätten gewiss mehr Abgeordnete dem Ermächtigungsgesetz widersprochen, vielleicht wäre es sogar gescheitert. Es vollendete das Reichstagsbrandgesetz und beseitigte die letzten Zipfel der Judenherrschaft, zuerst das Parlament. Die Zeitungen tanzten nach Goebbels' Pfeife oder wurden geschlossen. Alle Feinde unterdrückt oder vernichtet, jetzt konnten sie ihre Revolution vollenden.

Gedränge schon vor dem Alex. Die Zugangsstraßen waren verstopft. Fehrkamp führte seinen Sturm durch die Masse, die auseinanderspritzte, wenn er die Schaulustigen anschnauzte. »Weg frei, SA marschiert!« Auf der Bühne sah er SA-Führer, Röhms Rücken, der Stabschef unterhielt sich mit dem Grafen Helldorff, inwischen Potsdamer Polizeipräsident, dem Spielschulden und Weibergeschichten nachgesagt wurden. Auch Edmund Heines aus Schlesien erkannte er. Eines seiner Vorbilder, weil er stets zur Bewegung gehalten und die Fememörder öffentlich verteidigt hatte. Verräter hatten den Tod verdient, ganz einfach. Er stand da straff, die Hände hinter seinem kräftigen Rücken gekreuzt. Der Blick schweifte über die Menge. Gruppenführer Karl Ernst tauchte auf, wechselte ein paar Worte mit Helldorff, beide lachten. Sie waren kämpferische Judenfeinde, Helden der Bewegung.

Fehrkamps Sturm 101 erreichte endlich seinen Stellplatz. In diesem Augenblick drehte Röhm sich um, sein Blick traf den Fehrkamps. Röhm lächelte und nickte. Fehrkamp stand stramm. Röhm winkte ihm sogar zu. Fehrkamp verbeugte sich. Einfach zurückwinken, das durfte er nicht. Mit einem Nicken wandte sich Röhm Helldorff zu, der offenbar Witze riss. Jedenfalls lachten alle in Röhms Umgebung. Fehrkamp freute sich, auch für Röhm. Wenn seine Führer sich Witze erzählten, stand es doch nicht so schlecht. Fehrkamp sorgte dafür, dass die Reihen in Linie standen. Das klappte gut, er hatte seine Kameraden im Griff.

Röhm blätterte in Papieren, dann gab er sie einem hübschen Kerl mit perfekt sitzender Uniform. Sie lächelten sich zu, dann stellte sich Röhm ans Rednerpult.

An der linken Seite der Bühne bewegte sich ein hochgewachsener, schlanker Mann. In SS-Uniform. Das war doch eine Halluzination. Den hatte Hanussen hergezaubert, der jüdische Weissager, aus seinem Grab, in das Helldorff und Ernst ihn befördert hatten. Röhm begann zu sprechen. Aber Fehrkamp verstand kein Wort. Sein Blick folgte dem Mann auf der Bühne, der sich neben Helldorff stellte und auf die Masse herabsah. Das war Raben, die Sau.

207.

Raben beobachtete Fehrkamp, wie der seinen Sturm in Linie aufstellte. Er freute sich auf den Augenblick, wenn Fehrkamp ihn erkannte. Wenn die Angst nach ihm griff. Um aufzufallen, sagte er zu Helldorff: »Viele Kameraden heute.«

Helldorff lachte ihn an. Auch er erfreute sich des guten Wetters und des Auftriebs an braunen Uniformen. »Sie sind also Heydrichs Spitzel, wenn ich es recht verstehe.«

»Aber Sie wissen doch, dass die SS Röhm untersteht«, erwiderte Raben.

Da lachte Helldorff, der Rabauke aus dem preußischen Uradel. »Mir gefällt Ihr Witz, Kamerad. Sie werden es noch weit bringen. Hoffentlich nicht als Komiker, obwohl wir welche brauchen könnten. Die Witzjuden sind ja alle abgehauen.«

Röhm redete und redete. Natürlich von der Revolution. Die konnten sie doch nicht mit der Reaktion machen. Der Führer sei nicht nur ein Nationalist, sondern auch ein Sozialist, der ein Deutschland der Arbeiter aufbauen würde, gegen die Großkapitalisten und gegen die Moskowiter.

»Wenn ihm das mal keinen Ärger einbringt. Goebbels mokiert sich schon lang über Röhms Lebenswandel, aus dem der kein Geheimnis macht. Wir leben in aufregender Zeit. Sie werden noch an mich denken«, sagte Helldorff.

»Wie könnte ich Sie vergessen, Obergruppenführer?«

»Sie wanzen sich ja richtig ran, gehören Sie auch zu den Schwanzlutschern?«

Raben lachte. Der Graf war berühmt für seine Vulgarität. »Ich muss Sie enttäuschen. Ich führe ein bürgerliches Leben mit Frau und Kind.«

»Nichts für ungut. Besuchen Sie mich bald einmal in Potsdam. Ich freu mich immer, Leute mit Grips zu treffen. Da können Sie auch den Sumpf besichtigen, für den ich bekanntlich zuständig bin. Gute Nutten kriegt man nicht umsonst, und ich teile gern.«

»Wenn ich meine Frau mitbringen darf.«

Helldorff lachte wieder. »Na klar, das Kind auch. Haben Sie Hund oder Katze? Die Nachbarn auch mitbringen? Wir feiern eine Orgie ...« Und lachte und lachte.

Raben linste zu Fehrkamp, der sie anstarrte, als wären sie gerade vom Mars auf der Erde gelandet.

»Der mag Sie nicht, der Fehrkamp, unser Held. Ich seh das von hier aus.«

»Ich wüsste nicht, warum«, erwiderte Raben.

Nun lachte Helldorff so laut, dass Röhm den Kopf wendete und ihn böse anblickte.

»Das gibt eine schlechte Note in Betragen«, flüsterte Helldorff in Rabens Ohr.

Der grinste, obwohl ihm zum Kotzen war. Der Graf hatte in Berlin schon vor der Machtübernahme zur Judenjagd aufgerufen, Goebbels hatte ihn dafür gepriesen. Raben wollte nicht wissen, wie viele Morde der Mann auf dem Gewissen hatte, sofern er eines besaß.

»Es muss Ihnen doch stinken, dass der Fehrkamp frei herumläuft. Ich finde das gut, er hat einen von der Kommune erlegt, Waidmanns Heil!«

»Ich erinnere mich an meine ersten Monate bei der Polizei. Gennat, Lichtigkeit und Nebe haben mir beigebracht, dass Mord verboten ist.«

»Ja, das war damals so. Deswegen haben wir das Judensystem ja abgeschafft.«

Raben sah, wie Fehrkamp erregt mit seinem Nachbarbraunhemd palaverte, immer wieder zu Raben aufschaute, den Kopf schüttelte. Raben verstand natürlich kein Wort, aber er verstand doch, was Fehrkamp sagte: der oder ich.

208.

Röhm hatte ihn zu sich gerufen ins Berliner SA-Hauptquartier in der Hedemannstraße. Er ließ Raben fast zwei Stunden warten. Dann rief ihn ein Blondling ins Büro. Hitlerporträt, ein Säbel an der Wand, eine kleine Reichskriegsflagge auf dem Schreibtisch. Ein Bild von Albert Leo Schlageter auf einer Kommode, mit Trauerflor. Röhm sah Rabens Blick. »Ja, solche Männer sind selten geworden. Aber als die Franzosen ihn im Ruhrkampf '23 hinrichteten, ging ein Ruck durch Deutschland. Aber das haben Sie nicht mitgekriegt, Sie sind ja noch ein Jüngling.«

»Ich habe es erlebt, Stabschef.«

»So, Untersturmführer, ich habe jetzt verstanden, warum mein Freund Heydrich Sie uns geschenkt hat, obwohl ich gar nicht Geburtstag habe, auch der des Führers ist schon lang her. Sie sollen uns ausforschen, ganz einfach. Und Sie haben sich mir noch nicht einmal vorgestellt, tanzen aber schon auf der Veranstaltungsbühne auf dem Alex herum … wie ein schwarzer Pfau.«

»Tut mir leid, wenn ich etwas falsch gemacht habe, Stabschef. Ich wollte Sie unterstützen, und das gerade in der SS-Uniform.«

»Sie wollten mich unterstützen! Glauben Sie denn, dass ich das nötig habe?«

»Unterstützung einer guten Sache kann niemals falsch sein.«

»Ah, hab ich schon gehört. Sie sind ein Meister der Rabulistik. In Wahrheit sind Sie Heydrichs Ohr.«

»Nein, Stabschef, ich soll Ihnen helfen, Ihre Feinde in der SA zu finden.«

»Die brauchen Sie nicht zu finden. Die Scheißkerle kenne ich alle. Sie werden erleben, was es heißt, ein Verräter zu sein.«

»Ich bin kein Verräter.«

»Noch nicht«, sagte Röhm. »Ich rieche den Verrat aus zehn Kilometern Entfernung. Und wenn Sie der verehrte Standartenführer schickt, brauche ich nicht mal zu schnüffeln.«

»Stabschef, ich selbst habe um meine Versetzung zur SA gebeten.«

Röhm blickte ihn schief an und lächelte.

»Der Standartenführer war nicht glücklich darüber«, sagte Raben.

»Dann hätte er Sie nicht schicken sollen.« Er winkte Raben hinaus.

209.

»Dieses verdammte Schwein«, sagte Fehrkamp. »Stellt sich auf die Bühne, als wären wir für ihn angetreten.«

Seine Frau Otilie stand am Herd. »Das ist nicht gerecht.« Sie war glücklich, dass er sich nun wieder bei ihr ausweinte. Die Andere war verziehen und vergessen. Otilie war stolz auf ihren Mann. Der hatte aufs richtige Pferd gesetzt, als die Welt für sie nur Finsternis gewesen war. Aber nun packte der Führer an, und das Volk folgte ihm. »Du bist ein Held, dein Bild war im *VB*, du musst nur noch versuchen, den Kerl zu beseitigen, bevor er dich umbringt. Du oder er. Er ist allein, du hast deine Kameraden. Du darfst nicht mehr allein losziehen, nimm doch den Ehrig mit. Der Werner ist mit allen Wassern gewaschen.«

»Du hast ja recht, Oti«, sagte er.

Sie nickte, blickte ihn an und war zufrieden. Wenn er sie *Oti* nannte, war alles gut.

»Ich ruf Werner gleich an, damit er mich heute Abend zur Versammlung begleitet. Auf dem Weg, wo dieser Scheißkerl mich überfallen hat. Hoffentlich versucht er es noch mal.«

Sie streichelte ihm über den Kopf und stellte eine Flasche Bier auf den Tisch. Er drückte den Porzellanverschluss auf und nahm einen Schluck.

»Nicht, dass du heute wieder so viel trinkst, das nutzt so ein falscher Fuffziger aus, wie beim letzten Mal. Oder du lässt dich von ein paar halbwegs nüchternen Kameraden begleiten. Dieser Raben kann dir gar nichts.«

210.

Das merkte der auch gleich. Er stand in einem Hauseingang und beobachtete, wie Fehrkamp die Straße betrat. Offenbar zusammen mit Ehrig. Die Visage glich jedenfalls dem Fahndungsfoto und Puths Personenbeschreibung. In den Akten aus dem Karl-Liebknecht-Haus fand sich vielleicht eine Personalkarte, obwohl Ehrig die Seiten gewechselt hatte.

Ich Idiot, dachte er. Dort finde ich auch was über Kippenberger. Oder nicht, denn die Kommunisten hatten viele Akten vernichtet, bevor die Nazis das Parteiquartier stürmten. Zuerst die von ihren Leitungskadern. Aber Kippenberger bot ihm einen Vorwand. Auf den Straßen waren Leute, mit Einkaufsbeuteln, Aktentaschen, Rucksäcken. Unter ihnen eine Frau und ein Mann, dazu zwei Kinder, die Schulranzen trugen. Die kamen vom Land, wo sie auf mildtätige Bauern hofften, weil sie die Preise in der Stadt nicht bezahlen konnten. Er hielt Abstand, sodass ihn Fehrkamp und Ehrig nicht sahen. Raben stellte sich auf eine lange Nacht ein. Hypothese eins: Fehrkamp traute sich nicht allein nach Hause, Kameraden würden ihn begleiten. Zweite Hypothese: Ehrig fand nichts dabei, nach Esser auch Raben umzubringen. Dritte Hypothese: Wenn er herausfand, wo Ehrig wohnte, könnte er sich schon den zweiten Täter zurechtlegen. Natürlich könnte er beim Einwohnermeldeamt nachfragen, aber dazu musste er dort erscheinen und sich ausweisen. Der sichere Weg unters Fallbeil. Aber wenn Ehrig nun Fehrkamp schützte, wer schützte Ehrig? Vielleicht konnte er Ehrig als Ersten ausschalten, nachdem der ihm die Namen der anderen fünf Täter genannt hatte. Hier aber konnte er jetzt nichts ausrichten.

Raben ging ins Präsidium. Die Akten fand er nach einigem Stochern in einem Kellerraum. Offenbar hatte noch niemand Lust gehabt, sie zu durchsuchen. Er setzte sich auf den einzigen Stuhl am einzigen Tisch. Die Beute der Durchsuchung war fast so hoch wie der Mount Everest. Raben begann mit dem Gipfel und bedauerte gleich die Kollegen, die das Papierchaos lichten sollten. So was wie eine Personalkartei würde er nicht finden, das war ihm klar. Was ihm als Erstes auffiel, waren die Polizeifahndungsbilder nach den Mördern vom Bülowplatz, Mielke und seinem Genossen Erich Ziemer. Dann dicke Packen zum Volksentscheid über die Fürstenenteignung, mit dem die Kommune auf die Nase gefallen war. Die meisten Deutschen wollten den verjagten Fürsten und Königen Steuergelder nachwerfen, nachdem die Jahrhunderte auf Volkes Kosten geprasst hatten. Pickelhelme allerorten auf Flugblättern und Plakaten, in Zeitungen. Das war die einzige Aktion, die Raben je unterstützt hatte. Kriminalpolizisten sollten unparteiisch sein, am besten keiner Partei angehören. Leute wie Nebe schissen auf derlei Vorschriften, und niemand hatte sie rausgeschmissen. Zum Ausgleich, könnte man sagen, wurden Kommunisten gar nicht erst in den Dienst aufgenommen. Die einen waren *nationale Kräfte*, die nach ihren Verbrechen Richtern Tränen der Rührung in die Augen trieben. Die anderen galten als Zersetzer, Feinde des Reichs, Trojanische Pferde Moskaus.

Raben fuhr hoch, als sich die Tür öffnete. Lichtigkeit trat ein, setzte sich auf die Tischecke.

Raben erhob sich und reichte dem Kommissar die Hand.

»Beeilen Sie sich, das Zeug kommt bald in die Prinz-Albrecht-Straße, dann haben Sie es nicht mehr so weit.«

»Hat mich gewundert, dass es nicht schon längst da ist.«

»Ihre neuen Chefs brauchen diesen Papierberg kaum noch. Sie benutzen die Karteien, die ihre sozialdemokratischen Vorgänger über die Moskowiter angelegt haben.«

Raben nickte. »Nur finden sie darin nichts über die Sozis.«

Lichtigkeit zwirbelte seinen Kinnbart und lachte. »Sie Schlaumerker. Wie geht es Ihnen dort?«

Seit dem Umzug in die Prinz-Albrecht-Straße im vergangenen Mai hatte er ein Einzelbüro wegen der Kippenberger-Sache. »Ich suche nach Kippenberger, vielleicht finde ich hier etwas.«

»Alles, was wichtig ist, hat sich Heydrich schon geholt. Hat er Ihnen nichts abgegeben?«

Raben schüttelte den Kopf.

»Typisch. Bei dem darf die eine Hand nicht wissen, was die andere tut. Nehmen Sie sich vor dem in Acht. Der kann höflich, ja gewinnend sein. Er ist intelligent und verschlagen. Und wenn es drauf ankommt, brutal. Die haben Thälmann halb zu Tode gefoltert, aber der hat nichts gesagt. Alle Achtung, der Typ ist nicht mein Fall, aber alle Achtung«, wiederholte Lichtigkeit. »Und mit dem Kippenberger veranstalten die das Gleiche. Das sind Wölfe mit guten Tischmanieren, Heydrich jedenfalls. Kann mit Messer und Gabel essen, aber er ist sadistisch, rücksichtslos. Wenn sein Reichsführer ihm sagt: Bring alle Kommunisten um, dann tut er das, mit einem Lächeln im Gesicht. Wenn es dem gefällt, lässt er Sie vom einen auf den anderen Tag fallen, direkt in die Hölle.«

»Könnten Sie nicht den Dicken bitten, mich anzufordern?«

»Darüber hat Gennat schon nachgedacht und es vielleicht schon mal angesprochen.«

»Und?«

»Die SS hält Sie für den besten Jagdhund im Reich. Wenn die etwas glauben, muss es ja stimmen. Und wenn es doch nicht stimmt, na, dann guten Abend.«

»Sie machen mir echt Mut!«

»Soll ich Ihnen Zucker in den Arsch blasen?«
»Nein, natürlich nicht«, sagte Raben.
»Wie geht's Ihrer Frau?«

211.

Der kleine Karl schrie, als wollte Heydrich ihn aufspießen. Aber es war nicht der SD-Chef, es war wieder ein Zahn. Lena malte sich aus, ob er bei allen Zähnen so schreien würde. Sonst hatte sie die üblichen Sorgen. Dass die Gestapo entdecken würde, wie es um ihren Ariernachweis stand. Dass sie Karls Doppelspiel auffliegen lassen würden und er vor dem Volksgerichtshof landete, den des Führers weiser Entschluss geschaffen hatte. Eine Kopf-ab-Fabrik, die sich Gericht nannte. Hatte Karl gesagt, ohne blass zu werden, obwohl dieses Gericht für Fälle wie seinen zuständig war. Sie hörte ihn nachts stöhnen und plappern, ohne ein Wort zu verstehen. Manchmal fuhr er nass geschwitzt hoch. Manchmal schlief er gar nicht, tat aber so, als ob. Er war nervös geworden und leicht reizbar. Sie ertrug es, da sie wusste, warum er so war, obwohl er es sich nicht eingestand. Und ihr schon gar nicht. Zumal sie ihm dankbar war, dass die Schikanen gegen Juden an ihr vorbeigingen. Doch ein Fingerschnips von Heydrich oder Karls neuem Vorgesetzten, diesem Heinrich Müller, und sie wäre geliefert.

Bisher verdankte sie Karl und Heydrich immer mehr. Als jüdische Journalistin dürfte sie nicht mehr schreiben. Ihr Schriftleiter, wie das jetzt hieß, musste Arier sein. Wolff war längst nach Südfrankreich entschwunden. Wagner arbeitete aber weiter als Kriminalreporter. Nachdem sie ihm erzählt hatte, dass kein Tropfen Judenblut in ihren Adern floss und den Ariernachweis zeigte, war Wagner erst baff, dann lachte er fröhlich. »Dann wäre die *jüdische Frage* ja gelöst.« Er wieherte, wie sie ihn nie lachen gesehen hatte. Er schlug mit der Hand auf den Tisch, griff die Prothese, und nur ihrem heroischen Einsatz war es zu verdanken, dass er das Mobiliar nicht klein schlug. »Die wollen uns verarschen«, sagte er. »Diese Drecksäcke, diese verfluchten Drecksäcke. Berufsverbot für jüdische Lehrer, Rechtsanwälte, Gemeindearbeiter, Ärzte, Hebammen …« Er zog einen Zeitungsausriss aus der Schublade:

Als nicht arisch gilt, wer von nicht arischen, insbesondere jüdischen Eltern oder Großeltern, abstammt. Es genügt, wenn ein Elternteil oder ein Großelternteil nicht arisch ist. Das ist insbesondere dann anzunehmen, wenn ein Elternteil oder ein Großelternteil der jüdischen Religion angehört hat.

»Das kenn ich. Aber meine Mutter stammt praktisch von Hermann dem Cherusker ab. Haben wir schriftlich, so etwa.«

Wagner blickte sie an, wischte sich die Augen trocken. »Diese verdammten Dreckschweine. Diese selbstherrliche Gangsterbande. Man sollte auswandern.«

»Sie sind doch kein Jude.«

»Können Sie es nicht verstehen, dass man keine Lust hat, nach deren Pfeife zu tanzen? Dass dieser klumpfüßige Zwerggermane Goebbels einem vorschreibt, was man schreiben darf und was nicht?«

»Doch, natürlich. Sie werden immerhin nicht zur Auswanderung gedrängt wie die Juden, die aus Dankbarkeit noch per Reichsfluchtsteuer ausgenommen werden wie Suppenhühner.«

Wagner blickte sie an, nickte. Öffnete noch einmal die Schreibtischschublade und zog ein Blatt hervor. »Das nennt sich Arbeitsvertrag, der neue Chef hat schon unterschrieben. Wenn Sie also was zu meckern haben, wenden Sie sich an ihn.«

Sie saß wie erstarrt. Dann sagte sie: »Der hat vermutlich mit Goebbels' jüngsten Vorschriften genug zu tun.« Sie las den Vertrag nicht mal, sondern unterschrieb.

»Haben Sie jemanden, der auf Karl den Kleinen aufpasst?«,

fragte Wagner. »Sie brauchen nicht jeden Tag hier rumsitzen. Ich ruf Sie an, wenn ich über eine Leiche stolpere.«

»Sie kennen das Risiko, dass der Chef und Sie eingehen?«

»Heydrichs Wort ist mir heilig.«

»Sie sind ja ein richtiger Nazi geworden.«

»Ich hatte schon immer einen Germanenfimmel. Machen Sie sich keine Sorgen …«

212.

Diesmal stand kein Auto vor der Haustür. Thea Kippenberger musterte Raben. »Dann kommen Sie rein. Mein Mann meint, er hätte schon üblere Bullen getroffen.«

In Rabens Hirn schrillte die Alarmschelle.

Als hätte sie es gehört: »Ich habe keine Ahnung, warum mein Mann solche Stücke auf Sie hält. Er wird es nicht verraten, der Geheimniskrämer. Irgendwann wird er die eigene Existenz abstreiten.«

Raben lachte leise. Er setzte sich aufs Sofa, sie auf einen Sessel. An der Wand hing ein Hitlerbild. Raben deutete darauf.

»Jeder gute Deutsche sollte ein Bild des Führers an die Wand hängen.« Sie erhob sich und drehte es um. Nun lächelte Thälmann ins Wohnzimmer. Schwer zu sagen, ob er die karge Ausstattung mochte.

»Ich hoffe, dass Sie keinen Besuch kriegen.«

»Nicht mehr. Nachdem die mich durch alle Trockenmangeln Berlins gedreht haben …«

»Tut mir leid.«

Sie winkte ab. »Ich hoffe nur, dass mein Mann bald verschwindet. Ewig geht das nicht gut.«

»Ich würde Ihren ehemaligen Mann gern sprechen.«

»Sie sind ja richtig witzig.«

»Außer Ihnen behauptet das niemand.«

Sie verzog das Gesicht. »Ich habe ja nichts zu sagen. Kommen Sie in zwei Wochen wieder … oder Sie lassen mir eine Nachricht da.«

»Ich sage es Ihnen. Nichts Schriftliches. Merken Sie es sich gut.«

»Gut.« Sie blickte ihn neugierig an.

»Fragen Sie ihn, ob er mir was über einen Werner Ehrig sagen kann. Der war beim RFB und ist zur SA übergelaufen. Ich brauch alle Informationen, die Ihr geschiedener Mann hat.«

»Darf ich fragen, warum?«

»Er hat Esser ermordet und zieht mit diesem Fehrkamp durch die Gegend, der den Überfall in der Kneipe angeführt hat.«

»Das sind doch Helden der Bewegung.«

»Unbedingt.«

213.

»Guck mal, auf dem Tisch.«

Raben nahm das Blatt in die Hand und setzte sich. »Unglaublich.«

»Ich habe den Vertrag unterschrieben, aber ein blödes Gefühl. Irgendwann fliegt uns die Lügerei um die Ohren.«

»Vermutlich«, sagte er leise. »Aber jetzt freue ich mich für dich und für uns. Und was machen wir mit Karl dem Kleinen?«

»Meine Mutter …« Sie blickte ihn an, aber er reagierte nicht.

In seiner Brust klemmte es. Er versuchte durchzuatmen, aber die Schmerzen blockierten seine Rippen. Schweiß nässte Stirn und Brust.

»Was ist?«, fragte Lena.

»Es tut hier weh«, erwiderte er und zeigte auf seine Brust.

»Du musst zum Arzt.«

»Zu welchem? Doktor Rosen darf uns nicht mehr behandeln …«

»Wenn ich ihn anriefe? Uns als Freund besuchen … Die Bekanntschaft zwischen einem Juden und einem Arier haben sie noch nicht verboten.«

Er nickte. »Da müssen wir uns beeilen, weil morgen auch das verboten wird. Auf KZ habe ich keine Lust.«

Sie telefonierte und kehrte zurück. »Was du treibst, ist zu gefährlich. Seit ich dich kenne, geht's um deinen Kopf … deine Arbeit, Entschuldigung.«

»Sprich's ruhig aus. Ich halte mich auch für verrückt. Ich will möglichst wenig über meine Arbeit nachdenken. Aber wenn ich es tue, weiß ich, dass ich auf dem Weg nach Plötzensee bin. Nichts und niemand kann mich retten. Wenn Heydrich rauskriegt, was ich wirklich tue, dann vergisst er den Ariernachweis.«

Sie hatte Tränen in den Augen, kniete neben ihm nieder, nahm seine Hand und küsste sie. »Du sollst wegen uns keine Angst haben.«

»Leicht gesagt …«

Sie saßen schweigend, bis es klingelte. Sie erhob sich und kehrte mit einem alten, dünnen Mann zurück, von dessen Hut es tropfte. Er putzte seine Brille mit einem Tuch. »Ziehen Sie sich aus und legen Sie sich auf Ihr Bett. Und das bitte sofort.«

Raben spürte, wie die Schmerzen nachließen.

»Haben Sie Schmerzen im Arm?«, fragte Doktor Rosen, während er mit dem Stethoskop Rabens Brust abhörte.

»Nein.«

»Gibt es irgendetwas, das Sie privat oder beruflich belastet? Mehr als üblich?«

Raben nickte. »Nichts Privates. Der Rest fällt unter Dienstgeheimnis.«

»Ängstigt es Sie, dass ich Sie behandle? Es ist ja verboten.«

»Nein«, sagte Raben. »Sie haben mich besucht, um mir mitzuteilen, dass ich mir endlich einen arischen Arzt suchen soll. Und dann gab es einen … Notfall.«

»Ich hoffe, Ihnen fallen immer so schöne Geschichten ein. Ziehen Sie die Decke über.«

»Ist es das Herz?«, fragte Raben.

»Nein«, sagte Rosen. »Das schlägt ein bisschen schnell, bei Angstattacken ist das normal.«

Lena saß am Fußende und starrte den Doktor an.

Raben nickte. »Das mag sein. Ich wusste aber nicht, dass die solchen Schmerz bereiten. Dass sie einem vorkommen wie ein Herzinfarkt.«

»Sie haben keinen Herzinfarkt«, sagte der Doktor. »Sie haben Angst, aber nicht vor etwas, das Sie hier und jetzt bedroht, sondern vor etwas, das nicht hier … wohnt. Sie tun Dinge, die Ihnen Angst machen oder gemacht haben. Im letzten Fall kann das bis in die Kindheit zurückreichen.«

»Und was kann ich dagegen tun?«

»Nicht viel. Situationen vermeiden, die Angst erzeugen. Oft erkennen Patienten diese Situationen aber nicht. Besorgen Sie sich Baldriantropfen, aber nehmen Sie nicht zu viel. Am besten vor dem Schlafen oder wenn eine Attacke auftritt. Das entspannt. Es gibt viel Quacksalberei, Johanniskraut können Sie aber auch versuchen. Wenn beides nicht hilft, statte ich Ihnen wieder einen Besuch ab, um Ihnen einen arischen Arzt zu empfehlen.«

»Was bin ich Ihnen schuldig?«, fragte Raben.

»Sie haben schon bezahlt.«

»Danke.«

»Diese Angst. Sie ist schmerzhaft, manchmal sehr schmerzhaft, aber gestorben ist noch keiner dran. Vermeiden Sie Belastungen. Soll ich Frau Giebig von Ihnen grüßen?«

»Aber ja«, sagte Raben.

»Ich habe noch Kleider von der Schwangerschaft. Vielleicht könnte sie die enger machen, meine alten Maße hat sie ja noch.«

214.

»Ehrig?«, fragte Kippenberger. »Nie gehört.«

»Frag mal rum, ist für deinen Freund.«

Kippenberger lachte. »So weit ist es gekommen, dass ich einen Bullen als Freund brauche.«

»Der ist mutig und schlau«, erwiderte Thea. »Wenn wir dem einen Gefallen tun, schuldet er uns einen.«

»Raben hat, was das angeht, einen Vorsprung.«

Sie lächelte. Das waren Augenblicke, in denen sie die Scheidung bereute. Aber es war nichts mehr zu machen. Sie waren Freunde geblieben, immerhin. Er würde nie aufhören, sich mit anderen Frauen einzulassen. Und ihr versprechen, dass die letzte Affäre die letzte blieb. Sie verstand gut, dass Genossinnen ihn bewunderten. Er sah gut aus, war ein geborener Redner und intelligent. Sie bewunderte ihn schon dafür, dass er den Nazis bisher entkommen war.

Im *Café Kranzler* war nicht viel los. Sie saßen an der Wand, dem Eingang gegenüber, den er im Blick hielt. Sie hatten Torte und Kaffee bestellt und sahen aus wie ein Paar, dem es nicht schlecht ging. Er trug das Nazi-Parteiabzeichen, was sie als Provokation empfand. »Man kann es auch übertreiben.«

»Man darf die Erwartungen nicht bedienen«, sagte er.

»Bitterkeit frisst einen auf«, sagte Thea. »Lass die Ulbrichts und Piecks befehlen und mach, was du für richtig hältst. Aus der Partei jagen können Sie dich jetzt nicht.«

»Fehlt noch, dass die mich als Verräter anschwärzen.«

»Nun mal den Teufel nicht an die Wand.«

»Da hängt er doch schon.« Er deutete auf das Hitlerbild.

Sie lachte.

»Was den Bullen angeht, ich werde mich nach Ehrig umhören. Die RFB-Personalkartei ist vernichtet, aber ich kenne RFB-Genossen, die noch frei herumlaufen.«

215.

Karl der Kleine hatte nun eine neue Bedienstete, die Oma. Die so flott bei Rabens einzog, als hätte sie auf dem Koffer gesessen. Das beruhigte ihn. Auch weil Lena öfter in die Redaktion gehen konnte, was sie ablenkte und ihre Laune besserte. Er mutete ihr viel zu, aber er fühlte sich wie in einer Zwangsjacke. Er hatte keine Wahl, er musste Fehrkamp erledigen und Ehrig und die anderen Mörder. Er kam sich vor wie als Junge beim Schlittenfahren. Die Freude, wenn er den Buckel heruntergerast war. Nur wartete jetzt nicht die Mühe, den Schlitten hochzuziehen, sondern der Tod. Für die Gestapo war er ein kommunistischer Agent, wenn er aufflog. So falsch war das nicht. Es war ihm, als hätte das Schicksal ihn an einen Abgrund geführt, um ihm schließlich einen Schubs zu geben. Jetzt würde es schwierig werden, mit Lena darüber zu sprechen. Die Schwiegermutter hielt Folter nicht durch. Je mehr Leute von seinem Doppelspiel wussten, desto gefährlicher wurde es. Eine falsche Silbe in der falschen Umgebung, und er war geliefert. Heydrich würde ihn hassen, wie man Verräter mehr hasste als Feinde. Seine Ängste hatten mehr Gründe, als er zählen konnte. Er wachte morgens auf mit dem Gefühl, am Abend schon erwischt zu werden. Dagegen half weder Baldrian noch Johanniskraut.

Und wenn sie ins Ausland gingen? Er hatte das schon ein paarmal überlegt. Aber wovon sollten sie leben? Sie wären wie Analphabeten, niemand interessierte sich für Lenas Schreiberei. Und niemand für einen Gestapo-Mitarbeiter, den irgendein Geheimdienst ausquetschte und dann wegwarf wie Zitronenschalen. Was würde mit Elisabeth geschehen? Sie müssten sie mitnehmen, damit Heydrich seine Wut nicht an ihr ausließ.

Er erreichte die ehemalige Kunstgewerbeschule, in der nun die Gestapo hauste, Zellen im Keller, Folterkammer eingeschlossen.

Manche Gesichter dort unten hatte er erkannt, als Heinrich Müller ihn zur Besichtigung bat. Sozialdemokratische und kommunistische Abgeordnete, Journalisten, viele Arbeiter, Gewerkschafter. Manche hatten die Folterknechte schwer misshandelt, sie blickten Raben nicht an, wenn Müller eine Zellentür öffnete, als ob sie sich schämten.

»Schauen Sie sich die Schweine genau an«, sagte Müller, als wollte er Raben warnen.

Er hatte die zerschundenen Gesichter und gebrochenen Blicke vor Augen, jeden Tag und jede Nacht. Er sah sich in einer Zelle mit Blechnapf und Löffel. In Erwartung der Männer, die ihm die Fingernägel rausreißen würden, nachdem sie ihn windelweich geprügelt hatten. Sie brauchten kein Gericht und kein Todesurteil, er würde die Prinz-Albrecht-Straße 8 nicht lebend verlassen.

216.

»Wir müssen weg«, sagte Lena. »Ich habe die ganze Nacht wach gelegen und alles hin und her gewälzt, das geht nicht gut.« Sie blickte Karl traurig an.

Elisabeth musterte erst ihre Tochter, dann Raben.

»Und zwar alle vier«, sagte Lena. »Nach Rotterdam.«

»Aber doch nicht wegen mir. Mir passiert hier schon nichts«, sagte die Mutter.

»Wegen uns allen. Wegen des gefälschten Ariernachweises, mit dem uns Heydrich in der Hand hat. Wegen meiner Arbeit in der Redaktion. Wegen Karl dem Großen. Wegen Karl dem Kleinen, den ich dieser Bande nicht ausliefern will. Stellt euch vor, der kommt aus der Schule und sagt Heil Hitler! Tritt in diese Scheiß-Hitlerjugend ein und wird Soldat für den Führer aller Germanen, der so unbedingt einen Krieg will, wie er seine Friedensliebe beteuert. Wenn ich weiter nachdenken würde, fielen mir noch tausend weitere Gründe ein. Angefangen beim Blockwart im Erdgeschoss, der seine Nachbarn bespitzelt. Der grüßt neuerdings so aufdringlich. Wie geht es uns denn? Was macht der werte Gatte? Und der kleine Karl, hat er alle Zähne gekriegt? Dank des neuen Staats wird ja nun an die Kinder gedacht. Was haben viele in der Systemzeit hungern müssen, damit sich die Juden den Wanst vollschlagen konnten.«

»Es ist nicht auszuhalten«, sagte Elisabeth.

Raben überlegte. »Ich denke darüber schon eine Weile nach. Wie wir leben, das kann nicht gut gehen. Wir müssen an den Kleinen denken.«

»Wir müssen auch an uns denken«, sagte Lena. »Wie wirst du dich fühlen, wenn du am Nordseestrand sitzt, nachdem du weggelaufen bist? Du hast ja noch Aufträge, die wenigstens ich wichtig finde.«

»Erst sagst du, dass wir fliehen sollten, und jetzt ...«

»So sieht es in meinem Kopf aus. Heute so, morgen so.«

»Wenn du Urlaub beantragst und den in Holland verbringst, mit Karl und Mutter?«

»Dich hierlassen?«

»Erst einmal. Ich erledige meinen Fall und komme nach.«

Sie blickte ihn lang an und schüttelte den Kopf.

»Wenn's länger dauert, wird Mutter eben krank. Einen Arzt, der das bezeugt, findest du dort leicht.«

»Ich glaube nicht, dass du deinen Fall in den nächsten Wochen abschließen kannst«, sagte Lena.

217.

Heydrich klopfte mit einem Bleistift auf den Schreibtisch. »Ich habe mit Müller gesprochen. Raben versucht gerade, Kippenbergers Geschiedene rumzukriegen.«

»Das ist nicht dumm«, sagte Eckes.

»Das ist ja gerade das Problem, der Raben ist zu schlau. Er wäre der geborene Doppelspieler. Vielleicht setzen wir ihn demnächst in der Spionageabwehr ein. Wenn wir ihm nicht vorher die Rübe abhacken müssen. So jung und schon so ausgekocht. Ich habe immer wieder den Eindruck, der verarscht uns.«

»Was halten Sie von einer Gegenüberstellung mit der wirren Witwe?«

»Warum sind Sie da nicht längst draufgekommen?«

»Tut mir leid, Chef.«

Heydrich lachte. »Der ist schlauer als Sie. Wenn er der Mann ist, der das Sturmlokal unserer verehrten SA-Kameraden überwacht hat, wollte er Fehrkamp ermorden. Ob im Auftrag, ob aus Ehrgeiz, ob aus Rachsucht, das finden wir heraus. Wenn Müller die Gegenüberstellung macht, kann er Raben gleich in den Keller sperren und ihn durch die Mühle drehen. Ich will keinen Prozess, das erweckt nur Aufsehen, und nicht alle Richter wissen schon, was sie zu tun haben. Denken Sie nur daran, dass diese Paragrafenscheißer Dimitroff und seine Genossen im Reichstagsbrandprozess freigesprochen haben. Seitdem sitzen die in Moskau am Mikrofon und pissen uns an. Wie der Bulgare dem Göring im Gerichtssaal in den Hintern getreten hat, das war allerdings große Kunst. Muss man anerkennen, aber sagen Sie's nicht weiter. Jedenfalls will ich so was nicht mit Raben erleben. Klar? Er war ein kommunistischer Agent, der den SD infiltriert hat, weshalb öffentlich nichts verlautbart wird. Ich rede mit Goebbels. Aber jetzt warten wir die Gegenüberstellung ab.«

»Jawohl, Standartenführer.«

218.

Ehrig, Ehrig, Ehrig. Kippenberger hatte die Frage in die Zellen gegeben. Die traurigen Reste des M-Apparats suchten ihn auch. Wenigstens die Adresse, Mann, die sollte sich doch finden lassen. Raben wollte ein Geschenk. Hatte er sich verdient. Aber wie kamen sie an den Verräter ran? Wenn Raben den Renegaten erledigen wollte, umso besser. Kippenberger saß in seiner Geheimwohnung, beobachtete, wie die Müllabfuhr die Tonnen auf die Straße schaffte, wo der Laster wartete. Es klapperte, kratschte, schlurchte und knallte. Eine Frau schob ihr Fahrrad zum Ausgang, wartete, bis sie an den Müllmännern vorbeikam. Die dunklen Wolken waren verschwunden, der Himmel war blau, die Luft kalt. Aber die Kastanie trieb ihre Blüten in die Sonne. Mächtig griff sie aus nach dem Licht. Sie würde die Nazis genauso vergessen wie den Kaiser und den Dreißigjährigen Krieg.

Wie lange würde er sich halten können? Wann musste er fliehen, wann Thea? Ihm wäre es am liebsten, sie wäre in die Sowjetunion abgehauen. Aber ohne ihn wollte sie es nicht. Die Nazis hatten ihr nichts getan, und sie hatten keinen Grund bisher. Aber seit wann brauchten die Gründe? Vielleicht hatte Thea Angst vor Moskau. Sie hatte dieses und jenes gehört, scharfe Anklagen gegen Genossen im Moskauer Radio. Sie suchten faschistische Spione. Sie hatten vor ein paar Jahren Ingenieure angeklagt, die meisten verurteilt, einige hingerichtet. Unter den Angeklagten im sogenannten Schachty-Prozess waren auch Deutsche gewesen, die aber mit dem Leben davonkamen. Für Kippenberger war der Fall klar, die Nazis unterhöhlten die Sowjetmacht, sie bedienten sich der deutschen Minderheit. Unter den Flüchtlingen aus Deutschland steckten auch Agenten. Das war doch offensichtlich. Für Thea war das nicht so klar. Je länger sie Radio Moskau mit Kopfhörern unter der Bettdecke hörte, desto mehr wuchs ihre Angst. Lenins Genossen waren bis auf Ausnahmen entmachtet. Bucharin, der »Liebling der Partei«, wie Lenin gesagt hatte, Bucharin, einst Chef der Kommunistischen Internationale, entmachtet, mit ihm ausgeschaltet Kamenew, Sinowjew, die in aller Welt gepriesenen oder verfluchten Bolschewiken der ersten Stunde. Kippenberger fand dafür Erklärungen, die ihm logisch erschienen. Thea dagegen glaubte kein Wort. »Sie haben einen neuen Gott in Moskau. Er heißt Stalin.«

Das Telefon klingelte. »Herr Doktor Schmidt?«

»Nein, hier ist Professor Arnold.«

»Sehr gut. Ihr Taxi steht bereit.«

Er wartete, bis die Dämmerung anbrach. Fuhr in der S-Bahn, dann im Bus, dann in der U-Bahn zum Halleschen Tor, bis er sicher war, nicht verfolgt zu werden. Dann ging er in die Friedrichstraße und betrat die Gaststätte *Dampfroß*. Er erkannte die Genossin sofort. Er würde ihr gleich sagen, dass sie zu gut aussah und sich die Schminke hätte sparen sollen. Ihre Augen folgten ihm. Sie kannte ihn von früher, als man die Berliner Luft noch atmen konnte, ohne dass einem übel wurde.

Er stellte sich an den Tisch: »Ich bin …«

»Professor Arnold. Nennen Sie mich Maja.«

Er setzte sich, winkte den Wirt herbei. Die Flecken auf dessen Lederschürze sahen nach Blut aus. Sein Hirn spielte ihm diesen Streich als Erinnerung, was ihm blühte, wenn er einen Fehler machte.

»Ein Wasser, eine Molle«, sagte Maja.

Der Wirt verschwand hinterm Tresen. Kippenberger sah sich unauffällig um. Zwei Männer am Tisch neben dem Vorhang hinter der Eingangstür. Eine Gruppe HJ-ler beschäftigte sich mit Brause und klopfte Sprüche. Jugendlicher Größenwahn, den die Nazis gern bedienten. Sport, Spiel und Waffen. Ihnen sollte die Welt gehören, sagte der Führer, sagten die Funktionäre.

»Bist du wahnsinnig!«, sagte Kippenberger und lächelte, obwohl ihm nicht danach zumute war. »Du kannst doch nicht einfach für mich bestellen. Das mag dir forsch und schick erscheinen, lenkt aber die Aufmerksamkeit auf uns.«

»Entschuldigung…«

»Wenn du nicht im Gestapo-Keller enden willst, schalte deinen Grips an und nie wieder aus.«

»Ich werde daran denken.«

Kippenberger blickte in ihre großen blauen Augen in einem Madonnengesicht. Schwarze Haare, halblang, die in einer Welle ausliefen. In anderen Zeiten… aber lassen wir das, dachte er. Der Wirt servierte. »Zum Wohlsein«, krächzte seine Raucherstimme. Auf dem Tresen qualmte eine Zigarre, deren Geruch sich mit dem von Sauerkraut vermischte. Auf der Tafel über der Küchentür hinterm Tresen wurde es als Tagesgericht angepriesen, mit Bockwurst und Bier für eins fünfzehn.

Sie schob Kippenberger einen Zettel zu. Der zügelte seine Wut. Hatten die Nazis sie umgedreht? War sie schon immer Nazi-Spitzel gewesen?

Wollankstr. 36

stand auf dem Zettel.

Kippenberger zündete sich eine Zigarette an, zerknüllte den Zettel, ging auf die Toilette, zerriss ihn und spülte ihn runter. Mit der Zigarette im Mundwinkel kehrte er zurück.

»Du wirst nie wieder einen Zettel mit dir rumtragen, verstanden?«

»War nur eine Adresse… weniger als das.«

»Du verstehst es nicht. Ich befehle dir, dich aus allen Parteistrukturen zu entfernen und das Leben einer braven Bürgerin zu führen. Einfach die Klappe halten, dann passiert dir nichts. Ich werde deine Zelle auflösen. Du verlässt das Lokal als Erste.«

Sie wurde blass. »Bitte nicht… die Straße liegt in der Nähe von Gesundbrunnen, es ist die alte Adresse von diesem Ehrig. Ob er noch da wohnt, weiß ich nicht.«

Er winkte dem Wirt, trank sein Bier aus und bezahlte. Er nickte ihr zu. Sie erhob sich, blickte ihn traurig an und ging zur Tür. Als sich der Vorhang hinter ihr schloss, eilte er zurück zur Toilette und verließ die Gaststätte durch den Hinterausgang. Er zwang sich, nicht zu rennen, und erreichte durch die Hinter- und Vordertür des gegenüberliegenden Häuserblocks die Straße. Er schlug Haken, drängte sich an eine Hauswand um die Ecke und wartete. Die Hand am Revolvergriff in der Manteltasche.

219.

»Der Kriminalinspektor Müller erwartet Sie schon«, sagte der Pförtner.

Raben klopfte an Müllers Vorzimmertür und öffnete.

»Ah, der Untersturmführer Raben. Ob Sie vielleicht einen Augenblick warten können?« Die Sekretärin lächelte ihn an. »Wollen Sie einen Kaffee. Ich hätte auch einen Schusterjungen für Sie, mit Käse.«

»Vielen Dank, ich habe gerade gefrühstückt.« Er hatte keinen Bissen runtergekriegt, und hätte er von einem Treffen mit Müller gewusst, hätte er nicht mal geatmet. Im Brustkorb klemmte es. Eines Tages würde ihn das Verhängnis treffen, er spielte schon zu lang mit dem Feuer. Er hatte seine Chefs betrogen, angelogen und seinen Privatkrieg geführt. Er hatte mit Deutschlands meistgesuchtem Kommunisten gekungelt, statt ihn zu verhaften. Sie hätten längst abhauen müssen.

Irgendwo klappte eine Tür. Stimmen, Müllers erkannte er. Eine Frauenstimme dazu, leise. Eines seiner Opfer. Müller war ein sadistisches Schwein, der gern selbst Hand anlegte beim Foltern. Er unterschied sich nicht von Heydrich, außer dass der vornehmer tat als ehemaliger Marineoffizier. In Wahrheit war er längst ein Menschenschlachter. Hatte zusammen mit seinem Meister

Himmler bei Dachau das Muster-KZ bauen lassen, weitere würden folgen.

Er blickte zur Sekretärin, die Ordner in einem Regal sortierte. Er hätte es lieber gesehen, sie hätte getippt. Das Geklapper hätte ihn vielleicht abgelenkt. Als sie ihm den Rücken zukehrte, wischte er sich mit dem Taschentuch die Stirn trocken. Das Unterhemd klebte, er fror. Die Rippen zwängten die Lunge ein, jeder Atemzug schmerzte. Er zwang sich, sich auf das Treffen mit Müller einzustimmen. Was wollte der? Er war zuständig für Kommunisten und weitere Menschen, welche die Nazis als ihre Feinde betrachteten, Juden zuerst, aber auch Freimaurer, die Zeugen Jehovas und andere Sekten. Für alle Deutschen durfte es nur einen Gott geben: den Führer.

Wieder klappte die Tür.

Müller wollte sich nach dem Stand der Kippenberger-Fahndung erkundigen, das war doch klar. Raben legte sich seine Antworten bereit. Was konnte Müller noch wollen? Einen neuen Auftrag? Vielleicht hatten sie mitbekommen, dass Kippenberger sich in Moskau zusammen mit Mielke volllaufen ließ. Die Bullenmörder.

Ein neuer Fall vielleicht? Aber warum sollte Müller ihm den übertragen? Warum nicht Heydrich? Gut, wenn Schluss war mit dem Sonderauftrag.

Auf dem Flur klackten Stiefel. Fester Schritt, in dem die Unbedingtheit mitklang. *Klack, klack, klack.* In perfekter Abfolge, jeder Schritt so laut wie der andere. Raben glaubte, dass Heydrich durch den Flur ging. Schon der Schritt beeindruckte. Ausgleich für seine hohe, unmännliche Stimme, fabulierte Raben. War doch besser, Küchenpsychologe zu spielen, als wie ein Kaninchen seinem Ende entgegenzuzittern. Aber er zitterte trotzdem in seinem Innern, und die Klammer um seine Brust schloss sich weiter. Er hätte bei jedem Atemzug vor Schmerz schreien können.

Es summte, die Sekretärin nahm den Hörer. »Ja, er wartet schon.«

Er öffnete die Tür und sah eine Frau, die Müller gegenüber am Schreibtisch saß.

»Ja, kommens doch rein«, sagte Müller in seinem jovialen Missmut, den er nur verlor, wenn er mit den anderen Heydrich-Importen aus München Schafskopf spielte.

Die Frau wendete den Kopf, sah Raben und nickte ihm zu. »Guten Tag!«, sagte die Witwe Kessler, aus deren Wohnzimmer er Fehrkamp beobachtet hatte.

Sein Herzschlag setzte aus. Er suchte eine Stütze, fand keine und sank zu Boden. Dann war alles schwarz.

220.

Lena sah die Stirn zuerst, sie glänzte. Dann drängte sich der Rest des neuen Schriftleiters Paul Scheffer in Wagners Büro. Er war auf Druck Goebbels' und Görings eingesetzt worden, nachdem SA-Verwalter die Zeitung dem Bankrott nur näher gebracht hatten. »Wir brauchen was für Seite 3. Ich weiß, die neue Regierung ist dabei, das Verbrechen zu besiegen, bald gibt es nichts mehr zu berichten. Aber vielleicht doch ein paar Zigeuner als Taschendiebe? Oder Jungs, die Tante Emma beklauen, um sich einen zu geben. Ein Einbruch, an einen Banküberfall wage ich nicht zu denken. Randale auf einem Markt, böse Kommunisten wie der Reichstagsanzünder Marius van der Lubbe, der aber kein Kommi war und dessen Kopf nicht mehr am biologisch richtigen Ort sitzt …«

»Wir können den ja ausgraben und einen Beweis finden, dass ein Mann mit solchem Skelett gar nicht allein den Reichstag anzünden konnte«, erwiderte Wagner. Er verachtete Scheffer, weil der in einem Leitartikel die Unterwerfung unter die Nazis verkündet hatte.

Wagner hatte Zynismusanfälle. Das Leben war zu beschissen, um darüber zu scherzen. Doch er wusste, der Chefredakteur reagierte so auf den Druck, der auf ihm lastete.

»Sind Sie gerade eingenordet worden? Goebbels persönlich? Im Propagandaministerium, das, welch Widerspruch in sich, der Volksaufklärung dienen soll?«, fragte Wagner bitter.

»Dreimal ja.«

Lena saß auf einem Stuhl in der Ecke und blickte von einem zum anderen.

Scheffer zog einen Zettel aus der Hosentasche und reichte ihn ihr. »Lag auf meinem Schreibtisch. Sie sollen zur Gestapo, einem Herrn Müller … sind das eigentlich *Herren*?«

Ihr erster Gedanke galt Karl. Der Magen verkrampfte sich. Sie erhob sich, den Zettel in der Hand.

»Ich hoffe, es ist nichts Ernstes«, sagte Scheffer.

»Soll ich Sie hinbringen?«, fragte Wagner.

»Ja … nein, es geht schon.« Es würde doch auffallen, wenn sie Beistand brauchte. Wer Angst zeigte, hatte was ausgefressen. »Wirklich nicht«, erwiderte sie auf Wagners Blick.

»Ich möchte, dass Sie mich anrufen, sobald Sie das Gestapa verlassen haben, ja?«

»Versprochen. Auf Wiedersehen.« Mehr ein Wunsch als ein Gruß.

Sie ging zu Fuß, sah die Passanten nur als Schatten. Was sollte aus Karl dem Kleinen werden? Sie hatte schlimme Dinge gehört. Zwangsadoptionen, aber galt das auch für Juden? Die Mutter, vielleicht würde sie ihn aufziehen dürfen? Vielleicht konnte sie mit dem Kleinen ins Ausland, wo Juden nicht wie Dreck behandelt wurden? Sie merkte, dass sie rannte. Bloß nicht verschwitzt dort ankommen, langsam gehen, wie jemand, der die Ruhe weghatte, weil er unschuldig war. Eine Hupe quäkte, als wollte sie widersprechen. Du bist verloren, Lena. Dein Mann ist verloren. Deine Mutter ist verloren. Dein Kind ist verloren. Ihr wurde schwindlig. Eine kräftige Hand hielt sie fest, lehnte sie an die Wand eines Schreibwarengeschäfts.

»Kann ich Ihnen helfen?«, fragte ein Schupo.

»Vielen Dank, der Blutdruck, mal sackt der ab.«

»Das kenne ich von meiner Schwiegermutter«, sagte der Mann. Dunkelgrüne Augen betrachteten sie, ein Lächeln unter dem Hitlerbart. »Soll ich Sie ins Krankenhaus bringen lassen?«

»Nein, nein … es geht schon wieder.« Sie versuchte weiterzugehen, schwankte aber.

»Haben Sie Alkohol getrunken?«

»Nein, Herr Wachtmeister«, sagte sie.

Sie starrte den Bart an. Hätte sie ein Messer in der Tasche …

»Kommen Sie, da vorn ist eine Bank.« Er stützte sie am Ellbogen. Die Passanten machten Platz. Dann saß sie endlich.

»Ins Krankenhaus wollen Sie nicht, was kann ich sonst für Sie tun?«

»Bitte lassen Sie mich ein paar Minuten einfach sitzen. Und wenn Sie mir dann ein Taxi besorgen könnten …«

»Wohin soll es gehen?«

»Prinz-Albrecht-Straße 8.«

Sie sah, wie er erschrak, obwohl er sich gleich wieder im Griff hatte. »Haben Sie was ausgefressen?«

»Nein, natürlich nicht. Ich bin Mutter und versuche, meinen Jungen durchzubringen. Wenn das ein Verbrechen sein sollte …«

»Da haben Sie keinen Grund für Angst.«

»Ich habe keine Angst. Ich fühle mich schwach, der Kreislauf … ist nicht das erste Mal.«

»Ich warte, bis es wieder geht, dann fahr ich Sie zum Gestapa. Keine Angst, die kochen auch nur mit Wasser.«

»Die kochen … ja, Sie haben ja recht.« Mit Salzsäure, hätte sie fast erwidert. »Ich weiß das von meinem Mann, er arbeitet dort.«

»Ich hoffe, es geht ihm gut.«

»Ja, ja, fahren Sie mich hin. Schnell.«

221.

Als Raben die Augen aufschlug, erblickte er Lenas blasses Gesicht. »Na, Kalle …« Sie saß auf der Bettkante in einem Zimmer, in dem sonst nur ein Stuhl und kleiner Tisch stand. Ein Mann hatte sie an der Pforte abgeholt und zum Zimmer gebracht. »Der Kriminalinspektor Müller kommt gleich.«

Die Tür öffnete sich, ein Mann gab ihr die Hand. In seinem Gesicht las sie Dumpfheit und Bauernschläue. Er trug eine Wolke aus Zigarettenqualm ins Zimmer.

»Na, jetzt geht's ja wieder. Ihr Mann ist in mein Büro getreten und zusammenklappt.«

»Mein Gott!« Sie legte die Hand vor den Mund und überlegte fieberhaft. »Er arbeitet seit Monaten, ja, seit der Machtergreifung unseres Führers wie ein Tier. Tag und Nacht. Ich hab ihm schon Vorwürfe gemacht. Zwar sagt er mir nie, was er gerade macht, aber es muss wichtig sein.«

Müller lächelte eine Millisekunde. »Unsere Männer schonen sich nicht. Ihrem Mann täte Urlaub gut. Gehen Sie bald zum Arzt mit ihm. Ich gebe Ihnen eine Liste mit SS-Vertrauensärzten. Ein Wagen steht bereit, er bringt Sie nach Hause, wann Sie wollen.« Setzte ein Lächeln in die Visage und verschwand. »Gute Besserung!« in der Tür.

»Was ist passiert?«, fragte Lena.

»Nichts Schlimmes. Ich hab zu wenig gegessen, zu viel Kaffee getrunken, zu wenig geschlafen. Lass uns heimfahren.«

Zu Hause angekommen, bat er sie um einen Spaziergang.

»Aber es regnet doch.«

»Wozu hat der liebe Gott den Regenschirm erfunden?«

Sie lachte.

»Ich muss frische Luft schnappen, egal, ob ich nass werde.« Er blickte Sie mit hohen Brauen an und legte den Finger auf den Mund.

Sie nickte.

»Was gibt's denn, Kinder?«, fragte Elisabeth.

»Karl der Große hatte einen Schwächeanfall, ist überarbeitet, kann selbst einem Kaiser passieren.«

»Wenn's nur nichts Ernstes ist«, sagte sie und verschwand im Kinderzimmer, aus dem gleich fröhliches Gackern ertönte.

»Wenn er das mal nicht von dir hat.«

»Ich bin ein Hahn, die gackern nicht.«

»Quatsch, sieht man doch an deinem Beispiel.«

Draußen betrachtete er die Rosenblüten in Nachbars Vorgarten, um im Augenwinkel zu prüfen, ob jemand sie verfolgte. Niemand zu sehen. Der Regen machte die Sache übersichtlich. Sie waren allein, nur dass Autos durch Pfützen spritzten. Sie bogen in eine Seitengasse ein.

Lena gab ihm einen Zettel.

Wollank 36

Die Schrift löste sich gerade in der Nässe auf. Raben zerknüllte den Zettel und steckte ihn ein.

»Lag im Briefkasten. Was ist das?«

»Davon weißt du nichts.«

»Mann, Kalle ...«

Endlich erzählte er ihr, was geschehen war. »Ich betrat Müllers Büro, und da saß die Witwe Kessler, in deren Wohnzimmer ich unter einem Vorwand Fehrkamps SA-Sturm in Friedrichshain beobachtet habe.«

»Und sie hat dich wiedererkannt?«

»Ich weiß es nicht, weil mich der Schlag getroffen hat. Sie machte den Eindruck einer Führergläubigen, aber vermutlich konnte sie sich nicht an mich erinnern ...«

»Das ist doch Unsinn. Sie wollte nicht. Punkt.«

Er nickte. »Vielleicht … wahrscheinlich. Sonst wäre ich jetzt nicht hier.«

»Du hast mir nichts erzählt von deinen Touren, wir haben uns ja kaum noch gesehen. Meine Mutter fürchtet, du kannst sie nicht ausstehen. Oder du hättest eine andere.«

Er blieb stehen und zog sie an sich, küsste sie, strich ihr eine durchnässte Haarsträhne von der Schläfe. »Das ist falsch, und du weißt es.«

»Manchmal wäre es mir lieber, du hättest ein strammes SS-Weib als Geliebte. Da könnte dir nichts passieren außer Syphilis.«

Er lachte. Sie fiel ein.

Aber dann wurde sie ernst: »Wenn die Kessler dich erkannt hätte, würden die dich umbringen. Und wir gingen hier nicht spazieren.«

»Es würde mindestens eng bei den Ausreden. Ich bin mal gespannt, wie lang die mich noch jagen lassen.«

»Du willst Kippenberger gar nicht finden.«

»Jein, offiziell bin ich auf die SA angesetzt. Aber ich brauche Kippenberger.«

»Wie bitte? Nach dem Mann wird öffentlich gefahndet. Früher oder später kriegen die den. Bist du dir sicher, dass er die Folter durchsteht?«

»Ich hoffe es.«

»Mein Gott«, sagte sie. »Dann darfst du den nicht finden. Schon aus eigenem Interesse.«

»Ich möchte nicht darüber sprechen.«

»Nicht mal mit mir?«

»Erst recht nicht mit dir.«

Sie liefen weiter. Der Regen ließ nach. Die Sonne schickte Strahlen durch die graue Wolkenmasse.

Noch mal davongekommen, sagte ein Stimme. Ihm schien, sie käme von der Sonne. Woher denn sonst?

222.

Müller schüttelte den Kopf. »Sie hat ihn nicht wiedererkannt.«

»Was heißt das?«, fragte Heydrich mehr sich selbst. »Und er ist zusammengeklappt, sagen Sie?«

»Er betrat das Büro und fiel um.«

»Hat er die Witwe Kessler vorher gesehen?«

»Weiß ich nicht«, sagte Müller. »Kann sein ...«

»Trauen Sie Raben einen Mord zu?«

»Fragen Sie mich das, wenn er einen begangen hat.«

Heydrich blickte von Rabens Personalakte auf, verblüfft, dann lachte er. »Ich weiß schon, warum ich Sie aus Ihrem bayerischen Paradies zu den Preußen verschleppt habe.«

Müller lachte. »Ich hoffe, die Partei begreift das auch.«

»Die ist nachtragend. Ich habe überlegt, ob ich dem Führer den Fall vortragen soll. Aber die Partei hat derzeit ohnehin einen Aufnahmestopp, sie muss sich von der Flut der Märzgefallenen erholen.«

»Solange ich hierbleiben kann, ist es auch nicht wichtig«, erwiderte Müller. »Keine schlafenden Hunde wecken.«

»Wir kriegen das hin, Müller. Geduld.«

»Was mache ich jetzt mit Raben?«

»Wir machen Kommando kehrt. Der Mann ist kaputt und nützt uns in diesem Zustand nichts bei Röhm. Außerdem haben wir genug Material gegen den Stabschef. Den brauchen wir nicht zu bespitzeln, der redet sich gerade ins eigene Grab. Ich finde einen eleganten Weg und spreche mit dem Reichsführer. Der renkt das mit Röhm ein. Der hat unseren Raben sofort als Spitzel gerochen. Raben sucht wieder Kippenberger. Außerdem will ich nur vorsichtig andeuten, dass der Reichsführer seinerseits angedeutet hat, dass der Führer angedeutet hat, dass Röhms Tage gezählt sind. Der Reichsführer versorgt den Führer so gut wie täglich mit Informationen über Röhms Aufsässigkeit. Des Führers Regierungspartner, vor allem der Herr Papen und der Reichspräsident und die Reichswehr, machen Druck, dass die SA in ihre Schranken gewiesen wird. Denken Sie nur an die jüngsten Ausschreitungen.«

Müller hob die Brauen.

»Würde Kippenberger ohne seine geschiedene Frau abhauen?«, fragte Heydrich.

»Warum nicht?«

»Ich habe sie kennengelernt. Sie hat mir erzählt, dass auch Raben darauf setzt, dass sie Kontakt zu ihrem Ex-Mann hat.«

»Und wenn ich sie befrage? Es genügt doch, ihr die Instrumente zu zeigen.«

»Was machen Sie, wenn sie alles bestreitet?«, fragte Heydrich. »Dann sind Sie blamiert. Wir haben nichts gegen sie in der Hand. Die Überwachung, auch des Telefons, hat nichts ergeben. Der Einzige, der sie in letzter Zeit aufgesucht hat, ist unser Freund Raben. Die Frau interessiert mich nur als mögliche Verbindung zu Kippenberger. Wir setzen die Überwachung fort und hoffen, dass sich Kippenberger dank Raben und der öffentlichen Fahndung bald so unter Druck fühlt, dass er Hilfe bei seiner Frau sucht. Wenn sie Kontakt mit Hans Kippenberger hat, wird er wissen, dass ihm der Polizist auf den Fersen ist, der ihn schon einmal gefunden hat.«

223.

Nach drei Tagen beschloss Raben, gesund zu sein. Nachdem Lena in der Redaktion war und er die Einwände der Schwiegermutter überhört hatte, brach er auf. Er winkte eine Kraftdroschke an den Bürgersteig und stieg zwei Häuser vor der Wollankstr. 36 aus. Raben lehnte sich an einen Vorgartenzaun und ließ sich von der Frühlingssonne wärmen. Beobachtete ein Pferdefuhrwerk, dessen Wagen mit Möbeln beladen war. Obenauf saß ein Junge und lachte.

Raben überlegte, welche Geschichte er Ehrig auftischen konnte. Der würde ihn erkennen und Angst haben. Wir suchen ehemalige RFBler, die uns über Kippenberger Auskunft geben können. Er nickte. So käme er weiter.

Er ging die paar Schritte zur Wollankstraße 36 und drehte die Klingel an der Tür. Schritte, dann öffnete eine junge Frau.

Raben hielt ihr seine Dienstmarke vors Gesicht.

»Gestapo? Was wollen Sie denn von uns?«

»Ich möchte Herrn Ehrig sprechen.«

»Der ist aber nicht da«, flüsterte sie.

»Wann kommt er wieder?«

»Bald, so in einer halben Stunde, vielleicht Stunde.«

»Dann darf ich bestimmt hier auf ihn warten.«

»Na…natürlich«, sagte sie.

Er blickte sie kalt an. Sie bewegte ihren ausladenden Körper zur Seite. »Ja, bitte schön. Darf ich Ihnen einen Kaffee anbieten … oder ein Bier … ach ne, Sie sind ja im Dienst.«

»Ein Glas Wasser wäre schön. Und sonst kümmern Sie sich nicht um mich. Verlassen Sie das Haus nicht, gehen Sie nicht ans Telefon.«

Sie blickte ihn ängstlich an. »Ist es wegen …?«

Er schüttelte den Kopf. »Ach so, vielleicht können Sie mir helfen. Ihr Mann ist doch mit dem Kameraden Fehrkamp befreundet, mit dem zusammen er diesen Moskowiter erledigt hat. Eine mutige Aktion, wirklich.«

»Ja, natürlich«, sagte sie erleichtert.

»Den will ich auch noch aufsuchen. Vielleicht bestätigen Sie mir dessen Adresse?«

»Gern, er ist ja gerade umgezogen. Samariterstraße 13. Von da hat er es nicht weit zu seinem Sturm. Obwohl bestimmt bald größere Aufgaben auf ihn warten.«

»Danke, ich habe hier noch Petersburger Straße 43 stehen. Hat er wohl vergessen, sich umzumelden.«

»Er hat sich verbessert, die neue Wohnung ist fast doppelt so groß.«

»Na, das hat er sich verdient.«

»Er hat sich mit Otilie versöhnt, und was Kleines ist unterwegs.«

»Ach wie schön. Heute können Kinder ohne Not und Verrohung aufwachsen dank unserem Führer.«

»Sie sagen es. Der Justav verdankt sein Leben ja auch dem Führer.«

Raben nickte.

»Ja, nicht nur er«, sagte sie haspelnd. »Haben Sie mitgekriegt, dass auf den Justav Mordanschläge verübt wurden … ach, Sie von der Gestapo wissen ja alles.«

Raben nickte. Der Muff im Wohnzimmer verschmolz mit ihrem schweren Parfüm zu einem Gemisch, mit dem des Kaisers Armee den Gaskrieg hätte gewinnen können. Auf einer Kommode stand ein Volksempfänger, ein Antennendraht kroch zur Decke, um Goebbels Funkwellen einzufangen. An der Wand gegenüber beäugte der Führer die Lage. In einer Glasvitrine bezeugten drei Bücher überlegene Bildung, im Fach darüber glänzten Orden und Ehrenzeichen, darunter das EK zwo.

Ein Schlüssel drehte sich, eine Tür knarrte und quietschte, dann öffnete sich die Wohnzimmertür. »'N Abend, Schatz …« Dann erstarrte er.

Raben legte die Dienstmarke auf den Tisch und zog aus seiner Aktentasche einen Ordner. Er hatte ihn mit Blättern über gelöste Fälle gefüllt, die zur Vernichtung bereitlagen. Alles Systemzeit. »Nehmen Sie Platz!« Als Ehrig nicht reagierte, deutete Raben auf den Sessel ihm gegenüber.

»Sie sind doch …«

»Raben, Kommissar, Gestapo, das ist die Kurzfassung. Über die Langfassung müssten wir uns in der Prinz-Albrecht-Straße unterhalten. Nehmen Sie endlich Platz, sonst …«

Ehrig setzte sich, seine Frau stand hinter ihm, ihre Hände auf seinen Schultern.

»Sie haben den Gustav verhaftet, entführt …«, stotterte Ehrig.

»Ja, natürlich. Das hatten meine Chefs mir befohlen. Ich tue immer, was meine Vorgesetzten befehlen. Sie nicht?«

Ehrig öffnete den Mund und schloss ihn wieder. Wie ein Goldfisch im Aquarium. Er schluckte. »Und jetzt …«

»Will ich den Spitzel finden, den die Kommune in der SA-Führung platziert hat. Genauer gesagt, den Leiter des M-Apparats der KPD, den wir noch nicht zerstören konnten. Kippenberger heißt der Mann. Der wird sich an seinen Spitzel ja erinnern. Sie kennen Kippenberger persönlich?«

»Nein. Ja …«

»Na, was denn?«

»Ich hab ihn ein paarmal erlebt, auf Märschen, in Kneipen, auf RFB-Veranstaltungen …«

»Kennt er Ihren Namen?«

»Kann sein. Ich wurde ihm mal vorgestellt, weil ich geholfen habe, ein RFB-Lokal gegen die SA zu verteidigen.«

»Das haben Sie bestimmt längst gebeichtet.« Raben beugte sich vor, blätterte in der Fantomakte.

»Dem Grafen Helldorff, das war …«

Raben winkte ab. »Helldorff kenne ich gut. Ich werde ihn fragen, ob er sich an Sie erinnert.«

»Kennen Sie Fehrkamps Adresse?« Raben starrte Frau Ehrig streng an, schüttelte den Kopf.

»Ich glaube, er wohnt jetzt in der Großen Frankfurter, nah am Alex.«

Raben sah, wie sich ihre Finger in Ehrigs Schultern krallten. Er notierte die Adresse. Auf so viel Dummheit hatte er nicht gehofft. »Wann haben Sie ihn zuletzt gesehen?«

»Gestern«, sagte Ehrig.

»Wo?«

»Bei ihm zu Hause, wir sind ja auch persönlich befreundet.«

»Sie waren bei dem Coup gegen Esser dabei.« Keine Frage, eine Feststellung.

Ehrig blickte ihn aus seinem schwammigen Gesicht und kleinen Augen an. Schob seinen Arm nach vorn, als wollte er die Hakenkreuzbinde zeigen. Die SA-Mütze lag auf dem Tisch. »Das Verfahren ist eingestellt.«

»Da haben Sie recht, und mich erleichtert das. Aber diese Aussageverweigerungen wie in der Systemzeit kennen wir bei der Gestapo nicht.«

Raben beobachtete, wie Ehrig zu schwitzen anfing. Er ruckelte mit dem Hintern auf dem Stuhl. Schob ihn zurück und schlug ein Bein übers andere. Inzwischen hatte die Gestapo sich einen Ruf erworben, der Schrecken verbreitete. Natürlich wurde er übertrieben, wie alles, das geheimnisvoll war – und das sogar *geheim* hieß.

Raben gefiel Ehrigs Zappeln. Irgendwann krieg ich dich. Jetzt nicht, sonst würde die Frau vom Kommissar Raben erzählen, der sie aufgesucht und merkwürdige Fragen gestellt hatte. Die Gestapo müsste schon bescheuert sein, wenn sie da nicht eins und eins zusammenzählte. Heydrich würde es kapieren und auch Müller in seiner Bauernschläue. Raben hatte mehr zu fürchten als Ehrig, dem sie einen Orden an die Brust stecken würden, käme seine Beteiligung am Esser-Mord heraus. Obwohl er sich nicht traute, sich dazu zu bekennen. Man wusste in diesen Zeiten ja nie. Vielleicht brach der Laden zusammen, dann käme die Weimarer Paragraphenkavallerie zurück oder Rotfront, noch schlimmer. Nein, Ehrig hatte beschlossen, dass ihm sein Kopf auf den Schultern wichtiger war als Orden in einer Zeit, in der die Oberen damit um sich warfen wie rheinländische Jecken mit Bonbons.

»Wo wohnt der Kamerad Fehrkamp noch mal?« Raben hob seinen Block ein paar Zentimeter. »Ich hab vielleicht was Falsches aufgeschrieben.«

»Samariterstraße 13, hab ich doch gesagt!«, stieß Ehrigs Frau hervor, ihre Hände verwandelten sich in Tigerkrallen.

»Au! Spinnst du?«, maulte Ehrig. »Hab ich was anderes gesagt?«

Raben nickte.

»Samariter ist richtig. Ich hab das mit einer anderen Adresse verwechselt.«

»Haben Sie wieder eine Affäre?«, fragte Raben betont naiv, um eine kleine Sprengladung zu hinterlassen.

Ehrig stierte ihn an. Der Schuss ins Blaue hatte ins Schwarze getroffen. Seine Frau marschierte aus der Küche wie ein preußischer Grenadier. »Was soll das?«, fragte Ehrig, bemüht, Raben nicht anzuschreien. »Für einen, der gegen uns gearbeitet hat und nun schwups die Seite gewechselt …«

»Sprechen Sie von sich?«

Ehrig schwieg. Egal, was er antwortete, der Typ schlug es ihm um die Ohren.

»Zu Ihrer Zeit beim RFB, wer war Ihr Vorgesetzter?«

Ehrig lächelte. »Der werte Genosse Reichert, der leider nicht mehr unter den Lebenden weilt.«

»Warum?«

»Im Columbiahaus, er wurde frech. Ist selber schuld.«

»Sie haben ihn verhört?«

»Klar. Er wollte ums Verrecken nichts aussagen …«

»Und wer war Reicherts Chef?«

»Kaben, Peter. Um Ihren nächsten Fragen zuvorzukommen. Kaben ist nach Moskau abgehauen. Er hat Kippenberger berichtet, war dessen Liebling.« Dem Ton nach war Ehrig immer noch eifersüchtig.

»Woher wissen Sie das? Hören wohl Radio Moskau …«

»Um Gottes willen, nee, das hat einer rumgetratscht. Und der hat es in einer Kneipe aufgeschnappt.«

Raben erhob sich und schaltete das Radio ein. Ehrig stützte sich an den Sessellehnen hoch.

»Sitzen bleiben!« Raben wartete, bis die Röhren sich aufgewärmt hatten. Hörte, dass …

dem Genossen Thälmann die unerschütterliche Solidarität der Arbeiterklasse in aller Welt gehört.

Raben schaltete das Radio aus. »Das war doch die sächselnde Fistelstimme von Ulbricht.« Er hatte sie am Rand einer Kundgebung gehört und sie leicht wiedererkannt.

Ehrig kreuzte die Arme vor der Brust.

»Jetzt wissen wir immerhin, woher Sie Ihre Informationen beziehen.«

»Ich will wissen, was unser Feind vorhat.«

»Dafür sind schon Leute im KL gelandet, Sie werden davon gehört haben.«

»Aber nur fürs gemeinschaftliche Hören von Feindsendern.«

»Sie zusammen mit Ihrer Frau … Soll ich sie fragen?«

»Lass stecken, Kamerad.«

»Ich bin kein Kamerad eines Sowjetspions. Seit wann duzen wir uns? Noch so was, und ich nehme Sie mit in die Prinz-Albrecht-Straße. Meine Kollegen mögen Radioaktivisten wie Sie besonders. In Wahrheit sind Sie vom RFB zur SA gegangen, um uns zu zersetzen und auszuhorchen.«

»Ich verbitte mir das.«

»Werden Sie nicht frech. Rufen Sie Ihre Frau!«

Ehrig blickte ihn verständnislos an. Dann rief er: »Berta! Der Kommissar will dich sprechen.«

Sie erschien und blickte ihren Mann aus zorngeröteten Augen an. Sie wischte Tränen weg.

»Danke, dass Sie gekommen sind. Ich möchte gern, dass Sie einen Nachbarn herholen, egal wen.«

Sie blickte ihn an, als wäre er verrückt.

»Gehen Sie!«

Sie kehrte mit einem jungen Mann zurück, der erklärte, nachts in einem Hotel zu arbeiten. Demonstrativ hielt er sich die Hand vor den Mund und gähnte.

Raben zeigte ihm seine Gestapo-Dienstmarke. »Wie heißen Sie?«

»Harald Löring.«

Raben schrieb den Namen in seinen Block. »Ich möchte, dass Sie das Radio einschalten.«

Löring blickte ihn erstaunt an.

»Drehen Sie den linken Knopf nach rechts.«

Löring zuckte die Achseln. »Gut.«

Nach einer Weile erklang eine Frauenstimme.

beispielhaft, wie der Genosse Georgi Dimitroff den Oberfaschisten und Kriegshetzer Göring als Brandstifter entlarvt hat. Den Faschisten ist nichts zu abartig, um das deutsche Volk zu verdummen. Aber die Arbeiterklasse wird sich unter Führung ihrer Partei gegen die Despoten erheben

»Ausschalten«, sagte Raben.

Löring drehte den Knopf.

»Herr Löring, was haben wir gerade gehört?«

»Ich glaube, einen Feindsender, einen kommunistischen Feindsender.«

»Sie sind ein möglicher Zeuge, vergessen Sie nicht, was Sie gehört haben und quatschen Sie nicht herum, sonst werde ich Sie wegen Behinderung meiner Ermittlungen in die Prinz-Albrecht-Straße vorladen.«

Löring rieb seine Handflächen an der Hose trocken. »Selbstverständlich, Herr …«

»Kommissar Raben.«

»Herr Kommissar Raben.«

»Ich danke Ihnen. Ich brauche Sie nicht mehr.«

Ehrig saß zusammengekrümmt auf seinem Sessel. Seine Frau lehnte sich an die Wand und schnaufte.

»Sie haben das auch gehört«, sagte Raben.

»Nie im Leben«, stöhnte sie.

»Lüg nicht rum, Berta«, sagte Ehrig. »Wir sind erledigt.«

»Aber das ist doch nicht verboten!«, kreischte Berta.

»Was verboten ist, bestimmen wir. Sie wären nicht die Ersten, die ins KL kämen wegen so etwas«, sagte Raben ruhig. »Der Volksgerichtshof nennt das Abhören von Feindsendern Vorbereitung zum Hochverrat und hat schon harte Strafen verhängt. Ich werde nachdenken, wie ich diesen Fall beurteilen muss. Sollten Sie irgendetwas verraten über diese Vernehmung, landen Sie im KL. Wenn Sie meine Ermittlung aber nicht durch Gequatsche behindern, fällt mir etwas ein, um Ihnen das zu ersparen. Vielleicht.«

Draußen ging er ein paar Schritte. Die Sonne schien immer noch. Er überlegte. Nein, es wäre ihm nicht recht, wenn Ehrig im Konzentrationslager verschwände, weil er dort nicht an ihn herankäme. Nun kannte er Fehrkamps neue Adresse, Ehrig würde er sich für später aufheben. Er war zufrieden mit sich. Doch musste er mit seinem nächsten Angriff auf Fehrkamp warten, denn so blöd war Ehrig nicht, um nicht einen Zusammenhang zwischen seiner Aussage und einem Anschlag auf Fehrkamp zu vermuten. Geduld war jetzt Rabens beste Waffe.

224.

»Was hat Sie zum Kameraden Ehrig geführt?«, fragte Heydrich mit diesem arroganten Lächeln, das er so gern zeigte, wenn er sich überlegen fühlte.

Rabens Hirn schaltete schnell. »Der war beim RFB, und ich suche eine Verbindung zu Kippenberger. Er wurde Kippenberger auch persönlich vorgestellt. Vielleicht ist er ein kommunistischer Spitzel in der SA.«

»Aha, das ist ja interessant.« Heydrich nickte.

»Standartenführer, ich suche weitere Überläufer vom RFB, möglichst ehemalige Anführer. Wenn ich einen aus dem M-Apparat …«

Heydrich winkte ab. »Müller hat die Strecke schon bearbeitet. Vielleicht ist ihm inzwischen was aufgefallen. Fragen Sie ihn.«

Müller saß an seinem Schreibtisch, getarnt hinter einer Wolke aus Zigarettenqualm. »Der Standartenführer schickt Sie?«

»Ja, Sie haben nach Überläufern aus dem M-Apparat gesucht, sagt der Standartenführer.«

»Da hat er recht. Aber ich habe keinen gefunden.«

»Haben Sie auch Ehefrauen, Freundinnen und so weiter …?«

»Halten Sie mich nicht für blöd, Herr Kollege.«

»Natürlich nicht, Untersturmführer.«

In seinem Büro setzte Raben sich an den Schreibtisch. Sah das Hitlerbild an der Wand schon gar nicht mehr. Was hatte er sich geärgert, als er es aufhängte. Aber der Schnauzbart hing überall, draußen, drinnen. Wo eigentlich der Reichspräsident Hindenburg hängen sollte. Hängen sollte man beide, dachte er. Aber nicht mal der Witz vertrieb die Gewitterwolken in seinem Hirn. Für ihn war alles klar. Außer dass er die Namen der anderen Esser-Mörder nicht kannte. Fehrkamp oder Ehrig mussten sie ihm verraten. Nur wie? Er konnte in deren Wohnung eindringen und die Namen aus ihnen herausprügeln. Er hatte kein Mitleid, zweifelte aber am Erfolg der Methode. Ein Folteropfer sagte alles, was sein Leiden beendete.

Es klopfte. Die Tür öffnete sich. Ein kräftiger Mann betrat das Büro, Narbe auf der Wange. »Heil Hitler!«

»Heil Hitler!«

»Schön haben Sie es hier. Einzelbüro als Untersturmführer, nicht schlecht. Entschuldigen Sie, ich habe mich gar nicht vorgestellt,

Hagen, Herbert. Ich bin so eine Art Vorausabteilung des SD. Wir werden Sie demnächst hier beehren, also das Dienstgebäude.«

»Sie verlassen München?«

»Ja, alles nach Berlin, wo die Macht ist.«

»Es sind ja schon einige SD-Kameraden hier, aber herzlich Willkommen.«

»Danke. Ich habe zwei Gründe, Sie zu stören. Erstens wollte ich mir den Wunderknaben angucken, der einen SA-Mann aus Österreich nach Deutschland … überführt und auf ich weiß nicht wie viele Gesetze geschissen hat. Zweitens suche ich einen dritten Mann für eine Skatrunde.«

»Das Erste haben Sie geschafft, Glückwunsch. Das Zweite wird schwierig, ich bin oft nachts unterwegs, wenn Sie vermutlich Feierabend haben.«

»Ich hab schon gehört, dass Sie zu viel arbeiten. Der Standartenführer macht sich Sorgen, dass Sie sich selbst verheizen. Aber er hält Sie für unseren besten Spürhund. Also, ich halte Sie nicht für einen Hund, jedenfalls sehen Sie nicht so aus.«

Raben lachte. »Wenn Sie das nächste Mal spielen, sagen Sie mir vorher Bescheid. Aber ich spiele nur als vierter Mann, weil es immer sein kann, dass ich noch mal wegmuss.«

»Gute Idee«, sagte Hagen. »Ich beschäftige mich mit dem auserwählten Volk und Sie sich mit den Kommunisten, da haben wir doch fast die gleichen Gegner zu bearbeiten, die jüdisch-bolschewistische Verschwörung.« Er zwinkerte.

Raben verzog keine Miene. »Ich bin gleich wieder unterwegs, Entschuldigen Sie bitte.«

»Oh, den Untergang der Kommunistischen Internationale will ich nicht verzögern.«

Als Hagen gegangen war, wusste Raben, dass er einen mehr haben würde, der ihm auf die Finger schaute. Hatte Heydrich den Neuen auf ihn angesetzt?

225.

»Ich habe keine Ahnung, woher Heydrich weiß, dass ich bei diesem Typ war …«

»In der Wollankstraße 36. Dessen Namen du mir nicht verrätst«, sagte Lena pampig.

Karl der Kleine hielt seine Oma auf Trab. Es polterte und lachte im Kinderzimmer.

»Lass uns eine Runde gehen, ich habe mir im Büro den Hintern platt gesessen.«

»Dann blasen wir den mal auf«, sagte sie.

Draußen fragte Raben: »Was sagt deine Mutter zu der Idee abzuhauen?«

»Entscheidet ihr das, Kinder«, sagte Lena.

»Sehr hilfreich, sie schiebt uns die Verantwortung zu.«

»Sei nicht so gehässig.«

Er nahm ihre Hand.

»Tut mir leid«, sagte sie. »Ich weiß nicht, wie lange du das noch aushältst. Vielleicht solltest du den Fehrkamp schnell erledigen und dann ins Ausland …?«

»Ohne Reisepass? Ohne Visum? Wir müssten über die grüne Grenze. Glaubst du, Heydrich gibt mir Urlaub oder einen Reisepass? Kannst du Bergsteigen?«

»Aber wir waren doch schon in Österreich! Und ziemlich illegal, wenn ich mich recht erinnere. Wir wissen doch noch, wer uns geholfen hat.«

»Die kannst du vermutlich in Dachau besuchen, Himmlers und Heydrichs Muster-KZ. Pardon, die nennen das KL.«

Lena blickte ihn traurig an.

»Damals war der Heiland noch nicht Reichskanzler. Die Grenze wird scharf bewacht, und wenn die uns erwischen, dann ab ins KZ.«

Sie hob die Brauen und seufzte.

»Warum macht ihr keine Urlaubsreise nach Italien?«, fragte Raben. »Mussolini hat nichts dagegen, wenn ihr von dort nach Österreich weiterreist. Du kriegst mit deinem Ariernachweis sofort einen Reisepass, deine Mutter auch, und ein italienisches Visum sollte ...«

»Und wenn wir nicht zurückkommen, was machen die dann mit dir?«

»Dann werde ich Heydrich erklären, dass ich mich von dir getrennt und dich, deine Mutter und Karlchen zur Ausreise gedrängt habe. Genau, was die Regierung will. Sie würden mich loben und preisen, außer Heydrich, der dann kein Druckmittel mehr gegen mich hätte.«

»Und wann verschwindest du?«

»Sobald ich die Sache erledigt habe.«

»Und wenn das nicht klappt? Wenn die dich erwischen?«

»Dann ist es sowieso zappenduster. Besser nur für mich. Oder glaubst du, Heydrich lässt dir den Ariernachweis? Denk an deine Mutter, an Karl den Kleinen.«

»Lass doch den Fehrkamp laufen. Behaupte, Kippenberger hätte sich nach Österreich abgesetzt, um von dort nach Moskau zu reisen. Dann hast du Reisepass und Visum schon morgen früh.«

»Die schicken mir einen Trupp SA auf den Hals. Von denen gibt es in Österreich genug. Ihr könnt euch ohne großes Risiko verdünnisieren, sobald ich dabei bin, gibt's Mord und Totschlag. Die zögern keine Sekunde, deine Mutter und dich umzubringen. Und Karlchen wird ins Reich zurückgeschickt, wo er im Waisenhaus landet oder bei einer Pflegefamilie, die jeden Tag für des Führers Glück betet. Das willst du nicht.«

Lena schwieg eine Weile. Raben musterte die Passanten, fummelte an einem Schnürsenkel herum, um sich unauffällig umzugucken. Niemand folgte ihm. Wie hatte Heydrich herausgefunden, dass Raben in der Wollankstraße 36 gewesen war? Nur Ehrig oder seine Frau konnten es gemeldet haben. Aber das wäre doch verrückt. Ehrig wurde als ehemaliges Mitglied des Rotfrontkämpferbundes doch schon scheel angeguckt. Aber vielleicht hatte er alles auf eine Karte gesetzt und Heydrich seiner Untertänigkeit versichert. Immerhin hatte er beim Esser-Mord mitgemacht. Ein ehemaliger Kommunist erschießt einen kommunistischen Funktionär, wenn das kein Treuebeweis war. Raben, pass auf, sagte eine innere Stimme. Die sind dir auf den Fersen, wenn nicht einen Schritt voraus.

Lena blieb stehen, stellte sich vor ihn. »Wir gehen nicht ohne dich«, sagte sie. »Wenn jemand von uns ausreist, fällt dir das spätestens vier Wochen später auf die Füße. Nämlich dann, wenn keiner zurückkommt.«

»Ich regle das.«

»Klar, du regelst alles. Irgendwann hat es sich aber ausgeregelt. Wir müssen durchhalten, ewig wird sich diese Saubande nicht halten. Wagner sagt, dass sich die Reichswehr das nicht länger anschaut.«

»Das walte Gott«, antwortete er.

»Wer hat dir diesen Zettel in den Briefkasten geworfen? Das hätte gefährlich für uns werden können.«

»Kommt nicht wieder vor.« Er fürchtete so viele Gefahren, sie verfolgten ihn tags und nachts. Einige kannte er, andere würden auftauchen. So war es, seit die Verbrecher an der Regierung waren. Nie zuvor hatte er Verklemmungen in der Brust gehabt, die sich im Übrigen von Johanniskraut und Baldrian so wenig beeindrucken ließen wie Panzer von Davidschleudern.

»Ist da was dran, dass Röhm und Hitler sich bald an die Gurgel gehen?«, fragte sie. Typisch, sie wechselte das Thema ohne Übergang.

»Ich hoffe es, dann müssten aber die Herren Generale in die Puschen kommen.«

Sie liefen weiter, sie blickte ihn von der Seite an. »Und wenn Röhm gewinnt?«

»Wird's erst richtig schlimm. Dann sehnen wir uns nach Hitler.«

»Und wenn Hitler gewinnt?«

»Dann sehnen wir uns nach Röhm.«

Sie lachte. »Die Reichswehr lässt sich nicht von der SA vorführen. In der Redaktion glauben die meisten, mich eingeschlossen, dass Röhm es überzieht. Er hört ja gar nicht mehr auf, für seine zweite Revolution zu trommeln. Hitler braucht die Reichswehr, die SA ist der Mohr, der seine Schuldigkeit getan hat und gehen kann. Vielleicht überzeugen die Generale den glorreichen Führer, dass er für Ordnung in seinem Sauhaufen sorgen soll. Sonst wird es nichts mit dem Lebensraum im Osten. Polen und Russen werden nicht vor der SA davonlaufen.«

»Jetzt behauptest du auch noch, der Führer sei kein Friedensengel. Lass das bloß nicht die Gestapo hören«, sagte Raben.

»Oh, hab ich mich verplappert?«

»So schnell wird man zum Staatsfeind.«

»Dann solltest du mich sofort verhaften.«

»Nicht nötig, du bist nicht im Vollbesitz deiner Geisteskräfte.«

»Du behauptest, ich bin verrückt?«

»Besser hätte ich es nicht sagen können.«

Sie gingen ein paar Schritte weiter. »Ich lass mich von hergelaufenen Gossenjungs nicht aus meiner Heimat vertreiben.«

»Mal hü, mal hott«, sagte Raben.

»So wie überall. Mal Reichswehr, mal SA. Und von deinem Verein wollen wir gar nicht reden. Und der Führer? Beteuert seine Friedensliebe, dass einem die Tränen kommen, und rüstet auf, als könnte er den Krieg nicht schnell genug anzetteln. Jemand müsste den Kerl umnieten, dann bräche der Laden zusammen, unter Gestank und Getöse.«

»Dann haben wir Göring, dem die Polizei nicht genug schießen kann. Man findet bei den Nazis keinen vernünftigen Menschen. Das ist eine Mörderbande, und der einzige Unterschied ist: Die einen sind schlauer als die anderen. Himmler und Heydrich sind machtbesessen und skrupellos. Wenn die Macht an sie fiele, sie würden Deutschland in ein großes KZ verwandeln. Wenn Röhm gewönne, dann würde sich die SA durch die Straßen prügeln, ein Judenpogrom nach dem anderen. Scheiterhaufen eingeschlossen. Und ihr wollt jetzt wirklich hierbleiben?«

»Mutter hat sich umgehört bei arischen Freunden. Wir können im Notfall untertauchen. Auf dem Land.«

»Wo jeder jeden kennt. Ich habe schon bessere Ideen gehört.«

»Du hast recht, ich kümmere mich um Notunterkünfte für uns.«

»Frag nicht die Falschen, wenn mein Dienstherr was mitkriegt, sind wir geliefert. KZ Nohra, Dachau und was da noch gebaut wird. Die müssen ja gefüllt werden, schon allein, damit Sadisten sich austoben können.«

»Ich habe dich noch nie so bitter gehört.«

»Ich auch nicht«, sagte Raben.

226.

»Wie soll der Arier sein?«, fragte Hagen.

Raben saß auf seinem Schreibtischstuhl, Hagen stand davor. »Ist doch klar: Blond wie Hitler, groß wie Goebbels, schlank wie Göring.« Hagen lachte los.

Raben musterte ihn missmutig.

Hagen trocknete die Tränen. »Mann, Sie verstehen ja keinen Witz.«

»Solche nicht«, sagte Raben.

»Gut, gut, behalten Sie ihn für sich.«

»Ich kann mir Witze nicht merken, vor allem nicht die schlechten.«

Hagen zog sich einen Stuhl vor den Schreibtisch. »Wie weit sind Sie im Fall Kippenberger?«

»Ich verfolge gerade eine RFB-Spur und versuche, Überläufer zu finden, die für den M-Apparat gearbeitet haben.«

»Guter Ansatz«, sagte Hagen. »Sie haben mit seiner Ehemaligen Thea gesprochen?«

»Ja.«

»Wie ist die denn so?«

»Beherrscht, intelligent, sie weiß wohl nichts. Ich hoffe, Kippenberger gerät so unter Druck, dass er sie aufsucht. Dann haben wir ihn.«

»Viel Aufwand, aber bei dem lohnt es sich. Vielleicht kann Goebbels den als Beweis vorführen, dass wir mit der Reichstagsbrandverordnung einer kommunistischen Revolte zuvorgekommen sind. Wenn jetzt noch der Militärfritze von denen das bestätigt, wär doch nicht schlecht.«

»In der Tat«, sagte Raben. »Schlagen Sie es dem Standartenführer vor, es ist Ihre Idee. Sie dürfen gern sagen, dass ich sie für gut halte. Heydrich könnte es Goebbels vorschlagen.«

Hagen lächelte ihn an. »Das mach ich, danke.«

Als Hagen gegangen war, lehnte sich Raben zurück. Die Sonne begann das Büro zu wärmen, sie bemalte den Aktenschrank in einem gedeckten Weiß. Was hatte Hagen im Sinn? Wollte er ihn provozieren? Er war ein Heydrich-Spezi. Dass Nazis hinter vorgehaltener Hand Witze über den Führer erzählten, überraschte Raben nicht. Alle Mächtigen setzten sich dem Spott aus, auch in den eigenen Reihen. Es ließ Druck entweichen, zeigte Angst, die man durch Lachen bekämpfte. Was vor ihnen stand, war furchterregend. Kaum einer in der Gestapo glaubte an eine Versöhnung Hitlers mit Röhm. Sie erinnerten sich der Revolte in der Berliner SA 1932, die der Führer persönlich niederschlagen musste. Schon damals empörten sich SA-Männer über Hitler, weil der seine Bewegung auf den legalen Weg zur Macht verpflichtet hatte. Oder auf das, was Hitler unter legal verstand. Heute aber reichte es nicht mehr, einem aufmüpfigen SA-Führer den Kopf zu waschen oder abzuschlagen. Überall im Reich gingen Meldungen über SA-Versammlungen ein, über

Flugblätter, Zeitungsartikel und grölende SA-Trupps auf Straßen, in denen sich die Unzufriedenheit der braunen Armee ausdrückte.

Kurz entschlossen verließ Raben sein Büro, meldete sich beim Pförtner ab und besuchte Thea Kippenberger. Inzwischen wusste er, dass sich die Spitzel in einer Wohnung gegenüber eingenistet hatten, mit Blick auf ihr Wohnzimmerfenster. Vermutlich war die Wohnung verwanzt, mindestens das Telefon.

Sie ließ ihn ein, er legte seinen Zeigefinger auf die Lippen, betrat das Wohnzimmer und blickte hinaus. Im vierten Stock gegenüber blitzte es mehrfach. Ein Fernrohr spiegelte, und fotografieren würden sie ihn auch. Er lehnte sich mit dem Rücken ans Fensterbrett. »Folgen Sie mir in die Prinz-Albrecht-Straße.« Er hob die Hand, um sie zu beruhigen.

»Was soll das?«, schnauzte sie. »Ich hab Ihnen doch alles gesagt. Mehr weiß ich nicht.«

»Ich habe inzwischen die Erfahrung gewonnen, dass sich die Auskunftsfreude mancher Menschen in dem Maß erhöht, wie sie sich dem Gestapa nähern. Vielleicht finden Wissenschaftler heraus, woran es liegt. Angst kann es ja nicht sein. Wir sind die Polizei, Ihr Freund und Helfer.«

»Auf diese Antwort habe ich gerade gewartet«, sagte sie. »Bringen wir es hinter uns. Haben Sie den Wagen vor der Tür geparkt?«

»Ich will nicht, dass unser kleiner Ausflug auffällt«, sagte Raben. »Wir gehen vor bis zum Taxistand an der Ecke. Die Sonne scheint, ein kleiner Spaziergang wird Ihre Laune verbessern. Oder sind Sie gehbehindert? Dann würde ich natürlich einen Wagen bestellen.«

»Pah!«, raunzte sie.

»Aber Sie laufen mir nicht weg, versprochen?«

»Sie spinnen doch.«

Auf der Straße sagte er: »Ihre Wohnung wird vermutlich abgehört. Im Haus gegenüber, vierter Stock, sitzen Gestapo-Leute, Tag und Nacht. Wir laufen jetzt langsam zum Taxistand und fahren in die

Prinz-Albrecht-Straße. Dort werde ich Sie in meinem Büro überzeugen, dass Sie ab sofort für uns arbeiten. Sie werden heulen und flennen, aber dann doch aus Angst mitspielen. Selbstverständlich ist das alles Theater, stellen Sie sich schon mal auf die Hauptrolle ein. Können Sie weinen?«

»Na klar, wenn es mir nutzt.«

»Ihr armer Mann.«

»Der ist auch nicht ohne«, sagte sie lächelnd. Aber die Anspannung fiel nicht ab.

»Der einzige Grund, dieses Theater zu veranstalten, ist, dass ich Ihren Mann sprechen muss.«

»Warum?«

»Sie haben vielleicht davon gehört. Es bereitet sich eine Explosion vor. Die SA ist unzufrieden und verliert die Geduld ...«

»Hitler hat sich auf die Seite der Gutsbesitzer, Industriekapitäne und der Reichswehr gestellt. Dabei hat er vor den Wahlen gar nicht sozialistisch genug sein können«, sagte sie. »Die Partei hat die Heuchelei entlarvt, auch die SPD hat sie kritisiert, aber die Idioten wollten nicht hören. Man könnte glatt schadenfroh werden. Sie haben ihre eigenen Schlächter gewählt. Und wer sich heute noch freut, liegt morgen im Schützengraben. Sie hätten Hitlers Buch lesen sollen, darin hat er alles angekündigt. Da hat er seine Ziele nicht verborgen. Lebensraum im Osten, aber offenbar haben viele Deutschen vergessen, was im Osten liegt. Die Tschechoslowakei, Österreich, Polen und die Sowjetunion.«

Raben schien es, dass sie geradezu erleichtert war, ihm das erzählen zu können. »Sie haben vollkommen recht. Deshalb muss ich Ihren Mann sprechen. Ich hoffe inzwischen auf den Bürgerkrieg«, erwiderte Raben.

»Wie bitte?«

»Vielleicht werden wir den Spuk los, bevor ganz Deutschland ein Konzentrationslager ist. Wie, ist mir fast egal.«

»Das sind ja Töne. Und was soll mein Ex-Mann dabei tun?«

»Wenn die KP sich einmischt, steigert es das Chaos. Je mehr Chaos, desto früher schreitet die Armee ein. Wenn die alten Knochen hören, dass die Kommunisten mitmischen, errichten sie eine Militärdiktatur. Die Generale hatten gehofft, dass Hitler das Reich von den Kommunisten säubert. Eine Revolte der KPD, sei sie noch so schwach oder örtlich begrenzt, hätte eine enorme Wirkung. Vor nichts haben die Hindenburgs mehr Angst als vor dem Bolschewismus.«

»Sie wollen eine Militärdiktatur? Und dabei sollen die Kommunisten die nützlichen Idioten spielen. Normalerweise überlassen wir diese Rolle anderen.«

»Wenn es der Reichswehr gelingt, SA und SS auszuschalten und Hitler dazu, dann hätten wir ... überschaubare Verhältnisse. Sollen sie meinetwegen den Kronprinzen als Kaiser installieren, obwohl er sich all die Jahre mit nichts anderem beschäftigt hat, als Hitler hinten reinzukriechen. Das gäbe dem neuen Regime eine Art Legitimation.«

»Mann, Sie spinnen ja wirklich. Ein Kommissar ändert den Lauf der Welt. Bisher dachte ich, das wäre Aufgabe der Arbeiterklasse. Also, ich soll meinem Mann sagen, dass Sie größenwahnsinnig sind und ein großes Spiel aufführen wollen.«

»Wenn Ihnen diese Formulierung behagt«, sagte Raben und lachte. Eine innere Stimme sagte ihm, dass er verrückt war. Dass so etwas nicht klappen konnte. Aber wenn er wenigstens Fehrkamp kriegen konnte.

»Und wenn die SA nicht revoltiert?«

»Dann haben wir Pech gehabt. Hitler wird eher früher als später gegen die eigenen Leute losschlagen, sonst zieht ihm die Reichswehr den Sessel unterm Hintern weg. Seine Position ist wacklig. Er laviert, aber das klappt nicht ewig.«

»Ich halte fest, Sie wollen meinen Mann ins Chaos führen.«

»Nein, ich möchte ihm natürlich meine Ideen vorschlagen. Wenn er sie für Unsinn hält, bitte schön. Der Versuch lohnt sich.

Ihr Mann, pardon Ex-Mann, leitet den M-Apparat, gemeinsam mit Genossen aus Moskau ...«

»Quark!«

»Kommt ins Protokoll. Ich will von ihm wissen, ob er Informationen über die SA hat, die ich nicht habe.«

»Und Sie glauben, das erzählt er Ihnen einfach so?«

»Überlassen Sie ihm die Entscheidung.«

»Ich verstehe Sie nicht ganz. Der Gestapo und Ihrem Posten geht es doch am besten, wenn Hitler und Göring an der Macht bleiben. Die SA würde Ihren Laden doch säubern, wenn nicht ausräuchern und einen eigenen Unterdrückungsapparat schaffen, der nur auf Röhm hört.«

»Ich will deswegen eine Militärdiktatur, meinetwegen auch eine Monarchie in einer zerstrittenen Gesellschaft. Dann hätten die demokratischen Parteien wenigstens eine Chance.«

»Sie überschätzen sich, Herr Kommissar Raben.«

»Wahrscheinlich. Aber ich will nichts unversucht lassen.«

»Haben Sie mit meinem Mann schon mit Zinnsoldaten gespielt?«

»Täte ich gern, wenn er mich gewinnen lässt.«

Sie lachte leise.

Er brachte sie tatsächlich in einer Kraftdroschke zur Prinz-Albrecht-Straße. Führte sie in sein Büro. »Kaffee, Tee, beides leider nicht in *Kranzler*-Qualität.«

»Dann muss ich leider verzichten.«

»Wann haben Sie Ihren Mann zuletzt gesehen? Datum, Uhrzeit, Ort!«

Sie tat verschüchtert. »Lassen Sie mich nachdenken, bitte.«

»Wir haben im Keller einen Nachdenktrakt, da können Sie monatelang grübeln. Am Ende erfahren wir es sowieso. Der Unterschied ist: mit Schmerzen oder ohne.«

»Herr Kommissar, wenn Sie mich bedrohen, fällt mir vor Angst nichts ein.«

»Wir haben hier die Erfahrung gemacht, dass Angst die Erinnerung fördert.«

»An Neujahr 1933, in einem Tanzcafé.«

»Welchem?«

»*Berliner Trichter*, Alexanderstraße.«

»Da haben Sie das Tanzbein geschwungen.«

»Nein, da haben wir ein Glas Sekt getrunken, diese Gewohnheit haben wir auch nach der Scheidung beibehalten.«

»Wo sind Ihre Töchter?«

»Bei den Großeltern. Ich besuche sie dort regelmäßig.«

»Eine wahre deutsche Mutter!«

»Solang Ihre Leute mich überwachen, will ich sie nicht in meiner Wohnung haben. Wenn sie erleben, dass ich regelmäßig Besuch von der Gestapo erhalte, bekommen sie Angst. Die kann ein Kind fürs Leben prägen.«

»Wie wäre es, Sie würden unseren Führer unterstützen? Seine Regierung tut viel für Kinder, sogar wenn sie von Kommunisten abstammen.«

»Ich bin keine Kommunistin, ich habe mit der Partei gebrochen.«

»Warum?«

»Seit Thälmann zum Vorsitzenden gewählt wurde, ist die Partei Befehlsempfänger Moskaus geworden.«

»Haben Sie Kontakt zu Ihrem Mann?«

»Ich habe Ihnen doch …«

»Telefon, Post, Bote …?«

»Nein.«

»Wenn ich Ihnen sage, dass ich Sie zusammen mit Ihrem Mann auf der Straße gesehen habe?«

»Dann lü… irren Sie sich.«

Raben sah sie streng an und zwinkerte mit einem Auge. »Ja, das wäre möglich. Es könnte aber auch sein, dass Sie die Unwahrheit sagen. Ich darf Sie an unsere Mittel zur Gedächtnisauffrischung erinnern?«

»Tun Sie das. Das ändert auch nichts. Mein Mann hält mich für eine Renegatin. In kommunistischen Kreisen ist das der schlimmste Vorwurf.«

»Aber er hat mit einer Verräterin aufs neue Jahr angestoßen«, sagte Raben.

»Seitdem will er nichts mehr mit mir zu tun haben. Er dachte, ich wäre aus Angst ausgetreten, und wollte mich zurückholen. Bis ich ihm gesagt habe, er könne mich mit seinem Teddy kreuzweise ... Entschuldigung.«

Raben lächelte. Sie spielte ihre Rolle perfekt.

»Sie bleiben in Berlin. Sollten Sie innerhalb Berlins umziehen, haben Sie mir das sofort anzuzeigen. Ich werde Sie kommende Woche eines Nachmittags aufsuchen. Warten Sie auf mich. Bis dahin werden Sie genug Zeit gehabt haben, Ihre Erinnerung aufzufrischen. Sollte Ihnen vorher etwas einfallen, rufen Sie mich an.«

Sie schwieg.

»Ich bringe Sie raus. Sie wissen ja, wie Sie heimfinden.«

Wieder in seinem Büro, lehnte er sich zurück auf seinem Schreibtischstuhl. Thea Kippenberger hätte sich bei der UFA als Schauspielerin bewerben sollen.

Kurzes Klopfen, dann flog die Tür auf. »Genial«, sagte Hagen. »Sie sind der heimtückischste Gestapo-Mitarbeiter, den ich kenne. Außer Müller natürlich.« Er setzte sich auf den Stuhl, den Thea Kippenberger vorgewärmt hatte. »Wenn einer Kippenberger kriegt, dann Sie.«

»Beschwören Sie's nicht.« Er stellte sich Hagens Gesicht vor, würde er ihm die Wahrheit sagen.

»Haben Sie's schon gehört? Der Standartenführer hat Andeutungen gemacht. Und seitdem fragt sich das halbe Gestapa, was er wohl meint und was unser aller Reichsführer vorhaben könnte. Es stinkt, Raben, es stinkt.«

»Wo?«

»Röhm. Der bereitet was vor. Der SD hat seine V-Männer dort, ganz oben. Und die erzählen wohl Schauergeschichten. Nicht nur über sexuelle Perversionen« – Hagen verzog das Gesicht, als müsste er sich übergeben – »die wollen die Reichswehr köpfen und den Führer zwingen, diese zweite Revolution auszurufen. Röhm dreht durch.«

»Das sind mehr als Andeutungen«, sagte Raben und fragte sich, warum Heydrich ihn auf Röhm angesetzt hatte, wenn schon Spitzel den SA-Stabschef verpfiffen. Launenhaftigkeit, eher Ungeduld. Sein Reichsführer und er wollten Röhm an den Kragen, so schnell wie möglich. Offenbar mussten sie Hitler nicht mehr drängen.

Hagen nickte. »So langsam entsteht ein Gesamtbild, eine Schreckensgeschichte. Uns wollen die auch fertigmachen. Röhm hasst unseren Reichsführer, weil der sich nur noch vom Führer was sagen lässt. Hört man so.«

»Ich halte mich lieber an Tatsachen und Befehle«, sagte Raben.

»Sie haben ja recht. Ich hoffe, Sie fallen nicht der SA in die Hände, wenn das Jüngste Gericht kommt.«

227.

Nach dem Abendessen trank Raben ein Glas Rotwein. Lena wollte nicht mittrinken, die Mutter war offensichtlich Geheimmitglied einer Abstinenzlersekte, wie er ihr manchmal im Scherz vorhielt. Jedenfalls trank Elisabeth kaum Alkohol und rauchte nicht. »Besser Abstinenzler als Trunkenbold«, sagte sie mit feinem Lächeln.

»Du hast was auf dem Herzen«, sagte Lena. »Ich seh's dir an.«

Er nickte. »Das große Hauen und Stechen ist nicht weit. Die SA legt sich mit Hitler an und der Reichswehr. Die SS steht treu wie der Reichs-Heini an des Führers Seite. Was auch sonst? Wer das Ding gewinnt, weiß ich nicht. Kann sein, dass wir eine Diktatur der Generale kriegen. Oder einen Bürgerkrieg, bei dem gewinnt, wer übrig bleibt. Vielleicht begräbt die Kommune die traurigen Reste und steckt die rote Fahne drauf.«

»Und was passiert mit dir?«, fragte die Mutter.

Am liebsten hätte er geantwortet: Woher soll ich das wissen? Aber er schwieg. Ihm ging die Schwiegermutter auf die Nerven. Er hatte kaum eine freie Minute mit Lena, obwohl Elisabeth alles tat, um sie nicht zu stören. Er empfand sie trotzdem als Fremdkörper.

»Wie steht's mit deinem Fall?«

Er hob kurz die Brauen. Sie würde es verstehen: Genaueres später. »Da geht derzeit nichts.« Und dachte: Ob die es mitgehört haben? Er hatte in den letzten Tagen vorsichtig nach Wanzen gesucht, aber keine gefunden. Im Gestapa hatte er mit Technikern besprochen, wie er eine Wohnung am besten verwanzte. Er hatte sich die Abhörmikrofone zeigen lassen und war sicher, sie bei sich zu Hause zu finden, wenn es welche gab. Offenbar gab es keine. Trotzdem tat er so, als würde er abgehört. Lena hatte ihn schon als paranoid verspottet. Aber sie verstand, dass er sich keinen Fehler leisten konnte. »Ich krieg den Kippenberger, sofern er im Land bleibt. Aus Moskau kann ich ihn schlecht entführen. Ich versuch es über seine ehemalige Frau. Aber die hat sich mit ihm zerstritten. Behauptet sie. Würde ich an ihrer Stelle auch behaupten.«

Die Schwiegermutter erhob sich. »Ich geh jetzt schlafen. Gute Nacht.«

Sie schwiegen lange. »Lass uns die Beine vertreten«, sagte sie schließlich. »Ich habe mich den ganzen Tag an einem Artikel krumm gesessen.«

Draußen hakte sie sich bei ihm ein. Seine Augen suchten die Straße ab. Kein Auto wartete. Vielleicht hatten sie sich im Haus gegenüber eingerichtet. Aber da brannte noch Licht in allen Stockwerken. Eher nicht also.

»In der Redaktion gab es auch Geraune. Wir fürchten, dass Redakteure dran glauben müssen. Die haben sich vor der Machtergreifung gegen die Nazis stark gemacht. Die sind rachsüchtig. Wir fürchten, dass sie beim großen Reinemachen eingesperrt oder gleich umgebracht werden könnten. Wolff hat sich ja schon abgesetzt. Goebbels soll ihm angeboten haben, dass er zurückkommen könne. Und Mosse werde Ehrenarier, wenn er den Laden wieder übernehme. Ehrenarier!«

»So was wie du …«

»Sehr witzig. Aber zurück kommen beide nicht«, sagte Lena. »Es ist eine üble Stimmung, wie vor einem Krieg. Es liegt Gewalt in der Luft. Ich habe Angst, dass du unter die Räder kommst. Überhaupt die SS, immerhin beschützt Heydrich uns. Ob Röhm das auch täte? Bis Judenblut vom Messer spritzt. Beim Kurfürstendamm-Krawall haben die niemanden nach einem Ariernachweis gefragt, bevor sie arglose Fußgänger angegriffen haben. Überall ziehen SA-Trupps durch die Straßen und verprügeln Menschen, die jüdisch aussehen. Was immer das heißen soll. Seh ich jüdisch aus?«

»Du könntest die Tochter Hermann des Cheruskers sein.«

»Das stimmt schon deswegen nicht, weil der Held Arminius heißt und niemand seinen germanischen Namen kennt.«

»Besserwisserin.«

»Ich kann dir natürlich deinen Kinderglauben lassen. Aber dann wird nie was aus dir.«

»Du sprichst mit Berlins jüngstem Kommissar.«

»Der Karrierestufen übersprungen hat, weil der nette Herr Heydrich einen Narren an ihm gefressen hat. In Wahrheit bist du dessen Hofnarr.«

»Hofnarren leben länger.«

»Solltest du nicht längst auf Röhms Schoß sitzen?«

»Da gab es, sagen wir mal, Missverständnisse.«

228.

»Sie kennen diesen Raben?«, sagte Röhm.

Fehrkamp saß ihm gegenüber und nickte. »Leider.«

»Heydrich wollte ihn mir unterjubeln. Aber nach knapp zwei Tagen war er doch unentbehrlich für die Gestapo. Ich hätte ihn spitzeln lassen und mit hilfreichen Auskünften über meine unerschütterliche Führertreue gespickt wie einen Hasen.«

»Dieser Raben ist eine Drecksau!«

»Na, Kamerad, mäßigen Sie sich«, erwiderte Röhm grinsend. »Was heißt das? Das heißt, dass Heydrich keinen Spitzel mehr braucht. Entweder er hat genug und das Zählen verlernt oder … er hat ausreichend Denunziationen gesammelt, um den Führer zu füttern. Im Zweifelsfall erfinden die einfach was. Sollten wir die Gelegenheit haben, werden wir den Scheiß-SD samt seinem Chef durch den Fleischwolf drehen.« Er atmete tief durch. »Wie ich dieses schwarz geschniegelte Pack hasse! Adis wahrer Feind heißt Himmler. Wo sich eine Lücke auftut, gräbt der mit seinen schmutzigen Pfoten. Macht, Macht, Macht. Und jetzt wollen die unsere SA unter den Büttel kriegen. Nicht mit mir. Ich mache reinen Tisch mit dem Führer. Ich als sein einziger Freund kann Tacheles mit ihm reden, mich versteht er.«

Fehrkamp hörte sich die Tirade geduldig an. Was will er von mir?, fragte er sich. Braucht er einen Zuhörer?

Röhm verfiel ins Schweigen. Seine Lippen bewegten sich, ohne etwas zu sagen. Er kratzte sich am Kopf. Dann sagte er: »Heydrich hat uns diesen Raben geschickt. Ich hätte ihn gleich abknallen sollen, vielleicht wäre ein Autounfall … Sie haben gewiss ein großes Herz und haben Raben verziehen.«

»Danke, Stabschef. Aber mein großes Herz ist nicht groß genug, um darin einen Platz für Verräter zu finden. Ich habe keinen Zweifel, dass er hinter den Anschlägen auf mich steckt.«

»Na, erzählen Sie das dem Kameraden Heydrich.«

»Das bringt nichts.«

»Recht haben Sie. Was halten Sie davon, sich selbst um Gerechtigkeit zu bemühen? Wenn was schiefgeht, hau ich Sie raus.«

229.

Heydrich grinste. »Hat er Sie also nicht umarmt, der Held. Mann, ist der feig. Ich gebe zu, ich wollte sehen, wie er auf Sie reagiert. Immerhin hat er mir die Ohren vollgeheult, dass sich in seiner SA Kommunisten tummeln.«

»Wenn ich mir eine Bemerkung gestatten darf, Standartenführer …«, sagte Raben.

»Wenn Sie schon so anfangen, also?«

»Der Stabschef hasst die SS und die Gestapo. Er fürchtet, dass der Reichsführer seinem Einfluss entzogen wird.«

»Ist er doch längst. Röhm mag des Reichsführers Vorgesetzter sein, aber der kümmert sich einen Scheiß darum. Recht hat er. Der Führer weiß, wer ihm immer treu war und immer treu bleiben wird. Röhm hab ich damit nicht gemeint.«

»Was soll ich jetzt tun? Kippenberger?«

»Bis auf Abruf. Ich habe bald eine interessantere Aufgabe für Sie, glaube ich.«

»Zu Befehl, Standartenführer.«

»Eckes wird sich demnächst an Sie wenden.«

Raben wartete auf eine Erläuterung, aber es folgte keine.

»Sie hatten Frau Kippenberger vorgeladen …«

»Ja, es hat nichts gebracht, außer dass Sie jetzt Angst hat. Das war das Hauptziel.«

»Sehr gut, Raben. Sie lassen nicht locker. Sie werden noch unser Kommune-Experte.«

»Bitte nicht«, sagte Raben. »Der Fall Kippenberger ist spannend, aber sonst … das ist doch immer das Gleiche. Der Genosse Stalin befiehlt, und die folgen.«

»Wie bei uns.« Heydrich schickte dieses Grinsen hinterher, das eher nach Zahnschmerzen aussah.

»Natürlich nicht«, sagte Raben.

»Das mussten Sie jetzt sagen. Bei uns können Sie frei reden, wir verwandeln unseren SD in das geistige Zentrum des Reichs. Unser Reichsführer hat klare Vorstellungen. Er will, dass die SS zu einem Orden wird, zu *dem* Orden des Dritten Reichs, der ihm Struktur und Stabilität gibt. Das Reich hat eine große Zukunft und wir auch.« Er blickte über Rabens Scheitel hinweg in eine ferne schwarze Zukunft. »Wir werden auch für rassereinen Nachwuchs sorgen, die Führer von morgen, wenn wir den Dreck weggeräumt haben, der auf dem Weg liegt. Das ist unsere Aufgabe, alle Hindernisse beseitigen, um das Reich in aller Reinheit entstehen zu lassen.« Er kehrte aus der Zukunft zurück und blickte auf Raben. »Und Sie dürfen mitmachen, mitgestalten. Erfüllt Sie das nicht mit Stolz?«

»Aber ja doch, Standartenführer. Wir schaffen das.«

Heydrich nickte. »Und jetzt gehen Sie Ihren Kommunisten fangen.« Und lachte scheppernd.

230.

Fehrkamp hatte sich einen Revolver besorgt, Smith & Wesson, neun Millimeter. Ehrig kannte einen Kameraden, der die Waffe von der Westfront mitgebracht hatte. Die Luger 08 war Fehrkamp nicht zuverlässig genug. Er zog Zivilkleidung an, dazu einen Mantel, der ihn zwar schwitzen lassen würde, aber den Revolver verbarg. Jetzt endlich würde er sich an Raben rächen können. Der Idiot war so frech gewesen, dem Stabschef Röhm auf die Pelle zu rücken. So blöd musste man erst mal sein. Röhm hatte Fehrkamp einen Schein ausgestellt, der ihm die Nutzung eines Dienstwagens erlaubte. Ein DKW F 1, klein, aber schick. So stand er lange in der Prinz-Albrecht-Straße, schräg gegenüber, sodass er gerade noch überblicken konnte, wer die Eingangstür passierte. Der Abend brach herein, die Straßenlaternen wurden eingeschaltet. Er rauchte, die Zigarette von der Hand verdeckt, wie im Krieg. Nur gab es hier keine Scharfschützen.

Dann sah er Raben. Fehrkamp vergewisserte sich mit einem Blick durch den Feldstecher. Ja, eindeutig. Er ließ den DKW an und rollte langsam los. Raben lief gemächlich, die Aktentasche in der Hand. Setzte den Hut ab, wischte sich mit dem Ärmel die Stirn trocken und ging weiter. Richtung Potsdamer Platz. Fehrkamp fuhr voraus, parkte den Wagen an der Straßenseite und stieg aus. Er warf seine Zigarette auf die Fahrbahn. Auf der anderen Straßenseite holte Raben gemächlich auf. Als er Fehrkamp überholt hatte, überquerte der die Straße. Jetzt war er hundert Meter hinter Raben. Aber hier leuchtete schon der Potsdamer Platz. Er musste woanders seine Chance suchen. Er würde sie finden und diese Klette abknallen. Er freute sich schon auf Rabens Jammern, auf sein Flehen, ihn doch am Leben zu lassen. Und Röhm würde Fehrkamp auf die Schulter klopfen und ihm ein Alibi verschaffen.

231.

Raben überlegte, ob er sich seine Umwege nicht schenken konnte. Er beschloss trotzdem, so lange durch die Stadt zu kurven, bis kein Verfolger auf seinen Fersen bleiben konnte. Er stellte sich vor, sein Beschatter wäre dieser Mann mit der Schieberkappe, der auf der anderen Straßenseite seine Kippe auf die Straße geschnalzt hatte und ihm jetzt folgte. Auch wenn er nicht wüsste, warum ihm einer auf den Fersen sein sollte. Heydrich, Hagen und Müller hatten nicht erkennen lassen, dass sie ihm misstrauten. Er lobte sich für den

Schachzug, Thea Kippenberger im Büro zu vernehmen. Wer mitgehört hatte, bekam einen Kurs in Vernehmungstechnik frei Haus geliefert, die Mischung aus Drohung und Verlockung eingeschlossen.

Er hatte mit Thea Kippenberger ein Treffen in der Gaststätte des Anhalter Bahnhofs verabredet, bevor er sie zum Gestapa gebracht hatte. Und dorthin ging er jetzt, wenn auch kreuz und quer durch die Stadt. Er begriff bald, dass die Schieberkappe vom Potsdamer Platz ihn verfolgte. Niemand gurkte so ziellos durch die Stadt, außer wenn er einen beschattete, der sich vermeintlich ziellos in der Stadt bewegte. U-Bahn, S-Bahn, Bus, wieder U-Bahn, S-Bahn und so weiter. Quasi im Kreis. Dann ein Stück zu Fuß, um zu prüfen, ob der Verfolger sich hatte abschütteln lassen. Es klappte auch diesmal. Er hatte nur ein paarmal im vorletzten Augenblick in die U-Bahn springen und im letzten sich durch die Tür hinausquetschen müssen. Schließlich lief er gemütlich vom Potsdamer Platz die Stresemannstraße hinunter bis zum Anhalter Bahnhof. Unterwegs hatte er sich zusammengereimt, dass vermutlich Fehrkamp ihm folgte. Die Figur passte, das Gesicht hatte er nicht erkennen können. Wer sonst?

Er betrat die Kneipe. Auf den Tischen standen Kerzen. Über dem Tresen gratulierte jemand einer Rosi. Da stand aber nicht, wozu, Hauptsache, Rosi wusste es. Der Holzboden klebte von verschüttetem Bier. Zum Biergestank gesellten sich der Rußrauch der Loks und der Tabakqualm. In der Ecke saß ein Mann in einem Mantel, eine Hand am Bierglas, die andere unterm Tisch.

»Entschuldigen Sie, dass ich zu spät bin«, sagte Raben.

»Ich bin zu früh«, sagte Kippenberger. Er trug eine Brille und einen Vollbart, dazu eine Perücke mit blonden Haaren. Die Verkleidung war perfekt. Offenbar kannte er einen Maskenbildner vom Theater, oder seine ehemalige Frau konnte das.

»Warum treffen wir uns nicht in einer geheimen Wohnung?«, fragte Raben.

»Würden Sie mich in einer Kneipe suchen?«

»Jetzt schon«, erwiderte Raben.

Kippenberger lachte leise. »Machen wir es kurz.«

»Was von der Revolution gehört? Sie sind ja qua Beruf der Experte.«

»Und was haben Sie für mich?«

»Einen Vorschlag. Ich bring Sie aus Berlin raus, in einem Auto der Gestapo. Sie müssten allerdings so einen albernen Ledermantel tragen und sich darin totschwitzen.«

Kippenberger nickte. »Warum raus aus Berlin?«

»Bei der Gestapo geht der Spruch von der Nacht der langen Messer um. Die Chefs sind nervös. Wegen Röhm, der angeblich putschen will.«

»Unsere Quellen in der SA berichten, dass Röhm und Kameraden sauer sind. Dabei hat Röhms bester Freund Adi ihm zuletzt einen Liebesbrief geschrieben, im *VB* abgedruckt. Ewige Treue und so weiter. Da werden dem Landsknecht die Tränen gekommen sein. Wenn Sie mich fragen: Die SA macht Druck, die ist unzufrieden, aber die SA putscht nicht.«

»Wenn Hitler Röhm entlässt und ins Ausland schickt?«

»Dann geht der dahin, wo andere Totschläger seiner Fachkenntnisse harren.«

»Und die SA?«

»Der wird der Führer erzählen, dass er ihr Chef ist.«

»Dann knallt's.«

»Ja. Die SA wird sich spalten, und die werden sich gegenseitig an die Gurgel gehen. Dann mischen sich Reichswehr und SS ein, und die SA kann einpacken.«

»Und wenn Röhm aus dem Ausland weiter die Strippen zieht?«

»Dann schickt Heydrich einen, der ihn umbringt. Sie wären doch der geeignete Kandidat.«

Raben tippte sich an die Stirn.

»Das wäre ein großer Schritt in Ihrer Karriere. Ich würde Röhm töten, ohne eine Sekunde zu grübeln.«

»Das glaube ich Ihnen. Ich fürchte, Hitler will den großen Schnitt. Ein für alle Mal die Quertreiber beseitigen und ein Bündnis mit der Reichswehr schließen. Das würde seine Machtposition stärken. Die Generale hassen die SA, und die fällt vor allem durch Prügeleien und Saufereien auf…«

»Und durch Beleidigungen der Generale.«

Raben bestellte ein Bier und eine Käsestulle.

»Warum sind Sie nicht längst nach Moskau geflohen?«, fragte er.

Kippenberger lachte. »Hier geht es nicht um mich. Wenn die Genossen sehen, dass alle ihre Führer abhauen, warum sollten sie dann kämpfen?«

»Aber früher oder später kriegen wir Sie. Eine Denunziation. Wenn dieser Wirt hier Sie erkennt, hat er keine Geldsorgen mehr.«

»Ich weiß schon, wo ich mich sehen lassen kann.«

»Soll ich von Genossen erzählen, die sich bei der Gestapo erleichtert haben, nur weil sie um ihr Leben fürchteten? Und die Folter natürlich.«

»Sie erzählen mir nichts Neues. Es hat immer Feiglinge und Verräter gegeben.«

»Wir werden nicht als Helden geboren.«

»Aber es gibt Situationen, wo man keine Wahl hat.«

»Es gibt Situationen, in denen man es herausfindet.«

»Was Sie da in Österreich veranstaltet haben, wie nennen Sie das?«

»Verrückt«, sagte Raben.

»Was die einen verrückt nennen, nennen andere heldenhaft.«

»Ich möchte nicht in die Lage kommen, ein Held oder ein Verrückter sein zu müssen. Erst nach dem Ende meines kleinen Ausflugs nach Wien ist mir klar geworden, dass ich mit dem Leben meiner Frau und meinem eigenen gespielt habe. Das war nicht heldenhaft. Sofern man andere gefährdet, die von ihren Heldentaten und der drohenden Abrechnung bestenfalls einen Schimmer haben.«

»Lassen wir das. Schade, dass Sie nicht in meiner Partei sind. Sind Sie schon Nazi?«

»Hat mir bisher keiner vorgeschlagen. In der Gestapo gibt es nicht nur mich, der nicht in der Partei ist. Es gibt dafür ein paar, die waren schon immer Nazis, ohne es zu wissen.«

»Müller?«, fragte Kippenberger.

»Ja, der hat es sich erst mal mit der Partei verdorben. Der tut, was man ihm befiehlt. Wenn Sie den in eine Volksschule schicken mit dem Befehl, alle Kinder zu erschießen, erschießt er sie.«

»Was planen Sie mit Fehrkamp?«

»Das liegt auf der Hand. Nur erwischen lassen möchte ich mich nicht. Am schönsten wäre es doch, jemand brächte den um, während ich mit Heydrich und Müller Skat spiele. Und Hagen, kennen Sie den?«

Kippenberger trank einen Schluck und kratzte sich an der Wange. »Der aus Kiel? Ist dort in den Sauhaufen eingetreten …«

»Der gehört zum Vorauskommando des SD, der demnächst komplett von München nach Berlin umzieht«, sagte Raben.

Die Tür öffnete sich. Kippenbergers Hand zuckte in die Manteltasche. Zwei Männer. Einer vernebelte sich mit einer Billigzigarre, der andere lachte. Sie blickten sich um und setzten sich an den Tisch neben der Tür.

»Scheiße«, sagte Kippenberger.

»Kennen Sie die?«

»Nein, aber wenn es die Gestapo ist?«

»Ich habe die beiden noch nie gesehen.«

Kippenberger legte seine Hand auf den Tisch. »Hätte ich früher mit Ihnen besprechen müssen … Es gibt vor den Toiletten eine Tür, links. Die führt in die Küche, und dort gibt es einen Lieferanteneingang, der nicht abgeschlossen ist. Wenn ich verschwinden muss, müssen Sie die Leute ein paar Sekunden aufhalten, und ich bin weg. Einverstanden?«

»Und ich hab ein Verfahren am Hals.«

»Wenn Sie sich blöd anstellen. Die erkennen mich nicht auf den ersten Blick.«

»Sie sollten zum Film gehen«, sagte Raben.

»Haben Sie schon einen Fluchtweg, sollte es Ihnen nicht gelingen, Fehrkamp zu erledigen, während Sie mit Heydrich und Müller Skat spielen?«

Raben lachte.

Die beiden Männer an der Tür beugten sich über eine Akte. Geschäftsleute. Hoffentlich.

»Vielleicht können Sie das für mich erledigen. Bei Ihrer Sündenliste käme es auf einen Nazi mehr oder weniger nicht an.« Er musterte Kippenberger.

Der grinste. »Gute Idee. Nur verbietet mir meine Partei solches Abenteurertum.«

»Wie soll man die Politik Ihrer Partei nennen, wenn nicht abenteuerlich?«

»Einverstanden, aber wir lernen daraus.«

»Schön zu hören, sieht man davon ab, dass es zu spät ist, es sei denn, Röhm und Hitler zerfleischen sich gegenseitig.«

»Unsere Kräfte reichen nicht, sie haben noch nie gereicht. Wir müssen mit den Sozis zusammengehen.«

»Habe ich das nicht schon mal gehört? Nur hieß es damals, das sei Verrat an der Arbeiterklasse oder so ähnlich.«

Kippenberger winkte ab. »Sie können mir noch so moralisch kommen, Ihren Fehrkamp erledigen Sie bitte selbst. Während Sie mit Heydrich und Müller Karten spielen.«

232.

»Der hat mich abgehängt«, sagte Fehrkamp und wischte sich die Stirn trocken. »Der ist nicht nur geschickt beim Verfolgen, er lässt sich auch nicht beschatten. Plötzlich war er weg.«

»Dann passen Sie den vor seinem Haus ab. Abends, sobald es dunkel ist. Sie sagen doch, der arbeitet lang.«

»Ist riskant. Da gibt es Fußgänger, Radfahrer, Autos …«

»Sie haben mit mir gesoffen, Fehrkamp, Sie trübe Tasse, als ein böser, böser Verbrecher unseren Lieblingskameraden Raben gekillt hat. Noch wagt es niemand, mir mein Ehrenwort nicht zu glauben. Noch stützt der Führer seine Macht auf seine braunen Bataillone. Noch braucht er mich.« Röhm erhob sich, stützte sich auf seinem Schreibtisch ab, als würde ihn sein Wanst sonst zu Boden ziehen. »Ich fahre in die Kur nach Bad Wiessee, kennen Sie das?«

»Nein«, sagte Fehrkamp.

»Dann gucken Sie mal auf eine Karte. Bayern, ziemlich genau südlich von München, am Tegernsee. Dort werden Sie gewesen sein, als der arme Raben umgebracht wurde. Das werde ich beschwören. Sie erledigen den und setzen sich sofort in den Zug. Verstanden? Aber lassen Sie sich nicht in Berlin erwischen. Dann können Sie Ihr Alibi in der Pfeife rauchen. Klar?«

»Klar, Stabschef.«

»Ich werde die SA in Urlaub schicken. Adi wird mich in Bad Wiessee besuchen, und wir werden unsere Freundschaft erneuern. Er wird verstehen, dass seine Revolution nicht vorbei ist.«

Fehrkamp nickte. Warum erzählte Röhm ihm das? Weil er erleichtert war? Weil er protzen wollte mit seinem Freund Adi?

»Ich hoffe sehr, dass Ihre Wünsche sich erfüllen. Es sind auch meine.«

Röhm verzog sein Narbengesicht mit dem Schnurrbart, dessen Größe Hitlers Rotzbremse locker abhängte. »Danke, Kamerad. Sie gehören zu unseren Besten. Wenn ich mit Adolf gesprochen habe und Sie diesen Raben erledigt haben, werde ich Sie befördern. Sie gehören in meinen Stab.«

»Und der Kamerad Ehrig?«

»Ich habe die Kommune immer respektiert, wie man Mücken ernst nimmt, um sie dann totzuschlagen. Ich möchte keine Mücke in meinem Stab, auch wenn sie behauptet, nur noch eine Stubenfliege zu sein.«

Der Stabschef war in Hochform. Fehrkamp lachte, war ja auch eine dumme Frage gewesen.

»Aber Sie denken an Ihre Leute, das gefällt mir, Fehrkamp. Und jetzt bringen Sie den Raben um.«

233.

»Der will dich nicht verfolgen. Was soll ihm das bringen, wenn er jedes Mal abgehängt wird? Der will dich umbringen. So löst die SA Probleme. Du bist sicher, dass dir Fehrkamp folgt?«

»Ziemlich. Er hat mich am Haus abgepasst. Ich habe das Gesicht nicht erkannt, aber wie er sich bewegt hat, seinen Wanst sieht man auf fünfzig Kilometer Entfernung.«

»Den hat nicht nur er.«

»Aber alles zusammen. Und schlauer ist er auch nicht geworden.«

»Er rechnet nicht damit, dass ihn jemand verfolgt.«

»Nachdem ich ihn fast erledigt habe, Lena?«

»Er hat dich nicht erkannt.«

»Er weiß es trotzdem. So blöd ist er nun auch nicht, dass er nicht zwei und zwei zusammenzählen könnte.«

Aus dem Kinderzimmer hörten sie Elisabeths Stimme. Sie erzählte und sang leise.

»Karl der Kleine und seine Großmutter sind ein unschlagbares Duo. Ich bin ja fast eifersüchtig«, sagte Lena. »Aber ihr verdanke ich es, dass ich wieder arbeiten kann.«

»Die haben endlich *mosaisch* aus der Mitarbeiterkarte entfernt?«

Sie nickte. »Ich bin jetzt gar nichts. Mein einziger Gott ist der Führer. Aber den darf man ja noch nicht als Religion angeben.«

»Wie schade«, sagte Raben.

»Ja. Was tust du gegen Fehrkamp?«

»Ich werde ihm ausweichen. Ich brauche ein hundertprozentiges Alibi, wenn der stirbt.«

»Meines reicht dir nicht … und Mutters?«

»So nützlich wie eine Portion Zyankali.«

»Das Theaterstück fand ich toll«, sagte Lena. »Nur gut, dass unser Theaterkritiker niemand anderen kritisieren lässt. Die Gabe dazu fällt vom Himmel oder eben nicht. Jetzt hat der ein Problem mit Goebbels.«

»Am liebsten würde ich den Fehrkamp in eine dunkle Gasse ziehen und abmurksen …«

»Der sicherste Weg nach Plötzensee. Du hättest es beim ersten Versuch schaffen müssen. Jetzt legen sie der Kessler Daumenschrauben an, und sie wird dich erkennen.«

Verdammt, er hatte ihn schon gehabt. Eine Sekunde, Hals umdrehen, fertig. Er war eben kein Berufsmörder wie Heydrich und Müller. Oder Fehrkamp und Ehrig. Denen fehlten die Wartesekunden, die sich Moral nannten. Das Zögern vor dem Unwiderruflichen.

»Wenn das alles mal vorbei ist, wird es niemand gewesen sein, und niemand wird es gewusst haben«, sagte Lena, als läse sie seine Gedanken. »Nicht mal der Führer, nicht mal Heydrich. Du dienst einem Verbrecher, und der hat seine Karriere erst angefangen. Sie werden einen Krieg vom Zaun brechen. Hitler preist den Frieden, um die anderen einzulullen. Jedes Mal, wenn er vom Frieden spricht, meint er: Lasst uns noch ein bisschen Zeit, bis wir uns stark genug fühlen.«

Sie redeten nicht zum ersten Mal so depressiv. Es war ihre Form zu klagen über ein Schicksal, dem sie nur entkämen, wenn sie auswanderten. Aber seit Lena und ihre Mutter als Arier geführt wurden und er SS-Offizier war, kamen sie auf legalem Weg nicht mehr aus Deutschland heraus. Dienstreiseantrag bei Heydrich, Grund: Ich will dorthin fahren, wo es keine Nazis gibt.

»Bei uns ist Ausgangssperre, nicht offiziell, um niemanden nervös zu machen. Aber Himmler hat was am Köcheln, und wenn der was …«

»Dann stinkt es gewaltig.«

»Im Amt vibriert es wie in einem Ameisenhügel. Nachts fahren Reichswehr-Lastwagen auf den Hof und liefern Kisten ab. Ein paar Kameraden sind abgereist. Nach München, wie man munkelt. Göring soll pausenlos mit Goebbels und Himmler telefonieren. Der Führer reist durch die Lande, als wäre nichts. Wie der Kaiser vor Ausbruch des Kriegs auf der Nordsee umherschipperte, als wäre nichts. Hat Hagen gesagt und gegrinst. Dann ist er auch ab nach Süden. Und weißt du, wer auch im Süden ist, ganz in der Nähe von München?«

»Röhm mit seinen Lustknaben und ein paar SA-Führern. Wofür braucht man einen Trupp SS, wenn man sich aussöhnen will wie Adi und Ernst?«, fragte Lena. »Deine schwarzen Jungs sind doch nicht da runtergefahren, um Ringelreihen zu tanzen. Die planen was.« Nach einer Weile: »Und du bist sicher, dass hier niemand eine Wanze versteckt hat?«

234.

Am Morgen verließ er die Wohnung über die Hintertür im Keller. Er schlich sich über den Hof bis zu einer Tür, die auf die Straße hinausführte. Er grinste, als er sich Fehrkamp vorstellte, wie der auf ihn wartete. Nur, was wollte der am helllichten Tag versuchen? Einen Gestapo-Beamten vor die Straßenbahn schubsen? Nein, dieser Typ mordete nur, wenn er Verstärkung hatte wie im *Goldenen Anker* oder im Dunkeln von hinten angreifen konnte.

Im Amt ging es zu wie in einem Taubenschlag. Als hätten die Leute das Gehen verlernt, zeigten sich die Kameraden von ihrer sportlichen Seite. Wie auf der Avus ging es hin und her. Türen klackten, Stiefel knallten auf dem Boden und ratterten die Treppen hoch und runter.

Es klopfte, Hagen steckte sein langes Gesicht in die Öffnung.

»Sie wollten doch in München sein«, sagte Raben. »Oder wollen Sie stattdessen Skat spielen?«

»Gute Idee, aber daraus wird nichts. Nachtzug nach München, morgen früh geht's rund. Oder nicht. Ich habe meine Frau woanders untergebracht«, sagte er. »Man weiß ja nie, wie so was ausgeht.« Und schon war die Tür geschlossen.

Raben begann zu grübeln. War das eine Falle? Nur, wo hinein sollte er fallen? Hagen hatte seine Frau versteckt. Was wusste er? Es gab nur einen logischen Schluss: Die SS legte sich mit der SA an. Aber das wäre David gegen Goliath, und da es in der SS eher keinen Juden mit einer Schleuder gab... Er lachte leise über sich selbst. Wenn es fünf Möglichkeiten gab, eine übler als die andere, entschied man sich besser für die sechste. Die Reichswehr würde die SS unterstützen, Hitler hatte sich endgültig für die Reichswehr entschieden. Deren Generale hatten ihm lang in den Ohren gelegen, und Hitler waren Spitzelberichte vorgelegt worden, die Röhms Untreue bewiesen. Angeblich wollte der Stabschef gegen den Führer putschen. Die Gerüchte rasten im Amt umher wie besoffene Hummeln.

Noch mal Hagen. Diesmal schloss er die Tür hinter sich. Er legte einen Zettel auf Rabens Schreibtisch.

Röhm will putschen. Der Führer wird ihm zuvorkommen, solange die SA im Urlaub ist. Köpfe werden rollen. Schon morgen. Ja, ich bin sicher. ICH WEISS ES!

Raben las und nickte.

Hagen nahm den Zettel, zerknüllte ihn und steckte ihn in die Tasche. »Wollen Sie nicht in den SD wechseln? Ich mache hier bald eine Abteilung auf, hat der Standartenführer befohlen. Ich soll ihm Personalvorschläge machen.«

Ach, deswegen hatte er Raben im Blick gehabt. »Wenn der Standartenführer es befiehlt, gerne. Worum geht's?«

»Das muss noch zugeschnitten werden. Ich hoffe, es geht um das auserwählte Volk. Da gibt's noch viel zu tun, und wir könnten uns an vorderster Front auszeichnen.«

Raben hatte nur einen Gedanken: Hoffentlich sieht er nicht, wie ich blass werde. »Ja, wenn wir Röhms Putsch überleben.«

235.

Er verließ das Büro schon am Nachmittag und begann seine Schütteltour, wie er seinen Hasenlauf durch die Stadt nannte. Fehrkamp besaß die Dummheit, ihm schon auf dem Alex aufzufallen. Dass er nun Held war, machte ihn leichtsinnig. Raben hatte versucht, ihn umzubringen, und war gescheitert. Fehrkamp war stolz, dass er diesen heimtückischen Angriff abgewehrt hatte. Und jetzt drehte er den Spieß um.

Raben blieb kurz vor dem Eingang zum Bahnhof stehen, drehte sich um, sah Fehrkamp und ging auf ihn zu. Zügig, aber ohne zu rennen. Fehrkamp war verdattert, wendete sich erst ab, bis er begriff, dass Raben nur noch zwei Meter von ihm entfernt war. Fehrkamp kreuzte die Arme vor der Brust und straffte seinen Leib.

Raben stellte sich vor ihn, zeigte ihm seine Gestapo-Dienstmarke. »Herr Fehrkamp, wenn ich glaube, dass Sie meine Ermittlungen behindern, schicke ich Sie in ein KZ. Verstanden?«

Fehrkamp musterte ihn verunsichert.

»Wenn ich es will, kann ich das gleich jetzt veranlassen. Als Gestapo-Kommissar habe ich alle Vollmachten, um Sie bis zum Ende Ihrer Tage wegzusperren. Sie geraten im KZ in die Fürsorge meiner SS-Kameraden, die solche Leute wie Sie besonders schätzen.«

»Aber der Führer …«, sagte er.

»Der Führer hat der Gestapo und damit auch mir alle Vollmachten gegeben. Der Ministerpräsident Göring ebenso. Sie können sich gerne beim Reichsführer SS und beim Standartenführer Heydrich beschweren. Das dürfte Ihren Abflug ins KZ nur beschleunigen. Solche Typen wie Sie brauchen wir nicht mehr. Sie haben ausgedient, Fehrkamp.«

Raben ging gelassen weg. Im Glas der Eingangstür des Bahnhofs sah er Fehrkamp stehen. Hätte noch gefehlt, dass der an den Fingernägeln kaute.

Nach einer langen Tour mit noch mehr Umwegen als sonst erreichte er das Haus, in dem Thea Kippenberger wohnte. In der Wohnung gegenüber sah er Glas blitzen. Sie würden wieder melden, dass der Untersturmführer Raben die geschiedene Frau von Deutschlands gefährlichstem Kommunisten aufsuchte. Danke, Kameraden, sagte er im Stillen.

»Sind Sie sicher, dass Ihnen niemand gefolgt ist?«, fragte sie, sobald sie die Wohnungstür geschlossen hatte.

»Hatten Sie Besuch in letzter Zeit?«

»Nein, mein Mann ist ja nicht blöd. Nehmen Sie doch Platz.« Sie ging in die Küche und setzte einen Wasserkessel aufs Gas. Als es laut genug zischte, flüsterte sie: »Ich habe weniger Angst vor Ihren Kollegen als vor meinen Genossen. Wenn die mitkriegen, dass ich mit Ihnen rede, kann mir auch mein Mann nicht helfen. Dann verliere ich die letzten Kontakte, und niemand wird mir helfen, das Land zu verlassen.«

Kein Besuch, also waren immer noch keine Wanzen in der Wohnung, die er beim letzten Mal abgesucht hatte. Das Telefon wurde in der Vermittlung der Reichspost abgehört, das war klar.

Sie verließen Wohnung und Haus und gingen zum Taxistand. Ein Motorrad knatterte und zog eine Qualmfahne hinter sich her wie einen schwarzbraunen Wattebausch. Auf dem gegenüberliegenden Gehsteig beschimpfte eine Frau ihren Mann als Säufer. Seinem

Gewackel nach zu urteilen, hatte sie recht. Ihr Keifen übertönte fast den Lastwagen, der um die Ecke gedröhnt kam. Dazu der Gestank des Diesels.

»Wie erfährt Ihr Mann, dass Sie ihn treffen möchten? Und andersherum?«

»Das verrate ich Ihnen nicht.«

»Gut«, sagte Raben. »Können Sie sich aus dem Haus stehlen und für ein paar Tage verschwinden?«

»Ja, wenn Sie mich begleiten. Den Grund müssen Sie nicht nennen, den kenne ich schon.«

»Sie hatten also Kontakt zu Ihrem Mann?«

Sie nickte.

»Sie können Ihre Töchter schnell erreichen?«

Sie nickte wieder. »Wann bricht das Chaos aus?«

»Keine Ahnung. Fragen Sie den Führer, vielleicht weiß der das.«

»Wenn Hitler um seine Macht bangen muss, ist ihm alles zuzutrauen. Es wird einen Bürgerkrieg geben«, sagte sie.

»So weit sind wir heruntergekommen, dass man seine Hoffnung auf einen Bürgerkrieg setzen muss.«

Sie schüttelte den Kopf. »Wir Kommunisten wissen, dass die Herrschenden die Macht nicht freiwillig abgeben. Die lassen sich auch nicht abwählen. Da hilft nur eine Revolution, und die ist nur ein anderes Wort für Bürgerkrieg.«

»Wie schön, dass ich kein Kommunist bin«, erwiderte er.

»Dafür arbeiten Sie für ein Terrorregime. Es bleibt anständigen Leuten nur Widerstand oder Auswanderung.«

»Nicht mitmachen würde mir reichen. Ich kenne wenige Helden, und bei denen bin ich mir nicht sicher, ob es sich nicht um Verrückte handelt.«

»Thälmann? Mein Mann? John Schehr, Teddys Nachfolger, den die Nazis *auf der Flucht erschossen* haben.«

»Warten wir ab, wie es ausgeht.«

»Sie machen es sich zu leicht.«

Sie stiegen in ein Taxi, und er nannte die Prinz-Albrecht-Straße 8 als Ziel, was den Chauffeur zum Schweigen brachte, bis er flüsternd den Fahrpreis nannte. Das war nicht verboten im Dritten Reich.

Im Büro setzten sie das Schauspiel vom ersten Mal fort. Bis die Tür aufgerissen wurde. »Ich habe eigentlich keine Zeit, aber da Sie gerade hier sind, will ich Ihnen eine Schlossbesichtigung anbieten. Falls Sie das freundliche Angebot nicht annehmen wollen, wird sie trotzdem stattfinden. Kümmern Sie sich darum, Raben. Fangen Sie im Keller an«, befahl Müller. Die Tür knallte zu.

»Seien Sie stark«, sagte Raben.

Sie erhob sich und wankte, musste sich an der Lehne ihres Stuhls festhalten.

»Um Himmels willen, ist der nervös. Da ist wirklich was im Busch. Kommen Sie.« Er berührte kurz ihre Hand. Sie blickte ihn ängstlich an. Sie stiegen die Treppe hinunter, als sie den Schrei hörten. Er hallte durch den Kellerflur, bis er in einem Röcheln endete.

»Wir müssen das hinter uns kriegen, sonst landen Sie hier … und ich vielleicht auch, so aufgeregt, wie die alle sind.«

In der Mitte des Flurs saß eine Art Pförtner mit Hängebacken hinter einem Schalter. Er trug eine SS-Uniform.

Raben legte Marke und Dienstausweis auf den Tresen.

»Sie wünschen?«, fragte der Musterarier.

»Einen Kameraden, der mir Zellen und Vernehmungsräume aufschließen kann.«

»Warum? Hat die Dame Spaß daran?«

»Fragen Sie den Standartenführer. Los, rufen Sie an!«, schnauzte Raben.

Der Mann erhob sich träge von seinem Stuhl und markierte eine Art Habachtstellung. »Jawohl, Untersturmführer.« Er schien zu überlegen und rief dann: »Kasunke, zu mir, aber dalli!«

Ein SS-Mann kann angerannt und bremste haarscharf vor der Hängebacke. »Befehl vom Chef. Erfüllen Sie dem Untersturmführer alle Wünsche. Das ist eine Besichtigung. Verstanden?«

»Jawohl, Scharführer!« Kasunke legte die flache Hand an die Schläfe.

»Wo hast du … haben Sie Ihre Mütze?«

»Wir haben hier doch Mützenbefreiung …«

»Sehr gut.« Der Scharführer setzte sich wieder auf seinen Stuhl und gab Kasunke einen Schlüsselbund.

»Kommen Sie, Untersturmführer. Wir fangen vorne an.«

Sie gingen an der Treppe vorbei bis zum Ende des Gangs. Kasunke schloss eine Tür auf, sie bewegte sich schwer in ihrer Angel. Drinnen lag ein Mann auf einer Pritsche, ein anderer saß auf dem Boden und stierte sie an. Beide bluteten an mehreren Körperstellen, die Gesichter waren geschwollen und übersät mit roten und blauen Flecken. Der auf dem Bett hob langsam den Kopf, ein Auge war geschlossen, das andere nur noch ein Schlitz. Blutkrusten und -flecken überall.

»Die beiden Schweine kriegen wir auch noch so weit, Untersturmführer. Wir sind hier so was wie der Maschinenraum der Gestapo …« Er lachte.

Thea Kippenberger war erstarrt. Plötzlich fragte sie leise: »Was wird den beiden vorgeworfen?«

»Hochverrat, das sind Kommunisten. Was sonst?«

»So finden Sie die Wahrheit heraus?«

»Freiwillig reden die nicht. Sind selbst schuld.«

»Gut, Kasunke, gehen wir weiter.« Raben wendete sich ab.

Thea fiel in die Zelle, schlug mit dem Kopf auf, flüsterte dem Mann an der Wand etwas zu.

Raben kniete sich nieder. »Kommen Sie. Entschuldigung.«

»Was ist denn hier los?«, fragte Kasunke.

»Die Dame ist über meinen Fuß gestolpert. Es ist meine Schuld. Nehmen Sie Haltung an, wenn Sie mit einem Vorgesetzten sprechen.«

Kasunke stand stramm.

»Rühren!«, befahl Raben.

Kasunke ging zur nächsten Tür. In der Zelle lag ein Mann auf dem Boden, die Kleidung zerrissen, der Rücken übersät mit Striemen, Haut und Fleisch hingen in Fetzen. Das einzige Mobiliar war das Klosett. Der Mann drehte sich auf die Seite und blickte die Besucher aus einem zerstörten Gesicht an. Als er die aufgeplatzten Lippen öffnete, sahen sie, dass ihm die Vorderzähne fehlten. »Gott segne sie!«, flüsterte der Mann.

»Was hat er ausgefressen?«, fragte Raben forsch, als wäre es ihm eine Selbstverständlichkeit, gefolterte Menschen zu besichtigen wie Ausstellungsstücke in einem Museum.

»Er hat gegen den Führer gepredigt. So einen Quark, dass es nur einen Gott gebe. Von den Spinnern gibt es zwei, drei hier.«

»Gut, aber warum muss man den Mann misshandeln?«, fragte Thea.

Kasunke öffnete den Mund und schloss ihn gleich wieder wie ein Goldfisch im Glas. »Er muss damit aufhören, ist doch klar … Madam'!«

Dann standen Sie vor einer anderen Tür. Kasunke stellte sich stramm und blickte Raben mit großen Augen an. »Vielleicht sollten wir …«

»Öffnen Sie die Tür!«, zischte Raben.

Thea Kippenberger blickte ihn erschrocken an.

Kasunke öffnete die Tür und betrat langsam den Raum. An der Decke war eine Stange verankert, an der ein nackter Mann hing. Ein Mann in Hose und Unterhemd klebte ihm Drähte an den Hoden. Unwillig unterbrach er seine Arbeit und blickte erst Kasunke, dann Raben und Kippenberger an.

An der Wand stand ein Tisch, darauf ein Kasten mit Stiften auf der Oberseite, an welche die Kabel geklemmt waren. Offenbar ein Transformator.

Jetzt entdeckte Raben einen SS-Offizier, der in der Ecke auf einem Stuhl saß. Seine Kragenspiegel verrieten ihn als Sturmbannführer. »Sind Sie wahnsinnig?«, brüllte er Raben an.

Raben stellte sich vor den Mann, grüßte soldatisch und sagte: »Kriminalinspektor Müller hat mir befohlen, dieser Dame alles im Keller zu zeigen. Alles.«

»Wer ist das?«

»Die geschiedene Frau des Kommunistenführers Hans Kippenberger.«

Er musterte sie. Sie stand starr, den Blick auf den blutenden Mann an der Stange gerichtet, dessen Schultergelenke wie Beulen aussahen.

»Na, wenn der Kamerad das will«, sagte der Mann ruhig. »Vielleicht lassen Sie sie hier?« Lachte dreckig.

»Das hat der Kriminalinspektor untersagt.«

»Ja, wenn das so ist. Wie hießen Sie noch mal?«

»Untersturmführer und Kommissar Raben, Gestapo.«

Der Sturmbannführer ließ seinen Blick über Rabens Länge schweifen. »Sie sind das also… Heydrichs Wunderknabe.« Er wandte sich an den Folterknecht. »Dann wollen wir unseren Freund mal aufwecken, was, Schmidtchen!«

Der tat einen Schritt zum Tisch an der Wand und drehte einen Knopf des Transformators. Der Mann an der Stange zitterte, zappelte und stieß einen Schrei aus, der nicht mehr aufhörte. Er holte Luft und schrie noch lauter aus der Tiefe seines Körpers. Nie hatte Raben größeren Schmerz gehört als in dem Schrei, der ihn erstummen ließ.

Thea blickte hin, immer noch. Raben berührte sie an der Schulter. »Kommen Sie«, sagte er leise. Sie blickte ihn an, die Augen aufgerissen.

Sie gingen auf den Flur, Kasunke schloss die Tür.

»Das reicht als Anschauungsunterricht«, sagte Raben.

»Jawohl, Untersturmführer.«

Sie stiegen die Treppe hoch, das Licht auf dem Flur im Erdgeschoss blendete. Sie verließen das Gebäude, gingen weg, nur weg. Nach einer Weile klammerte sie sich an seinen Arm und begann zu weinen. »Ich habe den Mann gekannt. Sehr gut sogar. Ich wusste gar nicht, dass er verhaftet wurde.«

»Wer war es?«

»Seien Sie nicht naiv.«

Sie lehnten sich an eine Mauer.

»Wenn Sie aus Deutschland raus sind, müssen Sie berichten, was Sie gesehen haben, Frau Kippenberger. Das hier gibt es nicht nur in Berlin, das gibt es überall, in Städten, auf dem Land, in KZ ...«

»Ich werde es berichten. Ich weiß noch nicht, wie und wem, aber ich werde es tun. Nie werde ich dieses Schreien vergessen.«

»Verlassen Sie dieses Land.«

»Solange es sogar beim Feind Leute gibt wie Sie, ist die Hoffnung nicht verloren.«

»Das rührt mich. Hoffen wir auf den Bürgerkrieg«, sagte er bitter. »Hätte nie gedacht, dass ich mal so einen Unsinn sagen würde. Als wäre ich ein Kommunist.«

»Vielleicht sind Sie einer?«

»Wenn ich was sicher weiß: nein. Wie ich hörte, bewundert mein Reichsführer den NKWD in Moskau.«

»Sie fallen auch auf jede Propaganda rein.«

»Eher nicht.«

Leute eilten vorbei, am Himmel zogen Regenwolken auf, als wäre der Sommer vorbei, bevor er richtig begonnen hatte. Autos, Droschken, Brauereiwagen, gezogen von Pferden, denen jeder Schritt zu viel schien. Schnauze und Augen umschwirrt von Fliegen, der schwarzen Pest. Ein Lastwagen mit einer mächtigen Hakenkreuzflagge und SA-Männern, die im Rhythmus »Juda verrecke!« brüllten, angepeitscht von einem Riesen mit Flüstertüte.

»Sie arbeiten für die, Raben. Für die Folterknechte im Keller, für die Aufseher in den KZ, für die Kripo, die *Berufsverbrecher* erfunden hat, für den Führer, der Deutschland in den nächsten Krieg führen wird, an dessen Ende nichts anderes stehen kann als die

Zerstörung unserer Heimat. Warum verschwinden Sie nicht mit Frau und Kind?«

»Ich habe darüber nachgedacht, aber jetzt ist es zu spät.« Raben stellte sich vor, wie Thea Kippenberger ihn verraten würde, sobald die Folterer ihr den ersten Fingernagel herausgerissen hätten. Er war wahnsinnig, über seine Fluchtpläne zu sprechen. »Ich werde bleiben. Ich habe Pläne.«

Sie starrte auf die Fahrbahn.

Die Elektrische rumpelte vorbei. Drinnen Hitlerjugend mit Hakenkreuzbinden.

»Ich will weg. Aber mein Mann hält sich für unersetzlich, natürlich. Noch schlimmer, dass seine Chefs in Moskau das auch glauben. Vielleicht wollen die ihn auch nicht bei sich haben, es gibt Reibereien zwischen Moskau und den Illegalen hier. Die Moskauer geben schon zu, dass sie Fehler gemacht haben vor der Machtübernahme Hitlers, aber schuld sind lustigerweise jene, die ihre Köpfe hinhalten, und nicht jene, die gemütlich in der Sowjetunion rumreisen und Reden schwingen.« Sie blickte ihn an.

Er nickte.

»Wenn ich daran denke, würde ich gern woandershin fahren. Nach Amerika …«

»Na, das verraten Sie besser nicht Ihrem Mann. Kommen Sie, ich bringe Sie … Kennen Sie jemanden, der Sie aufnimmt und den wir nicht auf dem Kieker haben?«

Sie nickte. »Fahren Sie mich zum Lehrter Bahnhof, ist ja nicht weit.«

Als das Taxi am Eingang des Bahnhofs hielt, reichte sie ihm die Hand und küsste ihn auf die Wange. »Danke.«

236.

Als er heimkam, lag ein Zettel auf dem Tisch.

Wir sind verreist. Deine Lena

Er durchsuchte die Wohnung. Sie hatte Kleidung für sich und Karl den Kleinen mitgenommen. Ein Koffer fehlte. Nein, zwei, auch der Koffer, den ihre Mutter mitgebracht hatte. Die Angst drückte seine Brust zusammen. Aber du hast doch selbst vorgeschlagen, dass sie eine Weile verschwinden sollten, dachte er. Vielleicht gewann die SA, dann waren sie alle in Lebensgefahr. Fehrkamp würde ihn abknallen und alle, die bei ihm waren. Doch sagte ihm eine Stimme, dass Lena es nicht mehr aushielt, mit einem Mann zusammenzuleben, der für die Mörderbande arbeitete. In letzter Zeit hatte er die Spannung gespürt, die in der Wohnung herrschte. Lena hatte Angst, er hatte Angst, seine Schwiegermutter vielleicht am meisten. Aber sie redeten nicht darüber.

Er fand eine Flasche Weißwein und goss ein Glas voll. Trank es in einem Zug leer. Füllte es noch einmal. Er war schuld, an allem. Sie hätten alle abhauen sollen. Er hätte Fehrkamp und Ehrig lassen sollen, was sie waren. Wegen solchen Mördern verdarb er seiner Familie das Leben. Weil er eigensinnig, fanatisch war. Weil er nicht ertragen konnte, dass diese Leute frei herumliefen. Aber wie viele Mörder galten als Helden? Wollte er sie alle stellen? Er allein gegen Himmler und Heydrich, denen es schon fast gelungen war, die Opposition zu zerschlagen? Was war er nur für ein größenwahnsinniges Arschloch. Er hatte vergessen, was wichtig war, mehr denn je.

Das Telefon klingelte. Lena, war sein erster Gedanke. Er eilte in den Flur, hob ab: »Lena?«

»Ernstfall, der Standartenführer erwartet Sie beim Ministerpräsidenten. Wissen Sie, wo der ist?«, fragte Eckes.

Da hatte der Alte Fritz gewohnt, Kaiser Wilhelm II., und jetzt drückte der Ministerpräsident Göring seinen fetten Arsch in die Sessel, nachdem er dem Preußen-Friedrich Grünzeug aufs Grab gelegt hatte. Was wurde über Göring im Neuen Palais in Potsdam gelästert, sogar bei der Gestapo.

»Ziehen Sie Ihre Uniform an. Nehmen Sie eine Kraftdroschke! Beeilung!«, sagte Eckes und legte auf.

237.

Der Taxifahrer raste nach Potsdam, seit ihm Raben seine Dienstmarke gezeigt und Straffreiheit versprochen hatte. Der Chauffeur sagte kein Wort. Die Droschke schlingerte und sprang über Straßenlöcher wie ein wild gewordener Hengst. Raben hielt seine Aktentasche auf den Knien und mühte sich, die Bilder aus seinem Kopf zu verdrängen. Er hatte gewusst, was im Keller geschah. Aber es zu sehen war etwas anderes. Er presste sich in den Sitz, und einen Augenblick fühlte er die Schläge, die Stromschläge im Hoden. Kein Tier tat das einem anderen an. Er hatte Angst und fühlte sich hilflos. Was sollte er dagegen tun? Er schaffte es nicht mal, die Fehrkamps und Ehrigs zu richten. Aber er würde bei nächster Gelegenheit das Todesurteil an Fehrkamp vollstrecken. Wenigstens das.

Der Fahrer trat das Bremspedal durch, begleitet von einem »Scheiße«. Ein Lastwagen blockierte die Straße. Davor standen zwei Männer und stritten. Dann sah Raben einen Mercedes, den der Laster offenbar auf den Bürgersteig einer Seitenstraße bugsiert hatte. Er sprang aus dem Taxi und lief zu den beiden Männern. Zeigte die Gestapo-Dienstmarke und schnauzte: »Straße frei! Sofort!«

Der Lastwagenfahrer zuckte die Achseln und öffnete die Fahrerkabine. Raben eilte zurück zum Taxi. Der Lastwagen rollte in die Seitenstraße und bremste. Die Lücke war groß genug für die Kraftdroschke.

Die Eingänge zum Neuen Palais waren versperrt. Schupo und SS warteten hinter Schranken und einer Stacheldrahtbarriere. Zwischen aufgetürmten Sandsäcken lugte der Lauf eines Maschinengewehrs auf Raben, der ausstieg und an die Sperre herantrat. Ein SS-Scharführer wollte Rabens Dienstausweis sehen. Der Mann legte die Hand an seine schwarze Mütze mit dem Totenkopf und gab zwei Kameraden einen Wink.

Die Barrikade wurde zur Seite geschoben, die Schranke öffnete sich.

Das Taxi fuhr hinein. Überall Uniformierte. Zum ersten Mal sah er SS-Männer mit Grabenspritzen.

Je näher sie der Eingangstreppe im Schritttempo kamen, desto hektischer wurde es. Raben blickte nach allen Seiten. Am Eingang des Schlosses zwei Sandsackwälle, mit MGs bestückt. Erst jetzt fiel ihm auf, dass die meisten Stahlhelme aus dem Krieg trugen. Vielleicht war Krieg?

238.

Raben betrachtete Görings aufgequollenes Gesicht, bedeckt mit Schweiß. Der Dicke saß an seinem Ministerpräsidentenschreibtisch, telefonierte, schrieb, telefonierte. Offenbar hatte er sich eine Morphiumspritze gegönnt. Auch hier wimmelte es von Uniformen. »Knallen Sie das Schwein ab!«, rief Göring und schlug den Hörer auf die Gabel. Er wischte sich mit einem Tuch übers Gesicht, betrachtete es, steckte es ein. Das Telefon klingelte. Göring hob ab. »Ja?… Dann sucht ihn, verdammt.« Hörer auf die Gabel. Vor ihm lagen Listen. Göring winkte Raben herbei, ohne aufzublicken. »Besorgen Sie… ah, ich hab einen.« Reichte Raben einen Briefumschlag. Raben sah das obere Blatt der Liste. Namen, Namen, Namen. Adressen, Adressen, Adressen. Dazu Bemerkungen. *Erschießen, verhaften.* Manche Namen waren mit Bleistift durchgestrichen. Andere darübergeschrieben. Raben entdeckte *General Schleicher, erledigen. Edgar Jung*; Raben hatte Heydrichs Verfluchung noch im Ohr. Jung hatte seinem Chef Papen eine Rede geschrieben, die der an der Marburger Universität vortrug und wegen der es Zoff gegeben hatte. Hitler soll getobt haben. Heydrich hatte nur gesagt: »Das war der Jung, Papen hat nichts im Kopf, was Jung nicht reingeschüttet hätte. Der kommt auf die Liste.« Raben hatte nicht zum ersten Mal von der *Liste* gehört, auf der Leute standen, welche die Nazioberen als Feinde betrachteten. Auf dem Blatt fanden sich nun auch SA-Führer. *Ernst* zum Beispiel. *Heines.* Göring tippte auf die Namen, als könnte er Gedanken lesen. »Die SA-Führer, das Schwulenpack, erledigt der Führer selbst …«

»Und wenn …?«

»Die Reichswehr geht mit uns, alles abgesprochen. Sie haben uns Waffen geliefert, und wenn die SA sich was traut, na, dann Feuer frei.« Er kreischte eher, als dass er lachte. »Während der Führer Röhm und dessen Clique aus ihren Sudelbetten in Bad Wiessee holt und erledigt, müssen wir hier klar Tisch machen. Unsere Feinde müssen weg, jetzt und für alle Zeiten. Ihr Chef lässt schon die Gestapo und den SD auf die Schweine los.«

»Jawohl, Herr Ministerpräsident!«, sagte Raben. In seinem Hirn blitzte etwas. Er hatte das Privileg, Deutschlands Machthaber so zu erleben, wie sie waren. Offenbar wollte Göring Heydrichs Listen eigene Opfer hinzufügen.

»Wo darf ich die Listen hinbringen?«

»Fahren Sie zur Kadettenanstalt, wo die Leibstandarte unseres Führers stationiert ist. Berlin-Lichterfelde. Bringen Sie die Listen dahin. Ich habe schon telefoniert. Die wissen Bescheid.« Er bekritzelte einen Zettel und setzte seine Unterschrift darunter. »Damit kriegen Sie einen Wagen. Heydrich hat mir von Ihnen erzählt. Sie schaffen das. Wenn wir nicht alle Kandidaten von der Liste verhaftet haben, schnappen Sie sich zwei Mann und suchen Sie alle, die fehlen. Das ist doch Ihre Spezialität, nicht wahr, Untersturmführer?« Er griff sich ein weiteres Blatt, schrieb etwas auf, unterschrieb auch das. »Falls jemand zweifelt, dass Sie die Vollmacht haben, Verräter einzukassieren. Und jetzt treten Sie ab!«

Raben riss die Hand hoch. »Heil Hitler!«

Göring war schon wieder am Telefon. Er schrie und fuchtelte.

Raben rannte die Treppe hinunter. Im Erdgeschoss stutzte er, lief in den Flur, öffnete eine Tür. Das Büro war leer und dunkel. Er ließ die Tür offen und setzte sich an den Schreibtisch. Die Tischplatte war bedeckt mit Akten, er schob sie zur Seite, einige fielen auf den Boden. Dann zog er die Listen aus der Aktentasche. Die meisten Namen kannte er nicht. Er fand auf Seite 2 einen Gerhard Deckel und beschloss, ihm das Leben zu retten. Fand einen Bleistift, strich den Namen durch. Und schrieb einen anderen darüber, mit verstellter Handschrift.

239.

Er erreichte mit dem schweren Horch die Kaserne der Leibstandarte SS Adolf Hitler in der Finckensteinallee und hörte eine Salve. Danach zwei Schüsse. Vor dem Tor standen sechs SS-Männer. Er bremste, stieg aus und zeigte einem Oberscharführer seine Vollmacht. Der Mann nahm Haltung an und befahl, das Tor zu öffnen. Raben setzte sich hinters Steuer und ließ den Wagen durchs Tor rollen. Im Hintergrund sah er helle Scheinwerfer. Sie beleuchteten einen Mann, der an der Wand stand, vielleicht drei, vier Meter davor sechs SS-Männer und daneben… Raben näherte sich der Exekution. Hörte »Feuer!« Es krachte, fünf Schüsse wie einer, und einer eine halbe Sekunde später. Der Mann trug eine SA-Uniform und sackte zu Boden, auf den Sand.

Himmler stand da. Das Exekutionskommando schulterte die Karabiner, setzte die Kolben auf den Boden. »Rührt euch!«, befahl Himmler. »Los, los, den Nächsten!«

Schweigen, ein elendes Schweigen.

Raben bremste, schaltete den Motor aus. Stellte sich vor Himmler, grüßte. »Untersturmführer Raben, Reichsführer. Der Ministerpräsident schickt mich mit neuen Listen.«

Himmler musterte ihn durch seine runden Gläser. »Sie sind das also … Melden Sie sich beim Obersturmbannführer Wagner. Er verwaltet die Namenslisten.« Ohne jede Rührung, fast unhörbar leise. Himmler wandte sich ab.

Raben betrat das Kasernengebäude. Er stieß auf zwei SS-Männer mit Stahlhelm, die ihm den Weg zum Obersturmbannführer zeigten. Andere SS-Männer zerrten einen Mann in SA-Uniform die Kellertreppe hinunter, die Tressen abgerissen. Er blickte Raben stumpf an aus einem zerschlagenen Gesicht. Tränen in den Augen. »Lass dich wenigstens anständig abknallen«, sagte ein Hagerer. »Mein Gott, sind das Flaschen.« Trat seinem Opfer in den Hintern. Der aber schien schon nichts mehr zu merken.

Wagner saß im ersten Stock, wo vor der Tür seines Büros ein Trupp SS herumlungerte. Sie feixten. Als sie Raben sahen, standen sie stramm und grüßten.

»Heil Hitler!«, sagte Raben und betrat das Zimmer. An einem Schreibtisch saß ein drahtiger Mann, der ihn aus wachen Augen anblickte. Raben meldete.

»Gut, Untersturmführer. Wir werden die Listen abgleichen. Nachher erschießen wir noch jemanden zweimal.« Ohne ein Lächeln. »Warten Sie draußen. Ich ruf Sie rein.«

Raben stellte sich zu den anderen.

»Jetzt kriegen die Drecksäue endlich auf die Fresse. Vier Millionen Mann, der Röhm ist doch wahnsinnig«, sagte der eine, ohne ein Streichholz aus dem Mundwinkel zu nehmen.

Ein anderer zündete sich eine Zigarette an. Sog den Rauch tief in die Lunge. Die Zigarettenspitze glühte. »Der hat den Aufstand vorbereitet und stand zwei Millimeter vor dem Losschlagen.« Zeigte mit Daumen und Zeigefinger, was er für zwei Millimeter hielt.

So ging das Geschwätz weiter. Raben lehnte an der Wand und fühlte sich schmutzig, klebrig, und nichts war wegzuwaschen. Er spürte die Angst vor dem, was er tun musste.

Salven, Salven draußen. Sie wurden schneller.

»Und wieder eine Schwuchtel weniger«, kommentierte einer.

»Raben! Kommen Sie rein.«

Raben meldete sich wieder.

»Lassen Sie die Hampeleien!« Wagner tippte auf ein Blatt. »Den haben wir noch nicht. Fahren Sie in die Samariterstraße 13 und schnappen Sie sich den Burschen. Nehmen Sie zwei von den Witzbolden im Flur mit.«

Wieder eine Salve.

»Jawohl, Obersturmbannführer! Heil Hitler!«

»Heil!«

Im Flur stellte er sich vor die SS-Männer, die an der Wand lehnten und flüsterten. »Zwei Mann, eine Verhaftung.«

Es traten alle vier vor, die Gewehrkolben auf dem Boden.

Er deutete auf einen Rothaarigen und einen mit Hakennase. Er führte sie hinaus auf den Hof.

»Hoch lebe der Führer!«, schrie jemand. Eine Salve brachte ihn zum Schweigen.

»Kommen Sie!«, befahl Raben. Vor dem Horch.

Eine Salve. Sechs Schüsse wie einer. Sie hatten sich synchronisiert.

»Wir verhaften einen SA-Verräter namens Gustav Fehrkamp. Der hält sich für wichtig, weil sein Foto im *VB* gezeigt wurde. Er ist einer der übelsten Typen, und der Standartenführer Heydrich legt auf zwei Dinge wert. Erstens knebeln Sie den Mann sofort oder schlagen Sie ihm die Fresse ein, bis er nichts mehr sagen kann. Zweitens vergattere ich Sie, über alles zu schweigen, was mit dem Mann geschieht. Der Führer hat den Mann öffentlich gelobt, als er Röhm noch vertraute, der ihn aber nach Strich und Faden belogen hat. Wir wollen doch nicht mal andeuten, dass der Führer sich irren könnte. Verstanden?«

»Jawohl, Untersturmführer!« Wie aus der Pistole geschossen.

Eine Salve.

Unterwegs sah er viele Uniformierte. Eine Kompanie Reichswehr, bewaffnet. SS mit Stahlhelm und Gewehr. Im Osten ein zarter Schein hinter Wolken. Raben gab Gas. Nicht dass Fehrkamp abhaute. Vielleicht hatte er schon mitbekommen, dass es seinesgleichen an den Kragen ging. Sie wurden nicht mehr gebraucht. Raben konnte nun die Wortfetzen zusammenfügen, die er in den letzten Tagen im Amt gehört hatte. Heydrich war angespannt und doch gut gelaunt gewesen. Er hatte offensichtlich Beweise für den Verrat der SA gestrickt. Die Intrigen und des SA-Stabschefs Revolutionsgequatsche hatten Hitler überzeugt, dass Röhms Revolution nur noch eine Frage von Tagen war. Hagen hatte genug Andeutungen fallen lassen. Der Spruch vom Verrat der SA hatte die Runde gemacht, seit dem 25. Juni herrschte Alarmzustand im Amt und bei der SS-Führung. Der Chef der Leibstandarte Sepp Dietrich war in Bayern, mit seinen besten Männern. Natürlich war vieles Gerücht.

In Rabens Kopf ertönte eine Salve. Er zuckte zusammen, behielt den Wagen aber unter Kontrolle.

»Patrone im Lauf?«, fragte Raben.

»Jawohl«, sagte der Rothaarige auf dem Beifahrersitz.

Die Hakennase ließ den Gewehrverschluss einrasten.

Raben lachte. Die beiden lachten mit. »Wie viele haben Sie schon erledigt in der Kaserne?«

»Viele, sehr viele. Hätte nicht gedacht, dass es in diesem Sauhaufen so viele Verbrecher gibt«, sagte die Hakennase.

»Der Führer hat sie lange beobachtet, und der Reichsführer hat den Gegenschlag unsichtbar vorbereitet. Niemand hat vom SS-Alarmzustand gehört«, sagte der Rothaarige. »Bin mal gespannt, wie die Reichswehr den Tod Schleichers und seiner Frau verdaut.«

Raben fuhr die Große Frankfurter Richtung Osten. Er wurde langsamer, um die Straßennamen lesen zu können. Dann tauchte das Schild auf: Samariterstraße.

240.

Wenn man alt wird, sterben einem die Freunde weg, sofern man nicht das Privileg genießt, vor ihnen abzutreten. So etwas dürfte sich Lenas Mutter gedacht haben, als sie ins Taxi einstiegen. Lena hatte Tränen in den Augen, als trennte sie sich von Karl. Aber sie folgte ja nur seinem Rat. Und doch quälte sie das Gefühl, ihn nie mehr zu sehen.

Er hatte ernst geklungen, als ginge es um ihr Leben. Beim Einkaufen hatte sie einen Mann an der Fleischertheke sagen hören, dass den Röhmlingen jetzt die Schwänze abgeschnitten würden. »Dass der Führer sich das so lange angeschaut hat. Was hat er für eine Geduld! Ich hätte längst …«

Sein Gesprächspartner zischte: »Halt's Maul!« Dann bestellte er zwei Frikadellen mit Senf. »Ach, hamse noch den Salat?«

»Den Kartoffelsalat?«, fragte der Metzger.

»Was denn sonst?«

»Ja, hab ich. Wie viel darf's denn sein?«

Auf dem Rückweg vom Metzger hatte sie beschlossen, Karls Rat zu folgen. Sie wollte nicht, dass Karl der Kleine und ihre Mutter in die Schlacht gerieten, die gegen die SA geschlagen werden sollte. Immerhin hatte Röhm gut vier Millionen unter seinem Kommando. Den meisten ging es dreckig. Sie gingen stempeln. Aber jetzt, wo sie ihre Köpfe hingehalten hatten, um zu siegen, jetzt verlangten sie, dass der Führer seine Versprechen einlöste.

Es war schwierig, einen Freund von Elisabeth zu finden, der noch nicht auf dem Friedhof lag. Die Mutter überlegte und überlegte. »Ich hab sie vergessen …« Verknotete die Hände.

»Erinnerst du dich an Doktor Rietzler?«, fragte sie.

»Ja, das war mein Lehrer in der Volksschule gewesen«, sagte Lena. »Der war aber streng.«

»Der war streng«, sagte Elisabeth. »Aber gerecht.« Sie kratzte sich am Hals. »Bring das Telefonbuch, bitte.«

Sie fand Rietzler gleich. »Hoffentlich lebt er noch.« Mit ihrem Finger zeigte sie nach draußen.

Sie ließen Karlchen schlafen, die Telefonzelle war um die Ecke. Lena steckte Münzen in den Schlitz.

Es klingelte, dann hob jemand ab. Eine schwere Stimme fragte: »Ja?«

»Horst, bist du es?«

»Elisabeth?«

Lena musterte ihre Mutter und konnte sich ein Grinsen nicht verkneifen. Elisabeth blickte ihre Tochter streng an.

»Ja. Können wir zu dir kommen? Wie ich sehe, wohnst du in Erkner.«

»Natürlich. Wie viele seid ihr?«

»Lena, ihr Sohn und ich.«

»Ach, sie hat einen Sohn. Dann kommt. Soll ich euch abholen, ich habe einen Kraftwagen?«

»Nein, besser nicht. Aber vielen Dank.«

Das Taxi brachte sie zur S-Bahnstation Bellevue. Sie würden Haken schlagen wie Karl der Große.

Im Taxi schlief Karl der Kleine weiter. Lena fragte ihre Mutter: »Horst, so, so …«

»Er war streng, aber weniger streng als dein Vater«, sagte sie schnippisch.

Lena grinste.

»Davon verstehst du nichts. Werd du mal älter.«

241.

Heydrichs Finger spielten Klavier auf dem Schreibtisch.

Eckes saß auf einem Sessel am Besuchertisch und las in einer Akte.

»Nicht, dass der Führer sich noch mal rumkriegen lässt«, sagte Heydrich. »Wir haben ihm schließlich Beweis auf Beweis geliefert, dass Röhm putschen wollte. Er hat ein zu gutes Herz und zu viel Geduld.«

Eckes lachte kurz auf, schlug sich gleich die Hand vor den Mund. »Entschuldigen Sie, Standartenführer!«

»Ein Soldat entschuldigt sich nicht«, schnauzte der zurück. »Was finden Sie denn so komisch?«

Eckes beugte den Kopf, um seinen Chef von unten anzublicken. Er setzte an, schloss den Mund aber wieder.

»Nun sagen Sie es schon. Ich reiß Ihnen schon nicht gleich den Kopf ab.«

Eckes nickte vor sich hin, als führte er ein Selbstgespräch.

»Nun spucken Sie's aus, Eckes.«

»Jawohl, Standartenführer, auf Ihren Befehl.«

»Auf meinen Befehl«, sagte Heydrich mit hochgezogenen Brauen.

»Na, Sie und der Reichsführer haben dem Führer aber doch dies und jenes untergejubelt, also Meldungen …«

Heydrich lachte: »Ach, Eckes, das verstehen Sie nicht. Selbst gefälschte Nachrichten sind wahr, wenn sie einem guten Zweck dienen. Aber wenn ich das außerhalb dieses Büros höre …« Das Lachen erstarb.

»Ich war immer schweigsam. Ich bin kein Verräter. Nein, ich bewundere den Reichsführer und Sie, dass Sie sogar die Generäle wild gemacht haben. Die haben schon geglaubt, dass Röhm ihnen morgen die Rübe abschneidet.« Er lachte, mit einem Seitenblick zu

Heydrich. Aber der schaute hinaus, wo es stockdunkel geworden war und die Straßenlaterne nur leuchtete, um es zu beweisen.

242.

Sie standen vor dem Haus in der Samariterstraße 13. Mietshäuser, schon bürgerlich, hier waren die Toiletten in den Wohnungen und nicht auf der Treppe. Und bestimmt hatten die Mieter Badewannen. Vor dem Haus parkten zwei Automobile. Die Haustür war nicht abgeschlossen. Auf der Treppe kam ihnen ein Mann entgegen, in der Hand eine Aktentasche. Sie machten Platz.

»Der Herr Fehrkamp …?«

»Dritter Stock«, sagte der Mann im Vorbeigehen. Als Raben die Haustür öffnete, flüsterte er: »Folgen Sie mir.« Sie schlichen sich zum dritten Stock. Ein Schild neben der Klingel. *G. Fehrkamp.* Raben klopfte gegen die Tür. Drinnen Schritte, aber dann eine Frauenstimme. Sie kreischte, ihre Angst vibrierte noch im Treppenhaus.

Ein Brummen. Sie hörten: »Otilie, halt's Maul. Du spinnst doch. Der Führer hat mich auszeichnen lassen.«

Raben legte sein Ohr an die Tür.

»Ja, aber von Röhm. Und den schlachten sie gerade ab.«

»Er wird was ausgefressen haben.«

»Und warum liegt deine Pistole auf dem Tisch? Willst du die erschießen?«

»Lass!«, brüllte er.

»Nein!«

»Gib mir die Pistole oder …«

»Oder was, du Dummkopf?«

»Oder ich schmeiß dich raus.«

»Danke, ich geh freiwillig. Diesmal komm ich nicht zurück, da kannste jammern, wie du willst. Geh doch zu deiner Hannelore. Das Leben in einer Gartenhütte ist doch so romantisch.«

Raben hörte sie schluchzen.

»Gib mir die Pistole!«

Dann klirrte es.

»Bist du wahnsinnig? Ab in den Hof, bring mir die Waffe zurück. Das ist meine Dienstpistole, du blöde Sau.« Ein dumpfer Schlag.

Raben gab den beiden SS-Männern ein Zeichen. Er trat gegen die Tür. Brauchte zwei Versuche. Als die Wohnungstür endlich aufsprang, saß Fehrkamp ihnen zugewandt, einen Trommelrevolver in der Hand. Er zielte auf Raben. »Nein!«, brüllte seine Frau und griff nach der Waffe. Fehrkamp drückte ab. Als hätte ein Tritt sie erwischt, fiel Otilie gegen Raben. Fehrkamp erstarrte, hob die Waffe. Ein SS-Mann stand schon neben ihm und zog ihm den Kolben seines Karabiners über den Kopf. Fehrkamp blickte glasig ins Nirgendwo, die Pupillen spielten Karussell, dann sackte er vom Tisch.

Otilie lag neben der Tür. Raben fasste an die Halsschlagader. Nichts. Er drehte die Frau auf den Rücken, während die SS-Männer Fehrkamp fesselten.

Raben riss die Bluse auf. Sie hatte einen Bauchschuss. Die Neun-Millimeter-Patrone war unterhalb des Bauchnabels eingedrungen. Raben hob sie leicht an und sah den Blutstrom. Er drehte sie auf die Seite. Das war kein Ausschussloch, der Rücken war zerfetzt. Fleisch-, Haut- und Knochensplitter hatten sich zu einem Brei vermengt.

Er ging in den Flur und hob den Telefonhörer, überlegte kurz und wählte. Eine verschlafene Stimme: »Ja?«

»Karl … Raben.«

»Mensch, Sie«, sagte Lichtigkeit. »Wo brennt's?«

»Nirgendwo, soweit ich weiß. Aber in der Wohnung von Gustav Fehrkamp, Samariterstraße 13, dritter Stock, liegt die Leiche von Otilie Fehrkamp. Ihr Ehemann Gustav hat sie erschossen.«

»Haben Sie den Mann?«

»Ja, aber der gehört der Gestapo.«

»Wie Sie.«

»Können Sie das Mordauto schicken und den Fall übernehmen? Der Mörder braucht kein Gerichtsverfahren mehr. Aber wir wollen doch, dass alles mit rechten Dingen zugeht.«

»Wenn Sie das meinen. Wenn die Sache erledigt ist, kommen Sie auf einen Kaffee vorbei.«

»Danke, gern.« Er legte auf.

Fehrkamp stank nach Schnaps und Zigaretten. Rothaar und Hakennase packten ihn unter den Schultern und zogen ihn die Treppe hinunter. Fehrkamps Stiefel hüpften die Stufen hinab. Im Horch war genug Platz für drei auf der Rückbank. Raben fuhr los. Die Sonne war aufgegangen, Dunst milderte die Strahlen. Aus Grau wurde Orange.

Auf der Rückbank begann ein Gebrabbel. Dann sagte Fehrkamp etwas, zunächst war es kaum verständlich. »Du bist ein Scheißkerl, Raben.«

»Stopft ihm das Maul!«

Fehrkamp begann zu husten, dann verstummte er, nur ein Stöhnen bei jedem Straßenloch.

»Du hast deine Frau erschossen«, sagte der Rothaarige. »Die Rübe ist sowieso ab. Sei froh, dass man nur einmal getötet werden kann, du Scheißverräter. Und diese verkommene Bande von Säufern, Schlägern und Mördern will eine Revolution machen, damit Säufer, Mörder und Schläger das Reich regieren. Nationalsozialismus ist Reinheit des Geistes und der Tat.«

Fehrkamp brummte etwas in den Knebel und erntete den Ellbogen der Hakennase in den Rippen. Er zwängte einen Ton aus dem Hals, wie ein Stöhnen unter Wasser, nur dass es nicht blubberte. Am Eingang der Kaserne wurde Raben erkannt und konnte durchfahren. Er hörte noch die Stimme: »Nachschub, das hört ja gar nicht mehr auf.«

Er hielt vor der Kaserne an.

243.

Fehrkamp schmerzte der Kopf so heftig, dass er die anderen Schmerzen nicht spürte. Die beiden SS-Männer schleppten ihn in den Keller der Kaserne. Dort erkannte er im Halbdunkel Männer, die auf dem Boden hockten. Sie saßen stumpf da und beachteten ihn nicht. Sie trugen SA-Uniformen ohne Tressen, zwei, drei saßen im Unterhemd. Blutspuren. An der anderen Wand des Kellerflurs richteten SS-Männer Gewehre auf sie. Einer hatte eine Pistole in der Hand. Raben war den Männern gefolgt und betrat den Keller. Ihm schauderte, und das lag nicht an der Kaltluft, die durchzog. Er erkannte gleich den Mann mit der Pistole und stellte sich neben ihn.

Eine Salve. Sie schossen, schossen, schossen.

»Scharführer, nehmen Sie den Mann als Nächsten dran. Der macht gern Ärger.«

»Jawohl, Untersturmführer. Mir ist egal, in welcher Reihenfolge dieses Pack abgeknallt wird.«

»Das ist die richtige Haltung, Scharführer.«

Der Scharführer winkte den Rothaarigen zu sich und flüsterte ihm was ins Ohr. Der Rothaarige deutete eine militärische Haltung an und flüsterte.

Sie setzten Fehrkamp vorne in die Reihe.

»So weit kommt's noch, dass sich hier einer vordrängt«, sagte ein SA-Mann mit Beulen und Rötungen im Gesicht, die Nase war zerschlagen. »Aber wenn's dir eilt…«

Raben ging zur hinteren Kellertür, die direkt zur Hinrichtungsstätte führte. Himmler stand immer noch da, umgeben von einem Trupp SS. Die Morgensonne ließ den Totenkopf seiner Mütze blitzen. Er war müde und erregt. Beachtete Raben nicht. Der lehnte sich an die Wand hinter dem Peloton. »Feuer!« Die Salve. Das Opfer kippte zur Seite weg.

Unaufgefordert eilte ein SS-Offizier zur Kellertür und rief: »Der Nächste, aber flott!«

Zwei Männer schleppten Fehrkamp aus dem Keller. Draußen fanden seine Augen Raben. Er wollte schreien, aber er klang wie ein brunftiger Hirsch. Sie zogen ihn am Peloton vorbei, stellten ihn an die Wand.

Himmler rief: »Anlegen! Feuer!« Eine Salve, Fehrkamps Körper erzitterte unter den Einschlägen. Ein Hauptsturmführer trat nach vorn, die Luger 08 in der Hand, betrachtete den Körper und schoss zweimal.

244.

Der Juli war angebrochen. Der Führer erklärte das Morden für beendet, erfuhr Raben im Gestapa. Seine Kollegen waren euphorisch, einige schienen die Nacht durchgezecht zu haben. Hagen klopfte und öffnete die Tür. »Falls Sie noch Unterlagen von unserer Aktion haben, bitte vernichten, am besten verbrennen. Alles!«

Am frühen Abend ging Raben zu Fuß nach Hause, ein langer Marsch. Fußgänger auf den Gehsteigen, mit Akten- oder Einkaufstaschen, Rucksäcken. Ein herrlicher Frühsommertag, ein milder Lufthauch, weiße Wolken am Himmel.

Als er sich dem Haus näherte, brannte schon Licht in den Fenstern ihrer Wohnung. In einem sah er Elisabeth, die offenbar eine Bettdecke überzog. Er öffnete die Tür. Lena stand im Flur, blickte ihn an.

»Es ist vorbei«, sagte er.

Elisabeth erschien, im Arm den kleinen Karl. »Ich habe Pökelzungenragout überbacken gekocht, ein ganz neues Rezept.« In der freien Hand hielt sie ein Heft *Koche mit Wein*. Sie wedelte es wie einen Fächer.

Dank

dem Historikerkollegen *Dr. Alexander Ruoff* (Berlin), der schöne Fehler gefunden hat und seine überragenden Recherchekünste auf www.history-house.de besser – wenn auch zu bescheiden – vorstellt, als ich es könnte;

an *Klaus Viehmann* (Berlin), der sich glücklicherweise über jeden Fehler freut, den er mir unter die Nase reiben kann;

an *Dr. Elfriede Müller* (Berlin) für kritische Anmerkungen;

meiner Lektorin *Maren Arzt* (München), die nicht zuletzt mit guten Fragen zum Gelingen dieses Buchs beigetragen hat;

meinem ehemaligen Lektor *Christian Rohr*, der sich erstaunlicherweise immer noch mit meinen Manuskripten beschäftigt;

Claudia Alt (Berlin) für ihre auch diesmal tolle Redaktionsarbeit. Sie findet wirklich alle Fehler, die großen wie die kleinen;

meiner Süßstoffvollversorgerin *Anne Hinkel*, deren Café Eliza (Sorauer Straße 6, 10997 Berlin-Kreuzberg, www.elizaberlin.de) die fast tägliche Rettung vor dem Schreibtisch ist. Nur montags nicht;

meiner Pilates-Tante *Ulli Zacherl*, deren Folterstudio (Cuvrystr. 35, 10997 Berlin, www.breathe-berlin.de) die beste Adresse für Masochisten und Eliza-Opfer (s.o.) ist, mindestens weltweit;

an *Ulrike Zecher* (Rechtsanwältin in Berlin) für ihre das Normalmaß weit überschreitende Hilfsbereitschaft und Freundlichkeit.

Lesen Sie weiter:

Christian v. Ditfurth

Tag des Triumphs

ISBN 978-3-570-10450-7

Teil zwei von Karl Rabens atemberaubendem Drahtseilakt, in einem mörderischen System anständig zu bleiben

Berlin 1935: Der Rechtsstaat ist tot. Kommissar Lichtigkeit findet eine Leiche, und Karl Rabens Ritt auf der Rasierklinge wird immer riskanter. Die Tote war eine Edel-Prostituierte. Auf ihrer Freierliste steht Gestapo-Chef Reinhard Heydrich. Umso erstaunlicher, dass er Raben befiehlt, sich mit dem Fall zu befassen. Bei den Ermittlungen stößt dieser auf den Chauffeur der Toten, SA-Mann Werner Ehrig. Er gehörte zu den Mördern von Kurt Esser, einem Redakteur der Roten Fahne. Der junge Kommissar hatte sich geschworen, alle Mörder Essers zur Strecke zu bringen. Aber Ehrig und seine Bande wehren sich. Raben begreift, dass er keine Wahl hat: Entweder stellt er Ehrig oder dieser bringt ihn um.

Der zweite Fall der packenden Krimireihe führt Kommissar Raben nach Prag und Nürnberg, zum Reichsparteitag der NSDAP.

C.Bertelsmann